be passionately in love

上册　耳东兔子

青岛出版集团 | 青岛出版社

图书在版编目（CIP）数据

陷入我们的热恋/耳东兔子著.—青岛：青岛出版社，2023.4
ISBN 978-7-5736-0993-9

Ⅰ.①陷… Ⅱ.①耳… Ⅲ.①长篇小说—中国—当代 Ⅳ.①I247.5

中国国家版本馆CIP数据核字（2023）第028936号

XIANRU WOMEN DE RELIAN

书　　名	陷入我们的热恋
作　　者	耳东兔子
出版发行	青岛出版社（青岛市崂山区海尔路182号）
本社网址	http://www.qdpub.com
邮购电话	18613853563
责任编辑	郭红霞
特约编辑	孙小淋
校　　对	李晓晓
装帧设计	千　千
照　　排	梁　霞
印　　刷	北京润田金辉印刷有限公司
出版日期	2023年4月第1版　2025年4月第3次印刷
开　　本	16开（640mm×920mm）
印　　张	44.5
字　　数	699千
书　　号	ISBN 978-7-5736-0993-9
定　　价	85.00元（全3册）

编校印装质量、盗版监督服务电话　4006532017　0532-68068050

「砰!」
「你爱上陈路周了。」

徐光寒例行公事地问完话，翻开病历本看了眼名字——陈路周。

徐光寒瞬间抬头对上他的眼睛："你就是陈路周？"

目 录

第一章 1
筒子楼初遇

第二章 23
陈路周

第三章 53
徐 栀

第四章 89
我们的前程就是风光

第五章 124
姓徐的男科医生

第六章 161
他的心是钢铁，太阳一晒就滚烫

第七章 197
关山重重，但想见的人总会再见

第一章
筒子楼初遇

2016年高考刚结束,一场暴雨劈头盖脸地倾盆而下,但庆宜市依旧火云如烧,暑气难消。

睿军中学高三教学楼里前所未有地喧嚣,有人肆无忌惮地朝着楼下的学弟学妹们扔卷子,还有一群仿佛未开智的、围着走廊那根饱受摧残的石柱玩什么"火星撞地球"。

"几岁了还玩这个。"

曲一华经过走廊时,无比嫌弃地丢下一句话,又从里头抓了一个自己班的男生,大步流星地朝着高三八班走去,走到班级门口时,拍了拍他的背:"去,把徐栀给我叫出来。"

曲一华是八班的班主任,一个长得像张飞,办事却像张妈的退伍军人。

教室里闹哄哄的,女生们大概是估分估得心力交瘁,索性破罐破摔,决定引入玄学,不过这会儿话题已经歪了。

"我未来的另一半呢?"

"我看看啊。火星代表你们喜欢的另一半。哇,从星盘上看,他应该是个猛男。"

"那我呢,我男朋友呢?"

"你男朋友可能是个老男人,有钱有地位,不过对爱情比较理智,好像不会太冲动啊……"

徐栀皮肤很白,在一群女生中尤其出挑。她没加入,趴在位子上心无旁骛地帮人补同学录,在"前程似锦"四个字上描了又描,只露出一段干净修长的后颈,看着莫名有股坚韧劲儿。

"啊,什么冲动?"有人问。

"就是说你男朋友那方面不行。"一个男生走过去,顺嘴接了句,趁那帮女生没反应过来,转头对徐栀说道:"班长,老曲找你。"

"'龟苓膏',看我不把你的天灵盖打成滑盖!"

女生们瞬间群起而攻之,气势汹汹地抄起桌上的书,追着他一顿猛打,直到那个男生一边抱头鼠窜,一边求饶。

"哎哎哎,女侠们饶命,滑盖多难打理啊,下雨天容易进水啊。"

…………

徐栀出去的时候,老曲姿态"妖娆"地靠在走廊里的石柱上,腋下夹着个常年不离手的不锈钢保温杯,头发抹得油光锃亮,一副人类高质量男性的打扮,开口还是老生常谈:"考得怎么样啊?"

她手上抱着两本书和一大摞资料,正要开口,突然在群情激昂的走廊上瞥见一道熟悉的背影。

"你的目标还是庆大?"曲一华接着问。

徐栀心不在焉地站在走廊一边,看着那道格格不入的孤僻背影消失在走廊尽头。

"嗯,庆大应该没问题。"徐栀急匆匆地说了句,然后指了指手上的资料,"那个,曲老师,我现在得……"

曲一华低头看了眼上面的名字:"谈胥的?"

"嗯,他之前借给我的复习资料。"

谈胥。

曲一华说他是高二从市一中转过来"扶贫"的。听说以前在市一中,他的竞赛奖状多到可以糊墙的程度。市一中是省重点,并且在全省十三所重点高中里独占鳌头,全省排名前一百的学生,百分之八十来自市一中。

睿军中学是普通高中,谈胥转过来之后,高三就没考过第一之外的成绩。高三这一年，徐栀在谈胥的帮助下成绩突飞猛进，成了一匹黑马，三模直接冲进了全市前十名。反倒是谈胥自己，这几次考试频频失利，三模甚至跌出全校前十名。

"放我办公室吧，"曲一华说，"谈胥大概要复读。"
徐栀愣了一下："分数不是还没出来吗？"
"谈胥的数学最后几道题都没做，这已经不是失误了，他根本不在状态。谈胥的父母已经给我打电话了，要求学校给谈胥免费复读的机会。"
曲一华没对徐栀说谈胥的父母在电话里还提到了她，说得很难听，甚至用上了"勾引"等字眼，认为是徐栀和谈胥谈恋爱影响了谈胥的学习，还要求徐栀主动向学校说明情况，承认是她的问题。
"你跟谈胥……"曲一华欲言又止。
"我们没谈恋爱。以后也不会谈。"
徐栀很感谢谈胥，曾经有一段时间甚至误以为这种感激和感动就是喜欢，但是后来在谈胥一次次的冷暴力和无理取闹中，徐栀突然觉得十七八岁的男孩子真是挺幼稚的。她整理好情绪，也渐渐明白，自己对他更多的是感激，本来打算等考完试找谈胥好好聊一聊，但他一直躲着她。
曲一华突然干笑两声："行了，没事，我就随便问问。志愿的事情你再好好想想。我们真觉得你可以考虑一下北京和上海的学校，你的分数完全有机会。"
徐栀眼神平静："庆大的分也不低了，我记得去年也六百七八呢。"
曲一华一直认为，过分平静也是一种粉饰太平。
"你不加自选模块都快 700 了，你别告诉我你自选模块也没去考。"
"什么叫'也'没去考？有人没去考？"
"是啊，"老曲把保温杯从腋下拿出来拧开，吹开漂浮的茶叶末子，喝了口，叹息一声，说，"市一中就出了这么个神仙。"

那真是位神仙，毕竟市一中内卷厉害是出了名的。如果说谈胥的竞赛奖状多得到了糊墙的程度，那位大概就是糊城墙的程度。
今年恰巧是 S 省教改的最后一年，自选模块是省内附加的科目，只有 60 分，并且只用于一本考生加分。哪怕没有自选模块的成绩，只要其他几门裸分能上一本线，照样可以填报一本志愿。而市一中那位，听说不加自选模块估分已经700多了。

曲一华倒没跟她说这么多，只是把盖子拧好："所以，我还是得好好跟你说说报志愿这个事情，这个平行志愿投档也是一门学问……"

"曲老师，我知道了。"徐栀有点儿烦了，这车轱辘话她来来回回听了真的不下十遍。

"你不要嫌我唠叨，有时候一个选择就注定你接下来的路上会遇见谁。"

"知道，我从小就立志做一个对社会有用的人。"

徐栀这人就特擅长用最诚挚的语气讲出最敷衍的话，阳奉阴违第一名，了解她的人都知道，但这招对曲一华特别管用。

老曲果然欣慰地夹着保温杯走了。

斜风细雨慢慢涌进走廊，风拂在脸上，带着潮意，乌云沉在天边，仿佛在酝酿下一场狂风暴雨。徐栀心想，老徐的关节炎又该犯了。她茫然地叹了口气。对社会有用的人，多有用，有多大用，她不知道，有用就行。

天低云暗，狂风卷地而过，树木被刮得唰唰直响，顷刻间，暴雨如注。

徐栀在路边等蔡莹莹，就是刚刚在教室里神神秘秘地给人看对象的那个姑娘。两个人是发小，从小学到高中都是同学，住在一个小区，几乎没分开过。如果不是高三徐栀的成绩一日千里，上了大学俩人估计还是形影相随。

蔡莹莹的书包在背后一晃一晃的。一见到她，蔡莹莹就笑嘻嘻地冲过来一把抱住她："啊，亲爱的，我就知道你带伞了。"

徐栀撑开伞："你连学委的对象是猛男都能看出来，下不下雨这事应该难不倒你吧？"

"哎呀，刚才'曲妈'找你干吗呀，还是报志愿的事吗？"蔡莹莹钻到伞下，问。

"他想让我填H大。"

蔡莹莹倒是知道徐栀一心想上本地的庆大。

"那可是'顶级渣男'，是一般人说上就上的吗？"

蔡莹莹有句"名言"：高考对学渣来说就是个渣男，也不说你行不行，就说"你努努力，说不定结果也能如你的意"。

"再说现在分还没出来，等分出来再看呗，他着什么急呢？万一你超常发挥直接考了个全省第一,那还上啥H大啊,直接上A大了。"

徐栀叹了口气:"你这脑袋瓜真是比西瓜都简单啊。"

"可不?哎,我都快被翟霄气死了。"蔡莹莹嘟着嘴,掏出手机给徐栀看聊天记录,迫不及待地跟她抱怨,"我虽然也不喜欢那种为了爱情放弃最后两道大题的小傻瓜,但是像翟霄这种拼命炫耀自己考得有多好的大傻帽儿应该也是绝无仅有了。难道他不知道我的分数可能还没我爸的血压高吗?"

翟霄是市一中的,和蔡莹莹通过一场球赛"暗度陈仓",不过一直未捅破那层窗户纸。

徐栀毫不留情地道:"你俩之间这隔的是窗户纸吗?钢化玻璃吧。"

"啥都行,反正就是没谈。"蔡莹莹转移话题,"对了,谈胥呢?"

说话时两个人正好经过药店,徐栀收了伞,打算进去给老徐买两盒膏药。她熟门熟路地找到膏药货架,说:"他考砸了。"

"难怪最近他都没搭理你,看来是又把考砸的火撒你身上了啊。"蔡莹莹跟在后面,后知后觉地说,"哎,他怎么每次都这样啊?上次物理竞赛考砸了也对你冷暴力,莫名其妙冲你发火,我觉得他就是在PUA[①]你。"

"嗯,我找个时间跟他说清楚就好了。"徐栀低着头,正在研究云南白药和麝香壮骨的成分区别,似乎一点儿都没放在心上,"哎,蔡主任平时都贴哪个?"

"他才不贴这个呢。他偶像包袱重,你知道的。"蔡莹莹摊手说。

"那关节炎怎么办?"

"拿个热水袋焐焐。"

"老蔡还是讲究啊。"徐栀忍不住赞了句。

"他就是穷讲究。"蔡莹莹戏谑了一句。

她俩都没妈,不过不一样的是,蔡莹莹是从小就没妈,早年老蔡忙工作,疏于对她的管教,后来想管,蔡莹莹又进入叛逆期,所以他俩的关系一直都很僵;徐栀妈妈是前几年才去世,只剩下她跟老徐相依为命。老徐是个"重度社交恐惧症患者"。徐栀又很懂事,从没让老徐操多余的心,

---

[①] PUA:网络词汇,主要指通过一系列手段操控某个人的精神。

家长会都没让他去过。

徐栀妈妈还在的时候，徐栀其实是个比蔡莹莹还会撒娇的小公主，小时候贼爱哭。老徐说，别人家的姑娘是水做的，他家姑娘是水龙头做的，哭起来滔滔不绝的。

现在徐栀已经变得开朗外向很多，话也多了，不爱哭也不爱生气，错了就道歉，跟谁都一副懒得扯皮的样子，哪怕谈胥这么对待她。

"老爸，我早上回学校估分了。"

徐光霁同志正在厨房做饭，眼镜架在光溜的脑门儿上，锅碗瓢盆砰砰砰响着。他没听清徐栀的话，举着锅铲，茫然地回头："你说啥？孙悟空哭了？"

徐栀："……"

"对！唐僧被猪八戒抓走了！"在一旁斗地主的老太太暴跳如雷，"估分！耳朵比我还聋！"

徐光霁这回听见了，笑呵呵地回过头，问："考得怎么样？"

"还行。"徐栀正在陪外婆用手机斗地主。

徐光霁哦了声："小蔡呢，小蔡估了多少？"

老太太丢出一对二。徐栀低着头，正在琢磨要不要炸，半晌才回："您倒是很关心小蔡啊。"

徐光霁正在给土豆饼翻面儿，头也不回地道："我主要关心蔡主任的高血压。他不像我身体好，受不得刺激。"

徐栀闻言，抬起头，看向他在厨房里忙碌的背影，笑着说："爸，其实我以前最讨厌别人问我'你爸是干什么的'，因为我觉得挺难以启齿的。不过我现在觉得您这样挺好的，身体健康，陪我的时间也多。小蔡说她小时候根本不知道她爸长什么样，当然也可能是因为她从小就脸盲。"

徐栀见徐光霁要发作，立马举手表忠心："我发誓，我绝对尊重这个世界上所有的职业，尤其是男科医生。"

"那也请你尊重一下我的刮胡刀，不要拿它刮腿毛。"徐光霁拿腔拿调地接了句，回头又瞥了她一眼，"考完有什么打算？"

"想打工。"徐栀歪了下脑袋，"我听说你们科室要找个收床单被褥的大爷？"

徐光霁都懒得搭理她，一边把打好的西瓜汁慢慢倒出来，一边说："你要是闲着没事干，找几个朋友出去旅趟游，拉萨、喀什、漠河……多远都行,世界那么大,别整天为难你老爸。"

徐栀妈妈走后,徐光霁在生活和事业上都一落千丈,有阵子差点儿连工作都保不住了,但他仍然爱打肿脸充胖子,对徐栀说"我很有钱,你可以去环游世界"。徐栀懒得拆穿他。

吃完午饭,徐光霁叮嘱徐栀今天别忘记帮外婆洗澡就匆匆赶去上班,留下徐栀和老太太在餐桌边大眼瞪小眼。

"不洗。"

徐栀一边收拾碗筷,一边不容置喙地说:"这可由不得您。"

外婆的脾气本就暴躁,在洗澡这件事上更像个炸药筒,一点就着:"我说了我不洗,你要是敢给我洗澡,我就报警说你要淹死我。"

徐栀头也不回,说:"您有这个工夫,不如现在乖乖地去把衣服脱了。"

老太太最后没报警。她把浴霸开到最大,在闷得像桑拿房的浴室里,对着徐栀喋喋不休了一中午。

"一家子都是孽障,孽障!"

"你爸孬!你也孬!你一点儿都不像你妈!"

…………

自从林秋蝶女士去世之后,老太太连最基本的体面都懒得维持,生气就骂,不高兴就打。尽管这样,徐光霁还是不忍心把她一个人丢在老家,决定把她接过来一起住。

徐栀都习惯了,一边不为所动地给她放水试水温,一边表情淡淡地警告了老太太一句:"你骂我行,别骂我爸。"

老太太:"你爸你爸,你个小没良心的,你压根儿不知道,你妈刚怀上你的时候,你爸都不想要你……"

砰的一声,徐栀一言不发地把门关上,胸膛剧烈地起伏着。她努力平息着呼吸,但胸腔里仿佛大海涨潮,一浪高过一浪的潮水已经快将她淹没。她快窒息了。

这天中午,徐光霁是在食堂吃的,没什么新鲜菜,有些还是残羹剩汁,正巧碰上蔡莹莹的爸爸。老蔡以前是神经外科主任,虽也是孤俦寡匹,但仕途得意刚升副院长,此时春风满面地端着他的 Hello Kitty 饭盒在徐光霁旁边坐下："老徐，你也没回去？"

徐光霁埋头干饭，察觉一道人影覆下，下意识地看了眼自己昨天腌的鸡腿，默默地将餐盘往怀里拢了拢。

"你这就有点儿看不起人了，跟谁没似的。"蔡院长威风凛凛地揭开他的饭盒。

徐光霁无声地扫了对面的饭盒一眼——还真没有。

蔡院长默默地拿起筷子，岔开话题："听莹莹说，徐栀这回考得不错啊，七百多分了。"

蔡莹莹那嘴比食堂里炒菜的阿姨还爱添油加醋。徐光霁扒着饭，回了一句："没那么高。"

徐光霁这几年低调得恨不得让人忘记他的存在。早几年惨痛的教训让他如今不得不信奉老太太那句名言：你就是太顺，又高调，老天爷看见都嫉妒，秋蝶才会惹上那些不干净的东西。

"你家老太太迷信我知道，你可是受过正规教育的人，"老蔡用筷子刮了下饭盒边沿，"该庆祝还得庆祝。"

"我又没说不给她庆祝，"徐光霁抬头，推了下眼镜，"等正式出分再说吧。你们家蔡蔡考得怎么样？"

"别提了，"蔡院长叹了口气，低下头开始扒饭，"发挥得比我的血压还稳定，多一分都不给你考，要不愿意复读，估计也就上个大专吧。"

徐光霁心疼地把自己的鸡腿夹过去："你吃吧。"

老蔡又把鸡腿夹回来。徐光霁以为他不要呢，刚想说"别跟我客气，你们家蔡蔡真不好带"，只见蔡院长蘸了蘸他盘子里的酱，一点儿不客气地低头咬下去，心满意足道："谢谢啊，你这酱真好吃，下次我让蔡蔡再去你家挖一勺。"

徐光霁："……"

"不过，有个事，"老蔡津津有味地啃着他的鸡腿，突然想起一件事，"我得提醒你一下，你们家徐栀是不是谈恋爱了？"

徐光霁猛地放下筷子："你听谁说的？"

"你先别激动。"老蔡也顾不上啃鸡腿了，胡乱擦把嘴，立马解释说，"三模之后开了一次家长会，你不是没去吗？我在他们老师办公室碰见一个男孩子，脖子上戴着一串项链，就是秋蝶留给徐栀的那串。不过那时候我看徐栀的成绩一直都挺稳定，怕你知道后太激动影响孩子考试，我就没说。"

· 8 ·

徐光霁目光如炬，牢牢盯着他，一声不响。

"你别这么看我啊。现在都考完了，你更没必要激动，找个时间好好跟她聊一聊，现在恋爱确实早了点儿。这个问题上，我们家莹莹倒是挺让人放心，长得没你们家徐栀漂亮，成绩还这么烂，要有人跟她谈恋爱，"老蔡把饭盒盖上，自信满满地说，"我第一个带他上咱医院治治眼睛。"

暴雨将整座城市冲刷干净。雨后的天空反而更明亮，葱郁的树叶在雨水的冲刷下泛着油绿色的光，知了逍遥自在地聒噪了一天又一天。

徐栀到了谈胥租的房子门口，才发现他人不在，房门关得比太上老君的炼丹炉都严实，隔壁同住的复习生说他下午回老家了，晚上才回来。

徐栀慢吞吞地往楼下走，这才打量起这栋筒子楼。这栋楼里住的几乎都是高三的学生，因为这里离市一中很近。

市一中内卷相当厉害，各县市乃至外省的中考状元都削尖脑袋往这儿挤，所以外地生很多。外地的高三学生喜欢自己租房子，因为宿舍十点准时熄灯。

徐栀听说这栋楼考前那几个月凌晨四五点还灯火通明。在这种地狱般的厮杀下，难怪谈胥的脾气总是阴晴不定。

庆宜市常年刮风下雨，楼道里的墙皮潮湿起壳，弥漫着一股霉味。

徐栀走到一楼，隐隐听见屋子里头传来低沉的谈话声——

"现在成绩还没出来，我跟你爸爸商量了一下，我们还是想送你出国，没必要再复读一年。"

"哦，随便。"

声音清冷，很有磁性。

徐栀下意识地抬头看了眼。防盗门没关，一抹斜长的影子穿过门缝落在走廊上。这筒子楼设施陈旧，湫隘破败，墙面污渍纵横，却衬得那干净修长的影子有些吸引人。

一楼楼道的墙角处丢着好几张粘满蚊虫的蚊蝇贴，还有各种牌子的电蚊香，有些甚至没用过，看得出来这主人是个挑剔性子，不太好伺候。

女人再次开口："那个女孩子……总归是要跟人家说清楚的，你还是趁早……"

"嗯，我说了，您随便，别说那不是我女朋友，就真是我女朋友也没关系，您说分就分。"这回答可以说毫无求生欲。

房门虚掩着，徐栀透过窄小的门缝瞧见客厅的沙发上坐着一个气质如兰的中年女人。虽然看不见脸，但女人说话的声音让徐栀想起她妈林秋蝶女士——两个人的声线几乎一模一样，温柔锐利，就算生气时，说话也是不紧不慢的。女人身上那件鹅黄色的碎花连衣裙，在徐栀的印象中，好像林秋蝶女士也有一件。

"你还狡辩！"女士火冒三丈，砰地把茶杯摔在桌上，"不是你女朋友，你把人带家里来？我要不过来，你们准备做什么？还有，你看看你身上穿的是什么？！我不是不允许你谈恋爱，但是有些事情你别给我搞得没法收场！那女孩儿的爸爸可不是随随便便就能打发的人。"

他似乎冷笑了一下。

"那不正好？你们也不用费尽心思找理由把我扔出国了啊。"

"你这是什么态度？！嫌我们管得太多是吗？！对我们有什么不满意的你倒是说，别跟我阴阳怪气的。"

影子的主人背对着徐栀站在玄关处。那人高瘦，仗着自己优越的身形穿得很随意，就很……有一股"被人捉奸在床"的味道，仿佛只是火急火燎地随便拿了衣服和裤子胡乱套上，上身是宽宽大大的球衣，下面是印着一中 logo 的校裤。不过他的肩膀宽阔平直，整个人是恰到好处的匀称，虽然清瘦，却不显得单薄，线条流畅，标准的衣服架子。

徐栀想起蔡莹莹说过，市一中不仅成绩内卷得很厉害，连帅哥都内卷得厉害。

徐栀的视线落在他印着 logo 的校裤上。相比睿军花样百出的校服，一中的校服倒是一直都这么规矩朴素。

但这哥显然不是规矩的人。他靠在门口的鞋柜上，单手插兜，校服外套松松垮垮地搭在肩上，一只脚随意地踩着全是签名的篮球，脚边还丢着一架大疆无人机，在他妈的疯狂轰炸下，还心平气和地给自己点了份外卖。

"你又在点什么？"女士显然对他的行为了如指掌，"你一天到晚就知道吃吗？"

"吃也不行？"他明显是在火上浇油，"那回头我问问医院，当初我出生的时候是不是忘了告诉我我是铁打的。"

"你说话非要这么刺人吗？"

他叹了口气:"哎,您第一天见我时不就知道我是个刺儿了吗?"

咋,你出生的时候就带刀了吗?徐柂下意识地在心里吐槽了一句。

女士大约是觉得自作孽,沉默片刻,话锋一转:"你昨晚一整晚都陪你爷爷待在派出所?"

"不然呢?对方不肯私了啊。"

"废话,那是专业碰瓷,也就你爷爷没经验才会上当。"女士顿了顿,见他一副不想对长辈多说的样子,又把话题绕回去,"刚才那女孩儿,你是第一次带回来还是你们已经……"

"真是服了,我说了她不是,您希望她是就是吧,我懒得解释了。"他的语气不耐烦到极点。

楼道里静谧,蝉在窗外高亢嘹亮地叫唤着,试图掩盖一切不和谐的声音,女士的声音终于温和下来——

"我不管你,反正你马上要出国了,出国之前把这些乱七八糟的事情给我处理好。还有,你昨晚在派出所给我打电话的时候,我正在台里开会,开到凌晨三点才结束,不是故意不接你的电话,早上接到警察的电话才知道。"

"嗯,理解。"他这会儿很好说话,并没打算深究,也懒得问"那三点之后呢",只是抓了把头发,像只树懒一样,慢悠悠地从鞋柜上起身,"我去躺会儿。"

女士叫住他:"你等等,先换身衣服,陪我去趟蒋教授家。"

他大约是被气笑了,后背弓了下,又靠回去:"您干脆送我进国家队报个铁人十八项算了。"

说这话时,陈路周不知怎么冷不丁地回头扫了眼走廊,视线与门外徐柂的视线自然相遇。但这会儿他没在意,很快便转回去,闭着眼靠着鞋柜,一副四大皆空的样子,没皮没脸地继续"负隅顽抗":

"妈,我一夜没睡了,就是给您当'三陪',那也得三班倒啊。"

"陈路周!你能不能给我正经点儿?!"

真像,徐柂从小是个调皮性子,说话口无遮拦,林秋蝶女士的口头禅也是"你能不能给我正经点儿"。

他叹了口气:"哎,妈,您先别生气,更不正经的我还没说呢。但是,我是不是从没有忤逆过你们?用朱仰起他们的话来说,我也算半个'妈宝男'了,不论是出国还是复读,随你们高兴。我也保证,以后交女朋友一定经过你们的同意,可以了吗?我可以去睡觉了吗?"

"你真的不知好歹……"

中年女人的声音戛然而止，因为视线中蓦然闯入一张陌生的面孔。

徐栀大约是太想念跟她母亲唇枪舌剑的日子，这样的盎盂相击都听得津津有味、百感交集。徐栀就像一只竖着耳朵的兔子，慢悠悠地沿着台阶往下走，明眼人都能看出来她在看戏。

陈路周筋疲力尽一般仰头长吐了口气，极其无奈地道："妈，我真的很困……"

他话音未落，大约是看到母亲的视线有些偏离他俩原本交火的视线轨道，于是蹙着眉不耐烦地回头。

天边滚着火烧云，夕阳像个丹青手，寥寥几笔就映得整个狭窄的楼道热烈如画。

视线再次蓦然撞上，两双眼睛其实都没什么情绪，冷淡至极，就好像夏日里两杯咕噜咕噜冒着白沫的冰啤横冲直撞地混到一起，谁也说不清谁更烈一点儿。

这哥，眉眼的轮廓格外流畅，冷漠感很重，眼皮和嘴角都很薄，不笑的时候透着一种"不好糊弄"的冷淡劲儿。

徐栀是圆脸，五官小巧精致，模样其实很乖，吃亏就吃亏在眼睛上——眼神冷静而锋利，任何时候都有种置身事外的冷漠感，所以直白地打量人的时候会显得有些"不怀好意"。

不好糊弄和不怀好意撞在一起，那就很不好意思了，谁先开口谁就输。

陈路周："……"

徐栀："……"

其实徐栀是在犹豫是不是要说一句"对不起，我不是故意的，就是听到你妈的声音，想到我死去的母亲"。

自己又觉得这么说好像不太合适。

然后，她看着他的眼神，突然想起老徐说的，"眼正心实的人不会太蠢"。这哥，心实不实不知道，眼风是真正，反正就不太好忽悠，聪明劲儿都写在眼睛里。

徐栀心想，要不还是诚心诚意地认个怂，给人道个歉吧，还没张口，就被人一句话堵住了。

"要不，咱俩加个微信，下次您想听人挨骂，提前找我买个票。我在门口给您摆个座儿？"陈路周把肩上的校服外套扯下来，绑在腰上，也不知道遮个什么劲儿，然后探出半个身子来，一脸"我替你着想"的诚恳劲儿，"站着听人挨骂多累啊。"

"对……"不起。

徐栀还没说完，只听砰的一声巨响，他把门关得天震地骇，莫名像是在撒邪火儿，带起的风里混着股陌生的气息，冷冽尖锐，扑了她一脸。

夏日的树丛里到处散落着绯红的彩霞，树影在地上晃来荡去，屋内若有似无的余音仍然会传到徐栀耳边，混杂着不知疲倦的蝉声，震荡在这个滚烫明亮的六月。

"你满嘴跑什么火车呢？"女士跟林秋蝶女士一样，也有张针针见血的嘴，无论如何也不肯放过他，"有你这么跟女孩儿搭讪的吗？一身桃花债你很光荣是不是？好好说话嘴巴会长疮？"

"说不了，就这样了，"他趿拉着拖鞋往里走，无所谓地回了句，"在您眼里我跟狗说句话都算是搭讪。"

"你就装吧，蛊惑人心你最有一套，我懒得管你。还有，外套要穿就好好穿，绑在腰上干什么？显得吊儿郎当的。"

"就您刚才那个拍门劲儿，我来得及找内裤穿吗？您没看她刚才盯着我下面啊？"

徐栀：我看了我去死好吗！

暮色渐沉，天地浑然一色，将黑未黑，艳丽的霓虹灯模糊了整座城市的轮廓。

陈路周把连惠女士哄走后，又被朋友叫回一中打了场球，不过没打两分钟就被人赶下场。

"昨晚你做贼去了吧。要没心思打，上一边儿玩去，我把球扔水里，海豚拍得都比你起劲儿。"

陈路周心说：不是你觍着脸求我来的吗？不过他也懒得上赶着讨人嫌，懒懒散散地跟那个男生撞了下肩表示"哥不陪你玩了"，然后弯腰拿起自己的球："走了。"

"喂，你真走啊？"

陈路周头也不回，只挥了挥手，于是，那哥们儿拍着球回头看向其他几位:"他干吗呢他?"

"今天谷妍上他租的那房子找他去了,被他妈撞了个正着。"

"这么刺激?他俩不会被捉奸在床吧?"

"我刚问他了,他啥也不肯说,只问我朱仰起这会儿在哪儿。"

"毕竟人家谷妍是大明星,以后要进娱乐圈的。"

朱仰起这会儿人在画室,靠在窗边陪小妹妹们聊闲天,大吹法螺:"我去年拿了六个证,反正从省联考之后就一直在考,最后一个证拿到的时候已经快三月了。文化课只学了两个月左右,成绩不太理想,但我速写全省第八十一名……"

说到这儿,他捏在手里的手机突然响声大作,叮咚声接二连三地响起,是一串微信消息。朱仰起低头扫了眼,见来自Lucy。当然,这是他备注的名字,陈路周的微信名很简单——Cr。

Lucy:楼下。

Lucy:烧烤摊。

Lucy:等你两分钟,很饿。

朱仰起下楼的时候,陈路周不出意外地靠在烧烤摊的椅子上看电影,耳朵里塞着耳机。以他的阅片量,当个电影博主完全没问题。什么题材的片子他都看。

他爸,确切地说是他养父,早年开了家租赁录像带的店,后来遇上国家扫黄打非被迫关门,只能跟人下海经商,跑过黄包车,跟人合伙办过烟厂,最后在广东发迹,衣锦还乡后青云直上,现在在本地开了好几家影城,当然这也只是产业之一。别人的霸道总裁父亲都是收藏名烟名酒,陈路周他爹就喜欢搜集绝版录影带。

烧烤摊人多,他面前放着杯喝了一半的冰拿铁,长腿在桌子底下无处安放,只能大咧咧地敞着,斜斜地往两边倒。一只耳机挂在他的脖子上,因为旁边有个小哥跟他搭讪,问他脚底下的球是不是去年总冠军的限量款,签名是真的吗。

他抬起头扫了那哥们儿一眼,反问:"你看像谁的签名?"

"库里?格林?"

陈路周把电影快进了几分钟，人靠在椅子上，仰头笑："什么思路啊兄弟，库里、格林能签中文名？这好歹能看出是三个字吧。"

朱仰起想起来，陈路周当年就是用这球坑得他那个没有血缘关系又傲慢的弟弟亲亲热热地跟在他屁股后面叫了一天"哥"，知道真相后，小屁孩儿一个月都没有搭理他。然而这浑球儿还觉得自己挺无辜的，靠在人家房门口，毫无歉意地叩了几下房门："我又没说这是库里、格林还是姚明、易建联的签名。"

小屁孩儿气得哇哇大哭："那谁会在自己的篮球上签十几个自己的名字啊？自恋狂！"

…………

显然，小哥也在后悔自己为什么要跟这人搭讪：什么人啊，居然在总冠军限量款的篮球上签自己的大名。

朱仰起过去的时候，陈路周头都没抬，那耳朵比狗耳朵都灵："画家忙完了？"

朱仰起无视他的调侃，目光幽怨地环顾一圈座无虚席的烧烤摊，发现连陈路周对面的位子都被人占了。朱仰起扫了一眼那姑娘的脸，见生得比广东生菜还生，完全不认识，于是开口："我坐哪儿啊？"

这里是夷丰巷有名的单人烧烤摊，随时随地都可以拼桌。那姑娘见朱仰起一副正宫娘娘的表情，想说"要不我起来"。结果陈路周一副东风吹马耳的懒散姿态，靠着椅背，继续全神贯注地看电影，眼皮都没动一下："我可没说要请你吃饭。"

朱仰起："那你催命一样给我发微信？我还以为你要饿死了！"

陈路周属于饭量不大，但不能挨饿，一挨饿就"丧心病狂"，什么事都干得出来的类型。朱仰起本就心虚，哪儿还敢让他饿着肚子等自己下班？

棕榈巷算是江南老街。巷子蜿蜒曲折，两侧嵌着一排排犬牙交错的雕花矮楼。

蔡莹莹摆好三脚架和相机，换上一身不知道从哪儿借来的黑色大码女士西装，然后郑重其事地拉上窗帘，一副如临大敌的模样。屋子里的光线顷刻间暗沉下来，室内陷入一阵诡异的沉默。窗外空调机在漏水，啪嗒啪嗒有节奏地敲打着楼下的遮阳篷。

徐栀盘腿坐在地毯上，百无聊赖地刷着手机，此时抬头瞥她一眼，说："录个染发教程而已，你弄得跟录遗言一样干吗？"

"可不得谨慎点儿，"蔡莹莹调试着镜头，胆战心惊地说，"等我爸晚上回来，说不定这就是大美女蔡莹莹同志生前最后一个视频了。"

徐栀无语地看着她："你就不能染个能活下去的颜色？"

等镜头调试好，蔡莹莹退回沙发边坐下，然后"视死如归"地戴上手套，怀里抱个巴掌大的小碗，把染色剂和双氧奶一股脑儿地倒进去："翟霄说了，这是他们学校今年最流行的颜色。"

"翟霄有没有说让你赶紧把空调机修一修？"徐栀随手翻了翻蔡莹莹的色卡本，说，"不然不等你爸动手，你就身先士卒了。"

"徐栀！"蔡莹莹做作地瞪她一眼，"翟霄根本没来过我家好不好？"

徐栀也做作地挑下眉："哇，那你真棒。"

蔡莹莹没搭理她，自顾自地说："翟霄跟我说，这次市一中那边有好几个大学霸考得都不行，从考场出来直接收拾东西准备复读了，就连——"她神秘兮兮地凑到徐栀耳边说，"'谁谁谁'都缺考了一门。"

"谁谁谁"是翟霄和蔡莹莹对市一中某个人的专属称呼。徐栀到现在都不知道这个人到底是谁，可能连蔡莹莹都不知道那人的名字。翟霄从来不提，也不肯给蔡莹莹看照片，说就是个"恃帅行凶"的浑球儿，但成绩一直都是市一中实验班的前两名。

如果不出意外，这次庆宜市的高考状元不是他就是另外一个学霸。但翟霄对他的感情很复杂，拿他当偶像又不甘心，毕竟一中都是佼佼者，加上那家伙很少干人事，那张嘴啊，巧舌如簧，能言善辩，僵尸都能让他给忽悠起来走两步。

徐栀正躺在沙发上看庆大历年的分数线，兴味索然地回了个"哦"。

"你知道谁谁谁长得多帅吗？"蔡莹莹一边给自己套上一次性披肩，一边说，"而且他超浪漫的！他们学校百年校庆的时候，他用无人机以他们班的名义拍了个视频短片，真的超会拍，运镜很牛。那个短片现在变成他们学校的宣传片了，还上过热搜。"

"了不起。"徐栀敷衍了句，"不过，你见过？"

"那倒没有，我至今都不知道这个'谁谁谁'是谁，翟霄就发过一张照片，模模糊糊一个背影，但是超级有味道。"

徐柘半信半疑，毕竟蔡莹莹真的比食堂阿姨都会"炒菜"："行了，你别添油加醋了，学弟学妹们快没法吃了。"

"不信算了。"蔡莹莹把头发分好区，话锋一转，"对了，你刚刚说，你下午碰见一个声音跟你妈一模一样的女人？"

徐柘这才放下手机："嗯。你说这个世界上真的会有声音那么像的两个人吗？"

而且，她的说话的语气和口头禅，真的跟林秋蝶女士一模一样。

"在哪儿碰见的？"

奇怪，徐柘的脑子里又响起那个清冷又傲慢的声音。

"站着听人挨骂多累啊。"

"您没看她刚才盯着我下面啊？"

…………

徐柘盯着手机，心不在焉地说："在谈胥租的房子的楼下。"

"你去找他了？"蔡莹莹怒其不争，"还说你不喜欢他，我看你就是被他PUA了。"

"我去拿我妈的项链好吧？上次你约我们看流星，他没看上流星，看上我的项链了，觉得四叶草很幸运，就拿着去考场了。"

徐柘越想越觉得她跟谈胥只能当朋友——尽管彼此没确定过关系，但谈胥认为她必须跟着他。

蔡莹莹从小对林秋蝶的事情也略有耳闻。反正在各种妖魔化的版本里，林秋蝶女士仿佛就是一个厄运的象征。有关她的东西最好都不要碰，跟徐柘他们家最好也少接触。要不是这些流言甚嚣尘上，老徐这几年也不至于患上重度社恐症。

夷丰巷尽头有家8090小卖部，里头放着张灰扑扑的台球桌，几乎没什么人打——高三复习楼里的人连进小卖部买瓶水的工夫都没有，更别提打台球了。

两个人磨磨蹭蹭打了几局，陈路周一声不吭，倒也没有多认真，大多数时候只是靠在台球桌旁，输一局，赢一局，循环往复，全程以一种"你就没什么要跟我说的吗"的眼神漫不经心地折磨着朱仰起。

他太知道怎么折磨人了。

嘣。

惴惴不安的朱仰起又一次把母球击入袋。陈路周兴致缺缺地靠在桌旁，仰仰下巴，示意他把球捡出来，就是不肯跟他说话。

朱仰起把球拿出来，胁肩谄笑地给陈路周摆了个最好打的位置，决定自首："谷妍一直堵我，说现在网上的人都在扒她的信息，想找你帮个忙，不然以后都没办法当演员了，但是你一直不肯加她的微信。我当时一听就慌了，就把你的地址告诉她了。"

陈大少爷不领情，把球放回开球线，弯下腰，边瞄准线路边没什么情绪地说："嗯，你就没想过，我可能会因为她一辈子找不到女朋友？"

"有这么严重吗？"朱仰起一愣，后知后觉地回过神，"所以网上那个被扒出来的小号真的是她啊？恋爱日记都是假的，还是你真的说过自己就喜欢胸大无脑的？"

陈路周瞥了朱仰起一眼，冷笑着拿过桌旁的巧克力："你看我每次去你们班找你，跟她说过一句话吗？"

朱仰起已经没心思打球了，掏出手机翻了翻，发现有关恋爱日记的博文已经被删得一干二净。谷妍的小号也已经注销，在社交软件上搜"陈路周"也搜不出任何东西。

"所以她说跟你谈恋爱是撒谎？"

不是吧，谷妍一直在不择手段地追陈路周？朱仰起感觉自己对女神的滤镜碎了一地。谷妍平时看起来明明是个冷美人。

朱仰起磕磕巴巴地说："那她……她找你说什么了？"

她还能说什么？要不是谷妍这么莽撞地找上门，陈路周压根儿不知道发生了什么。洗澡洗到一半时突然传来敲门声，他以为是点的咖啡到了，内裤都没来得及穿，随便套了条裤子去开门，结果看到是谷妍。谷妍上过好几次热搜，一中的艺考生数她最出名，热度比一些十八线艺人都高。如果陈路周说自己认不出她来也太假了，更何况她跟朱仰起还是同班同学。

不过他刚才在洗澡，这时大脑反应慢了半拍。还没来得及说话，谷妍径自开始哭，梨花带雨，十分委屈，逼得陈路周不得不先掏出手机查自己的瓜。查完，他把手机丢到茶几上，问谷妍想干吗。谷妍哭哭啼啼地问他愿不愿意当她的男朋友。陈路周直接说不愿意。谷妍似乎没想到他会拒绝，还不死心地问他："为什么？你有喜欢的人吗？"

陈路周更无语，头发还湿着，脖子上挂了条黑色毛巾，就懒洋洋地往沙发上一靠，随手打开电视机调了个体育频道，看也没看她，漫不经心而又直白地说："对你没感觉啊。"

他这个人，说话向来直接得可怕。

谷妍被拒绝后大概是一下子蒙了，语无伦次地说了一堆。说她早上五点起来练功就是为了当演员；说身上哪儿哪儿都是伤，没有一处关节是好的；说她是个有梦想的人，老师们都特别看好她，认为她是能为国家拿奖的人。陈路周是个聪明人，从这么一堆毫无重点的话里大概听出了她的意思：你能不能保持沉默，不要上网捶我？

电视机里转播的篮球赛异常激烈，但陈路周大半的注意力已经被分走，谷妍后面说了什么，他压根儿没听，只吊儿郎当地回了四个字："看我心情。"

他多半是懒得去搭理这件事的，但是被人莫名扣了这么一个屎盆子，心情不爽是肯定的。

…………

"关你屁事，既然把我卖了，就少在这儿假惺惺的。"

朱仰起咬咬牙，知道他昨晚在派出所，今天又被谷妍骚扰，估计都没怎么睡，这会儿多半一肚子火气，于是直接弯下腰："还打吗？不打我结束这局了啊。"

"你打进再说吧。"

砰的一声，母球笔直地飞出去，这杆朱仰起几乎没留力。

这是个角球，直线的中袋球他不打，打了个角度很刁钻的角球。

陈路周毫不吝啬地给他鼓掌。

朱仰起才不吃他这套，多半也是因为害羞："滚啊，少在这儿碿磣我，扮猪吃老虎你最擅长！你知不知道，现在外面有人说你是为了谷妍弃考的，说你是恋爱脑。"

陈路周去结账，闻言淡淡地瞥他一眼："那你还卖我？"

朱仰起屁颠儿屁颠儿地跟过去，一脸"我也很无辜"的表情，说："知道这件事情的时候，我以为你俩真在谈恋爱，正在闹别扭呢。我还说你保密工作做得这么好，连我都瞒着。"

陈路周拉开冰柜门，拿了两瓶可乐出来，一瓶丢给朱仰起，觉得无语又有些好笑："以我的脾气，你觉得我要真谈恋爱会藏着掖着？"朱仰起愣神之际，浑球儿已经走到收银台前，一副推心剖肝的样子扫完二维码，

· 19 ·

一边输密码，一边叹了口气："朱仰起啊朱仰起，哥哥对你很失望啊。"

朱仰起下意识地接过可乐，按在胸口，这才反应过来："所以，头一晚真是你那宝贝弟弟不小心在你的牛奶里混入了两颗安眠药，才导致你睡过头的？"

"嗯。"

这事还真不好解释，毕竟弟弟才是他父母亲生的，他陈路周是实打实从垃圾桶里捡的，他妈肯定不允许他对外说。

朱仰起觉得陈路周最近真的点背，衰神不仅附体，而且估计还在他的身上建了个大别墅。错过自选模块的考试还可以说是他平日里欺负他弟欺负多了不做人的报应，但谷妍这事对他来说真是无妄之灾。

"不过，以你跟你那宝贝弟弟的关系，你确定他是不小心？"

朱仰起很怀疑。

"你这个问题很大胆，"陈路周懒洋洋地靠着小卖部的冰柜，有一口没一口地喝着可乐，"不过这事不能冤枉他，他知道我一直睡眠不好，确实是看我高考那几天复习太累，出于好心，拿了两颗他妈的安眠药，想让我好好睡一觉。他哪知道我们第三天早上还要考自选模块，以为两天考完就结束了。"

"这小子还是涉世未深啊，还是拿你当亲哥了。"朱仰起感慨道。

陈路周笑了下，很有自知之明："得了吧，他拿你当亲哥都不会拿我当亲哥。"

这家小卖部很有年代感，门口贴着泛黄的张曼玉的海报，店里不光有台球厅、娃娃机，卖的零食、饮料都是卫龙辣条、浪味仙这些，就连可乐都是那种玻璃瓶装的。朱仰起直接拿牙咬开瓶盖，说："不过，说真的，我要是女孩子，都想跟你谈恋爱。"

陈路周这会儿已经抱着胳膊靠在小卖部门口的娃娃机上跟隔壁卖乌龟的相熟大爷插科打诨。大爷哄他买只坚韧的乌龟回去养。他欠了吧唧地接了句："从哪儿看出来坚韧？龟兔赛跑用的这只乌龟啊？"大爷直接拿起地上的蒲扇拍他。陈路周笑着躲开，其间听见朱仰起的话，莫名其妙地转头瞥了他一眼。

朱仰起："你看，你浪漫又有钱……"

他笑了下："咱俩也不是不能谈。"

朱仰起："滚。"

整条夷丰巷都寂静昏暗，树叶层层堆叠，年代感很足。八九十年代风格的海报张贴得到处都是,沿街是各式各样的小卖部,据说是庆宜市的特色年代建筑之一,很多网红会在这边打卡。两个人提着一只乌龟,在朱仰起的大呼小叫中往巷子深处的居民楼走。

"这地儿这么多蚊子,你一个从小养尊处优的大少爷怎么住啊?我刚刚看见了什么?刚刚咻一下蹿过去那个……那个……是传说中的Jerry?"

朱仰起长这么大真没怎么见过活的老鼠。

陈路周笑着搂住朱仰起的脖子往自己怀里带,指了指旁边半开着的卷帘门:"你再叫大声一点儿,那耳背老太太看你了。"

"看我干吗?"

"以为你叫她'honey'。"

朱仰起:"……"

朱仰起一路嘟囔着。

两个人走到高三复习楼的楼洞口。明晃晃的路灯下,两人眼前的场景像是一张白纸上站着水墨画一样的三个人,一男两女,其中一个女生还染着惊世骇俗的绿头发。

朱仰起觉得匪夷所思,眯起眼睛,定了定神,问道:"那什么玩意儿?!鹦鹉成精了吗?"

陈路周也听见一个今天出现频率有点儿高的声音,喝着可乐,人停了下来,浮皮潦草地往那边瞥了一眼。

"没必要,成绩还没出来,你为什么总是把问题想得这么坏?就因为我把数学、物理的最后两道大题做出来了?好吧,我承认,那是我的问题。"

陈路周:"……"

徐栀:"……"

陈路周和朱仰起能感觉出来,说这话的姑娘是真心想安慰对方,奈何她可能是个共情能力低的人,这话连她自己都说服不了。

朱仰起拍了拍陈路周,用相见恨晚的语气说:"呃,这位妹妹安慰人的水平跟你有的一拼。"

昏黄的路灯下,飞蛾莽撞地扑棱着,一圈又一圈,不知疲倦。这仨人不知道在这儿聊了多久,那男孩儿始终无动于衷,像个木头桩子,直挺挺地立在那儿。

那边,泉水一般干净的声音又传来:"市一中这次实验班也有不少人没考好，连准高考状元都缺考了一门。当然我不是诅咒他，就你这样，他如果不跳楼，是不是挺对不起你在这儿自暴自弃的？"

"鹦鹉"小声地说了句："对啊，当初明明是你先找的徐柜。"

……

朱仰起万万没想到吃瓜吃到自己兄弟身上，幸灾乐祸地转头说："准高考状元！说你呢吧？咦，你怎么没去跳楼呢？"

陈路周瞥他一眼。

朱仰起一副看好戏的表情："不过她们不知道你缺考的是自选模块吗？还拿你去安慰男朋友。"

朱仰起虽然也不太懂，但听他们班主任说，陈路周就算没加自选模块，除了国内两所顶尖级的学校，其他学校应该都没问题，而且他好像还有什么竞赛加分的优势，也就他那个缺心眼儿的妈非要送他出国。

陈路周单手插在兜里，另一只手拎着瓶没喝完的可乐，手臂清瘦白皙，在昏暗的灯光下依稀可见脉络清晰的青色血管，看热闹不嫌事大地说："要不，你去告诉她。"

"什么？"

"我们准高考状元虽然缺考一门，但心理素质强大，"他优哉游哉地把拎着可乐瓶的那只手挂到朱仰起的肩上，"不光考砸了不跳楼，也不用女朋友哄，你男朋友太菜了啊。"

朱仰起啧啧两声："哟，难得不卖惨，你不是最会卖惨了吗？"

"我什么时候卖过惨？"

"就你那个微信名，卖惨铁证好吧，Cr，"朱仰起说，"我文化课虽然只学了两个月，但也知道是什么意思好吧。"

Cr，因为他从小被亲生父母抛弃，不知道自己来自哪儿，所以没有后缀——朱仰起是这么理解的。

"想象力那么丰富，你改名叫'斯蒂芬·铜'吧。"陈路周低头看他，一脸"我真是服了你"的表情，"Cr，是跑跑卡丁车一支车队的名字，意思是'疯狂的不败神话'。傻子，多读点儿书吧。"

朱仰起："……"

第二章
陈路周

陈路周这个人，很难讲。

朱仰起从小跟他一块儿长大都摸不透他。他这人说阳光也阳光，说自恋也自恋，说傲慢吧，也是相当之傲慢。他太知道怎么往人最脆弱的地方捅刀子，但有时候表面功夫又做得比谁都好。总的来说，就是别得罪他，因为他这个人百无禁忌。陈家为什么会领养他？图的也许就是他"八字"硬。

据说陈路周那个金贵弟弟，刚生下来时半夜老哭，陈路周住进来之后，他半夜再也没哭过。

陈路周没兴趣听人安慰男朋友，打算把剩下的可乐喝完进去找部电影看。随后，他耳边响起朱仰起阴阳怪气的声音："这不是谈胥吗？"

陈路周悠悠地瞥他一眼："怎么，认识？"

"以前一中的啊。"朱仰起眯着眼端详谈胥，"你还记得冯觑吧？我初中部的那个朋友，就是被他妈逼得转学了。"

"他妈逼的？"

"对，他妈，逼的。"朱仰起认真断了下句。

早几年一中其实鱼龙混杂，因为那时候还没取消附中直升部，年年都有朽木粪墙花钱混进去。后来一中为冲升学率，划分了三个校区：宗山校区、主校区和榆林校区。宗山校区里就是陈路周他们五个实验班，里头都是学神中的学神，各大竞赛的金牌得主；主校区里都是谈胥、冯觊这种普通学霸，人数最多；榆林校区里全是艺术生，朱仰起、谷妍这种，大多数是附中直升的。

陈路周不是附中直升的，而且，他的课表跟朱仰起的不一样。宗山校区周一到周六基本都上课，周日放半天，晚上又得回去上自习。哪怕寒暑假，陈路周也基本都在参加竞赛集训。榆林校区的学生基本属于放养，所以他俩高中三年其实还是有信息差的，不然朱仰起也不会真以为他在跟谷妍谈恋爱。

所以冯觊的事情，陈路周不太清楚。但听朱仰起那么说，他倒是想起他跟谈胥打过一场球，谈胥这人的情绪控制能力确实不太行。

那是高二篮球联赛，市一中对乐成高中。

两所学校都是省重点，水平在伯仲之间。但那年一中竞赛拿奖多，乐高的人就想在球赛上挫挫他们的锐气。乐高学生的打法向来激进粗野，加上那天裁判吹黑哨，他们便有恃无恐，三番五次地恶意犯规。陈路周他们忍气吞声打了半场，比分落后大半，还有不少人受伤，场外啦啦队的那些女生心疼地嚷嚷着让陈路周他们别打了。

啦啦队在场外觚架觚得热火朝天，场上的队员倒还冷静，压根儿没理会对方那些不怀好意的挑衅，中场休息期间专心致志地商量战术和布局。

一中的学生魅力就在这儿，他们私下也有针锋相对、水火不容的时候，但集体荣誉感都特别强。一到这种紧要关头，谁都不会再争先恐后地抢风头，反而对彼此信任感十足，一旦战术定下，就八方呼应，球到哪儿都有人兜着。

谈胥只打了半场就被裁判罚了下去。陈路周和校队队长都有不同程度的脚伤。但因为谈胥下场，他俩只轮换休息了十分钟，便硬生生把半死不活的局面救了回来，打得现场观众热血沸腾。最后他们力挽狂澜，陈路周以三分球压哨绝杀，帮助球队拿下那年的联赛冠军。

因为比赛是险胜，全场都兴奋得高呼。但后来不知道怎么的，谈胥突然冲过去，二话不说，一拳把对方的队长打翻在地。陈路周和另外几个队员刚坐下喘口气，拦都来不及拦，现场瞬间被男生泄洪一般的嘶吼声和女生歇斯底里的尖叫声淹没。

那年联赛，他们被取消了成绩。陈路周和几位队员的脚受伤相当严重，赛后打了一个月的石膏，结果因为谈胥沉不住气，市一中最后连个名次都没得。

……………

"现在都说不清楚他当时到底是不是故意的。冯觐说谈胥这人好出风头。他被罚下场，最后风头全被你和队长抢了，他心里肯定不平衡啊。明知道打架会被取消成绩，他还冲上去，不是蠢就是坏。而且要不是他在那儿瞎抢篮板，你的脚会受伤？"

朱仰起说这话时，两个人已经进屋。他上完厕所出来，一边满屋找打火机，一边斩钉截铁地对陈路周说。

作为当事人，因此打了一个月石膏的陈大少爷都没他那么义愤填膺，单手拎了把椅子摆在客厅中间，准备把前两天刚买的灯换一下。不过他单脚站上去看了一眼就放弃了——灯罩里头蚊蝇尸横遍野。前租客估计烟瘾很大，灯罩边沿的金属螺丝帽上全是污腻的黑色烟油，他根本无从下手。

客厅的灯光很昏暗，一闪一闪的，一副行将就木，试图耗尽最后的光亮，随时都要罢工的样子。

陈路周生无可恋般仰着脑袋靠在沙发上，盯着天花板，感慨道："古话还是靠谱，英雄汉难当啊，首先你得没有洁癖。"

"洁癖这么严重，你还是搬回去住吧，"朱仰起嘲讽他，顺便表明自己的态度，"别看我啊，我可干不了，我的洁癖比你还严重。"

"有洁癖你还抽烟？"

"搞艺术的需要灵感，懂不懂？再说我只对别人有洁癖。"

陈路周眼神诚恳地问他："谈胥有洁癖吗？"

"滚。"

"男子汉能屈能伸，"陈路周居然还正经八百地劝他，"既能挺直腰杆顶天立地，也能为五斗米折腰，你多少也折点儿。"

"你要早生个一百年，我怀疑你就是个汉奸。就那种只会PUA的人，我跟他折什么腰？"

"PUA？"陈路周懒洋洋地仰靠在沙发上，斜眼瞧他。

朱仰起说："他跟冯觐一开始关系不错的,后来冯觐发现他对女孩子都会PUA,就跟他闹掰了。反正他搁哪儿都一副自闭症儿童的样子,很容易激起某些女孩子的同情心和保护欲,这招屡试不爽,你懂吧?"

"那不是学杨过断臂就能结婚了?"陈路周没心没肺地说。

朱仰起换了话题:"你难道不觉得门口那个女孩子长得就一副单纯、很好骗的样子吗?"

陈路周觉得好笑:"好不好骗不知道,单纯也就是外表而已。"

朱仰起啧啧,一脸"你也有今天"的表情:"你这是打击报复。人家拿你安慰男朋友,你心里不舒服了吧。要不,你干脆把人追过来。"

陈路周拿起一旁的遥控器,打算找部电影看,顺便瞥了朱仰起一眼:"我闲的?"

"您出国前这几个月不都挺闲的?"

"那也不谈恋爱。"

"你不会被谷妍的事情搞得PTSD[①]了吧?"

"不至于。"陈路周调到电影频道,此刻正在播放《肖申克的救赎》,这电影他看了不下十遍。在自由和希望这两个主题上,这部电影表达到了极致。他漫不经心地说:"我妈管得严,我答应她了,交女朋友得经过她的同意。而且,我马上就要出国了,追过来干吗?每天发视频玩啊?异国恋也不是不能谈,不过我现在穷得很,等我妈把我的卡解封了倒是能考虑考虑,不然到时候人家想见我,我却连张机票都搞不到。"

"我就随口一提,你想那么远干吗?还真盘算上了?你不对劲儿,你刚刚肯定脑子里想过这个事,不然思路不会这么清晰。"朱仰起太了解他了,这家伙绝对打过坏主意。

"嗯。"他居然还有脸点头,大大方方地承认了,"拿我当反面教材安慰男朋友,还不允许我想一下?说实话,我对她比对谷妍有感觉。"

约莫过了半个小时。

门铃急促地响起,朱仰起以为是他叫的闪送,兴奋地一跃而起,从沙

---

① PTSD:创伤后应激障碍。

· 26 ·

发上跳下来，飞奔去开门。

当那位妹妹的脸出现在门口时，朱仰起觉得有些东西可能要朝着不可控的方向发展了："你……"

徐栀开门见山："兄弟，帮个忙，叫下你朋友。"

朱仰起手扶着门框，眼睛直勾勾地盯着徐栀，头也不回，厉鬼索命般把陈路周的所有名字喊了个遍，语气逐渐暴躁："Lucy，陈路周。仙草！浑球儿！"

妹妹送上门啦！

"你有病吗？"陈路周端着刚泡上的面，边骂边走过来。他将叉子叼在嘴上，眉峰微微皱着，眼神冷淡地看着门口的人，口齿这会儿倒是异常清晰："有事？"

"你院子外头那根棒球棍能借我用一下吗？"徐栀单刀直入地说，"我的项链卡在你们门口那棵大树上了。"

陈路周打量她一眼，目光转向门外那棵巨大的树："借你棒球棍你就够得着？"

徐栀回头看了眼，又淡定自若地转回来，先是看了眼略矮的那个，很快就否决了，又看看陈路周，最后低头看了眼他手上的泡面和嘴里叼着的勺子："那你有空吗？我可以等你吃完。"

陈路周："……"

朱仰起："……"

门口就一棵老梧桐树，盘根错节，枝叶繁密，树叶层层叠叠，别说晚上，白天都很难在里面找到东西。

陈路周跟她出去，一手撑在粗糙的树干上，仰头沉默地凝视片刻，神情为难地看着她："要不这样吧，我再给你买一条。"

徐栀愣了下，反应很快："那多不合适。"

陈路周看着她，没笑，眼神像是天生有钩子，同时又很冷淡，下巴朝顶上随意地一点："你再给我表演一下，是怎么挂上去的。"

徐栀："……"

月亮孤零零地挂在天边，像面前这个单薄英俊的少年，看着挺不好对付，但是又让人充满希望。陈大少爷从小到哪里都是众星捧月的待遇，因为百无禁忌，所以没人能在他手下讨得了好。

"这项链很贵。"她试图说服他。

"是吗？"他仿佛感同身受，点点头，给她出主意，"要不，你许个愿试试，不要浪费了。"

徐栀："……"

"这是我妈留给我的。"徐栀看着他，终于说道。

林秋蝶女士今天的"出土率"特别高。其实，徐栀平时很少想到她，也许是下午那个跟林秋蝶女士有着同样口头禅，同样妙语连珠的女士勾起了她的情绪，让她对面前这个连名字都不知道的少年有种莫名的亲切感，连带着这条项链似乎都在提醒她什么。

苍白的月色下，两个人的视线坦坦荡荡地在空气里对上了。陈路周莫名觉得跟那天下午"冷冰冰的碰撞"不太一样。她的眼神柔和了很多，似乎带了某种楚楚可怜的恳求。

实话讲，有男朋友还对着别的男人放电，这种行为挺败好感的。陈路周自诩情场老手，虽然正儿八经的恋爱没谈过一场，但是他的情根开得早，在朱仰起他们还不知道自己为什么非得可着一个女孩子纠缠的时候，他就已经知道怎么跟女孩子保持距离了。

虽然他妈老觉得他有女朋友，但陈路周从不觉得自己在男女问题上有任何问题。他突然觉得自己今晚可能有点儿多管闲事。他靠着树，眼看向别处，口气也冷了下来："那我也没办法，要不你劳驾一下消防同志？"

"你好像有架无人机，可以放上去看看吗？"被认定为放电的徐栀浑然不觉，想到下午在他门口看到的无人机，小心翼翼地递了个眼神过去。

你以为放风筝呢。

"眼睛挺尖啊。"陈路周差点儿翻白眼，"我妈还有架飞机，您有没有兴趣？"

徐栀："……"

蔡莹莹在一旁看他俩你来我往的，眼睛快盯出血了，觉得跟这超级大帅哥聊天真带劲儿。

气氛一瞬间陷入静默，蝉声沉闷又热烈，仿佛从地里长出来的。陈路周打算进去看看他的泡面，刚直起身，就看见一个人举着一根长长的杆子，从楼洞里出来。

陈路周面无表情地问道:"朱仰起,你干什么?"

朱仰起满头大汗,兴致勃勃地把东西从门洞里递出来:"帮小姐姐找项链啊。"

杆子七拼八凑,足足有三四米长,几乎捆绑了陈路周家里能找着的所有长条形工具,包括但不限于棒球棍、三脚架、晾衣竿、扫把,还有一根不知道从哪儿拆下来的木棍。最令陈路周难以接受的是,最顶上居然绑着一个饭勺。

"怎么样,我聪明不?"朱仰起仰起脸,毫无恻隐之心地跟他邀功。

陈路周终于看清楚那根木棍是什么材质,脸瞬间黑了:"你拆了我的模型?"

朱仰起在他发作前,跟条泥鳅似的快速从他的身边溜过去,吭哧吭哧地对着那棵参天大树好一顿倒腾。树叶被他戳得扑簌扑簌直响,像被狂风揉乱,鸟儿一惊,惊慌失措地扑腾着翅膀朝无边无际的黑夜扑过去。

"怎么样,有没有?"

还真有。

只见浓稠的暮色中,一串亮闪闪的大金链子扑通一声掉在陈路周的面前。

陈路周握着手机,对她的审美产生质疑的同时又彻底肯定了她的执着。

谁知徐栀随意地扫了眼,不为所动地说:"不是这串。"

朱仰起:"……"

陈路周:"……"

终于,在这棵老树即将被挠秃的时刻,徐栀的四叶草项链找到了。她淡定礼貌地道谢:"谢谢,是这个。"

然而,陈大少爷叉腰靠着旁边的电线杆子,老神在在地指挥朱仰起:"继续,你先别停,再摇摇,看看还有没有金条什么的。"

徐栀:"……"

蔡莹莹:"……"

朱仰起:"……"

把大金链子交给社区街道办之后，徐栀提出请他们吃夜宵表示感谢。

蔡莹莹立马附和："对对对，我知道附近有一家店开到挺晚，不仅好吃，还干净，大众点评全五星。今晚真的太感谢你们了，这项链对我闺密来说特别重要。"

朱仰起："好啊。"

陈路周："我回去吃泡面。"

蔡莹莹瞬间垮下脸。果然大帅哥都不太好勾搭。她欲盖弥彰地说："不是吧，这么不给面子啊，吃个夜宵怎么了？还怕我俩打你的主意啊？我俩都有男朋友好吧。"

"啊，都……都有男朋友啊？"这下连正在拆杆子的朱仰起都不想去了。

徐栀下意识地看了眼蔡莹莹，只听蔡莹莹继续用义正词严的口气对他俩说："你们帮我们这么大一忙，而且你还把他的模型都拆了，我们也不想欠你们人情啊，纯粹是为了感谢你们，不用想这么多吧。"

说完，蔡莹莹才附在徐栀耳边低声说："他这种帅哥就是清高又傲慢，咱们得反其道而行之，不然他就怕咱们以后缠上他。"

徐栀茫然地看着她："不是，你现在什么想法？翟霄怎么办？"

蔡莹莹回答得正气凛然："关我什么事，不是你说请他们吃饭的吗？我就是跟着帅哥蹭顿饭而已。"她瞟了那哥一眼，"就这种帅哥，我想今年咱们应该碰不到第二个这么极品的了吧，吃顿饭怎么了？再说我和翟霄又没确定关系，你跟谈胥也没谈啊，马上又要崩，有什么好顾忌的？"

徐栀倒不是在意这个，也没多说，只叹了口气："你别把人给吓跑了。"

她心里是有如意算盘的。不过她不太会跟人聊天，尤其是跟男生。

朱仰起刚要说"既然你俩都有男朋友，那我也回去吃泡面"，结果蹲在地上绑鞋带的陈路周头也不抬地开口："行啊，去哪儿吃？"

他蹲着，徐栀只能看见个蓬松柔软的头顶以及宽阔平直的后背，像朝阳初升时的山脊，让人有点儿想攀登。

徐栀突然觉得他可能也没那么不好对付，盯着他的头顶说："就门口吧。"

陈路周慢条斯理地绑好鞋带，最后重重一拉，人站起来。两个人站在树旁，徐栀觉得他的身影比那树更厚重，牢牢地将她罩住。一股淡淡的鼠尾草沐浴露的气息从鼻孔钻进来，夜幕像一张巨网，但徐栀感觉他的背顶着一片天地，让她莫名有股安全感。

"你们先走，我回去锁上门。"他转身往里走。他旁边那个人像跟屁虫一样，立马跟着进去。

"我们就在门口等你！"

徐栀和蔡莹莹站在楼洞口台阶下的路灯旁等着，飞蛾仍在无所谓地扑棱着，温和的光线将两个人的身影拉长。等待期间，两个人一动不动，特别像两座望夫石。徐栀提醒她："蔡莹莹，你把口水擦擦。"

"我那不是口水，"蔡莹莹说，"是羡慕的泪水。"

"羡慕什么？"

"羡慕他以后的女朋友。"

徐栀问："你怎么知道他没女朋友？"

蔡莹莹眼睛牢牢地盯着楼门口，笃定地说："他一看就是单身狗啊。而且，这大帅哥绝对不好追。"

话音刚落，两个人听见里头传来一声轻轻的关门声，紧跟着，两道年轻高大的身影一前一后从楼洞口走出来。跟屁虫显然是收拾过，脖子上挂了一串"鸡零狗碎"，走起来像个年久失修的音乐盒，丁零当啷地响。大帅哥换了件简单干净的黑色T恤，不知道是不是怕晚上冷，肩上还搭了件运动服外套，白皙的皮肤的优势顿显，手臂的线条流畅而有力，青筋挺明显。

他懒散地走在跟屁虫身后，低着头给手机插充电宝。跟屁虫嬉皮笑脸地说了句什么，他也笑了下，很敷衍。下一秒，他的视线朝着徐栀这边投过来，估计不知道怎么叫她们，又淡淡地收回视线，人就站着没动了。徐栀不知道为什么，看着他的眼神，觉得有点儿暗度陈仓的意思。

蔡莹莹二话不说拽着徐栀走过去，四个人往巷子外走。

就这么会儿工夫，陈路周还找了部电影出来看。蔡莹莹不满地说："不是吧，跟我们出去这么无聊吗？还看电影打发时间啊？"

"你不用管他，他跟女朋友出去也这样。你们不知道吧，博汇影城就是……"朱仰起口无遮拦，差点儿把陈路周的家底都抖干净。陈路周不冷不热地瞥他。朱仰起立马话锋一转,"博汇影城上映的电影他一部不落都看过呢。"

蔡莹莹以为自己判断失误,低声问跟屁虫:"啊,他有女朋友啊?"

朱仰起啧啧两声:"哎,你不是说只是吃顿饭吗?怎么,想追我兄弟啊?"

"喊,我有男朋友的好吧。"蔡莹莹不甘示弱地翻了个白眼,"不过说到博汇影城,他们家的电影票是真的贵,而且从来不送券。"

"废话,人家是本市最大的影城好吧。"

…………

徐栀被落在后面。她看了眼,这哥低着头,真在看电影,显然没跟她聊天的意思,看的还是一部很老的灾难片。

"怎么现在才看?我记得这片子高一时就出了。"徐栀故作轻松地搭讪。

"是吗?可能之前太忙,没注意。"

"今年暑假马上要上映第二部了。"

"嗯。"

徐栀绞尽脑汁找话题:"你平时都在博汇看电影吗?"

"嗯。"这声比刚才那声更平淡。

"最近有想看的电影吗?我可以请你。"徐栀说。

陈路周终于抬头,莫名其妙地瞥了她一眼,似乎不太理解:"什么意思?一顿饭还不够你谢的?"

徐栀总不能厚着脸皮说,我请你看场电影,你请我见见你妈妈吧。她怎样才能更自然地接近他妈妈呢?

"没什么。"

徐栀觉得自己现在的反应一定不够自然。

巷子幽深寂静,墙面苔痕斑驳,高高的墙头挂着层层叠叠的树叶,月光洒在墙头,思念容易发酵。这是一段下坡路,风在耳边格外清晰,在他们身后,自行车铃铛丁零零一直响,一群小小的少年迎着月光毫无顾忌地从他们身边呼啸而过,一点儿没减速的意思。

徐栀没注意,沉浸在如何与陈路周更自然地搭讪的思考中,险些被蹭到，强行打开下一个话题："你是哪年哪月出生的啊？"

问完她又觉得不对，时间上不太对，林秋蝶女士不可能有他这么大的儿子。

"我？问我的生日？"陈路周抬头看了眼那群肆无忌惮的小屁孩儿，不动声色地走到她的外侧，大概是觉得好笑，嘴角难得冷淡地勾了下，"你不如先问问我的名字，搭讪的基本流程都不会？"

"哦。"

没下文了。

陈路周："……"

"不用跟你男朋友说一声？"

两个人走到巷子口的时候，陈路周锁上手机，两指捏着，拎在手里慢悠悠地来回打转，不知道是随口还是故意，站在人来人往的街口，看着即将变换的红绿灯，突然就问了这么一句。

徐栀觉得他这句问话并不友善，紧跟着的第二个想法就是，当他的女朋友一定很不自由。

"有男朋友就不能跟异性出去吃饭吗？"

她的眼神太诚恳，诚恳到让陈路周漫不经心拎着手机转的手都微微一顿——

"好问题。"

夷丰巷烧烤一条街远近闻名，不光庆宜市的人来，就邻市也有不少人慕名而来，这个时间点正是人流爆满的时候，各种豪车见缝插针地停着。徐栀没心思排队，在美团上找了家等候人数最少的店预约位置。那家店也是他们当地特色——海鲜、骨头烧烤。

一坐下，陈路周的手机就响起来，他一边看菜单一边随意地扫了眼，直接摁掉，屏幕上显示着"女王大人"。

徐栀和蔡莹莹对视一眼。

朱仰起知道是他那扫兴的妈："哟，翅膀硬了啊，女王大人的电话都敢不接了？信用卡不想解了？"

"你倒是提醒我了。"陈路周甘拜下风，叹了口气，把菜单丢给对面俩女生:"你们点。"

朱仰起兴奋地敲着桌子:"快点,快点,不用给他省钱,鳌虾刺身先让老板上十只。"

蔡莹莹夺过点菜板子:"是我们请好吧。"

朱仰起:"放心吧,他从来不会让女生买单的。"

陈路周去厕所给连惠女士回电话。他把电话夹在耳边,低着头洗手:"妈。"

连惠女士的声音一直都是庄重温婉:"现在已经考完试了,你还不打算搬回来吗?"

他漫不经心地一笑,关掉水龙头,抽了张纸巾擦手:"反正没俩月就出国了,不用搬来搬去吧。怎么,您想我了?"

"出国的资料我们帮你准备得差不多了,快的话,下周就视频面试。"

"嗯,知道了。"陈路周把纸丢进垃圾桶,靠着洗手池,懒洋洋地说。

"你不打听打听是哪所大学吗?"

"不管哪所,我一定能上,不是吗?"陈路周无奈地仰起头,用手按了按鼻梁骨,说,"妈,我听得懂您的意思,不管他给我找的什么野鸡大学,我都会老老实实去上。"

陈路周回来的时候,菜刚上齐,但垃圾桶里已经躺着一大把光秃秃的竹签。朱仰起吃得满嘴都是油腻腻的孜然。陈路周拉开椅子坐下,嫌弃地抽了张纸巾递给他:"擦擦吧,看着挺没胃口的。"

陈路周看了眼徐栀。她面前倒是干净,显然没怎么吃,手机摆在旁边,她的手机已经插在他的充电宝上了。他瞥了眼,倒也没说什么,只是问道:"你不饿?"

"还好。"徐栀主动解释,作势要拔下来,"刚手机没电了,朱仰起……"

"不用拔,充着吧。"他低头喝了口丸子汤,说。

"朱仰起,你居然不吃香菜?"蔡莹莹痛心疾首地说。

显然,刚刚他不在时,朱仰起已经替他做过自我介绍,现在又自发地给他介绍了一番:"那个美女叫蔡莹莹,就那个蔡,晶莹的莹。这个仙女叫徐栀,双人徐,栀子花的栀。你叫陈路周,我跟他们说过了。"

蔡莹莹:"听说你英文名叫 Lucy?"

朱仰起点头:"因为我兄弟从小长得太好看,小时候的英文家教以为他是女孩子。"

蔡莹莹将信将疑地说:"现在看着可不像女孩子,很帅啊。徐栀,你说是吧?"

徐栀觉得陈路周是个经得起推敲的帅哥,五官长得都很标准,任谁都不会对他的性别产生怀疑,虽然平直长眉温顺服帖,但眼角尖锐单薄,瞳仁黑亮清冷,所以看着冷淡且不好糊弄。

他大多数时候嘴角都弯着,全身上下也就这个部位看着最温柔。

不知道为什么,徐栀觉得他身上有一种天不怕地不怕的坦荡无畏。的确,听见蔡莹莹那么说,他也没觉得不好意思,大大方方地任由徐栀打量,甚至毫不避讳,直接回视她。

反倒是徐栀忍不住避开他的视线:"是吧。"

陈路周笑了下,抱着胳膊往后靠,还把身上运动服的拉链拉开,敞着怀靠在椅子上,给自己倒了碟醋,说:"我还是很好奇,你的项链是怎么挂到树上去的?"

蔡莹莹说:"是这样,她高考考得比她'男朋友'好,她'男朋友'大概心里不平衡吧,就对徐栀各种冷暴力。也不是一次两次了,每次考砸都莫名其妙发脾气,都要徐栀去哄。刚刚徐栀想把项链要回来,他突然就发疯把项链从楼上扔下去,就……卡在你们楼下的树上了。"

朱仰起:"神经病吧。妹妹,这你都不跟他分手?"

徐栀心平气和地对他说:"你不要叫我妹妹,咱俩不一定谁大。而且,我是打算跟他说清楚来着……"

蔡莹莹打断她说:"但那男的吧,有时候也挺好的。他家里没什么钱,高三的时候为了省钱,一天只吃一顿饭。有一次徐栀没来得及吃晚饭,他把自己唯一的那顿饭留给徐栀吃了,就挺复杂的一个人。"

朱仰起咬了一口香菇串串,疾首蹙额,口无遮拦:"妹妹,你妈妈没教你不要在垃圾桶里捡男朋友吗?你倒好,你是直接去垃圾回收站翻的啊?"

徐栀倒是没生气,反倒是蔡莹莹听完火冒三丈,想骂朱仰起"你会不会说话？没事问候别人妈妈干吗？"，不等她张口，一直靠着椅背、双手环在胸前冷眼旁观的陈路周随手在桌上夹了个黄金小馒头，二话不说塞到朱仰起嘴里，示意他不会说话就不要说："你是被人丢进去过，还是进去捡过啊？人家交个男朋友影响你在那儿捡垃圾了？你年底的KPI会因为她达不了标是不是？"

朱仰起开玩笑确实没他有度，这会儿回过味来，发现这么说是挺不合适，毕竟才见第一面，自己怎么能这么说人家？于是他顺着陈路周给的台阶嘟嘟囔囔地找补："可不吗？现在竞争多激烈。"

蔡莹莹的火气这才下去些，不过她暂时不想跟朱仰起说话，于是把话头对准陈路周："听说你还有个外号叫'仙草'？"

徐栀看着陈路周。也许是因为那个声线跟她妈一模一样的女人，徐栀总觉得陈路周很亲切，可他明明一副生人勿近的骄傲样。

陈路周一脸"这你别问我，谁这么喊的你问谁去，这种外号我再自恋也不好意思亲自介绍"的表情。

徐栀和蔡莹莹同时转头看朱仰起。

朱仰起顿时又趾高气扬起来，一边啃骨头一边解释："你们没听过吗？我们市一中帅哥内卷啊，堪比神仙打架，他就是'打赢'的那个，神仙里的仙草。"

陈路周一边看手机，一边想"我什么时候参与过？"，后来想想，算了，装过头就不好了。

蔡莹莹这才后知后觉地看着他俩："你俩也是市一中的？"

朱仰起转头看陈路周。后者视若无睹，丝毫不考虑一中的形象，懒懒散散、大咧咧地敲着腿靠着椅背。微信响个不停，好像有人给他写了一篇小作文，一条对话框还不够用的，而他居然饶有兴趣地、一字不落地看完了，一副市一中顶级渣男日理万机的做派。

朱仰起默默地往边上靠了靠，决定跟他保持距离，随后正襟危坐，对蔡莹莹说："怎么，我们不像？"

蔡莹莹看看陈路周，又看看朱仰起，不知道谁不像，反正就是不太像："有点儿。"

朱仰起心说：头发长见识短，你知道旁边这个人有多牛吗？但他觉得现在还是不要搭理陈路周比较好。

他用余光瞥了眼，才发现那篇小作文并不是他想象的那种。陈路周果然不是寻常人，那么一长篇问候祖宗的话，他居然能看得那么津津有味。那人大概是谷妍的爱慕者，不知道通过什么方式加了陈路周的微信，发的那些文字不堪入目。

"这你都能忍？"

烧烤店的电视机上正播放着一部法国电影，陈路周靠在椅子上，脚撑着地，人往后仰，抻着脖子看了眼那部电影的名字，才放下脚对朱仰起说："看他问候得那么真诚，我以为他知道我祖宗的坟在哪儿。这不是好奇吗？结果看到最后也没给我留个地址。"

"……"

蔡莹莹压根儿没听懂他俩说什么，把话题扯回来："既然你们是市一中的，那你们认识翟霄吗？"

陈路周摇头。

朱仰起在脑海中搜索了一下："认识吧，前阵子还一起打过球。"

"哪个？"陈路周侧头问他，"我见过吗？"

朱仰起："废话，一起打过好几次球了。不过，你跟姜成那帮人打得多，估计不记得他。"

蔡莹莹眼里放光："他在你们学校应该也是学霸吧？"

"算不上，不过学习倒是挺努力，属于勤奋型的。"

那人跟他旁边这位可比不了。

蔡莹莹不服气地反唇相讥："听起来你学习很好？高考估了几分？"

"四百多分吧，五百差点儿。"

"那你还这么大言不惭。"蔡莹莹很不屑。

"我是艺术生，这个分够上八大美院了好吧。"朱仰起说。

蔡莹莹和徐栀对视一眼，没再往下问，自动自发地把陈路周和朱仰起一样归入艺术生行列。

烧烤店陆陆续续迎来不少客人，陈路周再三确认徐栀吃饱了，随后拿起手机站起来，似乎要去买单，徐栀手疾眼快地跟上去。

位子上就剩下朱仰起和蔡莹莹两个人，还在啃最后一点儿骨头渣。蔡莹莹还是没忍住，问："那平日里跟翟霄来往的女生多吗？"

"女生？没注意啊。"朱仰起先是摇摇头，突然想起什么，说，"他在外校有个女朋友吧。"

蔡莹莹笑得神秘兮兮。

朱仰起浑然不觉地嘬着骨头里的骨髓，含混不清地说："好像叫什么晶晶。"

蔡莹莹翻了个白眼。晶晶，莹莹，这你都分不清吗？

蔡莹莹耐心地给他提示："你想想，是不是跟我的名字挺像的？"

朱仰起瞬间豁然开朗："对，叫柴晶晶，八中的。"

蔡莹莹的笑意僵住："……"

徐栀紧紧追随陈路周的脚步，跟到前台，掏出手机，随时准备跟陈路周抢单，甚至连二维码都提前打开了。

结果陈路周只是在前台拿了包纸巾，见她跟过来，低头意味深长地看了她一眼。

前台来来往往的人很多，声音嘈杂细碎。他却独独看她，那双眼睛干净澄澈得好像篱落疏疏里掩藏的明月，令人怦然心动。那里宽广无垠，好像可以扛下所有狂风暴雨的海面，又好像可以静静地藏起少年心事的一汪池水。

陈路周顺手从前台的糖果盒里捡了颗水果糖，很自然地递给她，笑得不行："跟过来干吗，以为我是来买单的啊？"

瞬间，徐栀跟他学到了什么叫自然。

烧烤店人声鼎沸，徐栀耳边充斥着啤酒瓶的碰撞声，夹杂着亲朋好友间口气比脚气大的吹嘘声以及下属们"市区一套，郊区一套"的溜须拍马声。

陈路周站在那儿，跟身边的浇漓世道格格不入，笑起来的模样就好像清晨山林里沾满露水的雪松针，嫩出水，也带着一股灿烂的锐气。

虽然他的尖锐张扬不可否认，但他确实是个让人一看就充满希望的人，就是很不好糊弄。

徐栀默默地把手机收起来，接过糖，手指特意避开他捏着的部分："你们艺术生真的很费纸，那一包纸都是你俩用的。"

陈路周笑了下，倒也没否认，以目光往回示意了下："还吃吗？"

徐栀剥开糖纸，把糖塞进嘴里，摇头。

于是，他毫不客气地用手指点点前台台面："那你买单吧。"

虽然说好是徐栀请，但不知内情的前台收银员小姐听见他这副理直气壮"吃软饭"的口气，还是忍不住翻白眼。

陈路周说完就转身走了。徐栀看着他走回去，漫不经心地把那包纸丢到桌上，不知道说了句什么。她隐隐约约听见他带水带浆地调侃朱仰起："节约点儿吧，哥，实在不行让你爸改种树吧。"然后他拿起不知道什么时候搭在椅子上的外套，转身出去了。

徐栀听说朱仰起复读过一年，应该比他们几个都大，他这声"哥"叫得没毛病，就是听着怎么那么讽刺？

朱仰起奓毛："你看看你自己面前这都什么玩意儿，不知道的还以为你在这儿干什么不正经的勾当了好吧！"

"……"

徐栀付完钱也往外走，手机正巧弹出一条老徐发来的微信。

光霁是个好医生：你外婆说让你晚上回来时带个烤地鼠？

栀子花不想开：啥玩意儿？

栀子花不想开：您用问号是不是也觉得这玩意儿挺难抓的？

光霁是个好医生：哦，是烤地薯。你晚饭吃了吗？大概什么时候回来？

栀子花不想开：蔡蔡还在吃夜宵呢，不知道几点回。

光霁是个好医生：那算了，我直接锁门了，你晚上睡蔡蔡家吧，地薯给外婆闪送过来好了。

栀子花不想开：别，爸，蔡蔡今晚能不能回家还不一定。

徐栀发了一张下午蔡蔡染发的照片过去。

半响，老徐回复：会高啊。

徐光霁经常错别字连天，徐栀对她爸这个情况倒是了如指掌：是吧，蔡蔡会搞吧？

光霁是个好医生：我是说蔡院长的血压会高！！

栀子花不想开：蔡蔡说支持您当院长！

庆宜市是港口城市，近几年省里大刀阔斧地发展经济，市区早已鸟枪换炮，高楼林立，商圈建设得简直比奥运五环还紧密。夷丰巷在市中心，当初东西两港为了这块地争得头破血流，甚至闹出过人命，最后却是谁也没得利，夷丰巷保持原貌。这个拥有八九十年代最原始风貌的小巷在繁华的商业街茕茕孑立，反而成了网红打卡地，带得附近烧烤店的生意都蒸蒸日上，不然以前这个时间点哪会这么热闹。

此刻烧烤店外还大排长龙，等位的队伍仿佛多米诺骨牌，一推能倒一片。徐栀一出去，就看见陈路周百无聊赖地抱着胳膊，靠在门外的旋转木马等位椅上欺负小孩儿。

他居高临下地睨着面前这个身高不过到他大腿根的小屁孩儿，拉仇恨一般说道："猜拳吧，赢了就把位子让给你。"

小孩儿不肯走，一副非要坐在这儿的样子："我不，刚刚都输给你五把了，你作弊。"

他笑笑："这么输不起啊，输了就说别人作弊。"

"那你怎么能把把都赢我啊？"

"因为你笨啊。"

小孩儿有些崩溃。徐栀生怕他下一句话就是"你信不信我让奥特曼来修理你"。每当这时，徐栀总是很无语，因为每次被小孩儿这么"问候"的时候她都很想说这个世界上根本没有奥特曼，但老徐说，"要保护小孩子的童心"，而对小孩子来说，奥特曼是必杀技，是一种比警察叔叔还好用的利器。

果不其然。

"哥哥，你怕不怕奥特曼？"

"怕死了。"陈路周说。

"那你信不信我让奥特曼来修理你？梦比优斯，奥特曼届的团宠。"

"是吗？团宠不都是最菜的那个吗？"

小孩儿简直要哭了："哥哥你都几岁了，还抢我们的椅子？"

"几岁我站着也累啊。"陈路周欠了吧唧地说，"你要不介意的话，我也可以叫你'哥'。"

这什么妖魔鬼怪啊？！小孩儿气得哇哇大叫，忍无可忍，终于气急败坏地转身跑开了。

徐栀走过去提醒他:"他好像去叫家长了。"

陈路周靠着木马椅,眼神淡淡地看了她两秒,或许没带什么情绪。但徐栀总觉得那眼睛里有根看不见尽头的导火索,蕴藏着一股隐秘而巨大的力量。

他慢悠悠地回了句:"哦——"

徐栀掏出手机,调出录音功能。

陈路周看着她低头专心致志地摆弄手机:"你干吗?"

"录音啊。"徐栀点开录音功能说,"万一遇上个无理取闹的家长怎么办?我等会儿帮你把录音交给警察叔叔,方便你自证清白。"

陈路周低头笑了下,没说话,慢慢地转过头,视线落在不远处此起彼伏的音乐喷泉上,懒洋洋地把双手插到兜里:"第一次见面而已,干吗这么帮我?"

心思不单纯啊你。

徐栀茫然地看着他:"我以为介绍过名字我们就是朋友了呢。"

陈路周:"那你朋友太多了吧。"

徐栀认真地想了想,说:"不多啊。"

话音刚落,徐栀的耳边就响起一道微微喘着气、感激涕零的声音:"谢谢你啊。不知道为什么今天这家店的人怎么这么多,我爸爸腿脚不方便,去趟厕所都不敢,麻烦你了啊,帮我们占座。"

陈路周这才缓缓地从椅子上直起身,对着那对父女慢慢地说:"没事。"

徐栀愣怔间,转头看见那家长还真领着小孩儿气冲斗牛地过来说理,眼见这边是这番模样,家长转而劈头盖脸地冲着自家小孩儿就是一通痛骂:"那位叔叔脚都这样了你还跟他抢座位!你真不懂礼貌!还吃什么吃!回去写作业去吧!"

…………

暮色深沉,各色霓虹灯、广告牌争相亮在楼宇间,路上车流拥堵,喇叭声四起,两个人身后是烧烤店里越来越热烈的拼酒声。

两个人站在门口,等蔡莹莹和朱仰起扫完尾出来。

"他俩怎么还没吃完啊?"

徐栀拿着手机，不知道为什么有点儿心虚，有一下没一下地用手机拍着掌心。

陈路周仰着头，似乎在看星星，喉结异常明显，像被一块正方体冰块顶出来的直角，锋利而冷淡。半晌，他才低头，笑着问："怎么，怕被查岗啊？"

徐栀觉得天上的星星好像突然都跑进了他的眼睛里，不然怎么会那么亮。

"不是，"她一下没反应过来他是在说怕谁查岗，以为是调侃家里催她回去，看着他说，"我外婆想吃烤地薯，这个点我都不知道上哪儿去买。"

陈路周摁亮手机屏幕，看了眼时间，是挺晚的了。

这几年庆宜市评文明城市，在城管夜以继日的监督下，路边摊确实日渐减少，这个点虽然是夜宵摊的高峰期，但烤地薯这种收入微薄的生意，对庆宜这种几年光景飞速发展，靠拆迁就拆出不少暴发户的城市来说，确实没什么人愿意做。

"你们家老太太睡得挺晚啊。"他半信半疑地调侃了句。

"嗯，吃不着还得发脾气，没开玩笑。"

"这么凶啊——"陈路周拖长音，后背抵上身后的电话柱，垂下眼帘，若有所思地看着她，"我倒是有个办法。"

朱仰起接到电话的时候，正吸着最后一根骨头里的骨髓："什么？你俩上哪儿去？烤什么地鼠，那玩意儿多难抓啊。哦哦，行吧，那我吃完把她送回去再过来找你。"

蔡莹莹这会儿才回过神，心神恍惚地开口："他们俩去哪儿了？"

"说是打地鼠去了？"朱仰起挂掉电话，得，听了半天还是没听清楚，"不知道，反正我的任务就是吃完剩下的骨头然后把你送回去。"

"哦——"蔡莹莹眯起眼睛，洞若观火，看着朱仰起，直白地问："你朋友是不是想追我朋友？"

朱仰起刚把吸管插进骨头，闻言瞬间怔住："什么玩意儿？你说陈路周？"

"对啊，不然他俩为什么单独去打地鼠了？打地鼠多暧昧啊。"

"打地鼠有什么暧昧的？又不是去看电影。"朱仰起的直男思维让他完全无法理解。

蔡莹莹信誓旦旦，一脸"我还不了解你们臭男人"的表情说："就是很暧昧，你朋友就是想追我朋友。别说是我朋友主动的，她是绝对不会主动约人的。"

"明明是你朋友更主动好吧。"朱仰起不屑地笑了下，"我觉得你就是想多了，我朋友才不会做这么不人道的事情……"

他随即一想，不人道的事情陈路周确实做了不少。朱仰起顿时愣了一下，紧跟着，心里莫名蹿起一股无名火，不知道是因为被人看低了人品和道德底线的愤怒，还是因为其他什么。他郑重其事地把手套一摘，丢在桌上，看着蔡莹莹，义气十足、一字一顿地道："反正就是不会。你要说他是去跟人一夜情什么的，那我不敢保证，但是挖墙脚这种事他才不会干！"

蔡莹莹："……"

其实陈路周搬过来不久，厨房冷冷清清的，没开过火。他依稀记得前两天过来打扫的阿姨为了感谢他帮她儿子讲数学卷子，送过一袋地薯给他，不过他不记得放在哪儿了。

徐栀看他思维缜密得连马桶盖都掀起来找了一圈，突然有点儿犹豫，这东西要是找出来，她还要不要给外婆吃？

陈路周从厕所出来，见徐栀寸步不离地跟着他。他往边上让了下，拉开些距离，然后不动声色地从她边上绕过，才低头，无语地睨她一眼："跟着我干吗？我还能在厕所偷吃啊？"线条流畅的下巴颏儿仰起，他指向沙发，"去那儿坐着，找到了我拿给你。"

徐栀哦了声，乖乖地转身朝客厅走去，心里感叹了一下：真是奇妙的缘分。她特意坐在那位女士下午坐的位置，好奇地环顾了一圈。

房子干净整洁到不像高三生住的，书都看不到一本，角落里倒是井然有序地陈列着好几架刻着名字的无人机和满是龙飞凤舞签名的篮球，以及夹着半张还没画完，但看起来并没有什么艺术天分的图纸的画板。还有一些物品应该就是他说的模型。他有很多模型，朱仰起拆的应该是一个榫卯结构的小建筑，旁边还有一尊人物雕塑，有点儿像美术画室常用的大卫的雕塑，不过那张脸看着有点儿熟悉。徐栀看了老半天才认出来应该是他自己。他真的好自恋，给自己做雕塑，还到处刻自己的名字，连iPad都没放过。

徐栀一圈看下来，发现应该是有阿姨定期帮他打扫，除了地上那一堆刚刚被朱仰起拆下来还没来得及收拾的"杆子成员"，其余的地方可谓是一尘不染。

没几分钟，陈路周还真找到了地薯，拿出来问她："你会烤吗？"

"你这儿有微波炉吗？"

"你要在我这儿烤？"

"不行吗？"她的话是诚恳的，一双干净的眼睛真诚地看着他，"我家没有微波炉。"

她家是真的没有微波炉，老徐不喜欢用，只买了个蒸箱。

但陈路周是不能理解这年头还有人家里没有微波炉。

陈路周劝不动她，只能劝自己：陈路周，你别禽兽不如，她有男朋友。

朱仰起说得没错，长得清纯也是一种优势。哪怕这么醉翁之意不在酒的一句话，从她的嘴里说出来，听起来也只是想要烤两个地薯而已。

徐栀把地薯洗干净，放进微波炉里，设置好十五分钟，摁下开始键，微波炉便嗡嗡嗡地开始在静谧的夜里工作。

平日里，这栋高三楼倒也没那么安静，跟父母的争吵声，跟室友的争吵声，跟女朋友的争吵声，加上小孩子撕心裂肺的哭声，每当陈路周想安安静静刷题的时候，这种人类不能相通的悲喜总是格外多，偏偏今天楼里万籁俱寂，所有人都安静下来了，那漫长的十五分钟就变得尤其尴尬。

这是一套小户型的两居室，厨房过道只有一米宽，狭窄也空荡，台面上一个锅碗瓢盆没有，洗干净的泡面盒子倒是不少——他给门口收纸板的大爷留的。

他俩一人一边靠着厨房的门框，像俩门神，看着微波炉里头的红光，像是在等什么救命丹药，这画面无比诡异。

陈路周觉得自己识相点儿就该避嫌走开，但是又怕她把厨房炸了，于是问了句："平时会做饭吗？"

"算会吧，但是做得比较少。"徐栀礼尚往来，"你呢？"

我不是在跟你搭讪。

但他还是回答了，靠着门框，口气漫不经心："也就看电影的时候煮个泡面。"

徐栀："那你喜欢看什么电影？"

她是真的不会聊天。这样的对话已经足够干巴巴，陈路周并不想再聊下去。然而更尴尬的是，地薯放进去没两分钟，客厅那盏行将就木的灯彻底罢工，而厨房本来就没灯——之前坏掉后他懒得花时间修，反正也不用。

所以顷刻间，整个房间彻底陷入一片黑暗。

徐栀下意识地先去看微波炉。嗡嗡嗡，机器还在顽强地运转，加热时还朦朦胧胧地散发出一道橙红色的光晕，说明并不是停电。

整个厨房就靠着那点儿昏暗的光晕照明。微波炉还在不知好歹地转，那道光模模糊糊地照在两个人身上，气氛一下子堪比灯火轻摇的烛光晚餐，透着一种沉默又尴尬的浪漫。

陈路周一时之间不知道是该说"我什么电影都看"，还是先替那个不知好歹的微波炉道个歉：抱歉，气氛搞得有点儿浪漫了。

"我可以加你的微信吗？"

在昏暗的灯光里，徐栀看着他，突然问了句。

看吧，陈路周，你惹祸了。

陈路周低头看着她，眼神彻底冷淡下来，本来想说"你不是有男朋友吗？问这话合适吗？"，又怕她等会儿丢出一句"有男朋友就不能加异性的微信吗？"。

"我的手机没电了。"他憋了半天才说。

自以为找了个完美的借口，但是他忘了，微信运动整点有推送，下一秒，手机在裤袋里叮咚一响，因为屏幕贴着裤兜，所以在黑漆漆的屋子里，那屏幕的白光瞬间就照亮了徐栀茫然的脸。

陈路周："……"

徐栀哦了声，慢悠悠地对他说："不是说加个微信你给我摆个座儿吗？我站着有点儿累，你能给我搬把椅子吗？"

陈路周："……"

"高手，绝对是高手。"朱仰起振振有词地说，"她要不是撩你，我朱仰起从此以后改名叫洋气朱。"

朱仰起这名字是老爷子取的。他刚好赶上"仰"字辈。上小学学英文之后，知道英文名是把姓放在后面，同学们就给他起了个"洋气朱"的绰号。他号啕大哭着回了家，想要改名。老爷子当时在麻将桌上大杀四方，听他哭诉时正起了一手好牌，于是连连拍掌大笑："起得好啊，起得好啊。"

那时候才五六岁的朱仰起哪儿知道老爷子说的是麻将局，以为老爷子说同学们给他的外号起得好，悲伤痛哭到失声，小小年纪就深刻体会到什么是"人生不如意事十之八九，可与人言者并无二三"，尤其不能说绰号。所以朱仰起对"洋气朱"这个外号深恶痛绝，这把可以算是孤注一掷了。

陈路周这会儿在洗澡，花洒开得小，涓涓水流滑过他分明的肌肉，腰腹处像铺着几块规整匀称的鹅卵石，饱满而有力。

小乌龟不知道什么时候从箱子里爬了出来，此刻正趴在他的脚边喝地上的水。陈路周嫌弃地把它拎开，它又不知疲倦地爬回来。陈路周叹了口气：算了，明天拿回家送给陈星齐那个二傻子。哦，不行，明天周日，爸估计在家，让那小子自己出来拿吧。

陈路周洗完，肩上挂着条毛巾出来的时候，朱仰起叼着烟，坐在沙发上，在出去写生前把他最后两包泡面也干掉了。因为没灯，朱仰起不知道从哪儿翻出两根蜡烛，这回是真的烛光晚餐了，烛火摇曳，简直让人浮想联翩。

"怎么样，是不是比微波炉的光好点儿？"朱仰起调侃他说。

陈路周拿毛巾随便擦了两下头发，趿拉着拖鞋走过去，弯腰把蜡烛全吹灭，人懒洋洋地往沙发上一靠，继续摸黑擦头发："跟她我倒还能接受，尴尬就尴尬点儿，咱俩就算了，我怕你对我有什么想法。"

朱仰起把烟拿下来，震惊得舌拌不下。

"你搞什么？她对你陈大少爷有想法就没关系？她有男朋友啊！"

朱仰起之前也就是吐槽谈胥爽一下。但陈路周这人向来胆子比天大，搞得他突然有点儿没底。

昏暗中，两个人的轮廓都模糊，但就着窗外皎洁的月光俩人依稀能看清对方的神态。朱仰起看到陈路周擦头发的手一顿，表情似乎还挺为难：

"那你让我怎么办？人家又没说什么过分的话。"

朱仰起甚至能看见他上扬的嘴角："你就是期待她再过分一点儿！你不会真对她有感觉吧？"

"我告诉你啊，"压根儿不等他说话，朱仰起一副"我被女生渣过我知道"的笃定表情开口了，"你涉世未深啊，那个徐栀绝对渣，包括她那个姐妹，也不是什么好东西。"

陈路周无语，仰头靠在沙发上，笑得不行。笑了一阵，他懒得跟朱仰起再扯下去，把毛巾丢到一旁，坐起来，打开泡面盖子，拿起叉子捞了两下，一副甘拜下风的口吻："行行行，哥，你饶了我，下次我看见她一定绕道走。"

朱仰起这才心满意足地把烟放到一旁，打开自己那盒泡面，吸溜了一口，说："不过，你真打算听你妈的话去国外待着？"

"嗯。"

"你为什么不反抗啊？北京、上海那么多好学校。现在还没出分呢，今年数学卷子难度那么大，你都快满分了，光这门课你都能拉不少分。我觉得以你的总分，上Ａ大指不定都有机会呢，干吗非要听你妈的出国啊？你就那么怕你妈啊？"朱仰起对他的行为嗤之以鼻。

"怕啊，毕竟我是领养的，"陈路周拿叉子的手顿了下，说，"而且，这是我唯一的家啊。"

是这个理，但陈路周什么德行啊，朱仰起还能不了解？他气极反笑，拿出青葱少年狐假虎威的腔调："你少给老子说废话！你压根儿就是懒。你觉得反抗浪费感情，在这里你没有留恋的人对吧？我跟那帮兄弟你都无所谓，喜欢你那么多年的女孩儿你也无所谓，反正你对谁都无所谓。"

陈路周叹了口气："你也知道我爸妈是什么人，你觉得从小到大，我哪次反抗有效，结果有任何不一样吗？说到兄弟，初中三年咱俩不在一个学校，联系也少，你不也跟张小三、李小四玩到一条裤腿里去了？也没见你像现在这样留恋不舍啊。"

"我那是勉为其难。"朱仰起死不承认。

陈路周微微弓着宽厚的脊背坐在沙发上，一边低着头慢条斯理地把牛肉片一片片夹出来铺在泡面盖子上，准备等会儿给小乌龟吃，一边跟神算子一样肯定地说："一样，我走了你马上会有赵小五。"

说完，他低头吃了口面。

他太清楚了，无论对谁，他从来都不是独一无二的那个。

墙根下，白日里刚淋过雨的树叶被昏黄的路灯光抚着，像片片金麟，巷子里蝉声响亮，墙面斑驳，泛着一股历久弥新的腥潮味。

"朱仰起说他和柴晶晶约好考一所大学，但他从来没跟我说过考大学的事情。我跟他高二就认识，到现在几乎每天都有聊天，"蔡莹莹趴在墙根底下，哭得上气不接下气，"五分钟前还问我要不要吃蜜雪冰冰，你说他怎么有那么多时间？蔡莹莹，柴晶晶，呜呜呜呜……他以为他在收集星星呢……"

经过刚才谈胥那一段，徐栀这会儿都不敢随意开口了，生怕起到反效果，当下竟不自觉地想到陈路周：自己要是有一张他那样的嘴就好了，不管说出来的话好不好听，至少气氛不会这么尴尬。

"要不，我们找人打他一顿？"徐栀能想到的只有这个。她这人比较直接，"傅叔叔不是认识很多人吗？"

傅叔叔是她们爸爸共同的好朋友，已经金盆洗手很多年，"退休"后一直窝在山里，整天默默地磨石头。每年暑假，老徐和老蔡都会带她俩进山去避暑。

蔡莹莹的哭声戛然而止，抽抽搭搭地一边思考一边看着她："……"

傅叔叔的手劲儿会把翟霄打死吧。

"不行不行，"蔡莹莹啜泣着摆手，哽咽着说，"你不许告诉傅叔叔他们，是分手还是打他一顿我自己想，你不许插手。"

她下手可狠了。

徐栀叹了口气："好吧。"

蔡莹莹生怕徐栀把注意力放在翟霄身上，立马抹了抹眼泪，牵着她的手往家里走，同时岔开话题："你后来怎么会跟那帅哥去打地鼠？"

"是烤地薯。外婆想吃，但没地方买，陈路周说他家里正好有。"徐栀晃了晃手里那两个热烘烘、新鲜出炉的地薯。

"什么嘛，朱仰起那什么猪耳朵啊，没用可以蒸着吃了。他说你俩去打地鼠了。我就说两个人好端端的，怎么可能突然去打地鼠。"蔡莹莹说，"不过，看不出来，陈路周还挺好心的嘛。"

徐栀认同地点点头："你不觉得他还挺亲切的吗？"

蔡莹莹扑哧一笑："他明明就是个公子哥儿。"

"你还记得我跟你说的那个女人吗？那就是他妈妈。"徐栀说。

蔡莹莹一愣，问道："就你说的那个声音、习惯和口头禅都跟你妈一模一样的女人？"

"嗯。"徐栀点点头，顿了下，似乎在思考，片刻后慢吞吞地说，"你有没有看过一部电影，叫《恒河女人》，一部印度片，讲的是一个才华横溢的女人。那个女人是天才建筑设计师，但因为过去是个妓女，经历不太光彩，甚至污点重重，所以后来无论设计出多么精美绝伦的作品，都无法参与评奖。世人对她的评价也是侮辱性居多，但也有不少人认可她的才华。她为了让自己更有尊严地活着，就抛下孩子和丈夫，跟幕后觊觎她才华的资本家联合起来，制造了一场大火，假死后整容成别人的样子。很快，她的作品获得了世界大奖。但几年后，她在纸醉金迷中迷失了自己，再也设计不出令人动容的作品，资本家很快就抛弃了她，利用她的声音波纹，曝光了她的身份。"

蔡莹莹似乎捕捉到一丝蛛丝马迹："难怪你刚才看见项链掉在树上，犹豫都没犹豫就去敲他的门了，你难道觉得你妈妈……"

"我只是想知道为什么两个人会这么像。我也知道不太可能，但总要确认一下，才能安心，我就是想要弄明白。"

她总不能冲上去就跟陈路周说"我想检验一下你妈妈是不是我妈妈"，那样陈路周一定会拿她当精神病的。

听说林秋蝶女士是死在老家，下葬的时候，徐栀在参加夏令营，没来得及回去参加葬礼。老太太也没等她，因为天气太热，尸体放在村子里引起了村民的不满。加上老太太信奉风水，适合出殡的日子就那么几天，错过就要等上大半年，骨灰寄存在殡仪馆也要好大一笔费用。

徐光霁坚持等徐栀回来，因为这件事，脾气一向温和的徐光霁第一次对老太太大发雷霆，但老太太从来都是我行我素。

徐栀心想：没看到也好，也算是给自己留个念想了，如果自己当时亲眼见到林秋蝶女士的尸体火化，就不会有今天的事情了吧。

蔡莹莹仔细一想，指出了其中的疑点："但是不对啊，阿姨是几年前才……不可能有这么大的儿子,这年龄对不上啊,你不要钻牛角尖,越说越玄乎啊。"

"他应该是被领养的。"徐栀说。

巷子里静谧,这条青石小径她俩几乎每天都走,蔡莹莹却从没有一刻像现在这般感觉森冷,而且越往里走越冷,最后,两个人在她俩惯常分道扬镳的位置停下来。

蔡莹莹震惊得舌挢不下:"他告诉你的?"

徐栀摇摇头,把那天下午在门口听见的对话重复了一遍给蔡莹莹听。

"你说话非要这么刺人吗?"

"您第一天见我不就知道我是个刺儿了吗?"

"如果是亲生的,这种对话你不觉得很奇怪吗?"徐栀把一晚上的思考结果娓娓道来。她其实已经很累了,但不知道为什么,脑子就是停不下来。"我开始以为是后妈,后来咱们不是一起吃饭吗?好像是有人在微信上骂他,朱仰起问他'这你都能忍?',他跟朱仰起说了这么一段话。

"'看他问候得那么真诚,我以为他知道我祖宗的坟在哪儿。这不是好奇吗?结果看到最后也没给我留个地址。'"

她靠着墙,说:"说明不是后妈,因为爸爸也不是他的亲爸爸,估计他都不知道自己的亲生父母是谁,那就只能是领养的。还有一个不知道能不能算证据。"

蔡莹莹有点儿震惊:"什么?"

"我在他家看到一个签名篮球,本来以为上面全是明星的签名,后来仔细看看,才发现每个签名都一样,是他自己的名字,连无人机、iPad 上都刻着他自己的名字。可能有自恋的成分,但也是习惯使然吧。他以前应该生活在一个大集体里,比如福利院这样的地方,又有洁癖,才会给自己的东西全都标上名字。"

蔡莹莹已瞠目结舌,被她彻底说服。

徐栀叹口气,看着高高的墙头。皎洁的月光下,墙头上面挂着一串串艳红的夹竹桃。她突然觉得特别像她小时候喜欢的色彩斑斓的糖果罐子。哪个小孩儿不爱吃糖?林秋蝶怕她把牙吃坏,永远把糖果罐子放在家里最高的位置。她哭闹着求谁都没用,最后只有老徐心疼她,隔三岔五地帮她偷两颗出来吃。

徐栀：陈路周如果是在福利院长大，是不是就没有能帮他偷糖果的大人呢？

徐栀：那他小时候应该挺不快乐的。

翌日。

陈路周拎着小乌龟懒洋洋地走进游乐厅的时候，原本气氛和谐的游乐厅突然就嘈杂起来——陈星齐跟人吵了起来。起因好像是对方踩了陈星齐一脚，没道歉，陈星齐这个小伙子叽叽歪歪非要让人家给他大声道歉。大概他和陈星齐的八字天生相冲，总能遇到这种不和谐的场面。一般这种场面，陈路周都懒得管——也就陈星齐这个年纪遇到不公平的事还敢大声对抗。

"陈星齐，你哥来了！"旁边有小伙伴提醒了句。

陈星齐跟人吵得面红耳赤，闻言转头朝着他们战战兢兢所指的方向望过去，果然看见一个熟悉的身影懒洋洋地靠在某台娃娃机上，视若无睹，不上来帮忙就算了，居然还拿着手机录视频。陈星齐下意识地拿手挡了下镜头。

"躲什么躲，都拍完了。我发给你们班那谁看看，叫什么？茜茜？"陈路周把手机揣回兜里，等陈星齐走到面前，胡噜了一把他的脑袋，人还是靠在娃娃机上，"哟，几天不见，长高了啊，你妈又带你打生长激素了？"

"不也是你妈？"陈星齐没搭理他的调侃，警告道，"你不许发给刘童茜。还有，人家叫刘童茜！你不许叫茜茜。"

陈路周冷淡地睨着他："全中国几万号人叫茜茜，你管我叫哪个茜茜。"

"陈路周！好，以后我也这么叫你女朋友！叫小名！叫'宝贝'！"陈星齐从小就是以牙还牙、以眼还眼的典范。

"行，等哥给你找到，你随便叫。"陈路周懒得跟他再扯下去，把乌龟递过去，"你带回去养，别给我养死了，它活多久，你哥就打算活多久。"

陈星齐说："我明天就把它煎了！"

陈路周一脸"你试试看"的表情，随手又扯了扯他身上非常眼熟且风骚的T恤的领子，口气实在有些傲慢："你别老偷我衣服穿行吗？这件全球断码啊，我的齐哥。"

"你都快穿不上了好吧。"

"你给我洗缩水了吧。"

陈星齐理直气壮地一把把领子从他的手里夺回来，想了半天，还是忍不住问了句："你真的不打算搬回来啊？爸爸前几天问起你呢，他那天……真没想打你。"

陈路周神色倒是没变，还是一副人畜无害的样子靠着娃娃机，但很快直起身说："行了，你少在这儿当老好人，我只是懒得搬来搬去。"

"那我以后找你很麻烦啊。"

他双手环在胸前笑了下，伸手捋了捋陈星齐脑门儿上被汗沾湿的杂毛："找我干吗啊？我最近很忙，自己流浪去吧。"说完，他刚好把陈星齐脑门儿上的刘海捋成三撮，并让它们服服帖帖地贴在脑门儿上。

陈星齐烦死了，推开他的手："你考试都考完了，还有什么事情啊？你就不能回去跟爸爸道个歉？其实他这几天一直在等你，进门第一句话就问阿姨你今天回来没有。"

陈路周若有所思地眯着眼睛，听出一些端倪："你是不是又在学校惹事了？"

"没有，怎么可能？"

他打算走了，从娃娃机上直起身："行，要不是快死了，都别找我。"

"那快死了就能找你了？"

陈路周推了一下他光不溜秋的小脑门儿：

"你脑子是不是有问题，快死了你找我干吗，找我给你盖白布啊？"

所以就是——

谁都别找我。

陈星齐支支吾吾："好，哥，那我跟你直说了，我打算跟同学去山里避暑，但是老妈不让我们去，她说……必须……"

陈路周了然地睨着他："我陪着是吧？伺候你们一帮大少爷是吧？可以啊，一天八百，陪吃陪喝还陪玩。"

"成交。"陈星齐发了个地址给他，"地址是这儿。"

傅玉山庄。

· 52 ·

第三章
徐 栀

高考也是有"后遗症"的。徐栀现在每天早上醒来还是会下意识地打开手机播放器放几段英语听力,边听边吃早餐。

老徐把播放器关了。徐栀茫然地抬头瞧过去,只见老徐正容亢色地坐在她对面,一边擦眼镜,一边对她说:"都考完了,你不打算出去玩一下?"

徐栀仰头靠在椅子上醒神,等终于清醒点儿了,才了无生趣一般搓了把脸:"去哪儿啊?周边都没有能玩的地方,再过半个月就出成绩了,又不能去太远的地方,要不明天我和蔡蔡去趟傅叔那儿?"

其实徐光霁压根儿没听她说话,眼睛光盯着她的脖子。项链明明还在啊,老蔡看错了吧。他就说嘛,徐栀怎么可能谈恋爱?她压根儿还没开窍。徐光霁心不在焉地哦了两声:"都行都行,你自己看着安排吧,不用在乎钱,爸爸有,别人还欠爸爸好多钱呢。"

嗯,徐光霁的口头禅就是:"别人还欠爸爸五百万没还呢,你放心花,千万别省着。"

徐栀:"您那张彩票还没中呢?"

徐光霁没搭理她,拿上公文包:"傻孩子,送你一句话,"他一边在门口换鞋,一边语重心长地说,"生活吧,你得学会看破不说破,就好像变魔术，你明知道有个托，不还得给人家鼓掌？"

等老徐关上门，徐栀才靠在椅子上反应过来。

老徐真能瞎掰。

她正想发会儿呆，手机突兀地一亮，是蔡莹莹发来的微信。

小菜一碟：栀子，你知道昨天那条大金链子为什么会在树上吗？竟然是楼上一个大叔藏的私房钱，笑死我了。他说老婆管得严，钱太难藏，就换成大金链子，出门戴着回家就藏在那棵树上的鸟窝里。

栀子花不想开：啊，你怎么知道？

小菜一碟：朱仰起早上告诉我的啊。

栀子花不想开：你有他的微信？

小菜一碟：对啊，昨天就加了。更好笑的是，朱仰起说那个大叔的老婆带着大叔去认领的时候，陈路周让他们把买链子的票据拿出来，结果大叔掏出来的票据上有两条，另外一条也直接被没收了。现在那个大叔经过陈路周的门前都要吐一口痰。朱仰起说陈路周现在一直在门口擦地，哈哈哈哈哈哈，笑死了。

徐栀回了几个省略号，脑海中第一个想法就是，他果然有洁癖。

徐栀放下手机，心不在焉地把碗扔进洗碗槽。老太太这两天去寺庙斋戒，家里就剩下她一个人。徐栀靠在厨房的流理台上，趁放水的工夫，拿出手机，上社交平台，正儿八经地开始搜索——如何能够成功加到帅哥……

她一顿，仰头想了想，又快速地把"帅哥"二字删掉，严谨地改为"如何能够成功加到自恋狂的微信"。

很快，她接到一条网友的私信。

网友皮皮：如果是"普信男"的话就算了，如果是个帅哥，这种人你想要引起他的注意，那就得先忽视他，然后在他熟悉的领域打败他，或者打击到他。总之，先摸清楚他有什么兴趣爱好。

兴趣爱好？

篮球、无人机这些她肯定不行，那张没什么艺术天赋的画算吗？

徐栀拿起碗，陷入了沉思。

陈路周临出门前，在门口贴了一张认怂的字条。

"房主最近不在家，请不要随地吐痰，如果实在忍不住，请吐在旁边的桶子里。"

字条底部画着一个大大的红色箭头，箭头下方真就老老实实给人放了一个垃圾桶。

朱仰起笑得直捶墙："你到底跟你爸怎么了？宁可受这气也不肯搬回去。"

陈路周刚收拾完东西准备出门，黑色挎包松松垮垮地斜背在身上。他拿过一旁的胶布，用清瘦的手指将白纸摁在门上，说："你觉得我爸怎么样？"

"虽然看着严肃，但一直对你很好啊，就是思想有点儿迷信、封建。"

陈计伸确实迷信，身边常年跟着一个风水大师，对他唯命是从。陈星齐小时候夜里总哭，还断断续续发烧一个多月，专家看了都说没问题。后来陈计伸听长辈说可以找偏方试试，于是找到那大师，大师说陈星齐八字太轻，十四岁之前多灾多难，有个办法就是认亲，认个八字重的"娘"帮他挡灾。连惠女士说什么都不同意陈星齐认娘，最后大师又给了个办法，那就是认个八字重的哥哥，也能挡，于是，陈星齐就认下了当时符合一切八字条件、无父无母的陈路周。陈计伸夫妇大概内心过意不去，主动提出要领养陈路周。

那时，陈路周自己也迷迷糊糊的，压根儿不知道自己为什么被这个家庭收养。

他们一直对陈路周视如己出，并不是为了维护模范企业家的形象而故意展现出舐犊情深，而是真的打心眼儿里对他好。陈星齐从小到大挨过不少板子，陈路周是连鸡毛掸子都没挨过一下。家里两个男孩子，一般是小的惹是生非，家长们却睁只眼闭只眼叫哥哥让着弟弟。陈计伸不一样，走过来不分青红皂白直接给陈星齐一板子，警告一句"没事少招惹你哥"，所以陈星齐一直对他哥又爱又恨。

陈计伸对他几乎是无条件地溺爱。反倒是连惠女士对他更严厉些，对他还算有要求。陈路周呢，虽然嘴欠，但是打小就有分寸，知道什么玩笑能开，什么玩笑不能开。

最早，陈计伸的生意还没做那么大的时候，陈路周经常被一些别有用心的叔叔阿姨在饭桌上带水带浆地调侃："路周长这么帅，干脆别读书了，倒插门给咱们市里那首富的女儿做女婿呗,你爸爸能少奋斗几十年呢。"

这话听一次两次也就算了,后来时时有人这么开他的玩笑,陈路周也烦了。陈计伸更是当时就气得要掀桌,当场就要跟这些人断绝来往。但那时陈计伸刚入市企业家工会,到处都需要打点关系,陈路周怕他得罪人就把场圆了。他也知道首富看不上他们家,于是一边给陈星齐剥螃蟹,一边插科打诨地把球踢回去:"好,那就有劳您给岳父递个信,我等他下聘。"

这话听着吊儿郎当但还挺客气,又不失礼貌,甚至直接把话头堵住了。因为也没人真敢去提,毕竟陈计伸那时候事业刚起步,首富哪儿能看上他们家?之后,陈计伸对他更是疼爱有加。

从某种程度上来说,陈路周的童年并不缺爱,六岁之前,福利院院长和护工们对他格外偏爱;六岁之后在陈家,陈家夫妇对他也算是百般呵护。他就是泡在蜜罐子、被人用爱灌溉大的小孩儿。

直到前不久,他为了复习方便在学校附近租房子,高考前一晚回别墅拿换洗衣服,听见陈计伸和连惠女士在卧室里大声争吵,他才知道自己当初为什么会被收养。

尽管如此,陈路周还是没觉得有什么,因为这十几年他们对他足够好。那么,最开始那个或许不是那么善意的理由他可以原谅。

他从来都很好哄的,相比别人嘴里一些似是而非的话,他更愿意相信自己的感受,这十几年被疼爱、被保护都是真实的感受。

陈星齐当时站在他背后,小心翼翼地轻轻叫了声"哥",生怕他会因此而不高兴。却没想到陈路周靠着走廊墙,在黑暗中反手胡噜一把陈星齐的脑袋,低头看着弟弟,柔和地说:"下个月就十四岁生日了?没关系,快过去了!哥哥祝你以后顺顺利利。"

陈星齐的眼眶顿时就红了。里头的声音又断断续续传来,是陈计伸的声音:"这不是你当初收养的时候就答应我的吗?等他高考结束就送他出国。我知道路周一直都很懂事,但是你不觉得他现在的锋芒太强了吗?如果留在国内上完大学,我担心他以后跟星齐争家产。"

陈路周确实忘了一点:陈计伸到底还是一个保守封建的父亲。

早年事业没这么兴旺的时候,陈计伸确实没考虑过这个问题。现在事业越做越大,他骨子里那点儿根深蒂固的守旧思想就像烂在牙龈底下的蛀虫,迟早要开始发臭。

"他打你了？"朱仰起难以想象陈计伸这么好脾气的人居然会动手。

"嗯。"陈路周头也没抬，刺啦用嘴咬了一段胶布下来，声音冷淡，眼皮也无精打采地垂着，"我说我给他写保证书，实在不相信我就跟他签协议。他说他不是这个意思。我说'您放心，您养了我这么多年，以后我还是会给您养老送终的'，他以为我咒他死呢。"

"老陈还是格局小了。"

"但我挺理解他的，好不容易出人头地，当然想把所有的东西都留给亲生儿子。说实话我也没怪他。我气的是我自己，十九岁了，还不会自己赚钱。"

"所以，你现在坑你那个傻弟弟的钱？"

"怎么说话呢？"陈路周瞥他一眼，"对我老板客气点儿。"

"……"朱仰起正要开口，微信又响起。

陈路周不用看都知道是蔡莹莹，咬下最后一段胶带粘在手上，准备贴最后一个角，声音冷淡下来："过分了吧，不许我跟徐栀说话，你俩倒是聊上了。"

朱仰起："我就是跟她汇报一下咱们这条金链子的进度，不然人家以为咱俩吞了怎么办？哎，你这口气我怎么听着有点儿阴阳怪气呢？"

两个人说到这儿，陈路周正准备关门，忽然听见楼上响起一声重重的关门声，然后是一阵急促的脚步声从楼上下来。陈路周那时候觉得男人有时候也有第六感，不知道为什么，直觉告诉他那个下楼的人是谈胥。果然，那道清瘦的身影下一秒出现在楼梯转角处。

如果没发生昨晚那些事，哪怕这会儿谈胥主动跟他打招呼，他也不一定能认出来，尽管这人曾经跟他打过球。但是现在，陈路周觉得自己肯定是有点儿毛病，在谈胥下楼即将跟他目光相交的时候，他下意识地侧头避开，转身进屋，再出来时，身上换了个黑色双肩包，单肩挎着。

连朱仰起都看出来他有点儿古怪。等谈胥的背影彻底消失在楼道口，朱仰起问："你躲他干吗？"

他何时那么怂过？在一中他都是横着走的好吧，大多是别人认识他，他不认识人，傲慢得要死。现在怎么回事，看到谈胥他躲什么？

陈路周没搭理他，一直到两个人坐上上山的大巴车还保持着沉默。但朱仰起压根儿没打算放过他:"你到底什么意思啊?我说句三观不正的话,你是我的兄弟,你要是真对徐栀动了心思,你想撬,我还能看着不管啊?我满世界给你找铲子都行,但你刚刚那个屌样是怎么回事?"

"我就是觉得,他女朋友多少对我有点儿意思,那我尽量不正面跟他碰上,以示敬意,行吗?"

嗯,陈路周觉得自己当时那个下意识的反应应该是这个意思。

朱仰起:"你刚刚明明是小三见正主的反应。"

陈路周觉得无语,戴上耳机:"那你可能有病。"

傅玉山庄坐落在明灵山的半山腰,最早是私人山庄,傅叔没舍得对外开放。这几年在老徐和老蔡的劝说下才渐渐开门纳客,不过规矩还是很多。但偏就有些达官显贵特别吃他这一套,一订就是十天半个月。有些都市男女特别喜欢在这里消遣,因为这里年轻人多,艳遇也多。山庄的设施又十分齐全,一般人能想到的吃喝玩乐这里基本上都有。

徐栀下车把行李送进房间后,就飞奔着下楼去找傅玉青:"傅叔!傅叔!"

这会儿傅玉青正端着杯咖啡,一脸硝烟味地靠在前台上,怀里抱着一条狗,身上的大花衬衫半进半出地扎在皮带上。他保养得不错,斯文儒雅,唯独脑袋上那顶小毡帽与他整个人的气质格格不入,应该是刚上山找石头回来。看见徐栀,他顿时喜出望外:"栀总,你来得正好,我快被这几个小鬼缠死了,贼难伺候。"

徐栀这才看见前台围着几个十三四岁的小孩儿,气焰还挺嚣张。她刚要问发生了什么,小鬼听见傅玉青这么说,直接不干了。

"你说谁难伺候?本来就是,你这水就是有味道啊,你还不允许我们提意见啊?"

傅玉青:"这是自来水,谁让你没烧开就喝了?我跟你们说多少遍了,我这里的水都是山上的泉水,要烧开才能喝。谁让你们自己端起来就喝啊?要喝矿泉水自己去山下买。"

"我不懂,我家里的自来水明明拧开就能喝啊,你这里的自来水为什么拧开就不能喝?"

徐栀还在犹豫要怎么跟这几个小少爷解释,你们家那应该是直饮水,不是自来水。傅玉青已经没耐心了，把咖啡放下，一边撸狗一边说："你们中间有没有能沟通的正常人？"

小鬼又炸毛了："你骂谁不正常？"

"小弟弟，你稍微冷静下，"徐栀忙出声说，"这位叔叔的意思是，你们有大人在吗？"

"我哥和他朋友马上到了，刚下车，走过来大概五分钟。"

陈星齐一看从大叔换成一个小姐姐，于是趾高气扬地顺手拨了个视频电话出去，不知道出于什么心理，大概是觉得需要大人撑腰，抑或是出于对他哥魅力的信任。毕竟从小到大，只要对方是女孩子，碰上陈路周都特别好说话。他哥这张脸的好使程度，在他的认知里，仅次于人民币。

不过那边的人没接，很无情地直接摁掉了。

几秒后，静谧无声的山庄大厅门口陡然响起一道冷冰冰的机械问候声："欢迎光临傅玉山庄。"

所有人望过去，旋转门外大步流星地走进两个高高大大的身影。徐栀还未来得及去细看，耳边就响起一道熟悉且不耐烦的声音："陈星齐，整天除了发视频你还会干吗？我都说了别给我发视频，你烦不烦？"

徐栀瞬间眼前一亮，笑了起来。

哟！有人自动送上门来了！

陈星齐用得意扬扬、骄傲自豪的小眼神在那五六个小伙伴脸上狠狠地扫视了一圈，满脸写着骄傲——

怎么样，我哥好使吧？

傅玉青："……"

这都第几次了？

朱仰起都想当场卸甲倒戈，对陈路周说一句："算了，你从了她得了。"这是什么独一无二的缘分，他俩真是什么地方都能遇见啊。

真的，你俩天生一对。

然而，陈路周并没有觉得这是多么独特的缘分。庆宜实在是小，山海相邻，市民们的暑期娱乐活动不是坐船就是爬山，出去一趟总能碰见那么

· 59 ·

——两个不想碰见的熟人。陈路周自动自发地把徐栀归为"自己并不是很想偶遇"的那一类。为什么呢？因为她太危险。

现在，他应该怎么打招呼？

你好？

不行，别扭。

这么巧？

不行，听着像搭讪。

"这么巧啊。"徐栀先开口。

看吧，她就是想跟我搭讪。陈路周想说"得了吧你，是不是查我的行程了"，一抬头，发现徐栀压根儿没看他，视线越过他，直接看向他身后的朱仰起："在这儿碰见你啊，朱仰卧。"

朱仰起："……"

于是，陈路周不太高兴，被搭讪的朱仰起也不是很高兴。

徐栀这才意识到自己嘴瓢，马上改口说："对不起，朱起坐，不是，朱仰起。"

朱仰起认真地想了想，发现这事还是怪他自己。因为那天他是这么自我介绍的："你好，我叫朱仰起，就'仰卧'和'起坐'那俩字。"

陈路周瞥他一眼。

朱仰起立马挑眉——大少爷，你别上当，她这是想引起你的注意，惯用的套路而已。说完朱仰起做张做智地咳嗽一声，指了指旁边的小鬼头："是啊，挺巧，这是 Lucy 他弟弟。发生什么事了？"

傅玉青已经把小毡帽摘下来，放在桌上，这时悠悠地开口："我是这个山庄的老板。是这样，你弟弟觉得我们山庄的水有问题，但很不巧，我们这边是不供应矿泉水的，你们如果不喝我们山庄里的水，只能下山去买。这里每天大巴不多，来来回回很麻烦，我建议你们还是换一家酒店。"

朱仰起："不能外送？"

傅玉青："两小时送一单，谁给你送上山？山泉水很干净，来这里的客人都这么喝，你们接受不了就退房吧。"

徐栀一听，傅叔是真不打算做他们的生意。唉，自己到嘴的鸭子要飞了。

"我可以开车下山给他们去买。"她说。

"你给我闭嘴,你有驾照吗?!"傅玉青恨铁不成钢地瞪她一眼,"你想坐牢啊?打小这胆子就比天大,上次的教训还没记住?警察怎么跟你说的?忘了?"

徐栀认错很快:"好,对不起,我错了,我不该在法律的边缘试探。"

朱仰起:"……"

陈路周:"……"

陈星齐和一众小伙伴:"……"

陈路周看也没看徐栀,直接同傅玉青交涉:"买水的位置大概在哪儿?您给我指一下。另外,您这边有车可以借吗?我可以给钱,单车、汽车都行。"

他说得心平气和,也很客气。

徐栀觉得陈路周很牛。傅玉青的脾气不是所有人都能顶住的。他有点儿小孩儿脾气。虽然看着是个温润大叔,但他真的跟条狗都能吵到祖宗十八代去,至今都独身,就因为没人受得了他的脾气。

朱仰起以前也听过这傅玉山庄的老板贼难对付,别人开门做生意是为了赚钱,他开门做生意是真不为赚钱,仿佛只是为了交一些志同道合的朋友。要是有人对了他的脾气,别说几瓶矿泉水,白住他都没有二话。要是碰上陈星齐这种挑三拣四的少爷做派,他就会不停地阴阳怪气地劝人别住了。而且也不知道这傅老板是什么背景,不管得罪多少人,生意照旧做得下去。

傅玉青挑眉:"你有驾照?"

陈路周点点头:"嗯,去年暑假考的。"

傅玉青没有单车,倒是有一辆汽车,是他自己偶尔开下山运货用的。但刚才那小鬼实在太气人,他才懒得借:"没有,你自己想办法吧。"说完,他让前台服务员给他们办理入住手续,然后慢条斯理地抱起地上的爱犬,回头兴致勃勃地对徐栀点了下头:"走,带你去看我新磨的石头。"

徐栀很干脆:"不去。"

傅玉青:"……"

朱仰起:"……"

陈路周:"……"

傅玉青黑着脸:"你爱去不去!"

见这傅老板骨头这么硬，陈星齐闷闷不乐地撇着嘴，一副还要打电话向老爸告状的样子。刚掏出手机，就被他哥一把夺过来不留情面地甩在前台的台面上。他哥的说话声不大，但明显能听出教训的意思："有劲儿没劲儿？"

陈星齐倔强地争辩说："我本来就不知道嘛！家里的自来水本来拧开就能喝啊，再说我跟爸妈出去住的酒店也一样能直接喝啊。"

"咱们家的牛奶你也是直接喝的。"陈路周鄙视地睨他一眼，"参观人家牧场的时候你倒是挺理智的，也没见你冲上去抱着奶牛啃。"

陈星齐："我不管，我一天花八百雇你，你就这点儿办事能力。"

陈路周又在他的脑袋上狠狠地扒拉了一把："我要知道你个惹祸精现在这么烦人，一天给八千我也不来。"

陈星齐觉得他哥是真的烦他了，心里窝火，气急败坏地随手拿了张放在前台台面上的房卡就要上楼。结果被人堵住了去路，旁边又是一堆行李箱，他绕都没法绕开。他一看是徐栀，气更不打一处来，不知道为什么，直接把对他哥的火气都撒到徐栀身上，冲她气冲斗牛地吼了句："你挡我路了，让开啊。"

徐栀慢悠悠地哦了声，但人还是没让开。

陈星齐彻底恼羞成怒："你聋了吗？"

"你瞎了吗？"徐栀淡定地指了指他手里的房卡，"你拿的是我的房卡。"

她刚刚下来找傅叔，见他们硝烟弥漫，随手就把房卡放在前台台面上，没想到这小鬼看也不看就拿走了。

陈星齐沉默了一瞬。他认错也很快，可能也是被她之前那句"我不该在法律的边缘试探"给唬住了，把卡乖乖放回去："我拿错了，对不起！"

陈路周他们的入住手续办了一个多小时。陈星齐他们都未成年，父母又不在身边，有两个小孩儿的身份证明信息出了点儿问题，需要派出所那边传真回执证明单，不然不能办入住。傅玉青对他们铁面无私。陈路周没办法，让朱仰起带那俩小孩儿先去他的房间休息。他在楼下等入住手续。

这个时间点是整个傅玉山庄最安静的时候。午后，阳光柔和而绵长地贴着地皮，四周寂静，似乎所有人都在午睡，前台服务员敲击键盘声显得格外清晰。

徐栀也没走，所以陈路周有点儿尴尬，好像全世界就剩下他们两个活人。他说点儿什么不太合适，不说点儿什么也不太合适。

陈路周："你不去看傅老板磨的石头吗？"

"不去。"徐栀说，"他如果邀请你，你也不要去，很无聊。"

陈路周弓着背坐在沙发上，俩手肘撑在腿上，眼皮懒洋洋地垂着，手上不知道什么时候拿了张广告纸，正在漫不经心地折东西："他应该不会邀请我。"

徐栀想了想："哦，也对。"

陈路周用"你不会聊天就别聊"的眼神瞥她一眼。

大厅中央有个矩形鱼缸，里边养了几条色彩斑斓的小型热带鱼，颜色艳丽得像一条彩带在疏疏朗朗的海草中自由地穿梭着。徐栀就靠在那儿，低头看着陈路周。她发现陈路周好像又帅了，大概是出门前收拾过，头发不像那天晚上那么凌乱地支棱在脑袋上，过分立体的五官显得整个人有些冷淡。在午后的阳光下，他特别像被雨淋过的雪松树，挺拔而茂盛，永远朝气蓬勃，也永远锋芒过盛。

徐栀："你上次还没告诉我你喜欢看什么电影呢。"

"你问这个干吗？这里有电影院？"陈路周低着头，手上折纸的动作没停。

徐栀点头："有的，在停车场后面有家小影院，跟全球影城合作的，最近上映的新片这里都有，就是场次不多。如果你有什么特别想看的，我可以提前帮你订票。"

陈路周没什么情绪地垂着眼帘，专注折纸，心说：这么好心干吗啊？刚才不是还装不认识我？

"嗯，到时候再说吧。"他说，"你跟傅老板很熟？"

徐栀说："他是我爸的好朋友，小时候我都叫他干爹。"

陈路周："哦，他没老婆吗？"

徐栀："一直单身。"

陈路周："那女朋友呢？"

徐栀想了想说："没见他交过女朋友，反正从小到大看到他都是一个人。你想问他怎么解决生理需求?"

陈路周:"……"

等前台工作人员将陈路周他们的入住手续都办好,已经两点半了。灿烂的阳光透过玻璃门,照得整个大厅无比明亮,绿植盆栽油亮翠绿,好像一幅随意涂抹却色彩鲜丽的水粉画。傅玉山庄采用的是全榫卯结构,全部建筑没用一颗钉子,从入口提示牌到每个房间,乃至公共设施、娱乐场所,采用的全是精巧的原木榫卯设计,简单干净,走的是现代理性风。

陈路周不打算再陪她耗下去,把折完的成品丢在矮几上,准备上楼。走到鱼缸前,他低头,慢悠悠地睨了她一眼。

"我只是想问问他脾气为什么这么差。"

说完,他就走了。

徐栀哦了声,忙回头看着他的背影,指着矮几上的东西问:"你的纸飞机不带走吗?"

陈路周头都没回,声音一如既往地随意:"你是女孩子吗?那是纸玫瑰!"

第二天清晨,徐栀跟傅玉青在大厅旁的咖啡厅喝咖啡。她把陈路周折的纸玫瑰给他看:"你说他是喜欢做手工呢,还是不喜欢做手工呢?"

傅玉青正闭着眼惬意地盘着核桃:"你研究他干什么?"

徐栀托腮,拨弄着桌上的纸玫瑰说:"好奇。"

傅玉青:"这玩意儿是陈路周那小子送你的?"

朱仰起被几个小孩儿折磨了一晚上,下来买两杯咖啡,迷迷糊糊间听见陈路周的名字,以为是幻听,打着哈欠四处张望,看见两个熟悉的身影,顿时怔住。

徐栀沉浸在思考他到底喜不喜欢做手工这件事中,压根儿没听见傅玉青问什么,茫然地反问道:"这能看出来是个纸玫瑰吗?"

傅玉青终于睁开眼,轻蔑地瞥过去。不知道为什么,他对这小子的东西总是很不屑:"这不是个恐龙吗?这么长的尾巴。"

徐栀:"看吧,我就说是个四不像。莹莹还说就是纸玫瑰!"

朱仰起买完咖啡回来，陈路周也醒了，赤裸着宽肩，只套了条宽松的运动裤，懒洋洋地靠在床头，一条腿屈着，正全神贯注地看 CBA 比赛。

房间是标准的双人间，两张床中间就隔一个四四方方的原木床头柜。朱仰起走过去，把咖啡放到床头柜上。陈路周只用余光瞥了一眼，说了声"谢谢"，目光又立马回到比赛上。

朱仰起两手搓着大腿，直勾勾地盯着他，半晌，才皮笑肉不笑地开口："终于出手了。"

陈路周人还是靠着床头，拿起咖啡，嗯了声："是啊，憋死了。"

朱仰起被他轻描淡写的态度弄得一时无言以对，合着全是自己在这儿瞎操心："接下来是什么呢？直接本垒打？玩玩就算了？"

陈路周把咖啡放回去，扑哧笑了下："怎么就本垒打？顶多易建联再上几个三分好吧。"

朱仰起脸上的表情荡然无存："我说徐栀！谁问你易建联？！"

陈路周皱眉看着他，有些不明所以，用下巴颏儿指了指电视机："我说比赛啊，易建联下半场才出手，拿了十八分。"随后他一愣，沉默下来，摸过床头的遥控器，把声音调小，"你说她干吗？"

朱仰起："她跟蔡莹莹还有傅老板他们说，你折纸玫瑰送给她。你真浑啊，她跟她男朋友分手没啊，你就在这儿搞七搞八的？"

陈路周叹口气，摧心剖肝的样子又回来了，拿着遥控器，悠悠地瞥着他："大巴上谁说要帮我挖墙脚来着？"

"那你给我一点儿心理准备行不行？"朱仰起说着，抄起一个枕头朝他丢过去。

陈路周没躲，枕头不偏不倚地砸在他的胸口，不痛不痒。他把枕头捡起来随手丢回去："行了，那不是纸玫瑰，是纸飞机。昨天不是在那儿等资料无聊吗？她又在旁边站着。我就随便找点事干，不然多尴尬。而且你又不是不知道我手多残，除了打球还行，其他全废，折个纸飞机都费了半天劲，折出来还不像。"

还纸玫瑰，她想得美啊。

"我昨天逗她的。"他下床拿了件 T 恤套上，然后慢慢往下拉，一点点遮住小山包一样的结实腹肌，"对了，蔡莹莹也在？"

朱仰起："好像是在。"

"那你帮我问问蔡莹莹，徐栀有没有空。"

"你还要主动约她？"

陈路周准备洗澡，翻遍行李箱也没找到内裤，才发现可能没带内裤。听到朱仰起这么问，他心烦意乱地拎起个枕头朝着朱仰起砸过去，口气冷淡又无奈："我不约她，谁给你们下山买水喝？！"

陈路周自己是无所谓，喝什么水都一样。小时候在福利院条件也没这么好，生水他都是直接喝。他的洁癖跟朱仰起的洁癖不一样。他的洁癖是后天养出来的，朱仰起和陈星齐的洁癖是病理性的。他们都对水有洁癖。

他算了下，在山里还要住半个多月。陈星齐非要在这儿写生，说这里风景优美，环境清幽，就是老板脾气臭了点儿也能忍，死活不肯走，说"让爸妈送水嘛"。陈路周最烦陈星齐在外面遇到事情就给爸妈打电话。再说他妈现在还真顾不上他，马上就是文化和自然遗产日，算是他们台里第二重要的日子，毕竟做的是文化节目。她让陈路周陪着过来，就是让陈星齐少烦她。

陈路周昨天搜了一圈，附近真的没外卖可点。难怪这傅老板脾气这么臭，一家独大啊。他还是决定自己下山买水，一周下去一趟，也就两趟。不过得找个人带路，而且要跟傅老板借车，陈路周用脚指头想想，也知道傅老板肯定有车，只是不想借给他。徐栀要是不出面，他估计借不到车。

蔡莹莹给朱仰起回复"徐栀答应了，等会儿楼下大堂见"。朱仰起看着手机上那条简简单单的回复，触景生情地感叹："这妹妹真好约啊，一天到晚就这么闲吗？说出来就出来？我以前认识的那些都可忙了，当天约是不可能出来的。他们觉得这是对他们的侮辱。"

陈路周觉得徐栀不是那种女生，所以压根儿没想搭理他，只在临走前，一边穿鞋一边状似无意地问朱仰起："谈胥后来为什么转学？"

朱仰起打开电脑准备玩会儿游戏，看着迟缓亮起的电脑屏幕，给自己点了根烟，说："他那次不是跟乐高的人打起来了吗？你们那场比赛打得那么憋屈，大家心里都不舒服啊。虽然咱们被取消了成绩，但是很多女生吧，还是觉得谈胥这件事干得相当漂亮。但谈胥那阵子老被乐高的人堵，冯老狗……就我那个初中兄弟，其实算是你的小迷弟，就帮他把事情摆平了。"

冯觐和陈路周根本没见过面。估计冯觐跟陈路周一样，在朱仰起的嘴里听过无数次对方的大名。尤其是冯觊，还在一中的时候，陈路周这个名字对他来说就自带光环。因为陈路周是他们那届唯一一个没参加中考直接保送到一中的，听说还是一中副校长从外省挖来的。那几年陈计伸生意做到了外省，连惠女士怕他在外面乱搞，就让陈路周过去陪他，一是监督，二也是陈计伸自己舍不得孩子。而且，当时那个省的教育资源确实比庆宜好，算是教育大省，所以陈计伸就把陈路周转走了。

不过，后来外省高考政策有变，户籍不在本地不让参加高考或者限制很多，陈路周没办法，只能转回来。一中副校长跟连惠女士有私交，知道她这个大儿子从小就厉害，一听说他要回来，立马看了他初中三年的成绩单，发现确实厉害。哪怕在首屈一指的教育大省，还是百里挑一的重点初中里，他的成绩都是数一数二，于是立马带着各种优渥的条件上门自荐。

所以，尽管没见过面，冯觊一直觉得陈路周超级牛。但陈路周觉得冯觊的迷弟身份多少有点儿朱仰起在里面添油加醋的嫌疑——他这人吹牛向来不管牛皮破不破。

"然后呢？"

陈路周一边问，一边叉腰站在床前，没头没脑地想：要不要把包带上？女生出门好像都喜欢背个连手机都放不下的包，外面太阳那么大，要不带个包给她放伞吧。

"谈胥那人不领情啊，被人打成那样都不报警，还怪冯觊多管闲事。"朱仰起对他的纠结浑然不觉，抽口烟，继续说，"我们还觉得奇怪呢，这人怎么这样，后来才知道他这人有多阴狠。他后面几次被打都找人偷偷录了视频。大概是半个月后，他拿出一份抑郁症的检测报告，连同视频一起举报到乐高老师那里，论坛上也有发视频。舆论一发酵，乐高的校长特别重视，就把那几个学生开除了。"

"……"

"后来有一次，谈胥自己无意中跟冯觊说漏嘴了，说他那份检测报告其实是伪造的。冯觊这人就是太耿直，本来装作不知道就行了，但他直接举报到老师那里。谈胥他妈就闹到学校，坚持冯觊是污蔑，说谈胥确实有抑郁症。最后冯觊被逼转学，没过多久，谈胥不知道怎么也转走了。至今还有很多女生都觉得谈胥走得冤。反正我们男生都知道谈胥喜欢对女生PUA，特别会扮演受害者角色。"

…………

徐栀下楼的时候,陈路周正靠着大堂的鱼缸打电话。他脊背挺直,圆滚滚的小鱼儿好像在他的身上游来游去。她没敢过去打扰,隔老远站着,等他挂断。

陈路周像背后长了眼睛一样,回头看了她一眼,电话还在耳边,没挂断,下巴冲她朝外头一仰,意思是,走啊,磨叽什么呢?

陈路周挂掉电话,才看到徐栀穿着白T恤、牛仔裤,身上除了她妈那条项链,没戴任何装饰品,别说包和伞了,可以的话,她可能连鞋都不想穿,因为脚上还是山庄的一次性拖鞋。

顺着陈路周的视线,徐栀低头看了眼自己的脚,才后知后觉地反应过来:"啊,对不起,忘换了。刚刚和蔡莹莹打牌来着,听说你找我就下来了。你介意吗?要是不介意,我可以就这样走。"

陈路周心说:你是被PUA习惯了吧,我介意什么?你自己的脚不疼就行。

"走吧。"他低声说。

傅玉青刚从茶山上下来。陈路周总算知道这傅老板靠什么赚钱了,原来是做茶叶生意。傅玉青有间自己的茶室,里面的陈设却像老中医的药柜,一整面墙都是摆放得井井有条的茶斗子。

傅玉青为老不尊地侧着身子半个屁股坐在茶桌上。陈路周和徐栀则坐在沙发上看他慢条斯理地摆开五个小杯盏。他做事"龟毛"得很,每个杯盏的距离必须一致,图案的方向也必须一致——字面在前,花面在后,整齐划一,强迫症很严重。

陈路周很想问徐栀他这种症状持续多久了,实在不行就上医院看看吧。

徐栀悄悄告诉他:"这里面还是有逻辑的。"

什么玩意儿?

徐栀说:"杯子一面是字,一面是菊花。傅叔说,任何事物都得遵循自然界的准则,菊花就得在后面。"

自然界的准则……人体……

"……"陈路周反应了大概三秒才明白过来这话什么意思。两个人坐着时他也比徐栀高出大半个头,这时腿微微敞开,两手自然且放松地垂在腿间,表情明显很无语,眼神深沉地睨了徐栀半晌,想说"你身边都是些什么人啊"。

徐栀也看着他。他的眼睛很好看,又黑又亮,是标准的桃花眼,眼尾上扬,有种干干净净的烟火气。

两个人的视线毫无顾忌地撞上,说不出是什么感觉,就好像水面上的浮萍,薄薄一层轻轻浮在水面上,自然地紧贴在一起,空气中仿佛有股水流在轻轻涌动。

陈路周脑子里突然冒出一句自己都不太明白为什么会冒出的话——

要不,你和他分手吧。

他用什么立场说这句话呢?

他们现在应该只能算朋友吧。

好像连朋友都算不上,他们顶多知道彼此的名字。

傅玉青已经将杯盏齐齐整整地摆好,朝这边问了句:"会喝茶吗?"显然是问陈路周。

会吧,他会一点儿。陈计伸除了爱搜集录像带,也就爱每年囤点儿茶叶。他家里有比这规模更宏大、更富丽堂皇的茶室。不过看整个房间的陈设,傅玉青显然是深谙茶道。陈计伸大概就是土暴发户想满足点儿小情怀。

陈路周想说"我不喝茶,我来借车。如果你非让我喝点儿,那也行"。

两个人端端正正地坐在茶桌前,傅玉青拨弄着手上的核桃,突然问了一句让陈路周猝不及防差点儿喷茶的话。

"拍过广告吗?"

其实陈路周没少被问过这个问题,以前夏令营集训的时候,在地铁口老被人这么问——

"帅哥,拍过广告吗?"

"帅哥,有没有兴趣拍广告?给个联系方式呗?"

"帅哥,人体模特做吗?报酬丰厚哦。"

诸如此类,数不胜数……

但傅玉青这个人为老不尊,被他这么问,陈路周就有一种被冒犯的感觉,很干脆地拒绝:"我不拍。"

傅玉青:"你为什么不拍?你明明有条件,我可以给你钱,还可以借你车。"

陈路周先是默默地看了徐栀一眼,眼神莫名有一种隐忍不发的委屈感,然后才冷淡地对傅玉青说:

"我暂时没到需要靠身体赚钱的地步。"

傅玉青:"……"

徐栀:"傅叔是想让你用你的无人机给他的茶山拍一个航拍广告。"

陈路周:"……"

傅玉山庄一路下去都是狭窄的盘山路,一侧靠山,车窗外是陡峭崎岖的山壁和嵌在悬崖峭壁上歪歪斜斜的松林。陈路周一路都没说话,沉默专注地开着车。徐栀几次想搭讪或者跟他打开话题,都被他冷淡的脸色给劝退了。

小菜一碟:你怎么还有空跟我斗地主呢?帅哥的微信加上了?

栀子花不想开:他在开车,不理我。

小菜一碟:你搭讪啊,想什么呢?旁边坐着陈路周那种顶级帅哥,你居然还有心情拿四个二炸我!

栀子花不想开:那你想想,我怎么才能让他带我见见他妈妈?

小菜一碟:想见家长啊,做他女朋友啊,他不得带你见妈妈啊?

栀子花不想开:万一他有女朋友呢?

小菜一碟:那就做他爸爸的女朋友,他妈妈不得主动来找你啊?

栀子花不想开:倒也不是……不是个主意。

车子一路颠簸,颠得陈路周有点儿怀疑傅老板是得罪的人太多才躲在这山头上。这一路下来,别说店铺,连个人都看不到,四周杂草丛生,一片荒凉。

"傅老板以前……"

"你有没有女朋友啊?"

两个人几乎是同时开口,又同时闭嘴,目光下意识地朝着对方寻过去,好像吸铁石的南北极,一碰便紧紧地贴上了,车厢里有那么一刻安静得透着一种诡异。直到车子微微一抖，似乎轧过路旁堆叠的石头，陈路周才收回视线，手指搭在方向盘上轻轻一紧，顺着山路拐了个弯，说："没有。"

徐栀哦了声，又没下文了，视线慢悠悠地转向前方，也不知道在想什么。

陈路周挺烦她这样——每次都说一半，到底是真不会聊天还是故意在钓他？

陈路周甚至想要破罐破摔，让她干脆地把话说出来，态度要么更恶劣一点儿，要么更暧昧一点儿，现在这样算什么？

在徐栀不吱声的指引下，车子顺利地拐过两个岔路口，驶过两段最颠簸崎岖的山路，进入久违的柏油路后，终于走得平稳了一些。沉默了十几分钟后，陈路周极其冷淡地瞥了她一眼："又没话说了是吗？"

徐栀闭着眼睛靠在副驾驶座上想事情，一下子被他打断思路，所以有点儿不耐烦，不容置喙地道："在想啊，你先别吵，让我好好想想。"

她是真的在想。她想，要不要直接跟陈路周说实话，还是像现在这样，来来回回跟他打太极？虽然这件事情解释起来有点儿复杂，但陈路周这个人好像并不是那种不讲道理的人。不过，如果太讲道理，他会不会觉得她有病呢？毕竟这件事情用道理很难解释清楚。

然而，陈路周："……"

凶什么凶啊你？

又过了一会儿，车子终于顺利地驶出盘山公路。明灵山的山脚下是一片广阔的蓝海。雪白的云层好像一层轻飘飘的奶盖铺在不远处的海平面上。车窗外的视野瞬间开阔，连带着徐栀的心情也豁然开朗。

"陈路周。"徐栀就在这样的心情下叫了他一声。

"嗯。"他下意识地应了声，应完自己都愣住了——好像回应得过于快了。

徐栀也愣了下。刚刚的对话自然得好像他们是认识很久的朋友，可他们明明见面不过三次。

徐栀："你相信风水吗？"

"要看哪些了，封建迷信我不信。"陈路周一边摆出洗耳恭听的样子，一边捡起扶手箱里刚才微信响了好几下的手机，却没看信息，仿佛是为了回敬她刚才的凶。他不容置疑地将手机往她的身上随手一丢，"帮我开个导航，我要回市区一趟拿点儿东西，定位到我住的地方也行，定位到附近的商场也行。"

他的手机不知道是因为刚插在车里充电，还是接收信息太多了，背后滚烫，又没戴套。徐栀被烫得整个人一激灵，堪堪把手机捏在手里，说："这么烫，你怎么也不戴个套？"

陈路周："……"

你说话能不能过过脑子？

徐栀是浑然不觉，问："密码。"

陈路周："四个1。"

徐栀心说"这么简单"，一边输密码一边问："你没生日吗？"

陈路周开着车，面无表情地睨她一眼："这就是我的生日。"

徐栀："……"

对不起，我没想到。

手机微信有好几条信息。估计之前他就停留在跟这个女生的聊天界面，所以徐栀刚一解锁，那些信息就争先恐后地弹出来。

GuGu：我上次脑子有点儿短路，因为确实一直都很喜欢你，所以一看见你就忘记自己要跟你说什么，语无伦次说了一堆。其实我没有别的意思，我知道你现在不想找女朋友，但是，我还是想留在你身边，不管以什么身份。

GuGu：我刚又跟爸妈吵架了，喝了点儿酒，所以现在说话会直接一点儿。就是，我想问你，不用做我男朋友，只聊天也行。其实，我之前在你家也问过你，当时你在看比赛，你说看你心情。我想问问，你现在心情有没有好一点儿？我可以来找你吗？

GuGu：我高一就喜欢你，你每次打球我都去看了。每次第二节课下课她们出去买零食，我都没去，因为我知道你有可能来找zyq。

GuGu：clz，我知道我们学校喜欢你的女生很多，但你以后真的不会遇到比我更好更喜欢你的人了。我真的快疯了。

…………

不过第二条信息很快就被撤回了。

徐栀忙把微信退出来,翻出导航,有点儿做贼心虚的感觉,虽然不是故意的,但总归是不小心看了他的聊天记录。她还算冷静地找了个话题:"你这个微信界面挺帅啊。"

陈路周的视线悠悠地扫过去:"嗯,球赛的时候拍的。"

徐栀仔细一看,才知道是他自己的照片。那是一张无比具有摄影艺术气息的照片,应该是在他打球的时候抓拍的,模糊到几乎只能看清楚他瘦瘦高高的身形,因为身上那套衣服跟他现在穿的几乎一模一样,徐栀才后知后觉地反应过来。

"哦。"

徐栀又蒙了。她怎么总能不遗余力地夸到他?

陈路周看她又没下文了。

这种撩一下松一下的套路,她实在太会了。陈路周一边打转向灯,一边想,脑子里那个破罐破摔的想法越来越强烈。其实他并没有想过要把她跟自己的关系明确或者推到哪个程度。哪怕徐栀跟谈胥分手,他俩也不会有什么结果——他马上就要出国了。他爸怕他以后跟陈星齐抢家产,说不定以后就把他扔国外了,难道他真跟人家谈两个月就分?

陈路周你还是玩你的篮球、无人机吧,别瞎折腾了。

买完东西已经十二点,徐栀问陈路周:"饿不饿?要不要一起吃完饭再回去?附近刚开了一家干锅牛蛙,要吃吗?"

吃吧,这应该是最后一次了。他点点头。

牛蛙店果然要排队。徐栀拿完号回去,陈路周靠在商场中央的石柱上,浮皮潦草地应付着他弟的视频电话。陈星齐估计也是着急了,在电话里撒泼:"我不管,我不管,你要给我带干锅牛蛙回来。"陈路周单手插在裤兜里,懒洋洋地说:"八百块里没这项,这是八千块的活。"

陈星齐开始耍赖:"我不管,我不管!你到底跟谁出去的啊?半天都不回来。"

"就那天那个姐姐。"

"'在法律边缘试探'那个?"

"嗯,你说话注意点儿,她在我边上。"

徐栀心说:我是什么猛兽吗?

陈路周也不知道自己为什么心那么大开着扩音,明知道陈星齐这小子不老实。果然,下一秒,陈星齐就在视频里恶作剧般地大声叫徐栀:"漂亮姐姐!你想当我嫂子吗?!想的话,就帮我带一锅牛蛙回来……"

视频被陈路周直接掐断。

牛蛙店门口排队的人多,熙熙攘攘,还混杂着商场慷慨激昂的音乐声。徐栀其实没太听清话筒里的声音,只隐隐约约听到后面半句,这时问陈路周:"你弟刚刚是叫我帮他带牛蛙吗?"

陈路周把手机揣回兜里,随即被商场一个创业小广告吸引了注意力,目不转睛地盯着,随口说:"你别搭理他。他就是被惯的。"

徐栀觉得是时候挽回一下自己的形象了:"没关系,等会儿点两锅吧,一锅可以打包,弟弟想吃,为什么不给他买呢?"

陈路周当时在考虑,无论怎样,得先会赚钱,不然大学四年太被动了。哪怕出国也不能被人掐着经济命脉啊,想泡个妞,要没钱那多尴尬,于是他饶有兴趣地看着那些创业小横幅,心里盘算是自己创业呢,还是先从端盘子做起呢。

听见徐栀那么爽快地答应下来,他心想:看吧,你就是有这个心思啊。他低头看了她一眼,破罐破摔了:"直说吧,你是不是想追……"

"徐栀。"

一道扁平的男中音从身后传来,很干涩,像在沙漠里许久没喝过水一般。

徐栀和陈路周几乎是同时回过头。在茫茫人群中,徐栀还在辨认这个声音到底来自哪里的时候,陈路周已经率先反应过来,那道干瘦的身影是谈胥。

陈路周朝着谈胥的位置仰仰下巴:"你男朋友。"

徐栀终于看见谈胥,朝着那声源望过去。

"如果需要解释,我可以过去。没关系,不用考虑我,徐栀。"

他的声音一如既往地清冷又傲慢,只是难得正经。徐栀听得心莫名一颤:怎么好像还委屈他了?

徐栀确实有话要跟谈胥说。那天晚上不欢而散,她话没说完,谈胥就发脾气把她的项链扔下去了。她光顾着找项链了,回到家才想起来自己还没跟他说清楚。后来徐栀再找他,谈胥电话不接,微信不回。

其实从三模之后,谈胥的状态就有点儿不对劲儿,整个人变得沉默寡言,很不合群。曲一华说他是焦虑,压力太大。徐栀为了让他放松,找了个周末,揣着两周没吃早餐才存下的二百块钱带他去滑冰。结果她没想到谈胥天生运动细胞缺乏,平衡感"喜人",在滑冰场坚持不懈地摔了无数个狗吃屎之后恼羞成怒,气急败坏地原地脱掉滑冰鞋狠狠地摔在地上。那张平日里苍白、毫无精神的脸上的肌肉第一次蓄满了力量,他大声吼她:"有意思吗?你到底会不会考虑别人的感受?我承认我什么都不行,行了吗?!"

徐栀蒙了。他平日里什么都逞能,样样都要拿第一。就连体育课上的各种课堂小测试他都不放过,徐栀当然不知道他平衡感这么差。约他去滑冰,他也一口答应,结果出了洋相反过来骂她。徐栀就是那个时候觉得十七八岁的男孩子思想真是太不成熟了。

但不得不说,如果没有谈胥,徐栀也考不出现在这个成绩,甚至可能连最难的那段时间都熬不过来。谈胥是高二转到睿军中学的。那是徐栀妈妈走的第三年,老徐重度抑郁和焦虑,一直在吃药。但长期服用抗抑郁焦虑的药会影响身体机能,徐光霁那阵身体每况愈下,头发大把大把地掉,比化疗的病人掉得还厉害。徐栀那时候也受了老徐的影响,成绩一落千丈,原本有机会考上一中,最后成绩刚够上个普高。谈胥转过来跟徐栀成为同桌。听说他是被别的学校的人霸凌,患上了抑郁症才转学,徐栀觉得他也挺惨,对他心生怜悯。再加上谈胥沉默寡言、不太合群,徐栀就这样成了他与外界的枢纽。渐渐地,他俩的沟通越来越多,到后来反而是谈胥经常开导她。徐栀觉得自己不能再这么浑浑噩噩下去大概是从谈胥告诉她这句话开始的——

"河流和山川都困不住我们,只要我们不做思想的囚徒。"

"这话是你告诉我的,我当时觉得醍醐灌顶。能说出这种话,我觉得你的思想至少比我开阔,我想不通的事情你应该能想通,所以我想只要给你时间就行,但是我发现你现在有点儿钻死胡同。你每天逃避也没有意义,没考好就是没考好,难道一定要让所有人都陪着你考砸你才高兴?"

两个人站在电梯口,商场的扶梯上陆陆续续有人下来。对于自己挡了别人的道谈胥浑然不觉,仍旧像根电线杆子一样立在那儿。徐栀把他往边上拽，谈胥却下意识地朝陈路周那边看过去。

他刚刚第一眼就认出来了，这个人是宗山校区的陈路周。谈胥以前在一中时，化学老师就是陈路周他们班的班主任。每次一到考试阶段，他们班的气氛就压抑得快要爆炸。一眼望过去整个教室全是黑压压的脑袋，除了奋笔疾书还是奋笔疾书，谁也不说话。化学老师就拿陈路周举例子："你们这心态不行，才高一就拼成这样，高三还能活吗？我怕还没高考，你们的心态就出了问题。我们班有个小子，心态就贼好。初中化学竞赛就拿过国际奖，平时努力，到了考试那几天他反而基本上不看书，不是去打球就是找人看电影，宗山校区也就他们班的氛围还可以。"

一中内卷厉害，宗山校区卷得更厉害。谈胥是不信一中还有氛围还可以的班级，觉得一中每个班级的氛围肯定都跟地狱差不多。而且，每年一中都有学生受不了压力退学或者转学。他当时觉得这老师就是见不得他们班比别人班努力，说风凉话想对他们降维打击。谈胥也不信一个人能影响整个班级的氛围。

后来有一次，他去宗山校区办公室帮老师拿竞赛真题卷，陈路周恰好也在老师办公室——被数学老师摁在那儿训。谈胥当时心里挺得意，觉得化学老师牛皮吹破了，玩吧玩吧，还不是考砸了？就在拿卷子的时候，他不小心把数学老师的玻璃杯打翻了。结果，还在挨训的陈路周手疾眼快地把杯子扶住了，看了谈胥一眼，还跟数学老师插科打诨："哎，您看，差点儿又碎一个，不然明年教师节我们又得给您凑钱买一个。"数学老师瞪了他一眼，嘴上嫌弃，眼里是高兴："稀罕。"

谈胥说了声"对不起"，转身就走。数学老师马上叫住他："哎，同学，你等下，这份答案一起带过去。不准偷看啊，做完再对。"结果数学老师找了老半天也没找到答案，怕谈胥等不及，就随口说："陈路周，把你的卷子给他。"

陈路周从他的手上抽了张卷子看是哪份，然后半天没动，叹了口气。

"干吗？你动作快点儿，人等着呢，马上上课了。"

"我还没写呢。"他说。

"你就一天到晚看电影吧！"数学老师立马啐他，"少看点儿电影吧！咋了，以后想当演员？你干脆去考北电得了。"

"我回去问问我妈同意不。"陈路周笑着把卷子放回去，说。

那一刻谈胥觉得氛围确实不一样。但他始终不服输：陈路周也就这样，也就是比我们阳光一点儿。

……………

陈路周这会儿也挺忙的，刚给人指完厕所在哪儿，又把隔壁跟他一起等位的小孩儿给弄哭了。他还挺纳闷儿的：怎么站哪儿都有小孩儿来招惹他？他怀疑他被小孩儿通缉了。他疲惫地靠着柱子，终于缴械投降，低头对小孩儿说："行行行，气球给你，你别拿枪对着你妹妹。你这子弹打人挺疼的，我的手都让你打青了。"

四周排队的人都看着他俩笑，氛围跟谈胥这边简直是两个极端。

谈胥觉得陈路周到哪儿氛围都很好，只是因为大家愿意把目光聚集在他身上而已。他把视线收回来，冷冰冰地对徐栀说："高考失利的是我，不是你。你这个人共情能力低，无法理解就无法理解，别再跟我说什么大不了就复读。你以为复读那么简单吗？我努力了那么多年，是为了再考一年吗？我从小就没失败过，你懂吗？"

再说，那句话又不是他说的，是他以前在一中的满分作文阅览本上看见的，当时也没注意作者的名字，后来再回去找，连本子都找不到了。

徐栀看了他一会儿，问："你去看心理医生了吗？"

谈胥："我不需要看心理医生。你找我就是想说这个吗？还是想说你现在考好了，就可以甩掉我了？"

徐栀："我们之间本来就不是……"

"徐栀，我以为我们心照不宣，"谈胥嘲讽地打断她，"那只不过是应付老师的借口，不是吗？还是你现在找到更好的，就要甩掉我？"

"我现在没有心思谈恋爱，谈胥，跟你说实话，高三的时候我就确定自己不喜欢你，但是你在我最迷茫的那段时间不断地给我暗示，我以为我自己是喜欢你的。你如果非要把话说得这么明白，那我也不介意撕破脸。"

谈胥眼神警惕地看着徐栀。她那双干净清澈的眼睛却如此锋利而直白，那里似乎有与日月对抗的勇气。

"谈胥，你敢承认吗？你对我就是 PUA。"

· 77 ·

牛蛙店里挤满了顾客。陈路周他们隔壁桌就是刚才那个拿枪打他的小男孩儿。现在他俩都混熟了。小男孩儿的妹妹特别喜欢陈路周，时不时娇羞地端一盘水果过来，放在陈路周的桌上，都不敢看他，一放下就贼不好意思地转身撒腿就跑。弄得陈路周也有点儿无奈，只能靠在椅子上笑。等小妹妹第三次端过来一盆水果，陈路周干脆拉住她："要不跟哥哥一起吃？"

于是，徐栀就这么看着服务员又给他们添了一双儿童筷。她很想板着脸训两句，小妹妹也挺有眼力见儿，看她眼神挺凶，颤颤巍巍地开口问道："姐姐，我不能吃吗？"

"不能。"徐栀很直接，"你爸爸妈妈呢？他们允许你这么随便上陌生人的桌吗？今天这个哥哥不是坏人，万一以后碰到坏人怎么办？"

小妹妹哇地就哭了，乖乖地从椅子上爬下去，呜呜咽咽欲拒还迎地说："哥哥，我走了。"

陈路周没办法，总不能让人哭着回去，又把小妹妹扯过来哄了两句，把刚刚店员送给他的气球全给她了。小屁孩儿瞬间眉开眼笑，高高兴兴地回她爸妈那桌去了。

等她欢欢喜喜地爬上爸妈那桌的椅子之后，陈路周跟她爸妈交换过眼神，才回过头。人靠着椅子，把牛蛙锅底下的酒精火调小了点儿，用别有深意的眼神看着徐栀："对小孩儿凶什么？跟他吵架了？"

徐栀这才拿起筷子，心无旁骛地夹了块牛蛙，"算不上吵架，"她吹着牛蛙上的热气，慢悠悠地说，"顶多就是被我恐吓了两句。"

"咳咳……"陈路周正在喝柠檬水，听见这话，猛地咳嗽了一下，嗓音莫名哑本。他又咳了声，说："你恐吓他什么？"

"没什么，我让他别再缠着我。"徐栀被牛蛙辣到了，大汗涔涔，拿手扇着风，端起水喝了口，似乎想起什么，说，"对了，我等下加下你的微信。"

陈路周："……"

你这无缝衔接的技术可以叫焊接了。

陈路周第一次觉得不自在，极其不自在，想把浑身的骨头都拎出来散散劲儿。他喝了口柠檬水，往别处瞟了眼："太快了吧？"

徐栀则把水放下，想了想，说："我有事情要跟你说，微信上说吧，当面不好讲。"

"我知道。"他看着她说。

徐栀一愣:"你知道?"

陈路周:"多少……知道一点儿?"

徐栀相当震惊,举了举筷子上夹着的干锅牛蛙以示敬意:"牛哇本蛙啊你,那回去再说。"

陈路周人是靠在椅子上的,两条腿就大咧咧地敞着。刚才那个小孩儿塞了几颗糖给他。他剥了一颗塞进嘴里,慢悠悠地嚼着,一边嚼,一边意味深长地看着徐栀。

也许是外形的压迫感造成的错觉,陈路周的眼神总给人一种他随时随地要在太岁头上动土的意思。

其实他脑子里想的是:我现在算不算小三?

两个人吃完回到车里。徐栀迫不及待地掏出手机就要加陈路周的微信。陈路周一边心说"瞧你那猴急的样儿",一边把微信二维码调出来,然后把手机扔在储物格上,看着地下停车场里大大的电影院招牌,嘴里差点儿着三不着两地蹦出来一句"反正都这样了,要不先去看个电影"。

"备注一下,"徐栀一边给他发好友申请,一边同他确认,"三个字都是姓对吧?"

当时朱仰起也是这么介绍的,说陈路周的三个字都是姓。听他嗯了声,徐栀下意识地就输入了"陈陆周",也没细想,然后感慨了一句:"加你个微信真难啊。"

陈路周从车窗外收回视线,靠在驾驶座上,一只手扶在方向盘上,另一只手拿回刚被她扫完二维码的手机,通过了她的好友申请,单手飞快地打完徐栀的名字,然后随手把手机一丢,便启动车子,动作几乎一气呵成,都没停顿,然后说:"得了吧,别得了便宜还卖乖啊。"

徐栀点点头:"确实捡了个大便宜,但是你确实是最难的一个。"

陈路周调挡的手微微一顿,转头瞥她:"什么叫我是最难的一个?"

"我上次跟我爸去非洲开会,真的,我跟非洲人沟通都比跟你沟通顺利。人家一下子就把所有的社交账号都写给我了,连小视频账号都给了,让我多多关注多多点赞。"

"非洲开会？"陈路周这才把车驶出地下车库，"你爸做什么工作啊？"

徐栀想了下，岔开话题："普通工作。对了，你弟一天给你八百，都让你干什么呀？"

陈路周觉得她的思维真的不是一般人能跟上的："陪吃陪喝陪睡。怎么，你有兴趣？"

徐栀的手机这会儿响了——蔡莹莹问她回去没。她一边回复一边说："你弟要是愿意，我也不介意，只要他钱给到位就行。"

"想得美啊你，"陈路周无语地撇了下嘴角，"脸皮怎么这么厚？"车子从地下车库拐出去的时候，他余光瞥见一家门口大排长龙的网红奶茶店，低头问她，"要喝吗？"

顺着他的视线瞧过去，见队伍老长，徐栀犹豫了一会儿，摇摇头——想喝但是好饱。她长吁短叹道："我也想赚点儿钱啊，你有路子介绍吗？"

"路子没有，不过挺巧，我最近也有个赚钱的想法。"

陈路周说着把车停在路边，拿过手机。徐栀以为他要给她看他的赚钱大计，结果他竟然是下单了两杯奶茶。

"你没吃饱吗？"徐栀问。

陈路周心说：我就是吃饱了撑的，窗户纸都快被你捅烂了你还装呢。

陈路周老神在在地靠在驾驶座上，一只手肘抵着车窗沿。他面无表情地睨了她一眼："买了两杯，你喝不喝？"

"喝。"徐栀只想听听他的赚钱大计，不想在这个问题上跟他继续掰扯，"说说你的想法？"

陈路周微微挑了下眉梢："你有兴趣？"

居心不良啊你，这么快就把手伸到我的事业上了是吗？

"当然，"徐栀立马说，"马上要上大学了，不能总靠着家里吧。我认识的一个学姐就特别牛，高三毕业就自己创业，暑假短短两个月就赚到了第一桶金。别人还在求着父母每个月多给点儿生活费的时候，她已经在给别人发工资了。"

"那是挺厉害。"

陈路周傲慢归傲慢，但向来不吝啬于承认别人的优秀。

徐栀嗯了声，又唉声叹气地说："不过有点儿可惜的是，因为钱赚得很多，她觉得上学没什么意思，大二就退学了，后来遇上她现在的老公。

可惜,现在她的婚姻出了问题,事业也一落千丈。男人真可怕。"

陈路周一脸"你还有脸说"的表情,瞥她一眼。

你一个无缝焊接的人,说这话就不太合适了吧。

"我这个项目,你应该参与不了。"他说。

这会儿就让你参与我的事业,以后我还混不混了?

"什么项目?"徐栀问。

查了下手机订单,见奶茶等位还有10个人,陈路周就锁上手机。约莫正午,阳光刺眼,他微微放低座椅,人往后靠在驾驶座上,有点儿闭目养神的意思。他脑袋仰着,喉结明显,看着挺干净禁欲,但说出来的话挺浑:"陪聊啊。"

徐栀震惊地看着他。然后,她的视线从上到下,慢悠悠且审视一般地扫了他一遍,"我能先买个五块钱看看吗?"

陈路周侧过头看她:"……"

你这想象力,连青蛙路过都得强调一句"我可不是癞蛤蟆"。

徐栀还是挺好奇:"这真能挣着钱?"

"挣钱你干?"陈路周漫不经心地将手机拎起来转了一圈,冷淡地问她。

"陪聊的话,干,说话谁不会啊?其他聊的话,得考虑考虑。"

"这事还用考虑啊?"

徐栀拿不准他这口气到底是必须干呢,还是必须不干。毕竟她还挺想跟着他赚钱的,而他一看就是个能挣钱的,毕竟花样多。

徐栀:"暂时,不干。"

徐栀又在心中坚定了一下态度,嗯,不干。

陈路周:"……"

等奶茶送到,陈路周降下车窗接过去,递了一杯给徐栀。见徐栀头也不抬地接过去,眼睛专心致志地盯着手机跟蔡莹莹斗地主,陈路周靠在驾驶座上,眼睛冷冷地瞥着她,心说:什么事就非要回去用微信说?现在不能说?

结果两个人一路无话。

陈路周开得不算快，经过四季如春的青山，路过广阔无垠令人心神荡漾的大海，伴着争相拥来藏着绵绵情意的棉花糖白云，心想自己以前怎么从没觉得这些风光有多旖旎。然而，一路旖旎的风光徐栀都没看见，也没开口，全神贯注地研究怎么能把王炸藏到最后。

"你就真的没话要说？"

徐栀这才抬起头："啊？什么话？"

"你刚不是说有话要跟我说吗？"

徐栀哦了声，甩了一个三出去，狐疑地看了他一眼："朱仰起没跟你说吗？蔡莹莹跟他约了吃夜宵，要不等会儿一起说吧。"

你还真是一点儿都不怕被别人知道！

陈路周把车停回傅玉青的后院，心想要不要让傅玉青劝劝她别这么疯。结果正巧看见傅玉青从茶室里出来，手上牵着他寸步不离的爱犬，冲着电话那头的人大发雷霆："那你告诉他，我就是个开民宿的，又不是警察局，他老婆跟小三来开房，我还得替他拦着？"

陈路周："……"

陈路周上楼的时候，朱仰起正在跟蔡莹莹约吃夜宵的地点。山庄虽然不大，但是各大菜系应有尽有，不得不说，傅玉青是个懂得享受生活的人。川菜、淮扬菜、杭帮菜……还有东北大锅炖，餐厅每天会根据食材来供应三餐。

很不巧今天是川菜，偏偏四个人都不怎么吃辣。

陈路周还行，其余三个几乎都是碰到辣椒就吐舌头，于是蔡莹莹建议："要不等会儿去楼下酒吧喝酒！"

朱仰起举双手双脚赞成。

徐栀一边在手机上斗地主，一边懒洋洋地说"我随便"。

三个人不知道什么时候拉了个约饭群，也把陈路周拉进来了。他的手机就摆在床头，中间振了N下，他也没看。他眼皮都懒得动，就跟睡着了似的，上衣也没穿，露着又宽又挺、线条流畅的后背，趴在床上，一动不动。

但朱仰起知道他没睡着。

三个人还在语音群聊。朱仰起问徐栀："你牵他耕地去了？怎么回来累得就跟头老黄牛一样？"

"闭嘴，朱仰起。"某人终于发话了，人趴着，半张脸仍是埋在枕头里，声音发闷。

徐栀那边斗地主一直在炸，说："我不知道，反正他跟小妹妹玩得还挺开心的。"

陈路周趴在床上，无语地翻了个白眼，心说：你还有心情吃醋。

他懒洋洋地伸出手，摸过床头柜上的手机，一声不响地丢给朱仰起。

"帮我充下电，插头在你那边。"听他的声音显然是真困了。

朱仰起随口问了句："你没带充电宝啊？"

"早不知道丢哪儿了。"陈路周说。

朱仰起啊了声："那天不是借给徐栀了吗？"他顺嘴在群里喊徐栀："妹子，陈路周的充电宝你还他没？"

徐栀也有点儿蒙，这哪儿想得起来："那天晚上，好像……还了吧。"

陈路周趴在床上，眼睛仍然闭着，懒洋洋地接了句，嗓音很轻："没有。"

徐栀仔细想了想，当时她跟着陈路周去结账，顺手就把充电宝拔了。结完账，她也没回去，就跟着陈路周去了他家烤地薯。最后"收摊"的是蔡莹莹和朱仰起，但他俩都说没拿过。

"那就是落在店里了。抱歉啊，我再买一个还给你。"徐栀说。

"别买了，他买多少充电宝都一样，反正没几天就不见了。行了，没事，他有钱。那晚上咱们就这么说定了，晚点儿见。"

朱仰起匆匆交代两句就退出语音群聊，从床上爬起来去上厕所，一边掀开马桶盖子，一边跟外头趴着的陈路周大放厥词："你看这路子跟以前追你的那谁是不是一模一样——借你的充电宝假装忘记带走了，这不就有第二次找你的理由了？"

陈路周："……"

冲完马桶出来，见他不搭理，朱仰起拿起枕头往他的身上丢："别装死，我知道你白天从来不睡觉。"

陈路周终于大发慈悲翻了个身，把枕头拎开，懒洋洋地坐起来，靠着床头，目光四处找了一圈："有烟吗？"

朱仰起从抽屉里抽出一包珍藏的双爆珠丢给他，表情何其诧异："你不是从来都不抽吗？"

陈路周慢条斯理地撕开包装，抽出一支，衔在嘴里，满柜子翻打火机，结果没找到，就随手拿起床头柜上的火柴，抽了一支出来，慢悠悠地擦着："没抽过，试试看。"

他都快成小三了，还有什么不能干的？

朱仰起喷了声。

"她跟谈胥分了。"他低头去点烟的时候补了句。

朱仰起惊呆了，急赤白脸地拖了把椅子过去："你……不是真挖人墙脚了吧？"

陈路周也烦，瞥他一眼，把火柴梗甩灭："没有，不过，我差点儿就说了。不知道为什么，我对她就是有点儿……无法拒绝。"

"什么叫无法拒绝？"

"说不上来，喀喀……"陈路周完全不会抽烟，吸了两口，被呛得不行，就像被猫毛呛了，嗓子里直发痒，紧跟着又咳了一声，"我要知道，我现在会这么烦她？明明有男朋友。"

朱仰起："你烦的是她吗？你烦的是她有男朋友！"

陈路周没说话，把烟掐了，发誓以后再也不抽烟了，难受得要死。朱仰起手疾眼快地将剩下大半的烟夺过去："太浪费了，我现在就这一包了，还有两张画没交呢！"

"你恶不恶心？"陈路周觉得无语了。

朱仰起自顾自抽了几口，冷静了下，说："徐栀长得确实很漂亮，尤其看着清纯又聪明。"是当下最流行的什么……纯欲风长相，对，就是"纯欲风"，朱仰起想起这个词。

"以前追你的女孩子也不是没有比她漂亮的，就连谷妍你都拒绝得那么干脆。"朱仰起分析得头头是道，"她跟其他女孩儿有什么不同呢？只有一点，就是她有男朋友。"

陈路周抬头看他："然后呢？"

朱仰起叹了口气，觉得自己分析得很有道理："所以，你无法抗拒的其实不是她，而是这种感觉，这种刺激、禁忌、偷偷摸摸的感觉。陈路周，你这是病！得治！"

"滚。"

傅玉山庄酒吧的人很少，属于纯放松的音乐清吧，藏酒倒是琳琅满目，只是没有驻唱歌手。因为山庄实在太偏远，傅玉青又是这脾气，没人愿意跑这么远来给他打工，所以，这个酒吧也就傅玉青偶尔兴致上来自己上去唱两首。

还好他今天没兴致。

徐栀她们到得比较早，酒吧里也就寥寥几个人，只有几盏暧昧摇曳的氛围灯在角落耳鬓厮磨着。不过，音乐轻轻浅浅地落进各色酒杯，让他们整个人瞬间便融入了这种旖旎的氛围。

蔡莹莹来之前把翟霄拉黑了。那晚之后，两个人很久没联系。翟霄追问了两天就没有后续了，今天突然在朋友圈公开了柴晶晶的照片。蔡莹莹本来还想问问他为什么，却在无数次放大柴晶晶的照片甚至找了专业人士去掉美颜之后沉默了，连质问的勇气都没有了。虽然蔡莹莹觉得这很肤浅，可在她那个年纪，这一点确实很扎心：柴晶晶那么漂亮，还能跟他考一个大学。蔡莹莹这打击是受大发了！

"我要复读，"蔡莹莹点了杯莫吉托，看着水面上漂浮的荧光绿薄荷叶，对徐栀说，"我要考到翟霄和柴晶晶的大学。我要让翟霄看看，我不比她差。"

"莹莹，你想好好学习我很支持你，"蔡莹莹确实是想一出是一出，徐栀太了解她，叹了口气，"但是，我觉得你还是找人把他打一顿更痛快、更解气。"

"把谁打一顿啊？"两个人的身后传来朱仰起的声音。

"一个渣男。"蔡莹莹头也不回，闷头灌下那杯莫吉托，见只有他一个人，问，"陈路周呢？"

"在傅老板那儿，谈茶山拍摄的事情。"朱仰起拉开对面的椅子坐下，笑着招呼，"好久不见啊，鹦鹉妹妹。"

蔡莹莹本来就委屈，一听到这话，眼泪都出来了："徐栀！"

徐栀还在斗地主。老太太输光的游戏币她全赢回来了，此时头也不抬，像个毫无感情的打游戏机器，装模作样地恐吓朱仰起："别惹她，不然我让傅叔来唱两首。"

朱仰起："……"

"就是。"蔡莹莹跟着反唇相讥,"朱仰起你是不是暗恋我,不然,你为什么不跟徐栀打招呼?"

朱仰起:"打了啊,你是鹦鹉,她是妹妹。"

蔡莹莹:"朱仰起,你找死啊?"

朱仰起不开玩笑了:"好了,别为了一个男人哭哭啼啼的,等考上好大学,你就会发现一个更残酷的事实,那就是比你优秀的人根本看不上你,你又看不上那些比你差的,所以你将永远单着。最好的办法就是,咱不上大学,咱不见世面,咱就不会被世俗伤害。"

"呸,那你先把你的美术证给烧了吧。"

朱仰起厚着脸皮笑笑,拿着菜单回头看了眼,正巧看见一个高高大大熟悉的身影从门外进来。说实话,陈路周这长相,就朱仰起这种天天在他身边待着,按理说应该已经对他审美疲劳的好兄弟,偶尔还会被他惊艳一下,比如今天。

其实,今天他也没哪里不一样,但朱仰起就是觉得他的眉眼更挺,五官清晰而精致,脸部轮廓线条流畅,头发柔顺,哪儿哪儿看着都比平时顺眼。

他显然是把自己洗得干干净净,白白地送上门了。

说实话,陈路周还真没故意收拾,只是去帮陈星齐收拾画具的时候弄脏了裤子,就顺便回去洗了个澡,仅仅只是洗了个澡,连头发都没吹。所以他觉得自己还算克制,没太给她面子。

不过,徐栀是压根儿不给他面子。

从他坐下,徐栀就没抬头看过他,一直专心致志地在手机上斗地主。她打一天了,打法很粗野,甚至可以说凶猛:只要牌好,基本上一局她就能赢满欢乐豆,经常是直接把另外两个人的欢乐豆归零;牌不好她就消极应战。陈路周懂了。她这纯粹是帮人赢欢乐豆。他以前帮陈星齐赢欢乐豆也这么打,一把直接赢满。

谁也没说话,徐栀专心赢豆,蔡莹莹沉浸在失恋的情绪中无法自拔。陈路周就靠着椅子不说话。朱仰起掏出手机噼里啪啦地给陈路周发微信。

爹:我怎么觉得这个氛围有点儿不对劲儿啊?

Cr:你什么时候改的微信名?

爹:你管我什么时候改的。我现在就是好奇,她到底要跟你说什么,是要跟你说"我跟谈胥分手了,我可以追你吗",还是说"你有钱吗?借我点儿钱"。我现在严重怀疑是后者。

Cr:把名字改回去,不然拉黑了。

徐栀赢完豆,把账号给老太太发回去,这才放下手机,发觉视线受阻,终于注意到原来对面坐了一个人:"嗯,你来了。"

她随意地扫了一眼,见他黑衣黑裤,干净利落又随性,一顶黑色鸭舌帽衬得他脸部轮廓线条流畅。有了遮挡,那双眼睛莫名变得很深沉,不像平日里那么冷淡。他虽然清瘦,但靠在那儿,胸口平坦而宽阔,安全感十足,确实很帅。她突然能理解陈路周的自恋了。这样的男孩子,在学校里应该挺受欢迎,不说每个女孩儿都对他趋之若鹜,追他的女孩儿绝对是排长队的。

陈路周把手机丢到桌上:"坐这儿十分钟了。"

徐栀哦了声:"要喝点儿什么吗?我刚点了杯长岛冰茶,这茶一点儿都不好喝。"

陈路周也懒得跟她解释长岛冰茶它不是茶,是酒。

其实徐栀一直都在想这件事情要怎么解释才能让陈路周信服。但有时候,某个场景在脑海里幻想一百遍,最后真实发生的往往是跟之前所有幻想的场景都完全不一样的第一百零一种。但不管怎么样,至少得让陈路周心情愉悦,这样她才好讲故事。

"你喜欢听什么歌?"徐栀问。

"随便。"

"那你还是喝点儿吧,这事不喝点儿,我怕你听不下去。"

"你说吧。"

"那我说了啊。"徐栀看了眼一旁的蔡莹莹。

"嗯。"

陈路周面不改色地靠在椅子上看着徐栀。反倒朱仰起心里怦怦直跳,好像明明看见丘比特缓缓拉开一张搭着箭的弓,箭身颤颤巍巍,不知道会往哪儿射。他莫名地比陈路周还紧张。

这要是一箭射中心脏就算了,他就祝福他们。这要是往别的地方射,他决定揍徐栀一顿,把他兄弟搞得连烟都抽上了。

"等会儿。"朱仰起突然出声。

三个人齐齐朝他看过去,连徐栀都茫然地瞧过去。陈路周靠在椅子上,双手环在胸前,不耐烦地转了一下头,心说:有你什么事,你在这儿等会儿什么等会儿?

"我的鞋带松了,等我先绑好。"朱仰起摆出一副吃大瓜的架势。

"你有病。"蔡莹莹哪里会搭理他。朱仰起一弯腰,手还没碰上鞋带,就听见蔡莹莹直接竹筒倒豆般说:"徐栀就是想见见你妈,不管用什么方法。"

所以,她还是想做他女朋友。

陈路周有些不自在地侧过头,微微顶了下帽檐,咳了下,大约是觉得自己咳得不够明显,显得不够犹豫。他又重重地咳了一下:"什么叫不管用什么方法?"

"就是,如果你说要做你女朋友才能见你妈,徐栀也会答应的。"蔡莹莹说。

陈路周:"徐栀,你觉得,我对你有意思?"

你是怎么看出来的?

徐栀忙说:"不是,有些事情我晚点儿可以跟你解释。我想办法加你的微信,只是单纯想跟阿姨见一面。如果你觉得不方便也没关系。但是我绝对没有这么自恋,认为你会对我有意思。"

说着,徐栀把手机微信推过去给他看:"你看,我加了你的微信也没骚扰过你吧。我对你真没有别的意思。我连你朋友圈的照片都没打开过。"

他的朋友圈打开很缓慢,还有表明正在加载的小圈圈,显示她确实对他一点儿兴趣都没有。

但陈路周只注意到上面备注的名字——陈陆周。

陈路周把手机扔回去:"峰回路转的路,谢谢。"

第四章

我们的前程就是风光

别崩,稳住。陈路周这样劝自己。他就不信徐柢对他没有感觉,这可能是一种高级且自己不太了解的钓法。

不知道是不是察觉这边的气氛不太对劲儿,就连酒吧角落里的几个人也站起来,陆陆续续地离开了,只剩下他们几个。气氛尴尬地僵在那儿,就像一团怎么搅拌也搅拌不动的黏稠液体,死气沉沉的。

陈路周人靠着椅背,给自己夹了颗花生,低着头在剥,眼皮冷淡地垂着,轻描淡写地问:"那你为什么跟你男朋友分手?"

别那么冠冕堂皇地给自己找理由,你敢说,你对我没有一点儿想法?

徐柢并不知道陈路周是想找回场子。她这会儿正在改备注名,闻声抬头,诧异地看着他:"分手?"

朱仰起满脑子糨糊,这会儿还没理清事情的来龙去脉,听到陈路周的问题,紧锣密鼓地插了一句:"对啊,你为什么突然跟他分手啊?"

徐柢哪儿知道他俩已经快帮她把进度条拉满了,闻言狐疑地看着他俩:"分手?我只是跟他说清楚而已,他都不算我男朋友。那天晚上是怕你不肯出来,莹莹才说我俩有男朋友让你安心。"

朱仰起在心里骂了句脏话,转头看向陈路周。大少爷没说话,抬起头,也没有秋后算账的意思,只是拍掉手上的花生碎末,目光冷淡地看对面的人。这件事的罪魁祸首算是蔡莹莹,可他独独看着徐栀:"骗我?"

那双幽深的眼睛像白日里广阔的海水,看着平淡无奇,其实底下都是珊瑚海礁的奇景。

徐栀的心还是颤了下。

完了,她好像真把他惹着了。

徐栀心说:偏了偏了重点偏了,这些都不重要,你要不要听听我妈的事?

结果还不等徐栀开口,蔡莹莹突然开始撒酒疯。

不知道她喝了几杯莫吉托,全是一口闷。这时酒劲儿上来了,她的整张脸涨成了猪肝色,连脖子都泛着斑驳的潮红。她不知道从哪儿掏出来一个话筒。徐栀下意识地往台上看了眼,果然,立麦话筒顶端光秃秃的,像个光杆司令一样立在那儿。

她手上拎着两个空酒杯,对着话筒轻轻撞击。叮叮两声清脆尖锐的响声过后,她拿着话筒开始语无伦次:"骗你怎么了?"

话筒传出的声音很大,浑厚清晰,陈路周觉得整个山庄都能听见,突然明白傅玉青为什么不肯找歌手来驻唱了,确实很扰民。

陈路周的心情其实挺复杂,那种纠结的感觉没了,但是更多的居然是失落。像是有一条小鱼在他的心门口蹿啊蹿啊,蹿得他心旌摇曳,食不甘味,但就在他要打开门的一瞬间,小鱼游走了,而那藏着少年心事的池塘,顷刻间,恢复成风平浪静时的样子。

"你们这些臭男人都一个样!见一个爱一个!"蔡莹莹醉态毕现,翟霄给了她一记"耳光"。她逮着陈路周撒气,"你们一中的男生都不是好东西!翟霄是这样,谈胥是这样!不要以为我不知道,陈路周!你就是想追我们家徐栀!不然,你们那天晚上怎么单独去打地鼠?"

徐栀立马一把夺过蔡莹莹的话筒,把她摁在那儿,不顾她张牙舞爪的挣扎,跟陈路周解释说:"这事你得问朱仰起,他的耳朵好像是装饰品。我跟莹莹解释过了,她现在可能喝多了,你先听我说……"

陈路周:"说你妈。"

徐栀愣了下,才问道:"你怎么骂人呢?"

陈路周叹口气,把帽子摘下来,让她看清楚自己的表情和眼神。那神情说不上披肝沥胆,但也是真诚无双:"你不是要跟我说你妈的事吗?"

…………

大概用了二十分钟，徐栀说得事无巨细，说林秋蝶的过往经历、语言习惯，甚至说了那条鹅黄色的连衣裙。朱仰起听得云里雾里，但陈路周懂了：她想见他妈，但是又怕打草惊蛇。她说的那部印度电影陈路周也看过，女主人公到最后也没得到所谓的灵魂救赎，反而落入了资本家的圈套，寓意很不好。

"所以你只是想确认，她是不是你妈？"陈路周问。

"其实已经不用确认了，我知道大概率不是。"徐栀说，"像你刚才说的，我妈前几年才去世，你们都相处了十几年，这个可能性微乎其微。你如果不介意，以后有机会让我见见她。我还是很想知道为什么她们俩会这么像，见一面就行。"

陈路周是唯一一个没喝酒的，面前摆着一杯柠檬水。他往前倾了倾身子，一只手肘轻轻地撑在腿上，半边肩下沉，低头用吸管把水喝完，心说：行吧，今天就到这儿了。结果，手伸出去拿帽子的时候，他看着徐栀，又淡淡地问了句："当我女朋友也不介意是吗？"

"啊，你不介意就行。"徐栀琢磨他的表情是什么意思，还是问了一句，"就是那天咱们扮假情侣是吧？"

陈路周咳了声，移开目光，冷飕飕地反将了一军："我闲的，要跟你扮谈恋爱。"

徐栀一脸"这位同志你的觉悟真的很高"的表情，把面前的长岛冰茶都喝完，说："正好，我也不想谈恋爱，怕了怕了。"

说完，徐栀一回头，看见蔡莹莹已经醉得不省人事，脖子发红，连手臂、大腿都泛着不太正常的潮红。徐栀觉得不对劲儿，忙问陈路周："她这是不是酒精过敏？"

陈路周推开椅子过去看了眼。因为酒吧的光线很昏暗，蔡莹莹的皮肤又偏黄，有点儿难分辨。陈路周打开手机的手电筒照了下。蔡莹莹意识虽然不太清醒，但还是大致知道他们在说什么。就那一瞬间，她觉得自己在陈路周的眼里跟坨猪肉没什么区别，又受了一次打击。

"她以前没喝过酒？"陈路周问。

"没有，第一次。"

陈路周说："你问问她痒不痒。如果痒，呼吸也不太顺畅，就得上医院。如果不痒，只是皮肤红，没关系，一会儿就退了。"

蔡莹莹说她不痒,就是心口有点儿不舒服。

陈路周问她哪里不舒服。

蔡莹莹:"心口一钝一钝地疼。"

陈路周看了眼徐栀,才说:"心口钝痛?心脏病啊?"

蔡莹莹摇摇头:"不是,是网抑云时间到了。"

朱仰起:"……"

陈路周:"……"

徐栀二话不说把她拖走:"对不起啊,我先带她回去,到点了,是该吃药了。"

朱仰起一进门就开始笑,笑得整个人都直不起身来,最后连滚带爬地扒拉在床边。陈路周跟在他后面进门,懒得搭理他,直接脱了衣服去洗澡。等陈路周洗完澡出来,朱仰起还在笑。陈路周实在忍无可忍,把手上刚换下来的衣服团成团砸过去,声音冷淡:"没完了是吧?"

朱仰起捧着肚子,整个人仿佛笑抽筋了。笑够了,他从床上坐起来,正儿八经地总结:"所以,人不要惯性思维,不是所有的女孩子都会对你动心的。陈路周,你这次碰到硬茬儿了。你还无法拒绝她,笑死了,她把你拒绝得明明白白的。"

陈路周也觉得自己挺蠢的,大概是这阵子被谷妍洗脑洗的。谷妍隔三岔五就给他发微信说自己有多喜欢他,身边有多少女孩子喜欢他。从小到大确实不乏女孩儿对他表达好感,但要说追他的,还真不多。可能他从小就在学习氛围比较紧张的学校里,大家更关注的还是学习。高考一结束,这些女孩子就跟韭菜一样,一茬茬全冒出来了。这几天,他在微信上收到的小作文确实很多,初中的,高中的,平时联系的,不联系的,都有。

所以……

他就犯蠢了。

朱仰起躺在床上,跷着腿,优哉游哉地说:"陈大少爷,现在误会都解释清楚了,你对她还有那种酥酥麻麻、无法抗拒的感觉吗?"

陈路周的头发还湿着,在往下滴水,衣服也没穿,就腰间裹了条浴巾,肩上、胸膛上还都淌着水,水珠正顺着他细腻的肌肤寸寸往下滑。陈路周擦了两下头发,然后把插在桌上充电的手机拔下来,打算给陈星齐发条微信，让他明天早点儿下来吃早饭。

刚一打开微信，首先吸引陈路周注意力的，除了几个群聊疯狂弹出的信息，就是最上面刚加的徐栀的微信。她的头像是一整片栀子花园，于是陈路周随手点开她的朋友圈。想起刚才徐栀为了证明对他没兴趣，恨不得把他的朋友圈从头拉到底的样子，他抱着一种"看看怎么了？我偏要看"的心态，一边划拉着手机，一边漫不经心地靠在电脑桌上，对朱仰起说："嗯，我认栽行了吧？"

徐栀的朋友圈总共就十来条，要么是"新年快乐"，要么就是"老爸生日快乐"，相当简单，一点儿情绪都没有，看不出来她喜欢什么，也看不出来她讨厌什么。谁要是想追她，光看朋友圈，都不知道从哪儿下手。

行吧，你俩这事就到这儿了。她是真的对你没感觉啊，跟你搭讪是为了加你的微信，加你的微信是为了跟你妈说话，充电宝是真的落在店里了。

陈路周一边想，一边从她的朋友圈退回对话框里，结果看见对话框最上头的名称位置显示着——

对方正在输入……

陈路周面无表情地睨着手机。好吧，你还有什么要说的？

其实刚刚都是我骗你的？

结果，他等了老半天也没有消息发过来。

最后陈路周发了个"？"过去。

徐栀回"？"回得也挺快。

陈路周把刚刚她正在输入的截图发过去。

Cr：有话说？

徐栀：没有。刚刚莹莹说她的包可能落在酒吧了。我想发微信问问你们有没有帮她拿，结果还没发出去，她就找着了，原来没带出去。

翌日清早，陈路周强行带陈星齐下楼吃早饭。陈星齐一肚子起床气，刚要发火就见他哥冷着一张脸，一副薄情寡义、随时要把他就地处决的样子靠在他的房门口，完全没了往日那股吊儿郎当的劲儿。陈星齐感觉事情不妙，立马乖乖地从床上爬下来。

餐厅里，吃早餐的人寥寥无几。陈路周放眼望去，整个餐厅空荡荡的，偶尔响起几声稀稀拉拉的餐盘碰撞声。

傅玉山庄的地理位置得天独厚，除了来避暑的游客，大多是朱仰起和陈星齐这种进来找灵感的美术生。

朱仰起是从小对美术感兴趣，但陈星齐不是。他纯粹是想靠着美术考个好大学。他的文化成绩不怎么好，要只靠文化成绩肯定考不上好大学，不像他哥。有这么一个锋芒逼人的哥，换谁压力都大。昨天他又跟朱仰起这个小老师使性谤气，说什么也不肯画了，还意气用事地把画笔和画板一股脑儿从山上扔了下去。

"我就说了他两句。他画画确实三心二意啊，画一会儿就要玩会儿手机。"朱仰起趁着陈星齐去拿自助餐的工夫，见缝插针地跟陈路周告状，"就他这个三天打鱼两天晒网的敷衍劲儿，等到以后省考都不一定能过。省考过不了就是白搭，高考都不用参加，直接回去复读吧。"

陈路周戴着鸭舌帽，身上是宽松的T恤和运动裤，还是昨天的那身，看上去很随性。因为连惠女士千叮咛万嘱咐说陈星齐胃不好又不自觉，没人看着肯定不吃早餐，让他一定要陪着陈星齐把早餐吃了。所以他都来不及换衣服就押着陈星齐下来吃早餐了。

他说了吧。他就是个不折不扣的"三陪"。

陈路周夹了一块面包、一条香肠和几片生菜叶放到餐盘里，自己做了个三明治，听到这儿，他皱眉蹙额地看了朱仰起一眼："画笔和画板都扔下去了？那他后面几天用什么画？"

"鬼知道啊，我是教不了了。"朱仰起眼馋地指指他手上的三明治说，"给我也做一个。"

陈路周没搭理他，把盘子放下，要过去教训陈星齐。朱仰起赶紧拉住他，还劝他："哎哎哎，大早上的训孩子多不好，先让那位小老板吃完早饭再说。你这么过去找他也无的放矢啊，等他犯到你跟前再好好教训他。"

"那套画具是我在西班牙买的，花了多少钱你知道吗？我那段时间省吃俭用，连最想买的音响设备都没舍得买，给他买了套画具。他说扔就给我扔了？"

陈路周觉得自己快被气吐血了。

朱仰起这才反应过来："老天，那套辉柏嘉是真的？"

"废话，你以为呢？"

"我以为你在淘宝上随便找人买的。我就随口一说，限量就几千套，我哪儿知道你真能买着?"朱仰起自己都没舍得买那套辉柏嘉。贵不说,大家都说这是艺术家级别的画笔,他觉得自己现在的水平还没到那份上,不配用。陈星齐这臭小子何德何能啊?他二话不说捡起自助餐桌上的西式餐刀递给陈路周,杀气腾腾地说:"去,去教训他。"

陈星齐一坐下,看见陈路周面前的盘子里空空的,狐疑地问了句:"哥,你不吃啊?"

陈路周戴着鸭舌帽,没刮胡子,下巴颏儿的线条流畅利落,但冒着一些疏于打理导致的淡淡青楂。他靠着椅背,抱着胳膊,看着陈星齐,口气有些阴阳怪气:"我哪儿敢吃?你多吃点儿。"

这要再听不出来是好赖话,陈星齐这么多年白跟他哥相处了。他转头看看一旁的朱仰起,见对方一脸幸灾乐祸的表情低头扒饭,想也明白是这人告状了。

"是他先找碴儿的啊。明明那个人画得还不如我,他非说人家画得比我好。"陈星齐说。

陈路周冷淡地看着他:"那你就扔我送你的画具?自己的技术不行,胜负心还这么重?"

这话有点儿狠,尤其是对陈星齐这个玻璃心来说。听得朱仰起都忍不住偷瞄他俩。怎么说呢,陈路周平日里跟他弟虽然互相嫌弃,但是他很少跟他弟说这么重的话,尤其"不行"这个词。陈路周对谁都可能说,唯独不会对陈星齐这么说。因为他们都知道,陈星齐确实不聪明,不光是学习不行,各方面都不怎么好,不然也不会想通过艺考上名校。这么折腾就是不想跟他哥差得太多。

陈星齐都蒙了,没想到他哥会这么说他:这人吃炸药了?朱仰起开始打圆场:"他的色彩还是可以的。"

"要你在这儿当烂好人?"陈星齐毫不领情,然后对陈路周反唇相讥:"对,我不行,就你最牛,你再牛那个姐姐也不喜欢你。"

陈路周面无表情地转头看向朱仰起,冷笑道:"你嘴上能不能有个把门的?实在不行我花钱给你请一个。"

朱仰起感觉活天冤枉:"这事真不怪我嘴大,昨天晚上他发微信问我,说是在隔壁鱼池里做鱼疗的时候听见有人嚷嚷你的名字,我才告诉他的。

我跟你说,那酒吧真不能去,话筒一开,整个山庄都能听见,还好这里没什么人认识你,不然多尴尬。"

陈路周:"……"

陈星齐这会儿还好事地问:"你喜欢那个姐姐吗?"

"关你什么事。"陈路周闻言回过头,"我们现在在说你的问题。你要是不想学就趁早说,咱俩早点儿下山各回各家。我没那么多时间陪你在这儿瞎耗。"

"你是怕在这儿待着碰见那个姐姐尴尬吧。我就不走,反正我把画板扔了。我也不画,我气死你。"陈星齐的火气也蹿了上来,贱兮兮地说道,"回去交不出画稿,我就跟我妈说,因为你骂我,说我'不行,反正也考不上大学,学了也是白学',我干吗浪费时间?"

朱仰起听不下去了:"你这太过分了吧,后面的话你哥可没说过。"

"行,随你。"陈路周是真被他气到了,一句话也不想跟他多说。

话音刚落,餐厅门口的风铃轻轻一响,两个熟悉的身影推门进来。朱仰起也注意到了,在陈路周的耳边偷偷感慨了句:"缘分不浅啊,陈大少爷,你俩这作息,我看合适。"

"滚。"陈路周冷淡地扔出一个字,将视线落到窗外,眼不见心不烦。

没什么好看的,傅玉山庄的美景都在茶山那边,这边残山剩水,杂草横生,还有个半零不落的公共厕所。但他还是摆出一副欣赏世界名胜的样子看得津津有味。因为他没打算打招呼,也不想主动跟她说话。

朱仰起:"好像朝着我们过来了。"

你既然对我没有意思,我跟你见面也不是非要打招呼的。咱俩还没那么熟吧?

朱仰起喋喋不休地调侃陈路周:"她手上拿着什么啊?不会是送你的礼物吧?"

"你烦不烦?"陈路周忍无可忍,不耐烦地回头瞥他一眼。

下一秒,徐栀把东西放到陈路周面前:"是你的吧?"

那是被陈星齐扔下去的画板架子和画笔。朱仰起下意识地看了眼陈星齐,那小子的嘴噘得老高,一脸不高兴:怎么就被人捡回来了?

得嘞,让你欺负你哥。我们徐姐才是真牛。

"怎么在你那儿?"陈路周这才抬头瞧她。

"莹莹你说。我渴死了。"徐栀刚从茶山上下来，嗓子都要冒烟了，顾不上跟陈路周解释，直奔自助餐区，"你要喝什么？我给你拿。"

"就西瓜汁吧。"蔡莹莹说。

俩姑娘都是大汗淋漓。朱仰起搭腔："你俩是下地干活去了？"

"傅叔早上带我们去茶山采茶了。"蔡莹莹大咧咧地拿手扇着风，说："对了，陈路周，你今天要过去拍照吧？"

陈路周嗯了声，下巴朝那堆画具点了点："你们在茶山上捡到的？"

"对啊，之前很多人在山上写生嘛，下面就是傅叔的茶山。徐栀捡到的，说在你家见过这幅画，好像是你的。我们看着还挺新的，就帮你捡回来了，想问问你还要不要。如果不要也不要乱丢，因为茶山下好多人在采茶呢。"

"我们还没来得及回去呢，正巧碰见你们在这儿吃饭，就把东西拿过来了。"蔡莹莹又补了一句。

陈路周看了眼陈星齐，见他埋着头，这会儿也没点破："我等会儿过去给傅老板道歉。"

徐栀拿着西瓜汁回来了，听见他这么说，就在他旁边的位子上坐下，一边喝西瓜汁一边对他说："那倒也不用，傅叔说挺理解的。"

餐厅里都是圆桌，六人位，但他们这桌只有五个凳子，其中一个可能被别桌借走了。蔡莹莹坐在朱仰起旁边，就只余陈路周旁边这个位子了。

陈路周："他理解什么？"

还有，你坐我旁边干什么？

徐栀喝着爽口的西瓜汁，嗓子像一块干燥的海绵一下子吸入了水分，连声音都变得清甜："他说，'画成这样，要是我，我也扔'。"

朱仰起："……"

陈星齐："……"

陈星齐走了，走到一半，又折回来，揣上画板和画笔，气冲冲地摔门而去。

"原来是你弟的啊？"蔡莹莹看着小孩儿离开的背影。

徐栀也反应过来，茫然地回头看了眼："啊，早知道就不说了。"

陈路周睨她："对，要是我，你就随便说。"

餐厅的人这会儿渐渐多起来，到处都是餐盘嘭嘭嚓嚓碰撞的声音。徐栀正在想等会儿吃什么呢，听见他这么说，慢悠悠地瞥他一眼。

"你毕竟是成年人，这点儿打击都受不了？"

陈路周没想到徐栀突然看过来，条件反射地往边上微微侧了一下头，又把帽檐压低，身子靠在椅子上，不自在地微微踮了下脚，咳了声。

因为在两个人的视线猝不及防对上的那个瞬间，陈路周后知后觉地想起来——

自己没刮胡子。

当下，陈路周用眼神向朱仰起示意：走啊，我没刮胡子。

朱仰起叹口气，摇摇头，有点儿幸灾乐祸地想：矫情。

两个人刚要起身，徐栀咬着吸管，突然对着陈路周问了句："我给你发的微信你看见了吗？"

陈路周看了眼朱仰起，意思是，不是我不想走。你看，她跟我说话呢。他的后背又狗皮膏药似的贴了回去。

朱仰起："……"

你要有点儿骨气就给我站起来！

陈路周装腔作势地咳了声，说："没有，我的手机扔房间了。"

徐栀哦了声，慢条斯理地喝着西瓜汁，也没看他，拿着吸管捅杯底的西瓜碎碎冰。

陈路周："又是什么东西落酒吧了？"

徐栀摇摇头，扶着吸管，一口气把西瓜汁喝完，整个人神清气爽："不是，我就想问问你那个赚钱的项目有没有什么进展。我昨天跟莹莹说了一下，她也很有兴趣。马上上大学了，我俩都想挣点儿生活费。"

陈路周："……"

你这是打算缠上我了是吧？

看上我妈，看上我的钱，就是看不上我，是吧？

"没什么进展，再说，最近还在挣我弟的第一桶金。"陈路周说着站起来，这回是真打算走了，用手指节敲敲徐栀面前的桌板，欠了吧唧地问，"你还不去拿吃的？蔡莹莹都快吃饱了。"

一旁正在埋头干饭的蔡莹莹嘴里叼着个馒头："……"

徐栀早上顶着炎炎烈日摘了好几筐茶叶，都快作古了，这会儿脑门儿上还冒着汗珠，没什么胃口："算了，我吃不下。"

陈路周看她一眼："随你。"

你撒什么娇呢？我管你啊，还吃不下。

陈路周回房间收拾设备，准备去茶山拍摄，这会儿正在卫生间刮胡子。朱仰起蹲在门口收拾画具，喷喷两声，不怕死地打趣他："还关心人家吃不吃早餐，咋了，怕蔡莹莹一个人把整个自助区的东西吃完啊？你倒是知道心疼人啊。"

陈路周把刮胡刀冲干净，用清水抹了一把脸："你有病。"

朱仰起笑了起来："我觉得徐栀蛮酷的，而且很有意思。你看陈星齐多怕她。不过你那个挣钱的项目是怎么回事？"

"我随口唬她的话，八字没一撇呢。"陈路周收拾干净出来，把无人机装到包里，一边拉拉链，一边无奈地说，"谁知道她真想掺和进来？她就没一点儿自知之明吗？你看我想带她吗？"

朱仰起仍是笑眯眯的："想啊。"

"你的眼睛有问题。就是对她有点儿好感而已，我要真想谈恋爱，跟谁谈不是谈？"陈路周拿过床头正在充电的手机，看了眼微信。徐栀的对话框上有个显眼的1，但他没点进去，随手把手机塞进裤兜，"懒得跟你扯，陈星齐我带走，你今天自己玩吧。"

朱仰起求之不得，赶紧拱手作揖："我以后再也不调侃你了，大恩不言谢，以后哥给你做牛做马都在所不辞。"

"做牛做马我不指望，你好好做个人，以后少在徐栀面前扯些有的没的就行。"陈路周关上门。

徐栀和蔡莹莹吃完早饭回到房间。老徐和老蔡的电话几乎同时拨过来。两个人坐在床上对视一眼：这又开始了。

这两年老徐和老蔡内卷得也很厉害。老徐是一直对徐栀无微不至。蔡院长是这两年被蔡莹莹张口闭口"别人家的爸爸"给刺激的。因为她总是在老蔡面前说："你看看人家徐栀爸爸……你再看看你……"

徐栀接起电话的时候叹了口气，因为蔡院长暗暗较劲，老徐这两年对她的关心越来越频繁。

"怎么样，傅叔那儿好玩吗？"

"还行吧，"徐栀开了外放，心不在焉地刷着社交平台，"还挺凉快的。早上我去采茶了，傅叔给您装了两包，等炒好我给您带回去。"

"哎，小蔡也在你边上吧。"徐光霁在电话里说，"这丫头真是，回来又要挨打了，拿他爹的鞋油给她姥当头油抹，她姥脑袋上现在一股鞋油味，洗都洗不掉，夜里还有点儿发光。"

徐栀看了眼蔡莹莹，果然，那边已经吵起来了。

"是姥姥自己说要抹的。我哪儿知道？你凶我干吗呀？行行行，我回去给姥姥磕头赔罪。蔡宾鸿，你再骂我，我就不回去了！"

蔡莹莹气势汹汹地挂掉电话。徐栀匆匆对老徐说了句："那我也挂了，您别担心我，这边挺好玩的。"

电话那头，徐光霁正要说什么呢，电话就被毫不犹豫地挂断了。

同病相怜的两个人坐在食堂里。徐光霁对面，蔡宾鸿的脸气得跟发了酵的面粉似的鼓鼓的："这臭丫头，越来越难管了，真以为我不敢打她。看她回来我不打得她屁股开花！就估出来那点儿分数，我差点儿当场气晕，还敢跟我发脾气！"老蔡说了半天，见徐光霁没搭腔，问道："你想什么呢？"

"不对劲儿，"徐光霁若有所思地摇摇头说，"真是不对劲儿。"

"什么不对劲儿？"蔡宾鸿问。

"徐栀啊，"徐光霁放下电话说，"她刚刚居然说里面挺好玩的。她从来都觉得里面无聊透顶。"

"你也太敏感了，小孩子的心态一会儿一变，我们哪儿摸得准？"

"是吗？"

"你别想太多了。她妈妈走后，徐栀一直过得太压抑了。既然觉得好玩，就让她在里面多玩几天。"

这个点因为太阳还没那么毒辣，茶山的人还挺多，拍照的，采茶的，写生的，络绎不绝。再过一两个小时，这边几乎就没人了。

不过这会儿也是火伞高张。陈星齐没想到他哥居然让他下去帮傅老板采茶。

陈星齐心说：我十指不沾阳春水，我妈都没舍得让我干过活。但看他哥这铁了心的样子，他干脆问了个最实际的问题："给工钱吗？"

"一根毛都没有。"

陈路周给了他一顶斗笠，斗笠松松垮垮地遮住他的半张脸。他又问："那，哥你呢？"

陈路周说:"哥在旁边帮你记录下这历史性的一幕。"

陈星齐转身要走:"我还是回去画画吧。"

"你昨天扔画板的时候扔得不挺干脆吗?行了,今天不用画,正好,傅老板这会儿缺人手。"陈路周拿着相机调试好镜头角度,把镜头不偏不倚地对准陈星齐,轻描淡写、阴阳怪气的样子还是那么傲慢,"来,笑一个。"

咔嚓几声响起。电光石火之间,陈星齐赶紧比了个"耶"。

陈路周收起相机,懒洋洋地靠在一旁的树上一张张检查照片,感觉差强人意,点点头说:"还行,光线不错,下去干活吧。"

陈星齐不情愿地戴上斗笠:"那把我拍好看一点儿,我要发朋友圈的。"

"我的技术你还不信?别人求我拍我都不给他拍,好吧。"

这倒是,他哥的拍照技术简直一绝。不然陈星齐也不会听他哥一句"走,哥今天带你拍照去",就被拐到这儿来了。

不过陈路周向来不做人,特别是现在。他哪有工夫搭理陈星齐,把人忽悠下去就开始倒腾无人机准备拍茶山了。

半个小时后,陈路周驾轻就熟地把无人机缓缓升上去。在一旁监工的傅玉青没玩过这个,不知道是所有的无人机都这样,还是他的设备太烂。看他好像挺有钱的,应该不至于买不起更好的设备,但噪声还是震耳欲聋。

所以他一开工,附近就有不少人过来围观。有些茶农一听见这个嗡嗡嗡的声音在头顶作响就手足无措,提心吊胆,不敢工作。他怕影响人工作,只能又找个偏僻的地方去升起无人机。但这样的话,茶山的全貌拍不下来,就算拍下来,视角也不够正。所以,他一直在想办法找角度。傅玉青觉得这小子挺有意思,应该说特别有意思。明明他这个老板就在边上站着,可以让茶农们先停工。但陈路周不这样做,也没有打算敷衍了事随便交部片子给他,反而一直在给自己增加拍摄难度。

后来听旁边采茶的老师傅解释,傅玉青才知道为什么。

"傅老板,他是怕耽误我们的进度。他刚问我每天几点能采完。我说一般十一点之前,因为十二点太阳会更毒,我说'我们没关系,你先拍就好了'。他说没事,他再找找角度,让我们别耽误进度。这孩子还挺好的,比上次来的那个节目组的人好多了。"

徐栀本来打算下午睡醒后去一趟傅玉青的茶室，转念想到傅玉青这会儿应该在茶山跟陈路周弄拍摄的事。因为傅玉青去茶山很少带手机，所以她在被窝里伸了个懒腰，拿过床头的手机，打算问问陈路周拍摄结束没有。

她刚摸过手机解锁，就听见蔡莹莹在一旁刷朋友圈刷得大呼小叫的。

"我……这……这……这……陈路周也太会拍了吧！"

徐栀："他拍完了？"

蔡莹莹目不转睛地盯着手机上放大的照片："不知道，我还没他的微信啊。我是看傅叔发的。他说这些照片都是陈路周拍的。"

"难得啊，傅叔今天竟然带手机了。"徐栀嘟囔着打开傅玉青的朋友圈。

傅玉青是个挺爱发朋友圈的人，还挺符合当代中年人的现状，最新一条就是陈路周拍的茶山全景。第一张照片看着就恢宏大气，仔细看又挺有氛围感的：天空仿佛被云雨洗过，是一抹鲜亮的霁色，与绿得像翡翠一样的山林交相辉映。他没有刻意抹去人物的斜影，就着明媚的天光，树林山间都是烟火气。

徐栀觉得他确实很会拍，意境很美。

不过蔡莹莹解读的不是这张，而是另外一张："你看啊，陈路周真的超级浪漫。他连拍个山鸡竟然都要拍一对。"

徐栀："……"

徐栀去茶室的时候，傅玉青正在和陈路周闲聊。陈路周还坐在上次的位置上，脚边摆着无人机。茶室里摆着烟雾袅袅的檀香，一缕青烟萦绕在两个人面前。傅玉青一边给他倒茶，一边随口问了句："你跟徐栀同岁吧？"

陈路周靠着椅背。他还挺懂喝茶礼。傅玉青给他倒茶的时候，他还知道五指并拢握成拳，掌心朝下，轻轻叩击桌面三下致谢。听了傅玉青的问题，他低头看着杯子，说："她哪年出生？"

傅玉青放下茶壶，想了想，回道："1997年的吧，好像是7月上旬生的。你呢？"

哦，她是巨蟹座。

"她大几个月，我11月出生。"陈路周端起茶杯喝了小半杯，说。

"哦，那你还得叫她姐姐。"

陈路周差点儿被呛到，半口茶卡在喉咙里，不上不下，心说：得了吧，她算什么姐姐？

"你今年应该也高考吧？"傅玉青难得和气地盘着手里的核桃，又问，"打算去哪儿上大学？学摄影吗？"

陈路周下意识地看了眼地上的无人机，笑了下："没有，拍着玩的，我打算出国。"

"出国有什么好的，你们这些年轻人就是有点儿崇洋媚外。"傅玉青这人惯以宫笑角，中年人的通病。抬头间看见徐栀走进来，他立马张口招呼："徐栀，你来得正好，告诉他，咱国内有多少好大学。"

陈路周一边想着"我用她说？"，一边漫不经心地回过头，果然，身后站着一个人。他有点儿无语地把视线收回来，心想：怎么在哪儿都能碰见她？没完了。他把茶喝完，也没解释，跟傅玉青说了句："要没事我先回去了。片子我得回去剪，过几天发给你。"

傅玉青也不强留，把他的茶杯收了："行吧。"

不过，等人走了，傅玉青一针见血地对徐栀说："我觉得这小子好像不太喜欢你，刚跟我聊得还挺好的。"

徐栀也没在意，回头看着他离开的方向，哦了声："我们本来就不熟啊。而且，出不出国本来就是个人选择，您不要老觉得别人崇洋媚外。"

傅玉青话锋一转："那你呢？我听你爸说，你这回考得不错，想好了吗？去哪儿上大学？"

徐栀叹了口气："不出意外的话应该还是庆大吧，我没想过去外地，主要是麻烦。对了，傅叔，你要不要做个直播试试？"

"直播？"

徐栀说："对，现在叫村播，带动农业发展嘛，就是直播摘茶叶，直播炒茶叶，这样销路更广。"

"我看着像很缺钱的样子吗？"傅玉青把凉了的茶水都倒了，叼了根烟，"你这小脑袋瓜一天到晚就想赚钱，能不能想点儿别的？"

"我这不是也想为你出一份力吗？"徐栀说着，好奇地想从傅玉青那儿拿根烟抽，被傅玉青毫不留情地一掌拍开。

"出力？你是看上我的生意了吧。你多学学陈路周吧，一个大小伙子，精神思想比你丰富多了。人家多浪漫啊，一天到晚拍些花花草草鸡鸭鸟鱼的，也没见他张口跟我要钱。你们现在就应该是聊梦想和大海的年纪，而不是急着跟老板谈钱。"

"你就是不想给他钱。"徐栀一语道破,"那不行,人家辛辛苦苦给你拍了一天,你得给他钱。"

"他都没张嘴要,"傅玉青四两拨千斤的功力了得,逗徐栀,"你在这儿叽叽歪歪什么?"

房间内。

陈路周打开电脑准备剪片,不过另外一台电脑没带,这台只能做个粗剪。陈路周只能花钱重新买软件。趁着下载的工夫,他靠在椅子上养了会儿神。然而,陈星齐脸都气绿了,像盆绿植牢牢地栽在他旁边,死活不肯走。

陈路周大咧咧地敲着腿靠着椅背看了他一会儿,见他憋得两只眼睛通红,陈路周这才象征性地伸出手,毫无歉意地摸摸他的后脑勺,哄了两句:"行了啊,你再生气也没用,我的相机里就这么几张。"

"大骗子!"

"嗯,我错了。"陈路周毫无诚意地说着,一边开软件,快速输入一串密码,一边说:"你回去跟你妈说,让她好好教训我一顿。"

有恃无恐,他就是仗着爸爸妈妈都不会对他怎么样,才可劲儿欺负自己。陈星齐的眼泪都出来了,浑身都铆着劲儿:"你想教训我你就打我一顿,我还以为你真这么好心带我去拍照,结果害我在山上被蚊子叮了一身包,还差点儿被蛇咬。"

"你下次稍微控制控制脾气,我就不整你了。还有,少扯没用的,"陈路周懒洋洋地抱着胳膊看了他一眼,"都说了那不是蛇,那只是蛇蜕掉的皮。"

"那我这一身包怎么说?我快痒死了啊。"

"你自己没带药?"

"我带的都是驱蚊水,谁知道要下地干活?!茶山的蚊子好毒啊。我跟中了九阴白骨爪一样,浑身都痒。"陈星齐有点儿抓狂。

"我看看。"陈路周伸手把他扯过来,掀起衣袖看了眼,"你先回去洗个澡,我等会儿帮你问问别人有没有带药。"

陈星齐嗅着味了:"你是不是要借机跟那个姐姐搭讪去了?"

陈路周把他的手甩开,靠在椅子上敲了下键盘,把软件打开:"你管我跟谁搭讪。"

"你好没劲哦,哥,满脑子都想着谈恋爱。"

"你找打是吧?"

陈路周撸起袖子作势要揍他。陈星齐闪得快,脚底抹油一般跑没影了。刚关上门,那扇门下一秒又被人推开,是朱仰起回来了:"你这么快拍完了?"

陈路周把存储卡插到电脑上,嗯了声:"就那么大点儿地,能拍多久?你干吗去了?"

"闲着无聊,刚蔡莹莹叫我斗地主去了。"朱仰起筋疲力尽,往床上一躺,出了一会儿神,然后拿脚踹了踹陈大少爷的椅背,"对了,蔡莹莹她们说今天晚上11点左右好像有白羊座流星雨,问你要不要去拍照。"

拿我当摄影师使唤呢,白羊座流星雨有什么好看的?而且,她一个巨蟹座,去看什么白羊座流星雨?

"不去啊,我要剪片。"陈路周说。

朱仰起想了想,说:"徐栀很想看。她妈好像是白羊座的。而且,不是说每个逝去的人都会化作天上的流星吗?所以她说想去看看,还打算许愿。"

"她还信这个?"陈路周不是很信。

朱仰起躺在床上,盯着天花板,拍拍肚皮说:"小姑娘都浪漫啊。你要不去,把设备借我,我带她们上去拍。"

半晌,陈路周都没回话。朱仰起只听见几声清脆的鼠标点击声。估计他在聚精会神地看视频原片。朱仰起刚要再说两句,只见陈路周头也没回地丢出一句:"你帮我问问她,有没有带止痒的药。"

"你不会自己问啊?"朱仰起跷着二郎腿,逮着机会就揶揄他,"人家又没单独加我的微信。"

被人拿这么个事翻来覆去地说,他的气性也上来了。

"你烦不烦?"陈路周啪的一声把鼠标扔到边上,拿过一旁的手机,低着头,面无表情地翻出微信列表,"行,朱仰起,你以后别让我知道你喜欢谁。"

朱仰起啧了声,摇摇头:这就急了,还是年轻。

徐栀接到陈路周微信的时候,正在找晚上上山去看流星雨穿的鞋子。手机在床头叮咚一响,徐栀拿起来一看,是问她带止痒的药没。正巧她翻箱倒柜找鞋的时候把药包翻了出来,这时索性将东西都倒了出来,拍了张照片给他。

徐栀:你被蚊子叮了?我只有这个,我爸让人从泰国带回来的,味道有点儿像清凉油。

Cr:是我弟。

Cr:谢了。我过去拿,还是晚上你带过来?

徐栀:晚上?

Cr:不是要去看流星雨吗?

徐栀:哦,好,但这样你弟不会痒死吗?咱们看完回来已经12点了。

Cr:那你现在有空?

徐栀:大堂见。

陈路周准备下楼的时候,朱仰起还在一旁煽风点火:"你看,这不就有见面的机会了?"

"闭嘴吧你。"陈路周这会儿贼烦他,正弯腰穿鞋呢,随手捡了个沙发上的抱枕砸过去,"你下去拿行了吧?"

"我不,我就要让你见着她,看她不爱搭理你的样子,我爽不行吗?有本事你就把她追到手啊。"朱仰起趴在床上,贱兮兮地冲他比画了一下。

陈路周低着头绑鞋带,头也不抬,声音冷淡:"追到干吗?谈俩月就分?有意思吗?俩月能干吗?拿张恋爱体验卡?你再烦我,等会儿看流星你们自己去拍。"

"行行行,我闭嘴,"朱仰起认输,"晚上别放我们鸽子啊,我还想拿你的照片在朋友圈装伴呢。"

"你还用装吗?"

"那也没你能装。"

"我第二,你第一。"陈路周关上门。

朱仰起发现他还是跟小时候一样,每次骂人都带上他自己,幼稚鬼。

大堂里只有稀稀疏疏几个人拖着行李箱在登记。徐栀靠在那个色彩斑斓的鱼缸上等他。陈路周发现徐栀挺喜欢这个鱼缸,每次从大堂经过都要过去逗一下鱼,果然色彩艳丽的东西总是格外引人注意。

陈路周低头看了眼自己，黑衣黑裤。

非要他咳一声，她才会注意到。

"喀。"

徐栀果然转头，把东西递给他："这个可能没有药膏的效果好，但是我们也没带别的。你让陈星齐先对付着用吧，实在不行，等会儿问问傅叔，他应该有。"

"谢了。"陈路周是觉得就这样走显得有点儿无情，所以问她，"吃晚饭没？"

徐栀随口回了一句："还没，要一起吗？"

陈路周："嗯。"

朱仰起：你看，我都说你就是无法拒绝她。

红彤彤的太阳照耀着整座青山，彩霞在疏朗的山林间流光溢彩，哪儿管人间的少年们心事重重。它总是坦然而平静地散发着本该有的光芒。

其实陈路周并没觉得自己有多喜欢她，但她确实是这么多年来第一个让他有点儿感觉的。这种感觉很难准确描述，就好像夏日里咔嚓一刀后冒着丝丝凉气的冰西瓜，又好像冬日小锅里咕嘟咕嘟用慢火熬炖的高汤，有是很好的，没有好像也行。他毕竟只是个十八九岁的少年，正是对异性充满好奇的年纪，对徐栀的这种好感当然也有新鲜感在作祟。

陈路周给朱仰起发了一条微信。

Cr：我陪她去吃饭，晚饭你自己解决。

朱仰起回得追风逐电，几秒就回了一条语音过来。陈路周懒得搭理他，没点开，把手机揣回兜里，低头问靠在鱼缸上逗鱼的徐栀："想吃什么？"

徐栀手指戳着玻璃缸，心里想的是，在马路边卖点儿热带鱼这大小也是个创业项目。听见他问话，她抬头说："你呢？有没有特别想吃的？"

"没有，"陈路周往外走，"想吃的傅老板都不做。"

徐栀跟上去："你说说看，我可以帮你问问傅叔能不能供一些。"

"不用，"陈路周一脸"谢绝好意"的表情，"我想吃的都是垃圾食品，傅老板那么有格调的一个人，咱还是别降低他的格调。"

两个人走到外面，大概是看见橘红色的太阳还明晃晃地挂在山头，直觉这个点还不是吃饭的时间。陈路周下意识地抬起手腕看了眼手表，果

107

然，才四点，山庄的餐厅估计还没开。

徐栀也意识到了，阳光将她整张脸映得通红，但看着还是干净，额前的碎发在迎风乱飘："是不是早了点儿？"

我的脑子短路，你的脑子怎么也短路？

但人有时候就是这样，一开始或许并没有这个打算，吃饭这件事也不在他的计划内，但既然已经约了，最后如果没吃上，他的心里就是会不爽。

"你饿吗？不饿就去喝点儿东西，"陈路周以下巴朝隔壁风铃叮叮当当响的酒吧小竺一指，"旁边的酒吧开着。"

"好。"

两个人坐下。陈路周把菜单递给徐栀。她点单的时候，陈路周百无聊赖地靠在椅子上，趁着这工夫，把朱仰起的那条语音给点开，不过转文字了——他怕这家伙说出什么不中听的话。

朱仰起：我还是小瞧了你这个狗东西的魅力。

他懒得回，把手机屏幕向下反盖在桌上，伸手过去直接把徐栀手中的菜单翻过来："喝饮料吧，晚上还要看流星，喝酒后我怕你看不清。"

徐栀听不进他的话，又把菜单翻回来："我酒量还行，不会醉的。"

"随你。"

酒鬼，我懒得管你。陈路周靠在椅子上，又从隔壁桌拿了份菜单过来，看了半天还是要了一杯柠檬水。

徐栀觉得他很自律，确实应该长这么帅。不喝酒，不抽烟，来酒吧两回喝的都是柠檬水，看来那位女士真的把他养得不错。林秋蝶女士也很爱喝柠檬水，每天早上起来必须来一杯。

"我也要柠檬水好了。"徐栀把菜单合上。

学人精啊你。陈路周把菜单拿过去扔到一旁，然后视线就不知道该往哪儿放了，慢悠悠地环顾酒吧一圈，最后还是回到徐栀身上。发现人正盯着他，他的心像被人不轻不重地抓了一下。他倒也直接，回了句："看我干吗？我脸上有菜单？"

"你平时是不是都没有不良嗜好？"徐栀是真诚发问。

陈路周也是真诚回答："看电影不算的话，那就没有。你问这个干吗？"

"打算活几岁啊？"徐栀说，"这么自律。"

"讽刺我？"陈路周笑了下，嘴角扬着，眼神有些无奈，"我不喝酒扫你兴了？"

说完，他作势要拿刚刚被丢到一旁的菜单。

徐栀忙拿手挡住。两个人的手指尖在电光石火之间轻轻触了下，她浑然不觉，说："没有，我就是好奇。不喝酒很好啊，我就是觉得你每天应该挺开心的，或者说，你应该没什么烦恼？"

陈路周觉得手指尖碰到了什么柔软温暖的东西，下意识地看过去，才发现是她的手。他几乎是条件反射地把手缩回来，缩回来还不算，还揣回兜里，拿腔作势地咳了声。

你说话就说话，动什么手啊，老占我便宜。

"小孩儿都有烦恼，我怎么可能没有？你看陈星齐，他每天的烦恼就是怎么能不学画，怎么跟我吵架。我看你才没什么烦恼啊，每天斗地主不是挺开心的？"他说。

"那是没办法，我外婆想玩嘛，我不跟她打她就要充钱。偏偏我爸属于那种特爱装大款的人，我们只要想花钱，他都会掏，从来没有规划的。"她说。

陈路周看着她："所以想早点儿挣钱？"

徐栀若有所思地说："嗯，我刚刚还在想，要不要去马路边摆摊卖鱼，就大堂里那种小热带鱼，我觉得应该比金鱼好卖。"

陈路周："……"

服务员端着盘子给他们一人上了一杯柠檬水。陈路周把插在杯壁上的柠檬片拿下来，放到一边："还有什么创业计划吗？说来我听听。"

徐栀很警惕，用直白而锋利的眼神盯着他："你想剽窃？"

陈路周："……"

算了，陈路周决定不给自己找麻烦，于是换了个话题，老神在在地靠着椅子，那只手还假眉三道地揣在兜里，喝了口水，喉结微微滚动了一下，抿抿唇说："听蔡莹莹说你考得应该还不错？准备去哪儿上？"

"我想留在本市，庆大的建筑系。"

"学建筑？"

陈路周本来想说，庆大虽然学校不错，但是建筑系好像挺一般的。

徐栀却先发制人："怎么了，女生不能学建筑？"

"没这个意思，"他说，"我是说，庆大的建筑系一般。蔡莹莹说你的分数很高啊，你不考虑下北京、上海的学校吗？"

"哦，对不起，误解你了。"徐栀叹了口气，觉得自己最近太敏感，"主要是最近身边有几个亲戚一直劝我考虑一下别的专业，说女生学建筑的少，我以为你也这么觉得。"

"我反倒觉得女生比男生更适合学建筑。"

徐栀突然两眼放光，看着他，还把杯子放远一点儿，似乎觉得这样能更清楚地听见他的话。她也确实不想错过他的表情，想知道他是真这么觉得，还是随便安慰她："真的？"

陈路周也把杯子推到边上，看着她说："嗯，建筑作品抛开结构、空间逻辑这些，从某种程度上来说，跟其他文艺作品一样，设计时是需要情感和美感倾注的。当然，不是说你们女生更敏感、更文艺，而是女生在设计上确实更细腻。当然，这只是我个人的观点，因为我很喜欢咱们市里那个地标的设计，好像就是一名女性设计师做的。"

庆宜市的地标是一个母亲张开怀抱的姿势。他每次下飞机经过那个地标，都觉得很有安全感。有时候带外地朋友过来玩，他们看见地标，都说"你们城市还挺温暖的"。

"当然，"陈路周又补了一句，"你好像跟一般的女生不太一样，我说的这块好像跟你没什么关系。但是，我觉得，你应该做什么都还可以。"

"我就当你夸我吧。"徐栀叹了口气。

陈路周笑了下，没否认："当然是夸你。"

说这话时，酒吧的灯光闪了下，他原本清晰的脸突然在黑暗中隐了一下，那句带着笑意的"当然是夸你"听起来便格外暧昧，像情人间躲在宁静夜里的喁喁私语。

陈路周觉得有点儿过了。

徐栀沉浸在自己的思绪里，咬着吸管把最后的柠檬水喝完，反问他："你呢？你不是学美术的吗？以后准备做什么？我感觉你的路子好像蛮宽的。"

"我？"陈路周清了清嗓子，眼神清明，"谁告诉你我学美术的？"

"咦，"徐栀倒是没想到他会这么说，"你跟朱仰起关系这么好，我以为你俩都是艺术生来着。"

"我不是艺术生，就普通考生。"

"那你是高考没考好？"徐栀解释说，"我那天在门外听见的，你妈是这么说的。"

陈路周不想解释太多，不然扯出一大串乱七八糟的事情。他都不知道怎么跟她说清楚："嗯，出了点儿小意外。喝完了吗？喝完回去收拾一下，我去拿下设备。"

徐栀磨磨蹭蹭，半天没动，最后说了句："要不你先上去，我再坐会儿。别忘了拿药。"她以眼神示意了下桌上的青草膏。

陈路周莫名一眼看穿她："你想偷喝酒吧？"

徐栀："……"

这人好像会读心术，徐栀这么想。

"我知道你要学什么专业了。"她突发奇想，手举得老高。

陈路周大咧咧地靠着椅背，手终于从裤袋里拿出来了，这会儿懒洋洋地垂在敞开的两腿间，一副洗耳恭听的样子："嗯，学什么？"

徐栀："警察？刑侦方向？"

他笑了下："我爸从小就说我不适合当警察。"

"为什么？"

"长得太帅，在人群中太显眼，作为便衣警察执行任务的话，我会第一个挨枪子儿。"

徐栀发现他跟她很像，总是能用无比诚恳的表情说出一些特别敷衍又傲慢的话。明知道是玩笑话，徐栀还是点了一句："你真的很自恋。"

陈路周没顺着她的话往下接，而是靠在椅子上，眼神平静地看着她，慢悠悠地问了句："高兴了没？高兴了就撤，喝酒我真陪不了。"

"你酒精过敏啊？"徐栀问。

"也不是，就一杯倒。"陈路周叹口气，收回视线，拿过菜单又扫了两页，挺老实地说，"喝多了还喜欢拉着人说话。我小学的时候吧，被朱仰起他爸骗着喝了一杯白的，然后拉着我奶奶说了一宿话。老太太的肩周炎都让我给说犯了，在床上躺了一个星期。"

徐栀："……"

蔡莹莹直接笑倒在床上："陈路周是什么神仙啊？"

徐栀也觉得很好笑，一边蹲在地上找登山的鞋，一边说："下次把他灌醉试试，看看他都说什么能说一宿。"

"好主意。"蔡莹莹反趴过来，晃着脚尖，"不过我挺好奇，你说，像陈路周这种男生，会喜欢什么样的女生啊？我第一次见他的时候吧，觉得这人就是个公子哥儿，应该非常不好相处。说实话，我一开始对他还有点儿偏见，认定他觉得自己长得帅就对女生都有一种距离感。但现在觉得，他应该是那种从小被父母捧在手心里长大的吧，估计还没接受过社会的毒打，单纯乐观，就是有时候说话傲慢了点儿。"

"评价很高啊蔡莹莹。"徐栀头也不回地说，"你看，是不是出来走走，心情好多了？陈路周不比翟霄有意思多了？"

蔡莹莹说："那没有，我现在还是觉得翟霄有意思。我现在活着的目标就是让翟霄后悔，让他知道自己到底有多愚蠢！不过，我们四个好奇怪，竟然是一对一对地有对方的微信。"

这种情况是怪怪的，明明四个人都认识。

徐栀把鞋子收起来，建议说："要不，我把他的微信推给你，你把朱仰起的微信推给我？我觉得，咱们四个人也算是朋友了。"

陈路周把电脑合上，从箱子里拿了一块新的无人机电板出来，准备换下电板，就看见朱仰起叼着泡面拿起手机，然后囫囵吞枣地把泡面咽了下去，说："徐栀加我的微信干吗？我亲妈都去世好几年了，她想认识我妈可不得行。"

陈路周："……"

下一秒，他兜里的手机也是叮咚一振。

徐栀：可以让莹莹加你的微信吗？

朱仰起听见声音凑过来一看，顿时恍然大悟："好啊，陈路周，你三角恋了，这回绝对是蔡莹莹想追你。徐栀是真大方，居然把你推给闺密。"

陈路周："……"

"看来她对你真的没意思啊。"朱仰起还在煽风点火。

"嗯，她对我确实没意思，"陈路周把手机丢回床上，继续把无人机的电板换下来充电，不带什么情绪地说，"所以，你有点儿眼力见儿，以后别在她面前扯些有的没的。"

朱仰起点点头。还以为你这狗东西魅力无边，能单独吃饭多少是有点儿暧昧了呢，行行行，我以后不拿你打趣了，可怜。

陈路周收拾完东西，弓着背，俩手肘撑在膝盖上，一副东风吹马耳的姿态，低头盯着刚从行李箱里拎出来的鞋，似乎在犹豫要不要穿。

朱仰起瞧见，又管不住他的嘴了："哟，这颜色可以啊，是上次买的那双吗？我也没看你穿过几次。你不是向来不喜欢这种色彩斑斓的鞋吗？"

"你烦不烦？"陈路周低头，一字一顿地说，"要你管我？"

OK吧，显然陈大少爷是不高兴了。朱仰起识时务为俊杰，晚上还指望他拍完照自己拿来发朋友圈装佯呢，于是做了个闭嘴的动作。

十点，两个人扛着设备下楼。陈路周还是一身黑，背上松垮地斜背着一个挎包，鞋子没换，还是刚才那双黑的，干净利落。反倒是朱仰起，不知道是不是受陈路周的启发，一身花花绿绿，像棵喜气洋洋的圣诞树。所以，徐栀她们一下来，就先看见朱仰起。蔡莹莹调侃道："这么亮啊，朱哥。"

朱仰起复读过一年，比他们几个都大，蔡莹莹这么叫好像也没什么毛病。

徐栀跟傅玉青借了车——到看流星雨的地方还有一段山路要开。陈路周把设备放到后备厢，准备去拉驾驶座的车门时，看见徐栀迟迟没上车。

"干吗？想开？"他站在她身后，懒洋洋地睨着她，问了句。

你这人很危险啊，怎么老在法律的边缘试探？

徐栀回头看了他一眼："没有，我在想这车还有没有油。上次回来你给傅叔加过油吗？"

陈路周拉开车门，弯腰进去摁了一下启动键，出来："够的。明天我要下山一趟，顺便给他加回去。"

"你明天又下山啊？去干吗？"徐栀一边拉车门一边问了句。

你对我没兴趣就不要问这么多。

陈路周没回答，绑好安全带。副驾座位上的朱仰起跟着好奇地问了句："你明天又要下去啊？"

车子慢慢启动，陈路周打着方向盘，淡淡地嗯了声："我妈找我。"

说完，看见后视镜里徐栀两眼冒光，他立马先发制人咳了一声，开口说："这次不行，以后有机会再介绍你们认识。"

陈路周觉得无语,为什么他要介绍自己妈给别人认识?

徐栀哦了声,就不再说话了。

陈路周慢慢悠悠地从后视镜里看了她一眼,也不想说话了。

你耍什么脾气?

夜间开车还是挺刺激的,尤其还是山路。漆黑一片,只有微弱的月光,车远光都照不到尽头。路又是越走越窄,偶尔蹿出一只野猫都能吓得人心脏怦怦跳,简直比探险还刺激。估计陈路周也是第一次开夜车,车里几个人都挺紧张的。朱仰起和蔡莹莹一人一只手战战兢兢地牢牢拽着车顶把手。只有徐栀看起来淡定点儿。

气氛本来没这么吓人,无奈有朱仰起和蔡莹莹两个气氛组,但凡路边有一点儿风吹草动,他俩就大呼小叫。徐栀实在受不了了,使出撒手锏:"要不,陈路周你下来,我来开。"

朱仰起和蔡莹莹惊恐万分,异口同声:"不行!你都没驾照!"

徐栀老神在在地怼他俩:"那你俩安静点儿,真的很吵。"

陈路周漫不经心地拐过一个弯,说:"朱仰起你坐后面去,你真的非常影响我开车。"

朱仰起抓着把手,一脸"我影响你泡妞了是吗"的表情,心说:你心思不单纯啊陈某人。不过他还是很有自知之明的:"徐栀,咱俩换一下,有人嫌我吵。"

徐栀看了眼陈路周,不过人家没看她,正在专心开车。

"哦,好。"

后半程果然安静了很多。不过车内的气氛仿佛被割裂成两半,前排两个人一句话不说,安静得仿佛只有空气;后排两个人则激情四射地拌了一路嘴,从明星八卦到学校八卦,立场分明。

"我就喜欢她啊,怎么了?出道这么多年也没有绯闻,演技是差点儿意思,但是就不能给人家一点儿成长空间吗?说起来,我们学校有个女生长得跟她真像。"

"谷妍是不是你们学校的啊?"

"我说的就是她啊,我同班同学。"

"哇，她真的好漂亮！不过听说私生活有点儿乱？"

"乱你个头。"

蔡莹莹被气到了："朱仰起，你怎么骂人呢？你是不是暗恋她啊？"

"我们学校一大半男生都暗恋她，怎么了？再说，你不要听风就是雨的。她人没那么差，而且真是挺努力的一个女孩子。"

在外人面前，朱仰起还是很维护自己学校的女生的。而且，确实有很多人随随便便就给谷妍打上标签，不单单是蔡莹莹。为了增强说服力，朱仰起还拉上了陈路周。这好像是一中男生独有的默契，大概是出于某种集体荣誉感，他们确实都保护自己学校的女生。

"你说是不是，谷妍确实挺努力的？"

快开到目的地了，陈路周知道观测点有个斜坡，于是慢慢踩下刹车减速，只嗯了声，对徐栀说了一句："帮我看下那边能不能上，这边有块石头，我看不清。"

蔡莹莹也懒得跟朱仰起吵了。本来就不关她的事，她刚刚就是好奇八卦了一嘴，没想到碰了一鼻子灰，便不打算再搭理朱仰起。

徐栀降下车窗，往外看了眼："可以，你先把方向盘往右打死，退出去一点儿。"

"嗯。"

"陈路周，我说往右打死。"

"我知道。你看不到我这边有块石头？"他冷淡地睨了她一眼。

徐栀哦了声。蔡莹莹气急败坏："你干吗凶她？"

不等陈路周说什么，徐栀莫名其妙地回头看了眼蔡莹莹："他没凶我啊，他说话不一直都是这个调调？"

什么调调？我凶你了啊？

陈路周熄火，有些挫败地拉上手刹，懒洋洋地靠在驾驶座上说了句："到了。"

你真的是一点儿都看不出来我不太爽，是吗？

明灵山有好几个流星雨观测点，这地方只是其中之一。虽然现在山上没什么人，但大部分高三学生都放假了，出来避暑的人还是很多的。另外几个观测点的人一定爆满，陈路周查了好几个点，综合判断，选择了这个观测点。这个点什么都好，人少，位置也不错，就是地方小了点儿，而且四周灌木丛横生，人迹罕至，估计平日里来的人也不多。

蔡莹莹一下车就忘记了刚才的不愉快，抱着胳膊瑟瑟发抖——山里温度是真的低，说话就差嘴里冒白气了："好冷啊！这里这么荒凉，会不会有蛇啊？"

徐栀问在一旁架设备的陈路周："你俩会抓蛇吗？"

陈路周把三脚架固定住，从包里掏出相机，随手摁了几下快门，查看光线："你怕啊？"

徐栀环顾了一圈："怕啊。"

陈路周低着头，专心致志地调广角："巧了，我也怕。"

徐栀啊了声，听着四周树叶的沙沙作响声："那怎么办？"

陈路周瞥她一眼说："跑啊，你不会？蛇爬起来很慢的，追不上你，大不了等会儿我给你殿后。"

谁知，徐栀叹了口气："早知道让傅叔也来了。"

观测点附近有一汪清泉，清澈见底，颜色比翡翠还绿。这时泉眼依然在叮咚叮咚地缓缓流淌。陈路周对着那汪泉水拍了一张照片，发现莫名泛着一股绿光。他低着头，边删照片，边冷淡地问："跟我来后悔了是吗？"

"那倒没有。"徐栀说，"傅叔会抓蛇，你知道这山里的一条蛇能卖多少钱吗？五千块钱，扔在地上，你捡不捡？"

陈路周："……"

你眼里，还有点儿，别的吗？

"被五千块钱咬一口，你觉得值当吗？"陈路周说。

"所以我问你会不会抓蛇啊。"徐栀一边说，一边浑不在意地捣鼓着不知被谁丢在这里废弃已久的烧烤架，"你饿吗？我感觉这个架子洗洗好像还能用，那边泉水里有鱼，可以抓来烤。"

说完，她就要去拆架子。陈路周手疾眼快，一把拽住她的手腕，嫌弃地把她扯开："脏不脏啊你？"

徐栀被他拽了个趔趄，一脑袋磕在他的胸口上。他的胸口挂着相机，徐栀的下巴就砸在了他的相机镜头上，镜头盖直接被她撞飞了。徐栀却闷不吭声。

陈路周拽着她的手没松。她的手腕很细，他一手握住绰绰有余。他低下头去，想看看她磕哪儿了。徐栀大概觉得这样的举动太过亲密，往后退了下。陈路周完全没意识到自己还拽着人家的手腕，只知道这一下应该撞得很重，估计得磕出血了。上次陈星齐跟他争相机，牙都被撞掉了，磕了一镜头盖的血。想到这儿，他哪里还顾得上什么手不手。

"我看下。"他第一次用哄人的语气，"磕哪儿了？我的镜头盖都被你撞飞了。"

徐栀瞥他一眼。因为一只手还被他拽着，她只能用另一只手捂着下巴，挺不好意思地问："贵吗？"

陈路周："……"

还是朱仰起出来打圆场："你拽着人家的手干吗？便宜占够了就赶紧松手。"

陈路周这才反应过来，低头看了一眼，跟丢烫手山芋似的把她的手甩开，再次假眉三道地把手揣回兜里，甚至忘了弯腰去捡刚才被撞飞的镜头盖。

静谧的山林里，山风呼呼地吹着，树叶的沙沙声和泉水的叮咚声好像都掩盖不住他疯狂的心跳声。

朱仰起还不怕死地凑过来，在他的耳边说："你耳朵红了。"

蔡莹莹刚刚把野餐垫子铺好。陈路周把上面的包拿开，盘腿坐下去，拿起挂在脖子上的相机，翻出刚刚拍的几张照片，重新调广角："冻的。"

朱仰起："哦。"

陈路周："嗯，我冻。"

流星雨如约而至，原本安静的山头气氛突然高涨起来。明灵山本就不大，又有好几个观测点，虽然陈路周选了一个人最少的观测点，但几个观测点相距都不远，山间的风裹挟着此起彼伏的尖叫声、欢呼声从四面八方蜂拥而至，在他们的耳边回荡。

蔡莹莹和徐栀站在两个男生前面。蔡莹莹兴奋不已，双手合十："快快快！许愿啊！暴富！我要暴富！我要漂亮！"

陈路周第一下没拍到，后面几颗虽然拍到了，但都有点儿模糊。他放下相机，聚精会神地用手机查着什么。朱仰起见了，焦急不已："哥，赶紧拍行吗？！先别想那些有的没了！多壮观啊！"

今晚预计有三十几颗流星,刚刚划过了四五颗,平均五秒一颗。

第十颗划过的时候,陈路周看了眼手表,往后撤了一步,微微后仰,然后拿起镜头,一点点对准浩瀚的星空,将人和预计出现流星的夜空一同框住。朱仰起在沸腾的欢呼声里听见他低低地喊了一句——

"徐栀,回头看我。"

如果说人生有很多个瞬间,那么流星应该是一个所有人都想伸手抓住的瞬间。

徐栀回过头的那刻,那张无边无际、黑漆漆的夜幕上,大大小小如同燃着光火的箭矢的流星,又一次承载着人们的愿望破空而出,从她身后猝然划过。

…………

陈路周拍了好几张,几乎每个镜头都捕捉到了。他低头慢悠悠地检查,几张照片连在一起翻页时好像一组动画。流星划过和她回头的瞬间,一遍一遍,在他的手下重放。徐栀扎着高高的马尾,额前的碎发在星空下格外凌乱。最正面的照片是有点儿模糊的,但莫名有种浪漫的氛围,都不用虚化了。

身后是漫天闪烁的繁星,星空下的少女一脸茫然,眼神倒有难得的温柔。

她还挺上镜。徐栀的五官和轮廓线条都柔和干净,除去那双锋利而清澈的眼睛,长相真是毫无攻击性,一眼看去就是温和听话的邻家妹妹,难怪朱仰起总是叫她妹妹。

但她又比一般的妹妹酷,很少笑,也很少生气。从她的语气中,连凶不凶都听不出来,整个人大多数时候好像没什么情绪。

陈路周就没见过这么冷淡的人。

相比天马座流星雨,这场流星雨规模很小,后面零零散散几颗也没人等了,好在今天天气不错,大家能尽兴而归。星空恢复了往日的宁静、璀璨,明灵山也彻底恢复了平静。鸟儿孤寂地站在树梢上,树叶的沙沙声在耳边清晰地响着。

大约是今夜的星空难得,他们都不急着离去。蔡莹莹跟徐栀一样,捣鼓着想在这儿烤条鱼吃。

"你刚刚在拍我啊？"徐栀后知后觉地问道。

陈路周这会儿用上了三脚架，打算拍一张夜空的全景，听到她的问题，低低地嗯了声："你那边角度比较好。"

"那你把照片发给我吧，我想发朋友圈。"徐栀说。

陈路周修长的手指托着相机，正在把对焦环拧到无限远，闻言低头，有点儿找事地问了句："你还会发朋友圈？"

徐栀看着他镜头里的星空，发现他真的特别会找角度。她莫名其妙地看了他一眼，很奇怪他为什么这么说："我为什么不会？"

因为我看了啊。

没等陈路周接话，徐栀反应过来："哦，你看我的朋友圈了。"

"随便看看，没别的意思。"

"我知道啊。"徐栀帮他把地上的镜头盖捡起来——刚刚被她撞飞了，"我发朋友圈都是分组可见的，你可能看不到。"

陈路周："……"

他说呢，一个十八九岁的女孩子看起来这么清心寡欲。

徐栀把手机摸出来，真诚地说道："要不，我现在把你拉进去，然后你把照片发给我？我会署名是你拍的。"

陈路周这种发朋友圈从来不做任何设置的人，是无法理解为什么这年头有人发朋友圈还会分组。他怀疑她建了个鱼塘组，虽然没有证据，但他就是很不屑。

"你要拉就拉，问我干吗？"陈路周调了半天焦距，发现不行，打算换一个长镜头。他娴熟地将镜头取下来，冲她伸手，口气很不善："镜头盖给我。"

徐栀哦了声，蹲在地上，乖乖地伸手递过去。

蔡莹莹刚把架子洗干净，兴冲冲地回来准备烤鱼，听见他俩说话，没好气地瞪了陈路周一眼："你干吗又凶她啊？"

陈路周从包里拿出一个长镜头，掀开镜头盖，没搭理蔡莹莹，一边驾轻就熟地拧好镜头，一边淡淡地睨着徐栀，假惺惺地问她："我凶你了？"

徐栀包容地点点头："嗯，你刚刚是有点儿凶。是因为镜头盖吗？你把型号给我，我赔你一个吧。"

陈路周："……"

连从他俩身旁幽幽经过的朱仰起都忍不住唉声叹气,重重地拍了一下陈路周的肩。兄弟,你这都不是道阻且长,你这是墙。

蔡莹莹把烧烤架子洗干净之后,才发现泉水里没有鱼了。以前傅玉青老带她们来这里烧烤,那泉水不深,人一脚踩进去,水大概也就到膝盖,不知道是谁扔了一枚硬币进去之后,就变成了满池子的硬币。蔡莹莹不甘心:洗了半天烧烤架子,总得烤点儿什么。

"我去采蘑菇。"蔡莹莹说。

朱仰起:"你认识蘑菇吗?还有,这山里的蘑菇有没有毒啊?"

"我跟徐栀从小就跟着傅叔在山里采蘑菇,我们会认不出有没有毒?你不敢吃就别吃,不然这烧烤架子我白洗了。"说完,蔡莹莹就往灌木丛那边走去。

朱仰起看了眼陈路周,挺识趣地说道:"我看看有没有山鸡什么的。"

空地上只剩下他俩。徐栀心说"要不我也去采蘑菇吧",刚站起来,陈路周淡淡地叫住她:"过来,给你看个东西。"

"什么?"

"刚抓拍的小流星。"

徐栀好奇地凑过去:"刚刚又有一颗?"

"嗯,刚抓拍的。"

徐栀低头看时间:"流星雨结束了啊,竟然还有漏网之鱼?"

陈路周没来得及开录像,刚拍夜空的时候,那颗流星猝不及防就在她的脑袋顶上出现了,他只来得及用相机抓拍了几张。他把相机从三脚架上拿下来,给她翻照片。

他的手指快速摁了几下。同个角度,同个背景,唯一不同的是流星的角度。他连翻几次,那小流星的照片就跟录像没什么区别了。徐栀看着它在她眼前从漆黑的夜幕中缓缓划过,呼之欲出。

"这好像比我亲眼看到还有感觉啊。"徐栀如实说出心里的感受。

你还懂感觉?

"嗯,你也不看谁拍的。"其实,相比录像,陈路周更喜欢这种带着动感的照片,因为氛围这种东西是录像机很难拍出来的。

蔡莹莹那边不知道在干吗。两个人隔老远就听见他们在灌木丛那边大呼小叫，玩得还挺开心。徐栀回头看了一眼，没太上心，继续跟陈路周闲聊："你好像很喜欢拍星空？"

陈路周收好镜头，吊儿郎当地拉上背包拉链，回了句："一般吧，更喜欢拍人。"

陈路周看她歪着脑袋，似乎在一本正经地想他喜欢拍什么人，怕她想歪，而且她这人直接，不得不防。他立马解释说："男人、女人、老人、小孩儿、非洲人等都拍，你不要乱想。"

徐栀啊了声，说："我没乱想。我是在想，你出国是不是可能学摄影。"

"你怎么那么想知道我学什么？"

"就好奇。"徐栀说，"感觉你会的东西很多，但是又不知道你喜欢什么。"

陈路周把东西收好，从包里拿出瓶气泡水递给她，然后在她的旁边坐下，两个人并排坐在野餐垫子上。

徐栀屈起腿，然后双手抱着腿。他则大咧咧地抻着腿，两手撑在身后，人微微后仰，就着黯淡的月光看了她一会儿。徐栀把气泡水放在边上，脑袋搁在膝盖上，也认真地看着他，看起来是真好奇。陈路周感叹地说："以后再告诉你，人有时候不是喜欢什么就能去做什么。你想学建筑是因为喜欢？"

徐栀点点头。

陈路周看着她，说："那就去学，管别人说什么呢。"

徐栀把脑袋转回去，看着前面的泉水，那层浅浅的涟漪好像很符合她现在的心境："但我爸好像也不太支持，觉得女孩子学建筑太累。我妈就是学建筑的，有时候还要下工地。不过我还挺喜欢下工地的，看着自己设计的作品从图纸变成一个实景，很有成就感，不是吗？"

"打算留在本市，是因为你爸吗？"陈路周多少能感觉出来徐栀很依赖她爸。

徐栀不知道为什么，这些话她跟谈胥都没聊过，今晚却能坦诚地跟陈路周讲出来："多少有点儿。我是独生女，我们家的亲戚挺烦人的，我爸又是个不懂拒绝的人，之前帮亲戚担保，后来亲戚死了，欠的一屁股债都要他还。他还喜欢在我们面前充大款。他又是个社恐，吵架吵不过别人不说，连上网发帖都不敢。加上如果去外地上学，各种费用可能都要比在本地高许多，所以我妈去世之后，我就打消这个念头了。但你那天的话对我的影响还是蛮深的。我想我是不是能选择更好的学校。"

"我只是建议，"陈路周懒洋洋地抻了下腿，说，"具体选择在你。就好像今天，你在等星空；我呢，其实在等秋风；也会有人守着沙漠执着地等花开，各有各的选择，各有各的风光。"

徐栀："一定是风光吗？"

陈路周两手撑在身后，整个人半仰着，闻言低头笑了下："你在怀疑什么啊？我们的前程就是风光，谁说了都不算，我们自己说了算。"

徐栀看着眼前的泉水，那层浅浅的涟漪好像荡得越来越厉害，看得她眼花缭乱，只能移开视线，拔了根狗尾巴草："你知道狗尾巴草能钓螃蟹吗？"

"不知道，也不想知道。"陈路周显然对这个话题没兴趣，"不过，刚刚话是那么说，如果从你父亲的角度来看，他应该不希望你是因为他选择庆大。"

"所以我想自己打工挣点儿钱再说。"徐栀晃悠着狗尾巴草说，"说实话，你那个陪聊项目，我觉得不太正经。你要不要考虑考虑其他项目，比如跟我去街边卖鱼？"

"你搁我这儿拉创业基金是吗？"

"没办法，我没有有钱的弟弟，挣不着这么轻松的第一桶金啊。"徐栀难得开玩笑。

"不一样，光有个有钱的弟弟还不行，"陈路周还补了句，"你得有个有钱的傻弟弟。行了，把账结一下吧。"

徐栀一愣。狗尾巴草不知道什么时候被她叼在了嘴里。她摸不着头脑地问："什么账？"

陈路周漫不经心地从后面抽回一只手，煞有介事地低头看了眼手表，逗她说："陪聊啊，就你觉得不太正经那个，一分钟五十，我俩怎么也聊了十分钟吧，打个对折，友情价，二百五？"

徐栀反应过来："你才二百五！"

山间的风缓缓吹着，两个人斜斜的身影落在幽幽的泉水上，涟漪层层,好像撞不开的南墙,随风轻荡。明月坦荡,清风坦荡,少年也坦荡。

陈路周笑得不行,肩膀都在发抖,一只手撑在身后,倾身过去,抽掉她嘴上的狗尾巴草:"脏不脏?你别什么都往嘴里塞。"

徐栀:"我小时候还吃呢。"

"怎么,吃草光荣?"他乜她一眼,"要不拔两根回去给你当早餐?就那片地,那片地好,刚才朱仰起还在那撒尿来着。"

徐栀:"……"

一直到上车,那股反胃的劲儿都没散去,徐栀整个人青着一张脸。

朱仰起在后面看着后视镜,徐栀那脸色看得他心里莫名发寒:"徐栀妹妹怎么了?怎么这么不高兴呢?"

蔡莹莹一反常态,没有指责陈路周,而是对他说:"你牛啊,居然把她给气着了!"

徐栀都多少年没生气了,自从她妈走了,她整个人就淡淡的。

徐栀没搭理他俩,目光幽怨地看了眼陈路周:"你开慢点儿,我可能真要吐了。"

陈路周一直沉默地开着车,没搭腔,弄得蔡莹莹以为他俩刚刚是不是吵架了,怎么跟小情侣一样,气氛一度陷入诡异。

陈路周觉得这是自己第一次开玩笑有点儿没分寸,一贯漫不经心、痞里痞气的声音里难得地掺杂了点儿说不清道不明的温柔:"抱歉。"

朱仰起竖着耳朵听。我倒要看看你说什么人话。

"要不我让朱仰起下车?"他补了句。

朱仰起:"……"关我什么事?

第五章
姓徐的男科医生

朱仰起：你可闭嘴吧，没一句话是人听的。

不过他心里多少是有点儿数的。这狗东西嘴里能吐出象牙来？说实话，陈路周这人口碑挺两极分化的。

朱仰起记得以前初中的时候，QQ上有个风靡一时的板块，叫"好友印象"。因为是匿名评价，所以熟的、不熟的都往上写标签。陈路周好友多，他的标签五花八门，除了毋庸置疑的"帅""校草"之外，其他什么评价都有，而且那个时候用词都很个性，什么流川周、鲁路修……什么动漫人物流行，他的那些好友就改改给他写上去。

朱仰起不太喜欢看动漫。流川枫他知道，但是鲁路修没听过，当时好奇地去搜了一下。不得不说，那动漫还挺好看的，鲁路修确实很帅，也很牛，但是放在陈路周身上真的好"中二"。

但有些骂得也挺狠的。陈路周这人就这样，揣着明白装糊涂，从来就不会好好道歉。把陈星齐惹急了，他永远都是一句毫无诚意的"好，我错了，哥给你道歉"。脑子里估计想的还是"啊，这人真菜啊，这就生气了啊"。

他这人永远正经不过三句。

朱仰起心说：哼，你这回踢到铁板了，活该。

一路上徐栀都没搭理陈路周。朱仰起回到房间，幸灾乐祸地对他进行"打击报复"："就你这样的，还想追人家？"

　　陈路周折腾了一天都没怎么吃东西，这会儿有点儿饿，打算下去看看有没有吃的，实在不行，去酒吧啃两盆花生米也行。他本来想问朱仰起去不去，听他这么挑衅，就懒得带他了，于是他换了双拖鞋，打算自己下楼，其间无动于衷地回了句："谁说我要追她？"

　　咦，好像是。朱仰起一愣："那你在那儿哄半天。"

　　"你生气我也哄。"陈路周趿拉着拖鞋，给自己倒了杯水，"这事怪你。"

　　"人有三急好不好，换你你能憋住？"

　　"你看那半天我敢喝水吗？"陈路周这会儿才喝了口水，靠着桌沿说，"她俩都是女孩子，这点儿自觉你都没有？"

　　"行，下次跟她俩出门，我不喝水行了吧？"朱仰起还真被他绕进去了，"你真不追啊？我感觉你俩气场还挺合的呢。"

　　"嗯。"陈路周放下水杯，拿上手机，准备下楼，"等我出国回来再说吧，她要还没结婚，可以试试。"

　　"那要离婚了呢？"

　　"你盼人点儿好行不行？"他补了句，"真离婚了，也追。"

　　"你想得也太远了，要我就先谈个恋爱爽一下。"朱仰起没心没肺地说完就去洗脸了。

　　酒吧门口的风铃叮叮当当响，声音在寂静的黑夜里格外清晰。陈路周一走进去，徐栀就注意到了。她抬头朝门口看过去，果然看见一个此刻并不想看见的身影。

　　这种想法其实跟刚才的事情没什么关系，是徐栀莫名有种做贼心虚的感觉，大概是因为他不喝酒，很扫兴。

　　酒吧进门处是个用作隔断的直角吧台，吧台上放着几盆蔫拉吧唧的盆栽。徐栀下意识地用盆栽遮挡自己，想以此来挡住他的视线。

　　陈路周一进门就看见她了。巴掌大点儿地儿，也不知道她躲什么。不过陈路周这人挺识趣的，既然别人不想跟他说话，他也不上去讨人嫌。

　　于是他找了个就近的位置坐。

酒吧小哥问他喝什么，陈路周不好说"我是来吃花生米的"，于是又要了一杯柠檬水。

不说陈路周这张脸就挺惹人注意的，光是这连续三次点柠檬水的举动都让酒吧小哥对他印象颇深，忍不住半开玩笑地同他搭腔："帅哥，你看上的是我们这儿的花生米吗？"

陈路周觉得这人牛啊，这都能看出来，怕不是警察在这儿干卧底吧，于是问了句："你们这儿还有别的吃的吗？"

"没有，我们这里只有酒水。你真饿了？"小哥诧异地看着他。

陈路周点点头，也不藏着掖着了，大大方方地把花生米端到自己面前："嗯，你们餐厅关门好早，又没人送外卖。"

"外卖确实没人送，"小哥一边切柠檬一边说，"我们老板之前跟几个外卖平台也合作过，但是他这个山庄实在是太偏了。上次有个外卖小哥半夜接了单，结果因为那阵天下大雨，他上来的时候中间有段路塌方了，还好人没事，之后老板就不让送了。不过，你真饿的话，温泉汤那边有个二十四小时小卖部。"

"这儿还有温泉汤？"

"有啊，旁边还有洗脚城、电影院，都是傅老板跟外面合作的。你是不是没看入住手册？上面有地图指示的。"

陈路周回头顺着他手指的方向看了眼，果然看见亮着的亚克力灯牌上有"傅玉娱乐城"几个字。傅老板这竟然还是一条龙服务，难怪朱仰起说"就他那臭脾气，山庄的客人还是络绎不绝"，这哪儿是民宿，不就是销金窟吗？

"谢了。要不，您帮我再调杯鸡尾。"陈路周的视线在小哥身后的酒柜上慢悠悠地扫了一圈，说。

"好嘞。"

有人陪喝酒，徐栀当然不会放过这个机会，当即拿着还没喝完的半瓶黑啤挪过去。

酒吧的装修偏英式，墙上挂的壁画、架子上摆着的书本都泛着浓浓的复古气息。酒吧光线昏暗，此时只有他们两人，其余的地方为了省电把灯都关了，只余吧台一圈还亮着暖黄色的灯带，散着幽幽而旖旎的光。

"怎么想到喝酒了？"徐栀说。

陈路周坐在高脚椅上，一只脚踩在地上，低着头，正在专心致志地给自己剥花生，似乎料定她会主动过来说话，头也没抬，说："深夜买个醉不行？"

徐栀看他姿态随意，又看看自己，两只脚只能踩在高脚椅底下的杠子上，心里感叹了句：腿好长。

"一杯鸡尾酒？"徐栀说，"那你好菜。"

陈路周没接这茬儿，而是漫不经心地低头剥着花生，问了一句："刚才是真气到了？"

徐栀摇摇头："确切地说是被恶心到了。"

"不是生气？"

"不是。"

"那你刚才看见我躲什么？"

他还以为自己真把她惹急了。虽然没打算追她，但也不想她真生他的气，所以刚才都没敢主动上前说话。毕竟拿不准她是不是真的不想搭理他，只能在心里盘算怎么能让她主动跟他说话。

徐栀很老实地说："你太自律了，看见你就好像看见教室里神出鬼没的班主任，你懂吧，感觉自己挺不正经。"

陈路周笑了下，拍掉手上的花生碎末，终于转头瞥了她一眼："你还不正经？"

灯光昏沉，女孩子的眼睛映着昏黄的光线，似乎有点儿朦胧的水汽，应该喝了不少，眼神比平日里柔和许多。

"行吧，咱俩都不正经，"徐栀说，"哪个正经人大半夜在这儿喝酒？"

陈路周心说：谁跟你一起不正经？酒吧小哥把鸡尾酒放到他面前。他低头扫了眼，没碰，继续专注地一颗颗给自己剥花生，问她："饿吗？"

"有点儿。"徐栀问，"要去小卖部吗？"

"想吃什么？我去买。"

"你酒不喝了？"

"我得先垫垫肚子，不然喝完得吐。"陈路周两只脚都放下来，随时准备走的样子，同时看着她喝了酒后的眼睛，说，"说吧，随便点，我请。"

"那就请康师傅喝开水吧。"徐栀大义凛然地表示。

陈路周反应了一会儿才反应过来,是泡面。人站起来往酒吧门外走的时候,他下意识地顺手就用食指在她的脑袋顶上弹了下:"就你皮。"

等两个人吃饱喝足,陈路周用一只脚抵着高脚椅,摁亮桌上的手机,看了眼时间,已经快两点了。

他一点儿也不困。徐栀看着好像也不困,还兴致勃勃地在菜单上查看有什么没尝过的酒。但他俩真不能这么耗下去了,要让傅老板看见,估计徐栀得挨骂。

然而很明显,徐栀现在有点儿喝上头了,大脑思维活跃得很,满脑子都是今晚一定要把这事喝明白了。可她其实也不明白自己到底要喝明白什么。

陈路周也不想扫她的兴,于是坐在高脚椅上,转头问酒吧小哥的同时,下巴冲徐栀无可奈何地轻轻一点:"她每天都这么晚?"

"没有,偶尔,今天都过了打烊的点了。"

小哥的言下之意就是,你俩耽误我下班了。

陈路周是聪明人,立刻心领神会,于是对徐栀说:"走了,想喝下次再陪你喝。"

"好吧。"徐栀意兴阑珊地放下菜单,眼神里的期待蔓延开来,"陈路周,你不是一杯倒吗?你刚喝了两杯鸡尾酒吧?"

陈路周让小哥给他们结账,一边给手机解锁,一边瞥她一眼。两个人的眼神中都有酒气,比往日更直白大胆。陈路周直勾勾地盯着她,眼睛里是明显的笑意:"我说什么你都信啊?一杯是我七岁时的量。"

酒量是会涨的,他只是不爱喝而已,因为喝多了确实爱拉着人说话。

徐栀显然是一怔,随后叹了口气:大意了。明明第一次见面她就知道他满嘴跑火车,怎么还对他说的每句话都深信不疑?

"你生日真的是光棍节吗?"徐栀开始回忆。

陈路周付完钱,拿上外套时犹豫了一下,本来想替她披上,想想还是算了,不太合适。不过他自己也没穿,对折后搭在手臂上,出去的时候站在风口那侧,替她挡着风,两个人往回走。

"看哪个,身份证上是3月,家里人一般也给我过3月的生日。"他说。

徐栀哦了声。

"干吗？"陈路周笑了下，"这么快信任都崩盘了啊？"

"没有啊。"两个人走到大堂门口，徐栀突然问了句，"刚喝酒多少钱？"

"要跟我 AA？"

"毕竟你也不容易。"

"得了吧，真要给钱，"陈路周说，"把陪聊的钱给结了。"

徐栀这人脑子里的账算得清："那咱俩再聊十分钟，这次我陪聊。"

"强买强卖啊你。"

徐栀充耳不闻："好，你已经下单了。"

看她一本正经的，陈路周笑得不行："我发现你真的很喜欢算账，上次吃饭也是，不惜说你有男朋友都要把我骗出来吃饭，就为了把人情还了是吧？以后跟你男朋友也这么算吗？"

徐栀："得算，但你又不是我男朋友，这两者有关系吗？"

陈路周顿时反应过来：自己真是喝多了，非跟她扯这个干吗啊？

"行吧，二百五，转我微信吧。"

徐栀怀疑陈路周在骂她，但是又没有证据。

陈路周第二天一早就从傅玉山庄下去了。他有个视频面试，面试资料都在家里，他妈让他回家一趟，于是他起了个大早。刷牙的时候看见手机上有条未读信息，看都不用看，他就知道是徐栀的转账信息。

等他收拾完，坐上大巴，才打开手机随意看了眼。

徐栀给他转了二百五十一块。

她还真以为他在骂她？陈路周把酒吧账单的截图发给她，确实是五百，不多不少。刚发出去，他就觉得自己也挺幼稚，跟她有什么好计较的，于是又把截图给撤回了，之后就把手机揣回兜里，没再看。

陈路周抵达市区之后没急着回别墅，而是回了趟出租楼，匆匆洗完澡，换了身衣服，才拿上手机准备回别墅。早前门口贴的那张禁止吐痰的白纸竟然还在，垃圾篓里干干净净，看来那大叔没再找事。陈路周出门的时候顺手把纸撕了，揉成一团扔进垃圾桶，连惠女士派的司机就到了。

豪华气派的奔驰保姆车就这么明目张胆地停在巷子口，引得门口卖乌龟那老大爷以为他中彩票了，叫了一辆豪华滴滴，于是大爷嚷嚷着："小伙子，由俭入奢易，由奢入俭难。"

至此，陈路周都没觉得气氛有什么不对。一踏入家门，看到那股子热闹的气氛，才终于明白过来，哦，原来不是视频面试，他说呢，明明记得面试是下周四。

徐栀睡到下午才醒。手机里有几个未接电话，是老徐的。她刚要给他回，老徐又锲而不舍地打进来了。

"喂，老爸。"

"终于睡醒了？莹莹说你昨晚看流星看到很晚啊？"徐光霁在电话那头说。

徐栀刚睡醒，睡眼惺忪地对着镜子抓了把头发，说："嗯，有点儿晚，怎么了？"

徐光霁："我看见你朋友圈的照片了。"

"哦，"徐栀把电话夹在耳边，拧开水龙头，拿起牙刷，说，"怎么了？"

"没什么，挺好看的。"不知道徐光霁在电话那边喝什么，小口小口地吸溜着，"陈路周是谁啊？"

徐栀发朋友圈分组可见就是为了屏蔽徐光霁。因为她爸太喜欢研究她的朋友圈。昨晚她大概是玩太晚，给忘了分组可见这事了。

"这边认识的一个朋友。"徐栀咬着牙刷说。

"男的？"

"嗯，挺会拍照的。"

"哦，没什么，爸爸就是随便问问，拍得确实挺好的。"徐光霁说，"对了，你要是没事就早点儿下来，过几天台风要来了，小心泥石流、塌方。"

徐栀嗯了声，便把电话挂了。

等她洗完脸出来，蔡莹莹正在唾沫星子四溅地跟朱仰起打电话："什么，陈路周今天不回来？陈星齐闹着不肯画画你找徐栀干吗？你搞不定他，徐栀能搞定啊？"

朱仰起不知道在那边说了什么。

蔡莹莹看了眼徐栀:"陈路周干吗不回来？相亲？朱仰起你有毛病，他才几岁啊，你要编能不能编个合适的理由？知道了，等她出来，我问问她愿不愿意帮陈路周带弟弟。"

徐栀几乎是毫不犹豫地点头:"愿意愿意，一天八百算我的。"

蔡莹莹举着电话:"……"

电话那头的朱仰起:"……"

说相亲是夸张了，其实就是陈路周他妈台里一个领导的孩子也准备出国，两个人选的学校恰好是在一个洲。毕竟陈路周是男孩子，加上两家又知根知底，那领导就托他帮忙照顾一下女孩子。这事陈路周没办法拒绝，于是平静地坐在餐桌边，不过自始至终都没撩过眼皮，连人长什么样都没瞄过一眼。手机微信响个不停，连惠瞪了他好几眼，也没见他有任何收敛。

这边朱仰起看着徐栀跟陈星齐斗智斗勇，在手机上随时给陈路周汇报战况。

Cr:你说徐栀带他去哪儿？

朱仰起:洗脚城。徐栀说他脚太臭。她实在进不去那个房间。陈星齐脸都气绿了。你说在你们家，谁敢这么嫌弃他？

Cr:小屁孩儿正长身体，臭点儿正常，去什么洗脚城？

朱仰起:你不还去相亲了？

Cr:你有病，我说了不是相亲，是人家托我照顾一下那个女孩子。

过了一会儿，朱仰起又收到一条消息。

Cr:听到我去相亲，她真的没说什么？

朱仰起:说了啊，她问你这摊生意还要不要，她等着接盘呢。你俩昨晚不是去喝酒了？没发生点儿什么？

接你个头的盘。

Cr:纯聊天，酒钱AA，纯得不能再纯，可以了吗？再问拉黑你。

餐桌上，两家家长还在寒暄，一唱一和地自顾自约定以后等台里放假就一起去利物浦看孩子们顺便旅游。旁边的小姑娘被说得面红耳赤，听起来真像相亲。不知道是不是她想多了，她妈话里话外听着好像有这么个意思。可她有男朋友的，只是没敢告诉爸妈。她男朋友也决定跟她一起去利物浦。这会儿她也只能悄悄打量旁边这个帅哥，没想到连阿姨的儿子这么帅。

陈路周几乎没动筷，也没再搭理朱仰起，随手点开徐栀的微信。最新一条还是他撤回的信息。她没回，也没问他撤回了什么。

他表情冷淡地盯着桌子底下的手机，手指噼里啪啦地在对话框里输入信息，他习惯用二十六键，所以两手打字飞快——

你就一点儿感觉都没有，对我？

打完，他面无表情地睨了半天，迟迟没按下发送键。

直到连惠女士叫他，陈路周才叹了口气，觉得心累，又把字都删掉，听话地应了声："嗯？"

连惠女士撂下筷子："你爸回来了。刘叔临时送杨主任回台里开会了，你开车去机场接下你爸，顺便送慧慧去地铁站，她约了朋友下午逛商场。"

弯弯绕绕一堆，连惠女士的目的在这儿呢，原来是他爹回来了。他就说他妈也不至于现在就急着给他相亲。陈路周不疾不徐地站起来："行，你跟我走。"

"那妈、连阿姨，我走了。"女生羞羞怯怯地跟着站起来。

"去吧，早点儿回来。"

陈路周把车从地下车库里缓缓开出来。上车后，慧慧也没主动跟他搭腔，一直给人发微信。快到地铁站的时候，对方火急火燎地打电话过来，是个男声，慧慧匆匆说自己马上到就挂了。

"男朋友？"

慧慧没想到他会主动跟她说话，愣了一下才回答："嗯，你别告诉我爸妈。我们打算一起去利物浦。所以，你不用担心，到了那边，不会麻烦你的。"

陈路周觉得还是解释一下比较好，在红绿灯前慢悠悠地踩下刹车，手肘慢条斯理地搁在车窗沿上，看了她一眼，说："餐桌上不是针对你，是我跟我妈的问题。"

"连阿姨挺好的，"慧慧说，"她其实挺为你骄傲的，在单位经常跟我妈她们说你很优秀。我妈说她就是嘴硬，心很软的。刚刚看你们之间火药味这么浓,我还以为你们的关系很紧张。其实能看出来,她很关心你的。"

"知道。"

"你们一中是不是帅哥美女很多?之前球赛我们去过,你们的体育馆超大。"

陈路周松开刹车,驶过红绿灯。他觉得再聊下去就有点儿不对劲了,于是淡淡地回了个"嗯",把话题收住。

慧慧想说"我们好像还没有彼此的微信":"要不要先加一下微……"

过了红绿灯,拐个弯就是地铁站。陈路周及时把车停在路口,下巴颏儿冲着马路边一个背着双肩包、拿着电话、脖子抻得老长,明显在等人的男孩儿随意地一仰,也不管人是不是,直截了当地打断她:"你男朋友吗?"

当然不是,慧慧的男朋友在商场的星巴克等她。但她多少听出陈路周并不想加她的微信,这明显是一个委婉拒绝的举动。她也没解释,默默地推开车门直接下车。

陈路周开去机场的路上,道路两旁规整的绿化带风驰电掣般从窗外飞过。他一路顺着机场的指示牌开,心里莫名松了一口气:朱仰起说的是错的。

他不是喜欢禁忌,也不是喜欢刺激,更不是喜欢别人的女朋友。他确实只是对徐栀有感觉。

还好,还好。

那天听朱仰起说完,他还以为自己真这么变态,在手机上用百度搜索了很久——

无法抗拒别人的女朋友是病吗?

最后,陈路周也没得出任何结论。倒是有个哥们儿在网上分享了他的暗恋经历。过程挺复杂,反正就是他和那女生谁也不说破,后来都肌肤相亲了,女生就是没给他名分。

陈路周心道,徐栀要是敢这么对他,他估计能跟她老死不相往来。但他万万没想到,后来他们往来得还挺勤快,当然,这是后话。

陈计伸的抵达晚点半个小时。陈路周就在车门上挺没形象地靠了半个小时,老远听见行李箱轮子滚动的声音,才懒洋洋地从车门上直起身,叫了声:"爸。"

陈路周从小嘴就很甜。

尤其刚被接回来的时候,毕竟那时候他也有六岁多了,陈计伸担心他刚到陌生环境,不愿意叫爸爸妈妈,就一直跟他说"叫叔叔阿姨就行"。没想到陈路周一张口就是"爸""妈",把陈计伸吓了一大跳,但心里着实喜悦,一整晚都乐不可支,跟连惠张口闭口"陈路周是我大儿子"。

陈计伸一直对他视如己出。陈星齐有的,陈路周绝对有,甚至很多陈星齐至今在用的东西都是陈路周淘汰的。陈计伸知道他喜欢看电影,那时候家里没现在富埒陶白,但陈计伸依然竭尽所能给他搜罗各种难找的电影。有年去西班牙旅游的时候,陈计伸知道陈路周为了给陈星齐买画板,连自己最喜欢的音响设备都没买,便舍了一套西装的钱给他把音响买回来。连惠说他"有病":"一套西装能穿十年,这么个破音响能听十年吗?"陈计伸笑呵呵地说:"不能,但是儿子高兴我就买。"

所以那次,陈路周知道自己要出国,对他说"您放心,您养我这么多年,我还是会给您养老送终"的时候,陈计伸以为他要跟自己断绝关系,才气得给了他一巴掌。

车上没人说话,秘书小王察觉到气氛不对,一路假装打电话。陈路周的骨头确实硬。陈计伸觉得是自己养出来的,但他一直觉得没什么。男孩子骨头硬点儿好,以后遇到挫折才不会被轻易打垮。但陈路周的骨头硬得都可以熬十全大补汤了。这么多天,陈计伸也不见他打一个电话过来。

"最近在忙什么?"陈计伸焦躁不安地看看手机,又看看窗外,最后还是把视线落在自己儿子脸上。

陈路周开着车,车子驶上高架。陈路周的表情比陈计伸淡定很多。他轻快地说:"陪陈星齐在山庄画画。"

"……"

"路周,"陈计伸顿了一下,还是没忍住率先打破这个僵局,"爸那天不是故意……"

"嗯,我知道,您不用道歉。"陈路周挺诚恳地说,车内安静,倒让原本宽敞的车厢显得逼仄起来,转向灯嘀嗒响着,"我那天说话确实过分,您跟妈的顾虑我也都懂。我没觉得有什么,你们这十几年对我这么好,我要是连这点儿事都不能答应你们,那就说不过去了。"

"等你回来,"陈计伸认真地说,"爸爸把江岸的别墅给你。"

车子慢悠悠地拐进地下车库,陈路周驾轻就熟地一边看着后视镜倒车,一边浮皮潦草地笑了下:"再说吧,说不定在利物浦找个女朋友,我就在那边定居了。"

别墅大门被人推开,连惠看他俩进来,气氛融洽,心也宽了两分,从沙发上站起来,接过陈计伸手里的公文包。别墅的空调开得低,她的身上披了一条毯子,一年四季这条毛毯她总是不离身。她轻声细语地对陈路周说:"我早上听你有点儿咳嗽,在山上是不是冻着了?刚刚让张姨在厨房熬了一锅雪梨汤,你去喝两口。"

"好。"

陈路周刚坐下,又懒洋洋地站起来。

他前脚进厨房,后脚连惠女士就跟进来了。看他倚着厨房的西式岛台,一手插兜,一手拿着碗,吊儿郎当地直接就着碗沿喝汤,原本到嘴边的"你慢点儿喝,小心烫",又变成了"你就不能有个正行?拿个勺子你的手会断是不是"。

陈路周叹口气,从碗抽里抽了个勺子出来,没皮没脸地说:"妈,以后川剧变脸没您我都不看。"

"少贫嘴。"连惠女士其实是想进来解释:我可没安排你和杨慧慧相亲。我骗你回来是想让你跟你爸好好聊聊。他已经好几晚没好好睡觉了。谁知道这么凑巧,杨主任带着他家女儿来串门。

陈路周慢条斯理地喝着汤,看着她说:"您火气这么大,要不我给您盛一碗?"

"你爸回来跟你说什么了?"

"没说什么,就说等我回国,把江岸的别墅给我,我说到时候再说吧,还不一定回来不回来呢。"

连惠正在整理披肩的手微微顿住。陈路周说这话时,眼里太过平静,平静得像一潭死水。她没来由地心一慌。她从来都知道,她这个儿子有一颗有容乃大的玲珑心,看着吊儿郎当,实际上所有的情绪都是自我消化了。

"我们没说不让你回来,你在这儿自我阉割什么?我们并没有把你逐出家门的意思。你爸的意思是让你在国外待几年,回来我们给你安排工作。你爸的公司里现在大把空位,你回来后随便你挑。你知道你现在随随便便能得到的一切都是别人努力一辈子可能都没有的……"

"然后呢?你们再给我安排一个差不多的女朋友,我的人生就被你们这样安排得差不多了是吗?妈,我不是不想回来,是我在你们身边看不到希望和自由,你懂吗?我知道你们从小到大都对我很好,但是我现在终于明白什么叫'所有命运馈赠的礼物,都早已在暗中标好了价格'[①]。你们等的不就是这一天吗?"

连惠觉得自己的大脑像老旧的复读机,运转颇慢。等她反应过来,陈路周已经走了,空荡荡的岛台上只留下一个他刚刚用过的碗。大约是那碗梨汤没喝,她只觉得嘴唇干燥得发紧,心脏也疼,耳边响的还是他临走时的话——

"所以,妈,就算你们决定不让我出国,我也要走,因为我不可能像一条狗一样,给你们看门。"

陈路周回山庄之前给朱仰起打了个电话,问他要带什么上去。朱仰起当时正在跟徐栀她们俩斗地主,满脸贴着白条,接到陈路周的电话时,精神异常抖擞,嘴里还叼着扑克牌,脑袋里正在慢悠悠地算牌,含混不清地说:"泡面带几包,还有你弟的水别忘了,其他的你随便买。"

陈路周在超市,是上次跟徐栀去过的那家超市,里面冷冷清清的,几乎没人。他拿着电话在酒品区闲逛,黑色的鸭舌帽盖在脑袋顶上。他仰着脑袋,目光随意地在货架上挑挑拣拣。

他记得以前在西班牙喝过一种果酒。

"她俩呢?"他拎起一瓶酒,扫了眼产地,随口问了句。

[①] 斯蒂芬·茨威格:《断头王后:玛丽·安托瓦内特传》,张玉书译,人民文学出版社,2017。原文为:"她还过于年轻,不会知道生活什么也不会白给人们从命运得到的一切,冥冥之中都记下了它的价钱。"

朱仰起好不容易叫把地主，打算搞把大的，把刚刚输的全赢回来，哪儿还有心思跟他打电话，二话不说，直接把手机丢给徐栀："来，你自己跟他说。"

徐栀看了眼手机屏幕上显示的名字——Lucy周，才茫然地把电话夹到耳边："陈路周？"

"嗯。"

陈路周拿了两瓶酒在结账，脸被鸭舌帽遮得严实，半开玩笑地接了句："哪个lu啊？"

徐栀瞬间想到那个备注名。他显然是在找事。

"脑子短路的路。"

"那算了，本来想给你带瓶酒尝尝。"他笑着说。

徐栀："峰回路转，条条大路通罗马的路！"

推门出去，他顿时感觉心情好了很多，嘴上却说："晚了。"

超市的电视机里播放着抗台风预报。庆宜是典型的江南地区，每年六、七、八月，人们都忙着抗台风抗洪。陈路周买完东西出来，沿路看着人们陆陆续续地撤广告牌，撤阳台上的盆栽……时值深夜，暮色肆无忌惮地蔓延开来，月光也像被这暮色晕染开，在凄凉的街道上散着最后的余光。大雨将歇，霓虹灯模糊了楼宇的轮廓，人行道上都是被雨水打落的枯枝败叶，满目萧条。

陈路周一手拎着一瓶酒，一手插在裤兜里，慢悠悠地走着，落叶被他踩得咔咔作响。

最热的夏天还没来临，这会儿夜里挺凉爽。走了一段路后，他的胳膊上起了一层薄薄的鸡皮疙瘩。

其实他这个人挺无趣的，看上去挺没正行，实际上从没做过出格的事情。因为怕养父母担心，也怕他们的期待落空，更怕他们在他身上看不到价值——连亲生父母都会随便将他抛弃，更何况是没有血缘关系的养父母，这种安全感是谁也没办法给他的。

所以他不敢做出格的事，什么事情都要在能力范围内做到最好，这就是他的价值。他学摄影是因为连惠女士喜欢拍照，总跟他吐槽台里的摄影师不行；看电影、玩无人机是因为陈计伸喜欢。家里除了他，没人陪陈计伸聊弗兰克其实更适合当编剧以及那些吊诡的航拍镜头是怎么完成的。

他不是浪漫，只是因为寄人篱下，所以格外会看人眼色。虽然养父母对他确实很好，但终究抵不过那层最特殊的血缘关系。他们盼他好，又怕他太好，怕他好过陈星齐，进而拿走属于陈星齐的一切，所以想送他出国，还选了个花钱就能上的垃圾大学，打算让他读个差不多的专业，将他身上所有的棱角和志气磨平，再把他接回去，认为这样他就会全盘接受他们从此以后所有的安排？

他早就应该知道，这个世界上没有免费的午餐，有的都是糖衣炮弹。

这个点没大巴，陈路周拎着瓶酒，在公交车站坐了会儿。旁边跪着个残疾人，短短的下肢赤裸裸地瘫在地上，面前贴着一张纸和一张二维码。纸上面写着父亲白血病急需救治。他叹了口气，掏出手机，扫码付了五十块钱。也行吧，好歹自己手脚健全，长得还行，脑子也不笨，懂人生几何，也还有时间欣赏春花秋月。

"谢谢。"听见微信的提示音，地上跪着的青年冲他道谢。

陈路周淡淡地嗯了声。他想，他不用说"不客气"，他们之间就是赠予关系，对方应该道谢。

叫的滴滴到了，他坐上车时，看到青年跪得笔直，视线自始至终都没从地上移开过。他拉上车门，心想：这个世界究竟是什么样的呢？是勇敢者与勇敢者的游戏场，还是真心与真心的交换地？

路上跟司机聊了会儿，陈路周便没再说话。但司机大概觉得他挺有意思，一路滔滔不绝地跟他讲自己身边的致富经："我也就是晚上出来跑会儿滴滴，白天在房地产公司上班。老婆怀孕了，我想多挣点儿。你可能还小，以后结了婚，尤其是有了孩子之后就知道了，哪儿哪儿都需要用钱。现在谁不是斜杠青年[①]？我还有同事做微商，部门有个小姑娘白天上班，晚上回家写公众号赚稿费，还有人在公司里拍短视频、做直播，反正现在真想挣钱，不愁没有路子。就我们隔壁那小区，有个孩子大学才刚毕业，

[①] 斜杠青年：指不再满足于单一职业的生活方式，而选择拥有多重职业和身份的人群。

已经买了两套房子，还都是全款。"

有财商也是一件挺厉害的事情。陈路周一边想着一边刷着朋友圈，看见徐栀把那张照片发到朋友圈，底下署了他的名字，于是他顺手点进她的朋友圈。

不知道是不是上次他说了的缘故，徐栀把朋友圈对他开放了——

徐栀：看了我表弟的语文试卷，问林黛玉的死因，表弟写了个"尸检报告显示，摔死的"。我问他怎么知道，他说天上掉下个林妹妹……我辅导不下去了。

徐栀：被老徐骂了。因为上次那个表弟后来又找我辅导作业，我拒绝了。我说："不行，给你辅导作业我头都快秃了，找你爸去。"表弟说："不行，我爸说每次给我辅导完作业，第二天上班都精神恍惚，工作都快丢了。"我说："工作好找，头秃不好治。"这傻子居然用这句话讽刺他爸……

徐栀：十八岁的第一天，想送老徐一件礼物，感谢他和我妈带我来这个世界。老徐说："不用，十八岁的第一天，我也送你一件礼物。"然后他反手掏出一张画，是一张我小时候随手画的素描。没想到老徐藏了这么久，我还挺感动。结果老徐说："首先恭喜你成年，欢迎来到我们成年人的世界。十八岁意味着你不再受《未成年人保护法》的保护，你已经具有完全民事行为能力。"我问他："然后呢？"他说："这张纸眼熟吗？是某位大师的真迹，你知道现在市面上他的字值多少钱吗？你小时候不懂事在上面乱涂乱画，我现在可以跟你追偿了，开始挣钱吧孩子……"

徐栀：一个问题，如果我把蚂蟥放进我的身体，我是不是会变成吸血鬼？

下面还有蔡莹莹的回复：可以尝试。

陈路周放下手机，看着车窗外，忍俊不禁。他万万没想到，徐栀的朋友圈是这种风格。

台风确实快来了。陈路周下车的时候明显感觉到风大了。不知道是不是山里树多的原因，风在丛林里簌簌作响，有种要将树木连根拔起的气势。不过陈路周一走进山庄大门，呼啸声便被隔绝在身后。

陈路周回到房间坐了会儿，打开电脑，准备把傅玉青的片子先剪出来，正巧朱仰起的电话过来。他应该输得挺惨，嘴上估计被人贴满了白条，一说话好像帆船起航，呼啦呼啦的："你不过来啊？"

陈路周心说：我去干吗？人家又没邀请我。

"嗯，"陈路周下意识地看了眼桌上的酒，"剪片子。"

朱仰起还想叫他过来大杀四方呢，好好治治对面这俩女魔头，于是把电话塞给徐栀："你跟他说，他的公主病又犯了。"

徐栀的脸上相对干净一点儿，就脑门儿上贴着两条，还是被蔡莹莹坑的。她拿过电话，认真地看着手里的牌，说："朱仰起说你公主病犯了，问要不要八抬大轿过去请你。"

陈路周点开桌面上的文件夹，导出之前剪了一半的茶山视频，哼了声，懒洋洋地靠在椅子上，点着鼠标，没脸没皮地说："行，你抬过来。"

徐栀的口气听上去还挺为难："那我想想，上哪儿去找轿子。"

陈路周笑了下："房间号。"

徐栀报了个房间号。

陈路周嗯了声："半个小时，我把片子剪完去趟傅老板那儿就过去。"

等他见完傅老板，蔡莹莹已经困了，说什么也不肯陪朱仰起打了。朱仰起是杀红眼了，死活让陈路周过来找回场子。徐栀是无所谓，反正也没事，一看时间也还早。见蔡莹莹跟朱仰起还在为要不要继续玩这个问题争执不休，她觉得无语，拿过手机，准备给陈路周发条微信，问问他剪完没。

徐栀：莹莹困了，你还来吗？

陈路周正在傅玉青的茶室。傅玉青今天正巧炒了新茶，还在研究包装，打算请陈路周尝尝。他觉得这小子多少懂点儿茶道，还知道桑茶。

"味道有点儿像米香，南方人喝得比较多。今年雨水多，这茶的味道不如往年，所以我都没往外卖，给亲戚送了几包。徐栀爸爸就特别爱喝这种茶，每年送他们单位领导的都是这种茶。"

陈路周一边低头给徐栀回微信，一边叹口气。傅玉青是不是傻，这种话能跟他说吗？送礼这事跟谁都能说吗？

Cr：在傅老板这儿。你还想玩吗？

徐栀：说实话吗？不想，朱仰起的手真的太臭了，赢得我都有点儿乏了。

Cr：得了便宜还卖乖？

徐栀：你买酒了吗？

Cr：嗯。

徐栀：那要不咱们楼下酒吧见？不带他俩。

Cr：行。

两个人去了才知道，酒吧不让自带酒水。尽管是傅玉青的山庄，他们也不能为所欲为。所以，陈路周找酒保拿了两个杯子，问徐栀要不要去看电影。娱乐城里有私人包厢，确切地说，是情侣包厢。但包厢看不了最新的院线电影，只能看他们有片源的片子，像那种私人影吧，但那些片子也是购买了版权的。

包厢的陈设尤其简单，除了一张双人沙发和一块大大的投屏，再无多余的装饰。说实话，徐栀觉得有点儿怪怪的。但看陈路周坦然地坐在那儿，拿着手机给人发微信，她又放下心来：应该只是单纯地看个电影。

陈路周则在回朱仰起的微信。

Cr：都说了，纯得不能再纯，看电影而已。

朱仰起：看什么电影？

Cr：不知道，等她选，这里好像只有爱情电影。

确实，这里除了文艺的爱情电影，就是一些激情四射的爱情电影，大概是情侣包厢的缘故。

朱仰起：禽兽，你还说不想追她，你就是在追她。

Cr：我追人的手段这么菜吗？就请人看免费电影？

朱仰起：也是，你上街追条狗都记得多买几个汉堡呢，怎么可能只请人家女孩子看免费电影呢，是吧？

Cr：对，上次追你，扔了仨汉堡，你就回头了。

朱仰起：滚。其实有时候吧，陈某人，你不懂，哥教你。你喜欢一个女孩子呢，可以多少让她知道一点儿，不是非要等着人家主动靠近你，也不是非要让她答应你什么，或者非要让你俩在一起。有时候单单一个人的喜欢就会让她很高兴。

陈路周没回，把手机锁屏丢在一旁，仰头靠在沙发上，后颈搁在靠背顶上，心说：这种事情得看氛围吧，哪有人一上来就表白的？不过今晚确实氛围好，又是酒，又是独立包厢，又是缠缠绵绵、浪漫旖旎的爱情电影。

他的心仿佛又被小猫挠了下，莫名有点儿发紧，连喉结都是。

所以他的喉结忍不住滚动了下。

徐栀不知道陈路周想看什么。但因为气氛实在太诡异，而且，刚刚跳过一部看起来比较香艳的电影的封面时，他都咽了下口水。不行不行，这人不行，于是她跳过了所有的爱情片，就只剩下几部搞笑片。那几部徐栀都看过，说搞笑也不是很搞笑，里面还有几场激情戏，也不行。

"你想看什么？"徐栀还是象征性地、礼貌地征求他的意见。

他俩一人占据着沙发的一端，中间仿佛隔着一条宽宽的河，好像楚河汉界。两个人都非常自觉地贴着自己那一侧末端的扶手，像循规蹈矩的士兵坚定地守着自己的阵营。陈路周一只手搁在沙发扶手上，又把手机拿过来，没看她，随口说道："随便。"

"那我随便开了啊。"

"嗯。"

于是，徐栀一本正经地看着屏幕，缓缓点开"幸存"的最后一部——《今日说法——十大逆天奇案》

陈路周："……"

放映室内格外安静，电影画面昏暗的弧光映在两个人的脸上，氛围多少是有点儿暧昧的，只是这个旁白有点儿煞风景——

"在警方夜以继日的追查下，梁某终于露出了蛛丝马迹。他承认自己曾在为民超市里购买过一把瑞士军刀，将妻子杀害后……"

《十大逆天奇案》第一案就是杀妻骗保案，徐栀看得还挺入神。那把刀是突破口，不然梁某很难伏法。她想，要是警方没有查到那把瑞士军刀，或者说梁某从别人家里偷了一把刀，而那个朋友又是个大迷糊，至今都不知道家里丢了一把刀，这样一来，找不到作案的关键证据，加上梁某完美的不在场证明，这保险钱他是不是就骗到手了？

"你说……"

陈路周盯着银幕，无表情地打断她："犯法。"

"不是……"

陈路周："死刑。"

徐栀锲而不舍地发表自己的观点:"不是,你说,会不会真的有这种巧合呢,保险是今天早上买的,人是明天晚上没的?"

陈路周靠在沙发上,瞥她一眼:"怎么没的?自杀还是意外?这么说吧,就算有男的愿意帮你发这笔横财,为了你去死,自杀保险公司也是不赔的。要真有哪个倒霉蛋今天早上买了保险,明天晚上就出了意外,你就是警方的第一嫌疑人,想要拿到这笔钱,你要配合多少调查你知道吗?真等你拿到这笔钱,你也心力交瘁了,我怕你有命拿没命花。"他抬起一条胳膊搭在沙发背上,身体朝徐栀那边侧过去。银幕的光影在他俩的脸上交叠,让他俩的表情有些模糊,也让他向来清晰的声音莫名有点儿迷离低沉,"有没有看过一部电影?"

徐栀洗耳恭听:"您说。"

陈路周见她这德行,情不自禁地笑了下:"忘了韩国还是日本的,讲的是一个家庭主妇的丈夫买了份巨额保险。大概一个月后,丈夫死了,是跟朋友出去玩抓鱼的时候不小心掉进水库淹死的。警方一查,发现正好一个月前丈夫给自己买了份巨额保险,觉得这事不简单,便对他的妻子展开了调查。他俩是高中就认识,大学相恋,大学毕业没几年就结婚,感情很好。妻子没什么作案动机,保险公司应当理赔。但丈夫买保险的时间实在过于巧合,保险公司迟迟不肯理赔,就因为邻居一句不那么确凿的证词——'一周前我听见他们夫妻俩吵架,她丈夫好像打了她'。"

徐栀:"……"

"再加上一些乱七八糟的证词和疑点,警察迟迟没结案。保险公司甚至找了私家侦探跟踪那个妻子,对她的生活和精神造成了非常大的困扰。她变得疑神疑鬼。最后等她拿到保险赔偿时,整个人已经被折磨得不成人形。在这期间,无数网友在网上分析她是否有杀害丈夫的可能性。一些自称是她高中、初中的同学,还有一些生活中的朋友纷纷出来爆料。说她不是没可能做这样的事,说她初中曾偷过同桌的东西,上学时就爱找老师打小报告,跟闺密抢男朋友等。企图将她那些光彩、不光彩的过去一一摊出来,接受大众的审查。"

徐栀的好奇心被吊了起来,不由自主地也往前凑了凑,手臂学着他的样子也搁在沙发背上。一双锋利而干净的眼睛直勾勾地看着他:"结局呢?她到底有没有杀她丈夫啊?拿到赔偿金了吗?"

在电影晃动斑驳的光影下，那双盈盈发亮的眼睛里好像有蝴蝶翩跹，也有跃跃欲试，正一闪一闪地看着他。

她是真好奇了。

陈路周心说：服了，我就随便说个故事，你对它的兴趣都比对我高啊。

大少爷气性上来，转过头去，冷淡地盯着发白的电影银幕："不告诉你，自己看去。"

徐栀掏出手机打开备忘录，要记名字："好，那你把名字告诉我。"

陈路周想了想，瞥了她一眼："夸夸我。"

徐栀一脸茫然地看着他，从上到下，慢吞吞地打量了一下，然后说了一个显而易见的事实："你长得真帅。"

"谢谢。"陈路周的嘴角憋着笑，"不过，电影名字就叫《夸夸我》。"

徐栀："……"

陈路周中途出去接了个电话，回来见徐栀专心致志地看电影，瓶子里的酒喝得差不多了。他重新坐下，问了句："好喝吗？"

这个位置比刚才的位置近了点儿，刚好在中间，跟徐栀就隔着两个拳头的距离。

第三案是母子误杀案。徐栀看得津津有味，随意地点了下头："好喝，你在哪儿买的？我看产地好像是西班牙？"

我能在哪里买？我连夜飞去西班牙给你买的？想什么呢，你有那么重要吗？

"就上次跟你去过的那个进口超市。"他说。

徐栀回头看他，似乎不经意地突然问了句："你今天心情不好？"

"怎么看出来的？"他深深地看着她，心莫名地跳了一下，好像有麻雀在他的心尖上轻轻啄了一小口米粒。

所以，她对他还是有感觉的，是不是？

"还真是啊？"徐栀两手撑在沙发边沿，恍然大悟地转过头说，"说不上来，就感觉你今天好像特别欠抽。"

陈路周："……"

我就不该对你有期待。

"问你个问题,"陈路周用手背抹了下鼻尖,说,"纯聊天,没别的意思。"

"嗯,什么问题?"

"有没有想过要找什么样的男朋友?"他说。

"没想过,"徐栀很直接地说,"看感觉吧。但我这个人比较肤浅,最好是聪明的,还能赚钱的。太笨的,长得再帅也不行,因为沟通起来太累,我没什么耐心。"

"怎么看出来笨不笨?人类的智商大差不差,除了极个别,大部分是无法看出高低的。谈恋爱之前拉到医院做个智商测试?"

话题来了,徐栀说:"所以我比较肤浅嘛,暂时只能看感觉。不过,高考就是一个很明显的分界点,考得好和考得不好的人,自然而然就分道扬镳了……"徐栀说到这儿,才后知后觉地想起来,陈路周好像高考就失利了,应该是考得很不好吧。不然他妈也不会让他出国啊。她怕戳到人家的伤心事,及时住了嘴。

"所以,你打算在大学里找?"陈路周一针见血地说,"说实话,庆大也就一般啊。"

他确实觉得庆大一般,大概是因为他们班没人上庆大。

毕竟一中的宗山实验班都是什么水准呢?三十五个人,三十四个不出意外都会上 A、B 大,除了他,出国。当然,别的学校也是很好的,只是对徐栀这种成绩来说,庆大确实一般。

徐栀觉得他有点儿酸,自己考不上就在这儿酸。但是她觉得自己能理解,毕竟高考失利的人情绪都敏感一些:"哦,那你觉得哪所大学好啊?"

"A、B 大都还行。"

想得倒是挺美,还 A、B 大还行。

徐栀在心里叹了口气:真是人菜梦远啊。

"嗯,你的想法挺好。"

下次你不要再想了。

天大概就是这么被陈路周聊死的。他忘了徐栀不是他的同学,也忘了自己从小到大的光环她压根儿不知道、不了解,或者说,她对一中不太熟悉,不知道宗山校区是什么神仙打架的地方。他甚至忘记了徐栀只是个普高的学生。她的学校里能考上 A、B 大的同学凤毛麟角。他习以为常地把徐柢当作他身边那些学霸同学了，所以说话也很直接。

那晚之后，他俩有两天没见面，也没联系，微信都没发过。徐柢没主动给陈路周发过，陈路周也没主动给徐柢发过。他这几天忙着给傅玉青补拍几个航拍镜头，还要给陈星齐讲文化课，一天到晚安排得满满当当。只是一闲下来，他就会不由自主地看一眼手机，看有没有消息。

徐柢没给他发任何消息，朋友圈倒是更新了一条。

徐柢：想买个相机，有人给推荐吗？

底下有一条回复，是朱仰起十分钟前发的：问陈路周啊。他是这方面的专家，而且他有朋友家里是做这个生意的。庆宜市最大的代理商，价格他能帮你谈下来。

她可能还没看到，所以没找他。然而，过了一天，手机还是悄无声息。徐柢还是没找他。

陈路周把那条朋友圈打开看了眼。她没删，朱仰起的回复也还在，而且底下多了两条回复，一条是蔡莹莹的回复，还有一条是徐柢回复蔡莹莹的。她没有回复朱仰起。

蔡莹莹：要不，我帮你问问表哥，他做过佳能代理。他那里的便宜相机不少。

徐柢回复蔡莹莹：好。

朱仰起看到徐柢的回复，从厕所出来，拿着手机走到陈路周面前，啧啧两声："我真搞不懂，明明有个更大更好用的在面前，她们跑去问什么表哥啊？你惹她生气了？"

陈路周倒是觉得有点儿新鲜："她会生气？"

"我看最近你俩都不怎么联系呢，晚上也不出去喝酒了？"朱仰起说。

陈路周靠在床头看书，一条腿搭在床上，一条腿随意地踩在地上，自嘲地笑了下，看也没看就翻过一页书，说："得了吧，人家自己有路子，非找我干吗？"

她被人骗了也是活该。

不知道是不是一语成谶，徐柢还真被人骗了，买了部翻新机。

蔡莹莹表哥说他现在不做代理生意了，给她推荐了一个微信号。徐柢就加了，然后把这个号从各方面查了下，觉得没什么问题。而且，相机也不是她要买,是表弟要买。老徐让她帮忙问问有没有靠谱的路子。出于对蔡莹莹表哥的信任,她也没多问,就把表弟的微信推了过去。谁知道,相机到手之后,表弟用网上的办法验机,发现是翻新机。

"尼康D810？"

机子在表弟那儿,他发了几张照片过来给陈路周。陈路周拿着手机,都没把照片翻完,就一眼认出机子的型号,但还是一边把照片翻完,一边漫不经心地说:"这还用验吗？一看就是翻新机啊。810现在没有新机,都是二手的啊。多少钱买的？"

他和徐栀正坐在酒吧里,还是上次的吧台位置。陈路周坐在高脚椅上,一只脚点着地。徐栀坐在旁边,要了杯鸡尾酒,叹口气:"不到七千？"

他点着头,笑了下:"这不就是二手？这新机套机要两万,不算被骗。"

徐栀不太了解,喝了口酒,说:"要不我给他发个语音,你给他解释一下？"

"行。"

电话一接通,表弟就迫不及待地率先开口:"怎么样,专家哥哥怎么说？"

徐栀的手机开着扩音。陈路周还拿着手机,饶有兴趣地在看照片的细节,听见这声"专家",下意识地看了眼徐栀:啧啧,在外面都怎么吹我的？

徐栀咳了声:"我让他跟你说。"

陈路周接过手机,先解释自己算不上专家:"估计你当时没听明白,你买的就是二手机,翻新机有封条的,你这个封条都没有。对方应该跟你说的就是二手机。到底是不是,这么看照片我也没办法确定。你先把东西都收着,等我跟你姐下山,你把实物拿出来给我看看。"

"哥哥,你是不是摄影师啊？你就是陈路周是吗？我在姐姐的朋友圈看到你拍的照片了。"

陈路周没想到自己在徐栀家已经快成名人了。但他不知道实际情况跟他脑子里想的那种可能有点儿偏差,听见表弟这么问,就看了眼徐栀,笑了下,对电话那边说:"嗯,我是陈路周。"

这对话听着虽然很平常,但是他答得习以为常,自如程度就好像身边经常有人久仰他的大名,对他崇拜不已。

"哇,你就是传说中的陈路周吗？"

"嗯,我是陈路周。"

就是这种牛哄哄的感觉。

但陈路周不知道,表弟会这么问的原因,单纯只是老徐在家里放过话,把他列为头号通缉人物——

"就是那小子是吧?就是陈路周那小子!徐栀这么久不肯下山,就是因为陈路周那小子!看我不弄死他!"

当然,徐栀也不知道。

不是陈路周自我感觉太良好,是他这十几年的经历确实光彩夺目,有些反应是习惯成自然。他万万没想到,在他最不风光的时候碰到了徐栀。

今天酒吧人挺多,三三两两坐着,桌上摆着五光十色的酒杯以及昏黄摇曳的烛火,迷离的光线散在各个角落,像嫣红、浅黄的花,东一簇红,西一团黄,诱使都市男女沉醉在暧昧的谈笑中。

大概是气氛使然,陈路周在挂电话后把手机丢给徐栀,喝了口面前的鸡尾酒,把脚提上来,肩松松垮垮地往下沉,眼睛没看她,低着头,装模作样地看着自己手的虎口位置,也不知道在检查什么。他本来想问"这几天怎么不找我",又觉得有点儿上赶着,于是话锋一转:"这几天在忙什么?"

徐栀叹了口气,这事说来话长,于是她言简意赅地表示:"看剧。"

"什么剧?"

"《夸夸我》,你推荐的。"

陈路周笑了下,这才侧头瞥她一眼,嘴角扬着,满眼笑意:"真去看了?"

因为太想知道结局,徐栀当天晚上回去就搜来看了。不过剧里讲的根本不是什么巨额保险赔偿案,而是一部一百多集的情景喜剧。她去网上搜了又搜,全网叫这名字的就这一部剧,是韩国的。她以为陈路周说的是里面某一集,就点开第一集的剧情慢慢往下看,谁知道一发不可收拾,连熬两个通宵,全部看完了。

"怎么样,解压吗?"陈路周笑着又问了一句。

陈路周还挺喜欢这部剧,每年都会翻出来看一遍,尤其是心情不好的时候。导演的冷幽默处理得很自然,但很小众。如果是别人问,他还真不一定会推荐。因为他始终认为,分享喜欢的剧和喜欢的音乐这种事,跟分享食物不一样,这是精神世界的一个试探。

徐栀颇有同感，点点头。她发现她的审美有点儿被陈路周带跑了。如果是以前，这种情景喜剧她是不会看的，觉得没剧情，很无聊。但是这个导演拍得很有深度，每集都有个小故事，人物看起来毫不相干，但是又环环相扣，细节全靠观众自己扒。

"还有类似的剧推荐吗？"

徐栀很好奇，这个人到底是多闲啊，究竟看过多少剧和电影，这么冷门的剧都能让他找到。

"有，以后再告诉你。"

陈路周心说：哪能一次性都告诉你？

徐栀："好吧。那部电影的结局到底是什么？"

陈路周叹了口气，看着她，这才娓娓道来："网上都是她'劣迹斑斑'的过去，什么鸡毛蒜皮的事都有。甚至有快递员出来爆料，说她的脾气其实并不算好，有时候对他们很不客气。这样的言论洪水一样涌出来，连她自己都怀疑自己是否就是他们口中说的那种人。因为从小被家人和丈夫保护得太好，她从没有直面过人性丑陋的一面，最后在失去丈夫的痛苦和自我挣扎中吞安眠药自杀了。导演给了个开放式结尾，她自杀的同时，警察那边也结案了。她丈夫确实是意外死亡。她被父母及时送到医院。电影的最后一幕就停留在她的心跳监测仪上，没说死没死。"

电影名字叫什么，陈路周是真的忘了。整部电影其实很压抑，也说不上多好看，是韩国一贯的风格，闲着无聊的时候，他随便打开的。要不是徐栀提起来，他也不会想到类似的剧情。

"抗压能力这么低啊？"徐栀感慨了一句。

"怎么说呢？"陈路周剥了颗花生，吊儿郎当地丢到嘴里，低声说，"套入导演的设定，能理解。她从小在父母的保护中长大，长大后，她丈夫就是她的初恋，也一直将她保护得很好，可以说一路走来都是顺风顺水，身边都是好人；现在一出事，丈夫死了，父母年事已高，无人再保护她，身边出现的又全是坏人，她崩溃了也正常。"

"那你说，人是受点儿挫折好，还是不受挫折好？"徐栀问了这么一句，"或者说，我们每个人心里好像都有一堵墙，我也说不清楚这堵墙是什么，有些人是父母，有些人是孩子，也有些人是金钱和权力。假设，你心里这堵墙塌了，你会怎么办？"

陈路周心说：何止心里有一堵墙，我面前就是一堵撞也撞不开的南墙。

"这个问题待我研究一下，再回答你。"

"好。"

徐栀还是很茫然。

陈路周下巴颏儿微微仰起，状似无意地问了句："刚才你弟说你明天就下山？"

"嗯，我爸催了。"徐栀问他，"你应该还要待几天吧？下来之后联系我？"

我联系你干吗？

陈路周转念一想：哦，还有表弟的事情。

"嗯，"他低头，继续没什么情绪地剥着花生，淡淡地点了下头，"看情况，我可能要去趟外地，走之前先帮你表弟把事情解决了。"

徐栀好奇地问："去哪儿啊？去旅游吗？"

你好奇什么？

"怎么，要跟我去吗？"陈路周抬头，半开玩笑地看了她一眼，眼底是少年特有的略带挑衅的风流神气，似乎在说：你敢说去，我就敢答应。

徐栀直视他的眼睛，毫不畏惧。人都说少年无知且无畏，但就那一刻，她觉得，陈路周就是那种有知也无畏的少年，于是她说："你带吗？带的话我就去。"

听见这话，陈路周看了她好一会儿，半晌没说话，最后才答非所问地丢出一句："前几天为什么躲着我？"

徐栀默默把鸡尾酒喝完，才看了他一眼，说："没躲啊。"

陈路周："那买相机为什么不直接找我？"

徐栀叹了口气，咳了声："那我直说了啊，你听了别生气。"

陈路周嗯了一声，轻仰了下下巴，眼神很冷淡，意思是，你先说，我听听看。

在酒吧混乱的音乐声里，徐栀缓缓开口。

"莹莹说，朱仰起可能喜欢我，让我离你俩远一点儿。她说当朋友还行，再进一步就不行了。她认为你们一中的男生都一样，主要是有翟宵这个前车之鉴。她现在看你们一中的男生都有点儿……你懂的。"

"朱仰起喜欢你？"陈路周一愣，"他对你做什么了？撩你了？"

"没有，没有，"徐栀忙解释说，"其实我觉得是她想多了。她说，朱仰起老点赞我的朋友圈，几乎每条朋友圈都评论。她还说你经常叫我去喝酒，多半是为了朱仰起。她不知道，咱俩喝酒时，朱仰起都不在。我主要是怕她乱想。而且，她最近失恋，所以我也不太敢找你。"

朱仰起只要是长得漂亮点儿的女生一发朋友圈，他都会兢兢业业地给人送上一个赞。

他的至理名言就是，女神发朋友圈都是发给他这种人看的。他不点赞多不礼貌啊。

陈路周闷闷地把剩下的鸡尾酒都灌进嘴里："蔡莹莹怎么不说我喜欢你？"

说到这个，徐栀很坦然，也很干脆："哦，这你放心，莹莹说她恋爱经验很足，仔细分析过了，没怀疑你。"

你俩在这儿抓通缉犯呢？

徐栀说："莹莹说，你跟我一样，眼里只有赚钱。主要是你连你弟的钱都坑，让她对你有点儿误解。"

其实蔡莹莹还说，像陈路周这种级别的帅哥，身边的女孩子绝对是举袖如云。他估计对美女都免疫了，也就朱仰起会看见个漂亮女孩子就上赶着往上凑。

"所以，你还是想跟着我赚钱是吗？"

"不然呢？难得咱们目标一致啊。"徐栀终于切入正题，"我有个好想法，你要不要听听看？"

陈路周坐在高脚椅上，还是比她高一小截。徐栀今天扎了个大光明马尾，鬓角留着碎发，衬得她额头饱满，毛孔细腻，整个人干净纯粹又利落。其实陈路周很震惊——就在这么昏暗的光线下，自己竟然还能注意到她的眼角有颗泪痣。小小的淡淡的浅褐色的一颗，在忽明忽暗的烛光下若隐若现，像朱砂痣，像心尖血，像一切触不可及的错觉。

大约是因为心跳过于快，他的眼神越发冷淡，若有似无地睨着她："说。"

"你听说过探店吗？"徐栀慢慢解释，"我上高一的时候，闲着无聊注册了一个'黄金屋'的社交账号。黄金屋你知道吧？就是现在最大的生活方式分享平台。我偶尔会在上面分享一些日常生活。前一阵莹莹染发，我录了个教程。录的时候出了点儿意外，她本来想染个蓝黑色，结果褪色成绿色了，那个小视频突然就火了，在平台的点击量还挺高，粉丝也突然多了很多，然后就有人来找我们打广告。我们毕竟是学生，不敢乱接广告，想着要不干脆去探店，网红店、平价店都行，就是我们需要一个摄影师……"

徐栀试探性地看了他一眼。

"说吧，准备花多少钱雇我？"

徐栀又把这个问题抛给他："你想要多少？"

看你的良心了，陈大少爷。

徐栀一回去，蔡莹莹一边剪着脚指甲，一边迫不及待地追问："怎么样，陈大帅哥答应了吗？"

徐栀换上拖鞋，说："没答应，也没拒绝，说看他有没有时间。所以我打算借他的时间。他过几天要去趟临市，你说咱们把第一次探店的地址放在临市的网红街怎么样？正好他们有家店的老板给我发私信了。"

"行啊。"蔡莹莹先是首肯，随即又颇有微词地表示，"不过咱不带朱仰起那个猥琐男。"

徐栀："……"

徐栀下山好几天了，陈路周都没有再联系她。那座山好像就是信号屏蔽仪。徐栀一度觉得，是不是自己出了那座山就跟他的世界隔绝了，不然他怎么一点儿消息都没有？微信没有，朋友圈也没有更新。虽然他的朋友圈更新本来就不勤快，偶尔才会分享一下拍的好照片，比如之前的山鸡。

朋友圈还停留在那张山鸡照片上，后面的流星他没发朋友圈，不知道是那晚没有拍到让他满意的照片还是什么其他原因，反正山鸡照片之后他的朋友圈就没有更新过了。

也不知道他最近在忙什么，怎么一点儿消息都没有？徐栀心不在焉地看着电视。电视机上播放的是《雪花女神龙》，老徐最爱的电视剧，每年暑假都要看一遍。徐栀每次都趁他不注意调台，不过今天不知道怎么回事，不知道是不是遥控器坏掉了，她怎么摁都没用。

目睹一切"作案"过程的徐光霁:"……"

"徐栀,你是不是有病?"徐光霁一掌摁在她的脑门儿上,"嘀嘀嗒嗒的声音听不见啊?这是空调遥控器,出风口都让你搞坏了!"

徐栀:"啊,是吗?"

徐光霁一脸知女莫若父的表情:"有心事啊?"

徐栀也说不上来:"算不上心事,就是有点儿事,在等一个人的电话。"

"陈路周?"

徐栀嗯了声,拿过桌上的电视机遥控器,想起自己的赚钱大计,觉得应该先说一下:"爸,我过几天可能要去趟临市。"

"跟那个陈路周?"徐光霁的声音又高了点儿,注意力已经彻底从电视里转移出来了,眼睛牢牢地盯着自己女儿看起来有点儿泛红的脸。

徐栀打算看看新闻——不知道是不是台风来了,山上塌方把他给埋了。她漫不经心地应了声,说:"算是吧,我们打算一起去探店,不过跟你也说不明白,等我干成了再跟你解释。"

徐光霁听成了"我们打算去酒店"。

"报警!报警!"徐光霁血液直冲大脑,二话不说去摸手机。

陈路周不知道自己差点儿被徐栀送进局子。不过他已经不在山庄,早就下山了。徐栀走后没两天,一看山庄的人越来越少,陈星齐就吵吵嚷嚷地闹着要走。傅玉青一看今年台风的影响挺大,也让他们早点儿下山,怕被困在山上——一旦塌方,这边估计有十天半个月会断水断电。

不联系徐栀,是因为他最近发生了一件挺尴尬的事。

刚下山那天,朱仰起叫了几个朋友一起打球。他难得手痒,就去了,结果正巧碰上谈胥也在一中球场。这事就挺神奇的,毕竟外校的学生是进不去一中球场的——体育馆暑期不开放,后场有个收费球场,进去是要刷校园卡的。而且,谈胥转学之后就没回过一中,对这里避之唯恐不及。陈路周是万万没想到会在这里碰见他。

"他怎么在这儿?"朱仰起比陈路周还困惑。

"不知道,听说他准备回一中复读了。"朋友拍着球解释说,"现在成绩虽然还没出来,也不知道他爸妈走了什么路子,但就算要复读,估计他爸妈也要把他塞回这边复读了。"

本来也不关他们的事,陈路周单纯出来打个球,回去还得准备出国的面试材料。但因为徐栀的关系,陈路周面对谈胥时一直都有点儿心虚。虽然他知道谈胥不是她男朋友。

这事其实他有次套过蔡莹莹的话,知道徐栀如果没有谈胥这两年的帮助,是考不到现在这个成绩的。谈胥为了帮助徐栀复习,甚至每周都在肯德基陪她写作业,一遍遍帮她订正错题。他俩也一起看过流星。徐栀为了带他放松,两周没吃早餐,用省下来的钱陪他去溜冰。

所以那天,谈胥那拨人里有几个复读生恰好跟他们认识,提议一起打球的时候,陈路周懒洋洋地靠在篮球架上,直接拒绝了:"你们打吧,我走了。"

反倒是朱仰起发狠一般把篮球往篮框上狠狠地一甩,估计是见他总躲着谈胥,就急赤白脸地冲他大声吼了一句:"陈路周,你敢走,我今天就跟你绝交!"

篮球重重地砸在篮板上,发出哪的一声巨响。整个篮球架像个破烂不堪的铁板,在寂静的篮球场上发出噼里啪啦的响声。

球场上本来也没什么人,在场的都是他们的同学,所有人都一愣,不知道这对"连体婴"今天在闹哪出。篮球在地上慢慢地弹起又落下,但没人管,也没人去捡。其他人都呆愣愣地看着这对"连体婴"在球场上剑拔弩张地对峙着。

其实也就朱仰起一个人在发脾气。陈路周压根儿没搭理他,双手插兜靠在篮球架下,自始至终都冷淡地看着他,心里觉得这人贼"中二"。

后来他俩说了什么,其他同学就听不见了。只看见朱仰起走过去,哥儿俩自己说小话。

"暧昧对象算个屁,你怕什么啊?你以前从来不这样。你这样,我看着特别难受。"

陈路周挺诚恳地搂着朱仰起的脖子把人给搂过来,在他的耳边说:"我说小朱哥,你饶了我行吗?我不是怕他,跟他打球我折过腿,我有心理阴影行吗?"

"放屁,你就是不想跟他正面碰上。"

行吧,这也是一方面的原因。陈路周大大方方地承认了,但最后还是拗不过朱仰起以及旁边一众人的怂恿，叹着气，无可奈何地上场了。

所以，这会儿他在男科医院。

负责诊治的是一位姓徐的男科医生。陈路周看了眼他的工牌，名字叫徐光霁。

这名字还挺好听的。

徐光霁倒是没看他的病历本，见进来一个高高大大的帅小伙，听他主述症状之后，才让他把病历本拿过来。

"打球伤到的？胳膊肘捅的？"

陈路周说不上尴尬，反正对方也不知道他是谁，他这人的脸皮本来就挺厚。但毕竟是第一次上男科医院，他有点儿好奇，还四下打量了一下："嗯，抢篮板的时候被人捅了一下。"

"除了无法晨勃还有别的症状吗？"徐光霁例行公事地问话，问完翻开病历本看了眼名字。

陈路周。

徐光霁瞬间抬头对上他的眼睛："你就是陈路周？"

陈路周刚想说"好像看片也没感觉了"，一听见徐光霁这种熟悉的打招呼方式，心想，这里都有人认识我，一下子偶像包袱又给背上了，咳了声："晨勃也还行，就没以前那么……"

硬。

徐光霁心领神会地挑了下眉，表示了解，长长地哦了声："家里是做什么的？"

陈路周愣了一下，这跟他这事有什么关系？不过他还是老老实实地回答了："做生意。"

徐光霁又哦了一声，不知道在电脑上输入什么信息："有兄弟姐妹吗？"

陈路周："有个弟弟。"

徐光霁："测过精子活跃度吗？"

陈路周："没有。"

徐光霁看了他一眼："现在能行吗？"

陈路周咳了下："我……试试。"

徐光霁给他开了一张单子，让他先去交钱。陈路周拿着卡和病历本一走出去，朱仰起就迫不及待地从椅子上弹起来："医生怎么说啊？你别是真废了。"

陈路周把病历本拍在他的胸前，一言不发地拿着就诊卡去交钱。

朱仰起紧追不舍，心急如焚地问："医生到底怎么说啊？"

"不知道，"陈路周走到收费窗口，把卡递过去，掏出手机准备付钱，"让我测精子活跃度。"

朱仰起不敢置信："不会吧不会吧，医生就什么都没说？"

"问我家里是做什么的，还有没有兄弟姐妹。"陈路周有点儿蒙。别说男科，他平日里感冒发烧都少，从小到大几乎没上过医院，所以挺困惑的，"你说他问这个干吗？"

朱仰起的小脑袋瓜多聪明啊，灵光一闪，恍然大悟："让你送红包啊！我听我爸说，有些医生私德不好就会这样，会跟病人暗示要红包！"

"真的啊？"陈路周喷了声，摇摇头说，"看着还挺正直的一个医生呢。"

"要不我现在出去给你买俩红包？别的不重要，还是治病重要，毕竟这事关乎你后半生的幸福。"朱仰起现在对陈路周是鞠躬尽瘁，死而后已的态度。毕竟昨天要不是他在那儿作，陈路周也不用遭这个罪。

陈路周心说，至于吗？他感觉也没那么严重啊，就是早上醒来好像跟以前有那么点儿不一样，于是找了部片看，也没什么感觉。估计多半是被昨天打球谈胥胳膊肘捅的那下伤到了。他倒没觉得有什么，想着养几天自己就恢复了吧。结果朱仰起说这事可大可小，说不定以后就这样了，他才挂了个号过来看。

"不……用了吧。"

陈路周虽然脸皮厚，但为这事给医生送红包是真的尴尬。

然而出不来更尴尬，最后他还是两手空空地回到诊疗室。

徐光霁瞥他一眼，心知肚明："不行啊？"

陈路周主要是昨天伤的那地方还有点儿疼，一动就疼，所以压根儿生不出欲望，于是咳了声，说："一定要测这个？"

"要不你脱了裤子我看看。"徐光霁作势把放在旁边的眼镜戴上。

陈路周觉得今天来这儿就是个很傻的决定，真是脑子有病才听朱仰起的："那什么……我要不回家再养养，下周再过来看。"

"也可以。"徐光霁当然不勉强,"我这边给你几个建议,这种情况如果是外伤导致,那么一般两天就能恢复;如果持续一周还是这样,很有可能是阳痿的前兆。"

陈路周:"……"

徐光霁语重心长地说:"情况就是这么个情况,你得重视。交女朋友了吗?"

陈路周:"没。"

徐光霁一脸"你要是自己都不重视我也爱莫能助"的表情:"那建议你不要急着找女朋友,先把病治好。先观察一阵子吧,记得定期过来复查。"

陈路周:"……"

男科门诊是整个医院最空荡的部门。陈路周一走,走廊上连个鬼影都没了。蔡院长闻讯而来,风风火火,一推开门就跟没头苍蝇似的四处找人:"那小子呢?"

徐光霁不苟言笑地坐在电脑前整理今天的病历单,哐哐两声,将所有的资料放在桌上重重地敲了敲,对对齐:"走了!"

蔡院长压低声:"真是那个陈路周啊?"

"我让老傅偷偷拍过照片,错不了,就是他。"徐光霁正在翻订书机,随手从抽屉里掏出一个陈路周的朋友临走时偷偷摸摸塞给他的红包,拍在桌上给蔡院长看,义正词严,"看看!现在的小孩儿,还没出社会就知道塞红包,而且塞完就跑,我追都追不上。你想想,他爹妈能是什么正经人?这样的人教出来的小孩儿能多正经?"

蔡院长:"充公充公!"

"充个屁,这点儿钱想收买我,他想得美!"

上了出租车才知道朱仰起居然背着他偷偷回去塞了红包。陈路周直接在车上踹了朱仰起一脚:"你有病啊,送什么红包?"

朱仰起成竹在胸:"你相信我,下次去他绝对对你笑脸相迎。"

陈路周在心里默念了一下徐光霁的名字:下次绝对不挂他的号了,想什么呢?没下次了!

"晚上打球你还去吗?"朱仰起斗胆包天地问了句,"姜成那帮人刚才又叫我们了。"

"你说呢？"陈路周靠在出租车的后座上，冷淡地睨他。

"算了，估计你最近对打球都没兴趣了。"朱仰起心说：不会对女孩子也没感觉了吧？他小心翼翼地凑过去问了句："那对徐栀呢？对徐栀应该还有兴趣吧？"

陈路周被他这么一问，下意识地低头看了眼下面，突然醒悟过来，烦恼地推了他一下："滚啊你。"

朱仰起好声好气地建议说："你要不约她出来看个电影，放松一下嘛。"

"不约。"他看着车窗外一掠而过的街景，想也没想，果断拒绝。

朱仰起心思敏锐，洞若观火地看着他英俊依旧但此时显得刻薄冷淡的侧脸，有些幸灾乐祸地说："你不会是吃醋了吧？"

"得了吧，我有什么资格吃这醋？"陈路周仍是漫不经心地看着车窗外各种不入流的小广告，叹口气说，"从她下山那天开始，我就一直在想，我为什么会对她有感觉。"

朱仰起说："一见钟情？现在一见钟情真的不奇怪啊，就好像高一开学那天，在我们班见到谷妍的第一眼，我就喜欢她。但是我知道我肯定追不上她。"

陈路周还在看车窗外。这条路他不常来，算是庆宜这两年市改的漏网之鱼，道路两旁矮楼的墙壁上泛着斑驳陆离的霉斑，街道狭窄逼仄，垃圾成堆，汽车到处违停，见缝插针地塞。这里的居民不愿整改，因为都是群租户，人流混杂。

他回头瞥了朱仰起一眼，难得有些自嘲地勾了下嘴角："可能有这个因素吧，但我仔细想了想，更多的是征服欲。"

"是因为她对你不感兴趣，又是这种有个性的大美女，还是你不信她只是对你妈有兴趣？"

陈路周把脸扭回去："都有点儿，我觉得她有点儿像高级钓，或者说是真的没开窍。不管是哪种，我都不想陪她玩下去了。前者太被动，后者很没劲啊。而且，我是不可能留下来的，她又那么依赖她爸，高考分估计还不低，又不可能跟我出国。"

朱仰起："行吧，只能说情深缘浅，偏偏在这个节骨眼儿上。对了，过几天冯觐就回来了,你不是马上要出国吗?我想正式介绍你们认识一下。冯老狗也玩摄影,你俩有的聊了,到时候我把姜成他们也叫上,一起聚聚。"

姜成也算是陈路周的发小,虽然不如朱仰起和他那么亲密,但他们经常一起打球,自然也熟。而且,姜成初中也是在外省读的,还跟陈路周在同一个学校。陈路周转回来之后他也跟着转了回来。

要说熟,其实姜成跟陈路周更熟。

"嗯。"

朱仰起因为昨天打球的事情,心里多少有些不舒服:"姜成最近跟谈胥走得有点儿近。我不是说姜成的坏话啊,我跟他是一点儿都不熟,要不是你的关系,我平日里跟他都不联系。就是,咱是不是要提醒他一下注意谈胥这个人?"

"姜成打算复读。谈胥如果真打算转回来,我估计他跟谈胥会进一个复读班,走近点儿也正常。"陈路周没太在意,"对了,你帮我个忙。"

徐栀接到朱仰起电话的时候,正在帮陈路周看镜头。就前阵子被她撞坏的镜头,她想买个新的还给他,但陈路周一直都没联系她。徐栀只能根据他的相机型号自己在网上看攻略。

"陈路周今天去临市了,走之前托我带你表弟去看相机。他有个朋友是专门做这个的。"朱仰起在电话那头说。

徐栀哦了声,问他:"陈路周为什么不自己联系我?"

"他最近有点儿忙,在临市接了个活儿,估计要拍个三四天。"朱仰起解释,"要没什么事我挂了啊,明天让你表弟联系我,我带他去找路周的朋友。"

"好,谢谢。"

徐栀说完就挂了电话,继续在手机上搜索能跟他的相机型号匹配的镜头。蔡莹莹看她这两天夜以继日地给某位帅哥挑镜头,便狐疑地问:"你咋还在找?都找了两天了,怎么还没看见合适的啊?"

她俩在蔡莹莹家。蔡莹莹大概觉得脑袋上的绿毛不太吉利,这会儿又开始倒腾染发膏,想把脑袋上的发色染回去。徐栀则抱腿坐在地毯上,前所未有地认真划拉着手机页面,翻遍了网上的科普:"没有,我看攻略上推荐的陈路周好像都有。本来想买个 50mm 的对焦镜头还给他，但是他说他更喜欢拍人，科普说 85mm 的更适合人像。结果我发现他用的那种都好贵，一个镜头就要好几万，最便宜的也要八九千。"

"难怪去临市也没通知我们，换我我也不愿带。就他那套设备，给咱们当摄影师也太浪费了吧。"蔡莹莹满心满眼都是替徐栀心疼钱，大力地捣鼓着手里的染发膏，"要不别买镜头了，你单独请他吃顿饭或者看个电影？不然，我觉得你就是把自己卖了，也买不起他用的东西啊。"

徐栀心里挺烦的。

她也不知道自己最近怎么了，总是想起陈路周，总是忍不住看微信，而且会下意识地点进陈路周的朋友圈。她觉得自己是想赚钱想疯了。

她本来以为自己跟陈路周也算是朋友了，后来随便翻了下他的朋友圈，突然发现他最不缺的其实就是朋友。她就那么随便点开一条朋友圈，都能看见一两个眼熟的微信 ID 点赞，好像是她们在睿军中学时隔壁班的女生。

"这不就是那个谁？"蔡莹莹对此人如雷贯耳，"五班'小百灵'啊，唱歌贼好听，参加过市十佳歌手比赛吧。咋了？她跟陈路周有一腿啊？"

徐栀摇摇头："不是。你说，陈路周有没有拿我们当过朋友，还是拿我们当朋友圈里的'十佳好友'——专门给他点赞，像小百灵这种？"

"有什么关系吗？"蔡莹莹一副看得很透的模样，戴上染发的帽子之后，给自己开了一瓶可乐，说，"他这种级别的帅哥在我们这儿就是昙花一现，以后无论怎么样，双方都不会再有交集了。我们应该多看看其他帅哥，比如这位。"

蔡莹莹摩拳擦掌点开手机，给她看这人的照片："咱们之前那个视频不是火了吗？有人在网上问我们要不要约拍，我就抛出橄榄枝了。他说愿意跟我们一起去探店，给我们当摄影师。他的本名叫冯觐，也是庆宜人。我决定诚心邀请他加入我们莺莺燕燕探店小分队！怎么样？"

徐栀看了眼照片，心说：长得没陈路周帅。

"行吧，挣钱要紧。"徐栀叹了口气。

第六章

他的心是钢铁，太阳一晒就滚烫

　　出发去临市之前，徐栀坐在电脑前想了很久。老徐端着一杯牛奶进来，见她竟然愁眉苦脸，便挫着腿在她床边坐下："有心事？"
　　莫不是因为陈路周那小子？
　　徐栀从老傅那里回来之后，整个人都变了。
　　等他下次来复诊，看我不弄死那小子。
　　"跟爸爸说说。"老徐把牛奶放下，一副促膝长谈的架势。
　　这会儿是夜里，床头灯煌煌，月亮像玉盘一样，干干净净的月光铺洒在窗外。徐栀抬头看了他一眼，有些茫然地叹了口气："老爸，你说，人活着是为了什么？"
　　徐光霁发现徐栀这几年总爱研究一些哲学问题，比如：我们为什么活着，如果活着是为了挣钱，那挣了足够的钱，人是不是就该去死了呢？
　　针对这个问题，他们父女几年前进行过无数轮唾沫四溅的精彩辩论，但都没有结果。这丫头今晚不知道受了什么刺激，又把这个老生常谈的话题拿出来了。
　　徐光霁顺着她的话往下接："人活着，不光是为了挣钱，也是为了花钱。比如你蔡叔，他一年四季都喜欢出国旅游，每到一个地方都买点儿当地的特产。上次他不是从尼泊尔给你带回来一个木雕吗？这玩意儿有用吗？没用啊，但不花钱他心里难受。"

徐栀若有所思，随手拿起桌上的香蕉剥了吃，一边吃一边振振有词："那既然要花掉，干吗还要挣钱？省去中间这个麻烦的过程人不就快乐很多吗？"

徐光霁："那你说，人吃饭是为了什么？你吃香蕉是为什么？为了拉屎？那省去中间这个麻烦的过程直接拉屎你快乐吗？"

徐栀一口香蕉含在嘴里，不上不下，眼神幽怨地看着他："爸……"

徐光霁"阴谋得逞"，贼兮兮地笑笑，从兜里掏出一块随身携带的镜布，把眼镜摘下来慢条斯理地擦着，语重心长地同她娓娓道来："人活着其实就是一个享受自己欲望达成的过程，但是人的欲望是逐级递增的。就好像你五岁的时候，欲望就是吃糖。那时候你特别好哄，不高兴了只要给你一颗糖，你就能龇牙咧嘴地笑一整天。后来等你再长大一点儿，我们就发现你越来越难哄，不再满足于吃的。你要去游乐园，要穿漂亮衣服，每天都要扎高高的马尾。我要是扎不好，你一天都不高兴。你还要当班长，要发号施令。"

徐栀歪着脑袋认真地回想，好像没印象了，严重怀疑她爸在添油加醋："我小时候是这样吗？"

"有视频为证，我可没冤枉你，你小学的班长竞选视频我都还给你保留着呢。"那段话徐光霁现在还会背，拿腔拿调地学着她小时候的口气说，"大家好，我叫徐栀。拿破仑曾经说过，'不想当将军的士兵不是好士兵'。我虽然没有林子轩那么有钱，但我长得漂亮。林子轩的钱不可能给你们花，但是我的漂亮毫无保留，你们有目共睹，希望大家选我……"

"行了，您别说了。"徐栀小时候也挺自恋的。但没想到这种黑历史老徐还留着，"录像带在哪儿？快交出来。"

徐光霁没搭理她，继续低着头擦拭手上的眼镜，笑得鱼尾纹都深刻了许多："咱们人都是这么被追着长大的。就像爸爸，有时候也会觉得生活很难熬，可是不知不觉就发现已经来到了五十大关。等你去上大学，咱们能见面的日子也没多少咯。爸爸知道，你是高考考完一下子有点儿空虚，不知道该做什么了，对吧？人是这样，当很长一段时间都在为一个目标努力，终于完成了这个目标，却又不知道该怎么去制定下一个目标的时候，就会陷入你这种状态，每天想'我活着到底是为什么呀'。"

徐栀瞥他一眼:"老爸,如果我选择去北京……"

徐光霁擦拭镜片的手先是微微一顿,下一秒,他就恢复了正常,笑眯眯地把眼镜戴上:"去呗,北京很好啊,你去哪儿爸爸都没意见。不用担心钱,我会给你足够的生活费。也不用担心我,我现在跟别人沟通没问题,再说,还有蔡叔呢。"

他把手搭上徐栀的肩膀,难得叫她的小名:"囡囡,人是越长大越难哄的,或者说越长大越难满足。最开始一颗糖就能让你高兴一整天,到后来可能给你一座糖果山你也无法快乐。爸爸哄不了你,以后自然有人能哄你,不过,爸爸还是希望这个人能晚点儿出现。"见徐栀陷入沉思中没接话,他随口问了句,"不过,北京的学校建筑系分数是不是很高?还是你不打算学建筑了?嗯,不学挺好的,爸爸觉得你可以考虑考虑金融专业……"

徐栀:"不是,陈路周说庆大的建筑系一般,我打算看看北京、上海的学校的建筑系。"

徐光霁:"……"

周三,徐栀坐上去临市的车,在车上见到了那个新加入的摄影师——冯觐。

冯觐长得没有照片上那么好看。本人更圆润一点儿,但绝对算不上胖,身高勉强一米八,好在五官端正,下颌线是圆弧状,很有亲和力,放在人堆里看绝对不丑,甚至可以说属于帅哥长相。

但他给蔡莹莹的那张照片简直把自己修成了陈路周那种顶级帅哥,蔡莹莹难免有点儿落差,闷闷不乐。但同在一辆车上,她也不好表现得太明显,只好给徐栀发微信。

小菜一碟:居然是个"照骗"!呜呜呜,我还真以为最近咱们走桃花运了,大帅哥随随便便就能碰到呢。

栀子花不想开:这不是挺帅的吗?

小菜一碟:可能前阵子看陈路周看久了,现在看谁都不是滋味。要不,你再去问问陈路周,我们摄影师的位置可以随时为他腾出来。

栀子花不想开:那冯觐怎么办?

小菜一碟:哇,徐栀,你也希望陈路周来是不是?

栀子花不想开：还行吧，跟他比较熟。

他们包的是商务车，车上除了司机就他们三个人。冯觌看她俩在那儿热火朝天地发微信，这边噢一声，那边叮咚就响起，傻子都能看出来是在微信上聊他，估计没什么好话，不然怎么不当着他的面讲？

冯觌跟蔡莹莹之前在网上聊过，还算熟，所以直接叫了蔡莹莹的名字："蔡莹莹，你不介绍一下这位美女妹妹？"

徐栀长得又白又精致，属于在人群中旁人一眼就能注意到并且想要问名字的那种。唯一不出挑的可能就是脸型，因为偏鹅蛋脸，加上眉眼清秀，苹果肌饱满立体，让她笑起来漂亮但是偏可爱，更像邻家妹妹，不过有些保护欲过剩的男人会格外照顾她。

"嗯，我叫徐栀，"徐栀自己说。她并不喜欢别人叫她妹妹，"双人徐，栀子花的栀，我负责写稿子。"

"你好，我叫冯觌，二马冯，觌见的觌。"

徐栀嗯了声，说了声"你好"，就没再搭理他，低下头玩手机。

好有美女的自觉，冯觌心说。

一番苍白的自我介绍过后，气氛再次陷入尴尬，于是蔡莹莹跟冯觌开始有一搭没一搭地瞎聊，从摄影到网红，天南地北地侃。冯觌还挺能聊的，不管蔡莹莹想不想听，也不给她插话的空间，口若悬河地说他自己的旅游经历。他话是真多，也确实去过不少地方，还跟蔡莹莹说自己登过珠穆朗玛峰，惹得蔡莹莹连连尖叫："真的假的，你上过珠穆朗玛峰？"

冯觌觉得她可能电影看多了产生误解了，还是解释了一下："不是，就是坐着大巴车到珠穆朗玛峰的大本营，吸着氧气瓶住了一晚而已。"冯觌的相机里都是他拍的照片。他一张张翻出来，给蔡莹莹介绍，"这是我在阿里拍的。我们还去了可可西里，不过那边无人机不好飞，有些地方飞无人机还要提前申请，之前我们都没想到。对，这是玉龙雪山。丽江你们去过吗？如果你们要去，我建议你们旺季不要去，根本买不到索道票……"

车子驶上高速，冯觌一个人还在侃侃而谈，连司机都时不时回头瞧他，踩油门都起劲多了。

相比冯觌，陈路周真是一个话少的摄影师。徐栀听朱仰起说，陈路周去过的地方也很多，每年寒暑假都会跑上那么一两个国家。

徐栀一边想，一边打开微信，点开陈路周的头像。他的朋友圈背景应该就是他自己拍的建筑物，不过徐栀不知道是哪儿。看建筑风格应该是法国，因为是独一无二的哥特式古堡建筑。他的朋友圈没更新。他俩也很久没联系了，对话框的最后一条消息已经是上个星期的了。

下山之后，徐栀其实给他发过一次消息，问他相机的型号是哈苏哪一款。徐栀对相机不太了解，只能认出个牌子，除了佳能、索尼那种最大众的牌子的型号，哈苏这个牌子还是后来帮表弟看相机的时候稍微关注了一下，才知道陈路周用的单反都是哈苏的。但她没说是帮他挑镜头，所以陈路周以为她就是随便问问，只回了个型号过来，连多余的标点符号都没有。

那天拍流星雨的时候，陈路周拿他的相机给她看照片，徐栀看他相机照片的存储量已经近万张，128G的存储卡包里有一堆。他还给每张卡都写上编号，徐栀觉得他应该很热爱拍照吧。不过也没见他像冯觐这样，一见面就拉着人说他去过哪儿哪儿，照片是在哪儿哪儿拍的，估计是怕她们不喜欢。朱仰起说，陈路周这个人好像一直都挺会考虑别人感受的。

每次她跟他在一起，他俩聊的好像都是她喜欢的话题，都是她的事。她好像一点儿都不了解他。

"你怎么那么想知道我学什么？"

"人有时候不是喜欢什么就能去做什么。"

"那就去学，管别人说什么呢。"

"具体选择在你。就好像今天，你在等星空；我呢，其实在等秋风；也会有人守着沙漠执着地等花开，各有各的选择，各有各的风光。"

"我们的前程，谁说了都不算，我们自己说了算。"

…………

冯觐越在她们耳边喋喋不休，恨不得将他拍过的照片全都竹筒倒豆子一般翻出来给她们看，夸夸其谈地说他拿过多少大奖，目前已是庆宜市的摄影协会理事……徐栀就越觉得陈路周这人好怪啊，搞得那么神秘干什么。

抵达临市是中午，徐栀他们这次探的是网红街，主要发掘酒店、小吃店之类的店铺。合作店家会给相应的费用，前提是他们给出建设性的意见，再在社交媒体上发几个广告帖。这次食宿的费用由几个合作店家出，通俗点儿说，店家就是找他们来打广告的。

他们赶得巧，临市这几天正好在举办庙会，特别热闹。网红街人山人海，叫卖声不绝于耳，但整个环境一言难尽。临市比庆宜还小，市中心是一条街通到底，一条古运河贯穿南北。运河两旁是破旧不堪但是带有新农村建设风格的古旧矮楼，黑瓦白墙，很像改建之前的庆宜。

徐栀在网红街悠闲地逛了一天。吃完三碗不同口味的螺蛳粉之后，说实话，她觉得这钱还真没那么好赚。

东西很难吃，但你不能写。

环境脏乱，你也不能写。

刚才师傅抓了一把面下锅之前还用手抠了一下鼻子，你更不能写。

但要是昧着良心把这网红街夸得天花乱坠，她良心不安。徐栀百思不得其解，茫然地叹了口气：要为五斗米折腰吗？

徐栀坐在网红街的遮阳篷下，身后是热闹的人流，抱着小孩儿的，牵着老人的，情侣嬉闹的，旁边马路上汽车一辆接一辆，一盏盏路灯次第亮起，好像心里的路被人打开。她坚定地掏出手机，点开微信。

徐栀给陈路周发了一条转账信息：二百五十元。

然后她把手机放在桌上等他回信息，视线里是闹哄哄的人群，心里却莫名很安定。她觉得陈路周一定有解。

大约三分钟之后，那边的人回消息过来。

陈路周：什么意思？

徐栀：陪聊费。

徐栀：现在。

徐栀：我们是朋友吧，还是你要全价？

之后陈路周就没回了，钱也没收。徐栀把手机放在桌上，盯了好一会儿，但是手机丝毫没有动静。

街上人流如潮，每个摊位门口顾客都络绎不绝。香飘四溢，和几股浓烈的气味混杂在一起，臭豆腐、螺蛳粉……整条街像是淹荠燎菜，油腻腻的，谈话间都是油星沫子，让人想拿一台巨大的抽油烟机狠狠地抽上一泵。

徐栀是没胃口的。

冯觐和蔡莹莹点了两碗酸辣粉,吃了两口也不再动筷子。冯觐不死心,又兴冲冲地去打包了一碗酥油茶回来,喝了一口,直接吐了:"要不是喝过西藏的酥油茶,我还以为酥油茶就这么难喝呢。难怪上次我去西藏的时候,导游跟我吐槽,说很多游客在外地喝过假的酥油茶,以为西藏酥油茶就这么难喝,来了之后怎么也不肯喝。最后他们尝了才知道,很多美食街的酥油茶都是骗人的,真正的酥油茶会回甘。这什么玩意儿,我还以为我在喝我爸的大红袍呢。"

"是吗?"蔡莹莹喝不出来,就觉得比普通的茶咸一点儿,入口很涩,而且越喝越渴。她就着冯觐的碗又喝了一小口,"哎,西藏好玩吗?"

冯觐觉得蔡莹莹的性格有点儿大大咧咧。见她都不在意,他也没什么别扭的。他什么场面没见过,以前出去旅游的时候还跟女驴友挤过一个帐篷。当然那是形势所迫,他只是单纯借了人家帐篷一晚,要不他可能就冻死在山上了。

"当然。你喜欢旅游吗?"冯觐反问。

蔡莹莹一笑:"喜欢啊,谁会不喜欢旅游啊?不过我爸不让我去太远的地方。所以长这么大,我跟徐栀连省都很少出,也就我爸出差的时候我偶尔跟着,去过几个国家。"

蔡院长是工作忙,早几年世界各地跑,这几年工作上的事情脱不了手,也不放心蔡莹莹自己出去玩,寒暑假就把蔡莹莹打发去上补习班或者丢在傅玉青的山庄避暑。

徐栀也是从小到大几乎没离开过 S 省。不过蔡莹莹是被动,她是主动——出去玩太烧钱。

冯觐说到这个就来劲,放下碗,脑子里灵光一闪,喉咙里藏不住话:"我有一个朋友……我绝对不是'无中生友'啊,他其实是我好兄弟的朋友,也玩摄影,下次介绍给你们认识。他比较牛,高一拍的照片就被杂志社收用了,有一组还上了《国家地理》。上次他去西藏玩了一趟,市里电视台直接拿他拍的可可西里原片播放了。"

蔡莹莹听着觉得好厉害,不过脑子里只有一个想法:"帅吗?"

冯觐想说:你要问这个,那就问对人了。你要是说他不帅那就没几个帅的了。人家从小到大都是校草,喜欢他的女孩子就跟葡萄架子上的葡萄一样,都是成串的。

"帅啊，那必须帅啊。"冯觐还是卖了个关子。

蔡莹莹将信将疑，又低下头喝了口酥油茶。她这人自来熟，这会儿对冯觐已经毫无保留了："哎，算了，你们男生眼里的帅和我们女生眼里的帅，应该不是一个帅。"

冯觐误解了："我知道了，你们喜欢那种偶像。"

"偶像我们也喜欢啊，但是我是我最近被一个帅哥纠正了审美。也不算纠正，就是提高了审美标准吧。"蔡莹莹望着茫茫长街，这会儿天已经彻底黑了，街上行人渐多，蚊蝇也多，在耳边嗡嗡作响。蔡莹莹用手挥开，长吁短叹道，"我现在看谁都有点儿歪瓜裂枣的意思，可怕可怕，这么下去很容易找不着男朋友了。"

话音刚落，徐栀放在桌上的手机响了，是"歪瓜裂枣"的引发者。

陈路周：在临市？

徐栀：嗯。

陈路周：在美食街？

看到这条，徐栀下意识地回头环顾四周。这里虽然人山人海，但徐栀随便一扫就知道，他人应该不在——他很好找的，人群里最白最高的那个就是。

徐栀：你怎么知道？

陈路周：蔡莹莹的朋友圈。

徐栀：哦。

陈路周：我过去找你？

陈路周：见面聊。

这句话徐栀没想到，本来以为陈路周顶多在微信上回两条。

徐栀：这边人很多，环境也不好，有点儿吵。

陈路周：那你定地方。

徐栀立马去大众点评网上搜了下附近有没有咖啡厅。还真有一家，但是她在评价里面看见一句吐槽：什么都好，就是光线太暗了，我都看不清他的脸。不能看脸，光听陈路周说话，她会想打他吧。不能不防，他有时候就是太欠揍了。

徐栀觉得陈路周应该没吃晚饭，于是在大众点评网上挑挑拣拣半天，最后选了家餐厅，临市挺有名的小炒店，主要是灯光打得贼亮。在临市吃饭不用排队,哪怕是网红店也不用。徐栀抵达的时候,也是刚刚才满桌,她只用等一桌就能轮到,比庆宜方便太多。

这里是市中心,整座临市最为繁华的地界。地势开阔,幢幢高楼拔地而起。林立的高楼之下,车道上汽车一辆紧挨着一辆,车灯在黑夜里闪烁着,好像一条怎么也望不到尽头的长龙,绵延到未知的远方。运河贯穿南北,潺潺水声淌在长桥之下,旁边就是防洪坝。

这座城市的结构对她来说很陌生,连最熟悉的便利店都找不到几家。她被夹在熙熙攘攘的人流里,周围人的嘴里说的都是她最陌生的本地方言。

徐栀从小到大没有自己一个人出过远门。每次要么是老徐跟着,要么是老蔡跟着,她和蔡莹莹也很少分开。如此单枪匹马在一个陌生的城市,陌生的环境,赴一个算是半个陌生人的约,还是个男人,于她而言也是第一次。

到底还是十八九岁的小姑娘,纵使胆大包天,这两年可以忽略紧张这种东西了,徐栀心里还是像揣了一只活蹦乱跳的小兔,血液倒灌的那种紧张感慢慢从心底蔓延开来。

所以,当陈路周高大清瘦的身影出现在马路对面的时候,徐栀在这个连一个公交车站都没找到的陌生地方,竟然感受到了前所未有的归属感。

小炒店在马路边上,旁边就是整个临市人流量最大的十字街口。陈路周还是一身黑,脑袋上还是那顶黑色的鸭舌帽。他身材好,穿什么都出众,被人打量是常事,此时淡然自若地站在十字路口等红绿灯。

两个人坐下后保持了相当一段时间的沉默,尴尬的气氛也就持续了很久。徐栀低头,装模作样地看菜单。陈路周跟服务员说了好几句,问厕所在哪儿,又问有没有借充电宝的机器。他的手机好像永远都是出门就没电。大概是两个人太久没见,又算不上特别熟悉,开始徐栀就又给他转了二百五的陪聊费,估计他也觉得尴尬,反正就是不主动开口跟徐栀说话。

等他上完厕所回来,还是徐栀率先打破这种诡异的局面:"喝酒吗?"

陈路周也没再演下去,人懒洋洋地靠在椅子上,一只手放松地搁在隔壁的椅背上,伸手跟她要她手上的酒水单:"还以为你能憋多久呢,我不说话,你就不会说话?"

徐栀把酒水单递给他:"那你干吗不说话?"

他拿过酒水单子慢悠悠地扫视,话里全是阴阳怪气:"不是陪聊吗?金主都不说话,我说什么?"

"二百五你都没收呢。"

"骂我呢?"陈路周乜她一眼。

徐栀见小诡计得逞,笑了笑:"你当初不是这么骂我的吗?"

陈路周跟着撇了下嘴角,心不在焉地看着菜单,点了点头:"好,你这人真的记仇,什么话都得找补回来?你不信那晚真就花了二百五?"

当初加微信也是,他随便一句,她总能在适当的时候找补回来。

"那不管了,反正今晚是二百五。"徐栀不想就这个二百五的话题延伸下去,"你在这边待几天啊?"

"喝点儿生啤?"他问。

徐栀点头。

陈路周把菜单递给她,让她自己再点点儿其他的,喝了口刚刚服务员倒的水,这才回答她先前的问题:"两三天吧。你呢?准备玩几天?"

"我不是来玩的。"徐栀看着他。

陈路周想起来了:"哦,探店?"

"我觉得这钱我可能赚不了。"

陈路周猜到她为什么找他了,多半是为了这事。他还是刚才那个姿态,手随意地搁在隔壁的椅子上,都不用她叙述事情的经过:"没什么赚得了赚不了的,就看你想不想赚了,没那么难,不想赚就回家,想赚就回家写稿子。"

"你呢?我听朱仰起说,你在这儿接了个活儿。"

陈路周嗯了声。服务员上了个前菜,他把菜推到徐栀面前,示意她先吃,下巴微微一仰:"有兴趣?"

徐栀实在无聊透顶,从筒子里抽了两双筷子,一双递给他,想了想,说:"我能跟你去看看吗?"

不能。陈路周心里是这么想的,你来看,我容易分心。

他表情冷淡地垂着眼皮,手上接过筷子,假眉三道地夹了块海蜇皮送进嘴里,酸酸的感觉一直到胃里,才说:"你有时间?"

有啊,我有的是时间。

徐栀十分诚挚地点点头。

店在一楼，他们的位置正好靠窗，能看见外面的车水马龙，防洪坝开了灯，大桥上也灯火辉煌。徐栀不知道这条街是临市最浪漫的羡鱼路，旁边就是樱花林。因为这片樱花林带动了整座城市的经济发展，政府这几年重点打造这条街，干脆把街上的垃圾桶都做成了爱心形状。这条街上过热搜的，很多外地游客慕名而来。所以，此刻大马路上牵着手轧马路的情侣比比皆是。

陈路周是知道的。所以随便看出去，就算看见一对情侣拿着自拍杆对着那个爱心形状的垃圾桶，一边接吻一边拍照，他也没觉得有什么。

大概是照片没拍好，女生不满意，拉着男朋友又亲了一回，如此亲过四五回之后，女生终于心满意足地拉着男朋友离开。

陈路周心里只剩下一个想法：他俩也是挺不怕让人看的。

"陈路周？"

"嗯？"

陈路周一边下意识地应着，一边慢悠悠地转回头。

徐栀很直接，也不知道为什么，金主的语气听起来好像很不耐烦："别人接吻很好看吗？我跟你说话呢，你没听见啊？"

陈路周："……"

听听这口气像什么，像不像"我花了钱找你陪聊呢，你在这儿给我开小差"？

两个人吃完饭，陈路周没吃两口。其实来之前他吃过晚饭了，吃了工作餐，等会儿还得回去继续工作。他这几天几乎每天都拍到凌晨两三点，这会儿只是趁这么个吃饭的工夫出来跟她见一面，刚刚微信上已经被人催了好几遍，他也没看。

"明天真要来？"陈路周问了句。

徐栀跟服务员要了两个快餐盒子，准备把剩下的鸡腿、肘子带回去给蔡莹莹。她俩怪可怜的，今天一天都没吃到什么好吃的。

"你要是不方便就算了，我就是想看看你接了个什么活儿。"

陈路周看着她笑了下，把剩下的酒一口气喝完："行吧，明天早上我来接你，记得穿裤子。"

徐栀震惊："这还用你提醒，你什么时候看我没穿过裤子？"

陈路周站起来准备去结账,闻言无语地用食指弹了一下她的脑门儿:"我的意思是,别穿裙子。"

徐栀突然想起来一件事,放下正在打包的筷子:"啊,陈路周!"

"说。"他又走回来。

徐栀仰着脸看他,见他眼神里写着"你又怎么了",表情却无可奈何。

"莹莹不吃葱,我刚全撒进去了。你帮我问问服务员有没有香菜,用来盖盖味。她不能单吃葱,但是可以和香菜一起吃。"

"嗯。"

最后走的时候,陈路周还是让老板又做了一份猪肘子给徐栀带回去:"你要饿了自己热着吃,蔡莹莹那份我让服务员重新打包了。"

徐栀好像是没吃饱,毕竟一天没吃什么东西,亡羊补牢地问了句:"我刚刚吃得很多吗?"

陈路周低头看她,脸上是笑着的,指了指旁边一条狼吞虎咽的小黄狗:"跟它差不多吧。"

徐栀:"……"

两个人站在门口等外卖。陈路周看她刚才吃东西的样子就知道她今天一天都没怎么吃东西。美食街的东西应该不太好吃,昨天他队里的几个摄影师也去了,回来之后吐槽了一晚上,凌晨两三点还点了大把烤串。

但徐栀依然有点儿发愁:"要不我让老板再炒点儿河粉?"

陈路周靠在店的玻璃门上,这会儿正低着头给队里的人回微信,听见这话,抬头,吊儿郎当地扫了她一眼:"挖煤去了?几天不见,饭量见长啊!"

徐栀:"不是,我们三个人来的,还有一个摄影师,是个男生。他估计也没怎么吃。"

陈路周冷飕飕地哦了声,微信都没发完,就把手机揣回兜里。

徐栀浑然不觉,掏出手机,打算把饭钱转给他。她觉得人和人之间,只有 AA 制的关系才最长久。虽然不知道为什么,但她还是挺想跟陈路周保持这种长久的饭友关系。

陈路周兜里的微信叮咚一响,徐栀说:"钱转你了。"

陈路周:"……"

陈路周回队里之后，抓了个人过来。这小伙长得也挺帅，就是偏黑瘦，年纪不大，但恋爱经验丰富，叫严乐同。

"女孩儿跟你 AA 能是什么意思啊？"严乐同叼着根烟，振振有词且斩钉截铁地给他分析，"说明不想跟你有下次联系了呗。要对你有意思的话呢，要么你买单，要么她买单，这样下次又有见面的理由了。"

是吗？

陈路周在调试等会儿要航拍的飞行器。他这两天在帮一个摩托车队航拍，是傅玉青介绍的，说自己一个朋友的摩托车队正在找航拍摄影师，他二话没说就答应了。同队的还有几个摄影师，陈路周只负责航拍。队里都是年轻人，没想到来的几个摄影师也都这么年轻，没一个晚上，大家就打成一片。

严乐同说完，自己都觉得有点儿不可思议，看着陈路周站在那儿认真调试机器的样子，觉得匪夷所思："还有女孩儿对你没兴趣？"

鬼知道。陈路周把无人机定格在 U 形赛道的入口。

严乐同无法想象，毕竟陈路周来队里的第一天，几个女摄影师一改往日死气沉沉的状态，连着对他们都格外殷勤。怎么看出来的呢？那几个女摄影师是他们队里常驻的摄影师，队里有什么比赛都是让她们拍。平日里，他们私底下玩得也不错，已经达成了一种平静且和谐的默契状态，谁也不愿意去打破这种平衡，毕竟以后还要合作的，所以她们来队里拍摄从来不化妆。结果听说队里来了个大帅哥，第二天上工时，所有女摄影师都妆容精致，宜晴宜雨，宜室宜家。

陈路周蹲下去，一手撑着地，索性坐在草坪上，另一只手上拿着遥控器，抬头看着天上的飞行器，笑了下："她不是一般的女孩儿，无论你怎么逗她，她都不会生气，反正挺有意思的。"

严乐同身经百战，笑笑，给他科普："这你就不懂了。跟你谈恋爱之前吧，这女孩子的心啊，有宇宙那么大，无论你怎么逗她，她都能包容地跟你说'没事啦，我可以的'。等跟你谈恋爱之后吧，她的心就会变得跟针眼那么小，"他还比了个手势，一副信誓旦旦的表情，"反正你做什么都不对，做什么她都能生气。"

陈路周坐在草地上，一条腿伸着，一条腿屈着，胳膊肘搭在腿上，试飞过一遍后，就把飞行器降下来，也没看他，专注地看着遥控里的画面，说:"你知道这是为什么吗？"

"为什么？"

等飞行器降落，陈路周才放下遥控器，说："因为你就是她的宇宙啊。你把她的宇宙填满了，她的心眼自然就小了，要怪怪你自己吧。"

严乐同感觉醍醐灌顶，狗腿子一般追在陈路周的屁股后头："牛啊，哥，你好会啊。"

陈路周："还行吧。去帮我把机器捡起来。"

"OK，以后多教教我啊，哥。"

"得了吧，我自己都搞不清楚。"

话音刚落，手机在兜里振了一下，陈路周直觉是徐栀，于是拿出来看了眼，果然。

徐栀：陈路周，我刚刚被莹莹严刑逼供。她知道我明天要去找你，说她也想跟着，明天可以带她吗？

Cr：随你。

徐栀：还有……我们的摄影师……他也听见了。

你这么快就跟他"我们"了是吗？

Cr：随便你啊。要说几遍？

陈路周发完就把手机扔到包里，不想再看，也不想再回了，决定就算她再发消息来他也不回了。

然而，徐栀没再发消息来。她再发消息过来已经是半个小时后。那时候陈路周已经在拍摄。摩托车训练的场地是跟人租借的，一天费用很高。他们车队本来也没什么经费，只是马上就到俱乐部成立十周年纪念日，为了拍一个纪念视频，队长把家底都掏空了。所以大家都挺珍惜在这里的每时每刻。车手们几乎是没日没夜地训练，想把最好的状态展现在镜头里。

陈路周来的第一天就知道这里条件比较艰苦，除了几个女摄影师住小旅馆，男生们都是睡在楼上的大通铺，工作餐也都挺素的。这都好说，主要是这个拍摄环境。训练基地虽然在临市的郊区，四周没什么高楼大厦，全是湫隘破败的矮楼，人迹罕至，荒草丛生。但附近有个军事区域，无人机不能随意升空，必须事先申请，经过批准才能拍摄。而且，白天大部分时间都不让拍，只有晚上九点之后才允许无人机飞行。

所以，一旦进入紧锣密鼓的拍摄状态，整个团队都是按部就班地展开工作，没有人会停下来等谁。车手更不会——车手状态的爆发就在一瞬间。一旦错过没抓到，估计再练两个月都出不来同样的成绩。昨天就因为有个摄影师开小差没抓到他的最好成绩，车手气得直接跟摄影师吵了一架，到今天两个人都没跟对方说一句话。

…………

陈路周看到徐栀后来回复的那条信息时，已经快十二点了。那时他刚收工，在棚子里处理完手里的最后几个空镜，困得不行，掏出手机最后看了眼信息。

徐栀：那，如果不太方便，要不明天就算了。你先忙，等你忙完，我们回庆宜再见也是一样的。

啪的一声，手机被摔在棚内的桌上。摄影棚就在赛车道的边上，方便剪片和修片。棚子是临时搭的，有时候视频拍完当场剪，不满意还能补拍。棚内设施简陋，就支了几张桌子，放了块插线板，插着几台电脑的插头。不过几天工夫，充电线已经杂乱无章到难分彼此。所以陈路周往桌上摔手机的时候，旁边袒胸露乳的剪辑师大哥下意识地有点儿紧张地看了眼插线板，生怕给扯断了。

这边没有空调，只有几台立式风扇。女摄影师不在的时候，几个身材挺有料的剪辑师都直接脱了衣服干活。只有陈路周不脱，每天都穿得挺严实。队里的小男生开他玩笑，问他是不是身材太差不好意思脱。陈路周要么开玩笑嘲笑回去——"身材太好了怕你们看了眼馋"，要么干脆不搭理。他可以说没什么脾气。从入队到现在，条件确实艰苦，有些一天拍几个小时的摄影师抱怨连连，一会儿说要回去，一会儿又要加钱什么的。陈路周一天拍十几小时，也没见他说过什么。

所以这会儿见他发脾气，连平日里不怎么跟他们聊天的剪辑师都忍不住开口表示关心："你怎么了？家里有事？"

月亮尽职尽责地挂在天边，照着山川，照着大地，照着草坪，照着少年滚烫的心。

"没事，你忙吧。"他摇摇头，没有倾诉欲。这种事也不好说，根本拿不上台面，他还什么都不是。

剪辑大哥没有追问，丢了包烟过去："你抽烟吗？会抽可以抽我的。"

陈路周弯了弯嘴角，谢过对方的好意，但没去拿烟——他真不会抽，也没再说话，一副反躬自省的样子靠在椅子上，长腿搭在地上，椅子往后仰，翘着椅子脚，有一下没一下地晃着。他仰着脑袋，盯着棚顶光秃秃、接得很潦草的白炽灯。那灯不算亮，就十几瓦，但看一会儿也晕。再拿过桌上的手机时，他的情绪已经调整好了——刚才是凶了点儿。

Cr：睡没？

徐栀：没。你忙完了？

Cr：嗯。在干吗？

徐栀：看剧，你之前发在朋友圈的，还挺有意思。

Cr：翻我的朋友圈了？

徐栀：嗯。

陈路周想问"什么意思？为什么翻我朋友圈？你到底什么意思？"。徐栀立马又发过来一条消息，似乎怕他误会，在解释。

徐栀：实在写不出稿子，想在你的朋友圈找点儿灵感，按你说话的水平，我觉得这活儿你能接。

Cr：谢谢。徐栀，不过不是每件事都需要解释。有时候风刮那么大，花草树木跟谁说理去？都是自然现象，理解。

徐栀：对哦。

Cr：你上次问我的问题，我刚刚想了想。

徐栀：什么问题？

Cr：你问我心里的墙倒了怎么办。

徐栀：哦，有答案了吗？

Cr：要听吗？

徐栀：嗯，你说。

Cr：微信上不说，明天过来，当面说。

徐栀：好。

第二天，陈路周本来要过去接徐栀，被她拒绝了。陈路周一想她是三个人过来，应该不会有什么事，便没再坚持，发了个定位过去，让她到基地之后给他打个电话。

徐栀这才发现自己还没有陈路周的电话，两个人都是微信联系。不用她提醒，陈路周很自觉地发了一串号码过来。

陈路周：1838991××××，有事电话，微信听不见。

徐栀存号码的时候小声念了一遍。冯觐坐在副驾驶座上，这会儿并不知道会在徐栀带他们去的地方见着谁。但是这个号码他听着很熟悉，就是想不起来是谁，肯定在哪儿见过，因为最后四个是连号。那时候这种号码很少，他去移动公司申请的时候，人家放出来的号码都是一些比较难记的。

车子抵达训练基地大门口的时候，陈路周已经在了。他双手插在兜里，站在训练基地门外的花坛边上。

冯觐此刻还没认出花坛上的大帅哥是谁，反倒是陈路周一眼认出了他。他俩虽然没正式见过面，但是好歹视频过几次。在朱仰起的手机上也打过两次招呼。

"冯觐。"

几个人一下车，陈路周就走到徐栀旁边，高高大大的个子挺自然地罩住她，反倒先跟冯觐打了个招呼。

冯觐盯了他老半晌。太阳晒着头顶，徐栀感觉自己都快被烤化了。冯觐终于后知后觉地反应过来，不过还是被陈路周捷足先登做了自我介绍："我是陈路周。你应该认识我，进去再说。"

说完，他低头看徐栀："热？"

徐栀点头："临市好像比咱们那边热很多，昨天莹莹都中暑了。"

陈路周带着她们往里走："这里面没有空调，不过会比外面凉快一点儿，等会儿我给你们找两台风扇。我还有一组要拍，你们先到处逛逛，拍完了我再找你们。"

冯觐还在身后吱哇乱叫，依然无法平复心情。蔡莹莹感觉耳朵都快被他喊聋了："冯觐，你够了，我见到刘德华都没你这么激动。"

"那不一样好吧。我们俩有个共同的枢纽，叫朱仰起，但一直都没见过对方。我老听朱仰起吹他有多牛，本来朱仰起是打算找个时间介绍我们认识，没想到我们提前认识了！"

蔡莹莹："你没觉得陈路周并不是很想认识你吗？"

刚刚那声"冯觐"，连蔡莹莹都听出来有点儿冷飕飕的。

冯觐："不可能，他一眼就认出我了，肯定对我也是仰慕已久。"

蔡莹莹无语地翻了个大白眼。

基地人还挺多。来之前,徐栀就听他说了大概的情况:是一个摩托车队俱乐部,成员都是男生,只有几个女摄影师。徐栀一走进去就听见外面车道上传来发动机的轰鸣声,应该是有人在训练。陈路周把他们带到摄影棚那边。陈路周难得带人过来,还是俩美女,要换作其他地方,估计早就沸反盈天了。但这个基地吧,情况比较特殊,一拨男人只爱车,一拨男人只爱摄影,对美女都免疫,反而看到脖子上挂着相机的冯觐有种他乡遇故知的激动。竟有人倚老卖老地说:"怎么样,这行辛苦吧?哥们儿劝你,你还年轻,趁早转行。"

蔡莹莹和徐栀备受冷落。蔡莹莹备受打击——她比不过柴晶晶就算了,居然连冯觐都比不过。

徐栀看陈路周半天没走,于是对他说了句:"你忙你的啊,不用管我们,等会儿如果实在待不住,我们就去附近逛逛。"

"附近就一个军区,别乱走,在这儿等我。"陈路周不知道跟谁要了两瓶藿香正气水过来,放在桌上,"队里没医生,要是不舒服,你先喝点儿。"

徐栀坐在他平时剪片子的位置上,接过藿香正气水,仰脸问他:"你什么时候结束?"

"一小时左右。"陈路周把自己的多功能掌机丢给她,"先玩会儿,吃晚饭的时候叫你。"

徐栀嗯了声。

然后陈路周走了。徐栀坐在棚内,顺着他走的方向望过去,一眼认出他那架无人机。他的机子和设备全在赛道那边,旁边站着一个男摄影师和一个女摄影师,两个人在闲聊,似乎在等他开工。他走过去,女生笑盈盈地递了一瓶水给他。他没接,下一秒,弯腰从地上拿起一瓶水,就去开机器。

夕阳沉在天边,终是耐不住时光的磨砺,坠落山谷前散发出最后一抹余光,试探性地抚摸着少女的脸庞。

摄影棚里的味道其实并不好闻,黄昏的风一吹,混合着各种汗臭味。

他们今天白天有一小时的航拍时间,审批过的。赛车手还在一旁争分夺秒地做准备活动,都想把最好的状态拿出来。而陈路周依然是惯常的姿势,胳膊肘搁在膝盖上,懒洋洋地坐在草坪上,仰着头,最后检查一遍附近有没有干扰物。

等他确认完毕，距离批准的开始飞行时间还有五分钟。赛车手没停下来，依然在认真严谨地训练身体的肌肉记忆。徐栀来之前没想到气氛这么紧张，旁边的剪辑师大哥对她们解释说：

"是这样的，陈路周他们负责帮这个车队拍十周年的纪念视频，就这个开大排摩托的车手比较难伺候。他很挑剔的，前几天还因为没拍好跟我们其中一个摄影师吵了一架。陈路周特意申请了白天的航线给他补几个航拍镜头。据说他已经调整到最佳状态，说是今天一定会出前所未有的好成绩，说实话，我都替陈路周捏把汗。"

难怪徐栀一走进来，就感觉这边的气氛有些压抑，看着比国际比赛还紧张。看着那位赛车手在那边一丝不苟抓紧训练的样子，连摄影棚这边几位观望的老大哥都忍不住屏气凝神。

最后五分钟，连徐栀的心都跟着紧张起来，陈路周倒是在那边老神在在地玩了四分钟手机。

他身上穿着黑T恤黑裤，不过今天不一样的是，不是运动裤，是修身的黑色工装裤，脑袋上还是顶黑色鸭舌帽，不过logo跟昨天那顶不一样。他应该有很多这样的帽子，这顶帽子衬得他的下颌线越发清晰。他的骨相确实优越，整个人干净利落，又爱穿一身黑，显得身上的线条越发锋利。

蔡莹莹都看不下去了，忐忑不安地说："这都什么时候了啊，陈路周怎么还有心思玩手机？"

冯觏不知道陈路周有没有女朋友，大胆猜测道："是不是给女朋友回信息啊？"

拍摄开始前的最后几秒，陈路周终于以一副"黑云压城城也不摧"的姿态慢悠悠地收起手机。紧跟着，徐栀的手机突然"叮咚"一响。

Cr：那天你问我的问题，我昨天想了想。如果我心里的墙塌了，那我会再建一座更坚固的城堡；如果世界上的河流都干涸了，那我会用眼泪融化冰川；如果太阳不再升起，那我会尝试点亮所有的灯。

Cr：月亮圆或者不圆，都没关系，我会永远陪在你身边。

陈路周小时候写过不少乱七八糟的诗。朱仰起这会儿要是在，一定会念他最著名的那首，八岁时候写的——

云层遮不住月亮的脸，衣柜也装不下我弟的臭袜子……

至今语文老师在路上碰见他，第一句话都还是："哎哟，陈大诗人，怎么样啊，现在出书了吗？"

陈路周觉得自己算是个黑历史挺多的人，从小到大好像就没做过几件让别人觉得真牛的事情。朱仰起觉得他这是在低调地炫耀。但他真不是，是确实没觉得自己哪里特别厉害。就算人人夸赞的成绩，放在市一中也就这样，有好几次都没考到第一，高考又出了意外，状元多半是没戏了。

他觉得自己最厉害的地方在于，永远不服输，永远都充满希望。如果墙塌了，他就建城堡；如果太阳没了，他就是光。就像书里说的那样，他有着"明确的爱，直接的厌恶，真诚的喜欢。站在太阳下的坦荡，大声无愧地称赞自己。"[1]。

他的心是钢铁，太阳一晒就滚烫。

但有时候，"中二"一下就行了，他再说下去，就跟"我是个热血青年，吸血鬼吸我的血能烫得满嘴泡"的"中二"程度不相上下了。

拍摄还挺顺利，车手觉得陈路周拍的东西勉强能看。这个车手确实吹毛求疵，也就陈路周搭理他，队里的摄影师已经没人搭理他了。不过陈路周也就是做表面文章，客气两句，真让他细致入微地去拍，他也没时间，况且明天这棚子就撤了。

等他收工，徐栀已经跟旁边几个剪辑师学起了视频剪辑。陈路周看她跟师傅在那儿交流的认真劲儿，也没叫她，随手拎了把椅子在她旁边坐着看她学。

"一般我们都用Premiere[2]这个，陈路周用的FCP[3]。现在市面上很多小视频博主不用这些，用的是傻瓜式的剪辑软件，压根儿不懂剪辑这个东西。真正的剪辑是很有意思的，转场和运镜的处理才是剪辑的关键，而不是怎么把几个视频片段串在一起。你要是真想学，我给你推荐几本书。"

"陈路周为什么用FCP啊？"

剪辑大哥看了她一眼，心说：我兢兢业业、唾沫四溅地跟你说了这么

---

[1] 黄永玉：《沿着塞纳河到翡冷翠》，人民文学出版社，2014。
[2] Premiere：视频剪辑软件。
[3] FCP：非线性视频编辑软件。

一大堆专业内容，合着你就听见"陈路周"三个字了是吧？

徐栀听得入神，没察觉陈路周已经回来了，摄影棚的一众吃瓜群众也不提醒她，都抱着一种看小年轻谈恋爱的心态在看戏，眼里都是慈爱的笑。

"因为系统不一样。"剪辑大哥有点儿没好气了。

徐栀坐在剪辑大哥的旁边，茫然地听着，一副若有所思的表情，也不知道在想什么，闻言哦了声，头也没回，只把手伸回去摸放在陈路周桌上的水。

陈路周人靠在椅子上，见她在这儿玩盲人摸象，就想逗逗她，顽皮地把水拎开了。徐栀没承想摸了个空，下意识地回头瞧了眼，眼尾猝不及防地映入一抹熟悉的黑影："你回来了？"

"陈大帅哥！"

陈路周刚要说"剪辑好玩吗"，身后有人大声叫他，估计是讨论撤摄影棚的事情。陈路周又起身，把水递给她："等我下。"

陈路周走后没多久，蔡莹莹、冯觋拎着相机回来了。显然，蔡莹莹出片了，兴奋得小脸通红："徐栀，那边的晚霞超级漂亮！你要不要过去拍一张？"

冯觋被她折磨得不成人形，一屁股坐在陈路周刚刚坐的位置上，像一摊烂泥，死活不肯起来："我不去了，要拍你俩自己去拍。我累死了。陈路周还没结束啊？"

"结束了，又被人叫走了。"徐栀用目光示意。

冯觋顺着她指的方向看过去。陈路周这哥得有一米八五吧，脑袋都快顶到棚顶了，这身形确实站哪儿都优越。他对面站着一个黑瘦的年轻小伙，两个人不知道在聊什么。陈路周低头笑了下，掏出手机，大概是跟对方加了个微信。怎么说呢，他这种劲儿看着确实挺吸引人的。冯觋不禁思索起来：上帝到底是给陈路周关了哪扇窗呢？

冯觋啧啧摇头，对徐栀说："大忙人啊。万万没想到，咱们庆宜还挺小，这么说，你们应该也认识朱仰起咯？"

徐栀点头："认识。"

"原来都是熟人啊。"冯觋叹了口气，万万没想到，徐栀居然跟陈路周这么熟，"献丑了啊，我之前跟你们说的那个照片上过《国家地理》的朋友,就是陈路周。你们对他应该很了解了。他有多牛就不用我说了。蔡莹莹说的那个纠正了她审美的帅哥也是他,对吧?"

徐柩嗯了声:"但我们也没那么熟。"

她知道的可能还没冯觐知道的多。他俩确实不太熟。陈路周很少说自己的事情,所以冯觐不说,徐柩也想不到那人就是他。

冯觐刚要说什么,就听见蔡莹莹叫了声:"陈路周,什么时候吃晚饭啊?"

徐柩这才发现他已经回来了。见他的位子被冯觐占了,她下意识地站起来,想把自己的位子给他,但陈路周没搭理。他站在冯觐边上收拾电脑和插线板,低着头,声音冷淡地说:"这个棚要撤了,等会儿你们跟我进去吃。"

话音刚落,旁边有个女摄影师拎着两盒盒饭过来:"我跟另外一个姐姐的工作餐,要不你给她俩先吃了?"

陈路周把电脑装到包里,拉上拉链,抬头看了她一眼:"你4015拍完了?"

女摄影师把盒饭放在桌上,跟他抱怨道:"没呢,还有几个镜头要补。杨姐都快烦死了,有个哥们儿非要化妆,现在上哪儿去给他找化妆师?对了,杨姐想问问你无人机的型号,想给她老公买一个。"

陈路周嗯了声:"我等会儿微信发给她。"

女摄影师迟迟没走,欲言又止,看着陈路周。

蔡莹莹和冯觐对视一眼:这,有猫腻啊,这俩人不会有什么吧?蔡莹莹的眼睛都快盯穿了。原来陈路周喜欢这种类型的,怎么说呢,朋克风,扎一脑袋辫子,皮肤黝黑,很引人注目。

他们或许不知道,但陈路周猜到了她多半是想要徐柩的微信。因为刚刚听她跟严乐同说,那女生的长相很对她的胃口。陈路周顺着他俩的视线回头看,发现她说的是徐柩。

不等她开口,陈路周随便找了个理由:"杨姐刚刚好像叫你了,挺急的,你不去看看?"

她还真有事忘了。女摄影师骂了一句,匆匆跑了。

基地二楼有个小房间,里面支了一张小桌子。陈路周收拾完东西带他们上去,严乐同已经把点好的外卖放在上面了。工作餐实在太砢碜,陈路周没想让徐栀吃工作餐,看她最近饭量应该不小,加上多了个冯觐,所以这顿外卖差不多要了陈路周半天的拍摄钱。他最近确实不太富余。连惠女士为了逼他回家,停了他的卡。他以前花钱又没节制,从没想过有天或许自己要自立门户,再加上摄影又是个烧钱的爱好,所以最近他的卡上真没什么钱。但说什么他都不想让徐栀跟着他吃工作餐。

所以,他不懂,到底要怎么样才算熟。

他陪她看流星不算熟,陪她喝酒也不算熟,那带她来自己工作的基地还不算熟?她以为他跟谁都可以这样是吗?

她以为他会随随便便就给人拍照,随随便便就陪人大半夜喝酒谈心,别人随随便便发条微信,他就跑去请人吃饭,随随便便就带人来参观他工作的地方是吗?

"你怎么不吃啊?"徐栀不明就里,还问了句。

陈路周面色冷淡地靠在椅子上,用"威武不能屈,贫贱不能移"的表情看了她两三秒,然后面不改色地拆开一次性筷子,一声不吭地低头扒了口饭。

陈路周在生气。这个男人眼神里隐藏的暗潮涌动只有徐栀真真切切地感觉到了。就好像平静无澜的海面,底下波涛汹涌,藏着无数风光和危险。但其他两个人浑然不觉。

"我刚听蔡莹莹说,徐栀你会骑摩托车?"冯觐在找话题。

蔡莹莹嘴里还在嚼,却立马接话,一副"你算是问对人了"的得意表情:"会啊,她骑摩托车很厉害的。知道傅玉山庄吧?就在明灵山那块,晚上经常有飙车党在上面飙车,那都是徐栀的小弟。"

果然近朱者赤,近墨者黑,蔡莹莹添油加醋的本事有点儿向朱仰起看齐了。徐栀发现她比以前更能吹了。明灵山九曲回环,山路崎岖又刺激,在上面玩车的人确实很多。但徐栀还是想说,就是几个离经叛道的小孩儿在上面玩摩托车,也能让她给吹成飙车党。

冯觐是听进去了,一边风卷残云般扒着饭,一边对徐栀说:"你等会儿要不要下去玩玩啊,跟他们跑一圈?我刚刚听队长说,等会儿他们要比赛来着,肯定很刺激。"

冯觐话音刚落,就听见楼下的赛车道上响起此起彼伏的起哄声以及震碎耳蜗的油门轰鸣声。

"开始了开始了。"他匆匆把剩下的饭一股脑儿地塞进嘴里,直接把筷子往桌上一丢,拿起相机就冲了出去。

"我也去看看!"蔡莹莹跟着撂下筷子,风驰电掣地跑了。

小屋里只剩下两个人。徐栀环顾一圈,发现这边应该是废弃的工地,窗子都没封上,正大敞着。窗外是金乌西坠的天,风一股股涌进来,带着树叶的清香,所以这里比楼下清凉。

他们吃饭的桌子其实就是一块板子底下叠了两个油漆桶,所以很矮。那块板子也就刚到陈路周的膝盖,他吃饭全程都得弓着背。

徐栀看着他。陈路周自始至终都安静地扒着饭,偶尔看一眼手机。这会儿蔡莹莹和冯觐一走,他就懒洋洋地靠在椅子上,拿着筷子的手抵在膝盖上,另一只手拿着手机正在给人回微信,没有跟她搭腔的意思。

徐栀沉默地扒了两口饭之后,将筷子反过来,用她没吃过的那头夹了块牛肉放在他碗里。

陈路周抬起头,看了她一眼,很快视线又回到手机上,声音冷淡:"谢谢。"

徐栀说:"你赶紧吃吧,不然等蔡莹莹他们回来,菜又要被抢没了。你晚上还有拍摄吗?"

"没了。"陈路周放下手机,又弓着背,筷子戳在碗里,人继续低头扒饭,没看她,"微信看了吗?"

徐栀嗯了声:"有被激励到。不过第二句你立马就撤回了,写的什么我没看清楚,就看到什么月亮圆不圆。"

"随便扯的,跟你没关系。"陈路周靠在椅子上,把筷子放下。他吃饱了。徐栀夹给他的牛肉还孤零零地躺在碗底。

"哦,好吧。"徐栀扒了两口饭,等咽下去,又问了句,"那明天要不要一起回去?我们打算包辆车。"

"跟冯觐?"陈路周大概是刚刚弓着背吃饭弓久了,这会儿脖子有点儿酸,所以手掌压着一边的脖颈慢条斯理地活动筋骨,口气很冲地说,"再说吧,看明天几点起来。"

他最近没睡过几个安稳觉,晚上打算订个酒店补觉。

徐栀多少察觉到自己可能把人得罪了,但不知道自己哪里惹到他了,直接开口问好像也不太对劲儿。此刻楼下的电机轰鸣声如野兽在黑夜里发出歇斯底里的嘶吼声，一浪接一浪，将整个比赛的气氛推至高潮。徐栀说话要很大声他才能听见。

二楼没有门，只有两块足够遮挡的窗帘布。陈路周大概也是觉得楼下吵，所以将窗帘布拉上，又从旁边拎了几块板过来，将漏风的门和窗都严丝合缝地挡上。声音被隔绝在楼下，耳边瞬间清静很多，徐栀甚至能听见蚊子在她耳边嗡嗡嗡振翅呢。

空间一旦变得密闭，某些情绪就容易被放大，神经好像也变得敏感。陈路周听着自己的心跳声渐渐加快，如鹿撞，如鼓敲，如巨石掀起无数海浪。他觉得自己很没出息，自从认识她之后，整个人就越来越没有原则了，心里也没有坚定的信念了。

他坐回去，两腿敞着，刚好能把桌子圈在他的腿间，也将她的腿一并圈在里边。他把刚刚她夹给他的那块牛肉放进嘴里，看着她，直白地说："你跟冯觐很熟吗？"

"冯觐？"徐栀觉得莫名其妙，也夹了块牛肉放到自己嘴里，"跟他还没跟朱仰起熟呢。"

"哦，懂了，跟朱仰起熟。"他觉得好笑，又好气，倨傲地拿脚轻轻撞了一下她的脚，他的谱摆起来了，"就跟我不熟，是吧？"

"我什么时候说跟你……"

徐栀说到一半，估计大脑是检索到了相关信息，嚼牛肉的动作慢下来："你在气这个？"

徐栀这人就是直接，要论直球，她比陈路周更直，居然这么直接给他点出来了。人有时候就是这样，生气的时候想方设法让对方知道。可对方真知道了，他又觉得这气生得没那么理直气壮了。

"我生气了吗？"

"你刚刚看起来挺生气的，拆筷子的时候像在拆我的骨头。"徐栀说得真切，仿佛他刚才生气的模样可见一斑。

陈路周弓起身，现在胃口似乎好了点儿，又夹了块牛肉塞到嘴里。他拿筷子比很多人都规范。徐栀正要夸一句"你是我见过的拿筷子最标准的男孩子"，只见他长腿往里收了收，一脸坦诚地看着她说："多少有点儿。我觉得我对你算掏心掏肺了，结果你转头跟人说咱俩不熟，我心里不爽也正常吧。"

性格明快，这是个光风霁月的少年。

"我是觉得我对你不是特别了解，没别的意思。"徐栀甚至觉得他很干净，又自律、聪明，社交圈子简单，哪怕高考失利，他的未来应该也是不可限量，所有人应该都对他充满了期待，"冯觐说的那些事，我都没听过，所以我才觉得我好像不太了解你。"

"比如？"他显然是打破砂锅问到底的态度。

"他说你的作品上过很多杂志，说你曾经拍的可可西里的原片被电视台拿去直接播放了。"

"这就是他觉得很牛，你觉得不了解我的事情？作品上过杂志算什么，陈星齐八岁的时候离家出走还上过报纸呢。原片播放是因为我妈就在电视台，那期他们的栏目开了天窗，有个片源出了问题，我妈临时拿我拍的片子顶上去了。"

徐栀："……"

陈路周气定神闲地看着她的眼睛，补充道："哦，我拍的是两只藏羚羊交配，你想听这个？"

徐栀："……"

外面的欢呼声一浪高过一浪，风也在呼呼地刮着，挡板摇摇欲坠，似乎随时会倒塌。徐栀叹了口气，像是认命般地说："要不，我给你讲个笑话吧。"

陈路周直白地问："算哄我？"

徐栀："算是吧。"

他还是忍不住拿乔，心说：谁你都哄吗？

他一言不发地靠在椅子上看着徐栀，眼神悠闲但充满欲望，像一个要骗出赌徒所有筹码的黑心庄家。

徐栀刚要问他"你到底听不听啊"，身后砰的一声。蔡莹莹气喘吁吁地破门而入，丝毫没察觉这屋子内若有似无的暧昧气氛，拉着徐栀的手，火急火燎地说："快快快，楼下摩托车比赛竟然有奖金！五千块啊！"

徐栀腾地站起来，毫不犹豫地跟陈路周说："你先等会儿。"

陈路周："……"

徐栀跑下楼的时候随口问了蔡莹莹一句："你有没有觉得这里蚊子好多啊？"

蔡莹莹脚步未停，狐疑地看了她一眼："没有啊，哪有蚊子？"

是吗？

外面的气氛热火朝天。此时，比赛已经进行到白热化阶段，赛道边围着一大群人，机车沉闷的轰鸣声一浪高过一浪，在赛道上久久回荡着。冯觐正举着相机扎在人堆里抓紧拍照，转头见她俩下来，才挤出来，说："车队队长说，谁都能参加。我打算上去试试，你要不要一起？"

徐栀说"好"。五千块呢，傻子才不去试试。

"够胆。"冯觐对这个女孩儿越来越欣赏，话音刚落，见陈路周从他身后走出来，又大大咧咧地跟他招呼："偶像，你要不要上去试试？赛车玩过吗？"

陈路周双手插在兜里，看着外面人声鼎沸的赛道，目不斜视地走到徐栀旁边，面不改色，冷淡地回了句："没玩过，不试。"

徐栀转头看他。她的身高不算特别高，但绝对不矮，高考前体检刚量过，一米六三。不过她觉得那个不太准，同学们都说比自己的身高矮了两厘米，她记得过年量的时候，是一米六四多，快一米六五了。

但陈路周站在她边上，压迫感还是很强。她侧头瞧过去，刚好一眼看见线条完整、清瘦干净的下巴颏儿。

耳边又开始响起嗡嗡嗡的声音，徐栀觉得蚊子怎么阴魂不散呢。她问："你吃饱了？"

陈路周循声低头看了她一眼："嗯。"

"我看你都没怎么吃。"

"不太饿。"

陈路周算是一个很惜命的人。了解他的人都知道，这种危险运动他向来敬而远之。别说赛车，他连游乐园的过山车都没坐过。但是，看徐栀的眼神很坚定，满眼藏不住的跃跃欲试。他知道自己劝不动，也没跟她废话。

肩膀被人拍了一下，陈路周回头，是严乐同。他用手捂着电话，似乎有事求陈路周帮忙。陈路周的手还在兜里，身体微微后仰，把耳朵递凑过去。

严乐同言辞恳切，火急火燎地说："陈哥，帮我个忙。我妹妹过来了，我现在实在走不开，你帮我去公交车站接一下？"

187

陈路周下意识地低头看了眼徐栀的后脑勺，心想：去一下也没事，反正对她来说，你也没五千块重要。那她的比赛你看不看也不重要。陈路周嗯了声："把我的号码给你妹妹，让她到了打我的电话。"

严乐同如释重负，对他千恩万谢，朝电话那头说："你站那儿别动，我让队里的哥哥来接你。"

那边的人似乎问了句"我们怎么联系"，严乐同看了眼陈路周，半开玩笑地表示："你看哪个最帅，跟他走就行。"

陈路周知道他妹年纪好像还挺小的，他经常一副好哥哥的做派，于是轻轻踹了他一脚，眼睛还看着徐栀的后脑勺，对他戏谑了一句："你就这么带小孩儿？"

严乐同收起嬉皮笑脸，扫视了他一下，才对电话那头说："行了，不逗你了。穿黑衣服，戴个鸭舌帽，长得肯定是帅的。叫陈路周。你先跟他确认一下名字。"

严乐同走了没几分钟，陈路周就接到他妹妹的电话，挂掉后把手机揣回兜里，准备去接人，走出没两步，想想又折回来，用食指弹了下徐栀的后脑勺，没好气地叮嘱了一句："你玩归玩，注意安全。"

"好。"徐栀点头。

其实，摩托车赛道上，女孩子并不少见。尤其这两年，关注这个圈子的人越来越多，很多声名大噪的职业车手都是女孩子。而且中国有女子车队，但并没有女子组的单项竞技，所以很多女车手都是跟男子组直接竞技的，有不少女车手取得过不逊于顶级男车手的成绩。

这个车队俱乐部仅仅只是一个三四线小城的业余车队，真正参加过职业比赛的没几个人。前一场有个女摄影师上去玩了一把。徐栀上场的时候，气氛比刚才更加高涨，满场的口哨声和喝彩声，不过不是因为她是女孩子，而是因为她长得过于漂亮。大家只当她想玩玩，一个劲儿地给她敲边鼓。

他们不知道的是，徐栀有个赛车手干爹。傅玉青早年就是职业摩托车手，拿过一屋子奖杯。徐栀从小跟他在明灵山那块玩车，要不是老徐觉得太危险，傅玉青早就把徐栀扔进车队训练去了。她的心理素质非常适合当大赛选手。但老徐不同意，觉得女孩子还是干点儿简单的工作，加上徐栀自己也是一副兴趣不大的样子，傅玉青就放弃了。后来傅玉青也发现，徐栀不是在赛车上有天赋，是她这个人善于观察，对技巧性的东西掌握很快，就是做什么都有点儿三心二意，属于什么都会一点儿，但是都不精。

傅玉青说她在职业选手面前或许是班门弄斧，但是在业余车队里，她的水平绰绰有余，要不他绝对不敢说是他带出来的。而且，徐栀下午跟着剪辑师傅学剪辑的时候看过一些视频素材，知道临市这个车队就是个业余车手的俱乐部，每个人都有养家糊口的主业，玩车只是爱好，没几个人正儿八经地参加过职业联赛，更别说拿名次了。

徐栀没太在意那些眼神是善意是恶意还是好奇。她这个人做事情向来只在乎结果。

不过，等她穿好赛车服，戴好头盔和护膝等一系列装备，车队队长告诉她一个晴天霹雳。瞅着她戴护具一系列动作挺娴熟，觉得这姑娘多半也是个赛车爱好者，以防万一，队长出口提醒："那个，美女，先跟你说清楚啊，虽然比赛是不受限制的，欢迎各界人士一起来玩，但是奖金我们是明文规定只给队里的队员，所以就算你赢了，我们也不会把钱给你的。"

这免责声明发得及时，不然这一脚油门轰出去，徐栀玩命也要拿到这钱——陈路周的镜头钱可都在里面了。

冯觐在一旁笑眯眯地解释说："没事的，队长，我们就玩玩，重在参与嘛。"

队长莫名松了口气，说："那就行。"

然而，徐栀二话不说开始摘帽子，又毫不犹豫地脱掉一层层护膝："那算了，我不跑了。"

冯觐震惊地眨了下眼："……"

队长也相当震惊地眨眨眼："……"

陈路周抵达公交车站的时候，才知道严乐同这个妹妹并不小。这么想来，严乐同简直是个妹控，平日在队里总是妹妹长妹妹短的，陈路周以为严乐同的妹妹也就七八岁，不然就这会儿面对公交站台上那个穿着JK、扎着双马尾、个子都快赶上公交站牌的女孩子，他怎么也得避避嫌吧。

"严乐琳？"陈路周慢吞吞地晃过去，边走，边跟她确认名字。

"是我是我。"严乐琳从公交站的马路牙子上跳下来，双马尾一晃一晃的,"哇,哥哥你真的好帅!"

严乐琳满脸写着机灵,性子跟严乐同一样外向。但她比严乐同更夸张,简直是恃美行凶的典范,见面不过两分钟,估计连陈路周今天穿什么颜色的衣服都没看清,就扬手指着公交站对面的冰激凌店,得寸进尺地说:"哥哥能请漂亮妹妹吃个冰激凌吗?"

单听这话,陈路周觉得也不算过分,毕竟自恋是一种通病。但是这姑娘直接上手挽住他的胳膊,还把脑袋靠过来,就让他有点儿反感了。

这"恃美行凶"的程度比他还过分。陈路周觉得自己幸好没有妹妹,不然遇上这种鬼灵精,估计他俩天天净算计对方的钱了,还是陈星齐那种人傻钱多的弟弟好玩。

陈路周一本正经地抬起胳膊,没让她碰自己,皱起眉,低头,挺不耐烦地看了她一眼。

要换平时,他也懒得多说什么,顶多随口丢一句"你哥只让我来接你"。但今天严乐琳刚巧撞他枪口上了,他想,诲人不倦也是一种美德。

陈路周的浑球儿本性藏不住,浑得直接给她传授"恃美行凶""恃帅行凶"的心得:"不是我打击你,你长得也就还行,不过手段完全不行,说话至少看看对象吧。如果对方长得比你好看,你就别说这种话了,听着尴尬,比如遇见我。"

…………

赛场内,比赛似乎还没结束,赛道上的轰鸣声仍未停歇。吕杨嚣张地踩了一下油门,发动机像是饿疯的野兽发出吞噬猎物前最后的嘶吼,随后他目光挑衅地看向一旁的徐栀。

场下,严乐同刚下赛场,怀里还抱着头盔,一脑门子汗,匆匆赶到,连忙问蔡莹莹和冯觑:"到底怎么回事?她怎么跟吕牙膏杠上了?"

吕牙膏就是吕杨,把摄影师都得罪光了的龟毛车手,陈路周花了一下午帮他补拍镜头的那个人。

但冯觑对这个外号比较感兴趣:"牙膏是又小又软的意思吗?"

严乐同看他一眼,两个人相视一笑,带着点儿男生间那种心照不宣的猥琐:"不是,是他拉屎跟牙膏一样,挤一点儿是一点儿。"

冯觑:"……"

蔡莹莹："你们好恶心啊。"

严乐同言归正传："你们到底怎么回事？"

蔡莹莹咬牙切齿地道："他就是嘴贱，自以为是！"

徐栀本来不打算参加的。他们去上厕所的时候，恰好在公厕门口听见这位老哥在里头跟队友胡说八道。车场这边只有露天公厕，隔音效果很差。

他说："徐栀就是想钓凯子，女孩子那点儿小心思谁不懂啊，就是想在喜欢的男人面前作一下，谁知道陈路周这么不给面子，帮严乐同接人去了。说什么是为了五千块钱，那都是幌子，就是想钓凯子没钓上。而且，就陈路周那种长得好看的有钱凯子，朋友圈里不知道多少像她这样的女孩子。就他拍的那几张照片，能看吗你说？我还以为玩无人机的多牛呢，动一下他的东西跟要他的命一样，却觍着脸叫我'哥'。你说他好笑不好笑？"

这话冯觐听了都气，要冲进去同他理论，被徐栀拉住。三个人就这么耐心十足、齐齐整整地堵在公厕门口。

吕杨和那个队友提上裤子出来，没想到正巧被人听了墙脚，索性破罐破摔："你们怎么个意思？想打架啊？"

冯觐原本想跟他说理，但吕杨并没有道歉的意思，甚至三番五次挑衅。他刚准备抡起拳头往这家伙脸上招呼的时候，徐栀再次拦住他，还好声好气地说："这位老哥，咱俩比一场。"

吕杨则是一脸不屑地挑眉："就你？"

徐栀嗯了声："比一场，你输了的话，我要的不多。"

吕杨笑得格外贱："你要什么？不会要我亲你一下吧？"

冯觐的拳头又硬了。蔡莹莹看着他那一口大黄牙，只觉恶臭扑鼻而来，顿时胃里一阵翻江倒海。

徐栀眨眨眼，一脸平静："那倒也不用这么客气，你把五千块给我就行。"

她四两拨千斤的功力了得，反倒弄得吕牙膏一下子接不上话。

赌钱！

冯觐说："你疯了？！怎么能赌钱？！赛车赌钱犯法！"

"犯法了吗？"徐栀啊了声，想了想，建议说，"那要不让他亲你

191

一下？"

冯觐叹了口气："那你去坐牢。"

徐栀也叹了口气："没事，如果我赢了，我有办法让队长把奖金给我们。"

"你一定能赢？"冯觐问。

"我试试吧。我实在太烦他了。要真赢了，我愿意掏出一百请你们去美食街打包所有的螺蛳粉，余下的钱我留作私用。"徐栀毫不避讳地当着吕杨的面跟冯觐讨论奖金分配问题。

吕杨压根儿没听见，正垂涎欲滴地上下打量着徐栀。这女孩子模样漂亮干净，皮肤白皙，一双腿修长笔直又匀称，整个人水嫩得像一朵被人用心浇灌长大的白玫瑰，就连花瓣上的露水都饱满晶莹，清纯可爱。

"你真要跟我比？"

吕杨看着徐栀，那颗心痒痒得厉害。

冰激凌店门口有棵大白杨，光秃秃的，笔挺地立着。陈路周一只手拿着一罐冰可乐，另一只手单手插兜，斜倚着冰激凌店的玻璃门，看着这棵"未老先衰"的白杨树。这个季节着实不应该啊，这树怎么就秃了呢？

世事无常，所以人们总有很多疑问。比如他怎么也想不通，徐栀的骨头为什么这么硬，五千块他又不是没有。

转念一想，他现在似乎还真没有，银行卡里好像就剩下一千块了。

陈路周回头看了眼，发现严乐琳站在柜台前，还在选自己要吃的冰激凌。陈路周只给她一百块钱，说买个哈根达斯，剩下的钱随便她买什么。

严乐琳最后选了个草莓圣代，加上他手上的可乐，买完还剩八块钱。她把零钱连同哈根达斯递给陈路周。这是第一次有人请她吃冰激凌，但是，这哥哥真的与众不同。他自己吃快八十块钱的哈根达斯，却只请她吃八块钱的圣代，有钱又抠门儿。

陈路周带着严乐琳回来的时候，赛车道上的轰鸣声越来越高亢，比他走时更为热烈、沉重，像一头沉睡已久的猛兽发出的嘶吼声，在赛车场的上空久久盘旋。

严乐琳一进去便被火热的气氛给吸引了，兴奋地跺脚："哇，竟然还有女车手！好帅啊，那个姐姐！"

突然，赛道上安静下来，他俩还没反应过来，一声枪响骤然响起。

两辆重型雅马哈同时出发，如同离弦之箭倏然冲出起跑线。赛道上的人顿时热血沸腾起来，欢呼声层层堆叠，翻滚在云层里。

陈路周找了一圈都没找到蔡莹莹和冯觐，连严乐同都不知道去哪儿了。他随手拽了个人过来问："怎么还在比？第几场了？"

"你朋友一听说没有奖金，本来都不参加了，后来不知道怎么跟吕牙膏杠上了，现在刚比，才第一场呢。"那人说。

陈路周看了眼赛道。两辆车咬得很紧，徐栀并没有落后很多。他刚想问吕杨做了什么，严乐同一脸严肃地走过来，都没顾上自己妹妹，郑重其事地对他说——

"陈哥，这事我得跟你解释一下。"

冯觐和蔡莹莹在距离赛道最近的位置。两个人从一开始的胆战心惊到现在的热血沸腾，加油声撕心裂肺，字缝里都是对吕杨的厌恶和愤恨。其实，开枪的时候，蔡莹莹和冯觐两个人不约而同地将眼睛捂得严严实实，都不敢看赛道。一个说："蔡莹莹你睁眼看看，徐栀出发了没？她会开吗？车动了吗？"一个说："我不看，我不看，要看你自己看。我从小心脏不好，怕看了晕过去。你说她万一输了，不会真要陪那个吕牙膏玩一晚吧？"冯觐说："那我和陈路周就摇人。你放心，陈路周认识的人贼多，绝对能弄死那个吕牙膏。还想让徐栀陪他，做梦，他想得美！癞蛤蟆想吃天鹅肉！"蔡莹莹闭着眼，感动得稀里哗啦："呜呜呜，以后再也不说你'照骗'了。冯帅你是个好人。"

还是旁边的剪辑师大哥好心提醒他们："你俩真不睁眼看看？你们的朋友可厉害了。"

两个人倏然睁开眼。赛道上的两辆车其实咬得很紧，而且两个车手都穿得严实，也不知道哪个是徐栀。听人这么一说，他俩以为开在前头的那个就是徐栀，立马欢呼雀跃："哇，她竟然比牙膏快！"

大哥："不是，后面那个才是你们的朋友。"

冯觐："……"

蔡莹莹："……"

大哥解释说:"我是说她的入弯技巧比吕杨好。她可能还没适应,所以速度没提上来,但是她入弯比吕杨早。而且,吕杨入弯走大圈,她入弯走的是小圈。你们别小看这过弯技巧,我在这俱乐部拍摄这么多天,就没见过几个人过弯不用踩刹车的,她算一个。像吕杨,你看他,过弯习惯性后刹,很大一个弊端就是容易走大圈。这就好像咱们跑八百米,人家跑内圈你跑外圈,非常不占优势。你们看着,等到第五个弯,如果吕杨还是习惯性后刹车,你们的朋友肯定能超过吕杨。"

蔡莹莹心里想的却是:傅叔还是牛。其实,她小时候也跟着傅玉青学过一段时间的赛车,压弯是傅叔手把手教的。傅叔当时就说,职业车手过弯从来不踩刹车,弯道是一个分水岭,征服不了弯道就不用练了。她不行,但徐栀那时候压弯确实练得特别好,不然傅叔也不会想把徐栀扔去车队训练。

陈路周和严乐同站在外圈,眼睛也是一眨不眨地盯着赛道上两道紧追不舍的车影,严乐同笃定地说:"吕杨慌了,他也发现徐栀过弯比他流畅了。他一直都不觉得自己过弯有什么问题,说很多大赛选手都是用后刹,这次估计真慌了。"

陈路周说:"他每过一个弯都会被徐栀追上一点儿。而且徐栀现在适应了,跑直线也开始加速度。估计他想尝试抢第四个弯。"

严乐同却想到点儿别的,说:"我发现徐栀这姑娘真挺聪明的。她答应比赛的时候,吕杨还挺狂的,怕别人说他欺负女孩子,让她随便提一个要求,比如输多少秒以内都算她赢,结果徐栀只提了一个要求,就是比长距离。她刚刚应该观察过吕杨的习惯,如果他觉得脸上挂不住,肯定会尝试在第四个弯不刹车。"

这样做的结果就是,翻车。

倒不是这个操作有多难,而是心急吃不了热豆腐。吕杨想在赛道上临时改变自己的赛车习惯,这是作为车手最忌讳的。

于是,所有人都眼睁睁看着吕杨在过第四个弯的时候猝不及防地翻了车。伴随着巨大的刮擦力,他整个人被一股巨大的惯性甩了出去,金属剐蹭着地面,发出尖锐刺耳的声响,霎时间,地面火星四起。

所有人都提心吊胆地看向另一边。

赛道上的引擎声如同擂鼓,在徐栀眼里,草木已经连天,迎着风,格外舒展，姿态都比平时妖娆。世界像被割裂成两半，她这一半世界听不到其他任何声音，只有狂风在身后呼啸。那辆车整个横飞过来，几乎无处躲避，还好她提前做了准备，两辆车在赛道上猛然相撞，发出一声巨大的声响，砰——

她一下收不住力，直接从车上扑通滚落下来。不过还好，她提前减速，有缓冲劲儿保护，加上防护服挡住了所有的剐蹭，她本人没太大问题，所以摔在地上后，立马爬了起来。

不知道为什么，那一瞬间徐栀想到陈路周临走前那句"你玩归玩，注意安全"，然后下意识地朝赛道外看了眼——她觉得陈路周可能在看。她那自然的心虚反应特像小时候因为贪玩，不小心把自己给磕了，下意识地去看她爸妈的样子。

所以，哪怕此刻膝盖上隐隐作痛，她也装作若无其事的样子，朝赛场外走去。

再比一场也没有意义，吕杨这点儿自知之明还是有的，知道再比一场估计自己还是输，除非比短途。但他这人这点儿骨气还是有的，于是，彻底认输，把奖金给了徐栀。

闹剧结束后，人陆陆续续都撤了。

回程的车上，蔡莹莹和冯觐万万没想到这趟的收获简直可以用"满载而归"来形容，激情澎湃地讨论着等会儿去哪儿吃夜宵以及吕杨那孙子最后认怂的样子。这种舒爽的感觉简直比一口吃下整个冰西瓜，浑身的毛孔都舒张开来，血液从大脑里倒灌下来还刺激。

余兴未了，冯觐坐在副驾驶座上，说："我打个电话问问陈路周，他说再补拍两个镜头就过来找我们。他今晚好像订了我们住的那家酒店，是明天打算跟我们一起走吧。"

蔡莹莹看了眼徐栀手里的哈根达斯："你什么时候买的？"

徐栀哦了声："严乐同的妹妹给我的，说是陈路周买的，让我敷敷脑门儿上的伤。"

相比鼻青脸肿的吕杨，徐栀还好，除了膝盖有点儿疼，脑门儿上有点儿瘀青，其他地方奇迹般完好无损。

蔡莹莹后知后觉地说："陈大帅哥就是有钱，用哈根达斯冰敷，这待遇可以。徐栀，我感觉你最近跟陈路周好像越来越熟了。"

"是吗？他好像跟谁都熟，"徐栀这么说，"严乐同妹妹的冰激凌也是他买的。"

冯觐拨了电话，就听她俩聊天，有点儿走神，没想到手机已经接通，回神后才看到时间显示通话已经有十秒。他刚接起来，那边陈路周说："冯觐，你把电话给她。"

冯觐也不知道自己为什么这么敏锐，直觉告诉他，这个"她"是徐栀，而不是蔡莹莹。

徐栀接过电话，那道欠了吧唧的声音透过话筒传过来，有些陌生，有些低沉，透着意外的冷淡，却仿佛有一丝奇怪的电流从徐栀的心尖上闪过："严乐琳的冰激凌八块钱，你的哈根达斯八十块钱，你说我跟谁熟？"

徐栀没想到陈路周居然听到了。她看着车窗上自己的影子，试图看清楚脑门儿上的瘀青。好像出血了，但她看不太清楚。她这个人还蛮看重脸的，这要是小时候，她能哭一整天，估计要老徐哄上好久才会收住眼泪。即使是现在，她的心情也很不爽。不知道会不会留下疤呢，要是破相了，她还是挺在意的，于是心不在焉、粗声粗气地对着电话回道："这么简单粗暴吗？"

"对咱俩来说，金钱不就是最好的衡量方式吗？"陈路周刚补拍完最后两个镜头，收了设备，从严乐同手里接过他刚没喝完的可乐，直接在草地上坐下去，结果看见一窝蚂蚁正在众志成城地挖洞。他看得挺来劲儿，一手举着电话，一手微微撑着草地，鲜绿的浅草没过他的手臂，衬得他的手指更加白皙，脱口而出的话却挺无聊的："比如，我现在给你五千块，让你亲我一口，你应该也会奋不顾身吧。"

那边的回复更无聊："可以，现在把钱打过来，我让师傅立马掉头。"

第七章
关山重重，但想见的人总会再见

陈路周那一瞬间是有点儿后悔的，后悔昨天为什么要买那个镜头。之前那个镜头盖被徐栀撞断了，正巧他本来就想换，所以花一万又买了个新镜头。不然照他的性情，现在真会给她打五千过去。

陈路周相信徐栀也绝对会让师傅掉头，不是多想亲他，是为了那五千块。他现在倒是很有自知之明。

他自嘲地一笑，看着地上越来越大的蚂蚁洞，仰头看了眼天空。不过现在天色已黑，什么也看不见，但陈路周还是问了句："带伞了吗？"

徐栀看了眼车窗外。台风刚过境，余威尚存，立在道路两旁的树木像被一只狂乱的手扯来扯去。他刚问完，徐栀就隐隐瞧见前风挡玻璃上落下急促的雨点。她叹了口气，心中厌烦得很："没带。你是乌鸦嘴吧，说下就下。"

徐栀很讨厌下雨天，南方小城总是阴雨连绵，尤其现在还是梅雨季节。一到这种天气，她总是想到小时候去外婆家的日子，那个墙上满是霉斑的小房间，无论喷多少花露水，都驱不散腥潮味，隔壁还有一条总在三更半夜狂吠的狗。

那阵子老徐和林秋蝶都特别忙，她被送到外婆家暂时寄住。外婆对老徐偏见颇深，连带着对她也没什么好脸子，每天给她吃的都是剩菜剩饭。

徐栀每天都起湿疹，脖子上全是红疹子。外婆为省钱，就给她涂了一种草根水，结果当晚徐栀过敏休克。隔壁大叔二话不说背起她从村卫生院辗转几趟跑到县医院，连医生都心有余悸地说："你再晚来半个小时，这么漂亮的女娃娃就没了。"

老徐忍气吞声那么多年，第一次跟外婆红了脸。外婆则缩在角落里一言不发。有好长一阵子，他们都没再回过老家。徐栀知道外婆不是有心害她，躺在医院那几天想到的都是外婆对她的好。外婆就是嘴硬。知道她爱干净，知道她要过去住，外婆里里外外把房子都清扫了一遍。一个六十五岁的老太太，又有先天性脊柱炎，外公走得早，她就一个人拿着毛巾去擦墙上的霉斑。吃剩菜剩饭也是老人家根深蒂固的习惯。她自己的孩子都是这么带大的，所以不理解为什么现在的孩子吃不了。

外婆就是长了一张得理不饶人的嘴。徐栀知道她是讨厌老徐，不是讨厌她。听说当初老徐和林秋蝶女士还没结婚的时候，城里有个款儿很大的有钱人在追求林秋蝶，聘礼是城里的好几套房。两个人都快到谈婚论嫁的地步了，结果林秋蝶女士意外怀孕了，孩子是老徐的。

对，那个被意外怀上的倒霉蛋就是徐栀。徐栀好几次旁敲侧击，也没能从老徐嘴里打听出完整的故事，反正他俩最后结婚了。老太太城里的房子飞了，自然把气一股脑儿撒在老徐身上。对此，徐栀多少能理解。

所以，那时候躺在急救病床上命悬一线、痒得生不如死的小徐栀没办法讨厌外婆，也没办法讨厌老徐，更没办法讨厌林秋蝶女士。奄奄一息的她只能斩钉截铁地给自己洗脑：我讨厌下雨天。

没想到，电话那头的陈路周听出来了："不喜欢下雨天？"

出租车被堵在去往市区水泄不通的车流里，一溜橙红色的车尾灯光芒里，徐栀依稀能看见几点毛毛细雨。玻璃窗上落下的雨脚渐渐变密，顷刻间，雷声在天边轰鸣、闪电翻滚，又过了几分钟，暴雨如注。

徐栀举着电话，看着雨水在玻璃窗上淌成一条条小河："可以说很讨厌了，如果知道今天会下雨，我就不出门了。你呢？"

陈路周不知道是不是故意跟她抬杠，笑了下，说："我很喜欢，特别喜欢下雨天，不下雨我都不出门的。"

徐栀想象了一下，问道："你不会还喜欢在雨中漫步吧？四十五度角仰望天空，这样的话，你就分不清是雨水还是泪水，也感觉不到心里的难过了是吧,陈大诗人?"

雨是一路下过来的,疾风暴雨连临市的郊区都给覆盖了。陈路周感觉脸上有大颗冰凉的雨点落下来,抬头看了眼,把手从地上收回来,拍了拍手上的灰,用眼神示意旁边的严乐同,站起来准备走,听见徐栀这么说,他直接笑出声,笑得肩膀颤抖,洞中肯綮地反问:"你经历过什么,徐栀?"

徐栀叹了口气,仿佛真的经历过什么沧桑:"往事不提也罢。"

氛围很好,你俩都很幽默,但可以把手机还给我了吗?冯觐实在听不下去了:"徐妹妹,手机是我的。你俩赶紧……"想一想,又说,"算了,你顺便问问他几点回来。"

徐栀这才想起来手机不是她的,对电话那头说:"我把手机还给冯觐了啊。他问你几点结束,晚上要不要一起吃夜宵?"

"下暴雨你还吃夜宵?"

"看吧,估计也就下一阵,很快就停了,这会儿已经小了。"

陈路周嗯了声,声音冷淡下来:"回去再说,到酒店估计要十一点。"

"那挂了。"

"徐栀。"那边的人又叫了声。

"啊?"

"我在冯觐的包里放了把伞,下车的时候挡一下,脑袋上有伤,别被雨淋了。"大雨倾盆,陈路周和严乐同小跑着往棚内走。

徐栀没想到他这么周到:"你知道要下雨啊?"

陈路周下午看天气就发现有点儿不对,估摸晚上要下雨,问了冯觐知道他们仨没带伞,于是跟严乐同借了把伞,让冯觐先带上。不过他这人向来正经话不过三句:"说了不下雨我不出门,又没骗你。挂了。"

等电话挂断,陈路周转了二十块钱给严乐同——这伞估计是拿不回来了。他明天回庆宜,过阵子就出国了,应该是不会再来临市了。

严乐同就跟过年去要红包的小孩儿似的,嘴上说着"不要不要",收钱贼快,乐呵呵地说:"没事啦,一把伞而已。你出国也不是不回来了,咱们两个城市之间开车也就一个多小时,总会再见的。"

是啊,关山重重,但想见的人总会再见的。

人陆陆续续都撤了,摄影棚内彻底空荡下来。虽然只相处了几天,但严乐同觉得陈路周这个人一定前途无量，就凭他这性子，以后一定不会差，所以不仅主动跟他加了微信，走时还送了两顶自己的摩托车头盔给他，签了名的，自信满满地要求他妥善保管："要放好啊，以后很值钱的，未来满贯种子选手的头盔，帅哥，你很幸运。"他叮嘱说，"另一个帮我给徐栀，她压弯真的帅到我了。"

陈路周笑了笑，把头盔扔到车里，说："行，我会给她的。"严乐同大概是觉得跟陈路周这样的人分别莫名有种热血沸腾的感觉，有点儿"各自努力，我们在顶峰相遇"的意思，于是坐在车里，中二满满地冲他两指并拢，从太阳穴向外一划，满腔热忱地吩咐司机："师傅，出发！"

刚在后备厢放完东西，还没上车的严乐琳："……"

陈路周抵达酒店时正好十一点，刚办完入住手续，朱仰起的电话就杀过来了，问他什么时候回去，说自己无聊得快发霉了。陈路周一手举着电话，一手推着行李箱，正准备走进电梯，正巧碰见徐栀一个人从里头出来。

徐栀见他正在打电话，没打招呼就打算先走，只用眼神示意了一下：我出去买点儿东西。

经过陈路周身边的时候，胳膊被人一拽，徐栀直接被他拉住了。她穿着短袖，露着纤瘦干净的胳膊，男人宽大温热的手掌压在她的肌肤上，有种陌生的触感。刹那间，徐栀有种小时候贪玩，好奇地用手去抠插座孔，猝不及防被电流穿过皮肤的感觉。

陈路周还在打电话，拽住她是下意识的动作，也没顾上自己这样冒昧不冒昧，生怕一松手她又走了，所以哪怕在触上她的第一秒心里就觉得不太合适也没松手。但他这会儿也进退维谷，心里觉得她怎么这么柔软，怕手上力道太重，把她弄疼了，又不敢调整力道——一旦调整力道，那种松弛度是情侣间才有的，反而更冒犯了，所以只能维持刚刚的寸劲儿，心不在焉地跟电话里的朱仰起说了句"那等我出国了你怎么办，守活寡啊？"就匆匆把电话挂了。

他把电话揣进兜里，这才渐渐把手松了，低头看她："去哪儿？"

徐栀说："我去帮莹莹买点儿藿香正气水，她好像有点儿中暑。"

"刚才在棚里给你的呢？"

"我和冯觊一人喝了一瓶。"

"脚没事了？"他的视线下移，盯着她的膝盖。

陈路周刚才就看到了，她走下场的时候有点儿一瘸一拐，就让严乐同找人帮她看了下。正好车队里有个车手以前是骨科医院的实习医生，替她检查了，说没伤到骨头，养养就好了，陈路周就懒得过去问了。因为知道她跟吕杨打赌的赌注的时候，他是有点儿生气的。刚在电话里，他没提，也不想提。因为知道自己说话可能会很难听。其实补拍镜头也就几分钟的事情，他让冯觊先带徐栀她们回去，没让他们等，是想让自己冷静一下。

"嗯，还好，现在好像不疼了，就是有点儿瘀青。"徐栀晃了晃自己的腿。

"上去吧，先去我房间，"陈路周下巴冲电梯一仰，"藿香正气水我箱子里有，正好我还有东西给你。"

陈路周住九层。刚把门打开，徐栀环顾了一下走廊，就说："你这层好像住了一个小明星。"陈路周让她先进去，然后把电卡插上，一边开灯，一边漫不经心地问她："谁啊？"

其实，徐栀真说名字，陈路周也不一定知道。他不太关注这方面的信息，尤其是上了高三后。

徐栀没敢走到里面，就规规矩矩地站在门口。房间的洗漱间是开放式的，徐栀靠着洗手池说："刚查过，我又忘了。是个小网红，她的绯闻男友很有名，但我想不起名字了。我就是觉得奇怪，我们前几天来办入住手续的时候，这层楼都封掉了，不让我们上来。我跟莹莹在门口蹲了两天了，就想看看明星。"

临市有个著名的国家5A级风景区，很多热播的古装剧都是在这边拍的，这家酒店的九层就是专门供给剧组的。所以陈路周这个运气，徐栀觉得也是绝了，略带羡慕地说："你怎么总是运气这么好？跟条锦鲤似的。"

陈路周把行李箱扔在地上，没急着找藿香正气水给她，开了瓶水，跟她一样靠在洗手池上，边喝边有些挑衅地睨着她："羡慕吗？"

"羡慕啊。"

陈路周本来想说"那就别跟蔡莹莹睡了，搬过来跟我睡吧"，但这话太浑，最后他还是忍住了没逗她，把水拧上，手指拎着水瓶，手掌撑在洗手台上，低头笑了下，正儿八经地丢出来一句："这有什么好羡慕的？我妈从小就告诉我，福祸相依，让我得意忘形的时候就想想这句话，谁知道后面会有什么等着我；或者遇上什么过不去的事时也想想这句话，比如失恋，下一个或许更乖，是不是？"

"你失恋过吗？"

陈路周："打个比方而已。"

"哦。"徐栀若有所思地点头，表示了解。

他懒洋洋地靠着洗手池，瞥她一眼："先别哦，咱俩的事还没完。"

徐栀："什么事？我欠你钱了啊？"

笑话呢，不是要哄我吗？陈路周咬了咬牙，把心里那只乱窜的蝴蝶硬生生摁回去，没再张口，这点儿骨气他还是有的，也不再看她，眼睛往窗外瞥，声音冷淡下来："忘了就算了，我去给你找藿香正气水。"

陈路周起身把行李箱拖过来。

徐栀低头，看到他蹲在地上，一手撑着膝盖，一手在行李箱里东翻西翻。她突然想到，他俩第一次见面时，陈路周也是这样蹲在她面前，少年线条硬朗的脊背如同似火朝阳下的山脊，让人很有攀登的欲望。他的头发毛茸茸的，像小狗的毛一样柔软。

陈路周顺手拿出一瓶云南白药，连同藿香正气水还有严乐同送的头盔一起递给她，一副公事公办的口气："云南白药用来喷膝盖，刚顺路买的，不用谢，你可以走了。"

徐栀刚想问"你怎么了"。陈路周以为她想问多少钱，有些不耐烦地皱了下眉，低头看着手机，准备找部电影看，看也不看她，傲骨嶙嶙，仿佛看不上她那几个臭钱，冷淡地说："不用钱，你要再跟我提钱，咱俩就当没认识过。"

徐栀抱着头盔觉得很无奈："你怎么又生气了？公主病又犯了？你要再这样，等年纪大了，要注意体检，不然容易得乳腺癌。"

陈路周："……"

他就当徐栀是在关心他。陈路周发现自己对徐栀的那股征服欲越来越强烈，就好奇她这样的女孩儿谈恋爱会是什么样：会吃醋吗？会生气吗？还是无论何时都像木头一样？但他仔细一想，觉得徐栀现在这样也挺好的，不开窍，或者她也在钓。他不说破，两个人就能没脸没皮地继续当朋友一直到他出国。他要是忍不住，事情才让人犯难：要怎么收场？

他又一次把自己说服了，只能旧话重提，把锅甩给吕杨："你以后做事考虑一下别人的感受。今天是我把你带去的，你跟吕杨飙车如果出点儿什么事，我怎么跟你爸还有傅老板交代？"

"就因为这个？"徐栀直视着他的眼睛，似乎在寻找别的蛛丝马迹，"那你想多了，我要是因为玩车出事，我爸只会觉得我活该。傅叔你更不用担心了，小时候在明灵山他带我骑车，有一次我压弯没控制好力道，直接翻下山了，还好卡在一棵歪脖树上。"

那次傅玉青吓得魂飞魄散，从此以后再也不敢让她玩车了。所以，那次在山庄，徐栀提出她开车下山给他们买水的时候，傅玉青才气得当场发飙。

徐栀一手撑着洗手池，冲他抬起腿，浑不在意地弯了下膝盖，房间静谧，骨头咔咔的声响清晰可闻："你听，我的膝盖骨就是那个时候摔坏的，经常会有这种声音。有时候下雨，走路就咔咔响，所以我特别讨厌下雨天出门。"

陈路周心情复杂：怎么会有女孩子这么大胆？不知道她是装不矫情还是真不矫情。他看她的眼神明显更生气了："你还很骄傲是不是？"

徐栀笑了笑，说："不是。其实还有一次过敏被送到医院，医生说晚到半个小时可能就挂了。我的人生大概就这么两次与死神擦肩而过吧。身边的老人都说，大难不死必有后福，我还是两次，说明我以后一定飞黄腾达。"

陈路周没搭理她，心里还是堵着那口气，仿佛刚刚那只蠢蠢欲动的小蝴蝶被人用绳捆住了，堵得他心慌。他人靠着洗手池，双手环在胸前，侧着头，眼睛冷冷地盯着她："如果你今天输了呢？"

徐栀一愣，也抬头看他。

陈路周的声音其实并没有多冷淡，似乎怕她觉得自己太凶或者说话太难听，刻意放缓了语速，所以听起来是温柔的，只是没什么情绪："如果今天输了，你打算怎么办？陪他睡吗？"

他的话就好像一桶温水浇下来，水是温热而细腻的，可浇完，肌肤暴露在空气中，那种冷飕飕的感觉，比直接浇下一盆冷水还刺骨，后劲儿十足。

徐栀也没生气，尽管他说话赤裸裸的，她还是耐心地跟他解释："不是，我觉得我有百分之七十的概率能赢。输了的话，我也想好了，让冯觐报警，说我们俩赛车赌钱，这样我俩一起去公安局待一晚，不也就陪他……一晚了吗？"

"小聪明。那万一他出来缠上你了呢？你以为留案底这么好玩？你还想不想上大学了？"

徐栀笑了下，跟他插科打诨道："啊，明明是冯觐说你能帮忙摆平，我才答应的。他说朱仰起说过，你妈妈可厉害了。"

"哦，懂了，"陈路周反应过来，意味深长地瞥了她一眼，口气阴阳怪气，"还是想见我妈啊。"

"不行吗？"女孩儿的眼睛很亮。

陈路周看了她一会儿，笑出声，单手插在兜里，低头，用另一只手掸起了衣领，也不知道在掸什么，明显是开玩笑的语气："行啊，要是我女朋友，别说见我妈，想见玉皇大帝我也给你搭梯子。"

窗外雨早停了，此刻是深夜，黑暗笼罩了大地，树叶任由清风撩拨，小船儿也任由海浪抚摸。

两个人并排靠着洗手池。她也侧头，意味深长地瞧着他，学着他刚刚阴阳怪气的口气，若有所思地挤出相同的两个字："懂了。"

陈路周还没反应过来她是学他，就觉得好笑，指节在她脑门儿上弹了下："你懂个什么，就懂了。"说完他蹲下去，从摊在地上的行李箱里找出一片创可贴，一边撕一边说："脑袋过来。"

徐栀这会儿也从镜子里看见自己脑门儿上真破皮了："咦，刚刚都还没有破，是不是被你打的？"

陈路周低着头，专心致志地拆创可贴，听见这话，被她气笑了，索性也认了："行行行，我打的，我让你去赛车的，我让你摔的，都怪我，行了吧？"

"那你还生气吗？"徐栀把脑门儿上的碎发拨上去，看着他说。

陈路周人靠着洗手池，慢条斯理地把创可贴粘上去，劲儿拿捏得贼好，尽量不让自己再碰到她："我气也是气自己，没气你，你没什么好在意的。"说完，他把创可贴的包装膜囵囫揉作一团，扔到旁边的垃圾桶里。

"那不行，"徐栀特讲义气，"你带我玩，我还把你惹生气了，这事得记着。"

记着什么记着,你能给我什么?

谁料,徐栀豪情万丈地说:"我欠你两个笑话了。"

他一愣,然后笑着回了句:"谁稀罕。"

"哎,我先给你讲第一个笑话吧?"徐栀不知道为什么,看着陈路周就来了灵感,突然想起前几天老徐跟她吐槽的一件事。

房间里有特供的新鲜水果,估计是剧组专供,徐栀她们那层就没有。陈路周捡了个苹果递给徐栀。徐栀摇头:大晚上吃什么苹果?但陈路周百无禁忌,就自己吃了。他单手插在兜里,咬了口苹果,声音清脆。他懒洋洋地嚼着苹果,还在那儿做张做智的,仿佛对她的笑话一点儿都不感兴趣:"说。"

徐栀获得批准,张口就来:"也不算是笑话,但是这事应该挺新鲜,也可以给你提个醒。就是前几天,我爸说他们科室来了一个帅哥,长得真的很帅,但是好像那方面不太行,还硬说自己行,但是连那个测试都做不了。我爸就说现在的年轻人都有这个毛病。熬夜啊,抽烟啊,喝酒啊,很多大学生的小蝌蚪的存活率居然只有百分之三十。不过我看你挺自律的,应该没有这方面的毛病。"

陈路周:"……"

其实徐光霁的原话是这么说的:"栀,爸爸跟你说啊,现在社会上有些男的,你别看他长得人模狗样的,其实行为很不检点,比如高三才毕业就挂了我的科室,谁知道在外面干了什么坏事?而且深谙送礼文化,走时还给我塞了一个红包。反正你以后交男朋友,第一件事就是把他带到爸爸这儿来做个体检,不用害羞,这很正常。"其实,为了提醒她防范渣男,徐光霁本来想说明白点儿,又怕她本来没这想法,这么一说反而开窍了,最后他还是说得比较隐晦。

陈路周咬苹果的动作顿时一顿,下意识地低头看了眼自己的下身,然后慌张地将嘴里嚼了一半的苹果匆匆咽下去,喉结重重地、狠狠地滚动了一下,没脑子的话脱口而出,可见有多慌张:"你爸姓徐啊?"

徐栀:"你这不是废话?"

"不是。"陈路周拿着苹果回过神,咳了声,"所以,你爸是男科医生?"

徐栀当然不知道这内里的乾坤,只点头:"嗯,上次你问我我没好意思说。"

陈路周:"……"

你要是早点儿说,我死都不会听朱仰起的!

陈路周第一次觉得这么尴尬。难怪那天在科室,他总觉得那个徐医生的眼神怪怪的,原来是徐栀的爸爸。徐栀那天发朋友圈的时候发过他的名字,徐栀爸肯定认出他了。

难怪徐医生问了句:"你就是陈路周?"

他还以为是他哪个同学的家长。毕竟从小到大,他都是"别人家的小孩儿",很多他认都不认识的叔叔阿姨一听到他的名字,第一反应都是这样:"哦,你就是陈路周啊,我女儿(儿子)跟你是同学。"

看他目光有些涣散,不知道在想什么,徐栀就问道:"你怎么了?"

陈路周没搭理她,靠着洗手池,有些机械地咬了口苹果,心里满是胜负欲:回去得找个时间去把精子测试做了,不光要做,还要找徐光霁做,而且要做得漂漂亮亮!

徐栀又问了一遍。

陈路周叹了口气,把啃剩下的苹果核扔进垃圾桶,无精打采地说:"困了。"

徐栀点头,很识趣:"那我走了。明天跟我们一起回去吗?"

陈路周心说:本来是想一起回的,现在不太想了。他现在都不敢细想自己跟徐光霁当时的对话。

"再说吧,等我睡醒再说,你们要等不了就先走。"陈路周又叹了口气,没精打采地补了句,"这两天在棚内都没睡好。"

"好。"

陈路周替她开了门,看了眼她的膝盖:"把药带上,云南白药记得喷,不然以后更疼。我说你这个毛病要不要上医院看看?以后不会瘸吧?"

"看过好多医生了,没办法,小时候落下的病根,瘸了也没办法,这不是有轮椅吗?"

"得了吧,八十岁之后,人家都跟老伴手牵手散步,你和你老伴比谁的轮椅滚得快?"陈路周扶着门框,半开玩笑地打趣她。

徐栀看他这会儿挺精神,哪有犯困的样子:"你看起来一点儿都不困啊,要不咱俩再聊会儿?"

陈路周无语地笑了下:"真拿我当陪聊了啊,钱先打过来。"

"我现在有钱,"徐栀很想把五千块钱拍他脸上,"你不要挑衅我。"

陈路周彻底认输:"行,我错了,我真困了。"

徐栀终于放过他了:"那你明天睡醒了联系我。我跟莹莹打算去附近的早市逛半天,说不定你醒了,我们还没走。"

陈路周大概是真困了,瘦削的脸庞贴着门的侧边沿,一动不动。他大概有阵子没剪头发了,刘海半遮住眉眼,看着她的眼神格外乖,仿佛毫无反抗之力,特别像一条小狗狗。听了徐栀的话,他重重且认真地点头。

"嗯,知道了。"

但也就那么一瞬间,下一秒,他又傲慢得不行,看起来一脸诚恳地给她出主意,实则给她挖坑:"不过,建议你还是不要逛附近的早市了,那地方跟美食街差不多,没好到哪里去。你要实在想出去走走,隔壁有座南音寺,马上高考要出分了,你还不如去拜拜。"

徐栀一想,确实快出分了,是得去拜拜。

于是第二天她真的和蔡莹莹起了个大早,到了南音寺,又是烧香,又是送贡品,还出了二百香火钱,无比虔诚地跪在一个同样满脸虔敬的阿姨旁边。这里香火不断,她仰头看着眉眼散发着慈悲光芒的菩萨,满怀希望地许愿,默念着"希望能考进理想的大学"。

旁边的小师傅实在看不下去了,出口提醒了一句——

"小妹妹,虽然佛家普度众生,但还是要提醒你一句,这位是送子观音,很灵的。"

徐栀:"……"

回去的路上,针对送子观音很灵这个问题,徐栀想了一路。基本常识她是有,但未经人事的她确实有点儿害怕。毕竟小时候跟着老徐看了无数遍《新白娘子传奇》,送子观音发孩子一发一个准,老太太又是个迷信的人。她满肚子不放心,决定问问老徐:"老爸,如果不小心拜了送子观音,会不会有事啊?"

徐光霁刚捧起碗准备吃饭,筷子还没往碗里伸,直接被吓掉了。血液完全不受控制地往脑袋上冲,他气得直接转身回厨房拿了把菜刀出来。

"陈路周那狗东西在哪儿?!"徐栀更诧异,老爸怎么会知道是陈路周骗她去的送子观音殿？她不敢置信地说："爸，你怎么知道是他干的？！"

…………

陈路周又进了警局。

这是今年暑假第二次。头一次是刚考完那几天，他陪老爷子逛花鸟市场，老爷子手贱撩了一个女孩子的裙子，还被人拍下视频，对方狮子大开口。老爷子说是姑娘让他撩的，姑娘说裙子底下有东西，让他拿出来。可老爷子没有证据，而老爷子撩裙子是铁证如山，最后闹进了警局。哪怕对方真是个碰瓷团伙，老爷子也无法洗清自身的嫌疑。但他也不肯赔钱，就说对方碰瓷。陈路周打连惠女士的电话打不通，老爷子犟起来又跟头牛一样，陈路周劝不动也懒得劝，就在警局陪他待了一整夜。

陈路周没想到，不过短短几天，他又进去了。陈路周觉得自从听了朱仰起的意见去看了男科，就什么奇奇怪怪的事情都能遇到。他妈说的"福祸相依"真的是任何时候都适用，不管什么时候人果然都不能得意忘形。

事情是这样，前台办理入住的小姑娘粗心大意，给他开的房间出了问题。事实上，那层确实不对外开放，恰好陈路周入住那天前台工作人员接到通知说这几天还有几个新人演员要入住，让他们开放九层的几个房间。

前台的小姑娘看陈路周长得比男主角都帅，以为他铁定也是演员之一，就随口问了一句："是组里的吧？"当时陈路周在跟朱仰起打电话，也没细问，只以为她问他是不是跟冯觐他们那个组一起的，就嗯了一声。

陈路周第二天下楼吃早餐，组里的演员也都没怀疑，都觉得这次的新人演员好帅啊，以后铁定要红，暗暗想着怎么过去要微信号。结果，陈路周正巧在电梯里碰上制片人，他一眼就认出陈路周不是组里的演员，二话不说把人喊住，同时打电话让前台工作人员上来解释清楚。陈路周才知道闹了这么个大乌龙。

本来解释清楚就行，陈路周马上也要退房。但没想到，剧组看他退房的时候拿着相机，身上还有一些专业设备，顿时觉得这事有些蹊跷，怀疑他是狗仔或者代拍，于是找了个理由把他扣下来，要求检查他相机里的内容。陈路周当然不肯，对方更加认定他偷拍了，直接报了警。

于是，陈路周又被请到警局。

"我解释过很多遍了，我只是来这边帮车队拍摄。我朋友他们就在六楼。就算是合理怀疑，他们也没资格搜查我的相机。"

民警打电话跟酒店前台工作人员确认过，得知六楼确实住了他的几个朋友。名字能对上，但是他们早上都退房了。

民警一直联系不上徐栀他们。估计是他们几个等不及，先包车走了，陈路周对民警说："可以先把我的手机还给我吗？"他这会儿耐心已经耗尽，口气实在说不上好。

做笔录的警察人很好，年纪也不大，长得眉清目秀，估计是实习生。小警察随便盘问了两句便知道是怎么回事了，知道这个剧组是出了名的难缠，看陈路周还是个学生，也没太为难他。这个剧组隔三岔五就报警，他们早就习惯了。

"我帮你问问同事，谁拿了你的手机。"小民警还在吃泡面，也没顾上扒拉几口，说完就要站起来帮他去找人。

陈路周见他这样，也没忍心，叹了口气，彻底认命："算了，你先吃。"

话音刚落，陈路周听见身后有人叫他，以为是自己幻听呢，不甚在意地回过头，看见一个熟悉的身影。他倒是愣了下，因为谷妍身上穿着古装戏服，盘着头，应该是在拍戏。

"还真是你。"谷妍大大方方地朝他走过来，眼里充满了惊喜，"我早上在餐厅看到有个人挺像你，都没敢打招呼，还以为只是跟你长得像。后来听他们说闹到警局去了，我才知道可能真是你。"

"嗯，这么巧。"他冷淡地回了句。

谷妍是这部戏的女三号。这部戏是一部小成本网剧，制片人这么风声鹤唳，陈路周不知道为什么，谷妍是知道的。因为这个剧的男主角和女二号是真情侣，昨晚两个人在房间里偷偷见面，被经纪人撞见，而女二号的房间恰好就在陈路周这个倒霉蛋的隔壁。男主角的事业正在上升期，所以经纪人说什么也不肯罢休，就怕被人偷偷录了音。

谷妍一看真是陈路周，就知道这事完全是个乌龙，于是打电话给制片人，替陈路周把事情澄清了："真是误会，许总。陈路周是我一中的同学。他的成绩很好的，人家是准高考状元好吧，怎么会去当狗仔啊？而且他爸爸妈妈都是我们那儿有头有脸的人物。他妈妈是庆宜市电视台的制片人，他爸爸做生意的，之前王茜参加的那个综艺的冠名商就是他爸爸的公司。他爸爸投资的项目很多的……嗯，知道了。"

谷妍到底是混娱乐圈的，深谙拿捏这些老总的套路。陈路周要知道他家老陈和连惠女士这么好使，也不会跟个傻子一样坐在这儿等人搜查他的相机了。

等拿回自己所有的东西，陈路周也没急着走，拖过自己的行李箱放在警局门口，人懒洋洋地坐在行李箱上，无所事事一般，脚抵着地面，拿着相机，低着头，认真检查相机里的照片有没有少。

陈路周低头的时候，后颈的衣领微微翘起，脊背棘突明显，线条硬朗清晰，透过领子，后背的风光若隐若现。那里宽阔匀称，像一座被大自然精雕细琢、线条流畅的神秘山峰，让人想抚摸，甚至忍不住想象流汗时的样子。

谷妍看着他说："陈路周，我算帮了你吧。"

陈路周抬头看她，自然没否认，下一秒又低下头去，嗯了声："等你回了庆宜就联系我，叫上朱仰起，请你吃个饭。"

"一定要叫朱仰起吗？不能是我们两个人吗？"

陈路周头也没抬，后颈线条清晰，真是瘦得很有味道。他低着头，还在翻照片，听到她的问题，扑哧笑了下，懒洋洋地但是很明确地说了声："不能。"

"为什么？"谷妍问。

陈路周没听到，因为正巧翻到看流星雨那晚的照片，徐栀回头那张。女孩子满脸诧异和错愕，却有种慵懒朦胧的美。他的手指微微顿了一下，面不改色地快速翻过去，似乎丝毫没有异样，但心里还是顺势骂了句：狗东西，都不等我。

谷妍又问了一遍："为什么啊陈路周？"

陈路周心想：如果换作徐栀，她肯定不会问"为什么啊陈路周"，她只会"哦"。一天到晚除了个"哦"，她的嘴巴里挤不出别的字。刚刚翻完照片，陈路周顺手翻了下他俩的聊天记录，几十条聊天记录，一半都是个"哦"。

狗东西，真就没等他。

"说了啊，"陈路周叫了辆车，看了眼车牌号，就把手机揣回兜里，这才坐回行李箱上，平心静气地扫了眼谷妍，说话一如既往地直白扎心，"对你没感觉。而且，我说了，我现在不想谈恋爱。"他意味深长地看着她，故意拿话刺她，他这人永远知道对方的软肋在哪儿，"还是你愿意放弃你的演员梦想跟我去利物浦？不能吧，谷妍，你每天早上五点起来练功多辛苦啊，全身上下的关节都没一处是好的，没名没分地跟着我多吃亏啊。你好好拍戏吧，能为国家争光拿个奖，我会更欣赏你。不用在我这儿释放这种没用的信号。"

这话听着很无情，但谷妍知道，陈路周这个人就是嘴上没好话，但他的社交圈子很干净，高中三年从没跟哪个女孩子不清不楚过。别说女朋友，如果不是她那件事，他连个绯闻对象都没有，或者说，她从没见他跟哪个女孩子走得特别近。他的身边都是清一色的男孩子。他特别知道怎么跟女孩子保持距离。比如，之前他隔壁班有个女生喜欢他，那女生也挺漂亮，学美声的。陈路周每次从他们班经过去找朱仰起的时候，隔壁班的男生就狂起哄。他一开始不知道原因，后来知道了，就再没从那个班门口走过。

谷妍想起朱仰起曾经说，陈路周被骂的最主要原因，还是他那张能把僵尸忽悠起来走两步的嘴以及那压根儿不做人的性子。

"你说这狗东西是不是人？"

徐光霁一口江小白闷下去，花生米也吃完了，心里烧得慌，实在不吐不快，掐死那小子的心都有了。

蔡宾鸿一边嗑瓜子一边听他絮絮叨叨快两个小时了，顾客都让他熬走了好几拨，总算听明白了："你说徐栀和陈路周在谈恋爱，还那什么……了？"

两个人坐在巷子口的丹姐生煎吃夜宵。徐光霁脸颊酡红——他没醉，只是喝酒上脸。陈路周这事把他的社恐都治好了，敢直接把空盘递给老板娘让人再给他续一盘花生。要换作以前，他绝对不敢。然后他信誓旦旦、咬牙切齿地对蔡宾鸿说："谈恋爱八成是在谈了，有没有偷尝禁果我不知道。咱俩养的都是女儿，你也知道，我是当爹的，有些话总是不如当妈的说那么方便。"

蔡宾鸿丢了颗花生到嘴里，说："徐栀怎么说的？"

"她就说她不是自愿的,是陈路周骗她的。"

"我的天!"蔡宾鸿都坐不住了,"这你还不报警?!徐栀这才几岁啊?!"

"是吧,我当时直接从厨房拿了把刀,准备去砍了那小子。"徐光霁又灌了一口江小白,火辣辣的感觉一直蔓延到胃里。他这才慢吞吞地补了句,"但徐栀说,陈路周是骗她去拜送子观音,你说这小子缺德不缺德?"

"你说话别这么大喘气行不行?"蔡宾鸿的老心脏又放回肚子里了,"还好不是咱们理解的那意思,不过他俩是不是接触得有点儿频繁了?"

"不然我能怀疑那小子?"徐光霁说,"我女儿有事向来不会瞒我,但最近只要我跟她提陈路周这个人,她总能给我悄无声息地转移话题。"

蔡院长说:"那是有点儿猫腻,要真谈了,你得防着点儿。现在的小男生都没什么底线,骗点儿钱也就算了,要遇上个骗色的,你都没地儿哭去。女儿养这么大,养这么漂亮,你得防着外面这些个野狼。"

"怎么防?我总不能随时随地跟着徐栀吧?"

蔡院长给他出了个主意:"笨蛋,你可以从陈路周那边下手啊。他现在不是要定期上你那儿复查吗?你盯着他不就行了?"

"也是。"徐光霁想想这也是个主意,突然想到另外一件事,"马上出分了,你的降压药开了吗?你多少备着点儿。我是不打算再找老婆了,你现在就是我唯一的战友。"

蔡院长一派悠然自得:"不抱期望就不会失望,我跟蔡莹莹说好了,考多少分我都不生气,随便她。她爱去哪儿上大学就去哪儿,反正我不管了。徐栀呢?"

"徐栀说想去北京。她第一次提出要去外地,以前从来不会这么想。虽然我知道自己不能一直把她留在身边,但现在真觉得时间过得挺快的。以前她才这么点儿大,一点儿不顺心就哭,哭起来滔滔不绝,像个水龙头一样,关都关不上。"

"徐栀居然提出去外地?她不是一直都想留在你身边陪你吗?"蔡院长也觉得震惊,见徐光霁脸色难看,他又马上安慰道,"不过,孩子们长大了,迟早会有自己的想法。"

"不,徐栀是碰到这个陈路周才开始变的。这两天你是没看见她心不在焉那样儿。整天捧着个手机,我也不知道她在想什么,说不定就在想那小子。"话说到这儿，徐光霁索性拿起一旁的整瓶江小白一饮而尽，仿佛嚼穿龈血，说，"他要是对我女儿是认真的，他俩谈也就谈了；他要是敢欺骗我女儿的感情，看我不弄死他！"

徐光霁的酒量其实一般，第二瓶江小白干下去，差点儿上社会新闻，整张脸涨得比猪肝都红，第二天睡醒了人还头昏脑涨，不太清醒。所以，在门诊门口看见陈路周的时候，他第一下还没反应过来，觉得可能是幻觉。等那小子大咧咧地在他面前坐下，看着那张清晰英俊的脸，他才回过神：这绝对不是幻觉，这小豺狼自己送上门来了。

徐光霁接过他的病历本，确认过名字，是那个陈路周没错。

"恢复了？"

"嗯，我是来做……测试的。"

不知道为什么，这小子今天看着比之前顺眼了，看他的眼神也比之前乖顺多了，不像那天，傲慢得二五八万，明明不行还非说自己行。

徐光霁例行公事般提问，顺便扫了他一眼："这几天感觉怎么样？有过性生活吗？"

"没。"陈路周咳了声。显然他俩都不打算捅破这层窗户纸。但陈路周知道徐光霁应该是认出他了，不然对他的态度不会这么恶劣，毕竟是宝贝女儿身边的异性朋友。他能理解徐光霁的老父亲心思，但心想要不还是强调一下，于是随口补了一句："我是处男。"

"我问你这个了？"徐光霁的表情很嫌弃，但还是顺势问了句，"那你对婚前性行为怎么看？"

陈路周正襟危坐，义正词严："强烈谴责！绝对抵制！"

他俩之间有种心照不宣的"爱在心口难开"。徐光霁不点破是不知道他俩进展到哪步了；陈路周不点破是他以为自己在徐光霁眼中只是徐梔普通的异性朋友，要是主动打招呼，别人会觉得他太冒昧，图谋不轨。

所以一直到他做完精子测试，两个人都没开口提过徐梔一句。

徐光霁看完他的报告，心里不由得感慨一句：到底年轻，这小子的身体素质真是不错。

于是，徐光霁把报告拍在桌上，让他定时复查，然后示意他可以滚了。

陈路周啊了声，不太明白徐光霁的意思："为什么还要定时复查？"

徐光霁瞥他一眼:"是不是禁欲很久了?"

陈路周一副"你这个老头怎么听不懂人话"的表情,人靠在椅子上,啧了声:"刚才说了我还是……"

"啧什么啧,跟长辈说话就这个态度?"到底姜还是老的辣,徐光霁面无表情地说,"我说的禁欲,包括你自己用手。"

陈路周:"……"

徐光霁用手在报告上指了下,慢条斯理地补充道:"怎么说呢?你这个活跃度是很高没错,但是你精子的畸形率也很高。有两种可能性,一种可能是你禁欲太久,还有一种可能就是你家族有遗传基因,所以我问你是不是禁欲很久了。"

陈路周再人模狗样也装不下去了。人还靠在椅子上,咳了声,有点儿不好意思地往别处瞥了眼,慢吞吞地啊了声,才不情愿地嗯了声:"是有阵子了。"

徐光霁问了句:"超七天了没?"

"超了。"

"嗯,禁欲超过一周再做测试确实会出现这个问题。下次过来复查最好保持在三到五天,太短也不行,精液量不够。"徐光霁把病历本和报告一并推过去,"行了,回去吧,下个月再来复查。"

陈路周:"……"

回去的路上,陈路周心情挺复杂,不知道徐光霁那些话是不是有恐吓他的成分。但是恐吓他干什么呢?他又不是徐栀的男朋友,又不会跟徐光霁抢女儿,那多半就是因为这事确实挺严重的。

不能怪他胡思乱想,他会被亲生父母抛弃,总是有原因的吧。

因为他基因畸形?

相比福利院的其他小孩儿,陈路周完全没有关于身世的记忆。打从记事起,他就在福利院了。也就是说,他可能是一生下来就被人送进福利院了。他自身又没有其他缺陷,这么一想,徐栀爸爸说的并不是没有可能。

不过,这有什么大不了的呢,不生小孩儿不就行了?他已经很幸运了,相比那个小孩儿。

"那个小孩儿"是他在福利院的朋友。其实他现在已经不太记得对方的长相和名字了,只隐约记得,那个小孩儿每天都守在福利院的门口。陈路周有一次好奇地过去问他在看什么,他说在等爸爸。

陈路周觉得好笑,很直接地说:"你爸爸不要你了啊。"

那个小孩儿却坚持说:"不是的,爸爸说他只是去帮我买蛋糕,很快就回来。"

守着这样的信念过了五六年,他终于接受了父亲抛弃他的事实,但也变得越来越自闭,易怒狂躁,患得患失。最终他也没能从父亲抛弃他的阴影中走出来,蛋糕成了他一辈子的禁忌。看到或者听到类似的东西,他就歇斯底里地摔东西,听说后来因为过失伤人进了少管所。

某种程度上,直接果断的分离比拖泥带水的谎言更能让人接受。所以陈路周这人一直都这样,只要有事直说,哪怕再离谱的事他都能接受。毕竟小时候福利院的工作人员骗他说他是莲藕精,是院长妈妈把他从莲藕里挖出来的,他也信了。每次看到莲藕上桌,他的内心都很崩溃,但是又觉得好好吃,于是一边吃一边哭——

"对不起,呜呜呜……好好吃,院长妈妈,再来一碗。"

那时候,他才三四岁吧。

再大一点儿知道自己是怎么来的他就很难哄了,说啥都不好使。偶尔他也想找爸爸妈妈。就在他最渴望父爱和母爱的时候,老陈和连惠女士来把他接走了,给了他足够的关怀和保护。陈路周才长成现在这样。

晚上,他跟朱仰起去体育馆打球。庆宜市这两天雨下得断断续续,像五六个月大的小孩儿那张脸,忽晴忽阴,想起来就落两颗泪珠,就没停过。

室外球场潮湿不堪,朱仰起提前找人在体育馆占了位置,结果发现阿姨们动作更快,整齐划一地占领了半个球场,左蹦跶,右蹦跶,喇叭里传出的颇具节奏感和穿透力的声音响彻空荡荡的体育馆。

他们三对三斗牛,打半场,有筹码的——输了的去市里最近刚开的一家店请一顿人均八百的日式烤肉。朱仰起和姜成打赌,谁输了谁请。陈路周、朱仰起、冯觐一组,姜成、姜成女朋友,还有个朱仰起美术班的同学,叫大竣,他们仨一组。

"姜成,你认真的?要不让你女朋友跟我换组,让陈路周带她,不然这怎么打？"朱仰起于心不忍地说。

姜成和他女朋友一人耳朵上戴着一只耳钉，身材都很高挑，俊男美女确实养眼。他不屑地道："我女朋友是省队的，一挑你们仨都轻轻松松。"

这话说得朱仰起斗志昂扬，一脸"关门放狗"的表情："行，陈路周干他，干得他找不着家。"

朱仰起是没跟姜成的女朋友打过。不过陈路周跟姜成他们打过好几次，知道省队是姜成吹的，但是他女朋友的水平确实不差。朱仰起属于人菜瘾大，陈路周懒得搭理他："打狗还给根棒槌呢，你吼两句我就得给你卖命？"

朱仰起却在他耳边不怕死地小声说："你不给我卖命，给谁卖命啊？徐栀？你这两天火气这么大，人家又好几天没联系你了呗？"

陈路周站在篮球架下，一边看着他，一边报复性地、狠狠地把篮球摁在他胸口，还拧了两下："挑事是吧？行，今天四打二。"

四打二朱仰起毫无反击之力，被人按着打。陈路周压根儿不让他碰球。

朱仰起眼看这顿日料要自己请了，最后还是屈于陈路周的淫威，中场休息的时候在他耳边咬牙切齿地说："你好好打行吗？好好打我告诉你今天徐栀在哪儿玩。"

"稀罕。"

话音刚落，下一秒，哐当，三分。

姜成发现局势有变，立马亲切地呼唤陈路周："草，说好的四打二呢？"

这个称呼也许有情之所至骂人的意思，但是姜成确实一直叫他"草"。

有意思了有意思了。朱仰起的三叉神经都兴奋起来，摩拳擦掌提醒冯觐："老冯，来，注意，比赛正式开始了！"

全场大概只有冯觐一头雾水："啊？我以为快结束了呢。"

姜成不信陈路周这么快又反水了，抢下篮板还是不死心，一边骚里骚气地胯下运球，一边试图挽回陈路周的心："草啊，做人不能这么墙头草。"

陈路周扔完三分，站在三分线外，懒懒散散地转了下手腕，似乎也有点儿恨自己的手不争气，叹了口气说："最近被朱仰起抓到……把柄了，过阵子吧,过阵子过了这个劲儿,我陪你打死他。"

庆宜市体育馆附近新开了一条夜市街,每天晚上九点、十点最是热闹。整条街灯火通明,摊位摆得整齐规范,商品琳琅满目,看得人眼花缭乱,卖什么的都有。

陈路周一路走过来,每个摊位都大致扫了眼,发现衣食住行样样齐全,还有小孩儿的玩具、电玩以及各种盲盒娃娃机等。套圈、射击这些常见的游戏项目自然少不了,连老人的轮椅、摩托车这些夜市罕见的商品都有人卖。还有人支着摊,或算命,或进行相亲介绍,或提供银行理财咨询服务……就连棺椁、寿衣定制都有。他大致总结了一下,除了不能人口贩卖,这里基本上啥都能干。还有个大爷穿着四角短裤,没精打采地躺在路边让人给他搓背。

前面还有一个酸了吧唧的文艺渣男在忽悠女同志——

"你有没有听过一句话?"

这大约是一场不太愉快的相亲,从一见面男方就提出婚后要跟他母亲一起住,并且需要她承担全部家务,还要每个月交多少钱孝敬他那个老母亲开始,一路走来,两个人分歧无数。女同志认为这并不符合自己对婚姻的预期,对他的耐心也到了极限,吸了口气,似乎只是想看看他究竟还有多少花样:"你说。"

文艺男青年此刻停在一个美甲摊子前,正巧那摊子上还摆了几包花种子。他随手捡起一包,振振有词地继续对女同志灌输他的观点:"就像这个花种子,人生有时候也是这样,其实没有人规定你一定要长成玫瑰,向日葵也有属于它的骄傲,对吧?只要我们目标一致,就能组成一个美好的家庭。"

女同志:"话是这么说……"

陈路周突然觉得他们这代人找女朋友困难也不是没道理,有些男的确实挺让人一言难尽,尤其前面这位。

"但这个就是玫瑰花种子,"一道直白且锋利的声音很煞风景地响起,宛如一桶冷水浇下来,声音干净而清亮,有着独属于她的不耐烦和敷衍劲儿,"它不长成玫瑰能长成什么?给人画饼至少得有点儿逻辑吧。"

陈路周:"……"

徐栀也是忍无可忍。这位男同志每天都换一个相亲对象在这条街上溜达来溜达去，每次经过都对她的玫瑰花种子动手动脚，还试图用他那套毫无逻辑的文艺理论劝女性放弃自己的思想和理想为他服务，刚刚还劝人辞职给他当全职太太。

徐栀现在不太喜欢管闲事，主要是不想给老徐惹麻烦。以前林秋蝶女士在的时候，有人给她兜着，她也算是个侠肝义胆的小姑娘，看见狗打架都要上去劝架，两肋插刀更是不在话下，现在她不这么干了。主要是老徐太尿，什么锅都自己背着，重度社恐还瑟瑟缩缩上门去给人道歉的样子她实在不敢看。

所以她尽量让自己看起来像只和平鸽，不跟人生气，也不强出头。

但是说实话，劝什么她都能忍，唯独劝人辞职不赚钱，她忍不了，这行为可以天打五雷轰了。

还好今天白天一直下雨，所以逛夜市的人不多，也没什么女孩子做美甲，不然这会儿全给吓跑了。徐栀这会儿也就给蔡莹莹贴指甲片玩，一抬头，就看见陈路周神出鬼没地斜倚在对面的电线杆子上。

他今天还是一身黑，身上的线条仍旧锋利干净，因为没戴帽子，五官看着格外清晰而英俊。可能是刚跟朱仰起打完球，额头上还绑着一根黑色发带，衬得脸上的皮肤白皙而干净，头发凌乱，汗涔涔地东一撮西一撮支棱着，脑门儿上全是汗，但是看着很鲜活，环抱在胸前的双手青筋突起，好像一棵脉络清晰、朝气蓬勃的白杨树。

在他身上，她总能感觉到一股强烈的禁欲感。然而，因为他身上那股若有似无的荷尔蒙以及从容的劲儿，旁边的摊主姐姐都在看他，没人想到他只是一个高中毕业生。

旁边隐隐有说话声和骚动声，像春风搔着枝头，像猫儿在叫。她的血液似乎在沸腾，心跳也快了。

视线跟他对上的瞬间，徐栀的心跳微微一滞，心脏也紧了下。

他们是有几天没见了。

大约是觉得没面子，又见徐栀和蔡莹莹就两个小姑娘，文艺哥脸色一变，露出臂膀上的文身。蔡莹莹看着他抖动的肌肉，有点儿被唬住了，但嘴上还很硬，立马就演上了，梗着脖子，期期艾艾地大声说："怎……怎……么，你想打我们啊？我们就是两个小姑娘而已啊。"

· 218 ·

徐栀刚要说"大哥,你这脾气也太暴躁了,一点儿都不文艺",就看见对面那个身影终于懒洋洋地从电线杆子上起身,朝她们走过来。

不等文艺男说什么,陈路周三两步就走到他的身后:"让一下,可以吗?"

文艺男回头瞧他:"干吗?你有事?"

"我找她们做生意啊。"

"这是美甲摊,帅哥。"文艺男笑了起来。

"怎么,还不允许别人有点儿特殊爱好?"陈路周都没看他,看着是很坦然,但眼神是忍辱负重的,表情冷淡地对她说:"随便画吧,钢铁侠、蜘蛛侠、美国队长、绿巨人都行,我不挑。"

"哦,绿巨人不行。"他很有原则地补了句。

徐栀:"……"

陈路周从小就这样,能用嘴解决的,他一定不会动手。大多数时候,男人打架图的是一个爽快,并不是要所谓的结果,打完就爽了。但这种两败俱伤的事情陈路周从来不参与,主要是怕受伤——挂彩会被他妈训。

这个年纪的男孩子,正是肢体和血液最冲动的时候,怎么可能不打架?所以之前好几次,姜成、朱仰起他们在球场上跟人起冲突,知道他陈大少爷是个听妈妈话的"妈宝",每次都自动自发地不带他,动手之前把身上的外套一脱,齐刷刷全丢给他,让他上一旁乖乖看东西去。

暴雨刚停歇,街上行人寥寥,连看热闹的人都少,地面上还有积水。陈路周大咧咧地敞着腿坐在摊位椅上,心安理得地享受徐栀的修甲服务,抽空看了眼那文艺男,表情慵懒:"还不走?要我报警吗?"

他摆明是护着这两个女孩儿。

女士跟徐栀道歉,连"再见"都没同那男的说,挎着包,转身直接走了。

文艺男狠狠地瞪了陈路周一眼,赶紧跟上去。

陈路周看着他的身影消失在长街尽头,才放心地转回头,刚要把手抽回来,徐栀狠狠地一拽,拉着他的无名指,继续涂护甲油:"别动,马上涂好了。"

"你真画啊?"陈路周疑惑地说,虽不情不愿手还是不动了。

摊子上就两盏折叠台灯,白炽灯的光线将他的手指骨照得非常清晰。

他的手指节分明，指甲也干干净净，应该是刚修剪过。这么好看的手，不画也太可惜了。徐栀兴致勃勃，一边专心致志地帮他涂护甲油，一边说："当然，这不是你自己要求的吗？"

陈路周眯起眼，凑过去瞧台灯下她的眼睛，喷了声："我怎么看你有点儿恩将仇报的意思？"

"没有。"徐栀一笑，知道他少爷脾气就得哄，于是好声好气地央求道，"就画一个，就一个。我今天还没开过张呢。"

陈路周靠在椅子上看了她老半晌，才茫然地问了句："好洗吗？"

"好洗好洗，让她画一个！"旁边卖丝袜、内裤的老大姐笑呵呵地看着他俩抢着说道。

"那就画个无名指。"陈路周说。

徐栀点头："要不给你画个戒指？"

"也行。"

"黑色的可以吗？"

"嗯。"

这时，旁边插入一道仿佛嗷嗷待哺的声音："陈路周，你带手机了吗？"

陈路周闻声看过去，这才发现蔡莹莹也在旁边支了个手机贴膜的摊位。陈路周刚要说"不用，谢谢，我的手机从来不贴膜"。

"你让莹莹给你贴个膜吧。"徐栀没看他，低着头在手机上给他找戒指的样图。

陈路周靠在椅子上，叹了口气，摸出手机，丢给蔡莹莹，说了句："你随便贴吧。"这才转回头夹枪带棒地对徐栀说："你还真懂得物尽其用啊，不把我榨干，你们今天不收摊是吧？要不我把朱仰起他们都叫过来给你捧场？"

"这不是跟你学的吗？"徐栀始终没抬头，看完图，又去盒子里找相似的图案贴纸，漫不经心地同他说，"你骗我去拜送子观音我还没跟你算账呢。"

"哦，那为什么不找我算账？"他一脸欠揍样儿，也不知道怎么能这么理直气壮。

"忙。"

"忙什么？"他不信她忙得连发条微信的时间都没有，冷笑道，"你就是拿我当陪聊机器，有问题了才想到我是吧？"

"哎，我给钱了啊，是你自己没收。"徐栀一副问心无愧的口吻，还是低着头，拿着镊子，在一个个收藏饰品的小盒子里认真地挑选戒指的形状，还没心没肺地问他，"要钻戒吗？还是普通的那种？"

"随便。"他的语气很冷。

"那还是普通的吧，钻戒要贴钻石。"

陈路周这就很不服了："怎么，我贴不起？"

徐栀一愣，这才抬头看他，有点儿蒙："不是，我以为你不会喜欢这种亮晶晶的东西。"

"就钻戒。"他显然是跟她杠上了。

"好，"徐栀笑了下，一副蓄势待发的样子，晃动着手上的指甲油，说，"手伸过来。"

"凉死了！徐栀你搞什么？"陈路周刚把手伸过去，就被冻得一个激灵，想抽回手。

徐栀专心致志地擦着什么："别动，用酒精消下毒。"

陈路周靠在椅子上，一只手被她牵着。他淡淡地看着她："我是说你的手怎么这么凉。"

徐栀低着头，捏着他的无名指，全神贯注地看着他的手，慢吞吞地低声嗯了声："刚手心都是汗，就过了下冰水。"

陈路周看她低头画指甲那专注劲儿，眼睛都快埋进去了。他觉得徐栀有时候很像那些抽象派画家最得意的古老油画，有着最精致的技巧、结构，却充满了神秘色彩。

她的头发又软又细，替他画指甲的时候，垂在额前的那缕碎发时不时会扫到他的手背，鹅毛似的悠悠荡荡，若有似无地撩拨着他的心。

你故意的吧？嗯？

陈路周刚这么想，徐栀大概觉得碍事，一言不发地把那缕碎发别到耳后去了。

陈路周："……"

这条街上没什么人，美甲就美甲吧，陈路周还挺坦然的。但他忘了一点，这条夜市街刚开张，最近电视台一直在这条街上采访，做民意调查。

221

连惠女士是制片，这段时间都在加班赶这个项目。

旁边卖丝袜的大姐好心提醒徐栀和蔡莹莹两个说："电视台的人来了，你们注意一下卫生，别让他们拍到垃圾，不然过几天城管局的人就来让你撤摊了。"这时陈路周还没觉得有什么，直到听见身后响起一阵熟悉的穿着高跟鞋的脚步声以及刘司机那句"连总，我先把车停回去，完事您打电话给我，我过来接您"，他才惊觉事情有点儿不妙。

这条街原本打算做成休闲风情街，但最后政府批下来的还是夜市街。主要是庆宜年轻人居多，可能更喜欢这种快节奏的消费型夜市街。

连惠的电视台最近有个专题栏目，主要围绕庆宜市本地年轻人的生活方式展开。但前几期的效果都不太理想，今天正巧开完会，时间还早，她顺势过来和同事一起做个民意调查，看能不能找到点儿灵感。

连惠是下车的时候才认出陈路周。与此同时，陈路周大概是听见动静，下意识地转过头，也发现她了。高高大大的个子坐在那条夜市街的摊位椅上可谓鹤立鸡群，格外引人注目。陈路周眼神错愕地看着她。然而，当看清他在干什么的时候，连惠比他更错愕，直接震惊地立在原地，那脚步是怎么也迈不开了。

旁边两个小记者对这尴尬的场面浑然不觉，更不知道那个高大的男孩儿是她们连大制片常常挂在嘴边、引以为傲的学霸大儿子，只记得刚刚在车上连制片字字铿锵的训话——

"我告诉你们，现在做新闻不能这么做！'大一女生为男友整容，却被骗去借贷还惨遭男友抛弃'，这种新闻稿谁写的？当我没看过原稿？人家整容是为了参加比赛，跟男友有什么关系！你给人家改写成这样，什么意思？博取眼球？你们不要总是把目光放在女孩子为了什么上面，多看看女孩子做了什么。"说到这儿的时候，连惠随意地往车窗外一瞥，也没看清那人是谁，仿佛毕业于"UC震惊部"、才思敏捷的连惠女士就顺势道，"你看，'高冷男神为爱做美甲，摊主跟他竟然是这种关系'，点击率绝对比你的那个高。都什么年代了，别总是女孩子干啥都是为了男人，换个角度，男孩子为了讨女孩子欢心，竟然当街做美甲，今天的标题有了。"

所以，当被话筒团团围住，闪光灯格外闪亮和热烈的时候，陈路周觉得，连惠女士是不可能轻易放过他的。

他也挺聪明的，坦然无谓地直接冲着记者身后笔直僵硬的连大制片人叫了声"妈"。

咔嚓咔嚓,所有的闪光灯瞬间停了,话筒也被放下来。

众人纷纷回头看,连惠的嘴角抽搐了一下。

"散了吧。"连惠的语气是一贯的温婉,但说话有些结结巴巴。她一只手抚着额头,"他……学习压力大……那个,我刚听见,十字路口好像有条狗把人咬了,你们去问问原因……不是,去看看情况严不严重。"

等所有人一撤,连惠才迈开脚步朝陈路周走过去。她裹紧了身上的披风,高跟鞋踩在地上,声音格外清脆。她小心翼翼地避开地上泛着光的水坑,姿态优雅高贵,像高岭之花,也像白天鹅,总之,整个人连同她手上那个保养得锃光瓦亮的爱马仕皮包都雍容华贵得跟这条街格格不入。

徐栀想起了林秋蝶。然而,林秋蝶女士没有这么高雅的气质。她时常戴着工程帽在工地上吃一脸灰,身上总是灰尘扑扑的。她的性格大大咧咧,唯一细腻的一面就是帮徐栀缝衣服的时候。徐栀小时候皮,衣服经常破洞,大多数时候都是老徐帮她补,林秋蝶女士偶尔也补,但她总是笨手笨脚的,缝一针就得哈口气,那样子特别憨。

连惠没注意到旁边有道视线正紧紧地盯着她,径直走到陈路周面前,给他拢了拢衣领:"你怎么穿这么少?冷不冷啊?感冒好点儿没?"

连惠女士是一年四季都不怎么穿短袖的人——她体寒,所以总是担心陈路周他们会冷,总觉得男孩子们穿得太少了。就这种别的家长碰见了可能要追着打的场面,她也没顾上指责,而是第一时间问他冷不冷。

"还好,不冷。"陈路周说。

连惠女士扯过他的手看了眼。其实,现在男式美甲并不少见,他们台里有个男孩子是正儿八经地热衷于做男式美甲的,什么稀奇古怪的颜色都往手上涂。她是不喜欢的,但她知道陈路周性子直,多半是跟人姑娘闹着玩的,所以没太管他,而是将矛头对准了徐栀。

不过她心里有数。陈路周答应过她不会在国内找女朋友,加上她这个眼神向来无畏的儿子第一次对她有了示弱的意思,于是连惠没让他太难堪,只轻描淡写地说了一句:"明天回家一趟,有事情和你说。手记得洗干净,别让你爸看到。"

蔡莹莹突然明白了一开始的徐栀为什么那么执着。陈路周妈妈的声音跟林阿姨的声音可以说是一模一样。就是陈路周妈妈明明看着很温柔,说

223

话也是轻声细语、慢条斯理，不知道为什么给人一种咄咄逼人、完全无法反抗的窒息感。

那位女士走了很久，蔡莹莹都觉得空气似乎依然凝固着，凝固得像干了的糨糊，怎么搅拌也搅拌不动。她也突然明白了朱仰起为什么总说陈路周是个妈宝，他妈说什么都不反抗，换她也不敢反抗。裹挟着爱的糖衣炮弹，换谁都无法拒绝。

"一见面就是穿这么少冷不冷啊宝贝儿子，转脸就是手记得洗干净。其实，压根儿就不尊重陈路周，说到底，还是因为他是领养的。陈路周走的时候心情应该挺不好的，连手机都忘了带走。"

回去的路上，蔡莹莹跟徐栀吐槽。见她没说话，蔡莹莹看着满月当空，自顾自仰天长叹一句："唉，明天就要出成绩了，我好紧张啊，我怕老蔡当场昏死过去。虽然他当爸爸不怎么合格，但是相比陈路周妈妈这种明显挟恩图报的，我还是喜欢老蔡，至少过得轻松舒服。"

月光铺了一地的银色，风在徐栀耳畔轻轻地刮，巷子里的树叶发出窸窸窣窣的声响，这条青石板路上依然泛着江南雨城的腥潮味，墙头的猫喵喵地跟她们讨食，墙角的破三轮依旧没人修。徐栀不知道为什么，越是看到这些熟悉的景物，越觉得自己当下的情绪很陌生。

"莹莹。"徐栀突然停下脚步。

蔡莹莹跟着停下来，茫茫然地啊了声："怎么了？"

"你把陈路周的手机给我。"她说。

巷子里的小猫还在叫，柔和的路灯光洒在青石板路上，好像一层毛茸茸的白色毯子，在指引她往那个方向去。

"你要去找他吗？"蔡莹莹把刚刚贴完膜的手机递过去。

话音刚落，轰隆一声巨响，天边滚过一道惊天动地的闷雷，巷子里的人家忙着关上窗户，连树上的鸟儿都扑棱着翅膀往窝里钻，那猫儿也吓得屁滚尿流直接蹿回墙洞里。

蔡莹莹抬头看了眼天空，担心她的膝盖："马上要下暴雨了，徐栀，你不方便走那么远吧。"

"我走慢点儿就行，你先回家吧。"徐栀说。

"那你记得回家，千万别在他家留宿，老徐要知道，会直接砍了他的！"

"蔡莹莹！"

蔡莹莹笑得比谁都灿烂，边喊边跳，在青石板路上一个劲儿地冲她嚷嚷："徐栀你知道什么是喜欢吗？喜欢就是，你看，现在是你最讨厌的下雨天，你还是义无反顾地去给他送手机！"

徐栀："蔡莹莹你闭嘴！"

"我不我不，我就不。"蔡莹莹一个劲儿地蹦，得意的笑声飘荡在整个小巷里，却戛然而止——

"哎，徐叔。"

徐光霁正拎着一个鸟笼，面无表情地问她："她给谁送手机去？"

蔡莹莹反应贼快："一个热爱美甲的顾客，今天在我们那儿美甲，结果把手机落那儿了。"

"女的？"

"美甲能是男的吗？徐叔，你真逗。"蔡莹莹干笑两声。

黄澄澄的月亮依偎在天边，湿润的空气里，欢声笑语不断。吃饱喝足的人们作鸟兽散后仍步履匆匆，似乎有赶不尽的下一场。

陈路周自己一个人，也没下一场了，所以蹲在便利店门口看路人聚散，看路人告别，看路人热血沸腾地奔向明天。

嘎嘣！嘎嘣！嘎嘣！一声声清脆而有力，啤酒罐被他一个个捏扁，旁边的狗冲他狂吠，凶巴巴地看着他："汪汪汪汪——"

陈路周知道自己制造的噪声连狗都忍不了了，被凶了，投降似的笑了声，懒洋洋地抬了下手："好好好——我错了。"

于是，他乖乖起身，把喝剩的啤酒罐一一扔进垃圾桶里，狗叫声这才消停。

街道又恢复了片刻的宁静，月亮躲着乌云静谧无声地倾洒着光辉，大约是盛夏来临，那蝉鸣声倒是越来越响亮越来越清晰。

陈路周不太饿，啃了半个汉堡，就把剩下的丢给旁边那条小黄狗了。其实，他没吃晚饭，打完球从朱仰起那儿拿到地址就去夜市街找徐栀，本来打算请她吃夜宵，顺便再请她看场电影。他在博汇订了私人包厢。哦，博汇是老陈众多产业旗下之一，不过这些都跟他无关。老陈说了这些东西都是留给陈星齐的。嗯，他也没想过要抢。

他知道蔡莹莹在，所以他想，他可能还要请朱仰起帮个忙。为了让朱仰起帮忙，陈路周白帮他打球不说，还反欠了他一顿尚房火锅。

哦对，朱仰起，自己忘了跟他说，现在不用他帮忙了。

陈路周下意识地去摸手机，才后知后觉地想起来，手机好像还在蔡莹莹那里贴膜。刚才一路上光听他妈说话，忘记手机没拿回来了，买酒用的是便利店的会员卡，所以这会儿他才想起来。

他正在犹豫要不要用公用电话打过去，一摸，兜里也没有现金。

要换平时，估计他会进去跟店员借个手机。但今天，他实在不想跟陌生人说话。

其实他偶尔也会社恐，尤其是对陌生人。他并没有看上去那么阳光开朗。尤其是这段时间，他总觉得是自己哪里做得不够好，所以老陈和连惠才想把他送出国。

蔡莹莹刚把钥匙插进门锁，电话就响了。

"什么？你要约我？朱仰起你脑子是不是有病？你知道现在几点了吗？你约我干吗？我不去。"

电话里的朱仰起死皮赖脸："尚房火锅，你来不来啊？"

尚房火锅，人均一千。蔡莹莹又小心翼翼地把钥匙拔出来，蹑手蹑脚地钻回电梯里："朱仰起，你发财了？就咱俩吗？还有谁？陈路周在不在啊？他不在的话徐栀岂不是也不在？能打包吗？我给她带一点儿，听说那边的鸭血可好吃了。"

朱仰起这会儿才听出一丝不对劲儿："陈路周没在你那儿吗？"

"刚才来了，不过后来他妈也来了，陈路周就跟着他妈回去了。"

然后，蔡莹莹听见朱仰起清了清嗓子，说："那个……蔡莹莹，要不哥请你吃肯德基？肯德基新出了一款套餐，送两个钢铁侠，你肯定没吃过。"

"朱仰起，你有病。大半夜耍我？"

"行行行，你出来，哥请你吃尚房火锅。"

…………

蔡宾鸿坐在沙发上跟徐光霁打电话，狐疑地往门口看了眼——刚刚他

· 226 ·

明明听见开门声和蔡莹莹的说话声。然而，等了老半天也没见人进来，于是他走过去开门一看，鬼影都没有。

"真是奇怪，"他对电话那头的徐光霁说，"我刚刚明明听见蔡莹莹的声音了。"

"莹莹？"徐光霁之前养了只鸟，这只鸟最近有将要寿终正寝的迹象，怎么逗都不开心，刚刚他下楼带那鸟去溜达了一圈，鸟还是兴致缺缺，这会儿他正给鸟喂香蕉，"我刚在楼下碰见她了，她回来了啊。"

"估计又跑出去了。"蔡宾鸿没当一回事，蔡莹莹一天到晚跟个野人一样不着家。他继续跟徐光霁说工作上的事情，"这事我还没想好。也就算个同级平调，本来没这么快，但是同山医院那边最近学术造假不是闹得很大吗？就想让我先过去顶两天。"

"同山？在N省啊，这不等于外调了？"徐光霁说，"这我给不了意见，你自己琢磨吧，不过同山医院在国内也算数一数二的专科医院，去了对你的仕途肯定有帮助。"

蔡宾鸿在等高考出分。如果莹莹决定复读，他肯定不能走。

"咱俩这辈子的心就挂在女儿身上了。等她俩走了，要不考虑考虑找个伴吧，我觉得她们现在这个年纪应该也能接受了。"

徐光霁的眼睛时不时瞟向毫无动静的门口，心不在焉地说："是啊，咱们找个伴还得考虑她们能不能接受。你说她俩谈恋爱怎么就不想想爸爸们能不能接受呢？"

"别带蔡莹莹，她可没谈恋爱。"

"哼，没谈恋爱怎么大半夜也不在家？这可不好说，你的心也别太大了。"

蔡宾鸿当时压根儿没去想这种可能，毕竟在他心中，蔡莹莹这件漏风的小夹袄谁穿谁知道。但是他万万没想到——

他的这件小夹袄，别人穿了不漏风。

陈路周在便利店门口的椅子上坐了将近一个半小时。因为后来又毫无预兆地下了一场大暴雨，他没带伞，就没急着走，看着雨脚急促地拍打着窗户、路面、车顶，刚刚跟他妈在车里的对话言犹在耳——

"明天出分，我们知道你不甘心，但利大也很好，我跟你爸沟通好了，你喜欢摄影对吧？他们的影像学不错。"

陈路周当时靠在车座椅上，大概是真觉得好笑，勾着嘴角笑了下："妈，你也是知名电视台的制片人，就算平时不关注，帮我选专业的时候也麻烦您稍微了解一下，摄影和 X 光片是一个东西吗？"

"影像学是医学上的影像啊？"

"嗯。"

"那利大好像没有单独的摄影专业。你要真想学摄影，要不让你爸再帮你看看，咱们换个国家？"

当时马路上有起追尾事故，车祸现场惨不忍睹，泥水混着血水，满地都是触目惊心的红。死者的家属哭得撕心裂肺，躺在马路中央歇斯底里。警察正在处理。他们的车被堵在路上，半天没动。

司机拼命摁着喇叭催促前面的车辆，交警有条不紊地指挥着，面对生离死别，都没什么人去关心。陈路周茫然地看着窗外，知道希望渺茫，但还是不由自主地问了句："我一定要走是吗？"

连惠正在给人回信息，口气温柔平淡，却不容置喙："这个问题就不用再问了，尤其在你爸面前。"

"那如果，我不上 A 大，在国内随便找个三流大学上，"陈路周说，"我可以去学最冷门的专业，男护士怎么样？还不够冷门的话，动物医学、殡葬行业、宗教佛学都行。"

"路周，我跟你爸想送你出去，不仅仅是因为遗产问题。"连惠意味深长地看了他一眼，"我不认为出国镀金对你有什么不好，我们台里哪个领导的孩子不出国？人家 A 大保送都不去，高三就申请出国留学了。这个问题到此为止，就算你爸同意把你留下来，我也不会同意的。"

"是因为那天下午的事情吗？"他直白地问出来了，大概是想死也要死得明白一点儿。

"所以，你一直觉得我想送你出国是这个原因？你要怀疑我跟杨台长有点儿什么，可以去找你爸说。我有理有据，能解释清楚，并不会影响你走不走。还有，我送你出国是镀金，不是流放，你要搞清楚。你回来还是要继续为这个家卖命的。既然之前你说，你觉得在我们眼里你就是一条看门狗，行，那就回来继续当不要钱的看门狗。"

温柔的女人说起狠话来最要命。陈路周后来回想起连惠这话，自愧不如。他这性子，多半像连惠。

· 228 ·

陈路周的脚步很沉。他其实没喝多少,也确定自己没醉。但推开楼道门的时候,大概酒精上头,体内那点儿中二因子开始作祟,加上压根儿没想到楼道里会有人,就一步一个脚印、慢悠悠地踩着中间那条线走。主要还是闲的,又不想推开那冷冰冰、空荡荡的出租房的门。

然后,旁边响起一道熟悉的声音。

"你埋机关了?"

说实话陈路周吓了一跳,蓦然看见徐栀那张白净而无欲无求的脸,他下意识地回头看了眼楼道外,有些没反应过来:"你……"

徐栀从黑暗里走出来,站在高他两三级的台阶上,不知道等了多久,但显然是有点儿不耐烦了,想说"你干什么去了",但闻到他身上的酒味,就改了口。

"喝酒去了?"

"啊。"陈路周低头绕开她,不动声色地去开门。

他没关门,换好拖鞋,顺手扔了一双干净的拖鞋在门口,没等她进门,就一言不发地进卧室去换衣服了。

徐栀换上那双拖鞋就没再往里走,站在玄关没动,等他从卧室出来,看看他怎么"处置"她。兜里的手机一直在振,是陈路周的。徐栀的腿都快被振麻了。他确实日理万机,就手机这个振动频率,把她的社恐都振犯了。

这会儿他的手机估计也就剩百分之一的电量,她刚刚看就只有百分之十了。

陈路周换完衣服出来了。他这个人不知道哪儿来的毛病,进去换了卫衣、长裤出来,怕被她占便宜似的,除了喉结那块,没露一点儿肉。但这么一来,他的喉结显得更突出,更清晰了。

陈路周已经在沙发上坐下,回头透过客厅的栅栏见她还站在玄关那儿,戏谑了句:"站那儿给我当门神啊?我花钱请你了啊?"

徐栀这才走进来,把手机递给他:"你走的时候莹莹都没来得及叫住你。"

他坐在沙发上接过手机,不冷不热地嗯了声,觉得自己多半猜到了她来干吗,接过手机一看,没电了。

"你坐会儿。"

他起身去房间找充电器。

徐栀听见里面有抽屉开合声。没多会儿，他身上披了条黑色的毯子，整个人倦怠感满满，一边低着头给手机插充电宝，一边趿拉着拖鞋，慢吞吞地从卧室里走出来。徐栀看见那个充电宝才想起，自己还欠他一个充电宝。

她问："你是不是感冒了？家里有体温计吗？"

陈路周坐回去，靠在沙发上，手机插着充电器回了几条重要信息。最上面一条是谷妍的，五分钟前，约他吃饭。他直接往下滑，找到朱仰起的微信，一手抓着头发，单手飞速打了几个字发过去，然后把手机丢到桌上，没再看，懒洋洋地将脑袋往沙发背上一靠，百无聊赖地看着天花板，没回答，有些冷淡地换了个话题："你还有事吗？你要是想见我妈，我还没想好怎么跟她说。你今天应该见到了，她不太好忽悠。"

客厅的电视机开着，正在播放天气预报，明天局部地区依旧有雨。她盯着电视机，听着主持人熟悉的台词和熟悉的背景音乐，叹了口气说："哦，没事，我不是来找你妈妈的。我其实是来找你说笑话的。"

陈路周对她讲的笑话的心理阴影面积大概有五室一厅那么宽："我能选择不听吗？"

"就发生在刚才，你真的不听吗？"

"说吧。"他拗不过她，叹了口气。

"刚刚不知道谁一直打你的手机。我跟一个阿姨拼车过来，我俩就坐在出租车后座，然后我就很尴尬，因为你的手机一直振，那个阿姨一直以为是她的手机在振。每次一振，她就掏出手机看，然后每次都发现没人找她，就把我说了一顿。"

徐栀背挺得笔直地坐着，陈路周则靠着沙发，这个角度正好能看见她的耳朵。她的耳朵很红，看上去软软的。陈路周眼神温柔地盯了那里一会儿，调侃了句："说你什么了？把我栀总耳朵都说红了。"

徐栀不知道自己的耳朵有多红，只以为陈路周在开玩笑。她将话原封不动地复述出来："说让我出门不要带×××。哇，我当时好尴尬，只好把手机掏出来说：'不是×××，是我朋友的手机。'结果，它就停了！"

陈路周直接被呛到了："徐栀……你在跟我……开黄腔？"

"不是，我在跟你要精神损失费。"徐栀坦诚地说。

陈路周就知道。人靠着沙发，拿过手机，款儿很大："行，要多少？"

230

"你有多少啊？"

"我有五百万，你要吗？"他很好脾气也很大方地说。

徐栀很理智："合法的话，我就要。"

陈路周笑了下，把手机锁屏，拎在手上，心不在焉地一圈圈转，看着她，开玩笑说："这么大笔钱，要合法很难，除非咱俩结婚。"

"那不行。"徐栀反应很快。

"你还嫌弃上了，有五百万的是我，不是你！再说，谁要跟你结婚，你想得倒很美。"

"啊，我是说我还没到法定结婚年龄，你也没到吧。"

"到了我也不结，国家提倡晚婚晚育、优生优育。好好赚钱吧，没钱你拿什么养孩子？"

原来陈路周是这个路子，徐栀想，晚婚晚育，优生优育。

话题戛然而止，外面的暴雨也停了，淋漓的雨水在路灯下泛着光。

大约过了五分钟，电视机上的画面跳到了午夜新闻联播，主持人正在播报明天高考出成绩的事情。徐栀又悄悄看了他一眼："陈路周，我想问你一个问题。"

"说。"他有点儿困，眼皮轻轻地闭着，压根儿没看电视。

"就莹莹，"徐栀心说，莹莹对不起，我先随便试试，"她最近可能喜欢上一个男生……"

陈路周这才睁开眼，叹了口气，朝她看过去，眼中没什么情绪："我说呢，今天怎么突然赖上我了，想在我这儿取经？蔡莹莹喜欢谁啊？朱仰起？"

"这不能说。"

陈路周脑袋仰靠在沙发背上，侧头乜她一眼，又把头转回去，闭上眼，懒洋洋地说："行吧，想追还是干吗？"

徐栀事无巨细娓娓道来："也不是想追吧，就是想跟他继续当朋友，怕乱了就没法当朋友了。这个男生我觉得他挺渣的，一会儿对人家好得不行，一会儿几天也不联系，忽冷忽热，身边好像还有其他女性朋友。"

陈路周："这不是渣是什么？"

徐栀："是吧，我觉得他挺渣的。"

陈路周嗯了声，拿过一旁的遥控器，对徐栀说的到底是谁浑然不觉，

231

建议说:"跟蔡莹莹说,玩玩就行了,别太当真。"

徐栀哦了声:"你现在心情好点儿了没?"

陈路周:"干吗?不好你能怎么办?"

徐栀想了想,看了眼天色,发出诚挚的邀请:"我带你出去骑摩托车吧,特别刺激。"

"不要,你怎么天天想无证驾驶啊?"陈路周敬谢不敏,裹紧身上的黑色毛毯,实在撑不住了,"你要还不想走,就自己看会儿电影,这电影还行,反转很多。我有点儿发烧,不陪你了,进去躺会儿。要走就过来叫我,我送你回去。"

"冰箱里有酒,想喝自己去拿。"他补了句。

说完,他从茶几上掰了颗感冒药,刚塞到嘴里,突然想起来之前喝酒了,就直接吐了,不假思索地端起旁边的水杯漱了漱口。他喝完才反应过来,桌上的水是徐栀的。他刚才没给自己倒水,就倒了一杯,杯口还有徐栀的口红印。

徐栀还不忘记提醒他一句:"是我的。"

陈路周嘴里还含着水,面色沉着冷静,囫囵应着:"咕,咕咕叽。"

"嗯,我知道。"他把水吐掉,又口齿清晰地重复了一遍。

徐栀:"……"

毯子直接掉在地上,陈路周也懒得捡。大脑行将就木,只是本能地转着,喉结无奈地滚动了两下。他解释说:"我是说,我喝完才知道。现在吃亏的是我,你不用这副表情。"

"难道我要高兴?"

"也不用,"陈路周这才去捡地上的毯子,很快又找回了场子,说出的话非常找打,"咱们那个五千还作数吗?刚才我也算亲了你一口,虽然是间接的,打个折吧,两千五。你微信发我就行。"

徐栀手疾眼快地拿起杯子,也喝了一口。找场子谁不会?

"可以了吗?要不我再来一杯,你倒找我两千五。"

"……"

⌐ *be passionately* ¬
  in love ⌐

RE
陷入我们的热恋
LIAN

中册　耳东兔子　著

青岛出版集团 | 青岛出版社

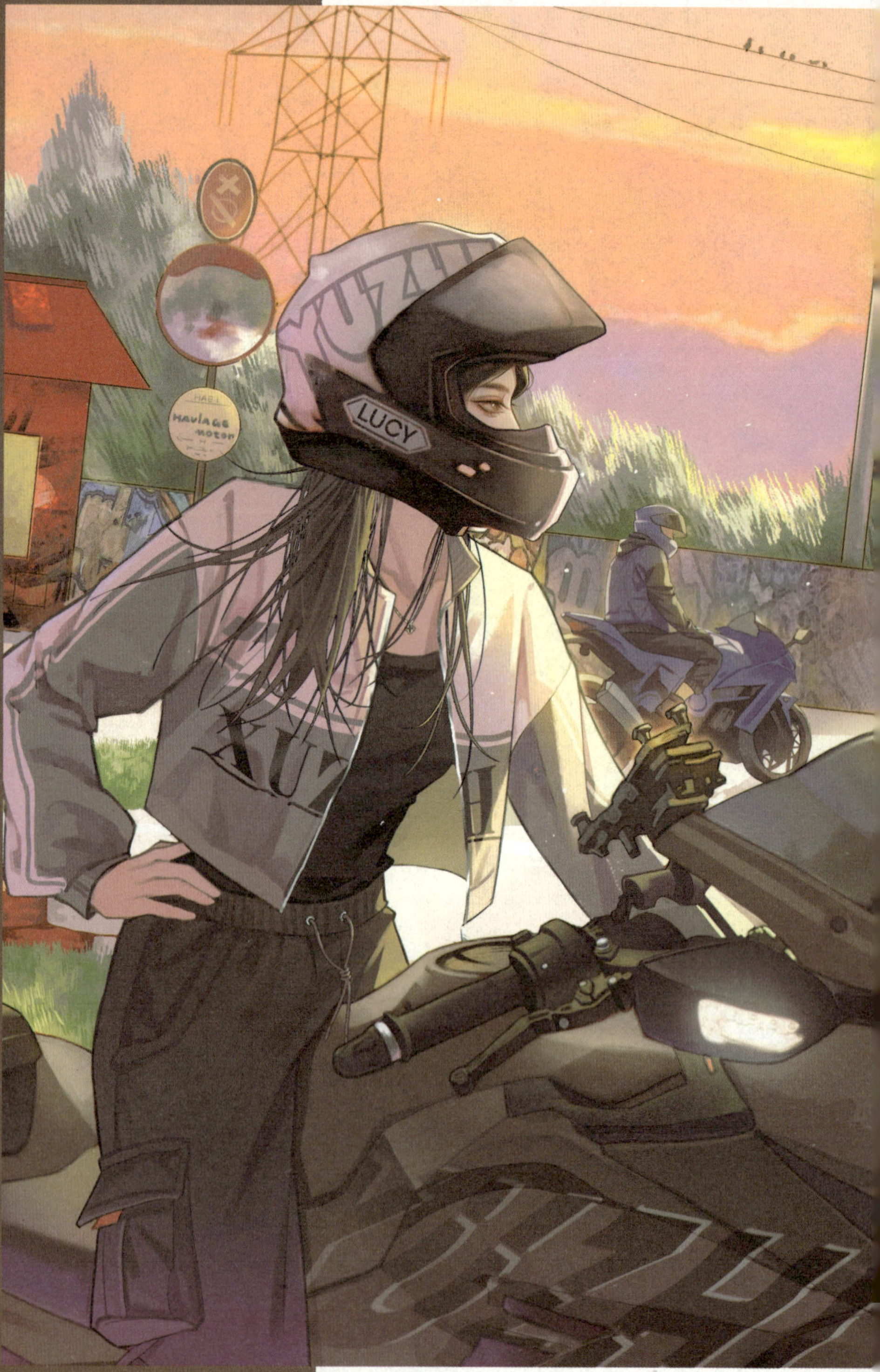
LUCY

单枪匹马这么多年，我想要的可能会更贪心一点，是热烈而永不退缩的爱，是独一无二，是非我不可。

少年之所以为少年，是因为他们身上永远有一股"坐而论道不如起而行之"的行动力和感染力，想到便去做，管什么对错，是理想主义的少年，也是诗酒趁年华的少年。

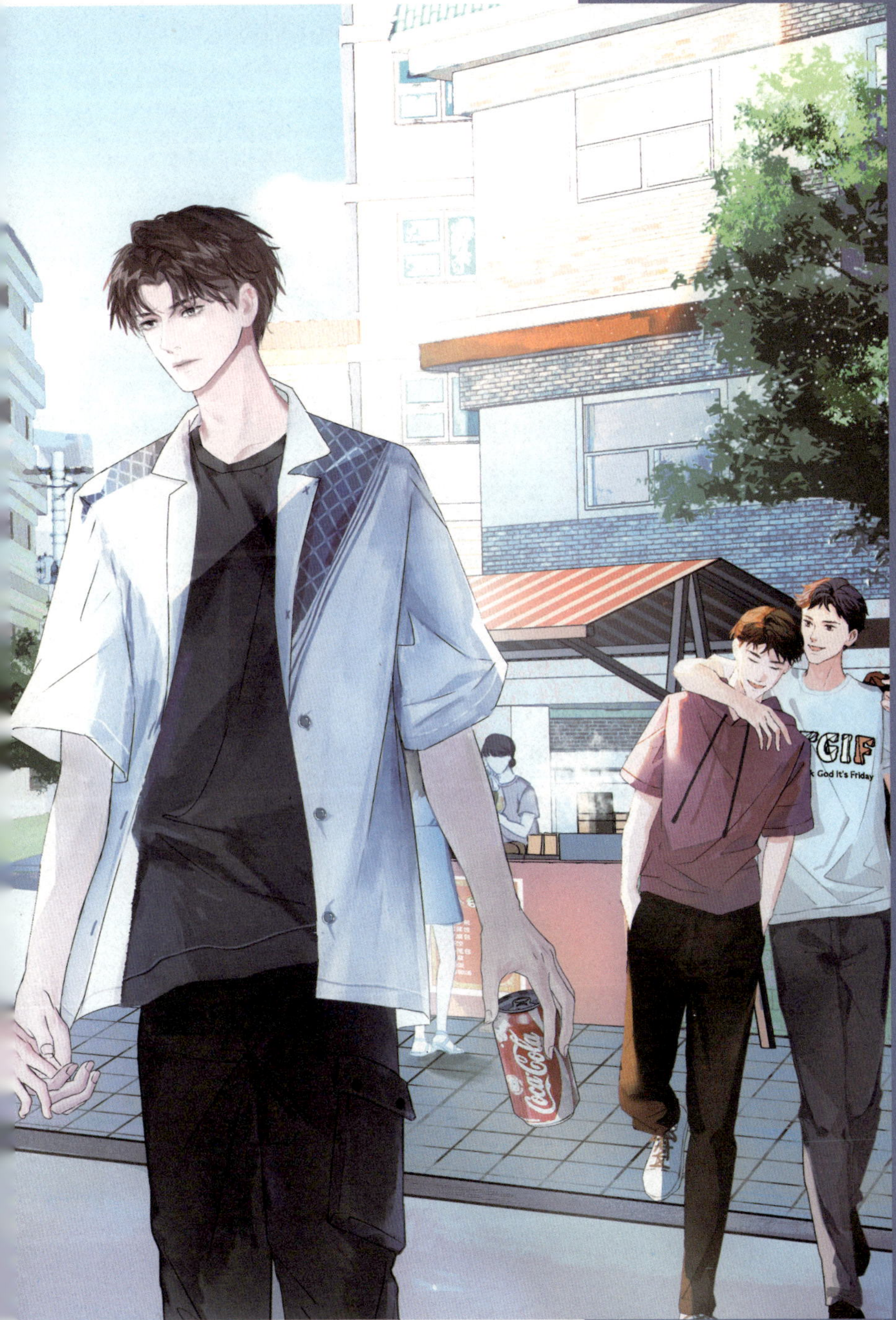
TGIF
God It's Friday
Coca-Cola

目 录

第八章   233
她什么都不懂,又什么都懂

第九章   267
做敲响希望的钟

第十章   300
少年未尽的意气,绝对不止于此

第十一章   338
山高水阔,我们都先往前走

第十二章   378
陈路周,你好菜

第十三章   411
我在追我前女友

第八章
她什么都不懂，又什么都懂

大雨滂沱，在窗外轻一下重一下、断断续续地敲打着窗户。

陈路周睡醒时已经凌晨四点，雨停了。徐栀没叫他，已经走了。客厅的灯黑着，她连窗户都给他关得严丝合缝。可能怕他出来摔倒，她在走廊里留了一盏小地灯。桌上压着一张小字条——

我煮了粥在厨房，睡醒记得喝一点儿，我放了白糖。我以前感冒，我妈都给我煮这个。

PS[①]：我给你留了洗甲水，你明天回家记得洗掉。

送你一句话，河流和山川都困不住我们，只要我们不做思想的囚徒。

——徐栀

陈路周捏着字条，突然想到他俩刚认识第一晚在夜宵摊。他帮人占

---

① PS：附言、补充说明。

座,在那儿逗小孩儿,徐栀掏出手机帮他录音,说如果对方家长无理取闹,她就第一时间把录音交给警察叔叔帮他申诉。

她甚至都没问他为什么那么做,就选择相信他。

其实朱仰起问过他:"为什么是徐栀啊?"他后来想了无数个夜晚,但想到的理由都不如第一晚她直白的表现令他震撼。矫情的说法就是,大概因为他单枪匹马这么多年,徐栀是第一个选择无条件站在他身边的人。

还有今晚。

她什么都不懂,又什么都懂。

陈路周拿起那瓶洗甲水,低头看了看。她确实靠谱啊,比他身边任何一个人都靠谱,跟她做朋友真的不错。他突然觉得自己也有个秘密的坚强后盾,而不再是孤身一人。

"河流和山川都困不住我们,只要我们不做思想的囚徒。"

这句话是不是有点儿眼熟啊?陈路周认真思索两秒,得出结论:这不是我以前考试写在作文里的吗?一中有个满分作文集,将历届的满分作文收集在一起,那简直是陈路周的个人作品集,谁让他是陈大诗人呢?今天这事陈路周其实见怪不怪,因为经常有人拿着他写的金句误打误撞鼓励他本人。

他只是没想到自己作文的影响如此远,竟然连睿军中学都有他的传说,本来以为也就一中的人发发疯。

啧啧,看来陈大诗人的作家梦想自己不能放弃啊。

陈路周一边喝着徐栀煮的甜粥,一边这么想。心情好了些,于是他深更半夜拍了张照片发朋友圈。

徐栀是第二天下午刷到那条朋友圈的。一锅粥,他一个人全喝了,还把锅翻过来,拍了个底朝天,只配了言简意赅的两个字:谢了。

徐栀想,这条朋友圈点赞的人应该不少,只是因为他们的共同好友太少,所以她只能看到零星几个。朋友圈底下一长串回复都是他和朱仰起的。

朱仰起:难道这就是生命的参差吗?昨晚我在吃人均一千、上厕所都有人把风的尚房火锅,你这个倒霉蛋居然只能在家里喝粥。

Cr 回复朱仰起:土狗才吃尚房火锅。

朱仰起回复 Cr:对,你最浪漫,你拉屎都要荡秋千。

Cr 回复朱仰起：……

蔡莹莹也回了一条给朱仰起：……

于是徐栀也回了一条：……

大约半个小时后，陈路周估计是看到她的回复了，发了一条微信过来。

Cr：在干吗？

徐栀百无聊赖地靠在门上，看维修师傅修电表。楼道里光线昏暗，她嘴里叼着个小电筒，给师傅照明，手上在发信息，直接发了个一言难尽的表情过去。

那边的人立马回复过来。

Cr：怎么了？

徐栀：晚上不是出分吗？我爸怕等会儿刷的人太多，网络卡，新买了个路由器，准备修一下网络，结果电闸跳了，现在还得等师傅先修好电路。

Cr：来得及吗？

徐栀：应该没问题吧。你呢，你在干吗？

Cr：刚回了趟家，等会儿准备去趟书店，帮陈星齐找几本书。晚点儿几个朋友过来，要么打球，要么打会儿游戏吧。

徐栀：你的生活好规律。

Cr：你的生活不也挺好？

徐栀：不是，那个，你知道我表弟吧？

Cr：嗯。相机处理了吗？

徐栀：你那个朋友好厉害，一拿到手就说这快门都快被人摁烂了，然后拆了机子，里面有个什么条码，拍下来给对方看了，微信上跟人家聊了两句，对方就同意退款了。但是对方说我弟刷的是信用卡，要什么手续费吧，反正就挺麻烦的，处理了好久才把钱要回来。

Cr：他爸是最早一批在庆宜做相机代理的，现在是全国最大的代理商，各地都有分店，你当初如果不那么别扭直接找我，就不会这么麻烦。

徐栀：不是别扭，主要是我弟的事就不想麻烦你，谁知道蔡莹莹的表哥介绍的人居然也不靠谱。

Cr：你身边就没个靠谱的。

Cr：除了你自己。

徐栀嘴里还叨着电筒，大概是越聊越投入，头越埋越低。维修师傅看她拿电筒照着自己的手机，估计是跟男朋友聊微信，于是出口调侃她："咋了，姑娘，你的手机不够亮，要电筒照着玩？"

哦哦，徐栀这才反应过来，昂首挺胸地将电筒对准师傅，眼皮死命地垂着，忙中偷闲地看着手机屏幕。她的手小，用的却是品牌手机的最大尺寸，输入法又是二十六键，她单手回不了信息。她尤其佩服陈路周的手指，怎么就那么长。她好几次见他给人回信息都是单手，打字飞快，明明他用的也是二十六键。

陈路周不知道她这边的情况是如此窘迫，几乎是在夹缝中偷着和他聊天，时不时还要提防老徐过来查岗，所以她也就一分钟没回，那边一条信息又追了过来。

Cr：生气了？

徐栀忙回：没有，刚刚有事。

Cr：哦，还以为说你身边的人不靠谱你不高兴了。

徐栀：没有啊。干吗生气？先说我表弟，他一个初中生，作息毫不规律，熬夜打游戏，日夜都颠倒，一放假就基本上通宵不睡。昨天还想去酒吧，刚溜出门就被我姑父抓了个正着。

Cr：那我就很好奇，究竟什么事才会让你生气。

见他压根儿不关心表弟，徐栀只好回：你可以试试气我。

Cr：你真是闲的。

徐栀脚上还帮师傅踩着插线板，手脚都忙碌，连嘴都没空闲，还叨着电筒。她却浑然不觉，还回了一句：不闲谁跟你聊天？

陈路周估计也开始忙了，有老半天没回。

等他回过来，徐栀家里的电路已经修好了，但是网络还没好。徐光霁又火急火燎地给电信公司打电话，可能是晚上要出分的缘故，暂时没人能上门，要等，等得徐光霁焦虑症都犯了，一直拼命拿镜布擦眼镜，来来回回擦。

"爸，成绩又跑不了，早查晚查都一样。"她安慰道。

徐光霁一看时间，已经七点多了，八点就可以查分了。外面天色还很亮，但电信公司那边还是没有回信。

"你再打个电话过去问问，他们到底几点下班。"

"爸，手机流量也能查，还有电话，我可以打电话查。实在不行，我让别人帮我查一下。爸，你别走来走去了。"

徐栀刚说完，陈路周的微信就回过来了。

Cr：嗯，我就是你打发时间的工具。

徐栀：我可不给工具煮粥。

Cr：是吗？那昨晚出于什么心思？要不写个三千字的小论文给我详细剖析一下你的内心想法？我还挺好奇的，真的，徐栀，大半夜在一个男人家里煮粥，你怎么想的？

Cr：嗯？徐田螺？

他锲而不舍。

徐栀看着信息，叹了口气：男人都这么敏感吗？

这时，徐光霁的手机正巧响了，是电信公司打来的。他忙接起来，点头哈腰地对那边的人说："哎哎哎，你们赶紧过来，我闺女晚上查高考分。对对对，5楼，就我们一户人家。我申请的是百兆光纤，对吧？好好好，麻烦您了。"

徐栀低下头，回复：你知道百兆光纤多少钱吗？

Cr：一年一千多吧，记不太清楚。

徐栀：果然还是老徐最爱我，为了让我查分，申请了一个百兆光纤。以前老太太斗地主老卡掉线，他都没舍得换掉那十兆光纤。所以，陈工具，煮粥这件事写不了三千字小论文，如果哪天我在你身上花钱了，我一定会写八千字小论文控诉你，你不用急。

Cr：最好是。

电信的师傅已经上门，捣鼓了一阵，问徐光霁还记不记得宽带的原始密码。徐光霁哪儿记得，绞尽脑汁也想不起原始密码和管理员密码。徐栀看他焦头烂额的样子，给陈路周回了一条信息，就过去帮忙了。

徐栀：不聊了，先帮我爸把宽带装好。

Cr：嗯。

徐栀放下手机。许是即将揭晓今年夏天最引人瞩目的一场考试的结果，今天的天色黑得特别晚，七点半了，外面的天光还是大亮。

所有人都翘首企盼着，情绪被堆积到最高点。分数的主人仿佛被人架在高高的金字塔上，都在等待这十年寒窗正式落幕，渴望能有一个好的结局。

　　陈路周在书吧坐了会儿，找了闪送把买好的书给陈星齐送回去。书吧今天挺安静，人少，除了几个小孩儿，一眼望过去，就没几个成年人，陈路周算一个。他的桌面上摊着一本笔记本、几张信纸和一杯喝了半杯的冰拿铁。

　　书吧有个寄存信件的服务，就是顾客把想说的话提前写在信纸上，像在一个临时备忘录上记录当下的情绪，比如一直藏于内心的告白或者难以启齿的道歉，信封会被放在"时光锦囊"也就是密码箱里。密码一次一换，跟临时寄存行李箱一样。顾客什么时候想让对方知道自己内心的秘密，就把密码告诉对方。

　　人总爱胡思乱想，一个人的时候很容易思绪纷飞，如天马行空，可到了关键时刻又词不达意，就好像每次吵架过后都会觉得自己发挥得不好。书吧这个时光锦囊就是提倡当代年轻人多动笔，将当下的情绪立马宣泄出来，因为最深刻，也最有力量，然后寄存到他们这里。

　　陈路周刚听服务员介绍就有点儿好奇，于是租了一个时光锦囊。等到他出国那天，一个个通知他们过来看信也挺有意思。

　　陈路周仍是一身黑，个子高大，五官英俊，戴着个黑色的鸭舌帽，遮住了半张脸，整个人线条清晰锋利，看着很冷峻。服务员老远看着，觉得他好像电影里那种将生死置之度外、少言寡语的冷面杀手，执行任务前在写遗言呢。

　　陈路周在那儿坐了好久，也不知道该写什么，想不到陈大诗人也有词穷的时候。坐了半天，他才叹着气，提笔开始写字。他的第一封信，肯定是写给从小跟他穿一条裤子长大的朱仰起，就目前这情分来说。

朱仰起：

　　展信佳。

　　写这封信是为了告诉你，人生是真的有参差。你看，大家都是男孩子，你是土狗，而我是帅哥。

　　但是没关系，我也立马体会到人生的参差了，你是土狗你都谈过恋爱，而我是帅哥我还没谈过恋爱。

咱们中国的男孩子都应该有一股气，这股气是风吹不灭、雨打不散的。哪怕油尽灯枯，只要心中余灰未熄，借一点光，就能让自己再次充满希望。比如你，只要这世上还有一口饭，哪怕你在重症病房昏迷了三天，也是说起来就起来，就怕吃不上热乎的。

　　嗯，这股劲儿要保持啊。

——clz

　　陈路周刚把信封封上，手机响了，是徐栀的电话。

　　他将信封塞进时光蜂巢箱里，抽了张密码纸出来，接起电话："出分了？"

　　徐栀叹了口气："网络没修好，我爸连我们家的宽带账号都不记得。估计他这会儿心态也崩了，我不敢催他。现在手机网页刷不开，电话也打不进去。你现在在哪儿啊？你查了吗？"

　　陈路周刚巧看见书吧对面有个网吧，二话不说拿上咖啡，推门出去，脚步是很快，但话语声低沉，不紧不慢："没。准考证号发给我，我帮你查，不介意吧？"

　　"当然不介意，"徐栀活像个狗腿子，"甚至良心不安，连夜过去帮你煮粥的程度。"

　　陈路周心情很爽地笑纳了："行啊，等会儿过来，不来是小狗。"

　　街上行人多，依稀能听见有人在路上就查到分数了。陈路周一边跟徐栀打电话，一边穿过十字路口，这时听见转角处有两个姑娘兴奋难抑的尖叫声："好紧张好紧张好紧张好紧张——"

　　"你有什么好紧张的，出分的是我。"

　　"我替我们学校的学长们紧张啊。我们工科院本来女生就不多，结果又有一大拨帅弟弟要来了。"

　　"滚！"

　　徐栀也听见了。托人办事矮人一截，她继续拍他马屁："陈路周，说真的，你要是在国内上学，去哪个学校估计哪个学校的女生都得疯一阵，可惜你要出国，国外的女生不一定吃你这类型。"

　　他走得很快，这会儿已经用身份证交上费开了台机子，正懒洋洋地靠在椅子上，举着电话，不以为意地笑了下："用你操心？"

他在哪儿不是通杀？

好吧，这话太不要脸了，他还是给自己留了点儿脸吧。

"你到网吧了吗？"徐栀的声音突然有些紧张。

"嗯。"他人靠在椅子上，举着电话，单手输入网卡密码，听出来她有一点儿紧张，忍不住调侃她，"看不出来，你也会紧张？"

徐栀已经放弃打查分电话了，嗓子眼儿都发紧："说实话，我还是小时候大胆一点儿。我记得小时候学校搞什么文艺会演，大合唱都是我上去指挥的，老师临时教了两下就让我上去指挥了。我是音痴，也不怕丢脸，上去就噼里啪啦一通瞎指挥，他们还都唱对了，后来才知道，大家都不看我，只看后面的老师。"

陈路周觉得她应该是真的紧张了，连话都比平时多："那还让你上去？"

徐栀说："因为我长得漂亮，老师们都喜欢看我，别的不敢说，当花瓶我是一流。"

她倒是没给自己留脸。

"行吧，咱俩半斤八两。"陈路周输入网址，直接先帮徐栀查，"准考证号报给我。"

徐栀倒背如流："低于680就不要告诉我了，这属于考砸了。"

"算不算自选啊？"他随意地问了句。

"算啊，我高考的自选考得比三模好，我三模总分都有690呢。"

"三模那分数你不能当参照物，为了给你们增加信心，卷子都往简单了出……"陈路周输入准考证号后，等着显示分数的页面刷出来等了一阵。其间他漫不经心地靠在椅子上，本来还想安慰两句，让她对自己的要求不要太高，但是当页面跳出来后，这些话都被咽了回去，眼前的分数他确实没想到。他知道徐栀考得不错，但是没想到会这么高。

尤其是睿军中学能出这个分，估计大字报都要贴到市中心了。

漂亮啊，徐栀。

蝉鸣声在出分的那几分钟最为嘹亮，仿佛整座城市的蝉都被聚集起来唱这首慷慨激昂的开幕曲。因为谁都知道，高考也是一场以前程、未来做赌注的游戏，是一场天时、地利、人和的较量，实力和运气都是决定游戏结果的重要因素，但还是有人期盼能以绝对的实力赢下这场游戏。

这种分数，如果你说她是靠运气，那就太牵强了。

"徐栀。"

"嗯？"

"等A大电话吧。"陈路周从她的界面退出，输入自己的准考证号，第一次收起那开玩笑的口吻，无比真诚地说，"确实风光，加上自选738，提前恭喜一下，徐大建筑师。"

徐栀也拿腔拿调地回："谢谢，陈大诗人。"

A大每年在S省招六七十人，光看分数其实看不出什么，加上S省这几年高考制度改革，又多出一门60分的自选，总分变成了810分。在这种情况下，A大的录取分数线还真不好把握。就像2009年以前，在S省，考生只要能考到700分，电话就会被A、B、C、D等大学打爆，毕竟S省的卷面难度摆在这儿。但是2009年教改之后，加上60分的自选模块，每年考到700分以上的，S省有近千人。

所以，光看分数没用，得看省排名。徐栀全省排名三十八，基本在A大录取范围内。

下一秒，页面猝不及防地跳出陈路周的卷面成绩。

陈路周，理科，总分：713。自选科目：零。全省排名：362。

得，他都三百名开外了。就算加上他的20分竞赛加分，说不定也是刚好卡在A大录取线的门外。他本来觉得自己上A大应该没问题，但看了徐栀的排名，大抵也清楚了今年的考生有多"凶残"。他还是高估了自己。行，这样也好，他没有遗憾了。

"你查自己的了吗？"徐栀在电话那边犹豫地问。

"嗯。"陈路周举着电话，已经从查分官网退出来了，打算帮徐栀看看A大建筑系历年的录取分数线，"想知道吗？"

"你想说吗？"徐栀被他弄得心痒痒，但是又被谈胥弄怕了，怕他考不好不想说，"不说也没事，反正你都要出国了。"

"713。"他直接说了，不过没说这是裸分。高考成绩只是人生一个阶段的答卷而已，无论他是这个阶段的王还是寇，都不会影响他未来成为什么样的人。所以他觉得，很多东西要等以后回头再看，现在解释太多，只是徒增一个人为你难受或对你怜惜，没有任何意义。

所以，徐栀以为这个成绩是加了自选的："那不是考得还不错吗？"

陈路周一边浏览A大的招生简章，一边漫不经心地对着电话开玩笑地说："还行吧，不过对我来说，低于750就是考砸了。"

徐栀没想到他比她还不要脸："你们一中的人都这么疯狂吗？而且，你讲这话不怕被蒋常伟打吗？"

蒋常伟是他们庆宜市出了名的麻辣教师，因为是高考出卷的"嫌疑人"之一，所以本市的学生对他都是闻风丧胆。

陈路周笑笑，将鼠标慢悠悠地往下滑："你们睿军的学生都直呼蒋老师的大名？"

"反正他也没教过我们。主要是每次市里联考，看到是他出卷我们就头痛，"徐栀回想起那些日子，只觉得苦不堪言，"那分数完全没法看。哎，他教过你吗？"

"教过，高一、高二都是他教的。数学竞赛也是他带的。"

"所以，他真是高考出卷人之一？"

陈路周想了想，决定满足她的好奇心："学校里是这么传的。这两年，每年五月吧，他的课都是别的老师代的，学校说派他出去学习调研了，但学生都猜他是去出高考卷了。"

"他自己不知道是去出卷吗？"

"知道也不会告诉我们啊。不过据说本人是不知道的，上面一般也是通知你去外地学习，人到了那边才知道是出卷，通信设备全部上交，不到高考结束是不让回来的。那一个多月大家都联系不上他，所以猜测他是出卷去了。反正你问他本人，他肯定说不是自己干的。"

"他是怕被打吧。"徐栀笑了起来，过了两三秒，叫他，"陈路周。"

陈路周嗯了声，本来打算帮她看看其他学校建筑系的分数，听这口气，知道是有事相求，手上的动作便不自觉地慢了下来："说。"

徐栀沉默片刻后，问："你能帮我再查一个人的录取分数吗？"

陈路周滑动鼠标的手微微一顿，心里猜到是谁了："你记得他的身份证号码和准考证号？"

"记得，以前帮他买过车票，手机上有，准考证号记不太清楚，不过可以试试。"徐栀补充了一句，"他确实在成绩上帮了我很多，我只是想知道他到底出了什么问题……"

"不用解释，"他打断她，语气没怎么变，只是比刚才冷淡些，面无表情地关掉 A 大的招生简章,重新打开查分入口,"号码报给我。"

徐栀反倒不说话了。

陈路周有点儿不耐烦了:"徐栀?"

"算了,擅自查别人的成绩有点儿不太道德,"徐栀不想让陈路周背这个锅,"晚点儿我自己问他好了。"

"随便你。"陈路周关掉机子,准备走了。

"嗯,先挂了,我先跟我爸说下成绩。"徐栀说。

网吧的人也不少。陈路周旁边有个哥们儿,查完成绩,698。他表情麻木地关掉页面,戴上耳机,继续若无其事地跟人打游戏。似乎有人问他刚站着没动干吗了,那哥们儿轻描淡写地回了句"查分数"。

学霸的世界都这么参差,更别提学渣了。

"本来今年还想冲一下央美的,查完分我就知道我彻底没戏了。可惜了,我这次专业成绩全省 81 名呢。"

查完分,朱仰起、冯觐几人就在陈路周的高三出租房里安营扎寨了。客厅被弄得杯盘狼藉,吃剩的烧烤串和喝空的啤酒罐横七竖八地堆着。

朱仰起洁癖犯了,一边老保姆似的弯腰收拾,一边念叨着:"陈路周你给我打钱吧,现在请个钟点工一小时都得五六十。"

陈路周拿着游戏手柄坐在地毯上,跟冯觐在玩《超级玛丽》。听到朱仰起的话,他懒洋洋地靠在茶几上,穷得也是理直气壮,语气依然傲慢:"卡里就五百,实在不行,哥美色伺候吧。"

朱仰起:"咦,你以前不是说死都不可能出卖你的美色吗?"

"所以死都不可能给你钱。"

"就你这个抠法,迟早让你抠出一套大别墅来。"

姜成坐在单人沙发上。他女朋友坐在他腿上,两个人你侬我侬,空气都变得格外黏腻,仿佛被人糊了一块糍粑。旁人看不惯也没办法,谁让人家有女朋友呢。等朱仰起收拾完,客厅瞬间宽敞很多,窗明几净。大概是觉得姜成那边太辣眼睛,朱仰起拿枕头挡在眼前,姿态妖娆地靠在陈路周的肩上看他虐冯觐,嘴上叨叨不休:"手下留情了不是?看来你和冯觐还是不太熟,你虐我的时候可一个金币都没给我留过。"

"滚,"冯觐不服,"是你自己菜。"

朱仰起没搭理他,继续招惹陈路周:"刚蔡莹莹跟我说,徐栀考了他们学校第一,你知道考了几分不?"

"不知道。"陈路周没上他的套,目不转睛地盯着电视机,心无旁骛地操纵着手上的游戏手柄。

"也是,"朱仰起没套到话,继续说,"睿军那就是个普高,我以前听人说,他们学校的第一也就是咱们学校的中游水平,要是进了你们宗山,可能就是吊车尾?"

电视机画面里,左边的小人突然停住不动了,旁边的金币全部被冯觐捡了漏。他乘胜追击,毫不犹豫地直接越过刚刚一直堵在他前面的陈路周操控的小人。

朱仰起转头,果然,陈路周不玩了。他甚至放下游戏手柄,一条腿屈起,把胳膊肘搭在膝盖上,郑重其事地看着朱仰起,慢慢吐出两个字:"赌吗?"

朱仰起一愣——何时见陈路周这么较真过:"赌什么?"

"赌她即使进我们宗山也不是吊车尾,即使在宗山,她这样的成绩也是屈指可数。"

朱仰起调侃他:"我看你是情人眼里出西施。"

冯觐听到了,诧异地瞥他一眼:"啊,陈路周,原来你喜欢徐栀啊?"

陈路周下意识地回头看了眼姜成,还好他只顾着跟女朋友调情,没听到。姜成跟谈胥关系好,陈路周不想让谈胥知道他跟徐栀的事,毕竟自己是后来者,矮人一截。谈胥跟徐栀的情分总归是比他跟徐栀的深。陈路周也怕谈胥一开始不珍惜,知道别人对徐栀有好感之后又回来缠着徐栀。所以他白了朱仰起一眼,重新拿起游戏手柄,对冯觐不冷不热地说:"没有,谈不上喜欢,就觉得她比一般女孩儿漂亮点儿。"

冯觐哦哦两声:"确实漂亮,没想到成绩还这么好。朱仰起说的我可不赞同,人家好歹也是第一啊,无论在哪儿,鸡头也是鸡啊。"说完觉得这比喻不对劲,又改口,"凤尾也是凤啊。"也不对,他索性放弃了,"唉,算了,我不会形容,反正我第一眼见到她就觉得这女的好漂亮。我还以为是我这几年美女见得少了才有这感觉。既然连你都这么说,那我就放心了,我的审美没问题。"

陈路周和朱仰起对视一眼。陈路周咳了声:"你不会也……喜欢她吧?"

冯觐笑了起来:"我跟你一样,纯粹是肤浅的欣赏。不对,你干吗要用'也'?谁还喜欢她?"

这回姜成听见了,一边给女朋友剥葡萄,一边兴致盎然地问:"谁,喜欢谁?"

陈路周看了眼朱仰起:你自己给我把问题解决了。

朱仰起只好出来背锅:"我我我,我喜欢蔡莹莹。"

冯觐一下就被带跑了,有些不敢置信:"朱仰起,你竟然喜欢蔡莹莹?"

姜成压根儿不知道蔡莹莹是谁,也就没再追问,把葡萄一口一口喂到女朋友嘴里,又问她要不要吃橘子。

陈路周听到也是满心震惊,笑着问:"朱仰起,你说真的?"

"这都因为你。"朱仰起也不再瞒着了,面红耳赤地在他耳边小声说,"一切都怪那天晚上我帮你约走蔡莹莹。"

"你这话说的,她强吻你了?听起来你还挺被动的。"陈路周笑得不行。

"那倒没有。"朱仰起不情愿地解释说,"那天我们不是吃了尚房火锅吗?她吃得太饱了,说要去消消食,我就陪她去轧马路了,结果半路碰到翟霄和柴晶晶。你还记得这俩人吧?"

冯觐发现他们的八卦真多,还挺精彩的,于是竖着耳朵仔细听。

陈路周懒洋洋地靠在茶几上,点了下头,嗯了声,一脸了然地看着朱仰起。都不用他继续说下去,陈路周直接把故事给圆上了:"然后蔡莹莹就拉住了你的手,让你假装她男朋友,你就很没出息地心动了。"

朱仰起欲哭无泪:"陈某人,你果然阅片无数,这么狗血的剧情你立马就想到了,偏偏还被你说中了。唉,你说我是不是有病啊,漂亮一点儿的女孩子碰我一下,我就连孩子的名字都想好了。"

主要是陈路周太了解朱仰起。小学的时候,班里有个女孩子分糖的时候分忘记了,多给了朱仰起一颗,朱仰起自此暗恋了那个女孩儿一年。小学快毕业的时候,有个女孩子给朱仰起写毕业同学录,不小心把写给暗恋对象的同学录夹到了给朱仰起的同学录里,朱仰起立刻决定痛改前非,要为了她好好学习,考上重点初中。

冯觐这才说:"朱仰起,那你惨了,蔡莹莹好像有喜欢的男孩子。"

朱仰起："我知道啊。不过你怎么知道的？她跟你也单独聊了？"

冯觐立马解释说："你别误会。之前我们不是在临市一起探店来着吗？回来那天，路上就我们两个人，挺无聊的，就聊了两句。"

这会儿两个人已经换了个足球游戏，听到这儿，一大片绿油油的草坪上，陈路周的8号不动了。他狐疑地看了眼冯觐，问他："从临市回来那天就你跟蔡莹莹？徐栀呢？"

冯觐点头："徐栀说等你啊，我们就先回来了。怎么了，你们没一起回来吗？"

话到这儿，陈路周还没来得及细想"徐栀等我吗？"，门铃就响了。陈路周刚要说"朱仰起，你去开门"，电光石火之间，心里闪过某种微小的可能性，于是狠狠地把刚要从地上站起来的朱仰起摁回去，一声不吭地把游戏手柄扔到他的怀里，自己去开门了。

"你好，你们点的外卖。"

好吧，虽然知道她不会来，也知道那句"连夜过去给你煮粥"是开玩笑的，但听见门铃声的时候，陈路周的心还是控制不住地怦怦直跳。朱仰起说他跟冯觐不熟，所以晚上全程在放水，其实是他心不在焉。

楼道里的灯坏掉了，窗口盆栽林立，遮住了大半月光，整个楼道里漆黑，伸手几乎不见五指，陈路周连送外卖的人的身形都看不清，只能从声音听出是个女低音。

"谢谢。"陈路周接过外卖袋子，结果对方不放手。

他才下意识地抬头去看她的脸。因为实在太黑，徐栀怕陈路周认不出她，开了手机电筒，缺心眼儿地从下往上照着自己的脸。她的皮肤本身就很白，胜在五官精致，不然陈路周肯定要被她吓死了。

"是我，陈路周。"

"我他……"

陈路周差点儿就骂出来了。他刚刚还在想她，这下估计得有一阵不敢想了。

"要是朱仰起来开门，现在你的脑袋就开花了。"陈路周说。

"要是他来开门，我就直接走了。"

"那你现在来干吗啊，徐大建筑师？"他接过徐栀手里的外卖，人往门框上一靠,抱着胳膊居高临下地笑着看她,"大半夜来我这儿帮我看房子的风水?"

徐栀用干净明亮的眼睛看着他,再坦荡不过:"咦,不是你说我不来是小狗吗?"

他拖长尾音哦了声,然后直接走出来,顺势带上门,后背抵在门上,外卖还拎在手上,单手揣在兜里。楼道里很黑,徐栀早就把手电关掉了,所以陈路周把门一关上,最后的余光都被阻挡在门内。他低头,在黑天摸地的门口肆无忌惮地看她。

今晚他没沾酒,一滴酒都没沾,但他的心滚烫,心跳声在胸腔中回荡。

陈路周的声音低下来:"就为了煮碗粥?"

"你的感冒好了吗?"徐栀这才正色说,"顺便想问问你报志愿的事。"

"怎么说?"他仰头看了眼顶上的灯,难得一本正经地听她说话。

"庆大我不考虑了,但是北京太远了,我想去上海,上海T大的建筑系仅次于A大。"

两个人并排靠在走廊上。高三复习楼里很安静,很多人都已经搬离,除了几个明年打算复读的,就剩下陈路周这层还有人住着,楼道里的灯泡坏了也没人修。徐栀靠在被污水渗透得斑驳陆离的墙壁上,似乎是拿不定主意,问他:

"你觉得T大的建筑系怎么样?"

陈路周刚才在网吧就帮她查了,觉得录取分数线太低,历年都在710分左右。这么巧啊,不是跟他的分数差不多吗?

陈路周靠在门上,还拎着外卖,单手插兜,睨着她,喉结难耐地滚动了一下:"你什么意思?"

你到底是不是在钓我啊?

徐栀茫然地回答:"不是,我算了一下,去北京的高铁票要六百八,去上海的高铁票只要一百八……"

楼道里太黑,陈路周怕她看不清自己的表情,就去摸手机,摸了两下才想起没带出来,于是他拿过徐栀手上的手机,开了电筒,学她的样子照自己的脸,侧着身子凑到她面前,试图让她看清他的表情,恨不得照她的脑门儿来一下:"朋友,这边不建议你因为车票问题择校。"

徐柜笑笑，就这么让手机对着陈路周的脸，也没收回来。漆黑的楼道里，两个人凑这么近，陈路周的五官像是被放大了无数倍，看着更精致了。脸部棱角分明，线条流畅。光源落进他那比星星还亮的眼睛里，何其令人惊艳。她看着他，真诚无比地说："你的睫毛好长啊。"

两个人一个肩膀顶着墙，一个肩膀顶着门板，就这么面对面看着彼此。尽管他的手已经收回了，胳膊环在胸前，徐柜的电筒还是对着他脸旁，他也浑不在意地任由她照，只低着头睨着她："你在这儿跟我扯什么睫毛？"

徐柜叹了口气："你能理解一个学渣的心吗？"

"你学渣？"陈路周挑了下眉，"过度谦虚就是虚伪了啊，朋友。"

"咱俩遇见太晚了，"徐柜说，"不信你问蔡莹莹吧，我高一时在班里还是二十几名。那时候别说庆大，目标就是保'二'争'一'，双一流根本没想过，普通一本能上我爸都觉得祖坟着大火了。所以这次分数出来，我爸到现在都不信，找蔡叔喝酒去了，我才溜出来找你的。"

徐光霁还有没有可能是同名同姓。徐柜又把准考证号和身份证号给他对了一遍，他才恍恍惚惚地出门去找蔡宾鸿了。

徐柜接着说："而且，我也查过了，A大可能没问题，但A大的建筑系，我担心有风险。我不想服从专业调剂。刚刚有个学姐给我科普这个志愿投档问题，她说，比如A大的投档分是720分，那我的档案就会被A大提走。再进入专业投档，万一建筑系的投档分是740分，而我不服从专业调剂，那我就滑档了。她说虽然是五个志愿，但是高考遵从的是一次投档的原则，一旦第一次投档没有被录取，就代表第一批志愿征集已经没希望，只能等第二批志愿。就怕第二批志愿T大建筑系已经招满了。所以学姐建议我第一批志愿选T大，更保险，但是A大可以冲。"

这话说了等于没说。

今年的分数有点儿偏高，照往常，徐柜这个分数就算在宗山也是前十，所以陈路周看完省排名后，心里有点儿没底，特意去A大官网帮她查了。他想了想，说："建筑系和建筑学类的专业还是有很大差别的，比如A大吧，建筑学院底下除了建筑系，还有很多其他建筑学类的专业，我刚帮你查了。他们建筑学类的所有专业加起来在我们省每年招生都在三十人以上。你一定要读建筑系吗？还是建筑学类的专业也可以？"

"其实，我想学的是……"

话音未落，楼上突然响起一道轻微的关门声，紧跟着是不紧不慢的脚步声从他们头顶上下来，伴着说话声："明天我上他学校去看看。你说那个女孩儿叫什么名字？徐栀对吧？我倒要去问问老师，她考了几分！"

楼下两个人倏然对视，徐栀听出来了，下来的人应该是谈胥的爸妈。

脚步声越来越近，两个人都是心跳如擂鼓，耳边嗡嗡作响，窗外的树叶依然无畏地沙沙作响。

因为有人下来，二楼的声控灯亮了，徐栀看见两道中年人的影子缓缓地从楼梯上下来。眼见那影子越放越大，就要在拐角处出现，她的眼前蓦然暗了，出现了阻挡。

陈路周手撑在她身后的墙上，脑袋低下来，将她罩得严严实实，那股熟悉又陌生的鼠尾草气息再次从她的鼻孔钻进来，像是有小人儿在她的心上跳舞，一脚一脚地踩在她的心头。她仰头看向他的眼睛，同他对视。二楼声控灯昏暗的光线罩在他们身后，搅得视线模糊、轮廓模糊，可呼吸是清晰的、有轻重缓急的，也是热的。

陈路周的分寸拿捏得极好，头虽然低着，眼睛也是看着她的，可距离不近，然而从后方瞅着像一对小年轻在接吻。

谈胥爸妈边走边嗤之以鼻：

"这楼里住的都是什么人呀！胥胥都是让这些人带坏了，我当初就说不应该转学的，现在的年轻人真不要脸！"

"我当初就不同意让胥胥来的，是你非说这边的教育好。"

"怪我了是吧？我辛辛苦苦把儿子养这么大容易吗？"

…………

声音渐渐小了，脚步声也越来越远，二楼的声控灯再次熄灭，楼道又陷入静谧无声的黑暗，只余寥寥几声蝉鸣。

"说你不要脸呢。"徐栀靠在墙上说。

陈路周大约是因为好心被当作驴肝肺，浑然忘了自己还在壁咚徐栀，也没起开，低头看着她，极其无语地笑了下："我？不要脸？嗯？是谁欠下的风流债？好意思说我不要脸吗？"

"谈胥吗？"徐栀一副一言难尽的表情，"不知道怎么说，反正不是你想的那样。"

"我怎么想？"他的眼神意味深长。

"谈胥刚转过来的时候，我爸抑郁严重，我每天担心他自杀担心得焦头烂额，成绩从班里的二十几名一下子滑到了四十名。谈胥跟我是同桌，我们俩就聊得比较多。后来有一天我看着卷子发愁，他问我想不想考个好大学，我说当然想，傻子才不想呢。他就说他帮我。后来老曲，哦，就是我们班主任，看我的成绩有进步，就让他跟我组成学习小组，在某种精神意义上，他曾经是我的良师诤友，确实帮了我很多。但是后来，他发现考不过我之后，整个人就变得不对劲儿了。"

陈路周眼神深沉地看着她，刚要问"怎么不对劲儿"。

嘎吱——自家门被打开了，朱仰起的脑袋探了出来："你拿个外卖出来多久了？跟外卖员跑了是吧……"

门一开，光从门缝里泄出来，少男少女的脸顿时在黑暗中清晰起来。

陈路周一只手撑在墙上，拎着外卖袋子的那条胳膊下意识地抬起来去遮徐栀的脸，刚要说"吃不死你"。朱仰起瞧着这画面，火速关上门，两个人依稀还能听见门缝里飘出一句："抱歉，二位，打扰了。"

朱仰起关上门，惊魂未定地拍着胸脯，不过满脑子都在回味刚才那个画面。

怎么说呢，陈路周就是牛，搞氛围一流啊。就拢着他们那一片的空气，如果能收集起来，朱仰起觉得应该是甜的。

走廊里，徐栀打开手机电筒。空气比刚才清冷了些，陈路周已经靠回门上，一手懒洋洋地摁在门板上，怕再被人莽撞地打开，一手拎着外卖。他正在犹豫要不要请她进去，又怕进去后朱仰起起哄："想进去玩吗？"

徐栀问："都谁在啊？"

陈路周想了想，说："你认识的，冯觐，朱仰起。还有一对情侣，你忽视他们就行。"

这多不好。徐栀说："算了，要不我还是回去吧。"

他不勉强，笑了下，态度也随意："随你啊，本来想进去用电脑帮你查下专业的。"

"那还是进去吧。"

陈路周起身，用指纹开门，开门的时候一直看着她，都没看指纹锁，慢悠悠地问了她一句："从临市走的那天，你是不是等我了？"

徐栀没想到他会突然问这个，不过也没藏着掖着，直接说了："嗯，你骗我去拜送子观音，我不得找你算账？"

"那怎么没等我？"

"前台工作人员说你被警局的人带走了，我就去警局找你了。然后看到你和一个穿古装的美女在一起，我以为你还有其他拍摄安排，就先走了。"

嘀的一声，门弹开了。陈路周二话不说又给关上了，手撑在门板上，轻吸了一口气，大概是觉得无语，上下唇抿着，淡淡地睨了她一会儿，又扑哧笑出来："服了。"

算了。

下一秒，他再次把门打开，下巴冷淡地朝里面一点，声音都变了，没好气地说："进去。"

徐栀哦了声。

里面很热闹，他们在打牌。陈路周说的那对情侣好像长在对方身上一样，女生要么坐在男生的腿上，要么趴在男生的肩上。男生一会儿喂个葡萄，一会儿喂口香蕉，时不时还亲个嘴。

姜成都没发现屋子里多出一个女人——陈路周一进去就让徐栀去卧室等他。客厅和玄关刚好隔了一道栅栏，徐栀走过去的时候没人发现。朱仰起倒是有察觉，不过一看是徐栀，下意识地就帮陈路周"金屋藏娇"了。毕竟姜成最近跟谈胥走得太近，朱仰起认为，照这么下去，姜成迟早倒戈。陈路周可能会跟他闹掰。

"你跟谈胥最近怎么样啊？"朱仰起试探性地问了句。

姜成专心致志地抓牌，把抓到的牌插进去："谈胥？不知道，他爸妈最近来了，叫他打球都叫不动。"

"你防着点儿吧……"朱仰起想提醒他，下一秒，脑袋上猝不及防地被砸了个瓶盖子。他一抬头，陈路周双手插兜，靠着餐桌边沿，在等水烧开，眼神冷淡地看着他，似乎让他闭嘴。瓶盖砸得又准又狠，下一秒直接无声地弹到沙发上，隐没在枕头里，丝毫没惊动其他人。

朱仰起觉得，谈胥最近确实也没怎么惹他们。他这么莽撞地开口有挑拨离间的嫌疑，何况要把事情说清楚，就必然会提到徐栀，倒显得人家女孩儿跟红颜祸水似的，对人家的名声也不好。他觉得自己又多管闲事了。

行，我不管。

姜成狐疑地看他："防着点儿啥啊？"

"防着点儿冯觐吧，他手上四个二。"

冯觐气得哇哇大叫："朱仰起，你偷看别人牌的手艺见长啊。"

朱仰起笑得很轻蔑："我还用偷看？就你那拿牌的手艺，跟我奶奶插花似的，东一摞，西一戳。你看看这四个摆得齐齐整整，不是炸弹是什么？"

"……"洞若观火，明察秋毫啊，气得冯觐直接把牌全混了。

朱仰起难得威风一回。冯觐却不知道，这些都是陈路周告诉他的。朱仰起哪有这么心细如发啊，跟冯觐认识这么久，都不知道他吃饭和打牌都是用左手。陈路周跟他打了一回牌就摸清楚他的路子了，还说冯觐是左撇子。

这么聪明又细心的一个人，唉。

陈路周拿着水一进去，徐栀就问他："热恋期啊？"

这是说姜成。陈路周把水递给她，去开电脑，想了想，说："一年了吧？去年暑假打球时他就带过来了。"

"那还这么你侬我侬的。"

陈路周拖了把椅子过来，放在边上，瞥她一眼："什么意思？谈一年就该分手了？"

"不知道，我没谈过，但是根据我身边一些学姐分享的经验，谈恋爱超过一年，就很难有心动的感觉了。"

"是吗？"陈路周怀疑地看着她。

她说得头头是道："嗯，有些干脆的就分手了；不干脆的就拖着不说分手，等着对方提分手，这样罪恶感就少一点儿，可以心安理得地找下一个。"

陈路周哦了声。他没谈过，不知道感情是不是这么短暂，就没发表意见，随手拿过鼠标，点开网页，结果发现点进搜索框会自动跳出曾经搜索过的词条——

打球被人伤了，晨勃没以前硬。

徐栀坐在他旁边的椅子上，几乎是下意识地往他下面看。

陈路周从床上扯了一条毛毯过来，盖在身上，分金掰两、一点儿便宜不肯给她占的模样,冷冷地瞥她一眼:"你往哪儿看?"

要换作以前,徐栀肯定立马道歉"对不起啊,不是故意的"。现在大概是熟了,她用一脸"你可真锱铢必较"的表情对陈路周说了一句:"小气。"

陈路周:"……"

这能用小气来形容?

他咳了声,言归正传,把电脑推到她面前,示意她看电脑:"建筑学类底下的专业很多,我觉得你如果不是非要上建筑系,其他专业相对来说可能——不过,你这人怎么老是这样?"他不知道为什么话锋又突然一转。

徐栀听得很认真,没想他的话头又折了回去。她一脸蒙地看着他。

"第一次见面,在楼道里,"陈路周一只胳膊肘吊儿郎当地搭在桌沿上,两腿敞着,另一只手撑在大腿上,冷冷地瞥了她一眼,有点儿秋后算账的意思,"你当时盯着哪儿呢?"

徐栀想起来,她第一次见他,就在那个逼仄的楼道口。他妈当时在严肃认真地训话,他还懒洋洋地靠在门口给自己点猪脚饭。

"猪脚饭好吃吗?"徐栀笑眯眯地反问。

"眼睛挺尖啊。"他冷笑。

这话里带着毫不掩饰的讽刺,徐栀后知后觉,忙解释说:"我当时真没盯着你下面看,而且,我也不知道你里面没穿内裤啊。"

陈路周:"……"

月亮倾洒着银白色的清辉,落满一地。不知是谁种了一院子玫瑰,火红艳丽,像一团熊熊燃烧的火焰,引人冲动。那似光火的红映在蠢蠢欲动的少年人眼底,屋内静谧到透着一种诡异。

陈路周见她的目光似乎马上又要往下面扫,用指节警告似的狠狠戳着她的脑门儿,把她推回去:"还看!你就这么好奇?我今天穿了!"

"我没好奇你穿没穿啊。"徐栀哭笑不得,也急了,看着他说,"我没看你。我刚刚一直就想说,你的毛毯蹭到我的腿了啊,好痒,能不能拿开?"

"……"陈路周无力地靠在椅子上,不想跟她说话了,给她下载了两份A大建筑学类各专业历年的录取分数线,让她自己看。他则窝在椅子上，一副病骨支离的模样，一声不吭地用手机看电影。

"生气了啊？"徐栀胳膊肘支在桌上，托着后脑勺，看着他问。

他表情冷淡地靠在椅子上，装模作样地咳了声："没有。"

"我给你讲个笑话吧。"

她又来。

毯子往下滑，陈路周无语地勾了下嘴角，微微抬腿把毯子扯回来："你哄人除了讲笑话，还有别的没？"

"别人我才不哄呢。"

你净在这儿乱人意。陈路周难得爽了下，刚要说"你还看不看分数了？快看，看完了带你出去吃夜宵"，徐栀又说："别人没你这么爱生气啊。"

陈路周："……"

院子里的玫瑰都黯然失色，月光依旧清冷。虽然卧室门关着，但隔音不太好，他俩说话的声音都很低。门对面就是厕所，那对小情侣大概蜜里调油够了，突然开始在厕所里吵架。

"到底谁啊？你给我看下。"男生说。

"就一个学弟。前几天学校不是弄了个跳蚤市场吗？我们把书都留给这个学弟了。"

"卖个书用得着加微信吗？那学弟长得不一般吧。"男生阴阳怪气。

"哎，姜成你别无理取闹啊，你微信上加那个女的，我也没问啊。"

"你们女生真牛，说你自己的问题，总能扯上我，行，都是我的错行了吧？"

"姜成你真没意思。不行就分手吧。"

"你再说一遍。"

"分手。"女生的声音很冷静。

"分啊。有本事，你以后都别找我。"

"……"

"……"

卧室内，两个人面面相觑，一时之间相顾无言。说实话徐栀没见过这种场面，怎么说呢，她觉得一中的人好像都挺神奇的。她手支着后脑勺，看着陈路周,不知所措地眨了下眼睛,说:"呃……你不出去劝一下吗?"

陈路周已经习惯了。他俩就这德行,这一年分了不知道多少次。无论当着他们的面吵得多凶,他俩都分不了。陈路周犯不上去劝。因为他俩的事就是屎里裹糖,旁边的人都看得清楚明白,只有姜成在自欺欺人。朱仰起和姜成算不上多熟,但是这么闹过两次,他都知道杭穗也就是姜成的女朋友是怎么回事了。

"我觉得你这次不要再去找她了,真的,这样没意思。你当初抛下她跟前女友复合,现在她跟你在一起就是单纯地报复你啊。你别再跟她这么下去了,她难受,你自己也难受。"朱仰起在门外真心实意地劝姜成。

陈路周半天听不见鼠标点击和滚动声,抬头看徐栀,发现她听墙脚听得挺起劲儿,哪还有心思研究专业。他不耐烦地喷了声:"看你自己的,外面的事跟你没关系。"

但徐栀觉得耳目一新,好刺激。她看着他,感慨地说:"我突然好羡慕朱仰起、冯觐的女朋友。"

陈路周满头问号。

徐栀:"她们肯定知道很多八卦。"

陈路周:"你怎么不羡慕我女朋友?"

徐栀:"你好像没他们那么八卦,感觉是不太会跟女朋友八卦的人。"

陈路周笑了下,用下巴煞有介事地指了指电脑屏幕:"先别研究别人的感情线了,研究研究你的分数线吧。"

徐栀哦了声,慢悠悠地收回神,不过看两眼分数线就看看陈路周的发际线。因为他一直低着头专注地看手机,另一只手百无聊赖之余偶尔会抓下前面的头发,结果刘海都被他无意间给拨了上去。他如果剃光头,头型应该很像一个桃子,因为发际线有很标准的美人尖。

徐栀打量他的余光发现了一把挂在墙壁上的小提琴:"陈路周,你会拉小提琴啊?"

他茫然地抬头,顺着她的视线看过去,这才回过神,漫不经心地回答:"嗯,小时候学的。"

"考过级吗?"

"考了。"

徐栀哦了声。陈路周都做好准备说"十级"了,她却不问了。算了,她向来不按套路出牌。

"我爷爷也有一把小提琴,但他不会拉。"徐栀看着那把挂在墙上的小提琴说,"但我奶奶生病那几年,我爷爷就每天坐在院子里给她拉小提琴,特扰民。我那个时候特别不理解,为什么爷爷拉那么难听,奶奶还非让他拉。"

"为什么?"陈路周好奇地看了她一眼。

"不告诉你。"徐栀想了想说,"等我八十岁的时候,咱俩要都还活着,你给我拉一首,然后我就告诉你答案。"

"想得美,八十岁谁还拉小提琴?"陈路周靠在椅子上,收回视线,继续看手机里的电影。男女主角已经快亲上了,但他这会儿并不想看这种戏份,于是一边划拉进度条,一边没脸没皮地说,"八十岁我要坐在公园里拉二胡,那时候谁知道我单身还是有老伴儿,有老伴儿就拉给老伴儿听,没老伴儿就拉给别人的老伴儿听。"

"行吧,也是种活法。"

徐栀就喜欢陈路周身上"少年人的情绪就像春日里茂密生长的树林,就算是绿,也要绿得理直气壮"这股劲儿。

"看完了?"陈路周问她。

徐栀嗯了声:"差不多。"

陈路周把手机关掉,随手丢在桌上:"怎么想?"

徐栀想了想,说:"你觉得园林与景观设计怎么样?其实我最开始想学的就是它和建筑系。园林设计很有意思,我小时候就想着以后一定要买个大别墅,带花园的那种,然后我自己设计。"

花园里种什么呢?他本来想问,话出口就成了:"你自己想好就行。"

"你呢?"徐栀问他。

"我?"陈路周瞥她一眼,有些自嘲地弯了下嘴角,低头又去拿手机,"我出国啊。"

徐栀说:"一分一段表还没出来,不过我估计你的省排名在三百左右?在国内也能上个双一流了啊。你在北京除了 A 大就没有别的学校想上了吗?"

陈路周低头看手机。他已经从电影界面退了出来,这会儿正漫无目的地点开微信看看朋友圈,听到徐栀的问题,低低地嗯了声:"我家里有安排。"

徐栀哦了声:"那好可惜,本来还想以后能在一个城市上大学也挺好的,周末没事还能去你们学校玩。"

陈路周靠在椅子上,笑了下,满脸不信:"等你去了北京,认识了新朋友,你就乐不思蜀了,还能想到我?"

"也不一定是北京,万一没被A大录取,我很大概率就去上海了,F大、T大都有可能,或者去庆大。"徐栀说,"到时候我也不告诉你我在哪儿,你也别告诉我你出国去哪儿。"

也就三四个地方,他要找还不容易?这人真幼稚。

陈路周看了她好一会儿,才点头说:"好。"

屋内开了空调,大概是温度开得高,徐栀的脑门儿上还是汗涔涔的。陈路周看她的嘴唇干巴巴的,问了句:"要不要吃哈根达斯?冰箱里有。"

哈根达斯是陈路周昨天买的,被姜成的女朋友吃了一个,刚才朱仰起要吃,他没让。总觉得徐栀今天不来明天也会来。果然,东西还真留给她了。

徐栀早就口干舌燥,闻言点头:"吃!"

陈路周把东西从冰箱里拿出来,顺手把下午买的车厘子一起洗了,准备给她拿进去。朱仰起从后面不怀好意地走过来,将他堵在厨房:"陈大少爷金屋藏娇玩得真溜啊,看来以前没少玩。是不是以前聚会都带女的回来了?"

"对,我跟你玩。"陈路周懒得搭理他。

朱仰起也不闹了:"徐栀还在里面啊?你俩干吗呢?带她出来玩会儿啊?"

"帮她选专业。"陈路周关上水,将车厘子沥干,想了下,还是拒绝了,"算了吧,免得姜成和谈胥乱说。刚在门口碰见谈胥爸妈了,估计他们还要找她麻烦。"

之前蔡莹莹也提过这事。估计谈胥爸妈心里恨死徐栀了:自己儿子一帮一,给人帮成了全校第一,自己儿子却考砸了。

"这样,我爸认识睿军的校长,要不要我去帮你求求我爸?你放心,我跪着求他,他肯定能答应。你给我吃一口车厘子就行。"

陈路周莫名其妙地看了他一眼:"求你爸干吗?"

朱仰起说:"让校长别找徐栀麻烦啊。谈胥爸妈要是找她麻烦,校长多少能罩着点儿吧。"

陈路周觉得朱仰起那点儿脑回路应该都被车厘子塞满了。

"你用脑子想想,现在考第一的是徐栀,校长会为难她吗?就算校长脑子进水听谈胥爸妈的,找徐栀的麻烦,现在她都毕业了,校长能找她什么麻烦?写检讨?写呗,写检讨你不是最有经验了?"

"也是,"朱仰起说,"看来还是兄弟我多虑了。"

陈路周随口问了句:"你打算报哪儿?"

"中国戏曲学院,报他们学校的舞台美术设计专业,老子以后就是朱艺谋。"

"嗯,徐栀打算报 A 大的园林与景观设计,"陈路周说,"以后估计也在北京,你帮我看着点儿。"

"你让我看什么?不准她交男朋友?这我可看不住,女孩子谈起恋爱来拦都拦不住。"朱仰起满心唏嘘。

陈路周下意识地回头看了眼虚掩着的卧室门,有昏暗的光线从门缝里泄出来,好像一轮月亮藏在房间里,只有他知道。

"男朋友随便她交,你别让她被人欺负就行。"他说。

"真的假的?男朋友都随便她交吗?"朱仰起"善意"满满地说,"那我到时候给你发他俩在海边十指紧扣、接吻的照片。"

陈路周本来剩了半袋车厘子给他,这下直接全拿走了:"嗯,你要是想死就尽管发。"

徐栀第一志愿填了 A 大三个专业:建筑,园林与景观设计,城市规划。

填完志愿没几天,徐栀和老徐吵了一架。因为老徐要给她换个新手机,徐栀觉得没必要,有这钱还不如留着还下个月的房贷。老徐觉得自己这爹当得也忒不威风,二话不说撂下正在洗的碗筷,把她训了一通:"我知道你在想什么,你就觉得这奖励特别势利是不是?不瞒你说,本来你考完我就打算给你买的,但你表弟说这几个月有新款,那我想等新款出了再给你买。再说,我闺女考了全省第38名,我奖励个新手机怎么了?这怎么就成势利了?我不光给你换手机,我还给你买一台笔记本电脑,你不要我就送给你表弟，你别在那儿矫情了。"

徐栀还真不是矫情。她的手机本来就不差，也还能用，干吗要换？不过，电脑她是想要一台，于是说："给我买电脑吧，手机今年还能用，明年再换也行。"

徐光霁听着觉得也行，于是把碗一个个沥干，放回碗柜里，想起早上班主任给他打的电话："你们老曲说了，你这个成绩也就是在咱们市，要放在咱省的其他几个市，那就是市状元的成绩。"说到这儿，徐光霁回头，颇为震撼地瞥她一眼，"我也是今天才知道，原来咱庆宜市的学生都这么厉害，省里前一百名，竟然有八十一个都是咱们市的学生。我看家长群里还有个家长说，有个班三十五个人，听说三十四个人都报了A大、B大。"

"嗯，市一中的，全省前一百名基本上都在那两个实验班。"徐栀靠在厨房的门框上，低着头在回蔡莹莹的微信。蔡莹莹的分数还挺出乎意料的，以前从来没破过四百大关，高考成绩竟然上了四百分，而且刚好卡在二批分数线上。老蔡高兴坏了：是个本科就行，至少以后还有机会考公务员。但蔡莹莹自己不那么想，觉得读个吊车尾的三本还不如读个好的专科。她想去上海海事职业技术学院，老蔡死活不同意。蔡莹莹正在跟徐栀抱怨——

小菜一碟：真羡慕朱仰起啊，同样是四百分，他能上中国戏曲学院。你敢信吗？他竟然能上一本。我查了，中国戏曲学院咱们考至少要六百分。

徐栀回：美术生的痛苦咱们也想象不到啊。我听陈路周说，朱仰起画一张画就要抽一包烟。

小菜一碟：难怪他烟瘾那么大，吃火锅吃一会儿就要出去抽支烟。

徐栀：你俩还单独吃火锅了？

不等蔡莹莹回复，老徐洗完碗，从徐栀的身旁经过，一边在围裙上擦干手，把吃剩的菜端进厨房，一边状似无意地问了句："你之前说那个男孩儿——陈路周，他是一中的吧？他在哪个班啊？考了几分啊？"

徐栀还真不知道他是几班的。她一开始是不好奇，后来知道他没考好，也不敢多问。谈胥刚转过来时，身上就有一种一中学生的优越感，但陈路周身上没有，从朱仰起身上偶尔也能感觉到一点儿，所以徐栀一开始以为陈路周是学美术的,估计成绩比朱仰起还差。后来陈路周说自己不是艺术生,她也没多想,听到他的成绩之后,觉得他应该就是平行班里的学霸之一,不是那两个实验班的大神。

"他考了713。"徐栀吸取了上次买相机的教训,说着,点开陈路周的微信,想问问他有没有什么性价比高的电脑推荐。

要换作往常,听到这个分数,老徐多少得刮目相看,但是听过自己闺女的分数之后,他觉得这个713还差点儿意思。毕竟这个人跟徐栀的关系多少有点儿"不清白",老徐当然希望他的分数比自己女儿的更高。

所以,徐光霁下意识地说了句:"这么低啊?"

徐栀顿时抬头看他,心有余悸地劝了句:"爸,你在外面可别这么说,你这么说,别人还以为我考了省状元呢。"

徐光霁关上冰箱门。他现在多少有点儿飘了,志骄意满地看了她一眼:"你们老曲说了,省状元也就750多分,咱们这分数结构跟别的省不一样,哪怕是810分的总分结构,也没多少人能考上750分呢。你这个成绩很优秀了,爸爸为你骄傲。"

徐栀笑了笑,刚要说"承让承让",徐光霁趁热打铁提醒她:"所以,爸爸建议你,有些朋友,咱们别急着现在交,以后去了大学,你会遇见更优秀的。"

也不知道徐栀听没听明白,一边在手机上划拉着陈路周最近的微信朋友圈,一边囫囵地点点头:"那必须。"

陈路周接了个拍摄的活儿,帮她选完志愿的第二天就去了上海。徐栀怕影响他工作,这几天也没敢跟他多联系。陈路周就昨天发了一条朋友圈,再没其他动静。

照片应该是在公园拍的:一位卓尔不凡的老头站在空旷的白鸽广场上拉着小提琴,喷泉边的石板凳上坐着一个老太太,怀里抱着一束新鲜的玫瑰花,一边鼓着掌,一边爱意满满地看着闭着眼睛、沉浸在小提琴演奏里的老头。不知是陈路周太会掌握氛围,还是这世界上真有这种相濡以沫的爱情,徐栀竟从一个八十岁老太太的眼里看出了十八岁少女的羞怯感。

照片底下已经有两条回复,分别是朱仰起和蔡莹莹的。

蔡莹莹跟她的感受一样:呜呜呜,我竟然在老太太眼里看出了娇羞感。我大概只有刚出生那会儿才能笑得这么娇羞。

朱仰起直接回复蔡莹莹：没有啊，那天吃火锅你挺娇羞的，吃牛肉都得包生菜叶，生菜叶不行你就包白菜叶。怎么了，不给它穿件衣服你下不去嘴啊？

蔡莹莹一本正经地回复：那叫胃觉欺骗。包上青菜叶就是让肠胃误以为我只是吃了一片青菜，这样就不会引起身上脂肪的注意，好让它们心里有点儿数，不该长的肉别乱长。你懂什么，这是徐栀教我的。

朱仰起回复蔡莹莹：你怎么不直接吃屎呢，这样，新陈代谢都免了。

陈路周也难得回了一条。

Cr 回复蔡莹莹：她的话你也信？

徐栀看了眼底下的回复时间，一分钟之前。

徐栀回复 Cr：我骗过你？来，举个例子，我看看能不能狡辩一下。

估计陈路周在忙，一时半会儿没回。徐栀都没着急，朱仰起却唯恐天下不乱地在陈路周的朋友圈回复：快快快，你俩打起来！

很可惜，陈路周拒绝这场辩论，一个字都没回。

徐光霁见徐栀点头，于是也心满意足地点点头，从冰箱里拿出昨天吃剩下的半个西瓜，把她从厨房赶出去："我给你打杯西瓜汁，要不要混点儿木瓜？"

"不要。"徐栀时不时看两眼朋友圈。陈路周还是没回复。

徐光霁咔嚓一声把西瓜切开，突然想起来一件事："对了，你们老曲早上给我打电话说，过几天电视台好像要采访你。你下午要不要跟蔡蔡出去逛逛，买两身新衣服？"

徐栀一愣，抬起头，听得云里雾里的："采访？"

徐光霁这才想起自己忘记跟她说了，连忙从裤兜里掏出钱包，给了她五百块钱，说："对，采访，我刚忘记告诉你了，说是今年电视台做了个节目，想采访一下全市前三十名的同学，做个高考特辑。你拿着钱，下午去商场逛逛。"

徐栀卡里的五千还没动过，但也不敢不要，怕老徐知道她飙车赢了五千后，把钱没收了揣兜里。她接过钱，喃喃地说："确实要去一趟商场。"

和蔡莹莹在商场挑镜头的时候，徐栀接到了电视台采访的电话预约，让她周四下午三点去广播电视台报到。她挂掉电话后，蔡莹莹已经跟专柜小哥聊上了，整个人被震惊得目瞪口呆："所以，按你说的，光这么一个镜头就要三四万是吗？"

小哥也是一脸遗憾，礼貌地冲她点头——他也觉得很贵："是的，哈苏的很多镜头比相机都贵。"

蔡莹莹算了下：也就是说，陈路周的一部相机加一个镜头就上十万了？他家里是多有钱啊？陈路周一看就是富二代，但蔡莹莹也没想到他这么有钱。

"便宜点儿的没有吗？"蔡莹莹还是不死心，追着小哥问。

小哥很无奈，也很抱歉："没有，最便宜也得两万。"

两个人问遍了其他牌子，都没有哈苏适用的镜头。徐栀也绝望，第一次觉得有钱人的世界那么遥不可及。蔡莹莹累得两腿发软，下扶梯的时候靠在徐栀的肩上，有气无力地说了句："你干脆把自己赔给他吧，我可不想再逛下去了，累死了。陈路周真的绝了。我第一次见到这么绝的男生。"

徐栀想问"哪儿绝了"。

他至今都没回复她的消息，也不知道在忙什么。

蔡莹莹找了个奶茶店门口的小凳子坐着，一边捶腿一边撒娇说："栀总，我想喝奶茶。"

徐栀："我给你买去，顺便给陈路周买个充电宝，你就在这儿坐着等我。"

徐栀走出没两步，就碰见一个熟人。也是在那一刻，她突然想起来，商场就在夷丰巷附近，楼上有个网红图书馆，谈胥有阵子特别爱在那里看书。而且，这个图书馆有项特殊服务，叫"时光锦囊"，曾经在朋友圈风靡一时，无数人分享过自己寄存在这个时光蜂巢里的信。她跟蔡莹莹有阵子吵架闹别扭，好久没说话，最后不约而同地走进这家店，在门口大眼瞪小眼瞪了好一会儿，没忍住同时笑出声，于是她俩的关系直接破冰了。

估计谈胥刚看完书从楼上下来，手上还抱着一沓试卷，整个人枯瘦如柴，眼神也是暗淡无光。白色衬衫让他穿得皱巴巴、灰扑扑的，他完全没了刚从一中转学过来时那意气风发的样子，隐没在人群中，完全不起眼了。所以，谈胥没开口叫她时，徐栀都没认出来，径直从他的身边绕了过去。

谈胥本来也没想叫她，可徐栀这态度令他心里多少有点儿不舒服，于是他冷着脸开口:"这么快就装不认识了?"

徐栀这才看到他,定睛确认了一会儿,才叹了口气,说:"没有,我没戴眼镜,没认出你来。"

今天是周末,商场有亲子活动,人格外多,小孩儿满场乱蹦乱跳。还有不怕生的小孩子时不时扒拉一下徐栀的大腿,想叫她一起玩,欢声笑语充斥着整个商场。徐栀觉得挺神奇的:她从来不招孩子喜欢,以前跟谈胥出来复习,没小孩子会往他们附近靠,无论多么热闹的场合,他们永远是孤零零地坐在一旁。

人的气场好像会变,或者说容易被影响。她想起来,上次来这家商场还是和陈路周一起吃牛蛙那次。他就特别吸引小孩儿,或者说,他谁不吸引?他每次逗小孩儿也挺有一套,那些小孩儿明明被气得哇哇大叫,但还是想跟他玩。徐栀一开始以为是他有童心,后来发现完全不是,是因为他尖锐里带着教养,冷淡却始终留着一分温柔,哪怕一开始逗人逗得尖酸刻薄,逗得不亦乐乎,最后永远都是笑着说:"给你给你,都给你。"所以,旁人从他身上感受到的永远是甜。

蔡莹莹刚拿到奶茶,看着徐栀和谈胥在旁边找了个位子坐下,朱仰起就发了一条微信给她。

朱仰起:你们在哪儿逛呢?陈路周后天才回来,要不晚上叫上徐栀,哥请你们一条龙?

小菜一碟:夷丰大厦这边啊。要不你现在过来,还能赶上吃瓜。

朱仰起:好啊,不过吃什么瓜?

蔡莹莹偷偷拍了照片准备发过去。她拍照时,徐栀正巧低着头在喝奶茶,只露出白净的后脖颈。徐栀对面谈胥的脸则暴露在镜头前。他大约是发现蔡莹莹在拍,眼睛看向她。

蔡莹莹假装自拍,比了个"耶"的手势在脸颊边,然后把照片发给朱仰起。朱仰起收到立马回复。

朱仰起:等着。

商场闹哄哄的,谈胥将忧郁的目光从蔡莹莹那边收回来。他的脸一直都苍白,脸部线条虽然流畅,但大概是熬夜熬多了,皮肤有些松垮,整个人看着就不太有精神。他看着徐栀说:"我爸妈昨天去学校了,向曲老师问了你的分数。确实很高,我就算没有发挥失常,也考不出这种分数,加上自选，我最高也就考过710。你放心，我爸妈不会找你麻烦的。我跟他们解释清楚了，当初是我主动提出要帮你的，考砸了也是我自己的问题。这一年，我的心态确实出了问题。"

很多时候徐栀觉得谈胥也算是个温柔的人。不然，他刚转来那一年，他俩也不会有那么多共同话题，如果不是心态失衡，他的前途会更明朗。

"你打算怎么办？复读？"

谈胥没回答她，自顾自说："曲老师给我看了你这一年的分数曲线，我才发现，你的心态确实好，几乎每次都能提升二十分到三十分。三模卷子本来就简单，你高考还能在那个基础上多四十分。不管怎么说，恭喜你考第一吧，你这个成绩，在市一中都能进实验班了。你应该去 A 大了吧？"

"嗯，报了 A 大的建筑系。"

"对不起，"谈胥突然说，眼睛丝毫没有躲避，直勾勾地看着她，"那次不该扔你妈的项链，也不该跟你发脾气，我一直以为你是我带出来的，你就应该跟着我……"

徐栀忍不住打断他："谈胥……"

"你听我说完，"面前的奶茶，谈胥一口都没喝，目光始终在徐栀身上，"到现在，咱俩不能连朋友都不是了吧？高三这一年，你只要给我打电话，不管夜里几点我都从床上爬起来给你讲题，我没别的意思，就想问问，咱俩还是不是朋友？"

朱仰起一进来，就火急火燎地在蔡莹莹对面坐下，眼睛直愣愣地盯着徐栀那边，让蔡莹莹不得不怀疑且警惕地看着他，小心翼翼地问了句："你不会喜欢我们栀总吧？"

朱仰起满脑子"你个二货"，嘴上只问："什么情况啊？说说呗。"

蔡莹莹戳着杯子底下的果肉粒，心不在焉地说："我不知道，估计在聊志愿的事情吧。"

朱仰起脑中瞬间警铃大作："咋，谈胥还想跟她报一个学校啊？不能吧，我听陈路周说徐栀不是报 A 大吗？谈胥不是考砸了吗？"

下一秒，他把手机藏在桌子底下，把图片发过去，又娴熟地盲打了一条消息过去。

朱仰起：要不你问问姜成，谈胥到底考了几分，别让他报到徐栀的学校去了。

那边的人很快回过来一条消息。

Cr：你以为A大是菜市场，谁都能进去？

朱仰起：万一人家知道徐栀去了北京，也报个北京的院校，那也够你喝一壶的。

这条消息发出去，陈路周半天都没回。朱仰起以为他又开始忙了，于是等了一会儿，结果他还是没回复。朱仰起又急不可耐地发了一个问号过去。

结果微信界面显示：您发出的消息被对方拒收。

狗东西没出息，这点儿心理承受能力都没有。

徐栀没办法说不是，毕竟过去并肩作战的画面历历在目。她比谁都希望谈胥高考能发挥好，考上好学校。现在大家都知道谈胥失误大部分是出于心态问题，可十年二十年后，所有人的记忆都模糊了，同学们之间再聊起这件事，恐怕就不会这么简单了，茶余饭后的闲谈八卦会不会就变成"当初班里有个男同学帮助某个女同学提升了成绩，最后自己没考上名校"？那样的话，那个女同学不就成了红颜祸水吗？这样的事，徐栀不是没有听说过。

她不想背这个锅，也不想听到谁的前途跟她有关，于是，徐栀沉默了一会儿，对谈胥说："你本来的目标是什么？A大吗？"

谈胥笑了下，笑容很苍白无力："怎么，你要反过来帮我吗？"

"你应该不需要我帮吧？谈胥，以你的实力，考哪儿都不是问题，这一年哪里出了问题，只有你自己清楚。"徐栀从坐下就一直低着头喝奶茶，听他说话时一直都是沉思状，这会儿终于认真地看着他的眼睛，眼神干净也执着，"如果你本来的目标是A大，那我希望你明年能考上A大。"

谈胥愣住了，看着她，没说话。

"有个人跟我说，如果他心里的墙塌了，他就会建一座更坚固的城堡；如果太阳不再升起，他就去尝试点亮所有的灯。这句话虽然中二，但我觉得人还是得有这种不服输的精神。无论你的父母说什么，做决定的永远是你自己，你想复读就复读。"

他们从下午一直坐到晚上，其间，商场外淅淅沥沥下起了小雨，路灯把雨水染黄，霓虹灯模糊了楼宇的轮廓。

等谈胥走了,徐栀回去找蔡莹莹,才发现朱仰起也在:"你什么时候来的?"

他呢?

朱仰起哼哼唧唧,斜眼看她:"聊什么呢?聊这么久。"

"劝他复读。"

朱仰起作为复读生,回了一句:"劝人复读,小心下辈子当猪,姐姐。"

徐栀叹了口气,把杯子里的最后几口奶茶吸完,说:"也不算劝吧,他自己也想复读,只是他父母担心费用太高,说高三楼租一年就要三四万,加上其他乱七八糟的因素,就让他找个普通一本上算了。你们俩还要去玩吗?那我回家了。"

蔡莹莹下意识地看了眼朱仰起——他俩单独去玩不好吧?于是,赶紧开口挽留徐栀:"不要啊,你这么早回去干吗?"

徐栀也很无奈,晃了晃手机说:"采访稿,刚发我了。"

说完她就走了,徒留蔡莹莹和朱仰起大眼瞪小眼。蔡莹莹一脸嫌弃的表情。朱仰起倒是有些不自在地拨了拨刘海,假装低头喝奶茶。

蔡莹莹更来气,一把将奶茶夺回:"我的!"

朱仰起:"……"

采访在周四,周一徐栀跟外婆回了趟老家,在村子里待了几天。

那几天徐栀都坐在水波跃动的河边,听着潺潺水声,看金乌缓缓从东边升起,转头又从山峰间悠然而下,一天时间过得相当快。山里清静,山风猎猎扑向大地,带着一股使人清醒的劲儿。她从马克思主义哲学背到鲁迅先生的《狂人日记》,还是没能将那道影子从脑海中抹去。

她长长地叹了口气,看着红日里挺拔硬朗的山脊,想起陈路周蹲在她面前系鞋带的样子:宽阔的肩膀,毛茸茸的头顶。

估计他这几天在上海玩疯了吧,认识了很多新朋友吧,不然怎么一条消息都没有呢?

于是她发了一条朋友圈——

渣男语录:月亮圆或者不圆,都没关系,我会永远陪在你身边。

第九章
做敲响希望的钟

其实,当时徐栀本来没多想,两条微信发过来,她下意识地先看下面那条,但他很快撤回,徐栀也只好当作没看见,后来试探性地问了句,陈路周说是随便扯的,跟她没关系,徐栀也就没再追问。

朋友圈发出去大概半个小时,某人的电话不约而至。

金乌西沉,玉米地里有几个少年在肆意追逐,野狗狂吠。徐栀走在野草起伏的山间小路上,夕阳的金光染黄了麦穗,画面鲜艳饱满得像梵高手下明亮而奔放的油画。

电话里是那道熟悉的冷淡嗓音——

"骂谁渣男呢?"

徐栀沿着明快的麦浪线条漫不经心地往外婆家走。她拿着电话,开着外放,试图让在田间悠悠漫步的鸡鸭鹅都听听这渣男的声音。

不就是钓吗?谁不会?

而且,让徐栀觉得不对劲儿的是,这种感觉跟对谈胥的不同。

谈胥无论怎么对她,她都无所谓,不生气,不抗拒,没有丝毫跟他较劲儿的意思,纯感恩,是一种等价交换:你帮我复习,你发脾气我都受着。

但对陈路周不同,她想扳回一城,必须占上风。

于是，她迎着山野间倏忽而过的风，看着湛蓝的天空，大脑不紧不慢地转了一圈，才慢腾腾地回了句："嗯？什么？"

陈路周刚收工。他这次接的活儿特殊，算是半公益性质——连惠女士台里做了一个关于抗癌的栏目，从全国找了几组家庭拍抗癌纪录片。正巧上海这组家庭的摄影师临时请了假，连惠问他有没有兴趣，陈路周便答应了。这会儿他刚坐上回程的高铁。说实话，他的情绪不太高，因为整个拍摄过程很压抑，死亡的阴影就像一把达摩克利斯之剑高高地悬在这个家庭每个人的头顶。

患者跟他年纪差不多，叫章冯鑫，家里人都叫他小金。小金今年上高二，听说成绩很好，数学竞赛拿过全国一等奖，是一个性格挺阳光的男孩子，笑起来露出两颗小虎牙。他说他的目标是 A 大的建筑系。陈路周那时候挺无奈地弯了弯嘴角，第一次想把徐栀介绍给一个男生认识，或许他俩会有共同话题。

小金是一个不喜欢给别人添麻烦的人。每次陈路周拿着设备在门口等他做各种检查，小金就特别不好意思地搔着耳朵说："不好意思啊，哥，让你久等了。"陈路周很少见那么爱道歉的人，除了徐栀，小金是第二个。他也不想说太多煽情的话引人难过，只好转过头说："没事，我拿了钱，应该的。"

小金也喜欢打篮球。他俩都喜欢看比赛，有时候光说比赛的事就能说一天。陈路周说等他病好了，两个人可以一起打球，小金笑眯眯地满口答应了，可谁都知道他没有以后了。沉默片刻，陈路周觉得自己这话可能不太妥，可又怕多说几句画蛇添足，最终没有就这个话题再说什么，而是换了个话题。正巧，第二天小金的父母突然不让陈路周再给小金拍摄了，态度很强硬：如果陈路周不走，他们就终止所有拍摄。陈路周表示很理解，给连惠女士打了个电话，提前收工了。

临走前，他去看小金。小金躺在床上，一口一口艰难地吃着饭，还不知道他要走，问他下午的拍摄什么时候进行，说自己想洗个头，好几天没洗头了。

陈路周只说他坐下午的高铁回 S 省，家里临时有点儿事，他要提前回去。小金倍感遗憾："啊，晚上还想跟你一起看比赛呢。没关系，你有事就回去忙吧。哦对，你们最近是不是要填志愿了？"

陈路周只嗯了声，没多解释。

小金又说："路周哥，你能给我留个电话吗？以后有机会我想去S省找你玩。"

陈路周给了电话后，把昨晚熬了一晚上列出来的电影清单和书籍清单发给他，大多是科幻类。小金之前说在医院太无聊了，想找几部电影看，但跟大海捞针似的，找不到几部好看的，有些评分很高的，他看了也觉得不过如此。陈路周就随口问了句："你喜欢看什么电影？"小金说："科幻类的，类似《星际穿越》，或者灾难片、末日片之类的。"

陈路周科幻小说看得不多，科幻电影几乎全看过，所以他列出来的清单可以说是最全的。小金如获至宝，震惊不已地问："这些你全都看过？"陈路周嗯了声："平时没什么正经爱好，除了打球，就看看电影什么的。"

大概是从没见小金那么高兴过，所以陈路周走时，小金的父母从病房里紧跟着追出来，说："小陈，我们也没有别的意思，你很优秀，只是你跟小金的年龄太过相近，我们怕他难过。如果你以后能来看看小金，我们很欢迎。小金很喜欢你，我们从没见他跟别人这么交过心。"

陈路周答应下来。在回程的高铁上，他突然发现自己有了答案：这个世界既是勇敢者与勇敢者的游戏场，也是真心与真心的交换地。

陈路周买的是一等座。因为是临时决定回来，他只买到了一等座，买之前还特意打电话问了连惠，但连惠说正式员工出差电视台都不给报一等座的费用，更别说他这个没名没分的临时工了，即使是制片人亲儿子都不好使。挂了电话，陈路周立马查了下，嗯，天蝎座最近水逆，不宜出门。

这会儿高铁刚出上海虹桥站，陈路周靠在座椅上，看着列车窗外一根根电线杆和一座座信号塔，懒洋洋地提醒她："装什么，朋友圈当我没看到？"

"咦？"徐栀仿佛是真心实意地表示困惑，"我还真以为你看不到呢，是吧？"语气多少有点儿阴阳怪气。

陈路周戴着蓝牙耳机大咧咧地靠在座椅上，正在翻昨天跟朱仰起的聊天记录，听她这口气，没忍住扑哧笑了下："故意的是吧？就因为这两天我没给你发消息？"

因为是在高铁上,他刻意压低了声音,所以声音很轻、有点儿沙哑,徐栀听着有种别样的温柔劲儿。

徐栀刚踏进家门,院子里的两条小黄狗一见到她就跟上了发条似的狂吠,吵得要命。

"我试试某人的眼睛瞎不瞎啊。"

"我发现你倒是不瞎,那么两秒钟也记得一字不差。"陈路周说完,听见那撕心裂肺的狗叫声,把朱仰起从黑名单里拖出来后,低头笑着,忍不住漫不经心地调侃了句,"你进狗窝抢骨头了?"

徐栀叹了口气。她手里拿着一根没点的烟,是外婆早上去喝喜酒捎回来的。她不想浪费,决定直接给抽了,所以这会儿正在满柜子找打火机,就顺着他的话往下接:"没办法,饿急了。"

陈路周也没搭理她不着四六的话,笑了下:"所以那天看到了,跟我装没看到是吗?"

"你不说跟我无关吗?"她关上抽屉。

他嗯了声,听抽屉在那边开开合合:"找什么呢?"

徐栀说:"打火机。"

"抽烟?"

"嗯。"

陈路周皱了下眉,把手机锁掉,看着车窗外的风景,问:"有瘾?"

"没有,"徐栀翻出一盒发霉的火柴,尝试点了一根,说,"没抽几回。外婆喝喜酒带回来的,不抽估计也是浪费了。"

"你带出来,给朱仰起吧。"陈路周叹了口气,说,"一回两回不上瘾,我怕你这回就上瘾了,别抽了。"

"也行。"

他嗯了声。到底是在高铁上,说话终归不太方便,他沉默半晌,最后还是问了句:"那,先挂了?"

徐栀说了声"好",把烟放到桌上,都能猜到接下去的一个半小时他要干吗:"你是不是准备看电影了?"

"不然坐着发呆?"他笑了下,"我想起来一个事。上次跟朱仰起坐高铁去海边玩,我就睡了一会儿,他拍了我三百张照片,以此勒索我,让我花钱买断,不然以后给我女朋友看,我会有心理阴影的。"

270

徐栀来了兴趣，好奇他的睡相到底有多难看："真的吗？朱仰起那儿还有吗？不是女朋友能不能便宜点儿？"

陈路周懒洋洋地将脑袋仰靠在座椅上，喉结轻轻滚动，转脸看着列车窗外黄澄澄的麦田，喷了声："这笔账还算不过来？女朋友还用买吗？我睡觉什么时候看不到？"

"你的睡姿应该丑到很少见，不然朱仰起也不会心生发财大计。"她说。

"帅得要死，"陈路周活生生被气到，"你是没机会欣赏了。挂了。"

陈路周的照片是上过热搜的。徐栀大概是真的没搜过他，"仙草"的绰号就是那时候取的，还有几个经纪公司的大经纪人问他有没有兴趣当艺人。那时候有钱，他毫不犹豫地拒绝了，现在倒是有点儿后悔：应该留个联系方式的，谁还没有困难的时候呢？唉。

采访在周四，徐栀从外婆家回来后背了背稿子，但一对上老徐的镜头，说话还是磕磕巴巴。她顿时发现人是越长大越不好意思，她小时候竞选班委，到底是怎么能够当着那么多人的面说出"我的美貌毫无保留，你们有目共睹"这种话的？

徐光霁坐在沙发上，关掉相机镜头，语重心长地对她说："囡囡，人是一旦有了在乎的东西，就会在乎脸面。你小时候所向披靡，是因为你压根儿没有在乎的东西。"

徐栀站在电视机前，不是很赞同他这句话："那不是，我小时候很在乎你和妈妈，还有我的小金鱼。"

徐栀小时候是养了一条小金鱼，不过没几天就翻白肚皮了。因为她太喜欢那条小鱼了，也是第一次养鱼，不知道金鱼不能每天喂，更何况她还是照着一日三餐的模式喂。

徐光霁告诉她："那是因为，你知道无论你做什么我跟妈妈都会喜欢你，爱护你，小金鱼也是一样。但有些感情就不一样了，你做不好，对方可能就不喜欢你了。"

"爸，你怎么话里有话？"

"你心里要没鬼，怎么觉得我话里有话呢？"

徐栀："你说绕口令呢？"

徐光霁点到为止，一边搓搓腿，站起来，准备去煮晚饭，一边说："反正我女儿长得漂亮，成绩又这么好，我觉得你什么都不用做，光是往那儿一站，镜头就会对准你，你别抠鼻屎就行。"

徐栀简直无语："我什么时候……"

"我有照片的。"徐光霁把眼镜推到脑门儿上，起身走进厨房，打开排风扇，说，"等你以后找了男朋友，我得先给他看看，看他能不能接受这样的你。如果只能接受光鲜亮丽的你，那这人咱就不能要。再好的感情最后都会趋于平淡，沦为柴米油盐，所以这是重要的一环。当然你要是愿意花重金销毁照片，我也是可以考虑一下的。"

"……"徐栀没想到报应来得这么快。

周四下午，徐栀早早到了广电门口。到了现场她才知道，这次接受采访的三十名高考生里，二十八名都来自同一个班——市一中宗山实验班一班，只有她和另外一个男生不是这个班的。一个来自睿军中学，一个来自附中。附中还是省重点，睿军连市重点都算不上，能考出这个成绩，确实让很多人感到意外。大家一到现场，自然而然就分成了不同的团体。

附中那个男生叫杨一景，戴着一副黑框眼镜，很腼腆。徐栀刚化完妆，听从工作人员的安排在指定的位置上坐下，刚好就在杨一景旁边。徐栀一眼就认出，他就是另外那个幸运儿。因为他一脸茫然、羡慕地看着一群大神聊天，没插话，也不敢插话。那群大神显然也没打算带他俩玩，所以他俩只能孤零零地、有点儿尴尬地坐在一边。

杨一景紧张得腿一直在抖。他俩的凳子是连着的，带得徐栀也一起抖。徐栀真的很烦男生抖腿，但是这种环境造成的焦虑她能理解："朋友，别抖了，我的发夹快让你给抖掉了。"

杨一景都没发现，忙跟她道歉："对不起啊，我不是故意的，就……就是有点儿紧张。"他都结巴了。

"没事。"

化妆间仿佛被割裂成两块，他俩尴尬地坐在一个小角落，剩下宗山那群大神或站或坐挤在化妆间的另一个角落，聊得热火朝天，好像同学聚会一样，熟得不行。

杨一景的眼睛就没从他们身上移开过，对他们好像很了解，跟徐栀介绍说:"他们都是一个班的同学,你知道吧?戴无框眼镜、穿白衬衣那个听说就是今年的省状元,746分,听说还有十分的竞赛加分,总分破750了。那个穿校服的,是去年数学竞赛的金牌得主。要不是现在取消保送了,我估计这些人就直接保送了。还有个更牛的,竞赛奖状可以多到糊城墙的程度,听说裸分考了713。"

那不是跟陈路周的分数一样吗?不过她没多想,每个分数同分的都有十几个人,市一中同分的肯定也很多。但她还是好奇地问了句:"裸分?"

杨一景格外郑重地点点头,拿出十二分的敬意,说:"没考自选,直接上了700分。不过这次好像没来,我刚看了下名单,没他的名字。我有点儿遗憾,还想见见能考出这种分的牛人到底长什么样。我们老师特意算过他的分,加上自选,应该能破770大关,肯定比750高。"

"那确实牛。"徐栀心不在焉地点点头,环顾了一圈。她记得陈路周那位母亲好像就是广播电视台的制片人。

化妆间很大,两拨人离得并不近,其实徐栀好几次依稀听见"陈路周"这个名字,但她觉得是自己最近有点儿魔怔了,并没往别的方向去想,一边漫不经心地打量着电视台的环境,一边跟杨一景有一搭没一搭地聊着。

杨一景突然想起来一件事,说:"听说等会儿录制完要去聚餐,你去吗?"

"跟他们?"徐栀不敢相信地问了句。

她不太想。她和一中的人又不熟,去了也没话题能聊,而且这帮大神显然没打算带他俩。她觉得杨一景是不是自作多情了,人家可能是同学聚餐。

"这个女生过来通知我的,说是台里给的经费,录制完让大家去撮一顿,他们工作人员就不跟着去了,怕我们不自在,所以把咱俩也算上了。"

杨一景指了指站在化妆台边上,正在背稿子的女生。她扎着高高的马尾,来回走着背稿的时候,马尾一甩一甩的。她长得很漂亮,气质也独特,听说是他们班的女班长,这次省排名十二,也报了A大建筑系。不过这次可能是分差并不大,徐栀刚看到她的总分是742,估计中间同分的很多。

"给了多少经费?"徐栀问了句。

"一万。"杨一景还比了个手势。

"吃,不吃是傻子。"

杨一景嘿嘿一笑:"我也说,来都来了,咱们就心安理得地去,他们如果不搭理我们,我们互相做个伴嘛,不然你不去,我真的好尴尬。对了,咱俩加个微信吧。"

徐栀说了声:"好,你报哪个专业?"

"A大,"他掏出手机,调出二维码让徐栀扫,"我报的金融系。不过我的分也紧张,不知道会不会把我调剂到其他专业,听说今年同分段咬得很紧。比如你738对吧,其实你前面可能直接就是740了,740有好几个人。"

话音刚落,工作人员就火急火燎地过来拍板子了,然后大声说:"好了好了,同学们先别聊了,录制马上开始了,所有人收拾一下,跟我走,麻烦大家把手机调成静音或者飞行模式,然后上交给工作人员。"

化妆间里的所有人瞬间站起来,开始三三两两地往门口走。徐栀和杨一景夹在一堆学霸中,顺着人流往演播厅走,于是有些话清晰地传进她的耳朵里,震着她的耳膜,血液仿佛冲进她的脑海里,引得她头皮发麻。

"哎,你们给陈路周他们打电话没啊?等会儿吃饭让他也过来呗,咱班就少他们几个了。"

"我在群里喊了啊。许逊他们说等会儿过来,就陈路周没回,我让班长给他打电话了。"

"我打了啊,他没接。他这几天是不是在外地拍摄啊?朱仰起是这么说的,好像是在上海,帮电视台拍纪录片。"

"你还能联系到朱仰起,牛啊,班长,看来跟陈路周的关系不一般啊。"

"胡说什么。上次诗歌朗诵,朱仰起自己加我的。"

整个节目录制过程很顺利,这帮学霸显然平时没少接受采访,在主持人面前应对自如,官腔打得那叫一个得心应手。其实他们跟徐栀以为的实验班学霸的形象有些出入。她莫名在他们身上看出了一些陈路周的影子,连说话的口气都有一股说不出的相似劲儿。

尤其那个戴着无框眼镜、穿着白衬衫的省状元。

主持人笑眯眯地问:"取得这样的好成绩,请问李科同学有什么好建议给未来的学弟学妹们吗?"

李科长相斯文,彬彬有礼。徐栀本以为他会打官腔,没想到他半开玩笑地跟着主持人接了一句:"首先,你得有一个神一样的竞争对手。有了这样的对手,等于成功了一半,因为你这个神一样的竞争对手在每一次考试中都能考出神一样的成绩,刷新上一次的纪录,这样的人会激励你不断前行。最后,他因为某些不可抗因素考试失利,你就是状元。"

主持人刚刚在后台跟他们闲聊的时候就听好几个同学提起这位"神一样的竞争对手",他没来大家都觉得万分可惜,这样的场合少了他,确实少了点儿味道。

杨一景和徐栀对视一眼,杨一景用口型说:"就是我说的那个裸分大牛。"

主持人说:"看来你跟这个神一样的对手关系还不错?"

李科笑笑:"当然,我们是好朋友。说实话,有这样一个劲敌在班里,惺惺相惜都来不及,不会关系不好的,而且他本身就是一个挺有趣的大男孩儿。他的心态比我好。高三期间,其实我没几次考过他。有一次考过他了,我还跟他吐槽哪里不该丢分,要换作别人,早打我了,但他从来不会觉得我是在炫耀。或许这就是跟内心强大的人当朋友的好处,他是对手,也是良师诤友,从他身上我学到很多。"

旁边有同学忍不住跟主持人爆料:"他俩也经常玩脱,有次大考前一晚还逃了晚自习溜出去看电影,正巧碰上我们教导主任跟他老婆在那儿过结婚十周年纪念日,被抓了个正着,'煤气罐'当场就炸了……"

教导主任姓梅,脾气一点就着,所以绰号"煤气罐"。大概是氛围太轻松,爆料的同学瞬间忘了这是节目录制现场,直接叫出了教导主任的绰号。但这是要播出的,一中的学生瞬间哄堂大笑,那学生立马反应过来,诚惶诚恐、战战兢兢地问:"导演,这段能剪掉吗?"

场下的副导演笑眯眯地比了个OK的手势,让他继续说。

"梅老师吧,人特别好,长得也帅,尤其是脾气,那是一点儿都没有。就这么温柔亲切、岁月静好的一个好老师,让他俩气得冲进我们班就当场表演了个徒手掰核桃,你说,他俩得有多可恨。"

现场又是一阵哄堂大笑。

气氛越来越热烈，大神们也越来越活跃。他们之间有说不完的话题和趣事。徐栀和杨一景频频对视，因为主持人极少提到他俩，或者说这帮学霸的话太多，他俩根本插不上话。

杨一景是失落的，感觉被电视台骗来给人当背景板。

场外副导演也察觉到徐栀他俩被冷落了，几次提醒主持人别忘了还有俩其他学校的学生，但现场的氛围堪比脱口秀，主持人也很无奈，看着场外的副导演：你看我有办法吗？我都快插不上话了。

"我们梅老师以前是当兵的，不仅能徒手掰核桃，还能徒手把大铁门捶凹进去。听说艺术班的每扇门都是他花钱换的，因为每次去那边巡视的时候，只要发现班里跟菜市场一样闹哄哄的，他就气得不行，都是一拳头下去，那扇门就直接凹进去了。有一次特别搞笑，正好碰上教育局的人来检查，校长还在跟人信誓旦旦地介绍，我们学校的师资力量绝对是一流水平，结果老远就听见梅老师把艺术班的门捶穿了。也就那一年，我们学校好像没评上先进。"

"你们不知道李科那位神一样的对手多缺德。有次他去艺术班找人，眼见梅老师又在训话，手刚抬起来，他立马好言相劝：'梅老师，这都是钱啊，您那点儿工资全用在换门上了，跟师母的日子还过不过了？不能都结婚二十周年纪念日了还只带人耗在电影院吧？建议您下次出门戴个拳击手套，捶门至少门不坏啊，直接捶人都行。'梅老师一听觉得还挺有道理，采纳了，还真买了两副拳击手套，艺术班的人都吓得自动躲避梅老师的视线，从此也记住了那位的大名，我们走路上都能听到有人议论他。"

这样的对话在整场采访中其实属于"非主流"，他们大多数时候还是在背滚瓜烂熟的稿子和打一些老生常谈的官腔，"保持平常心，只要平时不敷衍自己，结果就不会敷衍你"之类的。然而在李科提起这位神一样的对手时，现场的氛围异常热烈。这段估计会被导演全部剪掉，但徐栀能想象到，有这位神一样的对手的校园生活多有趣。在这种场合都能被人这么侃侃而谈，现实生活中，那个人得多风光。

被省状元称为"神一样的竞争对手"，有这样的头衔已经很风光了，他的未来该是什么样呢？

录完节目，徐栀跟杨一景上了大巴。学霸们意犹未尽，还在热火朝天地聊东聊西。李科打完电话,过来跟徐栀他们道歉,直接坐在徐栀和杨一景前面。他长得白净斯文,确实让人很难对他有脾气。杨一景这人也是墙头草,这时频频摇手:"没事没事,你们能聊就行,我还担心镜头对着我我不知道说什么呢。看你们聊天也挺有趣的,我本来以为你们一中的学习氛围应该挺紧张的,没想到你们宗山校区实验班的氛围这么好。"

李科笑了起来,目光在徐栀和杨一景身上来回扫。他可真是个端水①大师,视线在他俩身上停留的时间估计都计算过,很平均:"也不是,我们班还行,其他班卷得比较厉害。我们班的情况比较特殊,高一到高三我们就没分过班。"

徐栀问:"你们不分文理科吗?"

李科解释说:"我们是宗山一班,其实我们的全名是'宗山实验一期'。班里的同学都是各个县市的中考状元。市一中当时跟我们签了个协议,中考状元直接进这个小班,以后也不再重新分班。我们班人数最少,其他实验班都有五六十人,而且这个班有奖学金补贴。但是我们每年都要出去参加各大竞赛,也就是帮学校刷奖状。"

"那不就是给人耕地吗?"

"还好,我们高一就开始上高二、高三的内容了,高二上半学期基本上就把高中的课程学完了,剩下的就是复习、出去参加比赛。如果跟不上强度,高二就可以退出,去普通的实验班。我们班也走了几个,但大部分都留下了,所以大家感情深。你们别见怪。"

"各个县市的中考状元这么多人吗?咱们也就十一个县市啊。"杨一景疑惑地问道。

"还有一些外省的。我那个神一样的对手,他就是被从另一个教育大省招进来的。"

"他不是本地人?"徐栀心一紧。

李科斯斯文文地推了下眼镜:"是本地人,只不过初中他父母去外省做生意,他就跟着去外省读书了,也是我们班唯一一个直接保送过来的。

---

① 端水:网络词汇,来源于"一碗水端平"。

等会儿他也会过来吃饭,你们不介意吧?"

他只是随口一问,杨一景却很没骨气地说:"不介意不介意,我恨不得多见几个大神。"

李科笑着看徐栀,似乎在征求她的意见。

徐栀的心一下一下撞着胸腔,感觉有些热,脑子里想的都是那张脸,于是问:"介意你们就不让他来了?"

"那不行,没了他,今晚这餐饭就没意义了。"李科坚定地看着徐栀,眼神里都是对他对手的维护,"或者这么说吧,徐栀,如果我没记错,你刚好全市第三十名。如果他没错过自选,今晚,你应该不会出现在这里。"

这话也太伤人了。

杨一景觉得李科很适合去做外交官——说话不阴不阳,彬彬有礼,却很扎心。

徐栀哦了声,不咸不淡地一刀扎回去:"那你也不是省状元了。"

李科:"……"

显然他们是经常聚餐,定的位置也是老地方。徐栀一进门就听到几个女生在讨论这家酒店的烧烤好吃。他们定的是户外餐厅——草坪上支了一张长桌,能容纳二十人,旁边还摆了一个典雅精巧的甜品台,堪比婚礼现场。

杨一景连连感叹"大手笔啊"。

"来了吗?"

"他跟许逊在路上了,另外两个估计不来了。我让班长把原先有靠背的椅子给撤了,然后让服务员拿凳子过来,这样大家挤一挤还能坐一起。"

"没关系,那边还有烧烤,让一拨人先去那边吃烧烤,等会儿大家再换过来。"

他们确实默契度够高,全程安排得有条不紊。徐栀想,要是自己班,估计这会儿已经炸开锅了,满场都是"班长班长,这个放在哪儿啊""班长班长,那边要不要挂个横幅啊"……反正魔音绕耳,每次搞这种活动她都头痛。

灯光、音乐全都调好了,旁边还支了几顶小帐篷,树上挂的小彩灯全都亮了,桌上齐齐整整地摆了一排白蜡烛,现场的氛围相当浪漫,看来这是一群重情调的学霸。杨一景说，这帮学霸就是谈恋爱估计也比别人浪漫。

不知道是谁喊了一句："有人要喝酒吗？"

徐栀忙举手："我。"

她和杨一景刚好坐在整张长桌的桌尾位置，许是位子太偏，那男孩儿估计没看到，转了一圈后又把剩下的酒放回篮子里准备拎回去。

清冷的月光洒在草坪上，有人把蜡烛一根根点上，现场的浪漫氛围越发浓郁，悠扬的音乐也缓缓从一旁的音响里流淌出来。身后突然传来一阵小小的起哄声，徐栀以为他们在玩游戏，没太在意。她的注意力全在酒上，刚要站起来，就听见耳边响起啤酒瓶轻轻的碰撞声，叮当一响，她的眼前有了遮挡，一双干净修长的手出现在面前。

于是，徐栀在摇曳的昏黄烛火里看见一瓶百威放在自己眼前。

头顶上是他用熟悉的冷淡嗓音对那男生说："是她要酒。"

徐栀也没回头，看着那瓶刚被他拿过的百威。因为刚从冰柜里拿出来，瓶身起了霜雾，上面有几个清晰的指印，是他的。

那个被省状元称为"神一样的对手"的人，是他。

不加自选，裸分考出713的人，也是他。

难怪他能那么轻松地说出"我们的前程我们自己说了算""各有各的风光"这种话。

她多少有点儿被降维打击了，她还以为谁都能风光呢。

徐栀上完厕所出来，结果发现自己的位置被人坐了。

原本相当冷清的一个角落，因为那人懒洋洋地往那儿一坐，没一会儿，就围了一圈人，众星捧月地自动以他为中心成圆形散开。

也许是和他在一起时，总是两个人的时候居多，所以徐栀有点儿忽略了他在人群中的吸引力。

他难得穿了一身白，脑袋上一顶黑色鸭舌帽，懒洋洋地靠在她的椅子上。纯白色的运动服拉链被他拉到顶，只露出流畅的脸部轮廓。他的嘴里叼着拉链锁扣，一只胳膊肘搭在旁边的椅子上，正在漫不经心地听李科说话。

李科大约是邀请陈路周一起去旅行，叽里呱啦说了一大堆，陈路周靠在椅子上，笑得肩膀都在颤，喉结一滚一滚的，侧着脸看着他，一脸"你饶了我吧"的表情："真不去啊，你别算上我，我去年刚去过新疆。我顶多把无人机借你用，人你就别想了。"

"我们只要人。"旁边一个小胖哥说，"说实话，风景我们用眼睛看看就行了，毕业旅行少了你就没什么意思了啊。"

"别，我真不去，或者你们就近找个地方玩，我顶多陪你们两天。"他一边低头发微信，一边说。

下一秒，徐栀的手机在兜里振动起来。她看见陈路周发完微信把手机丢到桌上，回头看了她一眼。

Cr：你不过来，我过去了啊。

Cr：数十下。

Cr：10

Cr：9

Cr：8

Cr：7

Cr：3

Cr：2

徐栀：你少数了6、5、4。

Cr：陈路周从小数数就这么数。来不来？

徐栀：徐栀从小也不是别人随便喊两下就会过去的人。

这条消息发过去之后，徐栀站在老远的地方看着陈路周人靠在椅子上，微微仰了下头，活动了一下脖子，大概是有点儿无奈。旁边有人问他吃不吃烧烤，他摇摇头，冷淡地低头看着手机，一边飞快地打字，一边懒洋洋地活动颈骨。

Cr：你要生气，今晚这账咱俩先欠着。过来，我给你介绍人。

徐栀：你应该欠了不少妹子这种风流债吧？

Cr：我在想，看人第一印象是不是特别重要？咱俩第一次见面，我妈说我的那些话，你是不是刻进骨子里了？你真以为我对谁都这样？这里都是我同学，你但凡能问出一笔桃花债，我跟你姓。

徐栀：别这么自信啊，别人喜欢你算不算？两点钟方向就有个疑似的。

陈路周顺着她说的方向抬头看了眼。

Cr：那不是我们班同学。那你的要求太严格，这事我能控制？

徐栀：那你就别扯什么洁身自好。

Cr：你能保证从小到大没人喜欢你？

徐栀：有啊，但我老实。

Cr：嗯，你多老实啊，你老实劝人考 A 大，你是 A 大招生办的吧？明年 A 大在咱们省的招生任务，你提前完成了七十分之一。

徐栀气得直接把陈路周的备注名改成"裸男 713"。

周围的人散了，就剩陈路周坐在位子上。

"喝酒吗？不喝我拿走了。"

酒水不够，有人过来，看陈路周面前的桌上还有一瓶没开的酒，想拿走。

没等他说话，小胖哥在一旁剥着开心果，随意地插了句："这酒好像是睿军那个女生的，她还没喝，你们先拿走吧。"

"行，等会儿你跟她说一声。"那人态度也敷衍，拿起来转身要走。

"等会儿，放这儿。"说这话时陈路周头也没抬。他低着头在手机上回信息，鸭舌帽檐压得低，过来拿酒那同学第一时间没认出他来，只觉得这人的穿衣风格像陈路周，但他今天好像没来，所以那位同学悄无声息地打量了他好一会儿。小胖哥神态自若，悠悠地出言提醒："别瞅了，是你哥。"

陈路周占了身份证的便宜，比班里大多数同学都"大"，加上成绩又牛，所以有些同学直接叫他"哥"。但同学都知道陈路周不喝酒。大帅哥自律，不抽烟，不喝酒，还挺绅士，于是那位同学开始耍无赖，说："不是我要啊，是女生她们的酒不够分。老板说我们人太多，库存都喝完了，他现在派人出去买得加钱。"

陈路周这才抬头，露出帽檐下那双冷淡的眼睛。黑夜里，那双眼睛像被水浸过，黑亮黑亮的。他无动于衷地看着那人说："这边也有女生，你让班长自己想办法。她的酒，你还是别动。"

"我要去找班长控诉你，你这个家伙胳膊肘往外拐。"那人气咻咻地走了。

陈路周日常被骂，都习惯了。自从建议教导主任以后巡视戴上拳击手套之后,他走哪儿都能听到艺术班的人变着花样地骂他。反正他天天不做人,不在乎这最后一天。

一旁的小胖哥突然幽幽地开口,叫他的绰号:"草,我真替你担心,你不是最怕传绯闻吗?"

陈路周在学校确实挺注意跟女生保持距离的,因为他这种长相,只要和长得漂亮一点儿的女生走在一起,立马就有人传他俩在一起了。陈路周初中就领教过,不管校风多严谨的学校,传八卦的速度都惊人。

同学都知道这一点,不然刚才女班长听到别人打趣也不会下意识地澄清。因为陈路周这人不近人情,那些话要传到他耳朵里,他是绝对会主动跟她保持距离的。小胖也领教过陈路周的辟谣速度——堪比神舟飞船发射。

陈路周嗯了声,低着头,还在给徐栀发微信:"然后?"

Cr:还不过来?人都散了。

小胖哥环顾一圈,看徐栀没有回来,凑过去,在陈路周耳边意味深长地说:"你刚来,可能没看见,睿军这女生吧,长得跟咱们学校艺术班的女生一样,超级漂亮,而且腰细腿长,胸还特别大。"

"你看人家了?"

"就……瞄了两眼,"小胖哥啧啧地说,满眼的意犹未尽,"长太漂亮了,没敢细看……"

话音未落,电光石火间,他感觉自己整个人猛然一抖,连人带凳子,猝不及防地被人横踢出半米。

"陈路周,你踹我干吗?"

陈路周侧坐回去,低头看着手机,将运动服的拉链拉开来,露出里面的T恤和宽阔的胸膛。他压低帽檐,半张脸全被挡住了,只能依稀看见他的下颌线冷淡地绷着。他慢悠悠地回了一句:"哦,有只老鼠刚从你的凳子底下蹿过去了。"

"是吗?"小胖哥将信将疑。

"我从来不骗人。"陈路周厚着脸皮说。

对,你一般能坑都直接坑——突然,手机一振,那边的人回过来一条信息。

徐栀:不能是你过来?

Cr: 不是我不过去,是你信不信,我现在一站起来你这瓶酒就保不住了?

　　这条消息一发出去,陈路周就看见徐栀收了手机站起身,似乎是准备过来,于是挺不是滋味地又发了一条消息过去。

　　Cr: 我还不如一瓶百威是吧,徐大建筑师?

　　徐栀一边走一边回消息。

　　徐栀: 我去看看烧烤好了没。要不你干脆找把锁,把自己锁在椅子上,陈大诗人。

　　陈路周看完消息,下一秒,就看见徐栀直接转身去了帐篷那边。他无可奈何地叹了口气。

　　Cr: 玩不过你。

　　不过陈路周也没敢站起来,怕自己一走,徐栀的酒就被人拿走了。他们班的人他太了解,都是从各县市招进来的大状元,参加过的竞赛数也数不清,见过的大牛没一箩筐也有一打,所以从来不会将谁放在眼里。徐栀要早点儿说她今天参加录制,他也能跟同学交代两句,哪儿能让人这么对她?

　　他身边的人来了又走,流水似的换了一拨又一拨,却没人能叫动他。陈路周像真跟这把椅子锁在一起了。后来李科过来叫他去玩狼人杀,他也没答应,四平八稳地靠在椅子上,抱着胳膊仰着脑袋看着李科,帽檐下那双眼睛里不知道哪儿来的脾气:"你们不叫那两位朋友一起玩吗?你现在外交能力好像不行啊,科科。"

　　陈路周很少这么叫他。他俩之间一般都是互称"科神""路草"。这种亲昵的叠字吧,有种说不出的阴阳怪气。

　　徐栀和杨一景坐在烧烤的帐篷旁边。烧烤这边都是女生,几个女生已经玩起了游戏。徐栀和杨一景很荣幸没被遗弃。这些女生都很热情,无论做什么都把他俩算上,烤东西都会问一下他俩要不要。有女生主动过来加徐栀的微信,说过几天就可以查录取情况了,如果被录取了,可以互相通知一下,开学大家一起订票过去。他们还提前拉好了A大的校友群,让徐栀接到录取通知书之后通知她一声,到时候她拉徐栀进群。还有女生夸徐栀长得真漂亮,好看得像个洋娃娃,以后去了A大,追她的男生肯定从寝室楼下排到校门口，让她千万别急着交男朋友，一定要擦亮眼睛好好挑一挑。

杨一景还在一旁懵懵懂懂地搭腔："你们上了大学一定会谈恋爱吗？"

"不一定，但是遇到喜欢的肯定会谈吧，不像高中，只能搞搞暗恋。"

"你们班就没有人谈过恋爱吗？"徐栀好奇地问。

"那肯定有，"女生小声地给他们八卦，"其实我们科神就谈过。那个女生一开始也是我们班的，后来因为我们班的课程强度太大，她没跟上，高二就退出了，去了普通实验班，两个人就分手了，所以说异国恋、异地恋，这些都不靠谱。"

杨一景："你们班暗恋陈路周的应该很多吧？"

"还好啦，哈哈哈，"女生开始打哈哈，补了句，"外班的比较多。反正一下课，就数我们班的走廊最拥堵，都是借着找人来看他的。其实他平时还算低调，尤其是高一刚入学的时候，大家都不知道他是保送进来的，还以为他是花钱买进来的。因为他没参加中考也没成绩，后来又听说他爸爸很有钱。花钱进我们这个班不是自虐吗？所以第一次期中考试，大家都特别期待，想看看他到底是什么水平。"

杨一景听得好入神，时不时看一眼那个哪儿哪儿都挑不出毛病，正靠在椅子上跟李科聊天的人。两个人不知道在说什么，李科的眼睛也时不时若有所思地朝他们这边瞄过来。被省状元这么深沉地凝视，弄得杨一景以为自己脸上沾了东西，时不时茫然地拿手搓一下脸。

徐栀想的是，她初中如果好好读书，不知道有没有机会进这个班，不过她还是觉得可能性很小，县、市状元还真不好考。

"然后呢？"

"然后就是断层第一，将第二名也就是我们科神落下近二十分。科神就兴奋了，说这么多年没遇到过一个真正的竞争对手，陈路周算一个。"

杨一景啃着鸡爪，心里挺不是滋味："这就是学神的世界。我要是被人落了二十分，我肯定备受打击，直接当鸵鸟了。"

话音刚落，玩游戏的女生突然开始起哄。徐栀他们几个看过去，才发现是李科和陈路周过来了。陈路周手上还拎着一听酒，也没开，也不喝，走哪儿都带着。

两个人从草坪的餐桌那边走过来时，似乎还在有一搭没一搭地聊。陈路周单手揣在兜里,大概是怕踩到狗屎,走过来的时候一直低着头看草坪。这么看,李科比他还瘦,骨头架子披着皮的感觉,是那种风一吹,衬衫贴在身上能清晰地看见肋骨印的排骨身材。陈路周个高,肩宽腰瘦,后背挺阔,敞着的运动服下应该铺着一层薄薄的肌肉,清瘦而有力,匀称到没有一丝多余的线条,他的怀抱应该很有安全感。

帐篷这边有人点燃了篝火,刚巧徐栀和杨一景还有一个女生坐在篝火边上,摇曳的光火似乎要将那人晕开。他的身影变得柔软而炙热,宛如一片被太阳炙烤过的云,遥不可及,却让人想触摸。

见他朝自己走过来,徐栀知道他想做什么,但她的想法可能跟陈路周的有出入。陈路周想介绍这些人给她认识。徐栀懂他什么意思——以后上了Ａ大都是同学。但徐栀说白了,这个学霸圈对她可有可无,真去了北京,大家多半也不会联系。她不想把自己跟他的关系变得这么复杂,一旦牵扯到朋友圈,情况就完全不一样了。

难道自己以后真的要时不时跟他们出来聚餐,然后听他们鹤唳华亭怀念过去那些跟他有关的校园时光吗?他的存在感这么强,同学们之间的闲谈少得了他吗?

这不就是招人想他吗?然后呢?他在国外混得风生水起,说不定还交了女朋友,压根儿就忘了高三暑假这一段了吧。光是这样想想,徐栀都觉得自己大学四年被渣男套牢了。

于是,在陈路周即将越过篝火走到她面前时,徐栀不紧不慢地从椅子上站起来,低头问杨一景:"我去烤香菇,你还吃吗?"

陈路周脚步一顿,拎着啤酒的手指节微微紧了下,看着昏黄的篝火里那道影子——纤瘦高挑,腰确实很细,从他们班女生身边走过去的时候,那女生还摸了下,发出一声意犹未尽的感叹:"徐栀,你怎么这么瘦啊?"

徐栀站在烧烤架旁,低着头,心无旁骛地在刷辣椒酱和孜然,表情很诚恳:"我每天都跳绳,你可以试试,坚持一周就有效果。我上初三的时候大概一百一,坚持一年就瘦到了九十斤。"

"你现在多少斤?"

"就刚好九十。"

"哇,体重不过百,不是平胸就是矮啊,你竟然一样都没有,羡慕。"

"跳绳吧,比起跑步,跳绳更快。"

....

烧烤结束之后有一场小烟火，是他们班为李科这个省状元放的。李科直言受之有愧，说陈路周才是当之无愧的省状元，毕竟裸分全省他最高。陈路周都懒得搭理他，老神在在地靠在椅子上找了部电影看。他这会儿坐在李科边上，整张桌子的正中间，跟徐栀隔了四五个人。

李科是全场唯一一个知道他俩关系的人，突然站起来走到徐栀身边，彬彬有礼地对她说："我跟你换个位置，刚刚杨一景同学问了我一个量子力学的问题，我还没跟他解释完。"

陈路周听见，电影都没心思看了，直接将手机锁屏扔在桌上，无语地白了眼自作主张的李科。

用你在那儿撮合？

一听见那边挪动椅子的声音，陈路周就站起来，往外走。但他没想到，徐栀也是往外走，压根儿没往他那边去。两个人都不知道该往哪儿去，于是，在情急之下，不约而同地选择了同一条且唯一能去的地方——厕所。

他俩身后的同学目瞪口呆了一阵，纷纷开始肆无忌惮地脑补和讨论——

"说实话，陈路周这避嫌避得有点儿明显了，他真的是洁身自好的典范啊！"

"像徐栀这样的长相确实应该避嫌，长得比艺术班的都好看，弄不好就是下一个谷妍。"

"我要是陈路周，因为谷妍那事，我都要 PTSD 了，看见美女转头就跑。咱们学校的人都知道怎么回事，谷妍单恋啊。但是谷妍当时刚参加完艺考拿了第一，热度很大嘛，网友都不信，我们还在帖子底下跟他们吵起来了，他们非说陈路周长的就是一张渣男脸。主要是咱们跟他每天朝夕相处，他那么洁身自好的一个人，怎么可能跟别人不清不楚的？"

....

因为他们没有住宿，酒店让他们绕行去后山的公厕。徐栀跟在陈路周后面走，见他大步流星地穿过酒店大堂，重新融入夜色里。月光将前面那人的身影拉得老长。他越走越慢,徐栀慢吞吞地盯着地面走,那抹顾长利落的黑影离她越来越近,好像涨潮时的海浪,马上就要没过她的脚踝。最后,他干脆停下来。徐栀来不及收住脚,直接一脚踩在他的影子上。这一瞬间,心里那浪仿佛啪一下打在她的脚上,温暖的海水轻柔地抚摸过她每一寸鲜活的肌肤。

"你踩我影子了。"他站着没动,回头说。

徐栀叹口气,让着他:"那我走前面,"她走到陈路周前面,想了想,回头认真地说:"那你别踩我影子。"

陈路周:"……"

徐栀上完厕所出来时,陈路周还是她刚刚进去时那个姿势,靠在对面的路灯下,整个人仿佛被黑夜拉长,显得格外清瘦利落。徐栀怀疑他压根儿没进去,走过去问他:"你还回去吗?"

"你有地方去?"陈路周抱着胳膊,低头看她。

"我刚发现后山有个小坡可以看烟火,"徐栀看了眼手机的时间,"不是八点半有烟火吗?"

后山的小坡上除了即将有烟火,还有数不清的蚊蝇。两个人坐下没一会儿,徐栀就发现陈路周的手上被叮了好几个包。她突然想起第一次见他那天,高三复习楼的楼道里丢着各种牌子、用过没用过的电蚊香,当时她还觉得这男生不太好伺候,性格挑剔得很。

徐栀看他手上的包越来越多,忍不住说:"要不还是回去吧。这么叮下去,我怕你的手肿成猪蹄了。"

她刚站起来,陈路周就把她拖回去:"就在这儿看吧,人少,安静。"

"真没事?"

"嗯。"陈路周没太当回事,两个人并排坐在草坪上。陈路周一条腿伸着,一条腿屈着,两手撑在身后的草地上,仰头看着星空,漫不经心地问了句,"像不像看流星那晚?"

"有点儿,不过那晚的星空比现在的好看。我真得建议傅叔多开放几个观星点,肯定能赚钱。"

陈路周冷冷地瞥她一眼:"你干脆报金融系吧,啊?多会算啊。"

这人破坏氛围一把好手。

"倒也是个主意。"徐栀反唇相讥，"要不你上个国防电子科技大学？保密功夫一流。"

陈路周扑哧笑出声，懒洋洋地说："我妈以前说我阴阳怪气第一名，我现在发现，你才是第一名。"

"不，我爸说我从小就是阳奉阴违第一名。"徐栀纠正。

陈路周没搭理她，抬起一只手看了眼手表时间，神情慵懒："还有五分钟烟火就开始了，你想先听我解释，还是想先看烟火？"

"解释就不用了，咱俩也不是什么特别的关系，我只是现在反应过来了，为什么你能这么自信。确实，陈路周，你就应该这么自信。"

"行吧，那你解释一下。"

徐栀疑惑地看着他。

陈路周把手从后面收回来，弓着背盘腿坐在草坪上，视线转而侧落在她的脸上，冷笑着说："刚绕开是什么意思？我这么见不得人？"

"我只是不想咱们之间的关系太复杂，你懂吧？"徐栀老实地说。

"什么叫'不想咱们之间的关系太复杂'？"

徐栀记得那晚的夜空很静谧，没几颗星星。她觉得陈路周的手机应该出问题了——烟火并不是在五分钟之后炸开的，就在她说完的下一秒，天边轰然炸开一道光。无数绚烂的星火从头顶携风带雨降落，满目光火，两个人耳边接二连三响起砰砰砰的声音，这声音震耳欲聋，令人胸腔微微一热。

人群欢呼雀跃，尖叫声此起彼伏。徐栀隐约听见有人喊陈路周和李科的名字——这场烟火本身就是为他俩放的。

徐栀看着他的眼睛。他的眼里都是烟火热烈的光。她轻声说："因为小狗在摇尾巴。"

听见了吗？因为小狗在摇尾巴，为你响起的欢呼声永远都不会停，庆宜的雨常年会下，而我在沸腾的人海里——

说喜欢你。

砰砰砰——

夜空中，画面绚烂得像是星星被无数从黑夜里冲出的子弹打碎，那光火咻咻四散，在空中蓬勃燃烧，也烧到了这帮少年的心里。他们仿佛提前窥见天明，窥见前程万里。他们藏起胆怯，所以整个黑夜全被年少不知天高地厚的热血占据。

他们试图掀翻黑夜，掀翻这光。

"科神，路草，一个省状元，一个裸分状元，真牛！"

"我们都是孤独行走的钟，但我们也要做敲响希望的钟！"有人喊。

"朋友，注意一下版权，这是你们路草的作文。"有记忆深刻的人提醒。

徐栀只是仰头看着，心里茫然地想：我们都是树叶枝条下那将熟未熟的苹果。

陈路周则眼神平静地看着那烟火，心里想的是：昨日种种，譬如昨日死；今日种种，譬如今日生[①]。

不消片刻，那光火渐渐冷却，随后慢慢消散，在黑夜中销声匿迹，四周再次陷入宁静。

小坡离他们聚餐的地方并不远，讲话大点儿声两边的人似乎就能对上话。但因为小坡在公厕后面，所以几乎没人过来，偶尔有窸窸窣窣的脚步声响起，也是有人匆匆上个厕所就回去了，全然没想到，隔着一道墙，躲着两个人。

烟火炸开的瞬间，陈路周就听不见徐栀说什么了，但他看见徐栀的口型，拼凑组合了一下，得出一个看似合乎情理的答案。

"因为校董就是我妈？"陈路周一只手背在背后，空气里都是炮仗的硝烟味。他的洁癖犯了，拿袖子堵了下鼻子，歪着头，下半张脸都看不见了，只露出一双清明干净的黑眼，里面荡着一丝独属于他的"不好糊弄"劲儿，盯着她问："什么意思？"

"没听到就算了。"徐栀叹了口气，岔开话题，"全省裸分真的你最高？"

陈路周慢悠悠地收回视线，等味道散了些，这才放下袖子，手继续支在身后，心不在焉地说："不太清楚，李科说是蒋老师说的。"

"那个出卷'嫌疑人'啊？"

他笑，为蒋常伟叫屈："你考得不挺好吗？干吗老这么叫他？蒋老师

[①] 袁了凡：《了凡四训》，费勇译，三秦出版社，2017。原文为："从前种种，譬如昨日死；从后种种，譬如今日生，此义理再生之身。"

人挺好的,他的课也挺有意思的,不是那种古板的老师。"

"好,对不起。"徐栀立马毫无诚意地道歉。

陈路周弯了弯嘴角:"得了吧,我终于知道你爸为什么说你阳奉阴违第一名了,你这人就是表面上看着老实。"

后来,陈路周发现自己大错特错,有些人,表面上也不老实。

烟火过后的星空难免显得有些凄凉,陈路周看了她一眼,一只手继续背着,另一只手从运动服兜里拿出刚刚那听百威,在她眼前晃了晃:"喝吗?"

徐栀瞬间两眼放光,侧过身:"还在啊?"

两个人便猝不及防地面对面。陈路周那双乌黑的眼睛淡淡地看着她说:"我看了一晚上,能丢?"

他后来直接将百威放在运动服的口袋里,因为拉上拉链,口袋鼓鼓囊囊太明显,肯定有人过来要,所以他一晚上都敞着胸口,这样衣服两边都松松垮垮地垂着,就看不出来口袋里有东西了。不过有一点他失算了,就是这酒有点儿重,压得他半边肩膀发酸,整件运动服直接被压变形了。加上这听酒是从冰柜里拿出来的,兜里也是湿漉漉的,这会儿还散着冷气,他这件衣服算是直接废了。

月色许是被烟花烫过,洒下的光辉带着残存的温度,落在两个人的头顶,仿佛是热的。

他俩当时面对面盘腿坐着,徐栀的手刚一伸出去,就被他巧妙地避开。陈路周本就人高手还长,稍微抬下手,徐栀就彻底够不到了,只能眼巴巴地看着。她想着要不要出其不意站起来抢,但显然陈路周的警惕性很高,她动一下,他那目光就紧跟着扫过来,丝毫不给她偷袭的机会。

"想喝?"陈路周的手举得老高,宽松的运动服袖子往下掉,露出一小截白皙有力的手臂,上面青筋突起,像起伏的青色山脊,有种骇人的劲儿,帽檐下那双黑眼睛直白而锐利,"刚刚那话是什么意思?"

那双眼睛里有钩子。心里像有海浪翻腾着,徐栀心说,这人确实挺不好糊弄。

她叹了口气,说:"我说,因为陈路周你是条狗。"

他何其精明,挟持着一听百威,一副"挟天子以令诸侯"的架势,脑子转得贼快,压根儿不用细数,老僧入定似的高举着手,定定地看着她,冷淡地说："九个字了，你刚刚只说了八个字。"

徐栀的算盘落空了——本来想趁他掰指头数字数的时候出其不意地过去抢，但是他的脑子好像……有点儿好使。

"十个字。你怎么数的？"

烟火味彻底消散后，空气中渐渐飘来一股茉莉花香。陈路周的鼻子从小就很灵。香味钻入鼻子的瞬间，他下意识地往边上扫了眼，才发现这边有棵茉莉花树，就在他俩头顶，一簇簇白色花瓣隐没在层层叠叠的树丛间。偶尔还有几瓣花从头顶飘落，没入碧绿的青草地。

陈路周看到有不少花瓣落在徐栀的头顶，估计自己的脑袋上也都是，所以下意识地用手抓了下头发："要跟我比心算？"

"比，我小时候也是珠心算冠军好吗？"徐栀爽快地说，想法突如其来，"这样，我说一句话，你有本事就别掰指头，直接说几个字。"

"行。"

"五局三胜，输了，把酒给我。"

"行。"这次他答应得更爽快。

"那你把酒放中间，举着累不累？"

其实陈路周都想到了，放中间徐栀肯定会拿走，但还是出于对她那点儿微薄的信任放下了。所以徐栀拿走的瞬间，他也没有多惊讶，而是直接被气笑了，用无奈的眼神直直地看着她："要赖是吗？珠心算冠军？"

徐栀："我先喝一口行吗？"

陈路周嘲笑她："你干脆喝完，咱俩比个友谊赛。"

徐栀拉开拉环，一边喝，眼珠一边骨碌碌转，看着他说："也行。"

"那烟抽了没？"他突然问。

徐栀将酒咽下去，咂咂嘴，摇头："在家呢。你不说留给朱仰起吗？我那天就是怕浪费了。"

她在这事上还挺听话。就着微弱的光，看着满地白色的茉莉花瓣，陈路周漫不经心地换了个姿势，胳膊肘搭在屈起的膝盖上，抓了一把草在手里，看着她，得寸进尺地随口问："以后去了北京，会跟别人出去喝酒吗？"

"不知道，应该会吧，"她说，"不然多无聊。"

他手上抓着草，低头，懒洋洋地嗯了声，没看她，看着别处，装模作样地清了清嗓子，第一次挺真诚、直白地跟她说："注意保护自己，男的脑子里想的就那点儿事。"徐栀从侧面望去,帽子底下那张脸显得越发冷峻清瘦。

徐栀喝着酒,那双眼睛从没离开过他,哪怕仰头灌酒也从罐口的缝里盯着他,也挺好奇且直白地问他:"你呢?"

这话题其实不太适合深入展开,但是徐栀的眼神就是好奇到冒着精光的那种。陈路周从手上的草里拔出一根,朝她的脑袋上扔过去:"你的好奇心为什么这么重?"

"其实我还有更好奇的,"徐栀喝了口酒,老老实实把那股子冲动压回去,"问了怕你打我。"

陈路周下意识地猜到她想问什么了:"……"

他岔开话题:"还玩吗?"

"玩。"徐栀把酒放下。

"说。"

"今天我爸给我买了一条裙子,我很喜欢,但我姥姥说颜色不适合我。几个字?"

"二十七个字。什么颜色?"

两个人还一问一答上了,徐栀也老实回答了:"紫色。"

"今晚的烟火很好看,恭喜你考了裸分状元。祝你未来前途无量。以后记得穿内裤。几个字?"

"三十二。谢谢。"陈路周还是格外礼貌和有教养。

"我以前跟你说过吧,我爸爸是男科医生,你要真有什么难以启齿的毛病,上他那儿去挂个号,别自己瞎百度。几个字?"

陈路周:"……"

他不玩了,跟满地飘落的茉莉花一同表演沉默是金。

徐栀在宁静的夜色里静静地看着他,叹了口气,最终认输,道歉:"好好好,我错了。认真玩。"

"最后一次,你再说些乱七八糟的,我就走了。"

"好。因为小狗在摇尾巴。几个字?"

"八个。"陈路周说完,反应过来,"是这个?"

"嗯。"

"什么意思?"

"字面意思啊。"她懒洋洋地回答。

徐梔说完，刚要伸手去拿酒喝，陈路周率先一把夺过，扬起手，劈头盖脸地问她："说不说你？"

陈路周以为她喝了不少，拿酒的手就有些松。但徐梔其实没喝多少，担心他给弄洒了，主要是就他那个角度，下一秒就可能浇在他的脑袋上，所以徐梔想也没想就扑过去，打算把他的手往上提一下。

"哎，你别给我洒了。"

陈路周一拎起酒就觉得有点儿沉，所以马上改了拿酒的手的倾斜角度，把罐子稳稳地托在掌心。徐梔扑过去，结果一个趔趄，直接扑了个满怀，百威猝不及防被撞飞，酒水纷纷扬扬，毫无征兆地兜头浇落，两个人都被溅了一身。陈路周更惨一点儿，那听百威几乎是连滚带爬地一边吐着水一边在他身上从头滚到脚。他下意识地拎开徐梔，所以徐梔身上只零零星星溅了一些酒液。

陈路周都没来得及站起来，直接被徐梔重重地摁在地上。徐梔半跪着，整个人惊魂未定地伏在他的肩上，也没反应过来这会儿两个人离得到底有多近，满心满眼都是地上扑簌簌滚落的啤酒罐。哪怕陈路周热烘烘的呼吸近在咫尺，喷在她耳边，她也只以为是酒意上来，耳蜗发热，眼睛也模糊，全然没想到，他俩这姿势要是被人拍下来，估计有人会以为两个人在接吻。

"陈路周，我都没喝两口啊，你说话就说话，动什么手啊？"

徐梔吼完，一低头，对上那张脸。陈路周坐着，她伏在他的肩上，这会儿陈路周的手只是虚虚地绕在她身上，仰着头看她，两只手非常客气地抬在半空中，压根儿没碰到她。

鼻息间缭绕着令人眩晕的酒气，徐梔第一次这么近距离看这张脸——仿佛等比例放大了无数倍，清晰到可以数清他的每一根睫毛，反而显得更精致。这张脸吧，确实看一眼少一眼，她估计以后也很难见到比他好看的了。可能有长得比他好看的，不过绝对没他这么有趣。

他的眼睛不知道是不是被酒浸润了，湿漉漉的，亮得像浸过水一样。空气的温度似乎上升了，仿佛刚刚的烟火死灰复燃。厕所那边又响起窸窸窣窣的声音，聚餐的同学们已经热火朝天地开始了狼人杀。

"预言家这拨节奏带得好啊，69铁狼，实在不行，你们票六，晚上女巫毒了9。"

"你们晚上的狼人到底在干吗?亲嘴吗?到现在刀不准一个神。"
…………

徐栀抱着他,眼热,心也热。她知道他的手一直僵在半空中,可莫名有股电流顺着脊背一直蹿上来,心里有个声音在不停地怂恿她:一不做二不休,亲一下吧,反正他马上要走了,之后就见不到了。

今晚明月高悬,烟火腾飞。

于是,她低下头,循着那酒味找下去,慢慢朝他凑过去。那股熟悉的鼠尾草气息前所未有地浓烈,从她的鼻孔钻进去。那是陈路周的味道,包括他身上的外套,永远都是这股淡淡的清冽气息。

酒气、热气混杂在一起,少年的秘密和试探都夹杂在那些未明的情绪里。两个人的呼吸越来越近,目光热得仿佛下一秒就能烧起来,还唯恐天下不乱地在空气里纠缠。两个人的视线顺着对方汗涔涔的鼻梁渐渐往下移,都好奇又有些跃跃欲试地定格在对方的嘴上。

如果不是他的耳朵红得要滴血,徐栀觉得,这张冷淡白皙的脸和他黑白分明的双眼跟平时并没有两样,还是那副恃帅行凶、百无禁忌的样子。

"有茉莉花瓣落在你嘴上。"徐栀凑过去的时候捧着他的脸,这么说。

陈路周没有回应她,视线淡淡地往上移,落在她的嘴唇上。她的唇小巧而精致,轮廓分明,像饱满艳丽的玫瑰花瓣,都不用亲上去,想想就知道很软。怎么说呢,他想起朱仰起跟艺术班的一个女生谈恋爱,当天晚上就接吻了。放学的路上,朱仰起兴奋地、喋喋不休地说了一路,说女孩子的心有多硬嘴巴就有多软,跟棉花糖一样,亲起来软软甜甜的。他问朱仰起是不是很喜欢那个女孩儿,朱仰起说也算不上,就是好奇,好奇接吻是什么感觉。

他觉得徐栀也会好奇,说不定私下也跟蔡莹莹讨论过跟男孩子接吻的感觉。她的好奇心一向很强。

陈路周没跟人接过吻,所以只有他自己知道自己此刻的心跳有多疯狂,一下又一下猛烈地撞击着他那宛如旷野般空荡荡的胸腔,回声前所未有地热烈。

他也想过顺水推舟,半推半就,哪怕只是蜻蜓点水地碰一下。他一直以为自己属于浪漫派的,讲究氛围,但这会儿看,还是理性的旗帜占了上风,于是,他微微偏了下头,避开了。

陈路周没看她,也没推开她,手还虚虚地扶在她腰后,任由她携着热烘烘的气息伏在他的身上。他不自在地望向一旁:"下雨了。"

徐栀抬头一看,还真下雨了。豆大的雨珠扑面而来,一滴雨水猝不及防地落在她的嘴唇上,突如其来的冰冷感令她下意识地低头,饱满圆润的雨珠便在她的唇上猝然溅开,带着她皮肤的温度,弹到他白皙干净的脸颊上。

好吧,这也算亲过了。

徐栀哦了声,忙从他身上起来。厕所那边人渐渐多起来,估计是大家准备走了。徐栀默不作声地往回走。陈路周手插在兜里,一直看着她高挑的背影,慢悠悠地跟在后面,迎头碰见杨一景。他直奔陈路周而来。

"路草,可以加个微信吗?"

陈路周嗯了声,只得停下脚步,拿出手机给杨一景扫,再往那边看时,徐栀已经跟着人群上了大巴。

当天晚上,杨一景发了一条九宫格朋友圈感谢电视台的款待。

杨一景:很高兴今天认识了很多朋友,也感谢工作人员小姐姐和小哥哥们的照顾,整个录制过程很愉快,看学霸们聊天真有意思。另外还认识了一个超级大帅哥——陈路周。其实一直久仰大名,裸分713,市一中"仙草"确实名不虚传。

徐栀大概看也没看就点了个赞,结果看最后边点到陈路周,她又把赞取消了。陈路周那会儿刚好在刷朋友圈,就看见那个赞点了又被人取消了。

陈路周叹了口气,他还是把人得罪了。

那晚之后,两个人有阵子没见,后来陈路周想想,他跟徐栀的交集不多,如果不主动去找对方,估计是很难偶遇的。

一天,他跟朱仰起打球。整个篮球场上除了陈路周全是大汗淋漓、不顾及形象的"裸男"。陈路周红色球衣里面还套了一件白T恤,额头中间绑着一根黑色发带,露出清瘦却有力的臂膀,坐在篮架下的垫子上,低着头,心不在焉地换球鞋,随口问了朱仰起一句:"你最近没跟蔡莹莹联系吗?"

朱仰起在做热身活动,嘭嘭嘭地拍着球,在空场上来了个三步上篮,悠悠地对他说:"徐栀没跟你说吗?蔡莹莹跟她出去旅游了啊。"

陈路周穿好球鞋，站起来，漫不经心地蹬了两下："去哪儿了？"

朱仰起奇怪地看了他一眼："长白山，说是看天池去了。不过你也不能不知道吧，就算徐栀没告诉你她出去玩了，朋友圈你总能看到吧？她昨天不是刚发了天池的照片吗？那玩意儿可不是谁去都能看到的。"

陈路周弯腰，随手拿起丢在垫子上的手机，打开微信看了眼，什么都没有，空空荡荡——朋友仅展示最近三天的朋友圈。

好吧，他又被拖出来了。

朱仰起刚凑过来，就看见空荡荡的朋友圈，说了声："奇怪，难道删掉了？"，然后掏出自己的手机看了眼，明明还在啊。他有些吃惊地对陈路周说："她把你屏蔽了啊？你俩吵架了？"

陈路周懒得跟他解释，这事也没法解释，难道说他不让亲，她就生气了？他只能含糊地嗯了声，然后拿过朱仰起的手机，刷了一遍徐栀发的九宫格照片，结果发现谈胥也去了，难怪这几天楼上都没听见有动静。朱仰起见他脸色冷淡，嘴角冷冷地绷着，于是解释说："我问了，是他们班的毕业旅行。"

陈路周哦了声："冯觐也混进他们班了？"

"那家伙是自己正巧也想去，一听他们班要去长白山，立马觍着脸说给他们当免费摄影师，蔡莹莹二话不说就把他拉到群里了。现在摄影师到哪儿都抢手好吧，你要不跟她吵架，这次带的估计就是你了。"

"得了吧，你当这是什么美差呢，我还要洗洗干净跟人竞争上岗。"陈路周带水带浆地刺了朱仰起一句，将手机重重地拍回他的胸口。

我有说要洗干净吗？朱仰起一边狐疑地想，一边忙接住胸口的手机："我怎么闻着一股酸味呢？"

"滚。"

陈路周懒洋洋地丢下一个字，走上场去热身。他捡起地上的球，随手拍了两下，就扔了个三分球。嘭一声，球轻轻松松进了，他没动，冷眼站在三分线外，料定会进似的，就等靠近篮球架子的朱仰起捡球，隔岸观火般说了句：

"摄影师而已，我说了，男朋友都随便她交。"

话是这么说，球场上陈大少爷还是带了点儿脾气的。后半场才匆匆赶过来的姜成感觉陈路周今天这球打得前所未有地凶。他以前傲慢归傲慢，就因为长相和气场傲慢,人格外好说话,被人撞到压根儿不会说什么。今天其实也没说什么,就不阴不阳地讽刺了对方两句:"兄弟,眼神不好要不上医院配个眼镜去?第三脚了啊,踩上瘾了是吗?"

这人他们不认识,但经常在这儿打球。男生打球就是这样,叫不齐人就在球场上随便碰,碰上聊得来的还能成为朋友,聊不来的估计打一次以后也不会叫了,加上又是一帮年轻气盛的男孩子,所以在球场上起冲突是家常便饭。但陈路周从来都不是那个主动挑事的人。

所以,姜成听他说完有些意外,看着朱仰起,悄悄地问了句:"他嗑火药了啊?"

朱仰起摇摇头,无可奈何地想了个委婉的解释:"大概是想吃方便面的时候发现自己的面被人拿走了,就剩下调料包了。"

"那可真够倒霉的。"姜成同情地说。

但陈路周也是真倒霉,碰上个刺儿头。这兄弟不是什么好说话的主儿,在场上大概是见陈路周这边人多,他没说什么,打完球,突然叫了几个人过来,二话不说把陈路周围住了。

陈路周但凡遇上这种场面,都是被人问题目,或者别人找他对答案,所以他开始还没反应过来。直到瞧见那几个社会哥凶神恶煞、蠢蠢欲动的样子,他才后知后觉地反应过来:哦,要打架。

打架这事朱仰起和姜成熟啊。这边的球场相对来说比较乱,来的不只是学生,还有挺多爱锻炼、养生的社会老哥,鱼龙混杂,几乎天天有人打架,派出所隔几天就得往这儿跑一趟。要不是一中球场这几天闭馆,陈路周他们也不会来。

看他们的样子,也算是训练有素,眼神里都藏着一股森然的寒气,起头的社会哥此刻正一边朝陈路周走过来,一边一字一顿地跟他秋后算账:"兄弟,是你要送我上医院看眼科是吗?"

一般这种球场上的小纠纷,下了场就被抛诸脑后——只见过一面的人,下了球场就找不到了,因为一换掉球衣就泯然众人,基本上认不出谁是谁了。

陈路周幽幽地叹了口气:长得帅就这点不好,套上外套还是被人一眼认出来了。

他心想,这事估计用嘴解决不了了,以后得去文个身,下次碰到这种人直接亮出文身:"我是龙哥的人。"但这顿揍好像逃不了了。

他要是直接告诉他们"打人别打脸",他们下手会不会轻点儿?

朱仰起知道他在想什么。陈路周这人其实最怕麻烦,能动嘴的一定不会动手,还怕疼,小时候俩人一起去打疫苗,他能嗷嗷叫唤半天。

"是吧,"陈路周不疾不徐地说,"这会儿关门了吧?你只能挂个急诊。"

"少扯,打球碰你两下怎么了?碰不得是吧?真娇贵。看你穿得人模狗样的,家里很有钱是吧?真以为我们不敢打你?"

朱仰起和姜成刚还说"要不别废话,要打就一起上"。但陈路周出于不想惹上后续一系列麻烦的心理,最后还是劝了一下——

"要不这样,我给你口头走一下流程:你要打我,我妈是肯定要报警的,还会做一个新闻专题。跟别的也没什么关系,主要她是电视台制片人,这种能制造新闻的机会她一定不会放过,毕竟我也是今年的高考状元。"

这人挺不要脸啊,说自己是高考状元。

朱仰起:"……"

姜成:"……"

"裸分状元"也算个头衔吧。陈路周这么想,反正蒋老师给的高帽,他就戴着。

对方显然有些犹豫,几个人面面相觑,频频用眼神互相试探,气氛瞬间松弛下来,直到朱仰起得意忘形,在那儿自以为很上道地跟对方说:"你们要是不嫌麻烦,要我给你们龙哥打个电话吗?"

"龙哥"这个人物朱仰起之前用过一次,吓退了几个小流氓,从此百试不爽。但是这次就不灵了,因为姜成忘了告诉朱仰起,自从上次他用龙哥这个人物被拆穿之后,龙哥在江湖上就没有地位了。

"龙哥"这俩字一出来,对方瞬间恍然大悟。原来,最近一直用他们龙哥的名号招摇撞骗的几个混账就是他们啊。这下好了,新仇旧账一起算,说不准这个高考状元也是他们忽悠人的。几个人用眼神一通气,二话不说直接冲上去,来了个左右开弓。

场面一度混乱,陈路周没来得及躲,下巴硬生生挨了对方结实的一拳。他疼得咝了声,刚要说一句"打架都不用说'预备开始'的吗",结果后背蓦然一紧——有人从后面拦腰抱住他,企图反箍住他的双手,让同伴袭击他的肚子,还好他有腹肌。不过他反应快,人又高,一身薄薄的小肌肉很扛造，身后那个小混混根本钳制不住他。对方也没想到他比想象中难搞，看着瘦，实际上还挺有力。这就是年轻的好处，不抽烟，不喝酒，即使这么大个儿，也身轻如燕，拳脚干净利落，血液是新鲜干净的，而不是挂着一身白花花的赘肉，器官里长满了不知名的肿瘤，出一拳有一拳的心酸。

这就是少年和大叔的区别。

陈路周都不敢下太重的手，怕给人把脂肪肝打出来。这几个家伙当小混混当得没有一点儿职业道德，怎么能有啤酒肚呢？

当晚，徐栀在回程的高铁上刷朋友圈刷到朱仰起一条幸灾乐祸的状态。

朱仰起：恭喜，陈大少爷长大第一步，达成第一次打架成就。

这条状态底下还有配图，不知道是谁的手，手臂清瘦，大约是因为刚打过架，一条条青筋冷淡而有力地突起，手指骨节修长而分明。

徐栀一眼就认出来了，这是陈路周的手，因为左手无名指上是她画的戒指。

她几天前还见过这双手，干净白皙，宛如清高的山脊，是碰都不让碰一下的。

状态底下陈路周回了一条评论。

裸男713：发你自己的手不行？别蹭我的热度。

朱仰起回复裸男713：急什么，我还没发你的腹肌照呢。

徐栀回复朱仰起：八块以下不叫腹肌。

车厢内声音嘈杂，没过一会儿，徐栀看见自己手机的微信提示亮了下——有人发消息过来。她还没来得及点开，旁边蔡莹莹以为是自己的手机亮了，用手点了下，微信信息瞬间弹出来——

裸男713：八块腹肌，看照片也行，两百五一张。

蔡莹莹这才反应过来不是自己的手机。她有些震惊地看着徐栀，然后悄悄问了一句："现在都是这个行情吗？腹肌照这么赚钱吗？你要不也介绍给我？"

徐栀："这只不行，这只娇贵得很，碰都不让碰。"

第十章

少年未尽的意气，绝对不止于此

徐栀没回他。陈路周也没再发。他当时在药店买红花油，因为整条手臂都是瘀青和破皮。等柜员拿药的时候，他本来把外套脱了，松松地搭在肩上，但旁边有个小孩儿在量体温，他怕吓着人家，又把外套穿上了。

药店柜员看他脸上也有伤，长得又这么帅，觉得他也是个要脸的，就拿了一盒阿莫西林给他，用司空见惯的口吻叮嘱："配合着吃，这几天先忍忍，不要洗脸，不然伤口沾了水，很容易烂的，破相就麻烦了。"

陈路周叹了口气。所以他就不愿意干这么麻烦的事。其实，陈路周不是第一次打架了，小时候在孤儿院，隔三岔五就跟人干上一架，那个时候老有人动他东西，也不知道怎么回事。有些人大概就是觉得别人的东西特别香，也可能是因为懒，每次吃饭都拿他的饭盒。而他这人吧，占有欲太强，又有点儿洁癖，死活不愿意让别人碰他的东西。那时候他的嘴没现在利索，说不过人家就只能动用武力。所以，后来他都会在自己的东西上刻上名字。

他拎着一袋药出去的时候，朱仰起和姜成站在门口一边抽烟一边聊天。他俩打架虽然不是家常便饭，但是打球打多了，总能碰见那么几个找事的，身上挂彩也不怎么在意，抽两根烟就能缓解。见陈路周终于出来，两个人站在昏黄的路灯下，调侃他的金贵："怎么样，药店的人是不是说你再晚来两分钟伤口就愈合了啊？"

"滚啊。"陈路周笑骂了句。他是明月入怀，所以也没计较，只从袋子里拿出一盒红花油丢给他俩，"擦擦吧，你俩脸上的疤多得快赶上龙哥了。"

说到这儿，朱仰起才猛然想起来：怎么龙哥的名号突然就不灵了呢？姜成愧怍地咳了声，不着痕迹地掐了烟，立马脚底抹油："那什么，我去找杭穗了。"

药店就在夷丰巷外的小路上。这个片区有点儿类似城中村，一座座拔地而起的高楼大厦无声地包裹着一片破旧湢隘的矮楼。隔条街就是繁华喧嚣的商业街，人流密集，而这边因为是老住宅区，路人零星，沿路的小店倒是随处可见，在这儿住的都是老本地人，所以偶尔有几辆顶级跑车从空荡安静的马路上疾驰而过。

两个人沿着空荡的小路往巷子里走。陈路周外套敞开，拎着一袋子药，慢悠悠地走，偶尔掏出手机来看一眼，但手机始终没收到消息。朱仰起对他的心不在焉浑然不觉，还在兴致勃勃地跟他八卦姜成和杭穗的事情。

"姜成遇上杭穗算他倒霉，杭穗这人心狠。说起来，不知道为什么，我觉得杭穗跟徐栀有点儿像，或者这就是大美女的相似性？"

晚风徐徐，早下过雨，空气里夹杂着雨水的冷意，陈路周忍不住把呼吸都放轻了，现在只想喝杯热的，填补空落落的心。他心烦意乱地单手插在兜里，一路听朱仰起扯了一堆都没接茬儿，就一声不吭地听着，听到后面这句，才自然而然地接过话茬儿，口气漫不经心："是吗？哪里像了？我没看出来。"

朱仰起说："不知道，就感觉而已。"

陈路周看到一条小黄狗趴在 8090 小卖部门口，惬意自在地摇着尾巴。他定睛看了一会儿，头也没转问朱仰起："你知道小狗在摇尾巴是什么意思吗？"

朱仰起说："不知道，想拉屎了吧。"

陈路周乜他一眼："……"

当天晚上，陈路周的手机仍旧没有收到任何回复。他觉得徐栀可能不会再主动找他了。其间，他给蔡莹莹发过一条微信，蔡莹莹也没回，估计徐栀跟她说了那天晚上的事情，姐妹俩总是一个鼻孔出气。陈路周倒觉得这样挺好，蔡莹莹确实应该无条件站在她那边。

朱仰起睡了一觉起来，看他一言不发地坐在客厅玩手机，以为是跟人聊天，结果神不知鬼不觉地凑近一看，发现他居然在刷蔡莹莹的朋友圈。朱仰起一下子急火攻心，狠狠地抽了他一下："你干吗？！转移目标了啊？！"

陈路周反应贼快，下意识地抬手一挡，朱仰起的手正好打在他的前臂上。他本来就满手臂瘀青，被突如其来打了一下，直接疼抽过去，仰面倒在沙发上，极其无语地看着天花板，气得要命，可这会儿也只能嗞嗞直抽气。

"你可别勾引蔡莹莹，她对帅哥没有抵抗力。她可跟我说过好多次，说你这种长相，进娱乐圈当明星都能分分钟混成一线，随便跟你谈个恋爱都觉得很拉风。而且，你一向都很避嫌，尤其是我喜欢的女生……"

寂静的客厅里都是陈路周急促的喘息声，听着怪让人心热的，要换个人在这儿，画面就很难以言喻了。他仰靠在沙发上，想踹朱仰起，但是对对方的猪脑子已经心灰意懒，都不想浪费那点儿精力提脚。等缓过劲儿来，那股剧烈的痛感慢慢从他的神经里剥离，呼吸恢复了平静，那双清澈干净的眼睛也只是冷淡地看着朱仰起，清心寡欲得有点儿行将就木的意思。

"咱俩从小到大，哪次你喜欢的女生我不是主动避开？你别拿谷妍说事，我跟她高中三年一句话都没说过。还有，我要想跟人搞点儿什么，瓜田李下也不会找蔡莹莹。你给我搞清楚，不是因为你喜欢她，是因为她是徐栀的朋友。"

"那你……"朱仰起发觉自己最近真是太敏感了，撩开肚皮上的T恤，拍了拍，"要不，你打回来。"

"起开。"陈路周烦得不行，随手去拿茶几上的手机，冷冷地说，"我在找徐栀的生日。傅老板说她是七月上旬出生的，我不知道是哪天。"

现在正是七月上旬，估计就在这几天，但徐栀的朋友圈变成三天可见，他只能去看蔡莹莹的朋友圈。好在她大大咧咧，朋友圈全开放，不过内容繁多，一天要发七八条，陈路周花了两个小时才看完她一年的朋友圈，因为怕错过信息。

朱仰起好奇地问了句："为什么是徐栀啊？这么多年，喜欢你的人不少吧，比她漂亮的也有，成绩比她好的你应该也见过不少，为什么是她啊？"

陈路周沉默了半响，发梢在黑夜里挡住他的眼睛，越发显出轮廓线条的流畅漂亮。他简单地把第一次吃烧烤那晚的情景娓娓道来："还记得那晚吃夜宵吗？那是我跟她第一次见面，我当时帮一个残疾人占座，跟小孩儿吵嘴，小孩儿过去找大人来理论，她走过来说要帮我录音，不会让别人冤枉我的，这种无条件被人支持的感觉还挺爽的。这应该是开始吧，后来是为什么我自己也不知道了。"

"到什么程度？出国能忘掉吗？"朱仰起提问三连，"回来还喜欢吗？"

"你觉得呢？"陈路周冷不丁扫他一眼，心说：无奈朝来寒雨晚来风。

陈路周倾身过去拿起茶几上的棉签，蘸了蘸红花油，一边抹一边挺坦诚地说："我跟她说白了，认识也就这么几天，能到什么程度？我不是开玩笑的，她哪怕在北京跟人谈恋爱，我也就希望那男的靠谱点儿。徐栀那性格真的不会保护自己。我就怕那男的还没进入感情状态，她就猴急猴急地要跟人家发生点儿什么。"

朱仰起若有所思地眯缝起眼睛。说到底，陈大少爷还是个保守的人啊。他拖长声音说："哦——谈恋爱没关系，怕她跟别人发生关系，懂了，你是个洁癖。"

陈路周想起徐光霁问他是不是有处女情结，但他哪儿是这个意思。药上完了，袖子还卷在手肘处，哪怕受着伤，他的手臂在昏黄的光线下也蕴藏着说不出的力道。

随后他不屑地把棉签丢进垃圾桶，不咸不淡地解释说："你可能想多了，我没这个洁癖，我不是怕她跟别人发生关系，我是怕她跟不靠谱的人发生关系，懂了吗？咱俩都是男的，有些话还用我说得那么直白吗？所以我让你帮我看着点儿。我认识你这么多年，看人的眼光你没出过错。她的男朋友，你至少得按我这个标准找吧。"说完，他突然想起他家的地薯在上回徐栀来烤过后还剩下几个，于是随口问了句，"吃烤地薯吗？"

照你这个标准，整个A大估计也找不出几个。朱仰起心说，还你这个标准，嘴上却忙应："吃。那你俩……"

陈路周起身去烧水："她要想跟我就这么断了，那就断了吧。我接了个航拍活儿，过几天可能要去趟西北。回来后准备准备差不多就该走了。"

朱仰起的心里顿时仿佛被人扔进一块大石头，沉甸甸的，一直压到他心底。虽然一直都知道陈路周要走，但他这人从小情绪反应就迟钝，只要时间还没到，就觉得这事还远得很，这会儿是切切实实感觉到离别前的依依不舍。

虽然陈路周老说朱仰起外面有小三、小四、小五，但是朱仰起一直以来确实很黏陈路周。毕竟在一中，他只要跟人说"我是陈路周的兄弟"，大家都会多看他两眼。陈路周这个人就是行走的话题制造机。他跟冯觐说过，他手机里女生的微信那么多，基本上都是因为陈路周。这么一个人要出国，朱仰起内心的感受就是，他的太阳走了，他的太阳要去照别人了。他觉得自己可以垂泪到天明。

但陈路周觉得他假惺惺的，烧完开水回来坐下，一边打开电视，一边毫不领情地戳穿说："得了吧，你就是觉得以后加人家微信没那么方便了是吧？"

朱仰起也不否认："这也是原因之一。"

陈路周笑笑，漫无目的地调着台，话说得随意自在，也很轻松，好像真不是什么难事。要换作别人这么说，朱仰起铁定是一万个不信的。

"两年吧，我看了下那边的课程，本科也就三年，我打算两年把学分修满。顺便看看这两年能不能赚点儿钱，经济独立了我就回来，出去这两年就当还了这十几年的养育之恩，以后也不会靠他们了。"陈路周挺诚恳地用眼神示意了下，简直是识时务为俊杰的典范，"主要我现在身上穿的内裤还是连惠女士买的。"

朱仰起知道他只穿某个牌子。他俩都是，但陈路周穿的那牌子贵，真不是打几份工就能穿得起的。朱仰起知道他只是开玩笑，也曾问过他："你为什么不反抗？为什么不脱离这个家庭呢？"对别人来说，这或许很容易。但对陈路周来说，他本身就没有归属感。怎么说呢，这种归属感是谁都没办法给他的。虽然现在对徐栀已经相当喜欢，但他怎么可能因此就有了归属感呢？而他生活了十几年的家庭，连惠和陈计伸对他一直很疼爱，说这是糖衣炮弹也好，是虚情假意也好，这十几年的陪伴和"家人"这个身份已经不可替代了，要是他连这点儿要求都不答应，估计得有不少人戳着他的脊梁骨说他是白眼狼吧。

他既然装了这么久的忠孝仁义，也不可能在这个节骨眼儿上让自己"晚节不保"，所以朱仰起觉得，他说两年，那就是两年了。

可朱仰起觉得两年还是太久了，真等他回来，别人生米都煮成熟饭了。

徐柅发现人的情绪还是挺容易传染的。比如蔡莹莹这会儿不太高兴，是因为老蔡有工作上的调动，可能要平调到外省待上一年半载的。这让她联想到自己九月就要去外地上学，虽然录取结果还不能查，但不管被哪所学校录取，离庆宜都挺远的。想到这些她就开始担心老徐。

"反正从小到大，我永远都是被放在最后的。妈妈在的时候，他就只管妈妈。妈妈不在了，心里就是工作。好不容易这几年能关注到我吧，这下好了，又要去外地了。"

徐柅也不知道说什么好，一方面羡慕蔡院长的能力，一方面又觉得老徐这样也挺好的，庸庸碌碌，不用一心扑在工作上，陪家人的时间很多。

两个人闲着没事，在家涂指甲。徐柅也在无名指上画了个戒指图样，这时叹了口气说："像老蔡这样，至少，以后老了不会被人骗走退休金吧。"

蔡莹莹托着下巴看她把手放到探照灯里，闻言，爱莫能助地说："老徐真把钱都打过去了？"

徐柅说："也没全打，另外一张卡他忘了密码，被银行的工作人员及时拦住了，但是前面的八万已经追不回来了。"

老徐知道真相的时候整个人都失魂落魄。这两天她都帮他在警局录口供。

蔡莹莹也是没想到，现在骗子的技术推陈出新，防不胜防。她想起来一件事，拿起一旁的手机，翻出手机短信对徐柅说："我前几天也碰到个骗子，说要送我两张电影票，是博汇影城的，还是什么私人包厢。笑死了，博汇影城什么时候送过免费的电影票？喏，你看，一个陌生号码发的，让我兑换二维码……"

蔡莹莹本来想给徐柅看，结果不小心就点进链接去了，页面直接跳出博汇影城的电影票图案，上面清清楚楚地写着座位号。

"啊？兑换成功了？！"

徐柅问："哪儿？"

"博汇影城，3楼VIP包间。"

博汇影城位于市中心这个寸土寸金的地方，每天进出电影院的人上万。徐柅和蔡莹莹就在这络绎不绝的人流中碰到了翟霄和他的女朋友。他女朋友烫着对她们这个年纪来说有些成熟的大波浪,穿着一条小短裙,长腿细腰。这个柴晶晶,比照片上还漂亮。

柴晶晶抱着两桶爆米花,从翟霄手里接过电影票,两个人相视一笑,从检票口进去。翟霄确实帅,不然蔡莹莹也不会这么念念不忘,所以前任的棺材板一定得摁牢了,但凡留有一点儿缝隙给他喘息,他都能卷土重来。

原本好不容易盖棺论定的东西又被拿出来反复咀嚼,蔡莹莹心里也是一阵翻江倒海。她瞧着那对俊男美女的背影,咬牙切齿地对徐栀说:"徐栀,我想好了,我要复读考庆大。"

两个人检完票进去时,徐栀手里也抱着两桶爆米花,不过已经吃得差不多了。她看了那两个人一眼,说:"他俩报了庆大?"

"嗯,翟霄报了庆大建筑系。不知道柴晶晶报的什么专业,听说是特招进去的,她好像还是少数民族,有降分还是加分什么的。"

"加不了几分吧。"徐栀也是一愣——像陈路周那种人应该不多,又问蔡莹莹,"不过,你要考建筑系?庆大分不低,听说明年教改,可能没有自选模块了,总分还是750,我估计庆大最少也得620,建筑系估计还得高点儿。"

蔡莹莹:"什么意思?"

VIP包间在三楼,她们顺着工作人员的指引一路找上去。徐栀边走边给她解释:"这么说吧,咱们现在还是四科对吧,你最多只能扣130分,就是平均每科只能扣30分左右。语、数、英还好,理综270什么概念你知道吗?"

"这样相当于生、物、化都得90分?天哪,这是人能考出来的分数吗?!"蔡莹莹瞬间觉得徐栀高大起来了,内心的震撼无以复加,"天哪,那栀总你好牛啊,理综还能考273!"

徐栀主要还是自选模块拖了后腿。自选模块其实就是送分的,一般能考700以上的学霸,自选都是60分打满,而她只有56分,不然742上A大建筑系更稳妥,不用像现在这样每天还提心吊胆,害怕自己会被调剂。

因为聊得挺投入,她俩这会儿都没意识到这个VIP厅其实有点儿远,还得上电梯。徐栀听蔡莹莹这么说,摇摇头。她本来觉得自己挺厉害的,后来发现人外有人,山外有山。陈路周的理综分肯定比她高。他那个分,理综估计能上 280。

"反正就是这么个概念,我是挺支持你考庆大的。"

"唉,算了吧,我从小学开始复读也考不出这个成绩。行吧,翟霄还是厉害,上学期间谈恋爱还学这么好。"蔡莹莹瞬间偃旗息鼓了。正巧,两个人这会儿走进影厅。她环顾一圈,"没人吗?不过怎么不是我想象中的包厢式影厅?我还以为是私人包间呢。"

徐柜跟着环顾四周。这间影厅的陈设跟楼下影厅差不多,只不过这个厅更小,更精致,也就能容纳大概二十人,有情侣座,也有单人座。她俩身后的放映机散着一束幽幽而寂静的白光,好像一切铺陈已久。

她俩的位置在正中间,最佳观影区。徐柜每次在美团上买电影票的时候,系统会自动推荐空余位置里的最佳观影区,空场的电影都是这两个位子。

"我怎么感觉被人包场了?"蔡莹莹一坐下,看着整个影厅富丽堂皇的装饰品、太空座椅以及手边的热咖啡,顿时觉察出一丝不对劲儿,极不安地四处张望着,试图寻找蛛丝马迹,"我的运气真的这么好?中头奖了?"

徐柜看了眼时间,电影马上开场,但整个影厅还是空荡荡的。她茫然地问蔡莹莹:"是不是老蔡又买什么奢侈品配件了?之前你爸买的那个沙发,不是还送了你们一次高级 SPA?"

"别提那个高级 SPA 了,"整个影厅的灯光暗了,银幕的光照在两个人的脸上,开始放别的电影的预告。蔡莹莹这才一脸一言难尽的表情告诉她,"我是没好意思告诉你,就一盲人推拿。但别说,还挺舒服的,老蔡去了一次就在那儿办卡了。所以这就是无商不奸,连环消费,一环套一环呢。再说,这世界上哪有免费的午餐?"说完,蔡莹莹又掏出手机看了眼,警惕地说:"不会是让我看完再付钱吧。"

话音刚落,熟悉的经典电影片头曲噔噔噔响起。徐柜叹了口气,懒洋洋地将视线转向银幕,说:"算了,来都来了,就当陪我过生日吧。"

徐柜是典型的和平爱好者,秉承着中国人崇尚和平的美好传统——"来都来了""大过年的""人都死了""还是个孩子""今天我生日"。

主要还是这部电影她非常想看。这是一部美国电影,讲的是一个面容有缺陷的男孩儿从小被父母遗弃送到孤儿院,可以说是整个孤儿院最听话的小孩儿。但因为容貌丑陋，没有家庭愿意收养他，孤儿院院长其实最喜欢他，也很心疼他。可每次有家庭过来询问领养事宜时，他的资料永远被放在最后一张，后来好不容易有个单身汉提出收养他，殊不知，命运馈赠的礼物早就在暗中标好了价格……

电影充斥着人性的阴暗和卑劣。这个导演的作品一向肆无忌惮地挑战社会热点，口碑两极分化，舆论热潮早已掀起过一轮，所以在国内的排片很少。整个庆宜市只有一两家影院有排片，还都是观众零星的午夜场。但她很喜欢这个导演，总觉得卡尔图这个导演身上充满了人性的挑战，应该是个非常有故事的人。

所以，当知道蔡莹莹被赠送的电影票竟然是这场，可以说她相当惊喜，甚至都没想，为什么会这么巧，只觉得年初去爬山算命的时候，算命先生没说错，她今年的运气真的不错。

"早上老徐的笔记本电脑和这场电影，哪个更惊喜？"蔡莹莹问她。

徐栀难得笑了下，银幕的光落进她眼里，盈盈的，像是漾着水光："他那笔记本老早就买了，东藏西藏，我心里有底啊，但这个就完全没想到吧。卡尔图在我心里的地位仅次于老徐。我还以为今年没机会看这部电影了，他的片很容易被禁播的。"

蔡莹莹说："我总觉得哪里不对劲儿。"

徐栀喂她吃了一颗爆米花，好似给她吃定心丸："放心啦，等会儿真要付钱，我请你行了吧，就当陪我过生日了。"

蔡莹莹嘟囔了两句："你的钱不是钱啊？你的钱也不是大风刮来的呀，再说老徐这阵子被人骗了这么多钱。他那么节约的一个人，不会想不开吧？"

"所以，你别废话了，专心看电影吧，看完我得回去陪他。"徐栀不再分心。

电影看到一半蔡莹莹才发现，这个高级豪华的 VIP 影厅里其实不止她们两个人，最后一排还孤零零地坐着一个人。不知道这人是什么时候来的，她俩进来那会儿他肯定不在，当时灯光明亮，这么大个活人她们不可能看不见，估计是电影开场后才进来的。

因为身形看着是个不可多得的帅哥，蔡莹莹忍不住回头往那个方向多看了两眼。距离有点儿远，她又没戴眼镜，加上忽明忽暗的画面光将那人照得影影绰绰根本看不清，他又恰好一身利落干净的单调黑，脑袋上戴着一顶黑色棒球帽，帽檐压得很低，低得都不知道能不能看到银幕。蔡莹莹只能隐隐瞧见流畅漂亮的下颌线。他的下半身被前排椅子挡住了。蔡莹莹只能看见半截宽阔结实的胸膛和棒球帽檐下半张冷淡的脸。

蔡莹莹模模糊糊瞧着个形儿，也没仔细想，只是很有戒备心地对徐栀提醒了一句："我去上个厕所，后面有个男的，你注意一下。"

徐栀全神贯注地盯着银幕，头也没回，只嗯了声。约莫蔡莹莹说话打断了她的情绪，有那么半分钟，她的思绪飘飞了，一下子没能重新融入剧情，于是鬼使神差地回头瞧了眼。

因为整部电影的故事背景是在孤儿院，导演的拍摄手法又有点儿像隐秘的窥探镜头，所以画质暗淡，连带着整个VIP厅都是黑漆漆的。

那道身影隐没在黑暗中，清冷孤寂得好像整个人已经与昏沉的影厅融为一体。

徐栀收回视线，继续盯着银幕，让自己安安静静地看电影。

画面里，又有一个小孩儿被一对夫妻领走，那丑陋的小男孩儿失落地看着他们离开的背影，院长安慰他——

"奇迹每天都在发生，或许哪天就会降临在你头上，前提是，你时刻做好准备。别气馁，每个苹果派都有它诞生的理由。"

画面一切，院长又对副院长说——

"每个苹果派虽然都有它诞生的理由，但我亲爱的老伙计，你还是得允许有人不喜欢苹果派。"

一位领养人一边翻着资料，一边直言不讳——

"长得丑不犯法，同样，我讨厌长得丑的家伙也不犯法。"

…………

小男孩儿和单身汉相遇。单身汉刚结束不得已的应酬，喝得酩酊大醉，衣衫不整地躺在公园的长椅上呼呼大睡，脸上掉了颗鸟屎。小男孩儿拿纸替他擦去——

"看来长得丑的人，小时候过得不好，长大了也不见得过得有多好。"

…………

一幕接一幕，剧情推进至高潮部分，小男孩儿恋爱了，画质才亮了一些。

忽明忽暗的光影在影厅里晃动，好像碧波荡漾的潮水，拥着春水和星河，在两个人故作镇定的脸上暧昧地来回扫荡，月亮仿佛在悄悄地眨眼睛。

"陈路周。"徐栀头也没回，眼睛仍一眨不眨地盯着电影画面，平静地叫了声。

"嗯。"他应了声，声音是低沉懒散的。

"过来。"

身后有片刻没动静，徐栀自始至终都没回头看他，一直专注地盯着电影。半晌，她听见身后有人站起来，脚步声拖沓而随意，一步步从旁边过道的台阶上慢腾腾地下来。

他刚坐下，徐栀不出意外地闻到那股熟悉的鼠尾草沐浴露的清淡气息，这会儿手机响了，是蔡莹莹发的微信——

小菜一碟：我有事出去一趟，等会儿回来找你。

徐栀：去哪儿？

小菜一碟：没事，你看电影，我去见个朋友。

徐栀把手机锁掉扔到包里，没搭理他，也没再主动跟他说话，但他这人存在感太强，哪怕只是安安静静地坐在那儿，也让人很难忽略他。或许他也在刻意降低自己的存在感，坐下后，动都没动一下，一只手环在胸前，另一只手支着胳膊肘，挡在鼻子前，面无表情且专注地看着电影，但心里想着其他事。

他接了个电话，声音压得很低，冷淡地嗯了两声就直接挂了，估计都没听清对方说什么。

徐栀靠在椅子上，抱着胳膊，没看他，懒洋洋地说："是不是这会儿给你打电话无论说什么，你都会答应？"

说完，她掏出手机拨过去。手机在兜里振动，他接起来。徐栀把电话放在耳边，眼神有点儿挑衅地看着他："陈路周，你是狗。"

他笑了下，眼神难得柔和地看着她，一副她说什么都照单全收的样子："嗯，我是。"

春风化雨，润物细无声，情绪都被融进他的眼里。

"没劲。"徐栀挂了电话，多少猜到这电影是怎么回事了。但是不知道他在背后做了什么，她只能在心里瞎猜。

男人最怕女人说他没劲。陈路周不动声色地瞥她一眼，将手机拎在手上慢悠悠地转了一圈，青涩干净的眉峰轻轻挑了一下，表情挺诚恳地自我反省了一会儿，装模作样地问："那要怎么样，你才觉得有劲？"

徐栀没答。电影估计快到结尾了，剧情落下了一大半，她现在已经有点儿看不懂了，但也只能硬着头皮盯着。

陈路周很少被人说没劲儿，这会儿竟然还是被徐栀说，心底多少有点儿不服气，少年心气还是高啊，靠在椅子上，懒散又不屑地说："有劲没劲要这么看的话，你也挺没劲的。"

"行，咱俩都没劲，"徐栀懒得再跟他扯下去，站起来，"俩没劲的人，凑一起看没劲的电影，没劲透了，我回家了。"

陈路周长腿懒洋洋一伸，直接拦住了她的路。徐栀转身要走另一边，手腕却被人拽住。他怕弄疼她，力道不重，寸劲儿拿捏得极好。这点上回在临市，徐栀就已经领教过了。

温热的手掌贴着她的皮肤，徐栀觉得那块皮肤酥酥麻麻的，渐渐烧起来，不知道是他的热还是她的热，或许是他们的。他也没说话，就这么仰头看着她，像一条没人要的小狗，眼神里写满歉意，可嘴却紧紧地绷着。

陈路周刚刚把帽子摘下搭在椅背上，徐栀这会儿才发现他剪头发了，额前的碎发被修剪成一层薄薄的青楂，贴着头皮，显得额头饱满干净，精神了很多，眉眼比往日更清晰、英俊、锐利。

徐栀从第一天见到他，就觉得他这人太聪明。她喜欢跟聪明人来往，但不会找太聪明的人当男朋友，因为很累。但是陈路周不一样，他风趣幽默，聪明却也简单，有时候就是个温暖的大男孩儿，但总归还是个聪明人，改不了聪明人的毛病——把自己想得太重要。

电影还在放，但已经没人看了，不管这里多么波澜四起，电影剧情仍在不知疲倦地推进，就好像这地球吧，少了谁不能转？

陈路周并没想把话说到什么程度，或者说把他俩的关系做一个彻底的了断，有些话，一旦说出来，可能就收不了场了。但是，今晚如果他俩就这么散了，估计也就真断在这儿了。

他站起来，靠在徐栀前排座椅的后背上，总归是没忍住，问了一句，口气、表情都挺真诚，但藏不住地带水带浆："怎么才算有劲？那谈恋爱有劲吗？"

徐栀觉得他真的很自以为是，脱口而出："你以为谁都想跟你谈恋爱？"

说完，她的胸腔里冒出一股被人拆穿后的燥热，呼吸也变得轻浅。可谁不是呢？陈路周也是，心跳前所未有地快，但他是被气的。

陈路周确定她不会走了，才松了手，双手揣在兜里靠着椅背，脖子微微仰着，喉结一下一下地滚动。他想了想，眼皮冷淡地垂下，睨着她，从善如流地、直白地说："嗯，谈恋爱也没劲，接吻就有劲了是吗？"

"陈路周，你玩不起。"

"是吗？到底谁玩不起？"他反而笑了下，"微信屏蔽我的不是你吗？我说什么了？"

"你先等会儿。"徐栀说完，眼睛突然紧紧地盯着他后面的电影画面。

陈路周不用回头都知道发生了什么，因为两个人接吻发出的猗旎的嘬嘬声已经响彻影厅。

....

"看完了吗？"陈路周的口气无奈且懒散。

徐栀已经坐下来，看得精神奕奕，满面红光，说："我每次看他的片子，都找不到完整版，全都是删减版，很多电影博主说卡尔图片子的精华都被剪掉了。"

陈路周吵架吵到一半，火气却硬生生被卡在喉咙里，只能吞回去。他侧过脸，咽了下口水，觉得自己以后可能真会得那什么病，所以烦得不行，也坐下来，随手拿过自己搭在椅背上的棒球帽，毫不留情地"打击报复"——直接迎面扣到她的脸上，彻底挡住了她的视线。

徐栀也没动，只是把帽子戴正，再抬头，画面已经被切掉了，又恢复成灰暗昏沉的画质。她指着电影画面，半开玩笑地说："刚刚的问题我可以回答你了，谈恋爱没劲，接吻也没劲，谈恋爱接吻也没劲，不谈恋爱就接吻就特别有劲，你看他俩，多有劲。"

陈路周："……"

徐栀就这事跟蔡莹莹聊过。她俩一致确定陈路周对她是有感觉的。后来蔡莹莹也旁敲侧击地问过朱仰起。朱仰起说陈路周顾虑很多。徐栀也大致知道是为什么，但还是那句话，陈路周把自己看得太重要了。他走了，她就找不到更好的，还是他怕她缠上他？可她也没说要和他谈恋爱啊。

徐柜从小到大一直都是逢山开路、遇水架桥的人，有些事想多了就是精神内耗，累人累己，还不如等问题出现了再解决。

电影画面还在一帧帧地播放，徐柜知道快结束了，看着画面定格在卡尔图的经典台词上，是他每一部电影都会出现的结束语——

你会感谢过去的每一个自己，也会怨恨过去每一个没有抓住当下的自己。

卡尔图还是那个卡尔图，可这部电影再好看，也不如旁边这个人安安静静地坐着吸引人。她脑子里信马由缰地想着，说道："陈路周，我爸前几天被人骗了八万块钱，虽然我们已经报警立案，但是警察给我们的答复说，这钱基本上追不回来了。我爸就特别后悔。我当初劝他给自己换台电脑和手机，他不肯，现在不仅东西没到手，钱也没了，这叫人财两失。"

她继续说："就是有些事情你想太多压根儿没用，所以我说你玩不起。"

电影马上就要结束了，在影厅灯光亮起的前几秒，徐柜自然而然地倾身过去。

陈路周低垂着头，黯然的眼睛不带任何情绪地看着她。影厅外渐渐响起窸窸窣窣的声音，工作人员快进来打扫了，留给他们的时间已经不多。他尝试了几次想开口，最后却都把话吞了回去，眼睛微微泛红。他两次移开视线，看向别处，停顿了很久，喉结一下下难耐地滚动着，两个人之间充溢着一股说不出的狠劲儿又夹杂着一丝纠缠不清的暧昧。最终，他转回头，低头看着座位上仰脸看着自己的徐柜，咬着牙说——

"你要跟我玩是吗？行，到时候你别哭。"

徐柜不由得仰头，猝不及防地在他的唇上蜻蜓点水般亲了下："我会高高兴兴地送你上飞机的。"

其实徐柜已经把话说得很明白了：不谈恋爱就接吻有劲，但不管谈不谈恋爱，我确实喜欢你，如果我们之间就这样，我不甘心，不管有没有未来，至少现在，我想跟你继续玩下去。

如果她此刻还不知道陈路周是裸分状元，也没经历过那场节目录制被人降维打击，也就不知道原来他就是市一中那位鼎鼎大名、竞赛奖状能糊城墙的学尖尖。即使在那样闪闪发光、已经是她望尘莫及的一群人里，他依旧锋芒难掩，风光无两。

如果他仅仅只是高三复习楼的那个普通学霸陈路周，徐栀可能还会主动说出"你做我男朋友吧"，但现在她不可能再主动说出这句话。

徐栀从来不是妄自菲薄的人，也很少自卑，或者说，从小到大，没有人能让她真正觉得自卑，不然她小时候也不会说出那句流传至今"我的美貌你们有目共睹"的经典名句。唯独面对陈路周，她第一次有了自卑的感觉。

这感觉就好像，她以为自己占上风，以为游戏才刚刚开始，结果发现，对方跟她压根儿不在同一个服务器。她也无从得知，他这一路走来，究竟见过多少比她优秀的人。

如果再主动开口确定彼此的关系，她会不舒服，会觉得自己矮人一截。她甚至能想象到那个主动跟陈路周这样的人谈恋爱的"徐栀"会变得多患得患失，这种故事的结局不是她想要的。

老徐从小就告诉她，喜欢一个人很容易，但喜欢一个比自己优秀的人很难，尤其是当一个人有独立的灵魂时，喜欢一个比自己优秀的人难上加难。

所以，徐栀觉得尽兴就好，能跟陈路周"玩"一场，自己也不亏，是吧。

陈路周回到家时，朱仰起正百无聊赖地窝在沙发上，跷着二郎腿，跟人打游戏。所以，跟他说话之前，朱仰起还挺自觉地把麦关掉了，因为那边是姜成和一个新认识的妹子。

陈路周一进门就换上拖鞋，趿拉着走过去，闭着眼睛，脑袋仰靠在沙发背上，一副筋疲力尽的样子，喉结冷淡得像冰刀上的尖儿，有一下没一下地滚动着，老半响，才说："她就是单纯想玩我。"

朱仰起躺在单人沙发上，玩游戏的间隙瞄了他一眼，啧啧两声，冷嘲热讽道："得了吧，你明明很享受。不过我觉得徐栀比你洒脱，也比你清醒，她不是那种缠人的姑娘。我老早想说你了，你别把自己想得太重要，说不定等你走了，她该谈恋爱还是继续高高兴兴地谈好吧。我觉得她就不是那种耐得住寂寞的人。你以为你杨过啊，别人一见你就误了终身？"

陈路周在心里自我解嘲地骂了句：我看我是小龙女吧，天天被人强吻。想到这儿，他突然睁眼，伸脚懒洋洋地踹了旁边单人沙发上的朱仰起一脚,淡淡地问:"我丑吗?"

朱仰起顿了半秒,在等待技能冷却的空当,以迅雷不及掩耳之势拿起背后的靠枕,毫不犹豫地朝他狠狠地砸过去:"滚。"

陈路周今天没太收拾——脸上还有伤,没办法碰水,胡子拉碴的,有两天没刮了。刚刚回来的路上在小卖部买水的时候,他无意间照了下镜子,都被自己丑到了。他本来没打算露面,也没想让她知道这场电影是他请的。要不是蔡莹莹这家伙看电影不太专心,估计今晚徐栀也不会发现他。

陈路周刚想到这儿,就接到徐栀的电话。他起身去卧室接。朱仰起见他这个神秘劲儿,忍不住翻了个白眼,心说:玩吧玩吧,你俩玩吧。我还稀罕偷听你俩打电话?暧昧期的男女能聊什么啊,老子又不是没搞过。

陈路周进去关上门,斜斜地倚着桌沿,一条腿半搭在桌上,目光漫不经心地打量着墙上的小提琴,想起帮她选专业那晚。电话里是她的声音,清澈而冷静,不像他,被她亲得心里这会儿还热得发慌。

"到家了?"徐栀问他。

陈路周抱着胳膊,魂不守舍地看着那好几年都没碰过的小提琴,笃定地想着,找个时间给她拉一首。他还就不信,她真能那么高高兴兴地送他上飞机,嘴上低低地嗯了声。

她哦了声:"我跟莹莹他们在吃夜宵,你来吗?"

陈路周皱了下眉,不太懂是谁:"他们?"

"翟霄和他女朋友。"徐栀说。

"那个收集星星的哥们儿?"陈路周回忆了一下,徐栀有次跟他吐槽过。

"嗯。"

他笑了下,半开玩笑地说:"组合挺别致啊,怎么想的?也不怕打起来?"

"刚才出来吃夜宵碰见了,翟霄的女朋友可能知道蔡莹莹,也不知道想干吗,非要邀请我们一起,莹莹头脑发热就答应了。"徐栀束手无策,叹了口气,而后挺客气地说,"我怕等会儿打起来,您要还没睡的话,就受累过来帮我拦一下?"

"我哪儿拦得住蔡莹莹?"他拿乔。

"不是，拦我，翟霄刚刚骂你来着。"
"……"

　　翟霄自然想不到自己在微信上跟蔡莹莹吐槽了一年的市一中那个恃帅行凶的风云人物后来成了蔡莹莹闺密的"暧昧对象"。
　　柴晶晶当初跟他确定关系也是因为在手机上看到他和蔡莹莹的聊天记录。后来蔡莹莹还给他发过几次消息。有次翟霄跟柴晶晶吵架，出于男人的某种炫耀心理，他把蔡莹莹给他发微信的事说了出来。意思是，柴晶晶你不用太牛，有的是人想跟我在一起。
　　怎么说，男人的劣根性，有时候看见女人为自己争风吃醋，心里是有点儿暗爽的。所以，当柴晶晶提出要跟蔡莹莹一起吃夜宵的时候，他虽然觉得尴尬，但还是抵不住自己内心那点儿卑劣和猥琐的沾沾自喜，答应了。
　　几个人一坐下，那尴尬的气氛是铺天盖地。他又夜郎自大地觉得自己是这几个女孩子唯一的联系，是这群人的中心，只能由他打开话题，可他没东西讲，讲来讲去也只能讲点儿学校里的事情，那自然而然又扯到陈路周身上。
　　徐栀打完电话回来，翟霄的屁股就没从凳子上挪开过，姿势都没变过，一副"清清白白"的样子坐在椅子上，一边给柴晶晶倒水，一边口若悬河地讲别人的八卦——
　　"他本来就挺渣的，跟谷妍那点儿事还真以为别人不知道呢。谷妍被人扒得体无完肤，他竟然一句话都没出来说。他俩要是没谈过，我才不信呢。"
　　翟霄还带了一个男性朋友在身边。因为这个点没空座，老板就给了他们一张十人座的大桌，几个人零零散散地插空坐。徐栀原来的位置左边是个空座，打完电话回来，她旁边的位置被那个戴眼镜、穿Polo衫的男生坐了，于是，她绕到蔡莹莹旁边坐下。
　　Polo衫男一直没说话，只在翟霄点到他的时候说了一句："不知道，宗山校区的学神我不太熟，我只认识他朋友，艺术校区的。"
　　蔡莹莹以前没发现翟霄这么让人难以忍受，高三跟他在微信上聊得热火朝天的时候，只觉得他这人就是有点儿自负，喜欢踩低别人捧高自己。

那时候她喜欢他，就觉得，人嘛，总有缺点，哪有各方面都完美的男生？

但是你骂陈路周也就算了，反正你们男人之间的事情我们也不太了解，可为什么要诋毁女孩子？

徐栀也很震惊，有时候就是因为女人互相为难，才把这些男人给惯得趾高气扬又猥琐。

她当时把手机一锁，表情明显不耐烦，确实是听不下去了，话是跟柴晶晶说的，但是直白而锋利的视线是投向对面的翟霄，从上到下慢悠悠地扫了一眼，跟挑大白菜差不多——

"以前我听一些有经验的老人说，看男孩子得这么看：别的地方都不用看，就看他的屁股翘不翘。听说屁股翘的人跑得快，这样以后老了，超市大减价，他抢鸡蛋的时候才能跑在前头……不过，我看翟霄这个屁股就不太行。"

话音将落下时，陈路周的手刚好扶上包厢门把手，他身后朱仰起的视线下意识地慢慢往他的屁股上移去。

陈路周："……"

朱仰起一巴掌拍上去："我从小就说你跑得快，对不对？"

徐栀一开口，聊天风格彻底被带跑偏，尤其是几个女孩子。柴晶晶长得很明艳，跟徐栀一样都属于大美女类型。但是她更有攻击性，有点儿烈焰红唇的风格，不仅是超模身材，还是直眉挑眼，也就是传说中的高级脸，长发别在耳后。她对徐栀的言论持"不同意见"，不过语气很平静："我觉得不是。你说的这种是穷男人，有钱的男人老了还用上超市去抢鸡蛋吗？所以，我挑男人一般都看胸，胸大，结实，宽阔，抱着有安全感就行。"

徐栀不动声色地看着柴晶晶，觉得她有点儿意思。

翟霄眼神复杂地看了眼柴晶晶。尽管柴晶晶在帮他说话，但他也不知道为什么，就是觉得不太舒服。

蔡莹莹立马说："这也是一种选择，但我还是喜欢有脑子的。我妈说，看男人有没有脑子，就得看他的额头，天庭饱满的一般都聪明，天庭如果短窄，说明脑子笨。我不喜欢笨男人。"

这段话对应男人们常说的"我不喜欢笨女人"。

门外，朱仰起和陈路周心照不宣地对视一眼，没急着进去。

朱仰起手没动，慢悠悠地说："她们搁这儿唱双簧呢？"

陈路周低头，冷淡地瞧了他手放的位置一眼，说："把你的手拿开。"

朱仰起讪讪地收回手，里面对话还在继续。

柴晶晶兴味盎然地看着徐栀说："哎，还有一点，你知道男人胸大还有什么好处吗？"

徐栀也饶有兴趣地回了句："没抱过，不知道。"

柴晶晶看着徐栀，一脸不可思议的表情："不会吧，你这么一大美女不可能没有男人主动送上门吧。也对，像你这样，身边追的人多了，一般男人是不是入不了眼？"

这对话对应男人们常说的"你这样的，还怕没有女人主动送上门来"。

徐栀笑了下："还行吧，我的眼光不高。"

柴晶晶点点头，说："那我告诉你，男人胸大有一个好处，穿真空西装的时候特别性感。有时候谈恋爱就是这样，每天面对同一张脸吧，总有一天会腻的，他要不变着花样取悦你，谁愿意回家啊？"

翟霄显然没想到引来这么多反唇相讥，连带着柴晶晶都开始阴阳怪气。他丝毫不知道自己有什么问题，因为男生私底下都这么吐槽。

门外，朱仰起看了一眼旁边这位禁欲系跩哥平坦宽阔又结实、令人浮想联翩的胸膛，不由自主地想象了一下他穿着真空西装去超市抢鸡蛋的样子："你前途堪忧啊。"

陈路周："……"

徐栀刚要说"那看来翟霄被你调教得不错啊"，包厢门就被人推开了，所有人齐刷刷地朝着门口看去。

陈路周进门的一瞬间，整个包厢的气氛明显比刚才紧张了，变得死气沉沉。除了徐栀，所有人都不明所以地看着这个突然出现在门口的大帅哥。

翟霄一眼就认出来人了，顿时面色铁青，没承想，说曹操，曹操到。

"走错门了吧，陈大校草。"

陈路周径直朝徐栀走去，对翟霄爱搭不理地应了声："没走错，找她的。"

翟霄又把目光投向朱仰起，意思是：那你呢？朱仰起用下巴朝蔡莹莹一点：我找她。

下一秒，翟霄眼神冷峻地看着蔡莹莹。

蔡莹莹此刻压根儿没工夫搭理他，看着徐栀："你怎么把他俩叫过来了？"

陈路周也就算了，朱仰起这个烦人精怎么也来了？

不等徐栀回答，陈路周直接拉开徐栀旁边的椅子，懒洋洋地坐下，随手拿过桌上的菜单，一点儿没有鸠占鹊巢的不好意思，气定神闲地一页页认真看着菜单，对蔡莹莹说："不欢迎啊？行啊，我们走，打车费报一下。"

徐栀夹在中间，及时制止他说出更令人头痛的话："别得了便宜还卖乖。"

陈路周优哉游哉地低头看着菜单，哦了声，巧舌如簧的嘴乖乖闭上了。

翟霄和Polo衫男面面相觑。Polo衫男似乎跟朱仰起认识。他俩聊了两句。朱仰起跟陈路周介绍说："他以前也是我们学校初中部的，叫王权，冯觐的同班同学，以前跟我们打过几次球。"

陈路周这才从菜单里抬头，看过去，点了下头，多半是在敷衍："嗯，见过。"

王权就棍打腿地跟陈路周攀谈起来："我同桌跟你一起参加过夏令营，你俩一组做过一个折叠自行车创新方案，还拿奖了。她说那阵子她身体不舒服，请了半个月的假，听说方案都是你一个人完成的，本来以为设计方案上应该没她的名字了，结果你还是把她写上去了。"

陈路周想起来了，就去年暑假的事："郑媛媛？"

王权："对，要不她到现在都不一定能拿到竞赛加分。"

"她现在报哪儿了？"陈路周随口一问。

王权说："B大，压着分数线进的，估计专业会被调剂，不过她想去，大不了等大二再转专业。查完分数那个晚上，她一直跟我说想找机会感谢你，要知道你今天会来，我就让她一起过来了。"

翟霄在学校就没碰见过陈路周几次，偶尔撞见也是他在球场上跟他们班的人打球。翟霄以前没觉得陈路周有多帅，觉得他也就那样，只是宗山这些学神中难得出现一个长得还不错的，就被学校里的人捧上天了。

直到刚才，翟霄才突然发现，陈路周确实特别，特别到连柴晶晶这样的人都多看了他两眼。柴晶晶是八中校花，又是小模特，身边"环肥燕瘦"应有尽有，什么类型的帅哥没见过，他追她足足追了两年。但此时翟霄觉得，陈路周都不用追，柴晶晶肯定想泡他。

"听说你前两天还给翟霄发微信了，是吗？"柴晶晶突然向蔡莹莹"发难"。

翟霄一愣，心里却沾沾自喜：果然，柴晶晶还是会吃醋的。

蔡莹莹的脸一阵红一阵白。那天和朱仰起喝多了，她心里气不过，又把翟霄从黑名单里拉出来，发了一大串话过去，很不要脸皮地说自己还没放下他，醒来后，肠子都悔青了。

徐栀却转头，淡淡地问陈路周："如果有男的给你女朋友发微信，你是找那男的，还是好好管管你自己的女朋友？"

陈路周把菜单扔回桌上，拎过一旁的水壶给自己倒了杯水，明知这话题怎么回答都是坑，可已经上了贼船，此时也只能很配合地淡淡回了句："收拾女朋友吧。"

"你俩别替我遮了，"蔡莹莹低着头，面红耳热地说，"我确实不应该……"

"我不是在收拾你，"柴晶晶却直接打断她，从包里摸出一包烟和打火机，点了一支。那双微微上挑的眼睛有股说不出的风情和洒脱，看向蔡莹莹的时候反而有种恨铁不成钢的意思："把你叫过来是想让你看看，这个男人有什么值得你放不下的？从咱们坐下那一刻开始，他的眼神里除了沾沾自喜，你有看到一点儿歉意吗？"

翟霄彻底怔住："柴晶晶，你什么意思？"

柴晶晶都没看他，掸了下烟灰："意思就是，恭喜你，你又单身了。"

朱仰起"哇哦"一声。他有点儿看热闹不嫌事大地在心里呐喊：打起来打起来！

翟霄这会儿才反应过来。柴晶晶这几天就怪怪的，约她也约不出来，多半是有了新欢。

"身边又有人了是吧？"

"随便你怎么想吧。"她抽了一口烟，一边吞云吐雾一边说，"主要是你最近的表现有点儿差，也没什么新花样，我确实有点儿腻了。"她转而对蔡莹莹说："三条腿的癞蛤蟆不好找，两条腿的男人满大街都是。他把你发给他的信息都给我看了。说实话,我为你感到不值,这么清纯饱满的爱,他不配拥有。"

蔡莹莹:"我当时喝醉了……"

柴晶晶笑了下,没再说话,拿起包站起来,款款行至门口,约莫是刚想起来,又冲呆愣的翟霄丢下一句——

"对了,你追了我这么久,难道就没发现我和谷妍的微博互关?她是我朋友,虽然关系也就一般,但你骂我朋友,就等于骂我。不然,我跟你的分手会稍微体面一点儿。"

翟霄的脸已经彻底挂不住了,整张脸憋得通红,好像刚从锅炉里捞出来的烧红的烙铁。然而憋了半天,他说出一句让所有人都震惊的话——

"你不能再给我一次机会吗?"

柴晶晶都没有回头看翟霄,而是意味深长地看着蔡莹莹,眼神里似乎写着:蔡莹莹,你觉得这个男人令人恶心吗?

恶心,无比恶心,所以蔡莹莹一出烧烤店,浑身难受得不行,胃里有一股翻江倒海的东西往上蹿。她二话不说打了一辆车直奔附近的文身店。徐栀拦都拦不住。最后在店里找到她的时候,她已经气定神闲地坐在文身师面前,大言不惭地让文身小哥给她文上一篇《清心咒》。

文身小哥显然也是见过世面的人,什么样的奇特人物没见过,淡定地坐在那儿,自顾自地忙着手里的活儿:"文梵文,还是汉字?"

蔡莹莹:"区别是什么?"

文身小哥颇有耐心:"梵文 148 个字,汉字 415 个字,但一般我会建议你这种顾客就文四个字。"

蔡莹莹:"哪四个字?"

文身小哥抬起头,瞥她一眼,说出的话显示他经验颇丰:"远离男人。效果一样,还能少受点儿罪。"

蔡莹莹瞬间被说服:"行,就这四个字。"

徐栀:"……"

陈路周:"……"

而后,紧跟其后的朱仰起冲进店里,看到这场面,只觉摸不着头脑:"她在干吗?"

陈路周低头瞥他一眼,悠悠吐出四个字:"削发为尼。"

朱仰起很震惊,看着蔡莹莹问:"现在文身店还接这活儿?"
……………

蔡莹莹心意已决,三个人就在文身店干等着。徐栀也懒得再劝,打算给她录个视频。正在调角度的时候,徐栀余光瞥见陈路周和朱仰起起身走出去,问话就这样下意识地脱口而出:"陈路周,你去哪儿?"

朱仰起心说:这走开一下都不行,以后要真谈上了,可不许这么黏人。不等陈路周说话,朱仰起就挺识趣地表示:"算了,你在里头待着吧,反正你也不抽烟。"

陈路周嗯了声,随后和徐栀对视一眼。

两个人的视线在空气中轻轻一撞,明显都藏着某种隐秘的情绪,连文身小哥都察觉了他俩之间那股隐藏在平静表面下翻涌的沸腾岩浆。

文身小哥忍不住抬头瞧了他俩一眼,小声问蔡莹莹:"情侣啊?"

蔡莹莹警惕性很高,反问:"你要做他俩的生意吗?"

文身小哥是心高气傲之人,店里的生意也是相当红火。但他也很少见这么登对的,尤其这男的,要愿意给他做广告就更好了:"如果他俩也做,你这个文身算我送你的。"

听了这话蔡莹莹觉得很不服,不高兴地嘀咕了一句:"凭什么我是送的?"

店里有很多顾客文身的样品展示,不过都是局部照片。有位大哥很是生猛,直接在屁股上文了一只张牙舞爪的老虎,寓意"老虎的屁股摸不得"。文身很威猛且生龙活虎,但局部照片实在辣眼睛,有点儿像《蜡笔小新》那种圆润饱满又夸张的屁股。

徐栀看得津津有味。陈路周问她出于什么样的心态对这张照片研究了十分钟。徐栀想了想,脸不红心不跳地说:"大概是出于对艺术的崇高敬意吧。"

陈路周懒得听她瞎掰,抱着胳膊靠在展区的柜子上,低头漫不经心地问了句:"老板问我们要不要文,你想文吗?"

文身店放着铿锵有力的摇滚音乐,声音很大,所以他俩说话的时候,陈路周不自在地压低肩膀往她那边靠。呼吸骤然靠近,那抹熟悉的鼠尾草沐浴露的清香再次钻进她的鼻间,仿佛无孔不入。她瞬间回想起刚刚在电影院里体验过的那短暂却让人心跳加速的触感,头皮也一下子酥酥麻麻的。

她专注地看着他。他的嘴唇比她想象的要软,好像水润的果冻,但是下巴很扎人。

徐栀看他的嘴角还有伤,就随口问了句:"很久没刮胡子了?"

对于这句话隐藏的意思,两个人心照不宣。看徐栀那欲说还休的眼神,陈路周就知道她在说什么,意味深长地扫了一眼她的嘴:"扎着你了?"

徐栀:"嗯,很扎,刚洗脸的时候都有点儿疼,还以为自己嘴角破皮了。"

那一下亲得有点儿狠,但她的唇第一秒没落在他的唇上,因为没经验,也没掌握好角度,最先碰到的其实是他的下巴,而后才挪到他的唇上啄了下,相当于在他的下巴上磨了一下,才亲到嘴。这会儿想想,徐栀的心口仍热得发慌。

两个人并排靠着展示柜。

"有劲吗?"陈路周说,心想,她还委屈上了。他吊儿郎当地靠着展示柜,眼神撩人又冷淡地歪着头看她,挺不怀好意地问了句,"没刮胡子接吻是不是也挺有劲的?"

"你再问可就没劲了。"徐栀不上套,捡起一旁的展示画册,一页页漫无目的地翻看着,"你要文吗?"

"不文。"他倒是干脆痛快,鲜少这么正经,"我妈是电视台的,我爸又是每年的模范企业家,我没法文这个。被发现了,估计他俩都要被抓去问话。"

徐栀没想到他那么守规矩:"行吧,你不能文,那我文。文什么呢?"

"最近有没有什么小目标?"他随口问。

徐栀想了半天也没想出什么小目标:"挣钱?"

"也是个目标。"

徐栀突然来了灵感。

于是,她默默地在文身小哥面前坐下。

文身小哥正在做收尾清洁工作,头也没抬地问她:"文什么?"

徐栀说:"车厘子。"

文身小哥把东西收好,准备给她割线,例行公事地问了句:"有什么特别的含义吗？"

徐栀把手递过去，想起刚刚陈路周说的那个小目标，解释说："刚看到有人拿着车厘子路过，就想到小时候第一个人生小目标就是实现车厘子自由，其实就是挣钱。但总不能直接文'挣钱'吧？"

文身小哥半开玩笑地说："给你文个人民币？"

"犯法的吧？"

文身小哥难得笑了下："那文图案，还是跟你姐妹一样文个首字母缩写？"

蔡莹莹在一旁撺掇："首字母缩写吧，缩写缩写，咱俩一样。"

徐栀说："好。"

当时，陈路周正在接电话，是西北那边的工作通知，让他提前一天过去，因为后面可能天气不太好，拍摄早点儿结束就能提早收工。他答应下来，看了眼徐栀，正想问她要不要去西北玩，就见她乖乖地趴在那盏白得发光的灯泡下，文身小哥跟她温柔地解释说不会太疼，忍一忍就好，又仔细地跟她确认了一遍——

"C，L，Z。"

徐栀和蔡莹莹吧，也是这会儿才反应过来，车厘子的缩写好像和陈路周的缩写是一样的。

朱仰起和陈路周几乎是同时进门，瞧见的就是这幅令人痛心疾首的画面。朱仰起恨不得把陈路周千刀万剐：你看看你到底造的什么孽！你到底多吸引人啊，惹得一个才认识个把月的女孩子要在手上文你的名字！渣男！你真的好意思！

朱仰起斜眼看着他，阴阳怪气地说："你确定不文吗？人渣？"

陈路周心想：玩归玩，你玩得也太过了吧。

"人生建议，不要随便文男性朋友的名字，"陈路周走过去，把人扯起来，又义正词严地强调了一句，"缩写也不行。"

徐栀："……"

蔡莹莹："……"

文身小哥："……"

满屋子人都错愕地看着他，认真且迷惑地看着他，除了朱仰起满脸义愤填膺。文身小哥正在调整机器，闻言一边装针一边满脸愕然地问徐栀：

"他叫车厘子啊？"

陈路周："……"

朱仰起如梦初醒："啊？车厘子？"

蔡莹莹回过神，在一旁开口解释说："'车厘子自由'没听过吗？这是徐栀八岁时的小目标之一。不过你这么说，好像也是。徐栀要不你别文这个了，不知道的还以为你真把陈路周的名字文上去了。"

纤细的手臂还大喇喇地摊在桌上，徐栀看了眼陈路周，不甚在意："这种巧合你也介意？"

陈路周靠着她旁边的桌沿，这才慢悠悠地把刚刚没来得及收的手机揣到兜里，低头瞧着她，瞳孔里的黑清醒而直白，语气越发语重心长起来。他耐着性子哄道："我是怕你以后介意，要不，文个车厘子的图案？"

徐栀倒是无所谓，以后真有什么，把图案洗掉就行了。但也确实是个巧合，她都没往那边想，他还在这里上纲上线的。所以她靠在椅子上，束手无策地叹了口气，说："但是文图案的话，实现车厘子自由是不是得文一箩筐车厘子？"

陈路周将信将疑地看着她，表情有些似笑非笑，但态度还是很强硬，不肯妥协，半开玩笑地说："不行就不行，那你就别文，要么跟蔡莹莹一样文一句话，文个'精忠报国'也行。"

徐栀翻个白眼。

最终小哥也没给她文。几个人付了钱走时，文身小哥好奇地打量着眼前这个帅哥：都不知道该说他渣还是说他正，倒是第一次见到这么拦着不让人文身的，啧啧。

这会儿夜色静寂，街上人烟稀少，偶尔有车轮辚辚地从路面上滚过，声响细碎。沿路有家猫舍，蔡莹莹看见毛茸茸的东西就不受控地往里走。徐栀跟进去。陈路周和朱仰起去旁边给她俩一人买了一杯奶茶。陈路周把奶茶递到徐栀手里的时候，她还是不甘心地问了句："女朋友也不让吗？"

陈路周扯了把椅子，敞开腿坐下，颇有闲情雅致地看她拿着个逗猫棒在那儿逗猫。淡淡的灯影笼着她高挑的身影，将她身上的线条映衬得格外流畅而柔和，好像雨季里红绿相宜的娇花绿叶，热烈也温柔。眼睛看着那道背影，心里是少年人最青涩的萌动，他追根究底地问了句："非要文身吗？不文身谈不了恋爱？"

徐栀专心致志地逗着笼子里的猫，只吸了口奶茶，头也没回地说："倒也不是这个意思，就是好奇，感觉你跟我最开始以为的不太一样。一开始我以为你是那种男女关系混乱、离经叛道的男生。莹莹说你肯定不好追。"

"现在呢？"他靠着椅背，眼神变淡。

我很好追是吗？

徐栀转过头，放下逗猫棒，对上他那双黑得发亮、澄澈干净的眼。他的眼神摄人心魂，却又坦荡无畏。徐栀每次同他对视，都觉得她以后应该再也碰不到这么令人心动的眼睛了。她在他面前坐下，说："现在就觉得，你是那种长在春风里的男生。"

"讽刺我？"陈路周多少听出这个意思，冷淡的眼神直直地盯着她。

徐栀吸了半天，终于把底下的珍珠颗粒吸上来，怕他误会，迫不及待地喷了声，一脸"少年你敏感了"的诚恳表情："'明珠按剑'什么意思懂吗？就你这种，我是真的在夸你。"

猫店这会儿没什么人，除了他们四个，就只有几个服务员。朱仰起和蔡莹莹正在另一边的猫笼前逗一只体态臃肿的小橘，整个店里就听见他俩幼稚至极的挑唇料嘴。

"朱仰起你会不会逗猫啊？它的眼睛都让你给戳瞎了，你能不能往后退一点儿？"

"猫才没你那么笨呢！你看它上蹿下跳，反应多快。"

徐栀他们这边氛围安静，但两个人的眼神有种说不出的暗暗纠缠。

"你不就是想说我玩不起？"陈路周很有自知之明，从容指顾地靠在椅子上，眼睛正儿八经盯人的时候，难免会露出一种占山为王的狠劲儿和少年的风流意气，"徐栀，真要玩，你玩不过我。"

其实那会儿，陈路周觉得徐栀有句话确实说对了，他就是把自己想得太重要。他有个摄影师的臭习惯，就是看见什么好的风景，都想先拍下来，留着以后慢慢欣赏，但忘了，很多时候当下的体验感才最真实和炙热。

"我想感受一下，陈大校草。"徐栀喝着他买的奶茶，那股热意慢慢涌进胃里，胀得她总想打个饱嗝。

陈路周听别人这么叫习惯了，但是听她这么叫，倒莫名有些不适应，咳了声，说："得了吧你，我严重怀疑你就是看中我的皮囊了。"

"皮囊也是你的一部分啊，校草。"徐栀坦荡荡地说。

"再叫打你了啊。"他无奈地笑起来，显然是言不由衷。

徐栀笑笑，问他："明天打算干吗？"

陈路周靠在椅子上，腿百无聊赖地敲着，低头看了眼手机时间，最底下有个行程提示：7月15日，西北。还有几天，他说："要见面吗？"

"你本来什么打算？"

陈路周锁上手机，靠在椅子上看着她，眼神撩人，眼尾、嘴角都扬着一丝似笑非笑的弧度。他说："打算，就是请人看电影，在我家。来吗？"

徐栀突然发现他说的那句"你玩不过我"真不是开玩笑的。她的心突然怦怦撞了两下："来。"

眼神锐利而直白地看了她三秒，千思万绪过山头，他才不咸不淡地嗯了声，喝了口面前的水，说："那等我打完球，七点以后？"

"好。"

徐栀眼神诚恳，目光炯炯，亮得像是浸过水的月亮。

论坦诚，他比不过她。她不藏情绪，里头的山山水水都是一览无余。陈路周看着她，突然觉得，有些事如果非要一个明确的结局，那就先往前走两步，至少她高兴就好。

照她的性子，最后结局，大不了难过的是他，忘不了的是他。

陈路周还是有点儿高估自己的定力。第二天下午七点有安排，他从下午三点就开始心不在焉了，所以压根儿没去球馆打球。朱仰起叫他也没叫动，他打算窝在家里，再看两个小时的书。其实看了两页就翻不动了。然后他又找了部电影，懒懒散散、半心半意地靠在床头看了近两个小时，别说剧情讲什么了，就连男女主角的名字都没记住。他翻了下朋友圈，发现徐栀还有闲情逸致做小饼干，还兴致勃勃地发了一条朋友圈。

徐栀：表弟说我的饼干做得——就是丘比特射箭也不带这么蒙眼睛搞的。哪里丑了？

陈路周回了一条。

Cr：这是小乌龟？

徐栀很快回复陈路周：天哪，你竟然看出来了，这就是一只没有龟壳的小乌龟。我表弟问，你是哪家介绍来的托。

陈路周也佩服自己的脑洞——他就是往最不靠谱的地方猜，竟然还猜中了。他慢悠悠地回了一条。

Cr：嗯，你跟他说，是丘比特介绍来的托。

回完，他从微信退出来，一边在外卖平台上挑果酒，一边自我唾弃：陈路周，你还真挺没出息，孤男寡女约个会而已，用得着这么小鹿乱撞吗？今天下午就没干过一件正经事。他看着书架上的《竞赛经典习题》，恨不得翻出来再从头做一遍。

下一秒，明明手机在手上，可他忍不住第一百零一次低头看手上的黑色腕表。怎么还没到七点啊？人都快熬不住了。

所以，朱仰起同志从小就看透他了——他八成是个恋爱脑。剩下两成是他还没谈过恋爱，所以朱仰起同志给他留了一点儿余地，等以后谈了再重新评估。

徐栀进门时，陈路周正站在餐厅的桌子旁，将两桶爆米花倒进一个海碗里。听见动静，他抬头瞥了她一眼，没打招呼，也没说话，表情自然得很，下巴挺高冷地朝沙发那边一仰，意思是让她坐那儿。

她迟到了一个小时，自知理亏，也没敢贸然说话，乖乖地坐在他点的那个位置，看他慢条斯理地忙进忙出，弄完爆米花，又从柜子里抽了两瓶酒出来，放在她面前，递了个开瓶器给她，还是没说话。

徐栀以为他是生气她迟到了，立马解释说："今天我表弟一家过来，跟我爸喝酒了，一直喝到七点多才走。他们不走，我不好出门。"

陈路周又从厨房拿了两个杯子出来，四平八稳地放在她面前，那双手别提多稳了，这才抬头，莫名其妙地瞥了她一眼，扑哧笑出声，不以为意地解释说："我又没生气，你紧张什么？"

他就是生气自己今天下午的表现太差。当然，主要是第一次正儿八经、暧昧不明地约女生来家里，他多少有点儿尴尬，不知道怎么开口打招呼才像样。

两个人并排坐下。电影已经投屏了，画面暂停在经典的龙标上。徐栀拿起遥控器点了下界面，才看到是卡尔图的《房心症》，正巧她没看过。

陈路周人往后靠,后背抵着沙发背,明知故问:"看过吗?"

徐栀摇头,惊喜地回头看他,说:"就这部没看!你找东西挺准啊,百发百中。"

"你运气好,"他说,"正好只有这部。"下巴又朝沙发上一点,"给你买的果酒,度数不高,等会儿喝完我送你回去。"

徐栀说了声"好",端起杯子喝的时候,悄悄回头打量他,那表情跟老鼠偷喝人家酒酿似的:"怎么感觉你今天不太一样?"

电影画面依然是灰暗的画质。陈路周人懒洋洋地靠着沙发背,一手拿着遥控器调亮度,一手伸到沙发背后把灯关了,屋子里一瞬间暗沉下去。此刻窗外的天色还没全黑,墨蓝色的天空散着灰蒙蒙的光。房间里够暗了,陈路周就没再去拉窗帘,把灯一关,转头看着她。往日那克制的黑色此刻是拨开心事的池水,明亮而欢快。

"约你来的意思还不够明显?还要我说得明显一点儿?"

徐栀倒是很想听他说,可他那眼神明显是"你要真让我说出来,我真的会打你",于是她了然地连连点头:"了解。"

电影播放到一半的时候,徐栀觉得口干舌燥,想让陈路周给她倒杯水,但见他那神情专注的样儿,估计使唤不动,于是,自己起身去倒水,结果不知道被什么东西绊了一下,直接一屁股跌在陈路周懒洋洋敞开的腿上。

徐栀:"……"

陈路周靠在沙发上,神色倒是坦然自若,低头睨了她一眼,没脸没皮地说:"怎么,电影没劲?坐我腿上看有劲点儿?"

徐栀:"……"

她刚要起身,手就被人拽住。紧跟着整个人被扯起来,脚下的腿分开,她直接被人圈进那两条长得让人看着就来气的腿间,随即又被换了个位置——被他摁在左腿上。他的语气还带着点儿爱莫能助:"这条吧,那条腿前几天打架受伤没完全好。"

这会儿,窗外的灯骤然亮了,在黑漆漆的天幕下好像一个个小火球,从城市的这端燃到另一端。

屋内的光线仍旧昏沉,走廊的小地灯亮着微弱的光,除此之外,屋内再无余光。但徐栀还是觉得窗外的灯火烧到了她的心里,在她的胸腔里熊熊烧着。她看他的眼神里多了一丝炙热和大胆，那是少女的心动。

"今天刮胡子了吗？"她问。

电视机画面的光影影绰绰，映进两个人纯情而又带着试探的眼里，仿佛是最好的助燃剂。不知道怎么的，这把火突然就腾地狠狠烧了起来。热，两个人都热，那隐藏的岩浆肆无忌惮地蠢蠢欲动。

"刮了。"他看着她的眼，带着少年青涩而不为人知的燥热。

徐栀压过去。在捧住他脸的那一刻，不知是为了弥补第一次的遗憾，还是为了验证他真的刮胡子了，她先是在他的下巴上轻轻地、慢慢地、温柔地啄了一记，才仰头生涩地含住他的唇，结果却显得技巧纯熟。

两具年轻而火热的身体在四下无人的夜晚紧紧贴在一起，那热意几乎要扑天。全身酥酥麻麻，两个人的头皮神经都不受控地跳着，就好像第一次遇见的那个下午，分不清谁更烈一点儿，心却一直怦怦地撞击着胸腔，几乎要破膛而出，耳边只剩下那轻微、缠绵却透着生涩的啄吻声……

初吻是什么感觉？徐栀觉得像一杯雨前茶，翠绿透亮，牙叶舒张饱满，喝着清香的茶水，不小心触碰到嫩绿的牙叶，便是那少年的味道——入口微涩，回味有一丝甘甜。

陈路周身上那股鼠尾草的气息非常诱人，但徐栀亲下去才知道，其实那是最清澈干净的少年的味道，像草地里那株最原始的青草，未经任何浇灌，也未经任何修饰，清爽而又热烈。

陈路周整个人被压在沙发上，两腿漫不经心地敞着，姿势就没变过。徐栀坐在他的左腿上，一手钩住他的脖子，一手捧着他的脸，怕他躲。他只是靠着沙发，单手抱着她，没敢太放肆，瘦而有劲的手臂松散地环在她的腰上，手掌还挺克制地轻轻抚在她的腰旁，没敢真搂上那柔软的少女腰，另一只手孤零零地搁在另一条腿上，微微仰起头，有一下没一下地跟她生涩地亲着。

金乌彻底西沉，昏黄柔和的月亮高悬在夜空，高三楼里细碎声如旧：有人打游戏大骂队友；有人厉声呵斥孩子，不准他看电视；有人知道前途未卜，所以大声朗诵着永远也背不完的课文。他俩肆无忌惮的密密的接吻轻啄声隐没在这些嘈杂细碎的日常声响里，有着最炙热的青涩和说不出的刺激。

他俩身上仿佛都有着将燃未燃的火星子，随便一碰便能着。徐栀试图更近一步。陈路周却往后仰了一下，脑袋贴着沙发背，睨着她，那双往日里清明而锐利的眼此刻有些不明，眼神也很乱，但还是以视线往旁边淡淡而又傲娇地示意了下："窗帘没拉。"

徐栀收到指示。虽然不知道为什么拉窗帘这事成了她的责任，但此刻，她觉得陈路周这个洁身自好的人设不能倒，要被人看见他和女生在家里接吻，估计名声不保。她刚要站起来，陈路周把她往边上扯了下，叹了口气，站起来："坐着吧，我去。"

哗啦一声，屋内彻底陷入昏暗。等人回来，沙发刚一陷下去，徐栀就自觉地坐回他腿上，两只手虚虚地吊在他的脖子上。陈路周没往后靠，敞开腿坐在沙发上，下意识地将她搂住，还是单手，青筋突起的另一只手撑在另一条腿的膝盖上。等她低下头，他自然而然地同她接吻，两个人缠绵而又青涩地亲着。

窗帘一拉，屋内似乎更静谧，两个人可以清晰地听见彼此急促的喘息声。他俩都没什么经验，所以亲一会儿停一会儿，意犹未尽再亲一会儿，眼睛里都有点儿纵情的意思，眼神滚烫，心也怦怦地跳着。

最后，那令人心悸的青涩啄吻声慢慢停下来。就着小地灯昏暗的光晕，两个人静静地瞧着对方迷乱的眼睛，心跳却怎么也平复不下来，只好有点儿手足无措地各自移开视线。

"你是不是喝咖啡了？"徐栀还坐在他的腿上，两手轻轻地搭在他的肩上，问了句。

陈路周心跳快，觉得嗓子发干。其实他浑身上下都紧绷着，但也不敢太用力地去抱她，整个人都松松垮垮的。他本身是个挺自在坦诚的人，但这会儿在这种私密空间里做了见不得人的亲热事，多少有点儿不自在，嗓音沙哑地嗯了声："还看电影吗？"

"看。"

"那给你倒回去。"他自然地伸手去拿遥控器。

他俩亲了也有近五分钟。卡尔图的电影少看一分钟就直接看不懂剧情了，何况又是英文版的。要换平时，就算不看画面，陈路周听过台词也能接下去继续看。但刚才他俩在这儿断断续续地接了五分钟的吻，陈路周是什么都没听见，台词也没往脑子里进。

但徐栀说："没事，不用倒，我刚才听了点儿。Juliana 的日记被发现了，写给她哥哥的情诗被曝光了，现在养母正在找她的麻烦。Juliana正躲在一位男同学的家里。"

陈路周慢慢往后靠，后背抵上沙发靠背，若有所思又傲然冷淡地睨着坐在自己腿上的她："……"

徐栀倒了杯酒，自己喝了一口，递给他："喝吗？"

他摇头，照旧这么看着她。徐栀狐疑地问："怎么了？"

陈路周有点儿生自己的气，突然也有点儿理解谈胥了，确实，跟这么一个女孩子搞暧昧挺憋屈的。她理智清醒，接吻的时候还能分心看电影。谈胥的成绩下滑，她的成绩却一路往上升，这太正常了，谁跟这家伙谈恋爱成绩不下滑啊？

陈路周当时靠在沙发上，突然恶作剧心起，故意颠了下那条被她坐着的腿，引得正在喝酒的徐栀一抖，一口酒喝得半进半出，还有不少洒在他的裤子上。她也没顾上说什么，下意识地从茶几上抽了张纸巾要去擦。陈路周二话不说撑开她的手，没想到差点儿又把自己给玩进去，冷淡地警告她："也不看看是哪儿你就上手？"

徐栀这才不紧不慢地顺势往下瞟了一眼，哦了声。

陈路周："……"

"明天还过来吗？"他抽过纸巾，低着头，在裤子上胡乱擦了两下，随口一问。

徐栀想了想，说："来。"

陈路周嗯了声，看了她一眼，漫不经心地把纸巾丢进一旁的垃圾桶。电影画面已经接近尾声，没开灯，画面光在客厅里忽明忽暗，那昏暗的光线暧昧地在他俩身上来回扫着，映出两张青涩而懵懂的脸庞。

心跳始终没平复，尽管两个人分开已经快半个小时了。心里湖水激荡，两个人却面色不改、一动不动地盯着电影画面。这时徐栀已经坐回沙发上，但陈路周的两腿仍是大咧咧地敞着。

Juliana在继母和父亲的双重逼迫下，终于决定坦诚地说出自己对哥哥的不伦之情，继母抄起一旁的棒球棍，准备将她赶出家门。而此时，在大学里交了新女友的哥哥对此浑然不知情……

徐栀看着电影，突然想起来一件事，说："那天翟霄那个朋友——王权，你还记得吗？"

陈路周嗯了声。

徐栀说:"他加了我微信。"

陈路周转头看她:"你通过了?"

徐栀看着电视机里歇斯底里的继母,叹了口气:"第一次没通过,他又加了一次,说问问我要不要给人当家教,最近庆宜这边很多家长在找高三家教。你知道吗?他帮我介绍的话,要从我的工资里收百分之二十的中介费。"

陈路周想起来,之前李科跟他说过这事。李科当时想弄个家教平台,因为他们一中学霸资源多,光学生和家长这边的中介费就能收不少。庆宜比较特殊,教育这一块在S省内卷得厉害,市一中有不少高三毕业生靠这个挣钱。陈路周对这个不太感兴趣,就没答应。

"翟霄那边不用搭理,你要想做家教,可以问李科,人家省状元,手里的资源还能比他少?再说,你要去,李科那边不收你中介费。"

徐栀胆大敢想:"要不我跟王权商量一下,让他倒贴我中介费。"

陈路周看她一眼,电视机屏幕幽蓝色的光落在他眼里,衬得他的神色格外冷淡:"自然是没问题,他巴不得把人倒贴给你。"

徐栀却看着他,一本正经地逗他,说:"你不加价吗?你让李科给我倒贴中介费啊,或者你把自己倒贴给我,不然我就去王权那边了。"

陈路周被她的营销思维给惊到:"牛啊,当什么建筑师啊,徐老师,咱干公关去吧,就没你谈不下来的生意。"

徐栀颇有自知之明:"但是我搞不定黑料。"徐栀看着他,灵感大发,"要不你去当明星,我就跟朱仰起扒拉扒拉,靠卖你的黑料挣钱,牺牲你一个人,造福我们大家。放心,我跟朱仰起以后会养你的。"

"你跟朱仰起养我?得了吧,你俩拿了钱,说不准跑得比祖国二十年科技发展都快。还有,"他笑了下,微微一顿,才说,"你还要我怎么倒贴?嗯?"

他确实很"贴"。

这几天,陈路周都是打球打到一半就回去了。他走后,姜成若有所思地看着他大步流星离开的背影,满腹狐疑。朱仰起倒是浑然不觉,还拿球大大咧咧地往姜成身上一砸,莫名其妙地说:"嘿,看什么呢?终于发现人家比你帅了？"

姜成一直觉得，在长相上他跟陈路周不相上下，这是男孩子永不磨灭的好胜心。虽然这显然是睁眼说瞎话，但他死不承认。不过，这会儿，姜成看着陈路周修长清瘦，走起来脚下生风，引得旁人纷纷注目的身影，对朱仰起说："你不觉得他最近帅得有点儿反常吗？"

朱仰起倒不觉得。陈路周从小就是焦点一样的存在，刚刚这么一路过去，落在他身上的目光就没断过。这大概就是传说中的回头率吧。很多男生走在路上，女孩子的回头率特别高，但是男孩子看了就会忍不住嘲讽一句："就这？"但很多时候，看陈路周的男孩子比女孩子还多，尤其在学校这边，常常还有自来熟的同学上去喊句"路草"，就跟他攀谈起来，反正他也来者不拒。

朱仰起从小为这还吃了不少醋，觉得他朋友太多。一中、二中、三中、四中、五中、六中，哪儿哪儿都有人认识他。但后来朱仰起就发现，无论又认识了多少人，他身边来来去去的就那么几个人，这是陈路周给他的友谊安全感。所以朱仰起一边拍着球，一边不以为意地对姜成说："没有吧，你跟他认识这么多年，应该早就习惯了啊，他从小就这么招蜂引蝶。"

"我不是说这个。"姜成打断他，"他最近有点儿过分爱打扮了吧。我看他以前出门，都是从衣柜里拿着哪件穿哪件，但刚刚出来打球的时候，我随便给他拿了一件，他居然跟我说，前天穿过了。而且，我这几天给他发信息，七点半发的，他十点半才回。今天打球打到一半又跑了。我记得他以前参加奥赛集训时，每天忙得跟陀螺一样，也没这么'闭关'过。根据我这么多年的经验推测，他是不是有女朋友了？"

朱仰起扑哧笑出声，觉得姜成想太多了，拍着球说："陈大校草什么人啊？他怎么会在这个时候谈恋爱？就算谈恋爱也不会瞒着我们俩啊。应该在忙别的事情吧，我听说他妈好像想让他提前一个月过去，估计在忙签证的事情吧。"

徐栀正在查录取结果，用的还是陈路周那台搜过"为什么不硬了"的电脑，所以她点开浏览器的时候，鼠标下意识地在搜索框里停顿了一下，想看看他这几天的浏览记录。但陈路周这人吧，同一个坑绝对不会摔倒两次，所以他把历史记录清除得干干净净，丝毫没有蛛丝马迹可寻。

陈路周正窝在椅子上翻看利物浦大学那边给的资料，显然也察觉到她的不怀好意。见她还惋惜地叹了口气，他气定神闲地给了一个建议："真这么好奇的话，要不你干脆打开我的电脑历史浏览记录，看看我平时都在搜什么。"

徐栀瞬间两眼冒光："可以吗？路草？"

"可以啊。"他笑得还挺客气。

但徐栀一打开历史浏览记录，就发觉自己上套了。里面只有一条明晃晃的、未卜先知的搜索记录——徐栀同学请你一定要保持这旺盛的求知欲，诺贝尔文学奖马上被你研究明白了。其他早就被他删得一干二净。

徐栀故作镇定地关掉界面，忍不住骂了句："陈路周，你就是狗。"

陈路周靠在椅子上，笑得不行，慢悠悠地翻着手上的资料，说："那要不，给你家狗赏根骨头？"

"可以，等会儿去门口，我请你吃大骨头，陈狗狗。"徐栀笑眯眯地说。

陈路周翻完资料，随手扔在桌上，冷飕飕的眼神瞥她一眼，夹枪带棒地说："昨天我约你你不来，你约我我就得乖乖在家等着你是吧？你真拿我当狗了？"

没想到他这么耿耿于怀。徐栀解释说："老曲找我帮忙呢，说让我给下届的高三生分享学习经验，我昨天在家写稿子呢。"

陈路周懒得跟她计较。她就是凭着一己私欲想把他占为己有。他用下巴一指电脑："查完了吗？"

徐栀叹了口气，突然没来由地怂了。陈路周心领神会：得，还得我来，于是，他拿过桌上的电脑，微微侧身，正好挡住她的视线。等他一声不吭地输入徐栀的准考证号、身份证信息之后，徐栀才猛然反应过来：这人的记忆力是不是有点儿神？她只说过一遍他就记住了。

查完，他合上电脑，悠闲地看着她。徐栀莫名有点儿紧张，他却突然说："我想卖个关子。"

徐栀就知道这人不会这么便宜了她，打算自己去开电脑。他却不动声色地挡开她的手，还把电脑压得死死的，碰都不肯让她碰。

徐栀倒也气定神闲，坐在椅子上，静静地又漫不经心地看着他。

"一点儿都不急?"

"反正早晚都会知道的。"

搞心态,陈路周发现自己搞不过徐栀。他本来想问她,"你为什么要让谈胥考 A 大",后来又觉得他们两个如果把时间浪费在这种问题上,实在是没意义。就好像他和谷妍的事情,她从来都不问。连蔡莹莹都问过朱仰起谷妍的事情,徐栀却从头到尾没跟他提过一句,于是,他看了她半响,淡淡地说:"买票吧,六百八。"

"建筑系。"他补了句。

徐栀叹了口气。说北京的冬天真的很干,她会流鼻血。

"走吧,请你吃骨头去。"陈路周在她的脑门儿上不轻不重地弹了一记,"我换件衣服。"

看他准备去厕所,徐栀又幽幽地叹了口气,心说:见外了不是?亲都亲过了,你还在躲,有什么好躲的?看看怎么了?南方已经没有能让人流鼻血的冬天了,能让人流鼻血的帅哥也不多了,眼前这个还这么抠抠搜搜的。

"哎,陈路周,明天去游泳吧。"徐栀懒洋洋地靠着椅子,随手翻了翻他桌上的书,不怀好意地建议。

"你想得美。"厕所门关着,他冷淡的声音从里面传出来;一秒看破她的真实目的。

女人总是善变。陈路周换完衣服出来,徐栀又不想出去了。两个人又窝在沙发上随便找了部电影看。电影看到一半,徐栀受电影剧情的启发,猝不及防地丢出来一个问题——

"陈路周,你觉得什么样的四十岁才算成功?"

陈路周一只手搭在沙发背上,正好把人圈在自己怀里,懒洋洋地低头睨她一眼,没个正行地说:"老婆不出轨吧。"

徐栀:"……"

余光稍稍瞥到他似笑非笑扬着的嘴角,徐栀就知道,他在逗她。他心里应该有其他答案吧,应该不止于此。那双藏得住心事、扛得住狂风暴雨的眼睛里,有太多少年未尽的意气,他的目标绝对不止于此。

他为什么不想告诉她呢?因为跟她无关吧,无论未来他多风光,身边沸腾的人海里都不会有她的声音。

徐栀是这么想的。

那阵子两个人很少出门,大多数时候都是窝在家里看电影。徐栀的发散性思维很强,求知欲特别旺盛,结合剧情,总能冷不丁丢出来一个让人一时答不上来的问题。而陈路周在想答案的同时还会想怎么回答逻辑更缜密。但她问的问题大多很无厘头,并不是那么好回答。

很多时候,陈路周一时半会儿没答上来,她就没有耐心了,有一声没一声地叫他,"陈路周""陈大校草"叫个不停,一直催他。陈路周发现了,她真的很没耐心。

陈路周脑袋仰靠在沙发背上,笑得很无奈,一副对她束手无策的模样,一只手懒洋洋地搁在沙发背上,把人圈在怀里,低着头看她,慢悠悠地捋着她柔软顺滑的头发,低声哄她:"你让我想一会儿不行?"

她压根儿不听,做张做智,因为有人兜底有了底气:"好,陈大诗人江郎才尽了。"

陈路周每次都被她弄得哭笑不得,也是那会儿才发现,徐栀其实特别幼稚。很多时候她情绪稳定,只是对外界的反应不够敏锐,只沉浸在自己的世界里,难怪别人影响不了她,难怪她的成绩扶摇直上。

他们聊的话题天南海北,哲学、生物、昆虫学一系列跟世界有关的话题,只要徐栀能想到的,他们无所不聊。有时候陈路周也很为徐栀天马行空的思维所折服,但他俩从不聊感情和未来。这种岌岌可危或者说昙花一现的情感其实最浓烈也最刻骨铭心,他们是这样情投意合,这样心灵契合,哪怕是成熟的少年,在那样一个风风火火的年纪,也无法做到绝对清醒和理智。

接吻就成了自然而然的事,生涩的啄吻声时常发生在那个盛夏四下无人的夜里,是淹没在整个庆宜市不知疲倦的蝉鸣声下不为人知的秘密。以至于后来徐栀听到蝉鸣声,想起的,都是陈路周身上的鼠尾草气息。

徐栀旺盛的求知欲任何时候都可能冒出。第三次接吻依然生涩得令人着急的时候,她伏在陈路周身上,压低声音,客气地跟他商量说——

"陈路周,那个,我想看一下……"

陈路周满脑袋问号。

第十一章

山高水阔,我们都先往前走

　　陈路周当时是茫然的,被人摁在沙发上亲得整个人发蒙,俨然不知道危险。不知道是真的不知道还是不敢相信,他追问了一句:"什么?你要看什么?"

　　徐栀整个人伏在他身上,腰线随之起伏,是女孩子中最柔软而挺翘的那种身材,是含苞待放的那朵花,饱满得恰到好处。她两只手撑在沙发背上,然后非常直白地往他的下半身瞄了眼。

　　陈路周这么被她压着,以前没看过的身后曲线这次一览无余。他也没想到,她的身材这么好,但是她的这个请求还是让他无言以对。

　　这是高中生该看的吗?

　　"你确定你是刚毕业的女高中生?"陈路周差点儿把她拎起来扔出去。

　　"没劲。"徐栀仿佛抓住他的命门了。

　　暧昧的气息散开,两个人的意识都回笼了一些。陈路周把她拎开,亲也不让亲了,腿都不让坐了,冷冷地嗯了声:"我就没劲,有劲我也不给你看,疯了你?"

　　挑衅的结果就是,徐栀被陈路周拒绝见面两天。

　　徐栀给他发微信,陈路周倒是回得很快。

　　徐栀:今天要见吗?

Cr：不见。

徐栀：……

徐栀：作一天得了，作两天我是没耐心哄了。我明天去给人当家教了啊，李科那边说两百一小时，一天四小时，比你带陈星齐还划算。

Cr：初中生？

徐栀：嗯，李科说，你要愿意干，他真的愿意倒贴中介费给我们！天哪，陈路周，你好值钱！

Cr：得了吧，李科是奸商，他的话你也信？给你第二条人生建议，离省状元远一点儿，尤其是会做生意的省状元。

徐栀点头哈腰地回着微信，仿佛陈路周真的就在跟前：嗯，谨记省状元教训。

Cr：……

大约因为陈路周的关系，李科真没收她中介费，一天的工资一分不少全进了徐栀的口袋。但也正如陈路周预见的那样，这八百块确实不好赚。一般的家教才一百五一小时，徐栀多出这五十，还得帮这个学生解决晚饭。因为学生的父母工作太忙，晚上基本都是应酬，又不想另外花钱请保姆，于是，让家教帮忙解决他的晚饭。李科满口应下来，说一定会帮他们找一个称心的家教。

所以那阵子，陈路周想见她都不一定能见到——她下午给人上完课，晚上还得带他出去吃饭。那初中生也就比陈星齐大一两岁，没陈星齐这么阳光，但也没陈星齐那么让人操心。估计读书压力大，人瘦瘦高高的，看着很瘦弱，有厌食症，一到饭点他就恹恹地对徐栀说："徐老师，你不用管我，我反正也吃不下，你自己回家吧。"

要换作以前，徐栀可能真拍拍屁股走人了。但不知道为什么，自从认识陈路周这个芒寒色正的男孩子之后，她发现自己那点儿同情心开始泛滥，开始有爱心了，因为总是忍不住胡思乱想：他可能喜欢这种善良、多管闲事的女孩子？

于是，那几天，徐栀时常带着那个有厌食症的男孩儿穿梭在城市的大街小巷，寻找一些奇奇怪怪的美食，大多是陈路周推荐的。也是那会儿徐栀才知道，整个庆宜市都让陈路周给吃明白了。

陈路周推荐的每家店都挺冷门的,但东西都出乎意料地好吃。徐栀戴着蓝牙耳机自顾自走在前面,小孩儿脚步趔趄地跟在后面,显然不常出门,巷子口、墙头上随便趴着一只猫都能把他吓一跳,眼神好奇地四处张望。徐栀回头看他一眼,停下脚步等他,跟电话那头的陈路周说:"你别告诉我,你都吃过。"

电话那边的声音带着惯有的懒散。他今天好像跟朋友去参观什么人体雕塑展,本来叫了徐栀,但徐栀不太好请假,就没去。他说:"一半是我吃过的,一半是集合了几个吃货的心得的诚心推荐。"

"比如朱仰起?"

陈路周笑笑:"在你眼里,我就朱仰起一个朋友是吧?其实,朱仰起从小也有厌食症,那时候他爸妈天天让我去他们家吃饭,我还以为是对我多好呢,后来才知道是因为我吃饭香,朱仰起每次看我吃饭,他都抢着吃。"

"你俩从小就上演狗抢食啊?"

"何止,还撒尿占地盘。不像你们女生啊,"他调侃了句,字正腔圆,却意味深长,"想占地盘,撒个娇就行。"

看那小屁孩儿走过来,没跟丢,徐栀转身,接着往巷子里走,跟着笑起来:"那你对我们女生有误解啊。"

"是吗?前几天晚上,是谁在我的沙发上撒娇了?"徐栀觉得隔着电话,他的声音比平常更有吸引力,也更耐人寻味。听着她的声音好像有电流从她身上过,尤其是一贯干净清澈的声音讲这种话的时候,有种别样的刺激感、酥麻感径直从她的后背蹿上来。

她的脸腾地就热了起来。其实,徐栀倒不觉得那是撒娇,只是让他借个电脑和沙发,口气温柔了点儿,陈路周非说她撒娇。徐栀当时笑他:"你这么大个校草,这么没见过世面。"

"展览好看吗?"徐栀和那初中生进店找了张桌子坐下,电话一直没挂,她懒得跟他再扯下去,把话题扯回来。

陈路周当时站在一尊古罗马骑士雕塑前。骑士被砍去双手,跪在心爱的姑娘面前,已经提不了枪,拿不了盾,嘴里却死死地咬着一枝新鲜欲滴的玫瑰,一颗豆大的露水堪堪嵌在花瓣边沿,要滴落不滴落的样子。他看了眼底下的标语——我是被砍去双手的骑士,但不影响玫瑰是新鲜的。

这尊雕塑是那天展览里最出名的作品之一,每对情侣从它前面经过时都会忍不住停下脚步,往往女生会默默地陷入沉思,然后毫不犹豫地在男朋友的胸口重重地捶上一记。

"你看看人家!我让你给我拿个桃子你都不知道去毛!"

…………

"还行吧,我觉得你可能会喜欢。"陈路周当时是看着那尊骑士雕塑旁边的裸男雕塑说的。

经过这段时间的相处,两个人之间默契十足,就是聊天不那么随意了,因为一句话对方多少能听出点儿意思:"我怎么感觉你在讽刺我呢?难道里面有什么刺激的作品?"

陈路周笑了下:"敏感了啊,门卫哲学家。"

徐栀最近总问些有的没的,比如"我是谁""我从哪儿来""我要到哪儿去",总结起来其实就是"门卫哲学",所以她被陈路周调侃为"门卫哲学家"。她最受不了别人吊胃口,好奇得要死,忍不住口气又变得温柔了:"说嘛,看见什么了?"

陈路周想了想,随口点了几个:"裸男,骑士,玫瑰。你自己去脑补吧。"

徐栀果然只听见了其中之一:"裸男?是一丝不挂那种吗?"

陈路周当时回复了八个字:"纤毫毕现,栩栩如生。"

徐栀吹了声口哨,再次不依不饶地发出诚挚邀请:"今天见面吗?"

陈路周懒洋洋地嗯了声:"回家告诉你。"

小别胜新婚,大约是被陈路周钓了两天,两个人一进门就开始接吻。他俩平时相处其实还挺发乎情止乎礼。陈路周尽量不让自己碰她,有时候是实在拗不过徐栀。大多数时候,他俩是靠着沙发看电影或者纯聊天。更热火一点儿的时候,徐栀会坐在他的腿上,看电影,纯聊天。其实两个人都很克制,除非情难自禁才会接吻。今天她说要过来,陈路周正打算帮她再对一下演讲稿,就答应了。徐栀真的不会写这种演讲稿,整个写成了言之无物的获奖感言。所以那天晚上,她走后,陈路周连夜给她改了一遍。

结果,一进门陈路周棒球帽都没摘,徐栀就突然抱住他的腰,将他压在门背后，仰着脑袋，劈头盖脸地亲上来，一下下，从下巴慢悠悠地啄到他的唇上。陈路周红炉点雪，知道她想干吗，主动将人搂在怀里，劲瘦的手臂依旧松松地、克制地环在她盈盈一握的腰上，倒是难得主动地低头在她的唇上轻轻地咬了下："我去洗个澡。"

徐栀不肯，一个劲儿地去亲他。于是，两个人就好像是偷吃奶酪的小老鼠，在对方的唇上有一下没一下、浅尝辄止地啄着。

徐栀今天其实很累，对付小屁孩儿真的不容易。她突然发现陈路周真的好牛。她的这个学生算听话了，但是教起来还是很累。她讲了几个小时，嘴巴都讲干了，那初中生还是一脸茫然和懵懂，那双无辜的眼睛看着她的时候，徐栀满脑子都是"行了，我不适合当家教"的挫败感。她想，就陈星齐那种，教起来她真的能怀疑人生，陈路周竟然能那么轻松地应付。

也是这个时候，徐栀突然开始担心：以后真当了"社畜"，干着比现在这个累几百倍的工作，身边没有陈路周这个不仅看起来赏心悦目，而且用起来顺手的大帅哥，自己该怎么办？

于是，她忍不住又往他温暖宽阔的怀抱里使劲儿蹭了蹭，有气无力地说："很累，让我再抱一会儿。"

陈路周就没动了，靠在门上给人当树桩子，顺势低头，在她的发顶上亲了下，难得温柔地问："那初中生欺负你了？"

徐栀趴在他怀里，顶着一脑袋凌乱的毛发看着他。刚进门的时候，她精神不振，陈路周看不过去，走过去迎面狠狠地揉了她的脑袋一把，说："才上两天班，你怎么跟上了两年班一样？"

徐栀看着他那双清澈而充满力量的黑眼睛，忍不住感叹了一句：这双眼睛真是令人充满希望，也永远不好糊弄，聪明劲儿真的都写在里面。她叹了口气，实话实说，很直白，也很扎心："就是有点儿笨，四个小时只能讲半张卷子。这要换我们老师，三角板能把讲台拍穿……"徐栀说着，在他领口的一点褐色污渍上摸了一下，"这是什么？"

屋内没开灯，两个人站在门口说话。就着玄关处的小地灯，陈路周低头看了眼："咖啡吧。刚在路上买了杯咖啡，没盖好，我一喝直接洒到身上了，不然，我都怀疑自己下巴漏了。"

徐栀笑着看他："你的下巴不漏，你是嘴巴闭得太紧了。"

陈路周低头睨着她笑:"这你都知道。"

"因为我亲过啊。"

"谁喝咖啡伸舌头?"陈路周笑得不行。

"我啊,"徐栀大言不惭地说,"你徐栀姐姐从小喝咖啡就伸舌头,一点点舔着喝,不行吗?"

窗外灯火亮起,屋内瞬间也照了点儿光进来,不过亮的是客厅,玄关处只有昏沉沉的一点光,但对方那暧昧而令人心悸的眼神他们还是瞧得很清楚。心里那团火不知道什么时候才会灭,就好像火种,一旦种下,随时可能燎原。

陈路周当时靠在门后,一只手还在兜里揣着,另一只手克制地环在她的腰上,垂头睨着怀里的人,难得按捺不住,有点儿没分寸地在她的腰上掐了一把,一字一顿地说:"你陈路周哥哥养的猪,喝咖啡才伸舌头。"

徐栀猛然反应过来,两只手搭在他的脖子上,看着他:"陈路周,你才是猪。"

徐栀不甘示弱,二话不说扑上去狠狠地亲他——此刻只能在行动上占上风。嘴唇上的触感有些陌生,她还在一点点试探,像一头莽撞的小兽,急于挣脱出笼,却显得毫无章法,亲得用力而生涩。陈路周这才把另一只手从兜里拿出来,将她整个人抱住,手也顺势往下探了探,同她自然而又缠绵地接吻。

屋子里瞬间安静下来。那晚的月亮好像未成熟的果实,圆润却也生硬地挂在天边,好像少年遥不可及的梦,摘不到,也踢不开。两个人原本是在门口闹着玩,斗气似的亲来亲去,亲到后来,气息全然乱作一团,心里热得发慌,眼睛里都是彼此朦朦胧胧怎么瞧也瞧不清的影子。他们在对方的眼里寻找自己,空气里再无其他声音。陈路周的舌头进来的时候,徐栀迷迷糊糊,身体轻轻发抖,头皮一阵阵发紧。

"陈路周,原来你会接吻。"

"陈路周什么不会?"少年笑起来。

徐栀:"你不会给我看那个啊,以后找男朋友都没个标准。"

陈路周:"……"

陈路周当时脑子里冒出的第一个想法就是,如果她再问一遍,自己可能真会答应。但还好,下一秒,脑子里闪过徐光霁那张刻板严肃的脸,他整个人瞬间如醍醐灌顶,也才想起来,有阵子没去徐医生那里报到了。

"我要知道你是这种路子,我都不会让你亲,"陈路周靠在门上,低头,冷淡地睨着她说,"'得寸进尺'这个词在你身上真是体现得淋漓尽致。"

徐栀立马仰头在他的下巴上亲了一口,眼神挑衅似的看着他,又在他的唇上亲了一口。

"真的吗?忍得住吗?陈路周,我又不是看不出来,你对我有感觉。"

两个人其实都清楚他们之间那种致命的吸引力,怎么可能没有感觉?说实话,他俩在一起,什么都没有,就剩下感觉了。却因为恰好相遇在这个最不稳定、前途未卜的年纪,他们不知道,这点儿感觉能不能、可不可以成为自己为对方赌上未来的筹码,没人敢赌。

"有感觉你就这么玩我。"陈路周一听到"男朋友"三个字就烦得不行,心里憋着一股火,环在她腰上的手猝不及防地收紧,低头,将温热的呼吸贴在她的脖子上。徐栀被迫仰着脖子。他的头发似乎刚剪过,没之前那么软,硬硬地扎在她的脖子上,像夏日草坪上被人修剪过却依然生机勃勃的劲草。他本人却很没有威慑力地埋在她的颈子里,懒洋洋地说:"再闹,我就在你脖子上'种草莓'了啊,你等着回去被你爸打吧。"

你看他多会。

徐栀一点儿没有怕,反而很期待,两眼冒光地看着他。陈路周甘拜下风,就……碰了她的脖子一下。也不知道是男孩子第一次给人种草莓没轻没重,还是女孩子皮肤敏感,徐栀一碰就红,陈路周当时就傻眼了——是真不小心种了个"草莓"。

"你爸会打你吗?"他伸手在徐栀的脖子上轻刮了一下,发现是真的红了。

"不会,"徐栀搂着他的脖子,笑眯眯地说,"但他会打你。"

陈路周笑了下,坦荡又无所谓地说:"没事,我皮厚,你爸不打你就行。"

然后,他说什么都不肯亲了,后来被徐栀软磨硬泡地啄了两口,他也只是半推半就地接受了,并没有亲回去。

徐栀偷摸抬头瞟他一眼。大概是陈路周长得太帅了,明明看着也不像什么克己复礼的好人,偏又冷淡干净,自然坦荡,加上就算她坐在他的腿上接吻，他也克制冷静，将青筋暴起的手冷冷地搁在一旁，就那股劲儿，总教人心痒。

徐栀听说，容易暴青筋的人，不是静脉曲张就是那方面嗯……或者说，他明明很会，却什么都不做，每次接吻都是她主动，他好像从来没主动亲过她。这么下去，他要不在沉默中爆发，就会在沉默中阳痿。

那天徐栀本来打算上网搜一下卡尔图这部电影的细节，结果发现现在的大数据监控真是令人发指，她甚至怀疑她和陈路周被录像了，因为问答论坛居然自动给她推荐了一条内容：有男生接吻不摸胸吗？

她刚想点进去回复一条"有"，就看到底下一条斩钉截铁的高赞回复——

匿名用户：没有。

徐栀默默叹了口气，心生感慨：想到他正，没想到这么正。她刚想阴阳怪气地说一句，"陈大校草，请问你是怎么做到又渣又正的"，结果，门外骤然传来一阵重重的、急促的拍门声。

"陈路周！"

"开门啊，人渣，浑球儿！"

"陈路周！你爹来了。"

其实当时两个人还在接吻，浑身热烘烘的。徐栀两手钩在他的脖子上。听着干脆激烈的拍门声，两个人同时一顿，但是他俩气息交融，一时半会儿哪里分得开。本来陈路周想假装不在家，大约是平日里他装多了，朱仰起笃定他在家，在外头大喊着："陈路周我知道你在家，老子都听见你放屁了！"

陈路周："……"

其实那是刚刚接吻的时候，徐栀不小心踢到旁边的鞋柜发出的声音。

徐栀只好从他的身上下来，叹了口气，说："开门，迎客。"

陈路周嗯了声，扫了眼她的脖子："我去给你拿个创可贴？"

徐栀说了声："好。"于是，陈路周从门上直起身，也没急着给朱仰起开门，而是无可奈何地、深深地看着徐栀，冲门外不冷不热地喊了一声："在门口等着，我穿条裤子。"

朱仰起哦了声。

但陈路周忘了，徐栀还在。朱仰起一进门，就看见他俩穿戴齐整地坐在沙发上，各自占据着沙发两端，"相敬如宾"地看着电视，中间仿佛隔了一条不可跨越的银河。徐栀还彬彬有礼地冲他打了一声招呼："你好啊，朱仰起。"

陈路周倒是一如既往地不客气："你来干吗？"

朱仰起一脸茫然地说："不是你让我来看球赛吗？"

陈路周："……"

他忘了，他今天确实叫了朱仰起来看球赛。

徐栀的脖子上刚刚贴上创可贴，但朱仰起还是一眼就认出那是什么玩意儿："'草莓'吧？"

徐栀整个人都蒙了："你……"

连陈路周都拿着遥控器，靠在沙发上，一脸震惊地看着朱仰起。

朱仰起嘿嘿一笑，一脸"这你们就不知道了吧"的表情，娓娓道来："我们班的女生吧，有时候就会贴这么个东西来上课，但是就咱们那个教导主任，'煤气罐'你知道的，他抓早恋多有经验啊，说脖子上那点儿疤就别劳创可贴大驾了，一般这个位置受伤，要么你人这会儿在医院，要么用纱布，谁贴创可贴？后来吧，在他的指导下，我们班的小情侣'种草莓'从来不种在脖子上。所以徐栀你能告诉我，是哪个没经验的蠢货居然在女孩子的脖子上'种草莓'吗？"

徐栀："……"

陈路周："……"

现场沉寂了大概两分钟，徐栀站起来要走，陈路周把遥控器随手扔给朱仰起，说："我送她回去，你自己看会儿。"

朱仰起当时表现得一派镇定，等开门声再次响起的时候，不知道从哪里翻出来一个彩带筒，好像是上次一中有个老师结婚，陈路周被拉去给人当伴郎，不小心收回来的。他当时藏在客厅的转角，也没看从玄关进来的人是谁，听见门被人轻轻关上，嘭的一声，他二话不说拧开彩带筒，紧跟着噌的一下，跟猴子出山似的，突然从客厅里跳出来："陈大少爷终于脱单了啊……"

朱仰起："……"

朱仰起脸上的笑容逐渐消失，下意识地脱口而出："咦？妈？啊，不是，连阿姨。"

…………
无瑕的月亮安静地挂在天边,仿佛无事发生。

陈路周家跟徐栀家隔得其实不远,就隔着两条街,走路大概二十分钟。刚看时间还早,街上灯火通明,行人熙熙攘攘,两个人就放松地一路走过去,看见好玩的店就进去逛一会儿。刚经过一个气味博物馆时,徐栀进去,埋头就是一顿找。陈路周问她找什么,徐栀仰头看着他说:"找一个能盖住你身上那个沐浴露味道的气味。"然后她找了一款有点儿像大蒜味的刺鼻香水,陈路周闻了直蹙眉。服务员还热情大方地上来,不管黑的白的一通介绍:"这款是我们店里现在热销的淡奶青草味。"

淡奶青草……但是闻着很刺鼻,好像那种下雨天草根混着泥土的味道。

徐栀一听淡奶青草,奶草,好像很适合他,二话不说就买了。陈路周本来以为她自己喷,结果出门她就把东西送给他了,还霸道总裁般叮嘱了一句:"以后见我就喷这个香水。"

陈路周拎着袋子转身要回去:"那我回去换一瓶,刚才那个海盐味还行。"

徐栀当然不肯,借口想吃对面的糖果,把人拖走了。

陈路周自然拗不过她,把人送到单元楼前,最后停在门口的梧桐树下。那棵树茂密繁盛得像一把巨大的伞,将两个人笼罩在疏疏密密的月影之下,加上陈路周的身影,徐栀好像被双重保护,特别有安全感。

徐栀给他指了下楼上的窗户——开得七七八八,中间夹杂着一个关得严丝合缝的窗格子——依依不舍地跟他说:"那扇有盆栀子花的窗户就是我的房间。因为栀子花只能种在铝盆里,花盆就没有那么美观,没到花期的时候,光秃秃的,特别难看。隔壁的阿姨老以为我是种大葱种不出来,隔三岔五问我盆还要不要,不要她拿回去洗脚了。"

徐栀叹了口气,又说:"后来栀子花开了,但是因为我们家楼层太高了,好些同学来我家找我的时候,没看清我的窗口种的是什么花,就跟其他人说,窗口放着一个铝盆,铝盆上插了几只袜子的就是我家。"

陈路周笑得不行,气定神闲地指了指上面:"那'袜子'上那颗圆圆的脑袋是你爸吧。"

徐柜看过去，还真是老徐那张神色晦暗不明的脸。她回头，急匆匆地说了句："不跟你扯了，我先上去了。"

陈路周嗯了声，准备等她上去了再走，结果徐柜站在单元楼的门口，又悄悄冲他招手。他无奈地手插兜走过去。徐柜扯着他走进昏暗的楼梯间，陈路周一手拎着那袋香水，一手懒洋洋地插在兜里，被她拽着拖到楼梯口。

这会儿两个人嘴里都嚼着刚才买的糖，已经快化完了。陈路周靠着楼梯的墙，嘴里含着最后一点儿残渣，还在嚼，慢悠悠地嚼。他低头，淡淡地看着她，明知故问："干吗？"

徐柜好奇地说："你嘴里的糖是什么口味的？"

"车厘子。"

"骗人。"

陈路周无语地靠在墙上，睨了她老半晌，才笑出声，移开视线，说："想接吻直接说，反正我说什么你都要亲自确定一下。"

徐柜刚要说话，结果就看到老徐神出鬼没地站在后面。她吓得直接从陈路周边上弹开："老爸……"

陈路周下意识地回头，果然看见徐光霁那张熟悉的脸。但是这次没穿白大褂，所以这张脸显得更普通，站在那么昏暗的楼梯上，他险些认不出来。

陈路周平日里社交挺牛的，此刻却莫名其妙地卡壳儿了。不知道叫什么好，叫"徐医生"，怕被徐柜知道他私下挂过他爸的科室；叫"叔叔"，好像显得他在隐藏什么。徐光霁看了眼徐柜："我说看了你老半天还不上来，躲在这里聊什么？什么东西要亲自确定一下？"

还好老徐只听到了半截，徐柜松了口气，说："没什么，今天请他给我拍照，照片还要再确认一下。"

徐光霁将信将疑地看着徐柜，说："那你先上去，我跟他单独讲两句。"

徐柜哦了声，看了眼陈路周就往上走了，大概是太紧张，也没问老爸和陈路周有什么好聊的。等想起来不对劲儿的时候，她又蹑手蹑脚地折回去，鬼鬼祟祟地趴在二楼的楼梯口听了两句。两个人前面估计还扯了一堆，但徐柜只听到她爸语重心长地叮嘱他——

"你这个月都没来复查啊,你们年轻人就是不重视。畸形率这个问题说严重也严重,以前我有个病人跟你一样,也是年轻的时候不重视,现在要结婚了才过来检查,折腾个半死。我不是吓唬你,你该复查还是要复查,别以为年轻就没事了。这几天多用手,隔个三五天回去复查,别再拖了,听我的。"

陈路周:"……"

徐光霁本来是逗陈路周,但是自从上次那个病人回来检查,各种穿刺检查做得鬼哭狼嚎,整个科室都能听见。之后出于医生的职业道德,他还是有些为陈路周这个帅小伙担心,所以刚刚在楼上瞧见这人疑似那小子,他二话不说就冲下来提醒他回去复查。

等徐光霁回去之后,徐栀泡了一杯咖啡,慢悠悠地晃到他跟前,小声地问了句:"爸,陈路周是有什么毛病吗?"

徐光霁刚扶着墙换好拖鞋,不动声色地看了她一眼,说:"女孩子就不要关心了。你饿吗?去把菜热热,爸爸边吃边跟你聊一聊。"

正好是梅雨季,外婆回乡下清理房屋去了,家里只有他们俩。但是这段时间家里发生了太多事,徐光霁一边上班,一边时不时要去警察局看诈骗案的进度,加上徐栀这段时间都忙着打工赚钱,所以在录取通知书发放之后,父女俩其实一直没找着机会好好谈一谈。

徐栀把菜热好,徐光霁拍拍桌子,示意她坐下,俨然是一副要跟她促膝长谈的架势。他本来就不反对女儿高中毕业之后谈恋爱,加上这段时间跟老蔡打听了一下陈路周的情况,觉得这小子各方面都还行,所以并没有想过要怎么在这个问题上为难女儿。在教育这方面,他和老蔡一直信奉一条:堵不如疏。更何况这些孩子又处于热血澎湃的年纪,青春期的那点儿情意哪里是他们几句话就能扼杀的?有些问题既然已经发生了,咱们就正视它,引导它到正确的路子上去,这个年纪的孩子最不能一棍子打死,但也不能一棍子不打。

徐栀看老徐从冰箱里拿出那瓶喝了小半年的五粮液,瞬间意识到今晚是一场硬仗。果然,老徐一边倒酒一边问:"你最近晚上出去都是去找陈路周了,对吧?"

徐栀说:"没有啊,不是跟您说了吗?我在外面当家教。"

徐光霁很敏锐，眼镜底下那俩窟窿眼儿闪着一丝丝寒光："不对吧，我记得你在春山那边当家教啊，怎么每天晚上都是从夷丰小路那边回来？这是两个方向啊。"

"在那边跟朋友吃饭。晚上您不是都在食堂吃吗？家里也没人做，我就去市中心那边吃了。"徐栀这么说。

徐光霁哦了声，小口嘬着五粮液，咂了咂舌，说："好，这段时间是爸爸忽略你了，那咱们从明天开始，晚饭回家吃，你家教工作结束就回来，晚上就不要出门了。"

客厅的灯亮着，两只狐狸互相算计着，但还是老狐狸有手段，小狐狸叹了口气，心想，看来只能坦白从宽了："要不，您重新问一遍。"

徐光霁本来打算跟她聊聊未来，聊聊两个人的人生理想，毕竟她和陈路周的成绩都不差，好好努力，未来一定能闯出一片天地，所以哪怕上了大学也不能松懈，经济基础决定上层建筑。

最主要的还有一点，徐光霁是有点儿私心的：陈路周是本地人，以后直接回本地结婚，女儿还在身边。不然像单位那个谁，鳏夫不说，女儿又嫁到国外，十几年也不见回来一趟，逢年过节连个说话的人都没有，这才可怜。

徐光霁美滋滋地把问题重复了一遍："所以最近晚上出去，都是跟陈路周在一起？"

"是，我俩谈恋爱了。但是马上会分手，他马上要出国了。"徐栀只能这么说，总不能说他俩只是玩玩吧，那老徐能气昏过去。

平日里舍不得喝一滴的酒都洒了，徐光霁二话不说冲进厨房，又提了一把刀出来："那个渣男的家是不是在夷丰巷？！"

有阵子没下雨了，澄净的月亮安详地挂在西边，斜风树影从寥寥行人中穿过。陈路周拎着徐栀送的香水，慢悠悠地一路逛回家。这个点，整条夷丰巷空空荡荡，油绿发亮的树叶挂在墙头，小猫儿趴在底下纳凉，蝉鸣声清脆高亢。气氛挺惬意，于是陈路周突然想起来，今年夏天好像还没吃过知了。

知了是庆宜市的一道名菜，外省很少有人吃，但每年夏天，这边的大排档都是以吃知了为主。不过本地人也有很多不吃知了的，比如朱仰起。

每次陈路周和姜成几个人在外面吃夜宵要点知了的时候,朱仰起就崩溃了,说:"这玩意儿可是夏夜伴奏曲!"不过一般没人搭理他,他只能劝陈路周,因为这里面也就陈路周看起来还有点儿文艺细胞,毕竟人家是诗人。"路草啊、春雨、夏蝉、秋风、冬雪,这不是你们诗人常用的喻体吗?你的浪漫主义细胞呢?"这种时候陈路周都是毫不留情地回一句:"喂狗了。"诗人不用吃饭?毕竟他饿起来"丧心病狂""六亲不认"。大概是受了朱仰起的影响,陈路周觉得女孩子应该也不太爱吃知了这类昆虫,所以一直没带徐梔去吃。不然他知道几家口味还不错的店,可以带她去尝尝。

陈路周回家进门的时候,打算打个电话问姜成要不要出去吃知了,结果刚一进去,四道凉飕飕的目光瞬间盯过来。他当时一手摁指纹,一手拎着香水袋,嘴上还叼着冰棍的棒棒尖——已经吃完了,只是一路没地方扔,就一直叼在嘴里……

场面很尴尬,朱仰起在连惠旁边一个劲儿地给他打手势,连惠一句话没说,气场却很足,陈路周觉得主要还是因为她脚上那双十二厘米的高跟鞋。连惠的审美一直都很不错,穿得也特别得体,只是她的身高很高,家里的高跟鞋又都是十厘米往上,所以有时候老陈跟她走在一起,特别像娘娘出宫,旁边跟着个公公。

陈路周看着连惠脚上那双恨天高,脑子里却莫名想到第一次在山庄和徐梔下山约会的时候,她脚上穿的还是酒店的拖鞋,整个人干干净净,不经任何粉饰。陈路周当时觉得她就是在钓他,一面不屑一顾,一面又在心里暗暗想,以后应该再也碰不到女孩子第一次跟他约会逛街还穿塑料拖鞋了吧。不过她真的很瘦,脚趾纤细,腰也细,接吻的时候,他一只手就能轻松搂过来。

"你谈恋爱了?"连惠坐在沙发上,盛气凌人地双手环在胸前,开门见山地问。朱仰起跟个告状的小公公似的在旁边站着,大气不敢喘。

陈路周知道朱仰起多半不是故意的。他把装着香水的袋子放在一旁的鞋架上,人懒洋洋地往鞋柜上一靠,叹了口气,表情很诚恳,只是因为叼着那根冰棍棒子,显得有点儿吊儿郎当:"您要见她吗?还是算了吧,我估计见了能把您气得够呛。"

这话不假,连站在一旁的朱仰起都这么觉得,以后他兄弟要真跟徐梔在一起,连惠估计真得气得够呛。她这儿子顶多就是嘴上桀骜不驯一点儿，徐栀则整个是将桀骜不驯刻入骨子里了。

连惠这会儿已经气得够呛了，但她从来都冷静，即使再怒火中烧，也很少失态，以视线示意了一下桌上摊着的一沓资料："留学签证已经下来了。我听朱仰起说你后天还要去一趟西北，行程先取消吧。下周我们要去伦敦取景，陈星齐说想过去玩，你爸爸也说自从你上了高中我们一家人就没一起旅过游了，你把东西都带上，到时候直接从伦敦转机去利物浦。"

"你们一家人旅游就不用带我了吧，我月底再过去就行了。"他人站在那儿，影子被玄关顶上的灯拉得老长，轮廓线条清晰而利落，脑袋低着，后颈处的棘突清晰而明显，肩膀宽阔却也单薄。一个十八九岁的少年能成熟自持到哪里去？也是那刻，朱仰起觉得，他应该挺孤独的。朱仰起曾经看过他给一部电影写的影评，里面有一句后来还被各大电影博主转发来着——

"单枪匹马这么多年，我想要的可能比常人更多，是热烈而永不退缩的爱，是独一无二，是非我不可。"

朱仰起一直觉得陈路周应该学文科。而且，他们兄弟几个以前都觉得最适合陈路周的职业应该是老师，尤其是大学教授。估计他会是那种斯文败类型，不说这长相外形，就他那张嘴，上他课的学生就会爆满。所以，朱仰起一直都很期待他以后在给人传道授业这个领域发光发亮，但从现在这个情形看，估计他以后还是回家给老陈夫妇无效卖命。

连惠走后，陈路周仰着脑袋靠在沙发上闭目养神。朱仰起悄无声息地坐到他边上，问了句："徐栀脖子上那'草莓'是你干的吧？"

陈路周闭着眼睛，大大方方地承认了，低低地嗯了声。

屋内没有开空调，陈路周的额上都是汗，汗珠正顺着他的太阳穴往下淌。经过这么一闹，电视机里的球赛已经接近尾声。朱仰起哪里能想到，一向洁身自好的陈大校草已经走下神坛，和人暗度陈仓，沦为接吻工具了。他一脸震惊地关掉电视，眼睛直直地盯着他："到底什么情况啊？！"

陈路周没回答，姿势都没变。手机在兜里振了一下，他拿出来，猜到是徐栀。

徐栀：明天我想去打耳洞，一起去吗？

Cr：明天不用去做家教？

徐栀：嗯，那初中生说明天要去看牙齿，请假了。

Cr：嗯，明天我去接你。

徐栀：刚蔡莹莹问了我一个关于你们男生的问题，我不懂，你帮我想想。

Cr：说。

徐栀：假如有个男生喜欢一个女生很久了，然后呢，那个男生突然发现，这个女生其实并不是他想象中的样子，就不喜欢她了。后来男生也喜欢过别人，甚至已经和别人在一起了，突然有一天，原来那个女生开玩笑说要跟他在一起，男生居然答应了。这是什么心理？

Cr：打个比方吧，就像你去买煎饼，排了老半天队，最后发现排错队了，排的是个包子店。就在你要去隔壁买煎饼的时候，老板突然说你排到了，你难道就饿着肚子走了？什么心理？就是单纯饿了，想谈恋爱了，跟对方是谁没关系。

徐栀：牛。

Cr：那个倒霉蛋是蔡莹莹？

徐栀：嘘，保密。本来她最近跟一个男生网恋了，结果那个男生以前喜欢的一个女的突然跟那个男的说在一起，莹莹就……

陈路周下意识地看了眼朱仰起。这二傻子还一脸好奇地关心着他的八卦，墙脚都快被人挖了。他默默地收起手机，问了句："你最近跟蔡莹莹都不联系了？"

朱仰起嗑着瓜子，坐在沙发上，一脸无辜且无知地说："唉，说来话长。前几天跟她打游戏说了她两句，她气不过，就说要去参加咱们市里那个群众什么联合杯比赛，拿奖给我看。我说就她那点儿水平，小儿杯都进不去，还联合杯。这不是马上要比赛了吗？她在家勤学苦练呢。哼哼，我猜她熬不过三天，铁定要回来求我带她。"

"我建议你最近多联系一下她。"陈路周只能提醒到这儿了，剩下的徐栀不让说。

朱仰起哦了声，心思压根儿不在那儿。他嗑着瓜子，好奇地问："你跟徐栀到底怎么样啊？"

陈路周两手交叠在身后，托着脖颈，懒洋洋地仰靠在沙发上，一副生无可恋的表情看着天花板。

以前在孤儿院的时候，别人给他糖，他都要想想要不要吃，这次吃过之后还能不能一直吃,如果不能一直吃,不如不吃。

陈路周把手放下来,拿起手机看了两眼,发现徐栀又更新朋友圈了。她真的很有搞笑的天赋。

徐栀:人生收到的第一朵玫瑰花。

文字底下是一张图片:有个人送了她一束玫瑰花——"你牌打得真好"的游戏截图。

他退出来,给徐栀发了一条微信。

Cr:你爸问你没?

徐栀:问了,他刚才一度要拿刀去砍你,还好被我苦口婆心地劝下了。

Cr:啥?

Cr:咱俩明天别见面了。

徐栀:陈路周,你胆子真小。

Cr:不是我胆子小,杀人得坐牢,我怕你没爸爸。

Cr:你们家的法律知识是不是普及不到位?对了,明天上午我有事,下午去接你。

徐栀:你还要去复查吗?

Cr:你爸是不是职业素养也得再培训培训?

徐栀:是我刚才不小心听到的。难怪你不肯给我看,我说呢,大帅哥怎么可能遮遮掩掩的?

Cr:不是你想的那样。

徐栀:那是哪样?

Cr:服了,我洗澡去了。你再说下去,明天见面我真动手了啊。

那边的人隔了好一会儿才回过来一条消息。

徐栀:你什么时候走?

Cr:下周。

第二天,看见陈路周送上门,徐光霁没想到他这么快就来了,心里那股火吧,噌一下就蹿上来了,模样跟昨晚在楼梯间里好言相劝时判若两人:"不是让你这几天多用手……再来吗?"

当时科室里还有个女医生在拿资料,陈路周下意识地咳了声,一脸尴尬地坐在他对面的椅子上,含混地说了一句:"嗯,前几天有过……"

徐光霁上下打量他一眼,慢悠悠地说:"行,把病历本给我。"

陈路周把病历本递过去。

徐光霁瞥他一眼,漫不经心地问了句:"听说你要出国?"

陈路周靠在椅子上,一愣,淡淡地说:"嗯。"

女医生拿了资料跟徐光霁说了一声就走了,科室里只剩下他们两个人。徐光霁开完单子,直接把病历本拍在桌上,突然从手机里找出一段视频,说:"过来,我给你看个东西。"

陈路周凑过去。

徐光霁把手机放在桌上,视频里是一个扎着双马尾的小女孩儿,明眸皓齿,陈路周一眼就认出这是徐栀。她的五官几乎没变,尤其那双眼睛,直白而锋利,却单纯无辜,所以看着特别真诚,因为她正站在讲台上口若悬河地发表竞选感言——

"大家好,我叫徐栀。拿破仑曾经说过,'不想当将军的士兵不是好士兵'。我虽然没有林子轩那么有钱,但我长得漂亮,林子轩的钱不可能给你们花,但是我的漂亮毫无保留,你们有目共睹,希望大家选我。如果我当上班长,希望大家能配合我的工作,不要让我难做。"

徐光霁收起手机,笑眯眯地说:"我女儿是不是很自信?"

"嗯,自信大方,您养得特别好。"陈路周由衷地说。这就是徐栀,而且,陈路周能想象到,她小时候绝对是只高傲的天鹅。

徐光霁收起笑脸:"可她昨晚上哭着问我,'爸爸,我是不是特别差劲?'"

陈路周一脸茫然地看着他。

徐光霁挪开椅子,做张做智地捂着胸口,当场给陈路周表演了一个捶胸顿足:"她说,'我连男朋友都留不住,我算什么小熊饼干'。我也不是有什么别的问题,你走不走都行,我就是想知道这个'小熊饼干'的意思。你们年轻人的文化真是博大精深。"

陈路周更迷茫了。

徐栀是来给徐光霁送饭卡的——他早上出门时把饭卡落在餐桌上了,到了医院才发现,于是打了个电话让徐栀送。但她没想到,刚走到科室的走廊口,就听见老徐喋喋不休地在那儿叨叨。

她自己都不记得她什么时候说过这些话,顶多后来看他一个人喝得闷闷不乐,就蹭了两口他的五粮液,没撑住那后劲儿,说了一句:"爸,我好像有点儿舍不得他。"

"你第一次谈恋爱,爸爸理解,难免会深刻一点儿。"徐光霁到后面也冷静下来了,还一副事宽则圆的样子安慰她说,"囡囡,其实大多数人这一生都不会经历大风大浪,更不会乘风破浪,而是在挫折和磨难、舍得和舍不得中慢慢成长起来。"

他还说:"生活从来都不是花开遍地,处处鸟语花香,只不过是一缕花的芬芳,一抹草的清香,一丝太阳的灼热,再加上一点点雨水的滋润,这就是生活。雨水总会来,天也会晴的。"

…………

所以他这会儿在这儿跟陈路周掰扯什么?

徐栀推开门,毫不留情地戳破他:"爸,你在这儿瞎扯什么?"

徐光霁也蒙了,没想到这丫头的脚程这么快,但这时也只能睁眼说瞎话:"这位患者,你怎么不敲门呢?"

徐栀下意识地低头看了看自己:"我看着像你的患者?"

徐光霁大概是脸上挂不住,对她狠狠撂下一句:"就算你是我爹,进男科门诊也得敲门!"

说完,他就转身给陈路周开单子去了,还没好气地将病历本直接拍在桌上:"自己去厕所,等结果出了再回来找我。"

陈路周:"……"

他没回头,依旧懒洋洋地靠在椅子上,然后慢吞吞地从桌上把病历本摸过来,因为不知道徐栀走没走。在这种地方跟人撞上多少有点儿尴尬,更何况,用朱仰起的话说,他们还是钻石一般的男高中生。谁知道,徐栀把门关上,礼貌地砰砰敲了两下门:"儿子,我能进来吗?"

徐光霁:"……"

陈路周:"……"

陈路周出来时,徐栀正百无聊赖地靠在走廊的墙上看着他。走廊上没什么人,所以她显得格外嚣张,让人无可奈何。陈路周走过去,低头看她:"你怎么来了?"

"给我爸送饭卡。等会儿直接去打耳洞吧?你等会儿还有事吗?"

"没有,那你在这儿等我。"

徐栀抱着胳膊,笑得不怀好意,一如那天下午:"要我帮你吗?"

陈路周满脑子都是:我才是那个小熊饼干吧,任人拿捏的小熊饼干。

"非要找事是吗?"

"你想什么呢?"徐栀笑得不行,从他手上接过病历本以及一袋刚刚科室发的宣传资料,"我说,我帮你拿东西。"

陈路周没搭理她,转身丢下一句话:"最好是。"

出检查结果要一个小时,所以陈路周和徐栀去附近逛了逛,回来拿报告的时候已经快十一点半了。徐光霁表情严肃地喝着茶,唾着茶叶末子,端详着报告单,突然说了一句:"怎么回来得这么晚?"

徐栀听得心里一阵紧张:"这话是什么意思?没救了?"

徐光霁蓦然发现她也在,不耐烦地白她一眼:"你怎么又进来了?我不是让你在外面等吗?"

陈路周人困马乏,靠着椅子,有种事后的慵懒,两腿大咧咧地敞着。听到徐光霁的话,他把人往边上扯,叹了口气:"徐栀,你去外面等我。"

徐栀倒是真乖乖出去了。徐光霁白他一眼:"等你?"

陈路周坐直,从善如流地改口:"等您下班。"

"得了吧。"徐光霁对自己女儿了如指掌,"你们等会儿去哪儿玩?"

陈路周如实交代:"陪她去打耳洞。"

徐光霁嗯了声:"她从小就说要打耳洞,好几次我带她去打,她都半路跑回来了。你看不出来吧,她其实很怕疼,尤其是小时候,特别会撒娇。后来她妈走了,她就变了个人似的。平时只说些鸡毛蒜皮的事,大事从来不跟我说,可能也是我没给她足够的安全感吧。"他嘿嘿一笑,眼神里是自责,"我这爸爸是不是当得挺失败的?"

陈路周刚要说"没有,您挺好的",徐光霁眼睛微微一眯,突然正色道:"但失败的爸爸的拳头也很硬的,你不要随便欺负我女儿,不然我会打死你。"他补了句,"要走就早点儿走,别拖拖拉拉的。"

陈路周低头失笑。说实话,他真的很羡慕徐家父女的关系。

"好。"

徐栀一路上都在追问结果怎么样,陈路周无奈,只能把报告单给她看。徐栀看得津津有味，但一大堆数据她其实一个都看不懂，只好问了句："这是什么？"

陈路周："这是优秀男高中生的精子检测报告。"

徐栀抬头，嫌气地瞥他一眼："自恋狂。"

"我自恋啊？"他笑着说，笑起来真是一身桃花，"我可没有说过'我的帅气毫无保留'这种话。"

徐栀一愣："我爸给你看视频了？"

"看了。我最喜欢的还是那句，'如果我当上班长，希望大家能配合我的工作，不要让我难做'。"陈路周低头从她手上抽回报告单，一只手揣回兜里，又笑了下，"徐栀，你小时候真是又欠揍又可爱。"

两个人当时站在路边打车，徐栀很快就从容了，这段视频以后估计会在她的婚礼上滚动播放。她坦然地看着他，插科打诨说："是吧，咱俩要是小时候就认识，你还不得直接拜倒在我的纸尿裤下？"

陈路周乜她一眼。

徐栀扬手招呼出租车，看着他的眼睛，挑眉："不敢苟同吗？"

"不敢，"等车停下来，陈路周替她打开车门，一只手挡在车门框上替她护着头，低头看她钻进去，冷不丁悠悠地说，"我怕你抢我的纸尿裤穿。"

徐栀坐进去就哈哈大笑："陈路周，你懂我。"

上了车之后，两个人都没再说话。雨水毫无征兆地从天而降，砸在玻璃窗上，如墨一般晕开，泛起一圈圈涟漪。顷刻间，大雨倾盆，雨脚连连落在车顶。车窗关得紧，雨声被阻隔在车外，但两个人一眼就能看出，外面已是暴雨如注，树木都被打弯了腰，广告牌被一股股席卷而来的狂风吹得摇摇晃晃，林立的楼宇像一头头巨兽。

陈路周望出去，只能看见一窗子雨帘，侧面的车窗缓缓腾起一层薄薄的雾气。朦朦胧胧间，陈路周想：你也很懂我，至今都没有开口挽留我，哪怕一句。但你好像从小就这样，就像竞选班长时说的，如果你当上班长，请大家配合你的工作，不要让你为难。所以你也没有让我为难。

打耳洞的时候，徐栀眼睛一扫，陈路周就知道她想干吗，懒洋洋地靠在门口问了句："你打哪只？"

她本来打算两只耳朵都打，后来想想，改口说："我打右耳。"

陈路周嗯了声，朝旁边打耳洞的小妹走过去："那我打左耳。"

店里还有几个女生正在排队，徐栀严重怀疑那家伙靠在门口就是给人招揽生意的。她以后要是挣不着钱，就开个这种名不见经传的小店，灯一关，乌漆墨黑也不知道里面在做什么，绝对有人会进来，尤其是陈路周站在那儿——就刚刚那一会儿工夫，店里的小姑娘就跟沙丁鱼罐头一样满了。

打完耳洞，结账的时候，老板娘还笑眯眯地说："确实沾了你男朋友的光。"

徐栀付完钱，皮笑肉不笑地说："不只沾光吧，刚刚还占便宜了吧，谁让你摸他耳朵了？"

那天雨很大，打完耳洞出来，徐栀看着潮湿泥泞的路面，突然来了灵感："哎，陈路周，我们明天去看日出吧？"

"你起得来？"陈路周买了盒哈根达斯，递给她。

"唉，算了，明天还得上班。不过，我肯定是起得来的。我整个高三都是晚上十一点睡，早上四点起来的。"徐栀站在路边，伸手接了下雨，随口问了句，"哎，你理综多少分啊？"

陈路周想了想："292。"

徐栀："那数学呢？"

"142。"

徐栀舀了一勺哈根达斯塞到嘴里："那你猜我的数学多少分？"

陈路周双手插在兜里，看她吃冰淇淋，笑出声："你的分数我查的，我会不知道？知道你数学厉害，147，我记得。"

徐栀笑了下："那你的理综真的很牛啊，陈路周，我以后应该再也遇不上理综能考290以上的人了吧。"她好奇地看着他，"你呢，高三几点睡，几点起？"

其实他俩永远都有说不完的话题，比如现在，徐栀不知道为什么，越知道他要走，就越想了解他。

两个人没带伞，就站在店门口等雨停。陈路周当时靠着店门口的一辆收费摇摇车，把手机拎在手上，有一下没一下地转，低头看她，也不知道在想什么，眼神明显有点儿分心，话还是答了："我跟你的时间倒一下，我是三四点睡,早上八点起,直接去上早自习。"

其实,高三那一年他真的很随意,基本上睡醒就随便洗下脸,顶着个鸡窝头去上早自习了。

"你居然熬夜,你不是一向自律吗?"

"也就高三一年。"

"哦。不过你们早自习这么晚?"

"我们班比较自由,因为是竞赛班,平时比赛时间也很乱。"

所以,有天赋的人往往也很努力。徐栀一直觉得他是天赋型选手,没想到他学得也挺刻苦。徐栀站累了,这会儿蹲在地上看他,又问了一个困扰她许久的问题:"难怪你们市一中这么卷呢。你们班是努力型选手多还是天赋型选手多?"

徐栀蹲着的位置正上面是一个花盆。陈路周怕她被砸到,叹了口气,把她拉起来。徐栀以为他想吃冰淇淋,就舀了一勺,顺势递到他嘴里,陈路周自然地低头吸了口。店门口上面的遮阳篷太小,又站不少人在避雨,他只能让她站到里面,自己半个身子淋在雨里,喉结滚动了一下:"说不上来,很多时候看着挺有天赋的同学,人家私底下也很努力。越有天赋的人越想知道自己的极限在哪儿,所以也会越努力。比如李科,他高三没睡过一个完整的觉,几乎都是三点睡,六七点就起了,一天就睡三四个小时。"

徐栀想想也是,对优秀的人来说,努力可能也是一种习惯,极限或许就是他们终身追寻的答案。陈路周真的每句话都能说在点子上,哪怕不对。不管他说得对不对,在那个青涩、容易产生崇拜感的年纪里,徐栀只想为他鼓掌,光明正大地为他鼓掌。

"还有事要问吗?"陈路周说。

徐栀:"暂时没了。"

陈路周也不知道自己在等什么,见她没话说了,他最终只是嗯了声:"我去买伞,送你回家。"

那之后,他们大约有两天没见。陈路周下周四就走,满打满算,两个人其实也就剩下四五天时间。然而,徐栀没再找他,连微信都聊得少,除了中间陈路周给她发演讲稿的终稿——从头到尾都改了一遍,全是他写的——徐栀客气地说了声"谢谢"。陈路周也只回了一个句号。他有时候不知道回什么，就回一个句号，反正对话框终结者一定是他，不然徐栀会说："陈路周，你回微信比你本人高冷。"他是习惯了，有些女生会在微信上表白，如果他回复的内容过多，或者表情包太多，别人真以为他有什么意思，所以他回微信时很简洁。

但是，朱仰起说："人家徐栀已经在提前适应你离开的日子了，就你还傻了吧唧地等人家找你。她不会找你了，你看这妞多精啊。"

那几天，陈路周除了没日没夜地看电影，就是晚上跟朱仰起、姜成他们吃知了。也不知道是不是他们那几天夜宵吃得太猛，他感觉巷子四周的蝉声都弱了很多，夜里变得格外安静，楼上一丁点儿声响就能把他吵醒。

谈胥大半夜还在楼上跳绳健身，陈路周懒得上楼找他，直接打电话给姜成。姜成说了之后，他改成举哑铃，但还是很吵。陈路周不知道是自己变敏感了还是怎么了，反正那几天晚上挺难入睡的，睡着了也很容易醒，所以白天基本上都在补觉。

周二下午，陈路周从别墅回到出租屋。刚刚吃了一顿午饭，场面闹得不太愉快，他人刚进门，鞋都没来得及换，姑妈的电话就紧追不舍，时时处处提醒他不要忘恩负义："路周，你从小就懂事听话，这次可不要这么犟啊。你爸爸妈妈养了你这么多年，什么时候亏待过你？他们对你比对陈星齐还要好。当然你也很争气，我们都知道你成绩好，但是路周啊，对我们这样的家庭来说，其实文凭倒不是最重要的，最重要的是你能为这个家做什么。你个傻小子，还以为你爸他真的什么都不会留给你啊？但前提是你听话。姑妈年纪大了，说话也就直白些，你不要往心里去。说白了，他们就是养一条狗，十几年也养出感情来了。"

陈路周当时想说，"姑妈，其实老不是问题，姑父不会因为你脸上多了一道鱼尾纹而少给你生活费，倚老卖老才是问题"，但他还是什么都没说，就挂了。

当时陈路周人坐在沙发上，两腿敞着，手臂无力地垂在腿间，那清瘦的手臂上青筋仍旧暴起，表情冷淡。他麻木地低着头，攥着手机的手像台没知觉的机器，松一下紧一下地捏着手机，似乎在把玩自己手臂上的肌肉，清晰分明的肌肉线条跟着有一下没一下地跳着。这显然是习惯性动作,他遇到难题或者有什么想不通的事情就会这样,心不在焉地看着自己手臂上突起的筋络。估计就是被他这么玩的,他手上的青筋才格外明显。过了一会儿,陈路周大概是玩累了,将视线转到窗外,心力交瘁地看着一窗子疏疏密密的雨帘。雨丝好像要将整个世界填满,一幅幅长长的接天雨幕仿佛一座座牢笼。

他坐在沙发上,近乎发了一下午呆。窗外的雨落落停停,太阳出了小半晌,也没将那光落到他的身上,他的心里始终空荡荡的。大概四点,朱仰起来了,抖落了一身雨点子才进来。

"我叫了人过来聚聚。"他把伞收了,在门口的进门垫上潦草地踩了两脚,说,"我打算早一个月过去,反正你走了我也挺无聊的,后天我跟你一起走。对了,我买了两个卡拉OK过来,等会儿唱两首,今晚咱们就唱《毕业狂想曲》。"

陈路周是十级小提琴手,唱歌也很好听,上小学的时候还挺能显摆,一有什么文艺汇报演出,他都是第一个报名,一个人至少表演俩节目。后来上了高中,他就不爱参加这种活动了,甚至在特长那栏直接写"无",就不爱显摆了呗。朱仰起觉得他多少意识到自己招蜂引蝶,知道收敛了。说实话,陈路周属于越长越帅的类型,小时候那脸瘦得跟尖嘴猴似的,不像朱仰起虎头虎脑的招人喜欢。朱仰起当时还贼替他担心,觉得这家伙以后找对象堪忧,后来才发现事态的发展并不如自己设想的那样。

小孩儿或许胖点儿好看,但是长大后就不一定了。陈路周上小学时还算是个"正常"男孩儿,到了初中,就彻底跟朱仰起"天""人"两隔了。当然,陈路周是"天",朱仰起是"人"。他俩每天都混在一起,开始还不觉得,后来陈路周去外省读书,偶尔过年回来一趟,朱仰起就发觉不对劲儿了:他俩一起打球时,看陈路周的女生特别多,他走在路上都有人过来要联系方式,连一些看着可以当他妈的阿姨都上来凑热闹。上了高中,"校草"的头衔陈路周摘都摘不掉。要知道市一中像谷妍这样的艺术生非常多,也出了不少明星校友,是帅哥美女云集的地方,然而,学弟们一届一届更新迭代,看来看去还是陈路周这种冷淡浑球儿最有味道。

朱仰起叹口气:要不然,谷妍能想跟他想成这样?

"都谁来?"陈路周问。

"就姜成他们几个。还有个神秘嘉宾,等会儿你就知道了,你别管了。"

陈路周懒得管,往朱仰起身上意味不明地瞟了一眼,就窝在沙发上闭目养神了。不知道朱仰起在跟谁打电话,声若蚊蚋,听得陈路周昏昏欲睡,后来就真睡着了。迷糊间,他觉得顶上的灯很刺眼,就随手捡了个帽子盖在脸上,仰面靠在沙发上,接着睡了。

徐栀刚进门的时候便看见这样的场景:黑色的渔夫帽被人对折,松散地盖在眼睛上,用来遮光线,只露出下半张清晰英俊的脸。就算只露出半张脸,线条依然流畅干净,喉结冷淡地凸着,耳朵上是那天跟她一起打的耳洞,还不能戴耳钉,只插了一根黑色的管子。下颌线这样看就很硬朗,她想,接吻时应该会更清晰硬朗。

陈路周是被人亲醒的。他睡得很浅,开门声其实都听到了,只是当时以为是朱仰起拿了外卖还是什么,就没管,迷迷糊糊地继续靠着沙发睡。直到身边的沙发凹陷下去,他才意识到刚才进来的人可能不是朱仰起。

徐栀半跪在沙发上,一只手撑在沙发靠背顶上,托着他的脑袋,然后低头去吻他。一下下,从他的眉眼开始,顺着他的鼻梁骨,生涩而又缠绵地一路吻下去,那细细密密的啄吻声听得人心发抖,徐栀亲得也发抖。这时候他如果睁眼,应该能看到她眼底那振翅的蝴蝶,压抑而又兴奋。

屋内静谧,那浅浅的接吻声逐渐大起来,两个人嘴角的开合度都非常大,从一开始的小心翼翼,到现在似乎在吞着彼此,像两位旗鼓相当的将军,都企图让对方屈服于自己的兵法之下。两个人的心跳声在空气中翻滚,气息扑了天。他低低地喘息着,却不忘跟她确认一句——

"是想我了,还是想接吻了?"

话音刚落,徐栀又不管不顾地去亲他了。陈路周正要说话,厕所门突然啪嗒一响,两个人方才如梦初醒。徐栀低声问:"家里有人?"陈路周低声嗯了声,两个人便火速从对方身上剥离。论装模作样,他俩真是一把好手,眼神瞧上去一个比一个无辜清白。

"你俩干吗呢?"朱仰起提着裤子出来,毫不留情地戳破他俩的伪装,"别装了,我在里面就听见你俩嘬嘬嘬。我家那八十岁老太太吃橘子也没你俩嘬得响,怎么,口水很甜?"

陈路周:"……"

徐栀:"……"

朱仰起往墙上一靠，一副严刑拷打的架势，眼睛直勾勾地盯着他俩，主要还是看着徐栀："说吧，是不是你起的头？陈路周这家伙我太了解了，他可不敢在这个时候招惹你。"

不等徐栀开口，陈路周就一脸怠倦消沉的表情，靠在沙发上，无奈地仰面看了眼天花板，看起来有种欲求不满的不耐烦："你烦不烦？跟你有关系吗？"

朱仰起的声音充满了说不出的阴阳怪气："我兄弟就这么不清不楚地跟人家在家里打啵儿，我还不能问两句了？"

话音未落，陈路周的喉结麻木地滚动了两下，他嗤了声，懒洋洋地开口："嗯，就你好奇心重，你忘了上次你爸为什么打你？"

那回朱仰起他爸的同事来家里拜访，朱仰起怎么瞧那同事的儿子都觉得跟同事长得不像，以为跟陈路周一样是领养的，那时候他还小，童言无忌，当场就直白地问出口："你俩咋长得不像呢？你是孩子的亲爹不？"问得那个同事的脸青一阵白一阵，回去惴惴不安好几天，真拉着孩子上医院去做亲子鉴定，结果，孩子真不是亲生的。

那次朱仰起被他爸打得很惨，离家出走三天才被警察找到。他爸叼着烟，很淡定地从警察叔叔手里接过饿得两眼发花的朱仰起："哟，还活着啊。"自此朱仰起学老实了。

朱仰起靠着墙，沉默片刻才怪声怪气地说道："行，我走，我走行了吧。"

徐栀第一次见他俩的气氛这么僵。朱仰起今晚是有点儿奇怪，要换平时，他不会这么咄咄逼人。估计是陈路周要走，他舍不得，闹脾气呢。

"要不，我先回去？"她说。

"所以，来找我，只是因为后者是吗？"陈路周靠在沙发上乜她一眼，大约是刚才被她压着亲，脖子有些僵硬。他动了动，仰着头，冷淡地说，"随你，要走就走。"

徐栀说："你把朱仰起叫回来，你们这么多年的感情，别为了我吵架。而且，你马上要走了，这要是带着气上了飞机，以后裂缝不得越来越大啊？不值得。"

其实，朱仰起前两天就有点儿怪怪的，陈路周大抵清楚是他要走的原因。他记得初中那年他去外省读书，朱仰起也是这么别别扭扭，各种有的没的找碴儿。他明白，朱仰起就是想找个由头痛痛快快跟他吵一架，顺便谴责他就这么一走了之，一点儿都没把他这个兄弟放在眼里。

朱仰起总会肆无忌惮地问他："你能不能留下来？老陈和连惠对你不是挺好的吗？你求求他们呗，求求他们，他们肯定会答应的。我爸妈虽然每次嘴上都讲得很硬，但是每次只要我跪下求他们，他们就答应了。"

但朱仰起可能永远也不会明白，他从爸妈那儿得到的爱跟陈路周从老陈他们身上得到的爱，看似差不多，其实区别很大。朱总是一个面冷心热的人，朱仰起离家出走那三天，其实他没有一个晚上是睡着的，但是看见朱仰起，他只是不冷不热地说了一句："哟，还活着啊。"连惠虽然总是对陈路周嘘寒问暖的，生怕他吃不饱穿不暖，可是陈路周被关在警察局那晚，半夜三点打她的电话，她没接。那晚其实她没在台里开会，而是在睡美容觉，即使看到电话也会挂掉，她的作息从来都很规律。

这些，从小陪他长大的朱仰起不理解，可徐栀好像理解。

没一会儿，朱仰起折回来，嘟嘟囔囔不知道骂了句什么："我去买炸鸡柳，你俩要不要辣？"

陈路周毫不意外，神态自若地靠着沙发，下巴微微一仰，指着茶几上的空瓶："不要辣，顺便带两瓶果酒。"

等门再次关上，屋子里只剩下他们两个人。徐栀发现很多东西都被收了起来，房子里空空荡荡的，之前堆在墙角的画板和模型都不见了，堆在茶几上的书也都被收走了，只剩下寥寥几个空酒瓶子，这里的一切很快就要被不着痕迹地抹去。

她问："东西都收拾好了？"

"嗯。"他继续闭目养神，似乎并不想跟她说话，喉结不时滚动两下。

"陈路周，"徐栀侧头看着他线条干净利落的侧脸，目光停留在他的喉结上，有些话不自觉地就这么跑了出来，"其实我第一次见你，并不是在你家门口那次。"

"什么时候？"他问，张口就发现声音沙哑，于是懒洋洋地咳了声，清了清嗓子，字正腔圆地又问了一遍。

屋内拉了窗帘，电视机没开，灯都黑着，只余空调机在嗡嗡作响，环境静谧而安逸。

徐栀看着墙上的钟——照旧在嘀嘀嗒嗒地走——说："高一的时候吧，

篮球联赛，我们班第一场预赛就是跟你们打的，在你们学校的体育馆。我们班男生比较菜吧，反正我过去的时候，分数落得有点儿远。我是班长嘛，负责给他们送水，但那天老曲拉着我开会，所以我赶过去的时候，你们正好中场休息。当时球场边围了很多人，我也是第一次知道男生打个球球场边有这么多人看。我们学校都没什么人打球，就感觉你们学校特别热闹。"

"然后呢？"

"然后刚好看到你站在球场边上，跟你们班的女生说话来着。我挤不进去，正好看到我们班的体育委员在你边上，我就拍了拍你，想让你帮我叫下我们班的体委。拍你的时候，我手上不是正好拿了两瓶水吗？你估计以为是你们班的女生给你送水吧，接过去就喝了，然后拿着水，转身就走了，我叫都叫不住。"

"得了吧，我打球从来不跟女生瞎聊天，你认错人了吧。"

徐栀若有所思地看着他："你不信算了，反正当时你就是在跟那个女生说话，那个女生叫什么来着？那天录节目我都看见她了，长得挺漂亮的。"

陈路周意味深长地看着她，表情突然有点儿嘚瑟，连腿都忍不住抖了一下："你别告诉我你在吃醋。"

"那时候对你压根儿没感觉。"徐栀斩钉截铁地说，环顾了一圈，"家里收拾得这么干净——渴死了，有水吗？"

"朱仰起去买了。"陈路周把茶几上自己喝了一半的水递给她，随口问了句，"那什么时候有的感觉？"

徐栀拧开盖子直接喝，反问："你呢？"

或许是因为她的抛砖引玉，他的眼神意外地坦诚而直白："第一眼就很有感觉。"

陈路周站起来，打算去洗个澡。他也没想到今天徐栀会过来，所以根本没收拾，头发都快变成一绺一绺的了。他从卧室拿了件干净T恤出来，搭在肩上，然后抱着胳膊，人靠着厕所门，坦荡荡地跟她说——

"但我不相信一见钟情，加上那时候以为你有男朋友，就没往别处想。"

说完他就进去洗澡了。

大约过了十分钟，他身上套了件卫衣出来，头发还湿着。他拿着毛巾胡乱擦了两下就把毛巾往边上一丢，在她的旁边坐下。徐栀发现帅哥是不是都不分季节的，穿衣服只管帅。她好奇地问："不热吗，校草？"

陈路周没搭理她，头发还湿漉漉的他也不管，自顾自把卫衣帽子往脑袋上一罩，整个人懒洋洋地靠在沙发上，神神秘秘地冲徐栀勾勾手。

徐栀凑过去。

他罩着卫衣帽子，低头看着她，说："问你个问题。如果当时你叫住我，我问你的名字，你会告诉我吗？"

"会，顺便还会加个微信。"

"为什么？"

"我会让你把那瓶水的钱结一下。"徐栀说。

"……"

陈路周靠着沙发，冷淡地睨了她老半响，然后拿手在她的脸上狠狠地捏了一下，无奈又恨得牙痒痒，眼中仿佛有火星噌噌噌往外冒。他咬着牙说："你知道我当初一进去，有多少学姐在路上堵我吗？"

徐栀趴进他怀里，笑得不行，脑袋顶着他坚硬而宽阔的胸膛，闷闷的笑声从他的胸口流出来："那你知道从小到大追我的男生排到哪儿了吗？"

他笑了下。对，这就是徐栀，她从来不认输。

当然他也不认输："等他们排到，你的坟头都长草了，就你这个迟钝劲儿。"

话音刚落，朱仰起带着一拨人回来了，窸窸窣窣的声音从门口传过来，两个人立马分开。听说话声，陈路周就知道有哪些人来了：冯觐、姜成，还有朱仰起美术班的两个同学大壮和大竣。

结果朱仰起身后还跟着一个谷妍。

陈路周和谷妍的事除了美术班的那两个人不知道，大家都清楚。姜成压根儿不知道陈路周旁边那个女孩儿是谁——他是第一次见——但瞧着气氛有点儿尴尬，还是解释了一句："刚在啤酒店碰上，谷妍说你还欠她一顿饭，我们就想着要不过来一起吃，刚给你打了两个电话，你都没接。"

陈路周嗯了声："你们随便坐，我把灯打开。"

谷妍没想到陈路周家里还有个女孩儿，但当时她也没多想，只以为是表妹之类的，因为实在想不到陈路周会跟别的女生有什么关系。他在学校里的样子实在太让人印象深刻：跟男生插科打诨甚至跟老师都能混成一片，但对所有的女生都不冷不热。唯有一个女生比较特殊吧，长得极其普通，但成绩很好，谷妍听朱仰起说过，陈路周说她挺有趣的。听说她后来因为受不了竞赛班的压力，高二的时候就退出他们班了。

一伙人，三三两两，吃烧烤的垂涎欲滴，喝啤酒的鸡血打满，唱歌的感觉能唱跑五个老婆，种种声响混在一起，显得气氛很诡异。

徐栀和谷妍坐在沙发的中间，其他几个人围着茶几或坐或站。朱仰起今晚不太活跃，全靠姜成和冯觐带气氛。大壮和大竣则像两个免费驻唱歌手，占着两个麦，一首接一首，唱个不停。

气氛到这儿了，怎么也得喝一杯，于是，姜成带头举起杯子，环顾一圈，屋内除了客厅，其他地方都冷冷清清的，关着灯，瞧不见一个人影。

"陈路周呢？"

"在卧室呢。"大壮眼神忧伤地靠在大竣的肩上，如傀儡一般机械地念着歌词，还不忘插嘴。

朱仰起捋臂揎拳走过去，哐哐踹了两脚门："陈路周，你干吗呢？出来喝酒。"

下一秒，门开了，陈路周的声音还是懒洋洋的："你们自己喝就行了，拉我干吗？"

谷妍那会儿还没觉得不对劲儿，因为当时徐栀还在她旁边，一边默不作声地小口喝着酒，一边玩手机。姜成跟徐栀搭了一句腔："我咋瞅你这么眼熟？"

徐栀端着酒杯，低着头，一边给人回微信，一边抽空懒洋洋地抬头瞧了他一眼，眼皮又漫不经心地垂下去。她心不在焉地回了一句："是吗？"

她的语气很敷衍，也很傲慢。

姜成来了脾气。他自诩长得不比陈路周差，现在却这么不入美女的眼吗？他刚要说"咱俩喝一杯"，朱仰起走回来，及时地踹了他一脚："别傻了，人家男朋友比你帅多了。"

徐栀看了眼朱仰起，没反驳，默认了，一声不吭地坐在位子上给陈路周发微信。

Cr：还不进来是吗？

徐栀：叹气……

徐栀：谷大美女一直盯着我呢。

Cr：少阴阳怪气的。进不进来？我衣服都脱掉了，你不是想看吗？

徐栀：你说人类的好奇心要是能换钱的话，我现在该多富有啊。

最后还是朱仰起进去把陈路周给拖出来。他的头发已经吹过了，很飘逸，显得格外柔软。徐栀觉得他的头发长得很快，之前在门口接吻的时候，他的头发还跟野草一样扎人，这会儿就跟狗狗的毛一样柔软了。

徐栀明显感觉到，身边的谷妍在看见陈路周走出来的那一刻，整个人都绷紧了。

徐栀和陈路周慢悠悠地对视一眼。其实他已经没地方坐了，连茶几上都坐了个大竣，就中间的三人沙发还有个空位。谷妍坐在正中间，徐栀坐在扶手边。陈路周直接走过去坐在徐栀旁边的扶手上，懒洋洋地探着半个身子，看着朱仰起，问了句："玩什么啊？"

其实朱仰起也不知道要玩什么，抢过大竣的话筒说："狼人杀，剧本杀，真心话大冒险……随便你们挑啊。"

"无聊。"陈路周身体往后靠，低头看了眼徐栀，给她解释："跟他玩什么都没意思，这个人玩游戏挂相。"

徐栀没怎么玩过这些游戏，好奇地问："什么叫挂相？"

"就是输不起，输了就发脾气。"他说。

朱仰起想起之前跟他们学霸班玩过的几局，气不过："那次是你和李科合起伙来搞我好不好！你和李科狼狈为奸，你悍跳预言家，你俩一唱一和，把全场的神民都骗过去了，我一个真预言家被投出局，我能不生气？"

姜成丢了个话筒过来，建议说："要不，陈路周你唱首歌吧，好久没听你唱歌了。你唱歌，气氛准能热火起来。"

不然一帮人只能干坐着。平时倒也还好，主要是多了两个姑娘，他们平日里的一些玩笑没法开，只能假装正经地说些时事新闻和八卦、球赛之类的，那叫一个乏味。

陈路周唱歌他们是听过的，但他唱得少。朱仰起怀疑这人就是秀一手，因为他就唱过那么一两回，回回还是同一首歌，弄得大家心痒痒，每次都想听他唱歌，但其实他可能就会那么一首。

朱仰起立马把那首歌给调出来了。陈路周拿着话筒，慢悠悠地看了徐栀一眼,眼神似乎在问:要听吗?

徐栀表示:随你。

陈路周在徐栀这里,装佯永远只能装一半。

他俩很少说话,几个眼神就能知道对方的意思。在场的所有人,除了朱仰起,都没去深思他俩的关系——两个人这种冷淡的相处模式瞧着就是不太熟的样子。谷妍倒是旁敲侧击问了两句,都被徐栀轻松打发了。

音乐前奏响起的时候,屋子里突然就静了下来。朱仰起这个二缺拿着手机背面的手电筒当荧光棒,拼命挥舞着双手。

徐栀当时在给老徐回微信。

徐栀:老爸,今晚能晚点儿回家吗?

老徐在被骗八万后大彻大悟,今天刚给自己买了部新手机,这会儿估计抱着手机在研究输入法,信息回得相当快。

老爸:晚点儿是多晚啊?太晚你就睡他家算了,路上多不安全啊。

徐栀:可以吗?

老爸:你说可以吗?

徐栀:……

老爸:你让陈路周给我打个电话。

徐栀立马把手机递给陈路周。那会儿前奏刚过完,陈路周一边精准无误地跟着节奏唱了起来,一边从她手里接过手机看了眼内容,轻点头,表示等会儿打,嘴里轻声哼唱着——

"每个人都缺乏什么,我们才会瞬间就不快乐,单纯很难,包袱很多……"

这首歌是林宥嘉的《想自由》。第一句歌声流淌出来,现场的气氛就热烈起来,跟开演唱会似的,所有人敲锣打鼓的,好像听见巨星唱歌,激动得不行。

徐栀有点儿意外,没想到他唱歌这么好听。朱仰起几个跟疯了似的,仿佛被丘比特的爱神之箭穿透了心脏,纷纷捂着胸口,一副心潮澎湃的模样,四仰八叉地倒地。

"我不行了——"

"我又被这个家伙的歌声打动了,这首歌我听一百遍都不会腻!"

…………

徐栀仰头去看他。陈路周正拿着她的手机,另一只手握着话筒,顺势低头，也看了她一眼。他的眼神好像动物园里的猛兽，虽然被拔掉了所有的獠牙，可眼神仍旧锋利。只有她见过他最温顺的时刻。

"只有你，懂得我，就像被困住的野兽，在摩天大楼，渴求自由……"

听到这儿，所有人都不由得被他带入状态。朱仰起他们也收起浮夸的喝彩模式，静静地摇头晃脑地听他唱。

其实，他唱歌时的声音跟他平常说话时的声音很像，只是更低沉一些，干净清冽，富有磁性。每个字都好像一条圆润滑腻的小鱼儿，从她的耳朵滑进来，缓缓地撞击着她的心脏。

在忽明忽暗的光线里，他低头深深地看了她一眼。MV画面里的各色光折射在他那双干净的眼睛里，他的眼睛好像见证了海市蜃楼的彩虹，灿烂也孤独。

"我不舍得，为将来的难测，就放弃这一刻，或许只有你，懂得我，所以你没逃脱，一边在泪流，一边紧抱我，小声地说，多么爱我……"

他唱完，不知道为什么，所有人都不说话了，气氛反而更低迷，所有人都静静地看着电视机屏幕，默默地喝着酒。等回过神，大约都被现场的气氛带进去了，他们也没发现有两个人消失了。

"我以前挺讨厌上学的，现在突然觉得上学也挺好的。我真的好讨厌分离啊，陈路周去省外那三年，都没人提醒我周一要穿校服，也没人告诉我，冯觐打牌其实是用左手，炸弹都在最左边。"

"还没走就想他了是怎么回事？"

"我怎么觉得，我们的故事好像就停在这里了？以后再见面很难了吧。"

…………

那晚，有那么一群少年，在聒噪的蝉鸣声中，一次又一次地试图去理解青春，去理解人生，然后一次又一次地否定了自己的答案。

"大竣，你想过以后做什么吗？"

"我就希望我的画在我活着的时候，能卖到一百万一张。"

"那我就希望到时候我能随随便便买一百万一张的画，实现买画自由！"

…………

那晚，他们在外面肆无忌惮、热情高亢地聊梦想，聊前程，聊信仰，聊他们风光的未来。

卧室里，仅一墙之隔，有人在接吻，激烈而缠绵地拥吻。房间里很暗，只亮了一盏黄色的地灯。暧昧的灯光照着两个人的脚，女生的脚没穿袜子，干干净净的脚趾承受不住似的，紧紧地抓着地板，好像一下下承受着从她身体里袭来的巨浪。

徐栀也忘了那天他们亲了多久，一整晚，他们好像都在接吻，直到两个人都喘不上气，呼吸停止，胸腔里的空气告急，心跳却怎么也平复不了，细细密密的啄吻声在四下无人的夜里似乎没断过。

可那年的蝉鸣声似乎就在那天戛然而止。

他俩中途又出去过一趟。客厅里一片狼藉，几个男生横七竖八地在地毯上躺尸，喝得不省人事。朱仰起时不时还意犹未尽地咂咂嘴。谷妍则孤零零地坐在沙发上，抽着烟，听大壮郁郁寡欢地唱着《单身情歌》。

两个人在里头亲着，谷妍给他发了一条微信，大约是察觉到什么。

GuGu：陈路周，我要走了，你不送下我？两点了。

下一秒，卧室门开了。看着他俩一同走出来，谷妍心里说不出地难受，那颗惶惶不安了一整晚的心好像一下子被一块大石头狠狠地砸到地上。她的手上还夹着烟，瘦长的手指微微一抖，有小半截烟灰扑簌簌落在她的腿上，肉色的丝袜被烫了一个小洞，她却浑然不觉，眼睛直愣愣地看着陈路周。

陈路周走过去，漫不经心地拿起茶几上没开封的矿泉水，拧开后递给身后的徐栀，这才低头问谷妍："我帮你叫车？"

其实他很好说话，人也很客气，可谷妍总觉得他很傲慢。他盯着人的时候，眉眼锋利如刀，聪明得一点儿都不含糊，所以谷妍不太敢在他面前耍小心思，因为他从来干脆直接，不给人留情面。

那会儿，谷妍是打心底里觉得，自己可能再也遇不上这样的人了。于是，她不动声色地掐灭烟，甚至都没顾上问你俩是什么关系，有点儿负气斗狠的意思，直接把那句话扔了出来，或者说，她想看看徐栀的反应。

"陈路周，如果我说我等你……"

结果，她还没说完，就被突然醒来的朱仰起生生打断了。

"干吗？要走了啊？"他睡眼惺忪地抓着头发说。

陈路周嗯了声，掏出手机准备打车："我叫车了，你帮我送她上车。"

"好。"朱仰起也挺仗义，说起来就起来，但他被人压在最底下，都不知道自己身上叠了几双脚，臭气熏天。他一脚一个，毫不留情地把人踢蹬开。

于是，所有人都醒了，姜成和冯觐也迷迷瞪瞪地抓着头发爬起来："天亮了？是不是吃早饭了？"

"被你这么一说，我还真有点儿饿了。"朱仰起捂着肚子说。

没两分钟，一群人又改了主意，决定出去续摊。正巧那天市里有个夜游活动，半夜两三点了路上人还很多。他们去了陈路周常去的那家，恰巧也是徐栀第一次请陈路周吃饭的海鲜骨头烧烤。

兜兜转转，一切好像又都回到了原点。只是门口的旋转木马等位椅空空荡荡，音乐喷泉也被关掉了，整条街显得格外安静，甚至有些萧疏。其实，大家都知道明天太阳会照常升起，这里会恢复以往的热闹，可这一切就好像应了当下的心情。

估计这真是最后一顿了，所以气氛难免压抑，一群人吃得也意兴阑珊，那叮叮当当的餐盘碰撞声细碎却又格外明显，就好像一场盛宴吃到了最后。等大家都吃饱了，服务员开始收餐具了，没人撂下筷子，也没人提出要走，就那么拖拖拉拉地熬到最后一刻，直到天边渐渐泛起鱼肚白。

他们才知道，太阳总归是要升起的。

"敬一个吧。"朱仰起红着眼眶，轻轻吸了下鼻子，用胳膊擦了下眼泪，然后将杯子举得老高，好像这样别人就看不见他泛红的眼眶。

"敬一个。"

"敬一个。"

喉头像是哽着什么东西，朱仰起从未觉得这酒如此苦涩，苦涩得难以吞咽。等酒液在嘴里囫囵滚了一圈，他才哽咽着开口："草跟我说过一句话，好像是说，咱们中国的男孩子都要有一股气，那股气是风吹不散，雨打不灭的，只要身边有火，哪怕四周无风，我们也能重新燃起希望。我觉得这句话挺提气的，送给我们在座的几个男孩子，以后即使朋友不在身边，碰到事情也不要哭哭啼啼的，要能扛事。"

"是说你自己吧。"姜成笑着接了一句，眼里也都是莹莹泪光。他拿起桌上的烟盒，摸了一把，发现是空的，又丢回去，骂了句脏话，接着说："咱们几个也就你哭哭啼啼的。那我就祝大家卖画的好好卖画，演戏的好好演戏，学习的好好学习。至于我自己，就希望跟杭穗能修成正果，我要跟她结婚。听说我们学校大三领结婚证能加分呢。"

"还是姜成会说。那我就祝大家早日遇到那个能懂你心事的人。"冯觐说。

大壮喝得满脸通红，幽幽地叹了口气，手上还剥着花生："这才是最难的。画卖一百万一张，我感觉是迟早的事，说不定我死了就能成，但是这个能懂我心事的人吧，我感觉我到死可能都遇不上了。"

"也不一定是爱情吧，我觉得刚才扫地那阿姨就很懂你，你看你一招手，她就过来把你的垃圾收走了；她的扫帚一扫过来，你就乖乖抬脚，多有默契。"

"……"

烧烤店已经没什么人了，就剩下他们这一桌。或者是这样四溢的青春气息让人为之动容，老板困得都已经坐在收银台后面打盹了，也没赶他们走。

"草呢，说两句。"

所有人齐刷刷地看过去，谷妍闻言也抬头瞧过去。她刚刚在手机上给陈路周打了一大串密密麻麻的话，还没发出去，这时便放下手机，想听听他怎么说。

他和那个女孩儿并排坐在同一边的椅子上。

陈路周靠着椅背，一只手懒洋洋地搁在徐栀的椅背上，另一只手搁在桌上，握着杯壁，轻轻摩挲着。他中途就离开过两次，一次是帮徐栀拿筷子，一次是帮徐栀拿纸巾。

谷妍刚刚听朱仰起说，徐栀的男朋友很帅。这话的意思是她有男朋友呢，还是她的男朋友就是陈路周？

她刚刚在手机上写了一篇小作文，想问问他她到底输在哪儿，但还没发出去，就有人让陈路周说两句。

一群矫情怪，唉。

陈路周没什么要说的，这种场合当个听众就行了。说多错多，万一惹徐栀不高兴，他也没时间哄了。他摩挲着杯壁，想了半天，叹了口气，随意地丢出一句——

"借梁启超先生的一句话吧：纵有千古，横有八荒。前途似海，来日方长。"

"那就敬来日方长。"

"徐栀，谷妍，你们呢？"

徐栀本来没什么要说的,但这帮矫情怪真的谁都不放过。

她靠在椅子上,头发披散在背后——本来是扎着的,后来跟他亲着亲着,发圈找不到了,索性就散着——耳边的鬓发显得有点儿凌乱,整个人透着一种慵懒和随性,五官小巧精致,像静静山谷里的一束野百合,随性肆意。

"那就希望咱们中国的女孩子心气更高一点儿。毕竟脚下是辽阔坚实的土地,我们还有那么多地方没去过。"

谷妍突然被这句话吸引住了。徐栀眼里的自信和坦诚无畏确实莫名吸引人。她也能听出来,徐栀这段话并不是为难或者向她挑衅的意思,而是一种诚心诚意的劝告。

"那我就祝大家早日实现买画自由吧。"谷妍说。

小酒瓶子七零八落地仓促一撞,好像撞开了光明,也好像结束了这场仓促的青春。外面天色已大亮,早餐店陆陆续续地支棱起来。

人也陆陆续续散了。

仲夏似乎刚刚开始就结束了,那年夏天新买的短袖好像还没来得及穿,刚认识不久的人也要说再见了。

最后就剩陈路周和徐栀站在这家烧烤店的门口。

老板正在关门,卷帘门咯吱咯吱地缓缓往下移。夷丰巷老屋居多,两个人放眼望去,一排年久失修的矮楼。因为庆宜市常年阑风伏雨,每条巷子深处都青苔斑驳,石板缝里透着一股潲水般的腥潮味。

他俩一左一右倚着门口那根电话柱。因为此刻时间过于早,一排排店铺严丝合缝地关着门,街景略显萧条。

电话柱上的小广告一层层堆叠,有些都被撕了一半但还没掉下来。

庆宜市人们的知识面也很狭窄,狭窄到路旁电话柱上随随便便贴的寻狗启事上的小狗就叫 Lucy。徐栀身上还披着陈路周的外套,用肩侧漫不经心地顶着电话柱,指着那张被撕了一半的寻狗启事,涎皮赖脸地说:"咦,陈路周,你怎么走丢了呢?"

陈路周回头看了眼那寻狗启事,邪魅狂狷的二哈总裁散发着迷人的微笑。他无语地转回去,见怪不怪,说:"这算什么,Lucy 这个名字,有一次我听一位富婆在打麻将的时候对着她的包叫 Lucy,我就学会淡定了。"

徐栀给他建议:"或者你改名叫 Lululucy,保证没有重名。"

"我怕别人以为你结巴啊。"他想起来一件事,说,"不过,我跟朱仰起打游戏时取过一次，被人注册了。"

徐栀想到自己好像还没跟他打过游戏，好奇地问："你在游戏里的名字是什么？"

"那太多了，宇宙第一帅，世界第一情人，等等。"

徐栀："……"

两个人沉默了一阵。天色渐渐变亮，他们的身边逐渐嘈杂起来。雨后这几天的空气其实很干爽，但是也不知道为什么，两个人的眼睛总是雾蒙蒙的。

陈路周靠在电话柱的另一侧，脑袋上戴着卫衣帽子，双手仍是一动不动地插在裤兜里，眼睛看着不远处支着的煎饼摊子。一个卖煎饼的大哥碰见了熟人，两个人热烈地攀谈起来。他头也没回，就靠在另一侧的柱子上，懒洋洋地问了句："庆宜这么小，以后在路上碰到，会装作不认识我吗？"

徐栀想了想，说："其实也不小啊，在这儿生活了十几年，除了高一那一次，咱俩不也没碰见过？而且，你压根儿不知道我的存在。"

"你怎么知道我没见过你？"陈路周后脑勺顶在电话柱上，整张脸几乎都埋在卫衣的帽檐下，像个无脸男，露出的喉结轻微地滑动了两下，"我得好好想想，我肯定见过你，不然不能第一次见你就这么有感觉。"

街上的人渐渐多起来，徐栀看着这条街逐渐繁荣起来，煎饼、瓦罐汤……各种各样的早点摊陆续开张。摊主们看着挺辛苦，可脸上漾着的笑容令人动容。她问："陈路周，你说钱能买到快乐吗？"

他的嘴角勾了下："别人我不知道，但是如果有这个机会，我觉得你应该想要用快乐换钱吧？"

徐栀忍不住笑了起来："你能不能不要这么了解我？"

"彼此彼此。"

"你知道有位哲学家说过，'爱可能是一种精神疾病'吗？"徐栀说。

"可不吗？想一个人的时候，想得饭都吃不下，确实挺有病的。"陈路周说，"看过《西部世界》吗？"

"科技杀戮那个？"

他点头，叹了口气："嗯，里面有句话就是，'人类最简单的生活方式，就是按照程序代码生活，其实大多数人都这样。我们都用力活一活吧'。"

两个人分靠在两边，好像背靠着背，中间隔了一根电话柱，身后是平凡而忙碌的人群，朝阳在山尖露出一丝红光，庆宜的风雨从来没停过。

两个人都沉默了一阵，徐栀最终叹了口气，低声说："那我们就到这儿了。"

陈路周自始至终都没变过姿势，人靠在电话柱上，卫衣帽子遮住半张脸。听到徐栀的话，他无奈地嗯了声："你那话挺对的，心气高一点儿，不是谁都能追你的，以后找男朋友的标准怎么也得按我来。"

徐栀把身上的外套脱下来，还给他："陈路周，我们都先往前走吧。"

山高水阔，我们都先往前走。

"嗯。"

"那就再见。"

徐栀的脚步刚迈开，陈路周便叫住她。他没回头，人还是靠着电话柱，低着头，屈着一条腿，脚踩在柱子上，忍了又忍，喉结滚了下，才张口，声音有着说不出的模糊和干涩："徐栀，能抱一下吗？"

接过那么多次吻，你都没认真抱过我。

尽管熬了一整个通宵，两具身体依旧鲜活有力，好像两片最青涩，也是最饱满、脉络最清晰的叶子，向着朝阳，轻轻裹住彼此的身体，隐藏的心微微发着抖。

希望我们都是这个世界上最有力量的人。

徐栀抱住他的时候，感觉他真的硬朗结实又宽阔，像一堵温热的墙。她以后不会再遇到这样的男孩子了吧。

应该没人像陈路周这样了，明朗、坦诚，他从不曾隐藏他的爱憎，头发像狗狗的毛一样柔软，但心是钢铁，太阳晒一下，便滚烫。

等回到出租屋，陈路周才看到徐栀给他留的字条——

　　希望未来没有我的日子里，你的世界仍然熠熠生辉，鲜花和掌声源源不断，只要庆宜的雨还在下，小狗还在摇尾巴，就永远还有人爱你。

　　　　　　　　　　　　　　　　　　　　——徐栀

第十二章
陈路周，你好菜

七月底，连惠的节目组正在某国紧锣密鼓地采景拍摄。陈路周带着陈星齐在附近的景点参观《权力的游戏》的取景地。他一下飞机就得了重感冒，正带着一身浓浓的病气在给陈星齐当导游，讲到这附近曾经死过一个巨星的时候，连旁边的人都被他吸引了。几束期盼且八卦的目光忍不住在这个手上戴着一条黑色小皮筋的英俊的中国男孩儿身上流连。

陈路周当时一身黑衣黑裤，整个人干净利落、清瘦修长，脑袋上仍旧是那顶黑色的棒球帽，只不过换了个品牌标。他大部分衣服都是这个牌子的，这个牌子挺冷门的，但一中有不少男生穿，基本上都是被他带的。

"他好帅啊，而且对弟弟好有耐心。"旁边有路过的女孩子不明就里，夸了一句。

陈星齐听得津津有味。他哥这人从来都是说故事的一把好手，语气越是轻描淡写，越勾得人抓心挠肝。他正要问"那个巨星是谁啊"，陈路周漫不经心地抱着胳膊，低头，淡淡地瞥他一眼："八百，告诉你答案。"

陈星齐炸了："我刚给你八百！"

不知道陈路周是生病的缘故还是水土不服，整个人的兴致都不太高，闻言只咳了声，用下巴冷酷无情地指了下门口的留学生导游："要不你让她给你讲。就咱这两天的工作强度，折合人民币至少一千，我刚问了。"

陈星齐知道他哥跟那个姐姐"分手"之后就沉迷赚钱，这一路走来，谁让他拍照他都铁面无私一口价：一百五四张。节目组里的几个姐姐还真掏腰包了。尤其是另一个大制片人，听说她才是节目的总制片人，家庭背景深厚，又刚离婚，听说分了好几亿的资产，长得是真漂亮，人也是真浑，一边风情万种地站在甲板上摆造型，一边放诞地跟他哥搭讪："拍照要钱的话，姐姐摸你一下要不要钱啊？"

"摸哪儿啊？"他哥当时正在调光圈，懒洋洋地回了一句。

"你说呢？"她的暗示很足了，眼底满是兴奋。

"不行啊，最近失恋了，看什么都没感觉，别说你了。"

"失恋？"那制片人从包里摸出一根烟，吸气的时候，眼睛微微眯起，保养得非常好，眼角饱满细腻，没有一丝鱼尾纹。她觉得连惠这个儿子是真傲慢，越看越带劲儿，本来是开玩笑地调戏两句，这会儿是真好奇了："哪个女孩子这么争气啊，能跟你分手？我不信，是你甩了人家吧。"

"那我大概遇上了天底下最争气的女孩子。照片发你了，微信我删了。"他哥把手机揣回兜里。

他哥加了这么多人，她是唯一一个被删的。他连钱都没收。

"干吗删微信啊？"那姐姐连忙掏出手机检查，不满地嘟囔了一句，"我是你妈的同事啊。"

"我怕你骚扰我啊，我妈的同事可没有说要摸我的。"他哥靠着甲板的栏杆，不咸不淡地说。

"不过话说回来，你跟你妈长得还挺像。"

"像吗？"

"挺像的。"

陈星齐当时感觉自己像是不小心误闯了直白的成人世界。也是在这一刻，他恍然惊觉，他哥跟他已经不是一个世界的人了。他一度以为哥哥跟他一样，还是个小孩儿，可在他玩着卡丁车、泡泡机的日子里，他哥已经悄无声息地长大了，甚至能游刃有余地应付这些烦人的骚扰。不过，他哥应该从小就习惯了，以前跟他爸参加饭局，就有不少叔叔阿姨拿他的长相开涮。

也许是这种场合经历多了，他哥虽然没怎么正儿八经地谈过恋爱，但是深谙泡妞套路。陈星齐以前喜欢他们班茜茜的时候，还跟他哥取过经，他哥嚣张地告诉他:"女孩子得吸引啊,你这么死缠烂打怎么行?"

"怎么吸引?"

他哥当时在看比赛,正巧桌上有块西瓜,刚才就吃了一口,然后他哥用勺子挖了一口给他,目不转睛地看着电视,勺子还拿在手里,随口问了句:"甜吗?"

陈星齐摇摇头,说:"中间那块最甜,我要吃中间的。"

他哥却不喂了,把勺子往西瓜坑里一丢,手插兜靠在沙发上,一边继续看球赛,一边慢悠悠地给他总结:"懂了吗?一口一口喂,别一下子把整个西瓜给她。谁不知道西瓜中间最甜?"

陈星齐当时恍然大悟,确实有被点到,所以一直觉得他哥在谈恋爱这件事上应该是手到擒来。这几天看他哥的状态也没特别不好,就是说话刺人很多。陈星齐也不敢惹他哥,嘟囔着正要掏钱,他们妈的电话就打过来了,让他们回去,那边采景已经结束,准备回酒店了。

陈路周嗯了声,刚准备挂断电话,砰砰两声巨响猝不及防地从电话那边传来。陈路周愣了一下,立马反应过来:"妈,是枪声吗?"

陈星齐吓得魂飞魄散,整个人战战兢兢地缩在陈路周怀里,小声地说:"哥,我怕。"陈路周一边抱住他,一边跟他们妈确认那边的情况。但连惠大概是吓得把电话掉了,陈路周就听见话筒里噼里啪啦几声作响,然后几声急促的脚步声可能是从她的电话上踩了过去。大约过了一分钟,连惠才重新把电话捡起来,呼吸急促,声音也是前所未有地发抖,慌里慌张地一个劲儿叫他的名字:"路周,路周。"

陈路周打了辆车,把吓得脸色惨白、瑟瑟发抖的陈星齐塞进去:"妈,我在,陈星齐没事。"

"你呢,你有没有事?"

"我们都没事。这边离你们那边还挺远的。"

连惠的嗓子里发干。那人其实就倒在马路对面,是在她眼前毫无预兆地倒下去的。因为一开始没有出血,她还怀疑是国外那种街头整蛊节目,直到那人躺在地上开始抽搐,鲜红色的血液好像喷泉一股股地往外冒,连惠甚至闻到了血腥味。

古堡大道端庄典雅,道路平坦宽阔,但是行人寥寥,两旁富丽堂皇的古堡建筑因为这起残酷的枪击案像是渗透着一股森冷和阴郁。

不少工作人员吓得直接瘫在地上，四周的行人尖叫着抱头鼠窜。连惠眼角干涩，强作镇定地对陈路周说："你先带弟弟回酒店。"

当天下午，热搜上全是关于这次枪击案的讨论。受害者是一名留学生。不知道是网络发达了，还是这几年媒体播报及时，近年来此类恶性事件格外频繁。

连惠的节目组接受了警察询问之后安全撤离，留了几个胆大的记者在当地继续跟踪报道。连惠他们回酒店之后就在商议行程还要不要继续。最后连惠一咬牙，还是拍板决定继续——否则回去之后重新申报，预算太高，估计领导的审批下不来。

开完会，连惠去楼下的房间找兄弟俩。陈星齐已经睡了，吓得额头上都是汗，睡得也不太安稳，一直踢蹬被子。连惠一脸疲惫地对刚洗完澡出来的陈路周说："我给你们订了回国的机票，明天下午走。你们先回国待两天，最近这边不太安全。"

"嗯。"

"你的感冒好点儿没？"

陈路周靠着卫生间的门，拿着毛巾囫囵擦着头发，脑袋上的毛发凌乱不堪，浑身湿漉漉的。他带着鼻音说："没，夏天的感冒估计得有一阵。"

"我等会儿去给你买药。"连惠伸手摸了一下他的额头，凉凉的，又用手背摸了一下他的脸颊，不烫，但意外地发现他好像又瘦了点儿，本来脸就小，她的手背这么一贴上去，好像没摸到什么肉，"没发烧就好，感冒就别洗澡了，是不是这边吃的不太合胃口？"

陈路周没接茬儿，把毛巾挂在脖子上，靠着门板问了句："我带陈星齐回去，那你跟爸呢？"

"晚几天，我把剩下的几个景采完。"连惠说，"你爸好像比我再晚几天，他过几天还要转机去一趟德国。"

"嗯，那你们注意安全。"发梢蓄了水，缓缓往下滴，正巧落在他的鼻尖上。陈路周说完，又拿起脖子上的毛巾，心不在焉地擦了擦头发。

连惠仰头看着他，目光温柔："我第一次见你的时候，你才这么高，这会儿已经快比门高了。"

"夸张了，我才一米八五，这门怎么也得两米一。"他仰头看了眼，脖子上喉结顿显。

"一米八五是去年过年量的吧,我们单位那个小刘一米八七,我看你比他还高啊。"

陈路周敷衍地笑了下,毛巾还在后脑勺上擦着,说:"穿着鞋有一米八七、一米八八吧。"

连惠看了他一会儿。看她没有要走的意思,陈路周猜她是有话要说,所以也没说话,静静地等她说。

夜已深,卧室的灯都关了,陈星齐睡得鼾声大起,翻了个身,挠挠脖子。只有卫生间这边的灯还亮着。但连惠最终还是没说什么,想了半天,只是轻声细语地说了一句:"很多事情跟你解释了,你也没办法理解我们,因为你一定会站在自己的角度去剖析我们。其实每个人都是这样,就像你爸也只是站在自己的角度去剖析你。毕竟我们不是对方,这个世界上并没有所谓的感同身受,没有一个人能真正理解对方。"

大约是回国的第二天,陈路周回了趟出租房拿东西。他一推门,一股酸腐味扑面而来,桌上扔着几盒吃剩下的老坛酸菜泡面没收拾,已经发臭了——他走后,把房子借给姜成住了几天。

这股酸味真的刺鼻,陈路周不知道是自己的鼻子太敏感还是为什么,酸涩味在他的鼻尖萦绕不去,刺激着他的心脏。

他在沙发上坐了一会儿,低头看着手上的小皮筋。皮筋是那天晚上他亲着亲着故意从她头上拿下来的。徐栀没发现,还将他们亲过的每个地方都仔细地找了一遍。陈路周当时问她:"这玩意儿丢了你是要变尼姑了还是怎么了?"徐栀说:"不是,主要是我每次都丢,这是最后一根了。"

他早就知道是这结果,还是一脚踏进去了。

那天他从烧烤店回来时,朱仰起还在这里收拾东西,一看到他进门就问他:"真分了?"

他当时嗯了声,心里却自嘲地想:其实都没真正开始过。

朱仰起叹了口气,把画笔一股脑儿塞进包里:"路草,其实我最开始以为是你泡她,后来才发现,原来你才是被泡的那个。"最后害臊地问了句,"你俩……做了吗?"

陈路周当时很没形象地靠在椅子上,直接从桌上拿了个喝空的啤酒瓶扔过去:"你能不能不问这种隐私问题?"

"你这么说,肯定做了。"

他觉得无语:"说了没有。就接过吻,其他什么都没做。我就是跟人正儿八经谈个恋爱,也不至于一个月就跟人发生关系吧。你的脑子呢?还有,我和徐栀的事情就到这儿,你敢告诉别人,我就弄死你。"

"敢做不敢当啊。"

"不是,毕竟庆宜这么小,我怕别人传来传去不好听,我在国外无所谓,她以后多半是要回来的。"

"啧啧,陈大校草,你就是暧昧对象的天花板了。"

"滚。"

陈路周觉得自己还是不该回来,这屋子里到处都是她的气息,尤其是这张沙发。那天晚上帮她在沙发上改稿子的时候,两个人差点儿打起来。陈路周写稿子习惯性地会加一些符合场景的诗句,徐栀觉得这样很矫情,死活不肯往上加,还说:"不能好好说人话?"

陈路周当时也生气了,把电脑一合,胳膊肘懒洋洋地搭上沙发背,难得大咧咧地跷着二郎腿,跟个大爷似的靠在沙发上,在她的脑袋上狠狠捋了一把:"怎么,看不起我们浪漫派的小诗人是吧?"

本来两个人还争得挺激烈,就因为他这一句话,徐栀笑倒在他怀里,换了个舒服的姿势,说:"能写出月亮圆不圆什么的一定不是小诗人了,陈娇娇。还有,最后警告你,不许碰我的脑袋。"

"行,我哪儿都不碰了。"

"那不行。"

徐栀立马凑过去,陈路周靠着沙发背,面无表情但又无可奈何地在她的唇上敷衍地碰了下,说了句:"满意了吧?"

他在心里骂了句:狗东西。

"陈娇娇。"徐栀好像知道他在骂什么。

傲娇的娇。

不过这都是回忆了。

…………

那天,陈路周在沙发上,从日白坐到月黑,窗外灯火通明,道路通亮,可屋内一片漆黑,那清瘦的身影好像梧桐院落里被人遗漏的秋叶。

楼上、窗外都是嘈杂细碎的声音，炒菜声、训斥声、电瓶车锁车声以及车轮辚辚滚过马路轧到石子的声音，是鲜活的烟火人间。

可屋里一片冷寂，哪儿都没收拾，陈路周任由那气味扑面，任由鼻尖控制不住地酸涩，任由心头炎炎似火烧地发热，也任由眼眶发红。

季节总要变换，青春也终将散场，那场开始于夏天的邂逅，也终于结束在炎炎夏日里。

朱仰起提前一个月去了北京"踩点"。他找了一家画室打工，天天跟小姑娘们大吹法螺，吹得最多的还是他那个牛哄哄的兄弟，但自然是没人信的。他偶尔还给人免费做人体模特。小姑娘们嫌弃他身材太差，天天嚷着换个模特，但老师表示很满意，说："这样你们就能专心画画了。"朱仰起不服气，下了课就去画室附近的健身房健身，两个星期后，他成功被开除了。

姜成最终还是没有复读，成绩出来后意外地发现自己考得还行，就去了四川，学广告设计，听说和杭穗在一个大学城。冯觐去了吉林，学动画摄影。他说他去过那么多地方，也就吉林能让他产生留下来的欲望。大壮和大竣一个去了国美，一个去了央美。

蔡莹莹决定复读。她不打算考翟霄的学校，让自己变得更优秀的目的也不是让翟霄后悔，因为她觉得他不配。老蔡马上要平调到外省，那天蔡莹莹去办公室找他，才知道她爹其实也挺不容易的。单位里同事的孩子没考上A大也是双一流，只有他这个院长的孩子将将够到本科线。别人问老蔡："孩子考到哪儿了？"或许人家没恶意，但多少有点儿攀比的意思，老蔡只能敷衍地回一句："还在考虑呢。"对方就说："也是，女孩子没关系的，以后嫁个好老公最重要。"老蔡直接黑脸了："女孩子怎么没关系了？而且，是我自己一直忙工作，从小就没太管她，她不比别的孩子笨。嫁不嫁好老公是其次，我只要她开心就好，哪怕考个专科，我也愿意养她一辈子。"

不管怎么样，大家好像都在往前走，有人结伴而行，有人独行前往，少年人的未来其实是一条看不到尽头的路，却充满了无数种可能性。

其实后来，陈路周和徐栀他们还见过。

那次是出租房到期，连惠在江岸区给陈路周买了一套房子，让他搬过去，陈路周也不想回别墅，正巧要回出租房拿快递，就顺便把东西收拾了。刚用指纹解锁，叮咚一声刚刚响起，或许还夹杂着窗外一声轻微的蝉鸣声，他便听见楼上响起一声很轻的关门声，紧跟着，脚步声不紧不慢地沿着楼梯下来。当时不知道哪儿来的直觉，他认定那是徐栀的脚步声。

他知道谈胥决定复读了，楼上的房子续租了一年，那天他去退租的时候，房东说了，整幢高三楼只有谈胥那间房还没退。

熔金般的夕阳之光寂寞地打在楼道里，二楼的楼梯拐角处，人还没出现，那个影子先落在一楼的台阶上，陈路周就知道是徐栀了。徐栀看见他，也是一愣。那时的夕阳跟第一次相遇那天一样热烈，带着盛夏最后的余温，天边好像滚着火烧云，将整个画面衬托得轰轰烈烈、如火如荼。

两个人之间的气氛却冷得像冰。徐栀看他的眼神不对劲儿，于是走下两级台阶，解释了一句："我过来把高三的书留给他。"

陈路周嗯了声："我回来收拾东西。"

有阵子没见，徐栀发现他又瘦了点儿，头发也剪得更干净，额前几乎没有碎发，更衬出他英挺的五官和饱满的额头。其实挺奇怪的，陈路周虽然瘦，但身上不仅有一层纹理清晰的薄薄肌肉，而且真的有腹肌。那天晚上，两个人在卧室里热火朝天地亲了一阵，徐栀软磨硬泡始终不放弃，陈路周当时也是被亲得消磨了不少意志，靠在床头，有点儿放弃抵抗的意思，但还是相当吝啬地快速掀了下衣服下摆，小里小气地给她看了眼腹肌。

徐栀生气地说："你打球拿衣服擦汗都比你现在掀得久，别人能看，我就不能看？"谁知道陈路周笑得坦然，看着她说："所以我打球都穿两件，T恤和球衣叠着穿，别人看不见的。我们学校打球，围观的人多，不能不防啊。本来看下也没什么，主要有些人会拍照，我怕以后结了婚，别人的手机里都是我的这种照片，我老婆会吃醋。"徐栀当时啧啧两声，不愧是陈大校草。不过确实也没人比他更珍惜自己的身体了。

…………

金乌西坠，楼道里灿烂如画，徐栀从楼梯上走下来，不动声色地从他身旁绕过去："好，那我先走了。"

"徐栀。"他叫住她。

"啊？"她回头。

陈路周没回头，高大的身影在楼道里堵着，明明很瘦，但徐栀总觉得他比一般男生的肩背都宽阔，典型的宽肩窄腰。

陈路周的手还扶在门把手上。其实这段时间他家里发生了很多事，但是不知道该怎么告诉她，说了又怕给她希望，最后自己还是没去成，还不如等确定去了再告诉她。他的手不由得攥紧了，指节都开始泛白，忍耐了片刻，喉咙里干涩得发痒。他干净锋利的喉结难耐地滚动了一下，胸腔里的咳嗽已经憋不住了，最后他却只淡淡地说了一句："鞋带散了。"

说完，他便开门进去，几秒之后，里头传来几声剧烈的咳嗽声。

之后，陈路周他们家像是迷信里说的那样被人"下降头"了。连惠大约是受了惊吓，从国外回来之后，夜不能寐，睡醒就吐。陈星齐则是回国当天晚上就开始发烧，隔一阵就烧一次，尤其是半夜。陈路周那阵子来来回回去医院挂号都不知道跑了几趟。陈计伸这人迷信，老婆孩子生病发烧，他第一件事就是求人算命，看看风水是不是有问题。

其实那时候连惠已经同意陈路周留在国内了，国外的枪击案让她受惊吓不小，回国之后一闭上眼睛，眼前就是那颗鲜血淋漓的脑袋。然而，陈路周自始至终都没借着这件事情跟连惠提过：我不去国外了。换作以前的陈路周，一定会借着这个机会，一定会用他那张巧舌如簧的嘴，涎皮赖脸地跟他们耍滑，直至达成目的。但陈路周听话得让连惠心神不宁，她隐隐觉得自己再不做点儿什么，可能就要失去这个儿子了。陈路周以前跟她插科打诨，跟陈星齐说话刺天刺地，但整个人跟他们还是亲近的。他现在很听话，说话也不犯浑了，但处处都透着疏离敷衍。

连陈星齐都说："妈，我觉得哥现在跟我不亲近了。"连惠才恍然明白，陈路周要做什么。他能做什么啊？一个十八九岁的男孩子，他想做什么也没有能力啊。更何况他们这样的家庭，他但凡做点儿什么，背后多少双眼睛直勾勾地盯着，背后多少双手等着戳他的脊梁骨。陈计伸那些趋炎附势的亲朋好友又怎么会轻易放过他呢？

陈路周听话是因为想彻底终结这段收养关系，就像他之前说的，"我会给你们养老送终，感谢你们这十几年的养育之恩"。

所以，连惠试图说服陈计伸让陈路周留在国内，但陈计伸不同意，坚持要送陈路周出国。陈计伸这人就是这样，生性多疑、敏感、固执，一旦认定的事情必须执行，不然就会成为他心中的疙瘩。陈路周只有出了国，陈计伸才会认为陈路周是真正听话。不然，往后公司里或者家里发生任何一点儿事情，他都会怀疑到陈路周身上。连惠为什么坚持要送陈路周出国？是因为她太了解陈计伸了。他从来都是表面老好人，内心全是猜忌、算计，而恶人从来都是她来做。

那天晚上，他俩大吵了一架，吵到最后面红耳赤。陈计伸已经心力交瘁，最后撂下一句狠话："你要再提把他留下来，咱俩就离婚。"

陈路周当时是接到陈星齐的电话赶回来的，听说爸爸妈妈吵架吵得好凶，他刚走到门口，就听到连惠口气冷静地说："你要离婚就离婚吧。"

陈计伸突然拿起桌上的茶壶狠狠地往墙上一掷，滚烫的茶水顺着连惠的脸侧淌下去，砰的一声巨响，青瓷茶壶瞬间四分五裂，惊天动地的破碎声令人肝胆俱裂。陈路周刚要冲进去拦，连惠沉默两秒后，坐在一地碎裂的玻璃碴子中间，脚被割破了，擦出点儿血，但她面不改色，眼底如一潭死水，对陈计伸说——

"我已经抛下过他一次，不能再抛下他第二次。"

下过两场雨，S省今年降温比往年都早一些，九月天气就转凉了。

徐栀是九月初离开的庆宜，老蔡开车送她。她和蔡莹莹坐在后座上，老徐在副驾驶座上唠唠叨叨个没完，路上看见个要风度不要温度的女孩子就回头叮嘱她："你到了那边可不能学她，那边比咱这儿冷，等入了冬，秋裤还是要穿的。"

老蔡顺势也点了一下蔡莹莹："你也注意啊，回去好好上课，别整天研究什么化妆了。"

蔡莹莹立马就不服气了，抱着徐栀的胳膊说："不是啊，这还不是怪你，你要把我生得漂亮一点儿，我还用研究化妆吗？我要跟徐栀一样，每天素颜出去，也有大把男孩子在屁股后面追。"

"什么？大把？"老徐耳朵一竖，"不就那一个吗？"

蔡莹莹扒拉着前座，凑上去，悄悄在老徐耳边说："是我知道的那个吗？"

老徐神秘兮兮地回头瞥她一眼："我不告诉你。"

徐栀一脸无语的表情看着窗外。蔡宾鸿一边开车一边分神听他们聊天，听得一头雾水："什么什么八卦？"

没人搭理他。

车子抵达机场，蔡莹莹才意识到分别是真的来临了。从小到大，她俩就没分开过。在安检口，密密麻麻的人流在他们四人中穿梭，蔡莹莹泪汪汪地牵着徐栀的手说："我明年一定考到你们的城市去。"徐栀不由自主地点点头："等你。"

蔡宾鸿从兜里掏出一个红包递给她。徐栀很警惕，问了句："这回不是欠条了吧，我十八岁生日那个红包金额你还没兑现呢。"

蔡宾鸿哈哈大笑，笑她小财迷："你摸摸。"

嚯，红包真厚。徐栀诧异地看了他一眼，又有点儿不知所措地看着老徐。老徐立马伸手过来摸："我说这红包袋子怎么瞧着这么奇怪，用个布袋子装，这得小两万了吧。不行，这么大笔钱，你怎么能直接给孩子？"

老徐不容分说要没收。蔡宾鸿见状，一把拦住，看了眼徐栀，才对他解释说："这是我跟她十岁就约定好的。我这几年都没给她压岁钱，你没发现吗？都在我这儿存着呢，上大学之后一起给她。你们家小丫头可精着呢，那时候就跟我说压岁钱都是骗人的，她说自己的钱要长大后自己支配。"

徐栀没想到老蔡真记着，十岁时的话她早都忘了。等上了摆渡车她才想起来，自己刚刚都忘了说"谢谢"，立马又给老蔡回了一条微信过去，诚心诚意地吹了一堆"彩虹屁"，老蔡就回了一条——

徐大学生，咱就一个要求：以后赚钱了先给你爸爸买条秋裤，男朋友什么的都靠边站。

徐栀回了一条"好"。

她想起昨晚和老徐两个人喝小酒时的情景。月光惨淡地打在窗户边的盆景上，屋子里静谧，没开灯，黑乎乎的。她陪老徐最后看了一遍《雪花女神龙》。每回老徐看到最后，上官燕将回魂丹给了欧阳明日，欧阳明日却把回魂丹给了自己的父亲，拼尽全力最后保住了父亲的性命，老徐就老泪纵横："好儿子，好儿子。"

昨天也不例外，老徐抹着泪，又一次跟徐栀说："看见没，老爹就是最重要的。"

徐栀知道他话里话外的意思，哭笑不得，抽了张纸巾给他："爸，你放心，我大学应该不会谈恋爱了。"

徐光霁有些错愕，哎了声，及时收住眼泪，嘬了口小酒，慢悠悠地晃着二郎腿，语重心长地说："那也还是要谈的。等你以后踏入社会，天天被人用世俗的目光衡量的时候，你会发现校园恋爱才是最纯粹、最轻松的，我建议你去体验一下。"

说罢，老徐转头，意味深长地看了她一眼，神情严肃："怎么，没了陈路周，你不能活了？"

徐栀难得戴了眼镜。她的眼镜度数不高，可戴可不戴，银白色圆润的镜框架在她漂亮挺直的鼻梁上，莫名看着成熟，挺知性的。她人靠在沙发上，正低头研究着白酒的度数，挺诚恳地说："那倒没有，就是觉得应该挺难遇到陈路周这种的吧，而且我们专业挺忙的。"

徐光霁不信：哪有这么好，那小子瞅着也就是长得帅一点儿。

"先去看看再说，说不定你们大学里很多呢，满校园都是他这种类型的，一眼望过去，十个人里面有九个陈路周。"

徐栀终于把酒放下，扶正眼镜，笑着半开玩笑接了句："好，借您吉言。"

徐栀本来以为她是她们宿舍最早到的，结果发现有个床铺已经铺得整整齐齐了。等她收拾完东西准备下楼去超市买点儿日用品的时候，正巧又来了个姑娘，齐肩短发，戴着一副黑框眼镜，脸圆圆的，看见徐栀，明显是一愣，下意识地问了句："你是507的？"

徐栀点头："你好，我叫徐栀。"

对方莫名害羞，腼腆地回了句："你好你好，我叫许巩祝。"

徐栀要下楼买生活用品，看她东西多而且还没收拾，就没叫她下楼，而是问了句："我要下去买东西，有什么需要帮你带吗？"

许巩祝说"不用不用，我都带齐了"，说话的瞬间从行李箱里掏出一个小电饭煲。徐栀叹了口气。刚见第一面，她也不好主动提醒对方大一好像不能使用这些电器，连吹风机似乎都要在规定的时间使用。

等她买完东西回来，宿舍的人差不多齐了。许巩祝见她回来，立马热情地给她介绍另外两位室友，手上还甩着刚从行李箱里拿出来的床单，指着其中一个正跪在床铺上铺床单的妹子说："她叫刘意丝，跟咱们是一个系的。"

刘意丝笑起来很甜，两边有虎牙，依旧腼腆地跟她招呼："大家好。"

许巩祝目光找了一圈，说："杜学姐可能去吃饭了。咱们寝室还有个学姐，大二哲学系的，落单了，咱们系里女生少，她就被分过来了。"

没过一会儿，杜戚蓝就回来了，抱着一箱酸奶，也没客气，直接一人分了一瓶，大大咧咧地把剩下的酸奶直接往柜子里一丢——锁头都是坏的。她的性格挺冷也挺酷，根本不在乎这样酸奶会不会丢。放好酸奶，她随口说："想喝你们自己拿。"

三个人异口同声："谢谢学姐。"

那几天，寝室的气氛就是腼腆和害羞，大家左一句"谢谢"，右一句"麻烦一下"，总之，每个人都客气得不行。徐栀觉得刘意丝多少有点儿社恐，因为对方好几次在楼梯上碰见她，大概是不知道怎么打招呼，直接擦着肩就走过去了。

许巩祝也发现了，刘意丝的性格确实比她俩腼腆一点儿。徐栀感觉刘意丝是慢热，偶尔会语出惊人，还挺有趣的。

徐栀那阵子挺忙的，主要是在校外报了个美术快班学画图。她本来想找个家教的工作或者能打工的地方赚点儿小钱，但发现大一课程太紧，根本抽不出时间来打工，头一个月基本上就是在美术快班、宿舍以及图书馆之间来回。

哦，徐栀有次在小卖部买东西的时候碰到了李科。他也是学建筑的，不过他学的是土木工程专业。买完水出来，两个人正巧碰上，徐栀也没避开，大大方方地跟他打了招呼。李科笑眯眯的，依旧是"端水大师"，眼镜底下那双精明的眼睛依旧在她和许巩祝身上均匀地分配时间："这么巧，下午有课？"

徐栀点点头："王老师的课。"

建筑系是挂科率最高的一个系，而王老师又是他们专业挂科率最高的一位老师。李科这学期也上他的课，当下就看了眼时间，说："那你们快点儿吧，这老师的课，要迟到就直接挂了。"

徐栀和许巩祝惊恐地对视了一眼，转身就要跑的时候，李科突然叫住她："徐栀，周末我们班聚餐你来吗？"

徐栀头也不回地摆摆手。

"这大美女是谁啊？你同学啊？"有男生看着徐栀的背影问李科。

"不是，同学的朋友，我那同学很牛的。"李科说。

"还能比你牛？你都是省状元了。"那人笑着说。

"比我牛，"李科坦诚地表示，"我扣除自选才696，教改最后一年嘛，卷子难度比往年大，今年我们省裸分上七百的只有他一个人。"

知道王教授是个铁板后，但凡上王教授的课，许巩祝都会提前十分钟坐在镜子前好好涂抹一番。徐栀还以为许巩祝看上他们班哪个男生了，结果只见许巩祝卖力地对着脸颊一层层拍着粉扑，一团团粉末在空气里飘散，呛人得很。她理直气壮地说："我这不是想给教授留下个好印象吗？"

徐栀等她出门等得心力交瘁，看她又开始上睫毛膏，终于忍不住说："你看着像是想跟他处对象。公主，快点儿行吗？咱俩又快迟到了。"

"好了好了。"许巩祝匆匆忙忙抿了两下嘴，盖上粉扑盒子，一把拿起桌上的书，"走了走了。"

徐栀："你拿的是《英语泛读》。"

许巩祝连哦了好几声，换书的空隙还不忘照下镜子："走了走了。"

她嘴上说着"走了走了"，脚却是一步都没动，还在对着镜子拨弄刘海，大概是怕徐栀催，嘴里一个劲儿地叨叨着："走了走了。"

杜学姐刚上完厕所回来，把纸巾往桌上一放，靠在床铺梯子上，说："王教授的课你俩还敢踩点到。我们大一的时候知道是老王的课，午饭都不吃，直接去教室门口坐着了。"

"你们哲学系也要上王教授的数学课啊？"

"我们大一不是读的哲学啊，我们大一是人文科学实验班，大二才选的专业方向，所以大一的课程比较杂。"

"王教授这么狠吗？"

"没办法，老王是性情中人，除非你足够牛，期末不用他给重点，不然有些态度不端正的，他都懒得给重点。"

"走了走了。"

"你俩快点儿吧，徐栀要是路上再被人要个微信什么的，你俩一准迟到。"杜学姐一针见血地说。

刚开学，同学们总是热络一些，更何况在这种僧多粥少的理工科院校,用杜学姐的话说,"徐栀你是进了狼窝了"。

比如刚军训那几天,徐栀就被不少男生盯上了,还有不少别的系的男生过来打听徐栀,问她有没有男朋友,连杜学姐他们系里的男生都在打听。那天杜学姐从图书馆回来,顺手就丢给徐栀一张字条:"我们系的学长给你的,人长得还挺帅,你要有兴趣可以加个微信。"

一看那字条的署名吧,许巩祝就激动万分:"江余,这不是你们哲学系的系草吗?"

杜学姐扑哧笑了声,说:"什么系草啊,他自己封的吧,我们系都是大帅哥,还真分不出好赖来。不过这个男生挺浪漫是真的。"

徐栀当时抱着本《中国建筑史》在看,人往后仰,优哉游哉地翘着凳子腿,冷不丁丢出一句:"多浪漫啊?拉屎荡秋千吗?"

许巩祝大为震撼:"没想到你是这样的徐栀。"

结果,过了两分钟,杜学姐不慌不忙地放下手机,显然是问过了。

"他说他可以荡。"

徐栀:"……"

大一新生刚入学,言行难免会夸张一些,毕竟他们大一某必修课的教授在课堂上真心诚意地劝告过他们:"我小时候看不懂鲁迅,后来大学再次拿起鲁迅先生的书,我对他充满敬意。再后来,我喜欢上一个很优秀的女孩子。我从小腼腆内敛,她是学文学的,我是数学系的,那时候对文学说不上感兴趣,我觉得她就好像我小时候读不懂的那本《狂人日记》,充满神秘。于是,为了她,我开始研究文学作品。她很喜欢太宰治。于是,我把太宰治的作品通读了一遍,却发现她已经跟我师哥牵着手漫步在校园里。那时候我还在研究太宰治到底为什么自杀了五次,正巧我当时在学校的小卖部打工,偶遇我师哥来买早餐,我就忍不住问他:'师哥,这个太宰治……'师哥毫不留情地直接打断我:'我不吃三明治。'

"所以,建议你们,碰见喜欢的女生就赶紧追,因为等毕了业你们就会发现,二十岁解不开数学题,顶多难受一阵子;二十岁追不到女孩子,可能会难受一辈子。当然,这只是本人的个人观点,跟学校的立场无关。不要拍照,不要发视频,我火了对你们没好处,我会要求涨工资,羊毛出在羊身上,学校说不定就涨你们的学费。"

话是这么说,但肯定会有人录音的,还有人发了小视频,反正那个老师在网上一直挺火的，还上过好几次热搜，大家都知道他什么风格。他每次带新生都会不厌其烦地把自己的爱情故事说一遍，所以全网几乎都知道他有个不吃三明治的师哥。

大一的课程很紧，为了打基础，徐栀又给自己报了个画图的快班，所以课余时间不算多，加上老徐时不时晚上给她打电话，一聊就是个把小时，她那阵子是真挺忙的。

有一次跟老徐通话的时候，有个男生直接在女生宿舍楼下摆龙门阵，整整齐齐地点了一圈心形的蜡烛，在火红的烛光中，嘴里时而慷慨激昂、时而深情款款地念着网上那首风靡一时的情诗——

"在我贫瘠的土地上，你是我最后的玫瑰……"

老徐在电话那边听得一愣一愣的："小伙子中气很足啊。"

徐栀说："学校朗诵团在练习。"

老徐咯咯笑："我又不是不懂，追求者吧？怎么样，长得帅吗？学什么专业的？"

徐栀握着电话站在阳台上，心不在焉地往楼下看了眼："看不到长相，你觉得能比陈路周帅吗？"

老徐啧了声，不太满意地说："你老拿那小子比什么啊？"

没比，她心想，原来中文系的人表白也是念别人的诗，浪漫派小诗人还真的不是哪里都有，能写诗的人不多，还能把她的每个问题都记在心里，好好思考一番再认真给她答复的人，天底下也就那一个了吧。

想到这儿，徐栀打算挂了电话下去跟人说清楚，却看见杜学姐拍了拍那人的肩膀，把人拉到一边不知道说了什么，对方很快就收拾东西走了。

杜学姐一进门，正在敷面膜的许巩祝就忍不住掰着指头替徐栀数了数："我算了算啊，从开学到现在，正儿八经追你的也有五六个了，徐大美女，你就一个都没看上啊？"

徐栀当时正在找充电器，准备给手机充电，找了半天也没找到，最后发现是卡在桌子后面，于是猫着腰，撅着屁股在掏。身体的曲线被勾勒得紧致又圆润，前凸后翘。她一边手臂在桌板后面摸索着，一边淡淡地说："真没有，我没打算谈恋爱。"

许巩祝把脸上的面膜抚平，看着镜子里面那个没什么可挑剔的身材曲线，说："江余你看不上吗？上次在食堂吃饭，你还记得吗？坐你对面的那个人。我觉得杜学姐对江余有点儿个人偏见,江余绝对是他们系的系草,有阵子在小视频网站上特别火,长得很像那个明星啊,刚出道那个。"

杜葳蓝抱着胳膊靠在连着床铺和桌子的上下梯上,一本正经地看着许巩祝,是这么说的:"你知道为什么你觉得江余很帅吗?"

许巩祝莫名一愣:"啊?"

"因为你们这届的男生普遍不行。我们这届除了江余,还有好多帅哥,所以大家都有点儿免疫了。学姐们真的好替你们这届小妹妹担心,那些帅哥帅归帅,但有几个是渣男。不过江余还好,徐栀,我说你真可以接触一下。"

"是吗?我怎么觉得很一般呢?"徐栀把充电器拿出来,给手机插上,漫不经心地说。

杜葳蓝难免有点儿好奇,目光不由得慢悠悠地在她的身上打量了一圈:"江余一般,看来徐大美女是谈过恋爱啊。"

许巩祝一下子兴趣就起来了,把面膜一扯,随手丢到垃圾桶里,顶着一脸浓厚得油光发亮的精华趴在椅子上看着徐栀,兴味盎然地问:"真的吗?是什么样的男生啊?天哪,我好好奇!"

徐栀刚换上睡衣,脑袋上戴着毛茸茸的兔子耳朵发箍,露出光洁的额头和五官,单边耳朵上的 C 字母耳钉在闪闪发亮。陈路周是一个很难用一个字总结的人,真要说,只能说他的出现,难得地统一了她和蔡莹莹的审美。于是徐栀说了个最显而易见的事:"很帅。"

许巩祝失望地嗐了声:"帅这个东西,其实很主观的,情人眼里出西施,你觉得帅,我们就不一定觉得帅了,就好比江余,我觉得帅,杜学姐觉得也就那样。"

徐栀靠在自己的桌子上,手机在旁边充电。她抽了本书出来,打算背会儿单词:"那就没什么好八卦的了,个人审美问题是讨论不出结果的。"

那阵子徐栀的微信时不时会冒出好友申请,她偶尔会点进去看。有一次看见一个风格、头像跟陈路周很像的——对方的头像是天鹅堡,她记得陈路周的朋友圈背景就是天鹅堡图片,头脑一热就把人给加了。当时她还以为是陈路周把她删了,重新回来加好友,但想想又不对,她又没删他,就算他重新加好友,也不会跳出申请的,除非两边都删除了对方。

她加完微信立马退出来,去看陈路周的微信。他的号还在,安安静静地躺在那里，人跟消失了一样，朋友圈几百年前就停止更新了。徐栀当时怀疑陈路周出国可能换了手机号码，也换了微信号。

所以她对那个天鹅堡头像的微信心存希冀，对方不说话她也一直没删。直到有一天，学校里学生会纳新，徐栀填了宣传部的招新表，负责人要加她的微信，徐栀一扫，跳出来那个天鹅堡的头像，她下意识地抬头一看，才想起这人就是那天她们在食堂吃早饭时，坐到杜戚蓝学姐身边的江余。

当时，徐栀心里最后那一点希冀也灭掉了。她回到寝室，坐了一天。其实刚来的时候也还好，思念没这么挠人，最近学习、生活都步入了按部就班的模式，所以她总是会在闲暇时想起暑假那段时光，想起那幢昏暗的高三复习楼、嘹亮的蝉鸣声，以及四下无人的夜里，那些生涩却令人觉得刺激的密密的啄吻声。

八月底，两个人打过最后一个电话。那次是晚上一点多，徐栀洗完澡出来，发现手机上有个未接电话，是陈路周的。于是，她头发都没吹，就坐在床边，给他拨了回去。

电话响了很久那边的人才接，接了电话就一直沉默。

两边的人都不说话。

徐栀当时裹着浴巾，头发湿漉漉的，还在往下滴水，水珠一点点渗透她的背脊。她看着窗户边上那盆光秃秃的栀子花，感觉月光格外柔和，忍不住叫他的名字："陈路周？"

那边的人低低地嗯了声。

徐栀："想我了？"

那边的人愣了很久，似乎是不太想承认，但又觉得说什么都是欲盖弥彰，于是很短促地嗯了声。

徐栀笑了下："陈路周，你好菜，你应该说，'不小心拨错了'，跟上次一样，'徐栀，你的鞋带散了'，多虚伪啊。"

那边的人嗯了声，但很快补了一句："没你虚伪。挂了。"

之后他俩就真的没再联系过。

国庆节前后学校的事情很多，徐栀那阵子也挺忙，校内校外都得上课，而且正巧节前她被招进了宣传部。杜学姐自己是学生会副主席，一直怂恿寝室几个妹子去学生会试试水。徐栀那天是闲着无聊陪许巩祝去报名的时候也填了一张表，申请的正巧就是江余所在的宣传部。

徐栀进了宣传部，许巩祝去了学习部，刘意丝也进了文艺部，所以那阵子，她们507寝室晚上都没人，因为都在部门开会，回到寝室基本上已经十点了。几个人互相吐槽几句，然后倒头就睡。迷迷糊糊间，徐栀还能听见许巩祝说梦话："部长，这种脏活累活我来，怎么能让您动手呢？别给脸不要脸啊！给我放那儿！抢谁活儿呢？！"

那阵子学业、工作两头都忙，徐栀一天睡不到五个小时。每天夜里被惊醒之后，她总想起某个人，便再也睡不着了，最后只能听许巩祝咂着嘴，睡得酣甜。徐栀再淡定，也被说梦话的室友搞到精神崩溃，筋疲力尽地往床上一倒，一副生无可恋的表情对杜戚蓝说："学姐，能救救我吗？"

杜戚蓝却从这短短几句话里品出了一点儿耐人寻味的东西："他们学习部是该整顿整顿了。"

徐栀："……"

新生入学那股新鲜劲儿过去后，追徐栀的人就少了很多，知道她目不斜视、眼高于顶，连江余这种系草都没放在眼里，其他人也就不再冲上去自讨没趣。她的日子倒是清静了很多。

其实也不完全是杜戚蓝学姐说的那样，这一届新生里还是有几个男生的颜值很不错的，有一个就在军训的时候大出风头，唱了一首英文歌，俘获了众多芳心。这个帅哥正巧也在文艺部，最近跟刘意丝来往甚密，但两个人都没挑破，还在暧昧阶段，晚上听他俩打电话，整个寝室都冒着粉红泡泡。只是许巩祝也对那个帅哥有意思，但人家喜欢的是刘意丝，所以寝室氛围多少有点儿紧张。

杜戚蓝和徐栀一到晚上就拉着许巩祝去操场散步或者吃夜宵，同时又要安抚刘意丝，不让她觉得被孤立了。所以那阵徐栀和杜戚蓝夹在中间左右为难。好在杜学姐到底是学生会副主席，身经百战，这种小矛盾对她来说简直小菜一碟；徐栀又是个有话直说的性子，人也聪明，识时务，她俩配合还算默契，左右逢源，竟然将寝室氛围调和得还挺融洽。所以，杜戚蓝是越来越喜欢徐栀。于是，有一天两个人一同从图书馆回来，杜戚蓝经过深思熟虑后，问徐栀："有没有想过直接进学生会主席团？你的性格很适合在主席团——情绪稳定。你知道，有时候各部门争执不下，我们主席团夹在中间其实是最为难的。"

徐栀当时想了想，就退避三舍，摇摇头："唉，我还是先赚钱吧，每天晚上开会开到十点我都头痛。你知道宣传部吧，其实也没什么重要工作，但每天晚上都要去汇报工作，尤其是周例会，我觉得太形式主义了。"

杜戚蓝笑笑，也没勉强，刚要说"江余还在追你吗"，就看见江余正大步流星地从球场那边朝她们走过来，手上拎着一瓶水。江余个子不矮，保守估计也有一米八三，手上和脚上都戴着护膝，快十月的天气还是短袖短裤，确实是个阳光帅哥。他叫住徐栀和杜戚蓝："你俩干吗呢？"

两个人在路灯下站定，等江余走过来。江余的影子在路灯下变幻莫测。徐栀想起录节目那晚，她追着陈路周的影子踩。帅哥的影子应该都差不多吧，但是她总觉得陈路周的影子比其他人的都要干净锋利点儿，也更修长。他好像连影子都充满了吸引力。

杜戚蓝对江余说："背着你挖人啊。"

江余边笑边走过来，不知道有没有听到，两手撑在膝盖上，弯下腰，笑得令人如沐春风，眼睛对上徐栀的眼睛："国庆节回家吗？"

"部门里面有事吗？"徐栀问。

江余点点头："有点儿小事，你要是回家也没事，就是国庆节之后学校的各种比赛事项目前还没安排好，篮球赛、摄影赛、书画展之类的。咱们宣传栏里的海报还没换，还有一些宣传短片没剪辑。如果不回家，国庆假期想留下你加个班，可以吗？"

徐栀叹了口气："行，你到时候把部门钥匙留给我。"

江余笑笑说："我跟你一起加班。"

徐栀一愣，看了眼杜戚蓝，正要说"那还是算了吧"，结果江余有点儿无奈地率先开口说："徐栀，我听杜学姐说你谈过一个男朋友……"

杜戚蓝在一旁听见了，连忙喂了声，一记眼刀飞过去："江余！"

路灯将三个人的影子拉得老长。陆陆续续有人砰砰砰拍着球从球场那边过来，一个江余，一个徐栀，再加一个雷厉风行的学生会副主席，路过的人忍不住朝他们这边打量。江余看了眼杜戚蓝，顿住了，没往下说。他咬着唇，了然地点了点头，直起身，看着徐栀说："算了，我没别的意思，国庆期间你要留下帮忙，我把钥匙给杜学姐。"

说完，江余最后看了徐栀一眼，转身就走了。

徐栀和杜戚蓝往宿舍的方向走，路灯下，两个人的影子不断交叠又不断散开。杜戚蓝欲言又止地看着她，最后还是开口解释说："江余没追过人，所以不知道是你难追还是女生都这么难追，那天问我，我就随口说了两句。他那时候也挺难受的，有好一阵都跟我说放弃了不追了，我也以为他放弃了……"

徐栀戴着眼镜，银色的镜片在月光下散着光，衬得她整个人柔和而干净："那个天鹅堡的图案是你告诉他的吗？"

杜戚蓝："抱歉，我无意间看见的。江余说怎么都加不了你的微信，我那天开玩笑地跟他说，'要不你换成天鹅堡的头像试试'，因为我看你对着那个天鹅堡的朋友圈发了一下午呆。"

那段时间，徐栀和杜戚蓝说话也少了。许巩祝不知道为什么寝室一下子变成了这样。徐栀那阵出去得很早，晚上回来得很晚，基本上独来独往。而杜学姐向来是独来独往。寝室就剩下许巩祝和刘意丝，刘意丝永远在跟那个帅哥煲电话粥，许巩祝看书看不进去，后来索性也在图书馆待到半夜才回寝室。

国庆放假前，整个寝室都被一种诡异的尴尬氛围笼罩着，最后还是许巩祝忍不住找杜学姐谈话："你跟徐栀到底怎么了？"

杜戚蓝当时刚从图书馆回来，抱着一摞书，两个人就站在门口。杜戚蓝觉得徐栀真是跟别的女孩子完全不一样，看着好像对谁都没有情绪，但是一旦觉得不舒服了，就会不着痕迹地疏远。其实她俩平时看着也没什么不一样，徐栀还是会跟杜戚蓝说话，只是很少再说自己的事情。

杜戚蓝也没觉得徐栀这样有什么不好，都是各自的选择。她帮江余只是觉得江余是个还算不错的人。徐栀因为她帮江余疏远她，说明徐栀是真的不喜欢江余。不过杜戚蓝第一次觉得自己可能有点儿多管闲事，于是对许巩祝说："没事啊，别担心，过几天就好了。"

许巩祝直白地说："我就觉得咱们寝室最近气氛怪怪的，我实在不喜欢这样。我听说好多女生寝室，四个人拉了七八个群，你们不会也在我背后拉群了吧？"

杜戚蓝抱着书笑了下，无奈地说："我要叫你'姐'了。就算我是这种两面三刀的人，你觉得徐栀和刘意丝是吗？小刘虽然平时跟我们沟通不多,最近又忙着谈恋爱,但每次出去,带回来的夜宵也没少你一份啊。你月底没钱,徐栀让你蹭了这么久的饭,她也没说过一句啊。"

"也是,不过我会还钱给她的。我都记着呢,等下个月发了生活费我就给她。"许巩祝突然想到什么,说,"对了,学姐,我们学习部今天开会,不是统计各班级的出勤情况吗?人文科学实验班那边好像一直都少一个人,说是国庆之后过来报到。我在想,他来了以后,像王教授的课,他不是挂定了?"

杜威蓝想了想,问:"你问这个干吗?"

许巩祝心有余悸地说:"因为我今天迟到了。我感觉王教授看我的眼神有些异样,保不齐就要挂了,万一今年就我一个人挂,多尴尬。"

杜威蓝安慰她:"王教授这个人很难讲啊,'他'保不齐也要挂,旷了这么久的课,想不挂也难啊。王教授的课本来就难,马上就要期中考了,你还是好好准备准备吧。徐栀的数学不是很好吗?你多向她请教。"

国庆期间得知朱仰起也没回去,徐栀约他出来吃了一顿饭,就在她学校附近。朱仰起瘦了很多,刚一见面,徐栀都没认出来。她叹了口气,本来想着在他身上找找暑假的感觉,结果朱仰起竟然减肥了,坐在对面,整个人看着既熟悉又陌生。他还做作地将袖子撸到肩膀上,露出偾张紧实的肌肉线条,一个劲儿地炫耀自己的肱二头肌,浑然没发现对面的徐栀完全不在状态:"怎么样,看着是不是挺有劲儿?不是我跟你吹啊,很多健身一年的都到不了我这个状态,哥只花了两个月,就完成了这个全新的蜕变。"

徐栀坐在对面,面不改色地看着他:"你还能变回去吗?"

朱仰起一时无语凝噎,看她神不守舍,才慢慢回过味来,终于收起他的肱二头肌,故作轻松地夹了块寿司塞到嘴里,问:"是不是想他了?"

徐栀没说话,心不在焉地侧头看着街上人潮拥挤,车来车往。

她身上穿着一件黑色小开衫,衬得皮肤细腻而白皙,里头也是一件纯黑色的吊带,露出平坦的胸骨。胸骨以下朱仰起不敢看,胸骨以上是精致的锁骨,网上说的"可以养鱼的锁骨"就是这种吧。徐栀确实漂亮,每见一次,朱仰起都要在心里感叹一次。

朱仰起放下筷子,嘬了口酒,跟老大爷似的咝咝地抽着气,被辣得面目狰狞，说："昨天我接到你的电话，就知道你多少有点儿想他了，不然不会主动打电话给我。"

徐栀当时心里却想：陈路周喝多辣的酒都不会面目狰狞成这样。有一次他俩在高三出租屋里喝酒的时候，徐栀从家里偷了一瓶老徐喝的土烧酒，带过去骗他喝了一口。一口下去，陈路周的眼睛都被辣红了，但也就无语地仰头皱了下眉头，然后直接把她搂过去，用胳膊圈着她的脖子，将她的整个脑袋摁在怀里，毫不手软地使劲儿捏她的脸，咬牙切齿地说："玩我是吧？"

徐栀当时笑得喘不上气。但他的力气太大，她躲不过，只能被他摁在怀里任由他捏，脸都被捏变形了，像个面团一样任由他搓圆捏扁。她嘟着嘴说："陈，路，周，脸要是变大了你负责吗？"

他笑得不行，下手更重，有点儿"打击报复"的意思，低声说："负什么责？你亲我那么多次，你负责了吗？"

…………

他的意气风发别人确实学不来，哪怕从小跟他一起长大的朱仰起。

朱仰起把杯子放下，整张脸都被辣红了。他感慨了一句："其实来北京这么久，我也不太敢主动联系你，主要是怕你看到我就想起他。而且我自己也怕看到你总是想起他。"

确实，开学这么久，他俩几乎没联系过，也就入学第一天晚上，因为刚换了本地的号码，朱仰起往她的微信上发了一条新号码的信息，问了句"入学顺利不顺利，有没有什么需要帮忙的"，让她有问题随时找他，顺便把她的新号码发过去。

其实徐栀到现在都还没办本地的号码，因为八月底那个电话让她一直很不安，她怕陈路周又半夜给她打电话，所以一直没换号码。

两个人坐在A大对面的日料馆里，看着满大街川流不息的人潮。正值放假高峰期，不断有学生提着行李箱从校门口鱼贯而出。夕阳的余晖将整座校园笼罩在金光之下，那画面让徐栀有点儿恍如隔世之感，明明是几个月前的事情，回想起来，却仿佛已经很久远。

徐栀试图在朱仰起身上找到暑假的熟悉感，于是坐在残存的夕阳里，慢悠悠地、仔细地将朱仰起从头打量到脚。那种好像要将他细嚼慢咽的眼神瞧得朱仰起后背直起鸡皮疙瘩。

"你别这么看我,哥们儿受不住,我会以为你对我有意思的。不过,你有没有觉得我最近帅了很多?"

徐栀悠悠地喝了口酒,说:"还行。"

朱仰起多少知道自己没法跟某人比:"不说我兄弟,就说你们学校那江余,怎么样,我比他帅不?"

徐栀当时正看着窗外,漫不经心地欣赏着夕阳晚景,听见这话,下意识地回头看他:"你怎么知道江余?"

朱仰起神秘兮兮地一笑:"我在你们学校有眼线呗。"

"陈路周让你盯着我的?"徐栀盯着他问。

日料店里本身人就不多,加上马上放假,这会儿只有他们这一桌客人。服务员将冒着袅袅白雾的刺身端上来。两个人有片刻沉默,朱仰起只能搓了搓大腿掩饰尴尬,然后将刺身盘子往中间推了推,等服务员下去之后,才开口对她说:"就是暑假里你来找他商量志愿的那个晚上吧,他交代我的,也不是盯着你,是怕你让人欺负了,让我多看着点儿。这不是正巧,我有个同学在你们A大的美院,前阵子就随口跟他聊了两句,才知道追你的人那么多,那个哲学系的系草是叫江余吧?怎么样,长得有我那兄弟帅吗?"

徐栀静静地看着朱仰起,不说话,夕阳落在她的眼睛里,让她更显锋利,身上莫名有股一夫当关万夫莫开的气势:"他什么意思?"

朱仰起以为徐栀介意被人在背后打听这些事,其实他跟陈路周也很久没联系了,这些事都还没来得及告诉他,于是叹了口气,立马替他兄弟解释说:"你别误会,陈路周真没别的意思。他就是担心你被欺负,毕竟你长得这么漂亮,才让我帮忙看着。而且他当时也说了,男朋友随便你交。"

徐栀:"……"

"徐栀,你这样老在别人身上找他的影子不行。"朱仰起竟然真心诚意地建议说,"要不,你谈个恋爱试试。"

徐栀:"……"

国庆节七天过得很快。因为放假前接到一条短信通知——这学期社团活动有附加学分,徐栀当时就随便报了个摄影社,没多久,社里就通知她节后开会。她大致算了算自己周一要开多少会:宣传部例会,社团例会,中午十二点还有个班委会议。对，她还是团支书。就很莫名其妙，第一天晚上新生见面，每个人都做了自我介绍，然后辅导员突然就开始选班委。他们班男女生挺平均，唱票的时候，票数很分散，她以高出第二名一票的微弱优势当选团支书。

徐栀属于那种干也行，不干也行——虽然个人意愿并不强烈，但她从小就是班委，当习惯了。不过因为出众的外形加上稳定的性格，老师特别爱给她安排任务。

国庆节最后一天，她在宣传部把马上要开展的篮球赛的几个宣传片剪完，就把钥匙还给了杜戚蓝，下午去移动营业厅把本地的卡办了。回到寝室，还没推开门，就听见里面吵得沸反盈天，现场堪比五百只鸭子齐声叫唤，她简直不敢相信，许巩祝和刘意丝两个人能发出这种声音；也不敢相信，寝室一扫之前压抑沉闷的氛围，如同一锅沸腾的开水。

"我真的看见了，就在二食堂，跟人吃饭呢。"许巩祝的声音前所未有地激动，还在情不自禁地跺脚，跺得门后本来就缺一只脚的放饮水机的凳子咯噔咯噔直晃荡，"他对面那个男的我认识，就是上次我和徐栀去小卖部买水的时候碰到的那个理科状元，就徐栀他们省的。那帅哥真的贼帅，我刚打完饭，准备找位子坐呢，他跟那状元一边说话，一边往我们这边看了一眼，我当时觉得腿都软了。"

刘意丝笑了起来："他看上你了吧，不然干吗看你？"

许巩祝是不可能被人灌这种迷魂汤的，这点儿自知之明她还是有的。尽管声音激动得发抖，但她还是保存了一丝理智："那不可能，当时食堂好多女生都在偷偷打量他，外语系的小系花都直接上去要微信了。"

刘意丝还是不太信，本来想问"还能比校草帅吗"，不过来了才个把月，她至今也不知道学校的校草是谁，出名点儿的也就江余等几个哲学系帅哥，但是大家不分伯仲，要说特别帅的，也没有，没有特别牛的领头羊出现，大家谁也不服气谁。因为学校名气大，每次提到本校校草，论坛底下或者微博底下都有人反对，所以校草这个头衔一直空置着。毕竟是学霸云集的院校，某个人颜值这方面过得去，光芒就难掩了。

许巩祝正在翻手机微信，说："我不管，反正等会儿杜学姐回来了，我就要跟她说，'谁说我们这届男生拿不出手的？这个真的秒杀那些学长'。"

"确定是我们学校的吗?不会是来找人的吧?"刘意丝问。

"不是,是人文科学实验班的。明天王教授的课咱们班不是跟他们班一起上吗?到时候课上你看着,绝对轰动。"

徐栀刚推门进去,两个人的声音便戛然而止,齐刷刷地转头看她,满面红光,眼里充满了意犹未尽,已经不计前嫌。徐栀不忍打破这种氛围,不管那帅哥到底帅不帅,能让她俩化干戈为玉帛,成功破冰,就这点来说,这人就很牛。

徐栀一边翻着抽屉找她的校园卡,一边模样诚恳地对她们俩劝了句:"哎,别在意我,我就回来拿个饭卡,你俩继续聊,聊得挺好的。"

许巩祝看她拿着校园卡出去,没头没脑地问了句:"徐栀,你要去食堂吗?"

"嗯,吃完去开会。你们学习部晚上没会吗?"

"没有。你们宣传部最近事情多吧。"许巩祝看着徐栀走出去的身影,突然吼了句,"去二食堂!二食堂有帅哥!"

徐栀本来就打算去二食堂,倒不是因为二食堂有帅哥,而是她突然想吃猪脚饭,只有二食堂的三楼有猪脚饭。

这个城市这会儿已经入秋,通往食堂的鹅卵石小路上稀稀拉拉地飘落了几片金黄色的落叶,秋意还不算很浓。球场就在食堂隔壁,徐栀走在路上,总能隐隐约约听见男生在旁边砰砰砰地拍着篮球,夹杂着此起彼伏的喝彩声。

路上徐栀一直在想,她卡里的钱到底够不够吃一份猪脚饭的。放假这几天食堂都没开,她依稀记得放假前卡里头还有二十几块钱,一份猪脚饭二十八,但是她记不得卡里究竟是二十几了,所以她想,干脆先去食堂底下充卡吧。

等她充完卡,坐在食堂看着猪脚饭,突然又不想吃了。要不是没有性生活,她都怀疑自己最近是不是怀孕了——激素分泌不太正常,情绪反复。

食堂宽阔明亮,尽管人很多,但还是显得空荡荡的,交流声仿佛隔着千里万里,隔两桌就听不太真切,所以徐栀耳边几乎都是餐盘碰撞的噼里啪啦的声响。

徐栀埋头有一口没一口地吃猪脚饭的时候,正巧听见有人叫她的名字。她茫然地抬头望过去,是宣传部的一个副部长学姐,隔着老远喊她的名字,问她吃完没有,吃完了一起过去开会。

徐栀刚要说话,突然有个高大的身影站到她俩之间,将人挡住了。徐栀当时还侧了一下脸,一边想把人撇开,去找学姐的身影,一边说:"我马上吃完,你等下。"可下一秒,大脑突然反应过来,她整个人都愣住了。

她说不出当时是什么感觉。她觉得太遥远了,那个人好像在海市蜃楼里,仿佛下一秒就会消失。她总觉得自己最近想他太频繁了,所以出现了那么一个幻影。她都不敢抬头去看,觉得多半只是有点儿像而已。但说实话,她在路上偶尔也会看见几个像他的,但都没有这个真实感这么强。

这种真实感切切实实地撞击着她的心脏,她当时甚至鸡皮疙瘩都起来了,血液在脉络里横冲直撞,整个人是彻彻底底地木住了。

看到陈路周那张脸的瞬间,其实她还是觉得不太真实,总觉得那只是一个长得跟他很像的帅哥而已。难怪许巩祝和刘意丝直接变成了五百只鸭子叽叽喳喳个不停,但凡长相跟他有点儿沾边的,都丑不到哪儿去。最后,还是注意到他旁边的李科之后,徐栀才恍然回神,这真的是陈路周,是她的陈大诗人。

除去上次在楼梯间的匆匆一面,正儿八经算起来,两个人有三个月没见了。

这样的时间其实不足以改变一个人,但两个人瞧着对方的眼神或多或少透着一丝生疏和试探。要说陈路周变化很大,也没有;但要说一点儿都没变,也不是。

他的眼神依旧充满正能量,那眼皮和徐栀亲过好几回的嘴唇依旧很薄。徐栀之前亲的时候就觉得奇怪:陈路周的嘴唇明明那么薄,为什么亲起来却很软?他的眉眼依旧英俊,脸部线条依旧流畅,只是身上的疏离感比从前更重。整个人看起来却比从前更沉稳坚定,好像一条没有舵手的孤舟在海面上漂泊数日后终于悄无声息地靠岸了。

但他不笑的时候,那股不好糊弄的冷淡劲儿立马又出来了。

食堂里很多人来来往往,但因为食堂占地面积太大,所以各种声响在空旷的餐厅里显得很细碎。徐栀耳边充斥的都是乒乒乓乓扔餐盘的声音。徐栀凝视他很久。陈路周也静静地看着她,眼神依旧锐利,只是比从前更具侵占性。

他想了很多开场白，每句话都在嘴边滚过好几圈。当时他嘴里还含着一颗糖，就那么坐在人声嘈杂、四周目光交织的食堂里，看着对面那个人，最后还是忍下了胸腔里那股令人头皮发麻的酸涩劲儿。他已经走到这里了，怎么来的，来的过程中到底经历了多少，都没必要让她知道。

陈路周用下巴点了点她面前的猪脚饭，笑着问："猪脚饭好吃吗？"

一如帮她填志愿那晚，陈路周不肯给她看，小里小气地拿了条毯子盖在腿上。徐栀故意挑衅地说："猪脚饭好吃吗？"她当时的意思是，我的眼睛这么尖，真要看，那天下午我就看了。

两个人重逢，陈路周甩出这句话，多少有点儿勾起她回忆的意思。

但徐栀一直没说话，就那么坐在那儿，死死地盯着他。李科当时就觉得，也就陈路周能那么坦然自若地接受对面的"严刑拷打"。徐栀眼神里那股尖锐直白的狠劲儿，他都看得心肝发抖，忍不住开始回想自己以前到底干了什么缺德事：六岁砸了人家的玻璃窗；十岁跟人去偷瓜，被大爷追着打；十六岁好像狠狠地伤了一个女孩子的心……

好在陈路周坦荡，六岁没砸过人家的玻璃窗，十岁没偷过瓜，十六岁也没有伤过女孩子的心。他正儿八经地也就招惹了那么一个女孩子，那个女孩子现在坐在他面前，好像快哭了。

"不认识我了？"他低声说。

徐栀平静地回了句："你跟陈路周什么关系？"

陈路周想了想，看着她说："他弟弟吧，陈三周。"

餐厅里空荡荡的，徐栀却觉得呼吸不畅，饭没吃两口，直接撂下筷子，准备走了，临走前对陈路周淡淡地说："行，那咱俩以后保持距离，毕竟你哥人现在应该在利物浦。"

也是那个晚上，徐栀说，我也不一定去北京啊，万一A大没录取我，我可能会去上海，反正到时候不告诉你我在哪儿，你也别告诉我你出国去哪儿。

之后两个人都刻意不提这事，所以从她嘴里说出"利物浦"，陈路周感觉很微妙，还以为她真的不会问他去哪里留学。所以，她还是没忍住问了朱仰起，是吗？

"徐栀，我……"

话音未落，旁边突然插入一道清亮的男声，带着熟悉的催促："徐栀，吃完了吗？马上开会了。"

徐栀没有再看陈路周，端着盘子直接站起来。那男生个子很高，看不太清脸，站在餐盘清理处等她。

李科看了眼陈路周，把手上的咖啡喝完了才跟他说："你是不知道开学头一个月学校有多热闹，有个学长有阵子风雨无阻，每天八点在寝室楼下给她送早餐，你猜徐栀跟人说什么？"

"说什么？"陈路周看着两个人下楼的背影，慢悠悠地把嘴里的糖咬碎了。

"她说：'学长，你这个点送，我已经吃过了。'学长就好奇地问了句：'你几点吃早饭？'她说：'四点。'学长回来就跟室友说了：'这姑娘不厚道，但凡说个六点，我都不会觉得被人拒绝得这么彻底，谁上大学还四点起啊？'"

难怪他追不到，这就放弃了。

陈路周笑了下，转头看着李科说："她真的四点起。"

他俩打耳洞那天，在雨棚下有一搭没一搭地聊天，还讨论过高三期间的作息。徐栀说自己十一点睡四点起坚持了一年多。她说得轻描淡写，只有经历过高考的人才知道这有多难。

李科一愣："真的啊？你怎么知道？"

二食堂三楼的人越来越多，餐盘乒乒乓乓的声音没停过。陈路周的心一阵阵发紧，他以为那是堵得慌，后来才知道是心疼。他低着头将刚办下来的校园卡的膜给撕掉，露出崭新的卡面，看着上面那张青涩的照片。因为没赶上开学，照片用的还是他高一时的入学照，那时候眉眼都还没长开，像被剥了皮的大葱，又白又稚嫩。

陈路周叹了口气，懒洋洋地说："你以为黑马那么好当啊？当黑马很累的，睿军是普高啊，这么多年出过几个名牌大学生？好点儿的一本都没几个吧？那学校这么多年也就出过她一个，没点儿定力真不一定能考到这里。李科，你大概不知道我有多佩服她。咱俩的成绩是在市一中卷出来的，是在一个天时地利人和的环境里，是所有人都预料到的结果。可她不一样，她的出现给很多人带来了希望。你不觉得很酷吗？比咱俩酷多了。"

李科闻言一怔。确实，在星空下唱歌的人只是锦上添花，在烂泥里摸爬滚打的人才是真正意义上的星星，徐栀很难得。他也不由得反思起来：

· 406 ·

"这么说,我最近是有些懈怠了,昨晚两点就睡了,八点才起来去上课。"

陈路周再次叹气:"那我更惨,我还旷了一个月的课呢。"说完,他把手机和校园卡放回兜里,这才状似无意地问了句:"追她的人很多吗?"

"反正不少。不过,刚入学那阵,新鲜感作祟,比较多吧。好几回我在路上碰见她被人堵着要微信号,现在消停多了。可能大家都知道她不好追,连江余都没追到,也就没什么人上去自讨苦吃了。"

陈路周挑了下眉,嘴里的糖已经化了,很腻。他问:"就刚才那男的?"

李科点点头。

两个人站起来,打算回宿舍。陈路周连人家的脸都没看清,却冷不丁说:"还行,挺帅的。"

李科:"得了吧你,酸了吧唧的。"

陈路周笑笑。两个人下楼,有一搭没一搭地聊着。他懒洋洋地把双手揣进兜里,一级级台阶慢吞吞地往下走。他人高,在人群中已经是鹤立鸡群,加上那股随意自在的劲儿,落在他身上的目光就没断过。

他向来对这些或好奇或欣赏的眼神忽视得游刃有余,自顾自大大方方地跟李科聊着徐栀,一点儿不担心别人知道他有喜欢的女孩儿。

陈路周说:"真不是酸,要是遇上个正经的,她想谈一谈,我也没意见。不是因为别的什么,说了你大概不太信,我第一次自卑,就是帮她查分那天。我说佩服她是真的,把我丢到睿军,我都不一定能考出她这个成绩。"

他又佩服,又心疼。

李科也笑了下:"那也是,如果没有你跟我卷,我也考不出这个成绩。不过,那个江余吧,各方面条件都挺好的,好像是本地人,其他的我就不知道了。你一来我就帮你打听了一下,徐栀现在在他的部门,听说他们系还有个师姐正好跟徐栀是室友。徐栀去宣传部就是那师姐撺掇的,总归是比你近水楼台。"

下周就是各系的篮球赛,所以招商是宣传部最近的重点工作。徐栀正坐在部门临时租借的会议室里,抱着电脑,一筹莫展地看着她明天要交的结构作业。这几天想陈路周想得思绪总是飘飞,要不是刚刚许巩祝跟她借

PPT,她都忘了还有这个作业。

过了一会儿,江余进来把球赛的招商表递给她,拖了把椅子坐在她对面,下巴搁在椅背上,说:"我联系了两家企业,都有意向,我想明天中午过去聊下细节,你带电脑过去记录下对方的要求?"

徐栀把电脑合上,接过他手上的招商表,看了眼,跟他确认时间:"明天中午?"

江余嗯了声。他觉得徐栀这个人,属于看第一眼会觉得气质淡雅,但看久了,会越看越觉得带劲儿,尤其她嘲讽人的时候。之前学校举办中秋晚会,宣传部要跟一家企业对接。因为学校是顶尖学府,大部分企业负责人跟他们对接的时候都挺客气的。唯独那次遇到的那家企业,临时要求更换方案不说,方案怎么改对方都不满意。说白了就是企业自身没什么实力,很难找到宣传重点,但是又眼高手低,这瞧不上那瞧不上,还张口闭口"贵校的学生就是金贵,我们跟别的学校的学生都是这么合作的,怎么到了你们这儿就得给特权啊"。徐栀当时就悠悠地丢出一句:"不是我们要特权,是你们企业没特点,不然这事也没这么难办。"对方脸都气绿了,偏偏她一针见血,对方一个反驳的字也说不出来。

江余趴在椅子背上,不依不饶地回了句:"没时间?"

"明天中午团支书开会。"

江余想了想,又问:"晚上呢?部门例会结束之后有时间吗?"

"社团还有个会议,明天开完会估计得十点了,寝室都熄灯了。"

"一天都满了?大忙人啊你。"江余遗憾地说,"那约你吃个饭你都没时间了?"

徐栀冷淡地嗯了声,眼皮都没撩一下,把招商表还给他,浓密的睫毛轻轻地垂着,右眼下有颗淡淡的泪痣,衬得她整个人清纯高冷。寝室的人曾经建议江余拿钱砸砸看,江余把人爆揍了一顿:"徐栀那种人一看就对钱不感兴趣啊。"

江余拿回招商表,失落地用手掸了下,吹了口气:"那我带朝朝去了。"

朝朝正在一旁跟人聊食堂的那位帅哥聊得痛快淋漓,闻言回头白了江余一眼:"你可别带我去,我去了你就拿我当助理使唤,买包烟都让我去。"

江余："我就带你。"

朝朝哭天抢地誓死不从,呜呜地求徐栀救她。徐栀摸摸她的脑袋,表示自己是真的爱莫能助,说:"我明天中午真得开会,团支书例会。而且,明天我们系满课。"

周一基本上所有系都满课,所以周一算是学校最忙碌、最生机勃勃的一天。国庆假期结束之后,天气逐渐转冷,打鸡血的学霸们却特别多,纷纷争做寒风里第一枝傲霜斗雪的早梅。

那阵刚入秋,天亮得还算早,四点三十分左右,天边就已经泛起鱼肚白了。窗外灰蒙蒙的,女生寝室楼对面就是一片小树林,铺着鹅卵石的林荫小道上散落了一地的黄色落叶,偶尔有人踩过,发出细碎的声响。

等徐栀洗漱完,把剩下的结构作业赶完,下楼准备去吃早餐的时候,就在寝室楼外看见了那寒风里的第一枝早梅。

陈路周穿着灰色卫衣,下身是一条印着斜条纹的运动裤,衣服、裤子上的 logo 还是他喜欢的那个小众牌子。他的衣服几乎都是这个牌子。徐栀后来去网上搜过这个牌子的模特图。搜完,她连点开大图的欲望都没有,因为模特都是外国人,搭配也一言难尽,什么毛衣配短裤,衬衫配皮裤之类的,价格还不便宜。徐栀觉得莫名其妙,问他怎么会喜欢这个牌子。陈路周当时还挺不好意思的,说是他妈台里一个模特朋友推荐的。因为他个子高,比例太好,很难买到特别合身的裤子,裤脚不是太短就是太大,听说这个牌子是男模特常买的。

这会儿已经六点了,食堂一般这个点才开门,她一般也是这个点才下楼。

陈路周走到她面前的时候,徐栀感觉他背后的天都亮了点儿,温柔的晨曦在他的发间隐隐散发着光。他两手揣在裤兜里,低头,居高临下地看着她,就那么无欲无求一般看了她老半响,才说了一句:"一起吃个早饭?"

陈路周设想了很多说话的场景,唯独没想到他们又回到了这个嘈杂闹哄的食堂。这个点食堂没什么人,比昨晚冷清一点儿,但耳边还会时不时传来乒乒乓乓扔餐盘的声音。

徐栀打完早饭过来,转身要去拿勺子,陈路周就把勺子放到她的碗里。徐栀愣了一下,转身又要去拿筷子,陈路周径直把筷子放在她边上。下一秒,一碟醋被放在她面前,陈路周用下巴点了下她餐盘里的灌汤包。

徐栀只能坐下。

"几点过来的?"

陈路周只拿了一瓶牛奶和一个鸡蛋。他敲了两下鸡蛋,漫不经心地剥着,说:"四点。"

徐栀:"你不会先发微信?"

陈路周瞥她一眼,说:"我给你发过,你回了吗?"

昨晚他是发了一条,徐栀也确实没回。但这一次其实是例外,因为昨晚徐栀开夜车在赶结构图,只睡了三四个小时,那条没营养的微信她就没回。因为他只问了句"在?"。

"我知道你今天很忙,我就说两句话,不会耽误你的。"陈路周低着头剥着鸡蛋说。

"你怎么知道我今天很忙?"

陈路周懒洋洋地垂着眼皮,将鸡蛋放到她的碗里:"就挺巧,你们宿舍那个刘意丝的男朋友是我舍友,他给我拿了你们系的课表。团支书会议,部门例会,社团例会,是吧?头衔还挺多,当官当上瘾了?"

第十三章
我在追我前女友

食堂里的人攘攘熙熙，毕竟是国内顶尖大学，这个点吃早饭的人不少。陆陆续续有人掀开门口的帘子走进来，一进来就注意到角落里坐着一对气质清冷的帅哥美女，不由得感慨：A大不愧是A大，要学习的起得早也就算了，连谈恋爱的也这么卷，起得这么早。

徐栀没搭理他，低着头喝了口粥："行，两句话说完了，现在开始，你可以闭嘴了。"

陈路周真就没再张口，懒洋洋地坐在那儿，下巴使劲儿点点，指着放在她醋碟子里的鸡蛋，让她把鸡蛋吃了。

"你就喝杯牛奶？"徐栀看着他，铁面无私地说，"允许你再说一句话。"

陈路周喝着牛奶笑了下，说："我吃过了。四点起来等人，你以为能饿着肚子等？别人都还好，我真饿不了，我一饿说话就难听。"

陈路周确实是四点起来的，准确地说是三点半，怕影响舍友，动作比平常慢了一百倍，前所未有地蹑手蹑脚。因为昨天才下的飞机，他到了学校就被辅导员叫到办公室去了，忙着办卡、领教材。他们班的辅导员是研究生班里的一个学姐，年纪其实跟他们差不太多。陈路周过去的时候，正巧碰见辅导员和班里几个班委在开会，讨论篮球赛的事情。他一进去，人高马大又长得帅，就被几个班委盯上了，死活让他去参加篮球赛。陈路周为了不耽误时间，就填了报名表，结果没一会儿，手机微信上就跳出几个好友申请，全是刚刚几个女生班委发的。

等找到宿舍，他放下东西，准备去找徐栀的时候，正巧听见隔壁床铺一男的在打电话："徐栀终于去办卡了啊。行吧，那等会儿咱俩一起吃早饭。"陈路周就随口问了两句，才知道电话那边的人就是徐栀的舍友。男生和她其实还处于暧昧阶段，没确定关系，算不上男女朋友。陈路周就顺手问他要了一张她们系的课表。舍友还挺疑惑："你要这干吗？"陈路周当时随口胡诌："随便研究一下，大二可能转专业。"那舍友当即一盆冷水浇下来："死了这条心吧，这学校的学霸可太多了，想转专业的，头一个月就铆着劲儿开始学了，你这旷了一个多月的课，一来就想转专业？"陈路周叹了口气，说："好吧，冒昧了。"但对方临出门时还是把建筑系的课表给了他。

因为一路上过来风尘仆仆，陈路周想吃完饭，回去洗个澡再过去找人，正巧在食堂碰见了李科。李科当时震惊得五官都扭曲了，筷子直接掉在桌上。陈路周突然后知后觉地反应过来，连李科见了他都是这种反应，那徐栀可能更接受不了。他本以为自己的出现对她来说是惊喜，但现在看来，惊喜很有可能变成惊吓。还没等他想好怎么去找她，两个人就在食堂碰上了。那瞬间，他是真的想过，只要徐栀肯搭理他，怎么样都行。哪怕徐栀说想不负责任地睡他也行。

…………

静了好一会儿，陈路周看着她吃饭，自己一边喝牛奶，一边百无聊赖地转着手机。徐栀觉得自己的眼神大概出问题了，不知道为什么，看他老有一股嘚瑟劲儿，好像什么都在他的掌控之中。她的心里无端生出一股无名火："耍我很有意思吗？"

他才咳了一声，正色道："没有，出了点儿意外。"

"志愿什么时候填的？"

"第二批征集志愿填的。当时去国外，我们碰见枪击案，我妈改了主意，答应留我在国内，但我爸那时候不同意，两个人就一直拖着。本来打算等我爸同意了我明年再考，结果打开A大官网，发现今年有征集志愿——有学生退档，有两个专业没招满人，一个是电气工程实验班，一个就是人文科学实验班。我当时也没想那么多，觉得是天意吧，就抱着试试看的心态申请了征集志愿。"

其实在 A 大这种理工类院校，人文科学实验班算不上什么热门专业，属于文科类专业大类，大二才会进行分流，专业方向是文学、哲学之类的。陈路周当时填志愿的时候想的就是，实在不行，大二再转其他专业。

徐栀看着他，粥喝了一半也不喝了，勺子在碗里有一下没一下地搅着："那为什么这么晚才来？"

陈路周喝了口牛奶，说："家里出了点儿事，以后再告诉你行吗？这事解释起来比较麻烦，总之就是我来了。这段时间没联系你是怕我忍不住告诉你这件事，但是不到最后我也不知道自己到底能不能来。"

徐栀看他表情诚恳，才哦了声："你们人文科学实验班是大二才分流吗？那你打算学什么？"

"没想好。如果是你，你会选什么？"

徐栀低下头去，打算把剩下的粥喝完，闻言蓦然抬头，视线撞进他清澈干净的眼睛里。她茫然地问："嗯？"

"我大二可能转专业，或者修个双学位。我看了下你们系的课表，课排得很满。"陈路周叹了口气，诱惑性十足地说，"我大二要不转经管专业，或者双学位修个经管专业？"

其实，陈路周填征集志愿的时候就想好了，要么转经管专业，要么修双学位。

巧了，徐栀也想辅修个经管专业。不过辅修和双学位还是有差别的，辅修只是单单拿个学分，双学位是全日制。经管专业和计算机专业那几年属于 A 大最热门的专业，每年想转这俩专业的人最多，但名额偏又最少，可以说是全校专业里最难转的，专业排名得在前 1% 才有资格申请。

"大言不惭。"徐栀说，"先把旷了这一个月的课给补回来吧，王教授的课我都担心你直接挂了，今天上课你就去听天书吧。"

食堂的椅子都是没有靠背的圆凳，陈路周当时侧坐着喝牛奶。喝完了，他站起来，准备去旁边扔空奶盒，所以半个身子是朝着门口的垃圾桶。听到徐栀的话，他转头看向她，手里还懒洋洋地转着手机，笑得意味深长，看着她说："看来你也拿了我的课表啊。"

徐栀懒得搭理他，眼皮一撩："你喝完了吗？"

"嗯。"陈路周站起来,单手就势拿起她的餐盘,"直接去上课还是先回寝室?"

徐栀坐着没动,仰头,饶有兴趣地看着他,突如其来地问了句:"等会儿王教授的课,你要跟你的室友坐在一起吗?"

陈路周一手端着她的餐盘,一手漫不经心地揣在兜里,外套袖子半耷拉在手肘处,露出手上那熟悉的、微微突着的青筋,受宠若惊地低头瞧着她,吊儿郎当地反问:"怎么,你要跟我坐一起?"

"嗯。"徐栀认真地点点头,一本正经地回答,但眼底难得有了笑意,"我主要是想看看,咱市一中的学神在王教授的课上听天书的样子。"

陈路周是真的感觉到她的幸灾乐祸之意了,或许也不是幸灾乐祸,但总之看着挺高兴。他将餐盘放到回收处,无奈地瞥了她一眼:"行。"

王教授的课是高数。相比其他系,人文科学实验班和建筑系的高数还算是简单的。但是再简单的课程也是全新的,哪怕陈路周曾经获得过数学竞赛一等奖,迈入大学,昨日种种也就真的如明日黄花。更何况他还落下了一个月的课程,今日种种,他现场生也生不出来。

上午就两节课,王教授的课是第二节。徐栀从没这么期盼过上王教授的课,连许巩祝都察觉她的兴奋了:"怎么了这是?你吃兴奋剂了?"

徐栀笑笑,说了声"没有",就继续埋头记笔记,脑海里想象着等会儿陈路周一脸茫然的样子。那表情,想想就很好笑,她的嘴角一直扬着,就没下来过。然而,兜里的手机一振。

Cr:认真想了想,刚才太冲动了,等会儿还是分开坐吧,我丢不起这人。

徐栀:陈路周,你真的很没劲。

Cr:第一次去上课,王教授肯定会点我名。他要是再发发狠心,问我几个问题,你绝对冷眼旁观,见死不救。

徐栀:那你对咱俩的革命友谊太没信心了。我要是会,我肯定会告诉你答案的。

Cr:行。

徐栀刚放下手机,就见许巩祝在一旁一边记笔记,一边心潮澎湃地跟刘意丝说:"等会儿就是王教授的课了。我跟你说,我在食堂看到的那男的真的贼帅,你信不信等会儿肯定有咱们班的女生去要微信?"

"知道了，"刘意丝说，"赵天齐也说他们寝室来了个帅哥，不过没你说的这么夸张。"

"赵天齐是嫉妒。"许巩祝突然感叹了一句，"帅哥好惨，晚了一个月来，长得又这么帅，说不定会被他寝室的人孤立。"

"别胡说，赵天齐不是这样的人。"

"是吗？那你俩怎么还没确定关系？"许巩祝一针见血地说。

刘意丝一边记笔记，一边急吼吼的，笔都把纸划破了，说："他提过，是我没答应。"

许巩祝老早就跟她说过好几遍，但是刘意丝都不信。赵天齐压根儿就是个花心萝卜，军训上唱了一首歌就俘获了众多芳心。本来许巩祝对他还挺有好感的，但是后来听了一些传言，明里暗里都在提醒刘意丝。这时见刘意丝死活不信，她也急了，直接把话挑破："刘意丝，我那天是真的看见赵天齐和一个女生在食堂吃饭。"

刘意丝一言不发。

徐栀只得尴尬地打了个圆场："行了，许巩祝，上课呢。"

许巩祝撇嘴。好不容易挨到下课，刘意丝也没等她俩，收拾完东西直接就走了。徐栀无奈地看了眼许巩祝。许巩祝再次撇撇嘴，说："我就是怕她被人骗。"

徐栀吃完早饭回寝室洗了个头，这会儿头发也没扎，就这么散着。她的头发有点儿自然卷，碎发也很多，梳着大光明发型的时候，发际线也不显得高，这会儿头发散着，衬得一张脸圆润紧致。她身上穿着开衫和吊带以及一条阔边阔腿裤，身材高挑也匀称。徐栀一边收拾东西，一边头也不抬地说："我知道，但有时候说话，换个方式可能更容易让人接受。我说个不太恰当的比喻，明知道对方家境困难，看见她身上有个破洞，你直接拿着针线当着她的面把洞给缝上，还不如等她脱下来偷偷给她补上。"

其实徐栀不太喜欢跟室友说这些，但是这么个把月下来，这几个人的脾气她也都摸清了。其实她们都没有坏心思，只是许巩祝的性格大大咧咧，也比较任性，说话不太顾及别人的感受；刘意丝呢，性格比较柔弱、闷，有什么话都憋在心里，不喜欢说出来，所以刘意丝总是被许巩祝气哭；杜学姐就是和事佬，跟谁都打哈哈，好像跟谁关系都挺好，但是都不太走心。

中间闹了这么段小插曲，刘意丝在外面哭了好一会儿。王教授来了之后，她还不肯进教室。徐栀没办法，跟王教授请了半节课的假，说刘意丝"大姨妈"来了不舒服，要去趟医务室，她得陪着，然后她劝了半节课才把人劝回来上课。

王教授的课是大课，两个班的人在一起上课，有百十来人。所以徐栀中途走进去时，发现就算是个顶级大帅哥，这么看也挺难找的，因为整个阶梯教室一眼望过去全是乌压压的人头。她刚要说"陈路周，你也不过如此啊"，眼睛就非常不争气地扫到了那张英俊冷淡的脸。厉害啊，陈路周，听天书还坐在第一排。

陈路周正巧也在看她，抱着胳膊靠在椅子上，以眼神示意了下自己旁边的空位。

徐栀当时是猫着腰走过去的，因为身上穿的是开衫和吊带，所以她下意识地用手捂了下胸口。她一坐下，陈路周就抱着胳膊瞥了她一眼，看着王教授，漫不经心地问了句："干什么去了？"

徐栀把书打开，假装听得很认真，用眼神对王教授进行诚挚的问候，一边咬着嘴唇，一边用"你讲得很好我都听懂了"的表情笑眯眯地看着王教授，然后跟陈路周说："听说你们寝室那个赵天齐很花心？"

大概是因为她跟王教授眼神互动时太过热情，王教授仿佛瞬间接收到信号，一脸"孺子可教也"的表情敲着多功能黑板，和蔼可亲地对徐栀说："看来有人会做了，那边，第一排最角落那个女生，要不你上来把这道微积分给解一下，就用我刚才说的那种解法。"

徐栀的笑容瞬间僵在脸上："……"

不是，你没看到我刚进来？

"你进来的时候，他刚好背过去写板书。"陈路周拿起笔，一边说，一边低头笑得不行，那眼里的嘚瑟劲儿让人恨不得敲他一顿，偏又看着意气风发、随性自在。他在本子上给她写了个答案，用笔画了个勾，笑着说："凭着咱俩的革命友谊，我给你写个答案，过程自己上去算。"

徐栀："……"

徐栀硬着头皮准备上去的时候，他轻轻咳了一声，看着黑板，轻描淡写地又提醒了一句："拉格朗日定理。"

但他们现在学的是定积分，拉格朗日定理已经是上上周的事情了。看多功能黑板上的板书，王教授今天讲的应该是积分中值定理，但是徐栀前小半节课没听，积分中值定理没吃透，没办法上去就写出过程来，只能照着陈路周的提示，想了想怎么用拉格朗日定理解。

教室里一片安静，只剩下徐栀唰唰唰写板书的声音。王教授格外有耐心，等她写完才难得开玩笑说："得，又是一个忘不了拉格朗日的女生，但人家跟柯西是一对。"

拉格朗日中值定理是柯西定理的特殊情形，有些教授就戏称他俩是一对。事实上，拉格朗日当过柯西的老师。

听到这儿，教室里瞬间哄堂大笑，连陈路周都忍不住弯了下嘴角。王教授让徐栀先回去，敲了敲多功能黑板，恢复了不苟言笑的表情，这才道："这道题目，每年都有学生上来什么都不管，就先'拉'，'拉'不出来才一脸便秘的表情看着我，'老师我拉不出来啊'。很好啊，今年总算有人'拉'出来了。确实，这道题能用拉格朗日定理做。"

人很严肃，话很好笑，越是不苟言笑的老师正儿八经地说这种话，就越好笑。教室里再次爆发出潮水一般的哄笑声，学生们笑得前仰后合，第一次发现王教授还挺幽默。王老师是 A 大有名的高数教授，数学系的高代也是他在教。但他们这俩班的高数比较简单，王教授对他们的要求也比较低，过了就行，所以课上跟他们的互动不多，只要求他们出勤率必须百分百。

牛气的老师可能也得遇上牛气的学生才能彰显他的魅力。碰上一个能灵活运用定理的学生，王教授难免比往常兴奋一些，也不知道是反光还是什么原因，反正眼镜底下那双眼睛是亮了很多。他慢悠悠地喝着保温杯里的茶水，唾了口茶叶末，说："行了，言归正传，这道题我用今天讲的方法再给你们推一遍。"

教室里瞬间鸦雀无声，所有人抬头，目不斜视地看着黑板，手上疯狂地记着笔记。徐栀看旁边这哥还是以刚才的姿势靠在椅子上，面前的桌板上倒是摊着一本笔记本，但是除了刚刚给她写的答案，一个字没往上记。

说实话，认识这么久，徐栀还没见过他正儿八经写的字，这时笔记本上面也就几个公式还都是阿拉伯数字和字母公式，只能说这几个数字写得挺潇洒，但实在看不出字迹的好坏来。陈路周看她盯着他的本子，笑了下,伸手过来把本子盖上,不知道哪儿来的直觉:"想看大帅哥的字?"

"脸皮怎么那么厚呢?"徐栀乜他一眼,故意说,"你听天书都不用记笔记吗?"

陈路周神态自若,也瞥她一眼,理直气壮地说:"听天书记什么笔记?"

徐栀觉得他装过了。她面无表情地看着黑板,说:"你在家是不是偷偷学了?拉朗你都知道。"

陈路周也看着黑板,两个人一个装得比一个认真。他低声解释说:"没,拉朗定理高中学过,早上第一节课的时候我稍微翻了一下微积分前面几章,发现比我想的要简单一点儿,不过没想到王教授讲得这么快,开学才一个月,就已经到定积分了。瞎猫撞上死耗子吧,换个别的题,咱俩就大眼瞪小眼了。"

确实是,陈路周也就第一节课把前面几章扫了一下,导数、函数……一直到拉朗、柯西这些都还算简单。最基础的微积分他以前学过一点儿,看到后面就觉得有点儿吃力了,所以才给徐栀发了那条微信。确实,如果他不是预习了一下,今天直接来听王教授的课,虽然不至于到听天书的程度,但绝对不轻松。

徐栀却好奇地问:"你们高中数学就学拉朗了?市一中这么卷吗?"

王教授的进度很快,讲完定理就开始讲书上的例题。陈路周靠着椅背,一只手揣在兜里,一只手拿着笔,在书上把王教授讲的几个例题都勾了。听她这么问,他扑哧乐了一下,放下笔,才悠悠地朝她递过去一眼,说:"不是,高中上竞赛班的时候老师讲过,不过是物理竞赛。其实,拉朗在物理竞赛里更好用。我们数学老师,你还记得吧,蒋常伟。我们好几次问他有些题目能不能用微积分解的时候,他给我们回了一句,让我们不要这么早学微积分,这就好像……"

他顿了一下,发现这话不太合适,但是蒋常伟当时确实是这么告诉他们的。

徐栀困惑地看过去,只听陈路周咳了声,表情挺不自在的,压低声音,试图把那两个字含混地夹带过去:"他说,没必要二十岁就壮阳……"

发现陈路周真的是又傲慢又单纯,徐栀乐了下,说:"蒋老师还挺会形容。"

陈路周难得局促地嗯了声,冷淡地垂着眼说:"反正就这意思。他跟别的老师不太一样。他说高中的数学用高中知识就能解决，你非要去学微积分来解决高中数学，就相当于杀鸡用牛刀，只有水平不够的人才会干这事，水平够的人，用勺子也能炒出大锅菜，就这个意思吧。他一向希望我们用小方法解决大问题，而不是拿大炮打蚊子。所以我们也就在物理竞赛的课上听老师讲解过几次。"说完，他叹了口气，笑着说，"下次咱俩还是分开坐吧，这么聊下去，咱俩今年都得挂。"

主要是他发现徐栀在他真的听不进去。刚刚她来之前，他多少还能听懂几个例题，这会儿是一道题都听不懂了，好在王教授不太喜欢叫人起来回答问题。

正巧，王教授在台上问了句："好，刚才讲了那么多，那这道题选什么？"

同学："B。"

徐栀："A。"

王教授掷地有声地说："对，这位女同学的反应很快，选 A 啊，就咱们刚刚讲的牛顿-莱布尼茨公式。"

陈路周："……"

你一心二用的本事还是这么牛是吗？

后半节课，徐栀专心致志地记着笔记。陈路周看着黑板，喉结微微滚动了一下，突然问了句："周末有时间吗？"

王教授此刻正背对着他们在写板书，身后乌压压的脑袋都埋着，正在"奋笔疾抄"。徐栀也低着头在抄写，偶尔抬起眼皮看看黑板，余光都没往他那边扫，说："干吗？"

"想给你补补数学。"他不要脸地说。

徐栀半个脑袋趴在桌上，这时扑哧一声也乐了，抬头瞥他一眼，说："陈路周，你有没有看过一部电视剧，你现在说话就那个味道。"

"哪部？说来听听。"他懒洋洋地说。

"'明楼，你跪下，大姐求你个事。'《伪装者》吧，建议你去看看，你刚刚就有点儿那个味道。"

他笑了："行吧，你就是想看我天天听不懂课出丑。"

徐栀面不改色："你说，如果我现在打个电话给朱仰起，他知道你这情况后，会不会连夜打车从丰台过来围观？"

陈路周靠在椅子上不说话。瞧他半天没吭声，徐栀瞥过去一眼，才见

· 419 ·

他若有所思地说:"你倒是提醒我了,周末要不约他一起吃个饭?先别告诉他我来了。"

"周末我部门聚餐。"徐栀猝不及防丢出来一句。

陈路周哦了声,直接不听课了,低头把书翻到前面的导函数,准备从头开始看,嘴上冷淡地随口应了句:"行。"

课间休息了十分钟,王教授出去抽了支烟,也有几个男生出去抽了支烟。徐栀和陈路周坐在第一排,赵天齐出去的时候,还从后排绕过来喊了陈路周一声,问他要不要出去抽支烟。

徐栀下意识地看了眼陈路周,他嘴里不知道什么时候塞了一颗糖,慢悠悠地嚼着,还装模作样地来了一句:"抽不了,肺不太行。"

接吻的时候我没觉得你肺不太行啊。陈路周这人还挺会处理关系,一般人但凡说一句"我不抽",有些人可能会觉得你这人怎么这么装呢。他这个人厉害就厉害在,无论是跟人跟鬼他都能处,跟人有跟人的相处方式,跟鬼也有跟鬼相处的那一套。

赵天齐点点头,却没急着走,欲言又止地看了眼徐栀,然后主动跟她搭腔:"刚刚刘意丝怎么了?"

其实,他跟刘意丝暧昧这么久,徐栀都没跟他正式见过面,也没说过话,只听过他的名字。如果不是他主动开口跟徐栀说话,徐栀几乎可以说走在路上都不知道这人就是舍友的暧昧对象。

所以赵天齐开口的时候,徐栀都没反应过来他是在跟她说话,还以为在跟陈路周说话呢。好一会儿才反应过来是在跟她说话,但她对他没什么好感,只是冷淡地回了句:"没事。"

赵天齐的目光在他俩身上来回扫,似乎要问什么,但是两个人都跟他不熟,显然不会告诉他。他还是很识趣地走了。人一走,徐栀就跟陈路周说:"你猜他刚刚想问什么?"

陈路周说:"不用猜,等会儿回寝室就会问我了,估计你那俩室友也不会闲着。"

陈路周还是低估了别人的好奇心。都没等到徐栀回寝室,还在食堂吃饭的时候,就被许巩祝和刘意丝"严刑拷打"了一遍。

徐栀咬了口狮子头,不以为意地说:"我不是来晚了吗?他那位子正好靠门口,我就坐过去了啊。"

· 420 ·

"你是没看到，刚刚后排几个女生一直盯着你。"许巩祝戳开一瓶牛奶，"不过陈路周也是你们S省的人，你俩以前认识吧？"

徐栀诧异地看着她："你们这么快连名字都打听清楚了？嗯，认识，以前就是我们那市一中校草。"

"现在估计也是校草了，听说有几个女生已经直接叫他'路草'了，不知道谁给起的名号。"许巩祝说，"难怪呢，看你俩聊了小半节课，聊得还挺高兴的。"

刘意丝："徐栀，你说陈路周会不会喜欢你啊？"

徐栀叹了口气："多少有点儿吧。"

许巩祝跟着叹了口气："徐栀，我要是有你一半的自信，也不会到现在还找不到男朋友。"

倒也不是真觉得徐栀盲目自信，只是她那口气听着太像开玩笑，大家也就没有当真，只以为两个人以前是老乡，这会儿他乡遇故知，难免有话题聊嘛。毕竟众所周知，生活又不是拍电视剧，哪有这么多帅哥配美女？

他俩登对是登对，但是气质都是干净清冷那种，要在一起，大家很难想象他俩接吻是什么样子，所以没再盘问下去。

之后，陈路周也没再找过徐栀，室友们那颗八卦的心也就放回肚子里了。

之前一个月，军训加上团委、班委、社团、学生会各部门紧锣密鼓地选拔人才，大家都忙着在学长学姐面前刷存在感，整个校园热闹是热闹，但总透着一股浮躁的气息。国庆之后，所有人的校园生活才慢慢进入井然有序的状态。

那几天，徐栀身边总少不了讨论陈路周的声音。有次在食堂吃饭，她还听见俩男生在那儿说："人文科学实验班来了个帅哥，你知道吧？我们班女生非说他很帅，我看了看，也就这样，不知道帅在哪儿，直到昨晚我们寝室和李科他们一起玩狼人杀，李科把他也叫过来了。"

另一个男生被勾起了兴趣："怎么？盘逻辑很牛吗？"

那男生说："还行，但是我觉得他多少有保留。李科说陈路周是他们省的裸分状元，你知道吧，S省要考自选模块的，他没考，总分713，比李科只少了二十几分。如果再加上60分的自选模块，他总分不得上770？这个分数太吓人了吧。但这不是重点，重点是昨晚我对他有点儿改观了。我本来以为帅哥都挺装的，但他挺随和的。"

"怎么说？"

"玩游戏之前吧，气氛还挺好，李科就开玩笑说要收桌费。因为每回都在他们寝室玩，最后弄一地狼藉，害得他们老被宿管阿姨点名，所以让我们交点儿精神损失费。大家也开玩笑说'好'。然后，玩着玩着，李科俩舍友就吵起来了。那俩兄弟脾气一直挺火暴，玩游戏老吵架，不过以前顶多拌嘴，现在大概是熟了，昨晚一气之下就开始摔杯子。估计陈路周当时也震惊了，跟李科对视了一眼后开玩笑说：'今天这桌费是不是得算上这个杯子的钱？你是不是故意讹我钱？'李科就说：'你这人没点儿格局，讹你点儿钱怎么了？'陈路周说：'要不我讹你点儿钱，你叫我声爹，让我看看你的格局。'

"气氛一下就缓和了很多。其实，以前我每次跟李科寝室那几个兄弟玩狼人杀都觉得没意思，玩到最后多少有点儿挂相。昨晚要不是有他，我估计又是不欢而散，感觉同学情分都快玩没了。"

徐栀觉得那确实是陈路周能说出的话。反正那阵子徐栀都不用问他在哪儿，光是听身边的人说话就知道，偶尔朋友圈也能刷到他——几乎每天都有人拍他在球场上打球的照片。有一次徐栀还特意点开放大了那些图。图虽然拍得挺模糊，像素也不是那么清晰，但她依稀能看出来，他打球时确实穿两件衣服，里头一件白色 T 恤，外面叠穿一件或红色或蓝色或黑色的球衣。

他打球大多是在晚上，虽然室外球场的路灯很昏暗，但是围观的人依然很多，男生女生都有。陈路周跟江余他们不太一样的一点是，江余那些系草偶尔还会目光飘忽，心不在焉地瞥一眼球场外围观的女生，看有没有长得漂亮的；陈路周打球就只打球，哪怕中场休息，也只是抱着胳膊靠在篮球架子上。虽然很多人都在看他，但他心无旁骛，视线只跟着那个球上上下下，那副拒人于千里之外的样子，确实让不少心猿意马的女生直接止步了。

人文学院的朋友圈配文都是，"我院之光"。

学姐们的朋友圈配文都是，"这拨终于来了个禁欲系大帅哥"。

但大家也就花痴一下，正儿八经去追的好像还没有，只有几个人若有似无地撩了一下。

十月之后，学校里很多活动按部就班地开展，各系之间的篮球赛和校园十佳歌手几乎同时如火如荼地进行着。徐栀她们女生寝室正好在十佳歌手海选地点的对面，每天下午都能准时准点听见那些一个比一个惨烈的鬼哭狼嚎声。

许巩祝跟杜戚蓝吐槽："就刚才那一声，至少唱跑了四个女朋友，都是连夜扛着火车头跑的。"

杜戚蓝表示："这还算可以了，反正咱们学校文体向来不太开花，我们都习惯了，真正会唱的人都不肯去唱，不会唱的上去吼两句，咱就鼓鼓掌吧。"

那几天徐栀被结构图作业弄得心烦意乱。老师说她"各方面都很好，就是构图神散，抓不住眼球"，这种评语就很让人头痛，因为你压根儿不知道问题在哪儿，连改都不知道从何下手。老师就差把"你没有天赋，不适合学建筑"这几个字打在作业上面了，看着很委婉，但这种温柔一刀才让人觉得无力和挫败。

他们这个结构教授批作业就是这种风格，谁在他那儿都一堆毛病，但最大的毛病不过"神散"这两个字。因为上第一节课的时候，这位教授就特意提过："构图神散是建筑师在职业生涯中遇到的最大的挑战。这就好比你这作品拿给甲方，甲方永远说不出问题，但就是觉得差点儿意思。让你改，其实你也无从下手，这么折腾几次吧，结局多半是转行，这是我很多师哥师姐的前车之鉴。当然，不是歧视这类同学，只是这类同学可能需要付出更多努力去找灵感。"

徐栀当时趴在宿舍的栏杆上，心如死灰地找了一会儿灵感。

突然，一阵熟悉的旋律响起。

"每个人都缺乏什么，我们才会瞬间不快乐……"

"或许只有你懂得我，所以你没逃脱，一边在泪流，一边紧抱我，小声地说，多么爱我……"

徐栀听了一会儿，不太确定，所以给人发了一条信息过去。

徐栀：你去参加十佳歌手了？

那边的人回得很快：你在说啥？

那阵子，陈路周除了每天早上陪她吃早饭，其他时间基本上都找不到人。

徐栀：刚刚好像听见你的声音了，唱的是《想自由》。

那边的人又回：哥在图书馆看书。

徐栀知道他最近想把之前落下的课都给补回来，马上要期中考试了，听说第一学期期中考试的成绩会计入期末考试，占百分之三十。他要不努力点儿，别说转专业了，二专都修不上。

徐栀：昨晚几点睡的？

陈路周回：两点。

徐栀：以后早饭要不分开吃吧？

陈路周回：你要跟谁吃，江余吗？

徐栀：得了吧你，你不是跟朱仰起说随便我交男朋友吗？

下一秒，他的电话直接打过来。徐栀当时站在寝室阳台上，校园里晚景绚丽，晚霞拖着长长的红色笼罩了整个校园。北京真不是个爱下雨的城市，徐栀来这么久，就没见过几场雨，空气比庆宜干爽很多，尽管是金秋十月，但刮在脸上的风已经有点儿刺骨，好在景色宜人。楼下还有一对小情侣坐在小树林里的石板凳上深情拥吻，将整个晚风烘托得令人躁动。

徐栀嘴唇干燥，想喝水，又懒得进去拿，索性靠在栏杆上，任由晚风吹着自己。她舔了下嘴唇，然后把电话接起来，还没张口说话——那边的人似乎已经走出图书馆了，不然声音没这么清晰——只听他笑着问："朱仰起还跟你说了什么？"

对面小树林里的那对小情侣还是没分开，黏黏糊糊好一会儿，女生才依依不舍、不情愿地从男生的腿上站起来。

杜戚蓝和许巩祝听歌听了一半就进去了。徐栀还在那站着，结果发现嘴巴越舔越干。北京的风真是锋利，也干涩，她叹了口气说："没什么，你看书吧，考完试再说。"

"江余是不是挺烦人的？"陈路周不动声色地问了句。

其实江余有阵子没找她了。估计是部门事情忙，徐栀也没太在意。她本来打算如果江余再找她，就跟他说清楚，让他不要在她身上浪费时间了，正巧后来江余没主动找过她。

"没你烦人。"

他人站在图书馆门口的树下,一手将电话举在耳边。他穿着件白色圆领卫衣,袖子松松垮垮地撸在手肘处,露出白皙修长的手臂,手上还夹着一根按动式黑色中性笔,被他来来回回地转着,神情匆忙,瞧着也是百忙之中回的这通电话:"你珍惜现在的日子吧,等我考完试,你大概是要被我打的。"

徐栀看着霞光万丈的校园,突然心情就爽了,笑了起来:"陈路周,你好菜啊。我还以为市一中的学神什么都会呢。"

"市一中的学神不一定什么都会,但陈路周稍微努力一下就会了。"

徐栀突然好奇起来:"那我倒想知道你期中能考多少分。"

那边的人笑了下:"行,也期待庆宜小黑马的表现。"

去了外省,人好像会自动放大地域概念,比如在国外看见个中国人就觉得老乡见老乡两眼泪汪汪;如果在国内,来自同个省的同学就会自动自发地结成一脉,更何况是一个市的同学。

S省在学校的人不少,庆宜又是S省里占比最多的。大家都知道S省市一中出学神,市一中的人莫名就有股优越感,好像只有他们能代表S省的教育水平和学生力量。每次有人问起一些外校的庆宜人,他们就会立马否认:"不是,他们不是一中的。"

徐栀和几个外校生都碰见过这种情况,还不止一次,别人问一句"他(她)也是你们庆宜的",市一中的学生立马摇头:"不是我们一中的。"这就很让人无语:不是你们一中的就不是庆宜人了?好像外校的人就没办法代表庆宜,轻易就把别人的努力抹杀了。不论在哪儿,市一中的人就是有这种优越感,不说全部人吧,至少有大半人是这样。

陈路周这句"庆宜小黑马"让徐栀心头一热。他好像总能在某个莫名其妙的点上让她觉得很窝心。徐栀那时候就想,如果她的人生中只有一张底牌不能被人抽走,那好像就是他了。

哦,老徐也不行。

那还是先抽走老徐吧。

徐栀挂了电话,突然感觉干劲十足。不得不说,陈路周真是一个让人充满希望的人,这么一会儿工夫又给她充上电了。

图书馆的人很多,但是很安静,到处都充斥着笔尖在纸上擦过的窸窸窸窣声和哗啦哗啦的翻书声。陈路周拿着笔回来，拉开凳子坐下。李科当时就在他边上坐着，正要跟他说话，旁边走过来一个漂亮的女生。她扎着高高的马尾，梳着大光明发型，化着精致的妆容，粉底像是被当成腻子抹在脸上，但皮肤确实细腻，肤光似雪，身材纤细高挑。李科估计这女生身高得有一米七五。

那女生低头看着陈路周，笑吟吟的，礼貌地问："陈路周，这里有人吗？"

李科下意识地瞥了陈路周一眼，突然想起来这女生是谁——好像是外语系的。不过她怎么突然就叫上陈路周的名字了？看起来两个人好像已经认识了。李科不知道为什么，瞬间替陈路周的庆宜小黑马捏了一把汗，就是说嘛，陈路周怎么可能没人追？

徐栀刚准备打开电脑继续干结构图。许巩祝就不合时宜地吼了一句："不行，我画不出来。有人跟我去图书馆吗？我感觉我需要接受学霸们的熏陶。"

刘意丝不在宿舍。杜戚蓝正在写学生会这周的工作总结，挥挥手："我不去。"

许巩祝可怜巴巴地将目光转向徐栀。徐栀想了想，叹口气，合上电脑："走吧。"

图书馆。

陈路周他们那桌有八个位子，就剩下他边上两个位子是空的。外语系那女生的目标很明确，从门口进来后没有一秒犹豫，径直朝着他走过来，好像一早就知道他在这儿——估计又是谁拍了照片发朋友圈。

李科刚要说"那边的桌子不是还有空？你就非要坐他边上"。陈路周八风不动地靠在椅子上，眼皮都没撩，拿着支笔，在草稿本上行云流水地推导微积分的几个公式，冷淡地嗯了声："没人。"

李科还挺意外，大受震撼：说好的洁身自好呢？他突然想打个电话给徐栀：快来看看吧，这家伙又勾搭人了。

李科悄悄跟陈路周耳语，旁人几乎听不到，毕竟两个人的交流属于半靠唇语了："草，你不会是想看看徐大妹子吃醋的样子吧？"

陈路周没搭理他，把草稿本扔过去："你有这闲工夫，赶紧把你们老师微积分的 PPT 发给我,我还有两章就补完了。这不等式的答案是这个吗?帮我对下。"

李科继续耳语,声音很轻:"哎,草,不得不说,你好像真的菜了很多,这答案还用我对?你算出来自己不知道对不对吗?你以前可不这样,从来都不用对答案的。"

"也就高三一年吧。高中知识就那么点儿,咱们高一就学完了,高二就一直在复习,题都刷了几百遍,能不滚瓜烂熟吗?我都说了我是努力型选手,你还死活不信。"

李科真想捶他,刚要说话,旁边外语系的妹子突然轻轻地叫了他一声:"陈路周。"

陈路周漫不经心地转过头去:"有事?"

"我们社团的学姐问你有没有兴趣加入摄影社。你室友说你带了无人机,她们想问问能不能把机器借她们用一下。这几天不是有篮球赛吗?她们拍摄还差一架无人机。"

陈路周没回答,从李科那里把草稿本抽回来,不动声色地又问了一句:"还有别的事吗?有话直说吧。"

外语系的妹子叫林旌薇,一双眼睛直勾勾地盯着他,表情犹疑,摸不准他是什么意思,但内心是有点儿跃跃欲试的。陈路周倒也不是那种高冷到很难接近的人。她每次去他们班,都能看到他跟他们院里的女生聊天。

他们院里的女生是这么说的:"陈路周不太好糊弄。你如果想借着朋友的名义接近他,那不太行。他基本上一眼就能看出来哪些女生对他有意思,对他有意思的女生他不会主动跟你聊天,正儿八经搞学业的,他还会跟你多聊两句。他最近在补之前落下的课,建议你先不要打扰他。"

但她没听。刚室友回去说看见陈路周在图书馆,她没忍住就过来了。

"那咱们出去说?"

陈路周冷淡地嗯了声,率先站起来。两个人本来没那么显眼,一站起来就显眼了。许巩祝和徐栀也是刚从门口进来,听见椅子滑动的声响,下意识地转头往声源的方向看了眼。许巩祝眼前瞬间一亮,立马戳了戳身旁的徐栀:"哎,你的校草老乡。"但他旁边还站着一个美女。

其实徐栀当时没想太多,毕竟这么大个学校,陈路周不可能不跟女生说话。她始终觉得,从之前那么多次接吻来看,陈路周就不是一个满足于

427

肉欲的人。

他追求的东西更多。当然，徐栀也不认为那个女生的精神世界就不够饱满，只是这种精神上的分享不是一天两天就能给到对方的。这么短短几天，除非陈路周迫不及待地用脑电波仪器把他俩的脑袋串在一起进行神经元交换，不然，他俩就算跟连体婴一样一刻不分离，也交流不了多少。

徐栀的这种感觉不但称不上危机感，连吃醋都算不上。就好像陈路周也从没把江余当回事，只安安心心把课先补上。因为他们都知道对方不是傻子。

许巩祝的眼睛还直勾勾地盯着那边，两个人已经朝着图书馆门口过来了。

"哎，好像是外语系系花，果然美女跟帅哥认识得就是快啊。"

徐栀瞥她一眼，抱着电脑懒洋洋地说："要不我把他的微信推给你？"

话音刚落，那两个人就从对面过来了。徐栀这才看见那个外语系系花的脸。她的身高确实很高，站在陈路周边上也没显得矮多少，脸蛋虽然没有谷妍漂亮，但气质很好，笑起来嘴角有个梨涡。

徐栀跟林旌薇都是摄影社的，所以算认识。这么迎面碰上，林旌薇率先朝徐栀点头，算是打了个招呼。但陈路周没看到林旌薇点头，只听见徐栀回了一句："挺巧。"

陈路周："……"

你酸不酸啊？

两个人走到刚刚陈路周接电话的那棵树下，不等林旌薇开口，陈路周就开门见山地问了句："你喜欢我是吗？"

陈路周知道她的名字，也知道她是外语系的。昨天她还来过球场，给她班上几个打球的男生每人送了一瓶水，但没给他送，甚至一句话都没跟他说，来了就只找她班上的其他人说话。就这路子，你明知道她的心思，但是她就是不给你开口拒绝的机会。

心如小鹿一般撞着胸膛，林旌薇终于忍不住问："你有女朋友吗？"

陈路周两手揣在兜里，低头，居高临下地看着她，那双黑得令人心动的眼睛太过锐利直白，令人难以招架："没有，但我在追我前女友。"

…………

林旌薇回到寝室,把包和书一股脑儿地甩在桌上,室友正巧洗完衣服出来,问她:"怎么了?你不是去找陈路周了吗?"

"他高中就谈恋爱了。"林旌薇坐在椅子上,抓着包薯片啃。

室友震惊了下:"看不出来啊,还以为他是那种谁都不搭理的高岭之花呢,学姐们都说他是禁欲系的天花板了,结果高中就谈恋爱了?笑死。那很有可能都不是那啥了。"

林旌薇咔嚓咔嚓嚼着薯片,说:"不是就不是呗,咱们学校也没几个帅哥是处男了。"

"他没说是谁吗?"

"没说,我估计不是我们学校的。"林旌薇痛苦地把薯片盖在脸上,"朝朝,我还就吃他这一套,我真的觉得他好帅啊。难怪庆宜一中那帮人都叫他'狗东西',都能想象他高中时是什么样子了。"

陈路周回到座位上,四下扫了眼。徐栀就坐在隔壁桌,摊着电脑,在专心致志地画图。

李科戳他胳膊,跟他耳语:"撞见了?"

陈路周叹了口气:"嗯,正巧在门口碰见了。"

李科:"说什么了?"

陈路周一只手转着笔,一只手揣在兜里,看着李科的眼神有些嘚瑟:"'挺巧',你说她是不是有点儿酸?"

李科:"那你还不去哄?"

"再酸一会儿吧,等会儿去哄。"他笑着收回视线,低下头,把剩下的两道微积分题给解了。

马上他就笑不出来了,因为徐栀全程在专心致志地画图,中途大约是感觉到陈路周和李科的视线,转过来看了他俩一眼,表情很茫然:你盯着我干吗?

李科是瞧不出来她哪里酸,叹了口气,拍拍陈路周的肩:"你写作业吧,没吃你的醋。"

陈路周:"她装呢。"

五六点,图书馆的人渐少,金乌缓缓西坠,落日在校园里铺出一道长长的、绯红的霞影。徐栀收了电脑,主动过来问陈路周:"要不要一起吃饭?"

陈路周看了眼李科。李科憋着笑,跟徐栀说:"他以为你不会主动叫他吃饭呢。"

徐栀依旧很茫然:"为什么?"

陈路周咳了声,把笔尖收进去,把书合上,再把笔夹上去,不慌不忙地站起来:"走呗。"

于是,一行四人分两组一前一后走在铺满霞光的校园里。小道上落了不少金色的叶子,风鼓动着少年们的衣角,几个人心思各异。

徐栀和许巩祝走在前面,斜前方映出身后两个男生高大的身影。许巩祝看了眼那道尤其拉风的影子,忍不住对徐栀说:"找他帮忙真的行吗?"

"我也不知道,但我实在画不出来了。"

许巩祝也叹口气:"我也快被结构图逼疯了。"

身后两个人也在有一搭没一搭地聊着。陈路周一手钩着书垂在身侧,一手揣在兜里,大言不惭地跟李科说:"暴风雨前的宁静。"

李科笑得不行:"得了吧你,得了便宜还卖乖?人家压根儿就没吃醋。你是不是没见过女生吃醋的样子?我告诉你,我虽然没正儿八经谈过恋爱,但是有点儿微薄的经验,直觉告诉我,吃醋不是这样的。"

陈路周还是不信。等到了食堂,熟悉的乒乒乓乓的餐盘碰撞声再次传来,李科和许巩祝直奔打饭区,徐栀和陈路周找位子。陈路周刚放下书,徐栀就笑眯眯地掏出饭卡,对陈路周说:"想吃什么?今天我请。"

陈路周淡淡地瞥她一眼,把人推过去打菜:"少在那儿装,不爽直接告诉我,你有劲没劲?"

徐栀啊了声,刚要问"你在说什么"。许巩祝已经端着餐盘过来了:"有红烧排骨,徐栀你快点儿。"

徐栀哦了声,端起旁边的餐盘看了眼陈路周,说:"红烧排骨你要吗?"

陈路周没什么胃口。他最近看书看得三餐不太规律,除了早上五点准时下楼跟她在学校的便利店吃几口关东煮当早饭,其他时间都是想到就吃,想不到就先把题做了,饿了再吃。今天下午三点从寝室出来的时候,他刚吃了一碗面,这会儿其实不太饿,就打了一碗粥,坐在徐栀对面。李科知道他是最近看书看得魔怔了。许巩祝还以为帅哥就吃这么点儿。徐栀往他碗里夹了个鸡腿:"多少吃点儿肉吧,你最近瘦了很多。"

陈路周和李科对视一眼。她这会儿的正常反应不应该是把他面前的白粥也端走吗:"吃什么吃,跟别人吃去。"

李科笑笑。

许巩祝也是这会儿才察觉他俩之间的关系好像不是普通朋友那么简单,视线在他俩身上来来回回好几遍,脑沟已经被这事填满了,手上的筷子微微一抖,心潮澎湃地看着李科:我是不是发现了一个惊天大秘密?我会被灭口吗?

李科一脸淡定地看着她,眼神里仿佛写着:妹子,冷静,这事只会比你想的更刺激。

食堂门口的帘子时不时被人掀起,过堂风吹进来,也吹不散这诡异的氛围。四个人心思各异地吃着饭,其实许巩祝哪有心思吃饭,筷子塞在嘴里老半天,都忘记拿出来了,视线光顾着在陈路周和徐栀身上扫。徐栀专心致志地啃着排骨,压根儿没发现。陈路周笑着提醒她:"你室友已经开始啃筷子了。"

徐栀转头看她。许巩祝乍然回神,慌慌张张地把筷子从嘴里抽出来:"没事没事,我这个人眼神比较好,就是容易看出一点点猫腻。"

徐栀笑了:"那我跟他有什么猫腻?"

"我觉得你那天没骗我们,路草多少是有点儿喜欢你的。"许巩祝直接说出来了。

陈路周也笑了:"什么叫'多少有点儿'?"

许巩祝把那天她俩在食堂的对话重新说了一遍,说到徐栀的时候,口里习惯性蹦出"团支书"这个称呼。陈路周耳朵侧着,听她绘声绘色地说着,眼睛却意味深长地看着徐栀。听到最后,他一边慢条斯理地把碗里的葱挑出来,放在碗沿上轻轻磕掉,一边冷淡地垂着眼皮,不慌不忙地丢出一句耐人寻味的话:"那你们团支书不老实。"

许巩祝当下就觉得这帅哥的说话水平有点儿高,就这么一句饱含深意的话让她琢磨了好久,完全忘了最开始的目的。最后还是徐栀把话题拉回来,对陈路周说:"哎,找你有事,帮我个忙。"

陈路周放下筷子,不紧不慢地把剩下的粥喝完:"说。"

"周末把无人机借我们用下？"徐栀说，"我们有个结构作业很麻烦。"

许巩祝补充说："我们这个讲结构的教授真的好变态，我们班的同学已经快疯魔了，听说大二还是她教我们设计结构，已经有同学打算转专业了。"

陈路周："用无人机干吗？"

徐栀说："她说我的图神很散，没有基础的结构精神，让我去外头拍套建筑物看看，找找感觉。"

"你周末不是有部门聚餐？"

徐栀看着他说："江余家里有事，取消了。"

"行。"

看他神色疲惫，虽然眉宇依旧锋利，但人看着还是不太精神。徐栀忍不住说了句："别太拼了，考多少都不是问题，万一转不了专业，我觉得你学文学也挺好的，没必要给自己这么大压力吧。"

李科终于插了句嘴："不是，其实是马上要考试了，大家有点儿恢复高考时的状态了。怎么说呢，因为各地试卷的难易程度不一样，大家都觉得自己省的卷子难，各地区的人都有点儿暗自较劲儿的意思，总觉得考不好的话会丢家乡的脸。而且我们学校全国有名，大家都盯着呢，别看我们寝室动不动就狼人杀，其实私底下看书都到凌晨两三点。"

许巩祝和徐栀默默地对视一眼，表示：你们状元的世界我们不懂。

于是，这周末两个人各忙各的。陈路周把无人机给了徐栀。那时候虽然刚刚加入摄影社，但她帮几个学长扛机器的时候多少学了点儿，勉强能操作，而且陈路周最近确实忙，她不想打扰他。

那时候是十月中下旬，期中考试就在下周，大约是离第一次考试越来越近，校园里的气氛也紧张起来，早上五六点，校园里就陆陆续续有人在走动了。

两个人照旧上课的上课，去图书馆的去图书馆，早上五点准时在楼下便利店见面吃早餐。陈路周那阵子有点儿找回高三的状态了，也不怎么打扮，顶着个鸡窝头就下楼了，穿来穿去都是那几件衣服。徐栀怀疑他最近都没洗衣服。

他属于怎么着都还能看，所以还能看的时候就直接下楼，不太能看的时候就戴着口罩下楼。他拉开柜门拿酸奶的时候，正巧看见徐柜进来。她穿着件卫衣，帽子扣在脑袋上，卫衣颜色跟他身上的衣服刚好一个色系，都是灰色。他心领神会地笑了下，顺手拿了她平日里常喝的鲜牛奶，又从旁边的柜子里拿了个三角饭团，去结账了。

徐柜今天难得还在犯困，打着哈欠进门，直接朝着两个人平日里坐的那张桌子走去，然后就闭着眼睛靠在椅子上醒神。

陈路周付了钱过去，把牛奶插上管子直接递到她嘴边："图还没画完？"

徐柜的手还揣在兜里，闭着眼睛张口就去咬吸管，吸了两口，含糊地嗯了声，说："明天交，这次要再说我神散，那我也没辙了。"

陈路周把牛奶放到桌上，也没顾上吃自己的，又去给她拆饭团。他人靠在椅子上，慢悠悠地扯着饭团的塑料封条，半开玩笑地说："那是她的眼睛神散，你建议她去配副眼镜，说不定散光三百度了。"

徐柜睁眼，若有所思："我觉得很有可能啊。"突然看见他身上宽松的灰色卫衣，她忍不住问道："你怎么还穿这件？穿一周了吧？"

陈路周笑起来，把饭团塞到她嘴里："吃你的吧。我就早上下楼穿，起床方便啊，等会儿回去换衣服。"

徐柜哦了声，嘴里嚼着饭团，问道："你的课补完了吗？下周考试了。"

陈路周把拆下来的饭团包装纸捏作一团，见没地方扔，就拿在手里，把人喂饱了，这才去拆自己的早饭："嗯，差不多了，我把微积分学完了。"

徐柜嚼着饭团的嘴停了，整个人一愣："已经学完了？"

陈路周嗯了声："差不多吧，后面应该能轻松点儿。"

其实，他也轻松不到哪里去，毕竟这个学校的氛围就这样，大家都在卷，尤其是各个省的状元。

周五是许巩祝的生日，本来她们寝室几个人还有系里几个女生约了一起吃饭，但是学生会突然有事，杜戚蓝只好走了。许巩祝在学校附近订了一个包厢，见突然空出来一个位置，她让徐柜叫上陈路周。

陈路周最近总算空了点儿，这会儿跟人在球场打球，接到徐柜的电话就答应了："我回宿舍换下衣服，地址发给我。"

包厢里六七个人，除了刘意丝和徐柜这两个室友，其他都是建筑系里

· 433 ·

跟许巩祝关系还不错的女生，没有外人。一听说陈路周要过来，大家都兴奋起来，两眼冒光，时不时朝门口瞟两眼。

"大帅哥真要来啊？"

"路草吗？我刚还看到他在球场跟人打球呢。"

徐栀疑惑地问："你们所有人都认识他吗？"

"你要问雪梅班长，她肯定不认识。她每天的计划表里没有男人。但我估计其他大部分人都知道吧，对于校草肯定会关注一下的。"

这帮姑娘人还不错，都是开得起玩笑的人，一听是徐栀叫过来的，看她的眼神里都是心知肚明。

徐栀说自己能叫动他因为他俩是老乡。她们都不信，也只有许巩祝这个傻憨憨之前信这种蹩脚的谎言信了那么久。这帮姑娘都是人精，笑眯眯地说："别解释，我们都懂，在追你吧？"

所以，陈路周进门的时候，收获了一堆"娘家人"的眼神外加姨母笑。

当时他们吃的是火锅，整个包厢烟雾缭绕的，锅里红油沸腾，桌上都是生菜、青菜叶子。在一桌子人好奇的眼神的热切问候下，徐栀感觉他俩像被片好的肉片，马上要被人就菜下酒吃了。

酒过三巡，有人提议玩游戏。"就玩抓鬼。谁抓到鬼，谁就可以指定任意两个人做一件事。抓不到鬼，鬼就可以指定任意两个人做一件事。比如，我现在是鬼，我指定老K和小J交换外套。"许巩祝嚷嚷着。

徐栀和陈路周一直置身事外，不参与，也不发表意见。大家也都自动把他俩排除了，毕竟抽到陈路周也不好要求他做什么，玩起来真的放不开，自然也就没把徐栀算进去。一开始大家还嫌弃这个游戏幼稚，玩到后面根本停不下来，因为花样太多了，还有两个女生抱在一起。陈路周表示："你们系的女生还真挺活泼的。"

....

闹哄哄地吃完饭，一伙人三三两两地往学校走，徐栀和陈路周走在最后。许巩祝喝得有点儿醉，脚步趔趄，还在给自己唱《生日快乐歌》。刘意丝怕她摔着，只能在身后小心翼翼地护着她："你小心点儿啊。"

系里另外几个女生也喝了不少，脚步直打飘。她们仰头望着黑压压的天空，想着刚交上去的结构作业，满肚子苦水，仰天长啸一声："上辈子杀猪了啊，这辈子要学建筑！我后悔了！我要转专业！"

天边轰隆隆响起一道震耳欲聋的巨雷，突然，豆大的雨点一颗颗落下来。

"呀，下雨了。"

"天哪，我的被子还没收啊！快快快！"

一伙人脚步逐渐加快，小跑着冲回寝室，谁也没注意身后少了两个人。

经过乌漆墨黑的教学楼时，他俩对视一眼，正巧天空中忽地落了几滴雨水下来。徐栀还以为是空调水，伸手一接，抬起头，头顶空旷一片，是下雨了。不等他俩反应过来，顷刻间，那圆润的雨珠便密密麻麻地从顶上落下来，瞬间浇湿了两个人的脑袋。

教学楼里黑漆漆一片，如果不仔细看，没人能发现墙上贴着两个人。

陈路周默不作声地将人抵在楼梯间的墙上亲着，两个人热滚滚的鼻息纠缠在一起。两个人的头发都是湿的，但是心跳疯狂而灼热，驱散了彼此身上的寒意。陈路周一只手扣着她的后脑勺，一只手随意地撑在墙上。徐栀被他圈在墙上，抱着他的腰，闭着眼睛，仰着头，温柔而又热烈地同他接吻。

陈路周一只手吊儿郎当地撑在墙上，另一只手转而去捏她的下巴，再轻轻抬起，然后低头含住她的唇，一点点地咬，好似挑逗，又好似还在找感觉。这跟我们小时候玩蜡烛其实是一个心理，看那烛火摇曳，我们舍不得吹灭，可又敌不过那逆反心理，想灭了这火，便挑逗似的轻吹一口，看那火光在黑夜里跳动着，飘荡着，在心里琢磨着力度，再趁其不备，噗的一声，重重一下，蜡烛彻底灭了。

徐栀觉得自己就好像那蜡烛，那团火要灭不灭，蠢蠢欲动，让她心痒难耐。陈路周含了一下她的唇，转而又去亲她的眉眼，亲她的鼻尖，亲她的唇角，但那重重的一下迟迟没有压下来。

徐栀被他撩拨得心跳急促而热烈，心脏怦怦地撞击着胸腔，抱着他的腰的手也在慢慢地、不断地收紧。他低沉紊乱的呼吸声连同那雷声一起轰在耳边，她的心脏仿佛马上要扑出嗓子眼。

"想我没？"陈路周却突然停下来，一手撑墙，一手捏着她下巴两边，报复性地狠狠捏了两下，轻轻地说。

徐栀的嘴被捏成了鸟喙状。她看着他，他的眼神仿佛带着雨天的湿气，她莫名觉得又冷又烫人。她瞬间明白他问的是前几个月："嗯。"

教学楼里黑得很瘆人，有教室的窗户估计没关好，风雨涌进来，不知道吹倒了什么，发出哐的一声响。陈路周下意识地往那边看了一眼，确定没人，才转回头，手还捏着她脸颊两侧，只不过微微松了力道，拇指若有似无地轻轻摩挲了一下她脸上的肌肤，眼睛冷淡地睨着她："那为什么一个电话都不给我打？"

"以后再跟你说。你不也有事情没告诉我？咱俩一个秘密换一个秘密……"

话音未落，她的唇便被人狠狠咬住，对方甚至是毫不客气地将舌头伸进来，直接撬开她的唇，力度是从未有过的凶狠。

顷刻间，暴雨如注，雨势逐渐变大，哗啦啦的雨声偶尔混杂着令人心惊肉跳的闷雷声，将这暗无灯火的楼梯间里密密的接吻声烘托得格外激烈和旖旎。

雨势终于渐小，细细密密的珠帘变得断断续续。每次这种亲热过后，两个人的眼神里一开始都会带点儿激烈的火花，等渐渐冷静下来，看对方的眼神里就多了一丝羞涩和不自在，要静默好一会儿才能恢复正常。

两个人坐在最后两级台阶上。楼梯间那边是监控死角，刚进来时，陈路周看了眼墙角的监控器，大摇大摆地带她绕了好大一圈，才找到刚刚那个窄得只能勉强塞下两个人的墙角，但这会儿两个人是正对着那个监控器。

徐栀冲陈路周伸手："把手机给我，我看看前几天买的咖啡到了没。"

刚接吻的时候，徐栀拿在手上的手机直接被他夺过去揣兜里了。

陈路周穿着棒球服，这时衣服的扣子没扣，就这么敞着。他依言去衣兜里摸手机，摸到了递给她："你们结构老师有这么恐怖吗？有必要这么天天熬夜？"

徐栀瞥他一眼："陈大校草，咱俩谁也别说谁了，你熬得比我还狠。怎么，你们各省状元的内卷结束了？"

"还没。"他笑了下，"李科刚给我打了两个电话，估计想找我去玩狼人杀，反正玩游戏必定捎上我。他这几天不仅跟着我上图书馆，而且下了课就问我在哪儿，就怕我一个人偷偷努力。"

"你俩高中卷，到了大学还得卷啊？"

"也不是，主要是其他省那几个人卷得比较厉害。不是非要比出个高下，之前高考卷不统一，所以大家都想看看，有了统一标准之后，自己在这群人里是什么水平。"

徐栀若有所思地说："听出来了，不卷出个高下，你是不打算谈恋爱了。"

陈路周这才瞥她一眼，丢出一句话，表情似笑非笑："不是你说'谈恋爱没劲，接吻没劲，谈恋爱接吻没劲，不谈恋爱就接吻才有劲'？"

徐栀哦了声，把脑袋靠在他的肩上，头发贴在他的脖颈上，面无表情地提出最新玩法："不谈恋爱就接吻也没劲了，不谈恋爱就发生关系可能有劲点儿。"

陈路周坐着，低头看她把脑袋靠在自己的肩上，大概是被气的，耸了一下肩，故意颠她，眼睛看着前方黑漆漆的走廊，语气冷淡地警告了一下："你别得寸进尺啊。"

"陈路周你真没劲。"徐栀字正腔圆地骂了句，脑袋还靠在他的身上，用手机查快递。

这雨下得急，停得也快，这会儿外面的雨声已经快停了，有人打着伞走过。两个人在楼梯上坐了将近半个小时，约莫是真的太黑了，也没人往教学楼里头看一眼。校园里偶尔还是能听见秋蝉的叫唤，但那声音单薄，蝉的数量估计还不到庆宜的零头。

陈路周当时低头看了她一眼，见她正在给人回微信，他瞄了眼，是江余。这有点儿"明火执仗"了，他心里不太爽，又耸了下自己的肩，想耸开她，眼皮垂着，语气不冷不热："靠在我肩上给别的男人回微信，你胆子够大啊。"

徐栀一边回信息一边说："得了吧你，你之前不是没拿他当回事吗？陈路周，你好像个酸菜精。"

陈路周人往后仰，两手撑在后面的台阶上。徐栀的脑袋便蹭到他的胸膛，贴在他的胸口。陈路周低头瞧她，自嘲地笑了下，然后移开视线，懒洋洋地看向别处。他叹了口气，夹枪带棒地说——

"他是挺菜的，他还挺没劲。他就想跟人正儿八经地谈个恋爱，但他知道那个人喜欢刺激，怕真谈了恋爱她觉得他没劲没几天就分手了。跟她说句话都要想半天，说多了怕她觉得腻，说少了又怕她觉得被冷落，他那点儿心思一天到晚就在她身上了，她还觉得这人没劲，你说陈路周惨不惨啊？"

徐栀笑得不行，把脑袋从他的身上抬起来："你真这么想？"

他低头，冷冷地瞥她："嗯。"

徐栀挑眉，笑眯眯地说："那要不咱俩就一辈子这样，好像也挺不错的。"

"你想得美。"

"我发现你这人想得还挺多。就算真有一天，像你说的那样，在一起后咱俩又分手了，但你要想想，你作为徐栀的初恋前男友，这个头衔有劲没劲？"

陈路周站起来，单手插兜，另一只手把她扯起来，闻言笑了下："听起来是比什么班长、校草厉害点儿，毕竟是'美貌有目共睹'的徐栀。"

徐栀站在台阶上看着他："陈路周，你什么时候说话能不噎死人，你就有女朋友了。"

"那我现在改。"

"来不及了，你等候召唤吧。"

陈路周回到宿舍，把外套脱了搭在椅背上，就穿着白色卫衣和灰色运动裤，然后人懒洋洋地靠着椅背，两腿敞着，翘着前排两只椅子脚，有一下没一下地晃着，手机在手心里打着转。想了半天，他还是低着头滑开手机锁，给连惠去了个电话。

其实连惠接得很快，但两个人都保持了沉默，静了约莫有三十秒，连惠才开口，声音温婉一如往常。

"你那边很忙吗？"

陈路周嗯了声，人靠在椅子上，低着头，看不清脸上的表情。一旁戴着耳机正在打游戏的室友听见声音，不由得好奇地回头看了他一眼，因为这是室友第一次见他往家里打电话。

"您不用给我打钱了，我会拿奖学金的。"陈路周平静地说。

连惠的声音也平静："你拿不拿奖学金跟这个没关系，再说你们学校的奖学金最高也就一万五，交完学费你还剩多少？只要你还在上学，我就有义务抚养你。钱我会打，用不用是你的事情。"

其实，她给的银行卡，陈路周都没带出来，就放在房间的抽屉里。

"您以后不要给李科打电话了，有事我会给您打电话的，就这样吧。"

"好。"连惠补了句，"我知道那张卡你没带去，我以后每半年微信转你一次，你收下，用不用是你的事情。"

等挂了电话，陈路周才看到微信里有一笔未收的转账。连惠很大方，一学期给他的生活费加起来有小十万，比他以前在庆宜那张能透支的副卡的额度都高了。

他连北京的银行卡都没办，好在学校里可以不用现金，这几天他都是用手机支付宝付的钱。他知道，如果他不收，连惠会一直发到他收为止。

"你要冲奖学金啊？"室友打着游戏，听了一嘴，随口问了句。

陈路周嗯了声，人靠在椅子上，宽阔的后背抵着椅背，拿着手机的手垂在敞着的两腿之间，低着头，在微信上点了收款。

室友看着游戏界面，头也不回，对他说："难怪最近你这么拼，咱们学校的奖学金还是蛮难拿的，绩点至少得上4.0，科科都不能落下，而且不是每个专业都有名额的。咱们这个专业相对来说更难一点儿，毕竟人文学院嘛，不是这个学校的重点专业。像你那个好朋友李科，他们专业，专业前三就可以评奖，咱们估计得专业第一。"

正聊着，陈路周的手机上突然跳出一条信息。

朱仰起：狗东西，你来北京了？？？

朱仰起：你给我等着，我已经打到车了，给老子等着，我过去打死你！！！

这时徐栀的手机上也跳出一条信息。

谈胥：我来北京了，能出来见一面吗？

周五晚上，哪怕十一点，校门口的人还是多，路边零星停着几辆车。刚下过一场雨，路面有少量积水，落满秋叶，和着雨水，充满了萧条的意味。有人抱着课本匆匆而过，也有人刚聚完餐回来，酒足饭饱，拖着稀稀拉拉的队伍，从马路对面穿过来，正是人文学院的几个人。他们看见花坛边上站着个人，主动跟那个人打招呼："路草，在这儿干吗呢？"

陈路周双手揣在兜里，身上还是刚刚跟徐栀在楼梯间接吻时的那件黑色棒球服，袖子白色，下身是灰色运动裤，脚上一双黑色联名鞋。这会儿他嘴里嚼着颗糖，低头拿脚尖踢着地上被人乱丢的烟头，想踢到垃圾桶边上去。忽然间他听见有人叫他，下意识地抬头望过去，才瞧见是隔壁班的几个哥们儿。虽然不太熟，但他多少能认出是人文学院的人，有那么一两个还能叫上名字——最近老在一起打球。脚尖还在地上踢着烟头,他说:"等个朋友。你们班又聚餐?"

几个男生停了下来,打算在路边抽支烟,顺便跟他闲聊。其中一个染着黄发的男生一边从兜里掏出打火机递给其他人,一边跟陈路周说话:"正巧刚才聊到你。"

"聊我?"陈路周低着头,还在踢那个烟头。

"就你跟徐栀呗,建筑系那个系花,你俩好像挺熟的?"

陈路周当时其实下意识地轻轻皱了下眉。他不太喜欢跟别人聊徐栀,更何况还是这么半生不熟的一群人,于是随口回了句:"嗯,以前认识。怎么,传我俩八卦了?"

那人哈哈一笑,眼神耐人寻味。他点了支烟,抽了一口,吐着烟圈,说:"没有,大家随便聊聊,怕咱们系里的大帅哥被人拐跑了呗。"

陈路周再次乜他一眼,语气轻飘飘的:"得了吧,你们是怕她被我拐跑吧。"

对方干笑两声:"说实话,我们还赌你不一定能追到她。听说她高中有个男朋友,好像一直都没忘记。之前有个人追她,她说自己高中谈过,暂时不想谈恋爱了。"

陈路周脸上看不出多余的表情,只是淡淡地看着他:"高中啊?她说的?"

对方吐着烟圈,笑着说:"我骗你干吗?"

陈路周哦了声。正巧马路对面这会儿缓缓停下一辆出租车,他以为是朱仰起,浮皮潦草地往那边瞥了眼。

结果出租车上下来一个他怎么也想不到会出现在这里的人。

那人背着双肩包,下了车,眼神茫然地左右看了两眼,然后低头在手机上给人发信息。戴眼镜、穿白衬衣的学霸这个学校到处都是,陈路周一开始还觉得可能只是长得像。但看那副初来乍到等人来接的样子,陈路周多少确定是他了。

而且,谈胥身上有股特殊的气质。他的身高估计至少有一米八,但是身材干瘦,而且皮肤很白,嘴唇也泛着白,一副憔悴不堪,好像谁都对不起他的样子,弄得那出租车司机都觉得自己是不是多收他钱了,一直看计价表。

见陈路周一直没说话，隔壁班那几个男生也没再搭腔，跟陈路周说了句"先走了"，就进学校了。

陈路周也没走，双手插在兜里，人站在花坛边上，脚尖时不时点着地，手指在兜里不断地摁着锁屏按钮，弄得裤兜里的手机一亮一暗的，眼睛有些失神地盯着地面，想看看谈胥来找谁。他心里其实已经有答案了——谈胥在这儿没别的同学了。

所以，看见徐栀戴着眼镜素面朝天出来的时候，他不太惊讶，也不意外，只是心里忍不住冷笑了一声：结构图画完了吗？就大半夜出来跟人吃夜宵。

两个人走了之后，陈路周又等了十分钟，朱仰起才风风火火地来了，急匆匆地从出租车上下来。陈路周当时也没留神，心不在焉地低头看着手机，听见一阵急促的脚步声，猜多半是朱仰起。他把手机一锁，从花坛上跳下来，正抬头呢，只见一个硕大的黑影风风火火地朝他扑过来。他躲都没来得及躲，一记结实的闷拳结结实实地袭在他的下巴颏儿上。

他疼得猛抽了两口气，整个人险些没站稳，还好反应快，一手捂着下巴，一手抓着来人的肩膀，才堪堪站住脚。他抬头去看，真是朱仰起。

"你下手不能轻点儿？"陈路周咬着牙说。

朱仰起也蒙了，本来想击陈路周胸膛的，没想到他正好从花坛上跳下来，拳头一下没把握好方向，打到下巴了。

"你今天反应怎么这么慢啊？"朱仰起也觉得莫名其妙，以前他反应比这快多了，"刚想什么呢？"

陈路周捂着下巴仰头，疼得直抽气，咝了声，手正好握在朱仰起的肩膀上，发现那里硬得跟石头块似的。他就这么仰着头，不冷不热地瞥了朱仰起一眼："健身了？"

朱仰起比国庆那会儿更结实了，现在身上都是肌肉块，看着特别像路边给人发宣传卡的健身教练，但他都没顾上跟陈路周炫耀自己的肱二头肌："你的脸没事吧？要是破相了，徐栀不得打死我？"

陈路周把手拿下来，嘴巴开合两下，还好没脱臼。剧烈的疼感散去之后，还有一丝丝隐隐的抽疼，但他也懒得管，把手揣回兜里，冷笑了两声："得了吧，她现在还顾得上我？"

朱仰起看着那张熟悉的俊脸，终于把悬着的心放回肚子里，长舒了一口气："还好，没破相。"但是仔细一看吧，好像陈路周的嘴角底下有点儿破皮。他又问了一句,"要不要去药店买点儿创可贴？"

"算了吧。"陈路周闷闷地挥开他的手,"你怎么知道我来北京的？徐栀告诉你的？"

朱仰起说:"我以前班里有个同学在你们学校的美院啊。他也是最近才知道你来了,他还以为我知道,不然也不会才跟我说。你俩也太过分了,来了这么久都不联系我,什么意思？"

陈路周跟他往红绿灯路口走,准备去对面随便吃点儿东西。听到这儿,陈路周才说:"最近事情太多。本来想周末约你吃饭,但马上期中考试了,我忙着补之前的课。她最近被他们专业课的老师给逼得天天熬夜。我俩都没什么时间见面,约你更没时间了,想等忙过这一阵再找你。"

朱仰起又捶了他一下:"你微信上不能先告诉我一声？"

"想给你个惊喜啊。"陈路周看他一眼,这才不冷不热地笑了下。路口倒着一辆共享单车,他弯腰,顺手扶起车,说:"我来之前也没告诉她,她现在还生气呢,没把她哄高兴,我还顾得上你？"

朱仰起:"狗东西。"

这个点学校附近也就几家夜宵门店还开着,陈路周刚刚看见徐栀和谈胥进了一家店,他转头就往旁边那家烧烤摊去了。

刚坐下,朱仰起就迫不及待地问了句:"刚听你的口气,你跟徐栀吵架了啊？"

陈路周一坐下,就熟门熟路地拿过桌上的菜单丢给他,然后懒洋洋地靠在椅子上,看着门外的街景,轻描淡写地说:"谈胥来了,徐栀在陪他吃饭。"

朱仰起扫了桌旁的二维码,一边翻看菜单,一边啧啧两声:"我刚想说把徐栀叫出来。他们在哪儿吃啊？咱俩要不过去拼个桌？"

"别没事找事了。"陈路周眼神冷淡地看着门外。

朱仰起瞄他一眼。他冷不丁又丢出一句:"老同学来北京,陪他吃个饭挺正常。"

朱仰起:"不正常的是,谈胥不是应该在复读吗？为什么突然来北京？来北京为什么要来你们Ａ大？总不会是来旅游的吧。这答案还不明显吗？他就是来找徐栀的。"

"所以呢？他一个高四生,前途未卜,就他那点儿心理素质,明年能不能考上我们学校都是个问题,来找徐栀干吗？给她画大饼？那我得给他捎点儿香菜，徐栀喜欢吃。"陈路周把手机甩到桌上，不咸不淡地说。

正巧，这时候服务员上了一道凉菜——白灼秋葵，却忘了给他们拿醋："稍等，我去给你们拿。"

"不用，我蘸他吃就行了。"朱仰起说。

陈路周："……"

服务员震惊地看着朱仰起。

朱仰起哈哈一笑，举起筷子："开玩笑的，您去拿吧。"说完，他看了眼对面的人，又环顾了一圈。这么一圈扫过去，他发现一个能打的都没有，他兄弟仍旧帅得独占鳌头，即使穿得像个傻帽儿——穿什么棒球服啊，老把自己打扮得跟个运动员似的——那些女孩子也跟瞎了眼似的，眼睛一直往陈路周身上瞟。于是，他没头没脑地丢出来一句："我怎么瞧着你又帅了？感觉比暑假那时候还帅。但说实话，你的衣品我真的不敢恭维，你能不能穿穿白衬衫啊大哥？你这么好的身材，不穿衬衫，天天穿这么休闲干吗？"

同样，朱仰起的衣品陈路周也不敢苟同——天天穿得花里胡哨跟个圣诞树似的，挂一身"鸡零狗碎"，走起路来跟条狗似的，都不用抬头看，听那丁零当啷的声音就知道是他来了。陈路周冷笑："你让我模仿谈胥啊？也就他天天穿个白衬衫。"

"又不是只有他能穿白衬衫，西装衬衫，猛男标配好不好？不知道是审美从小被你养刁了还是怎么了，反正看我们学校的校草也就那样。你知道我那美院同学怎么说？他说：'我从来没想过高中的校草是陈路周，到了大学，校草还是陈路周，我妈都换了两个，校草还是陈路周。'"

陈路周："……"

店里三两个人一桌几乎坐满了，浓郁的香味萦绕着整个店面，一张张青春洋溢的面孔让朱仰起忍不住回想起暑假那时候，只不过耳边充斥的不是庆宜方言，而是地道的北京话夹杂着各地方言。

两个人有一搭没一搭地继续聊了会儿。

"你们学校是不是北京人特别多？"

"还行。"

朱仰起叹了口气，又问："你们寝室的关系怎么样？我们寝室有俩'二缺'天天吵架，我实在受不了了。俩'二缺'其中之一真的是有病，长得其实还行,但一有女的向他示好,他就把人家的照片发到寝室群里,一个劲儿地评头论足,然后,一关灯就开始聊学校里的美女。"

大学男生跟高中男生不太一样。高中男生聊女孩子聊得比较纯情,单纯聊感情;但大学男生之间聊女孩子聊到最后多少会沾点儿荤,问来问去无非就是想问那几句。有些男生还把这种事当作炫耀的资本,给室友看自己和女朋友的床照,照片说不上露骨,但总归让人不舒服。陈路周在李科寝室玩狼人杀的时候碰见过几回,所以他不太喜欢跟别人聊徐栀。

最后,朱仰起还是没忍住好奇,问了句:"我刚微信问你,你说家里出了点儿意外,你家里到底出什么意外了?"

"他俩离婚了,打了两个多月的离婚官司。陈星齐被他带走了。我单独立户了,谁也没跟。"

朱仰起瞠目结舌,张着一张能塞进鸭蛋的嘴,久久不能回神。怕问多了让他更烦心,更何况他今晚本来就心情不好,朱仰起愣了好半晌,才咂咂嘴,不痛不痒地说了一句:"那他明年评不上模范企业家了。"

陈路周无动于衷地弯着嘴角,假模假样地笑了下:"你还没你那同学幽默。"

朱仰起看着窗外三五成群的学生,一时兴起,说:"我今晚要不去你寝室挤挤?"

陈路周喝了口酒:"别了,我那寝室的床现在睡我一个都挺困难。我给你开个房间,你住酒店吧。"

朱仰起瞧了瞧两个人的身板,确实,他是宽阔,瘦高;自己现在则是无比硕大。朱仰起得寸进尺地说:"那给我开个总统套房。"

"套你个头。"陈路周笑着骂了句,懒洋洋地站起来,准备去结账,"说实话,就我目前这个情况,你要真是兄弟,就自己卷个铺盖去公园的长椅上躺一晚。"

"呸。"

最后开了个标间,陈路周也没走,就在酒店睡了一会儿。那会儿已经快四点了,天边隐隐有些泛白了,半睡半醒间听到朱仰起还在那儿说自己悲惨的大学生活,陈路周转头用生无可恋的表情看了眼朱仰起。看他的眼睛都熬红了,朱仰起立马闭嘴:"行了,睡觉。"

也不知道几点,朱仰起当时还以为七八点了,但是一看窗外的天色,还很暗,他听见窸窸窣窣的起床声,就迷迷瞪瞪地问了句:"几点了?"

陈路周正闭着眼睛靠在床头醒神。这种感觉最难受了——好不容易睡着了,结果被生物钟活活叫醒。他靠了半晌,拿过一旁的外套给自己套上,嗓子都熬哑了:"五点。"

朱仰起也迷迷糊糊的,手搭在脑袋上:"你们学校的早课都这么早吗?不过今天周六啊。"

陈路周翻身下床,弯腰弓背坐在床边穿鞋,脸都快贴上膝盖了,声音倒是清晰了些,有条不紊地说:"我回去陪她吃个早饭,等会儿回寝室补个觉。你睡醒了要不回去就自己先玩会儿。我下午有球赛,你要想看,我让徐栀出来接你,没校园卡进出学校有点儿麻烦。"

朱仰起一只耳朵进一只耳朵出,迷迷糊糊又睡着了。

但徐栀睡过头了。昨晚跟谈胥吃完夜宵,她回到寝室,又熬了一个大夜赶新一轮的结构图作业——今天下午有陈路周他们系的球赛,徐栀估摸自己是没时间赶作业了。周日又要去郊区航拍,所以她今天也是凌晨三四点才睡。醒来已经快八点了,她立马从枕头底下摸出手机给陈路周发了一条微信过去。

徐栀:早饭吃了没?

徐栀:下午球赛几点?

陈路周一直没回。徐栀早上起来喝了杯咖啡就继续赶图,临近中午,又给他发了一条:哥?

许巩祝也被她卷得不得不迷迷糊糊地从床上爬起来,一边扶着梯子下床,一边心有余悸地跟徐栀吐槽:"我现在满脑子都是结构老师那句话——'你的横线得给人一种平静感,竖线要挺拔庄重,曲线要优雅'。你说说这几个词怎么展现?我昨晚做梦,梦见她给我结构图作业的评语是,'你画得很好,下次不要再画了'。不行,我明年得转专业,我实在受不了这么天天熬大夜了。"

徐栀的手机进来一条微信,但不是陈路周的。

徐栀看着手机,叹了口气。

许巩祝刚下床,穿上拖鞋,听到这声叹气,问:"怎么了?跟陈大校草吵架了?"

"不是。"徐栀穿着睡衣，脑袋上夹着兔子耳朵的发箍，一张脸素面朝天却干净细腻。那双圆圆的眼睛看了下许巩祝，胳膊肘搭在椅背上，手里夹着画笔优哉游哉地转着，思忖了片刻，说，"巩祝，帮我个忙行吗？我有个朋友过来……"

许巩祝："是不是陈路周下午的球赛你去不了了，让我去帮你喊加油？！"

徐栀："不是，我那个朋友是复读生，今年高考失利，明年想考我们学校。他说最近复习不进去，想来我们学校看看找点儿动力，白天想逛逛我们学校。我下午要去陪陈路周，你下午帮我带他逛逛校园吧？"

许巩祝失落地说："可我想去看大帅哥打球啊。"

徐栀说："我也想看我男朋友打球呢。"

许巩祝的瞳孔差点儿地震："你俩在一起了？不是他还在追你吗？"

徐栀嗯了声："我打算等他比完赛跟他说。他今天一直不回消息，你知道他们比赛下午几点开始吗？"

话音刚落，刘意丝正巧从图书馆回来，把包挂在凳子上："球赛吗？下午三点吧。不过我刚回来的时候，正好看到陈路周跟赵天齐他们从寝室楼里出来，估计打算去球场了。"

一直到一点半，陈路周都没有回消息。徐栀换了身衣服准备下楼。这会儿球场上的人还不算多，三三两两地站着，还有不少穿着短裙的女生，应该是人文学院的，弄得煞有介事，篮球宝贝都召唤上了。

北京的天气确实干爽，昨天下过雨，这会儿场地已经全干了，就是今天阴天，没有太阳，所以整个场地看着不太干净。这会儿裁判、道具都还没上，球场上就几个男生在热身，三四个篮球砰砰砰接二连三砸在篮框上，偶尔还有女生上去玩几下，场面很轻松，果然是系之间的篮球赛。

陈路周正靠在篮球架上跟人聊天。徐栀进去的时候，跟他聊天那人大约认出了徐栀跟他是同省，用眼神跟他示意。陈路周转头看过来，两个人暗潮汹涌的视线就那么在热闹的人群里平静地对视了大约五秒，陈路周不动声色地转回头去，无动于衷地看了球场几秒，又低下头，不知道在想什么。又是几秒过去，他才懒洋洋地从篮球架上直起身，又弯下腰，随手从篮架旁的整箱水里捡了一瓶水，一边拧开，一边朝她过来。

陈路周把拧开的水递给她，盖子捏在自己手里："起得挺早啊。"

"你的手机呢？"

"在寝室充电，没电了。"

"你打球不带手机？"徐栀喝了口水说。

陈路周笑了下，张开胳膊："你要搜吗？真没带。昨晚跟朱仰起睡在外面，没带充电器，回来就睡了一上午，醒来的时候才插上。"

"朱仰起来了？"徐栀一愣，说完把水还给他。

陈路周把瓶盖拧回去，瓶子拎在手里，嗯了声："我等会儿回去拿手机。他睡醒了可能要找我，或者你给他发个微信，说咱俩在一起呢，有事让他直接找你。"

"朱仰起找你，你就记得拿手机；我找你，你的手机就在充电。陈路周，你是不是腻了？"

"你也有脸说这话，"他低头瞥他一眼，淡淡地说，"咱俩要腻也是你先腻。"

徐栀蓦然盯着他的脸，也没顾上四周多少双眼睛盯着呢，伸手要去摸他的嘴角："别动，你的嘴角怎么了？朱仰起是不是太激动打你了？"

"你反应还挺快啊。"陈路周别了下脸，没让她碰，"没事，他不小心碰的。你会打球吗？"

徐栀："不太会。"

陈路周笑了下："投篮会吗？"

"嗯。"

两个人边说边慢吞吞地走到篮球架边上，旁边只有两三个人在热身。

陈路周随手把水扔在篮架的垫子上，脱掉黑色运动服外套，在她耳边低声说："那咱俩投十个，你要赢了，你说的那个更有劲的要求我可以考虑下。"

篮球场上没几个人，但场外围着一圈人，三三两两，目光时不时往他俩身上探，旁边还有几个男生在起哄，吹着口哨。陈路周过去要球的时候，男生们看着他身后的徐栀，忍不住调侃了一句："路草牛啊。"

陈路周没搭理他们，从其中一个男生手上拿过球："我陪徐栀玩会儿，你们这会儿要训练吗？"

"你们玩你们玩，"对方立马拱手让球，觉悟很高，又补了一句，"没事，咱比赛可以输，女朋友先追到手再说，玩，陪她玩！"

两个人一上场，徐栀便看见球场边上有几个女生走了。她看了眼正在

447

找手感的陈路周："哎，你们班啦啦队队长走了。"

　　陈路周哦了声，目不斜视地看着篮框，人在三分线处站好，随手把球扔出去，一条圆润的抛物线，啪，球进了。场下气氛组的男生起哄，吹口哨，海豹式鼓掌，整个球场瞬间热闹起来。

　　徐栀却目不转睛地看着那几个开始往外搬水的女生，又说："你们班啦啦队队长现场脱粉，还搬走了物资。"

　　陈路周刚把球捡回来，往地上拍了两下，这才回头往球场外看了眼，笑得不行："神经病，那是我们院的学姐，隔壁还有大二的比赛，你那个江部长也在打球，物资是他们的。"

　　徐栀哦了声。两个人面对面站在罚球线上。陈路周说完，伸手把球给她。徐栀刚要去接，他胳膊往回缩了下，眼睛冷淡地睨着她："想赢还是想输？"

　　徐栀逗他说："当然想赢了，我刚刚酒店都订好了。"

　　陈路周一动不动地低头看着她，意味深长地说："那我让你四个球，你十个，我六个。"

　　徐栀："我建议你，干脆认输。"

　　"那不行啊。"陈路周挺有原则地拿着球在地上拍了下，随手又朝篮框扔了过去，圆润的抛物线从她的头顶划过，哐当一声，稳稳地砸进篮框，又进了。徐栀顿时压力倍增。他似笑非笑地看着她，低声说："你多少也得努力一把啊，不然，睡我这么容易？"

　　他素来坦诚、干脆，可这会儿眼神里好像夹杂了一些别的让人脸红心跳的情绪，瞧她的时候好像危机四伏的丛林里那头藏在最深处、最凶狠的猛兽，直白，带着冲动。

　　她的心跳没来由快了些。她不知道陈路周到底是不是认真的。从刚才到现在，她一直以为陈路周在开玩笑，这会儿却发觉他可能来真的："你认真的？"

　　陈路周站在原地，看着她，闻言不太自在地微微别开眼，视线落在别处，冷淡地嗯了一声。

　　不然他能怎么办？刚才他本来不想跟她说话，可看她一个人站在那儿，他又不忍心了。

be passionately in love

RE LIAN

陷入我们的热恋

下册

耳东兔子 著

青岛出版集团 | 青岛出版社

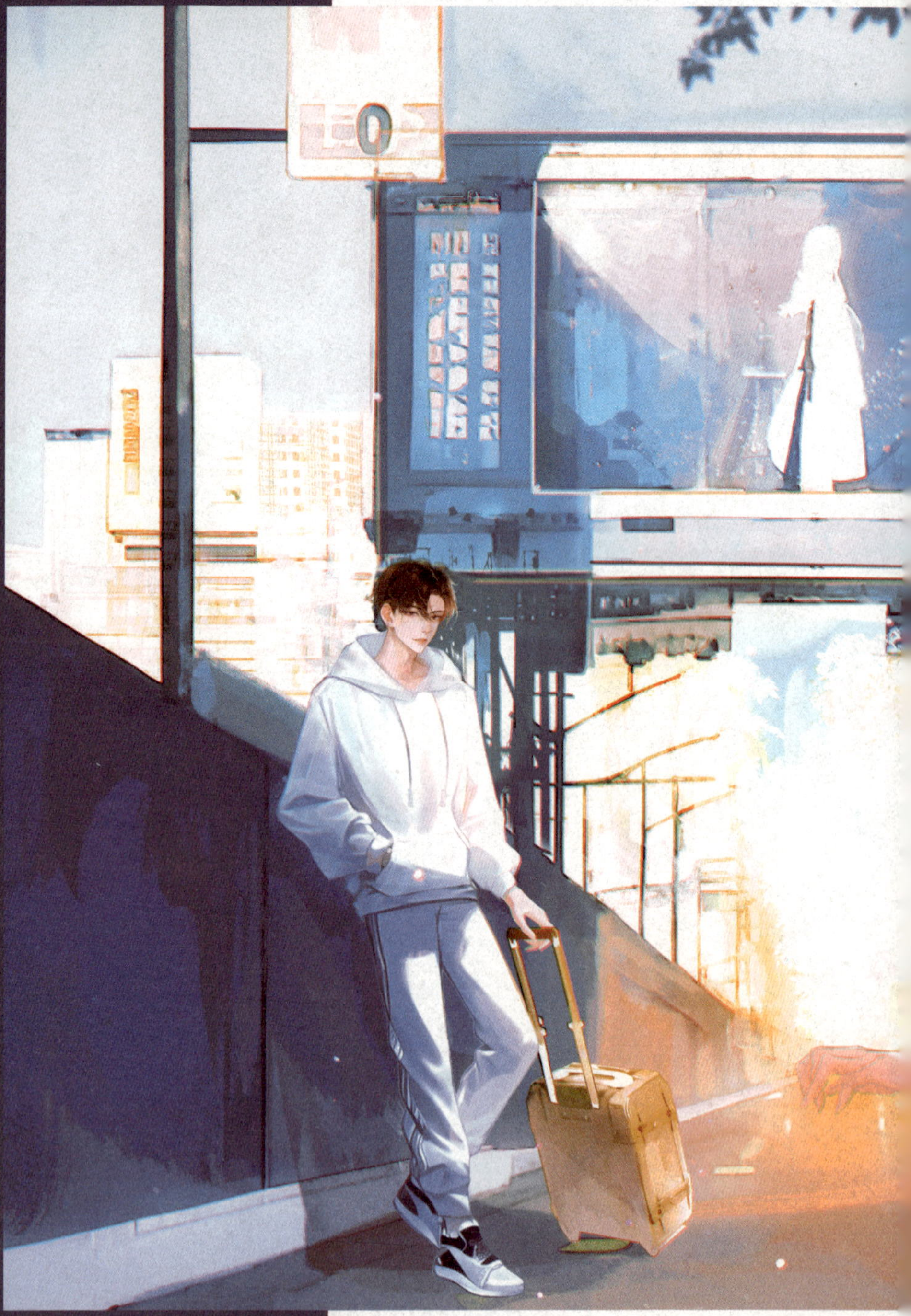

世界上如果只有最后一朵玫瑰，我即便已经八十岁了，也会滚着轮椅为你冲在前头。毕竟，我男朋友陈娇娇是个浪漫派小诗人。

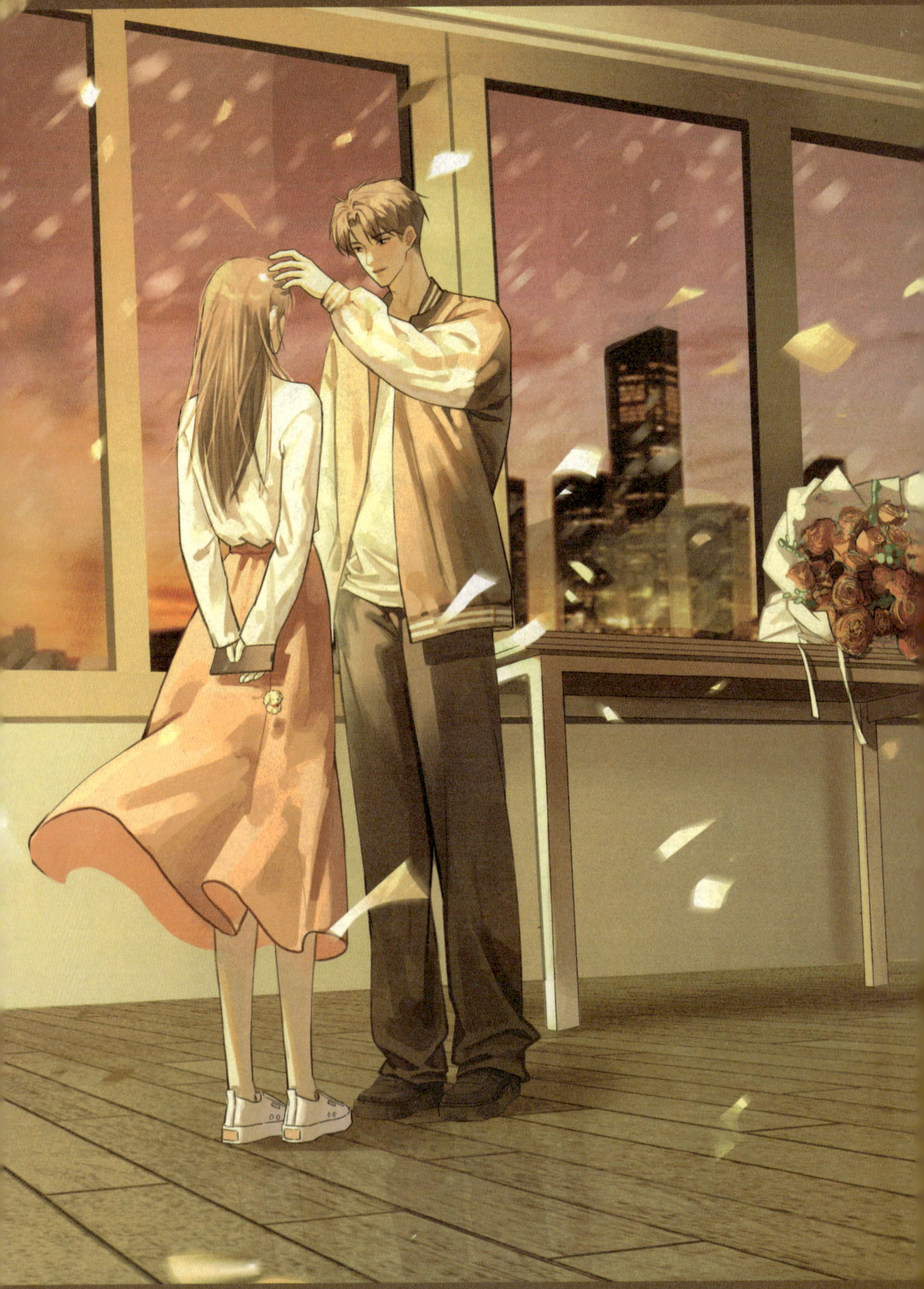

那天是2021年的圣诞节。

徐栀，陈路周，新婚快乐。

目 录

第十四章   449
我男朋友陈娇娇是个浪漫派小诗人

第十五章   488
别哭了，陈娇娇

第十六章   524
你可以相信你男朋友

第十七章   561
徐栀，我是你的

第十八章   602
夷丰巷的少年，永远占上风

番　外   634

后　记   674

番外之小剧场彩蛋   675

出版番外一   677

出版番外二   683

出版后记   688

第十四章
我男朋友陈娇娇是个浪漫派小诗人

其实来北京之前,他和谈胥见过一面。谈胥说话很直接,问他是不是跟徐栀谈恋爱了。陈路周没回答,只反问了句"跟你有关系吗"。

谈胥说:"是没什么关系。你俩只认识了一个月,其实她并没有你想象中那么好。陈路周,你压根儿不了解她,她是个很自私的人,也会嫉妒别人学得比她好。

"她还挺轴的。之前学校门口有家打印店坑了她五块钱,她就把微信名字改成'××打印店是黑店',用了很长时间。而且她的道德感很弱,在路上看见老太太摔倒了,她肯定不会扶,因为怕别人讹她,她习惯性明哲保身。她解决问题的唯一方式就是暴力。你如果去过我们学校就知道,我们学校的布告栏里到现在还是她的 A 大喜报和曾经的处分单贴在一起。还有,她以前除了蔡莹莹还有个好朋友,后来那个女生进了戒毒所,她身边都不是什么好人。

"哦,她妈死后,她爸抑郁了很长时间,还自杀过一次,她却说她爸是个很温柔的人。那阵子她每天都提心吊胆的,每次出门之前都要把所有的刀具收好。有时候上课她会走神,因为忘了自己有没有收刀具,然后就翘课跑回去看。这些你都不知道吧?

"陈路周,我以前在一中待过一段时间,大家都说你脾气好,家教好,成绩又好,不说完美无缺,至少像你这么优秀的人应该挺少的。她的生活是你没见过的混乱,你的出现对她来说是降维打击。应该说,她是一个很容易走上歪路的人。她能考上 A 大全靠我一步步拉她。高中两年是我跟她朝夕相处,她的错题都是我帮忙订正的,她的学习习惯是我手把手教的。"

当时陈路周听完这些,意外但又不是很意外。谈胥口中的徐栀对他来说很陌生,但他又觉得,徐栀好像确实是这样。但谈胥是她的精神导师,而他除了跟她接接吻,就没什么实质性的交流了,想到这里,他就觉得自己真是个便宜货。

陈路周话音刚落,球场外有人小声地叫了一声徐栀的名字。两个人不约而同地转过头去,就见许巩祝带着谈胥站在场边。谈胥穿着白衬衫,戴着一副眼镜,面色依然苍白,但镜片底下那双眼睛坚定地盯着徐栀。陈路周不动声色地收回视线,低头有一下没一下地在地上拍着球。徐栀刚要走下场,就看见陈路周把球高举过头顶,手一推,一边把球扔出去,一边轻描淡写地丢出一句——

"你如果现在下去找他,以后就不要再来找我了,我没耐心陪你耗下去了,咱俩就到这儿。"

徐栀这会儿才知道陈路周今天这一天都在别扭什么:"你昨天是不是看见了?"

他冷着脸没说话,把球扔到地上,没兴致了,人往场下走去,弯腰从地上拎起瓶水,拧开喝了口。旁边的人不知道他俩发生了什么,还以为陈路周是下来休息,立马过来问他要不要喝奶茶,说班长给他们几个上场的一人都点了一杯。

陈路周仰头喝着水,本来想说"不要",想了想,还是回头跟人要了一杯。万一徐栀想喝……你真的是个便宜货,在吵架的时候还想着她要不要喝奶茶。

这种威胁性的话语对徐栀其实没什么用。她冷静地看着他,直白地说:"你真这么想是吗?陈路周,我以为你跟我一样。"

他俩站在篮架旁,球场边人还是蛮多的,大约是瞧他俩的气氛不太对劲儿,所以没什么人在他俩附近逗留。后面的垫子上坐着一群男生,偶尔会用好奇的目光打量他俩,但也没人敢往他俩附近靠,从旁边经过的人也是刻意绕开。

　　陈路周脸上没什么多余的表情，靠着篮架，冷笑了一下："得了吧，我自愧不如，甘拜下风。别人追我，你就差在旁边摇旗呐喊了，你要真在意我，会这样吗？昨天晚上谈胥来找你，你陪他吃夜宵我理解，但你多少跟我说一声吧？你拿我当什么？"

　　"我以为你不会在意他，而且我以前也跟你解释过很多次，我不喜欢他，以后也不可能喜欢他。陈路周你是不是傻？"

　　"但他喜欢你。徐栀，就你觉得我傻。在我这儿，我从来都是拿你当女朋友对待，不然你以为你真能随随便便亲我？如果是谷妍来找我，你知道我会怎么做吗？我不会瞒着你去见她。既然你觉得无所谓，那咱俩不如就算了。"

　　说完，陈路周从篮架上起身。经过篮下时，正好截了别人刚投进的球，他冷淡地运了两下球，再也没回头看她一眼。

　　…………

　　徐栀让许巩祝送走谈胥，自己回寝室坐了一下午。结构图令人平静的横线怎么看怎么不平静，徐栀喝了半桶饮水机的水也没冷静下来。她已经很久没有这种情绪了。她妈去世后，家里一团乱。因为林秋蝶去世前，手下的工程出了点儿纰漏，一大堆工人发不出工资，林秋蝶是工程负责人，私下里跟工人们的关系还不错，所以也没有人来找麻烦。但见她出了事，工人们一个个都找上门来，一哭二闹三上吊地讨钱。老徐社恐，应付不过来，老太太只会拿着擀面杖打人。因为见识过那些人到底有多难缠——平日里人好好的时候，这群人都客客气气，笑脸相迎；人一走，什么话尖酸刻薄他们就拣什么说。还有人抱着半个月大的孩子在他们家门口安营扎寨，怎么赶也不肯走，非要到钱不可。

　　那时候她就知道，生气是世界上最没用的情绪，生完气，该给的钱还是要给，该写的卷子一张都不会少。

　　徐栀找了部电影看。球场离寝室很近，她偶尔还能听见那边传来此起彼伏的喝彩声。朱仰起给她打电话的时候，电影正好快到结尾了，她转头看了眼窗外，才发现天快黑了。她摘下耳机，拿起桌上的手机。

　　朱仰起在电话那头急得上火："终于打通了。陈路周到底在哪儿啊？

我在酒店等了他一天。"

徐栀把电影暂停:"他在打球,不过现在应该结束了。他的手机没带。"

"那估计还没回去。我打他电话永远都是关机。你现在忙吗?不忙出来咱俩先吃个饭,我临时有点儿事,估计等会儿要回去。"

朱仰起在酒店睡了一天,饿得前胸贴后背,一坐下,大刀阔斧地点了几个菜,就让老板赶紧上菜。

"你不等陈路周吗?"徐栀一边翻着菜单一边问了句。

朱仰起咕咚咕咚灌下一杯水,说:"鬼知道他几点结束啊。男生打球很麻烦的。他打完球估计直接跟室友去吃饭了,吃完饭回去估计还得洗个澡洗个头,再吹个头发,怎么着也得把小时啊。你俩在学校难道不经常约着一起吃饭吗?"

"正儿八经的约会还挺少,最近他在补课。"

"那今天周末,他总会联系你的。"

徐栀叹了口气:"不会。"

朱仰起这才后知后觉地想起来:"这家伙的醋劲儿还没过去呢?不至于吧,他昨晚跟我聊到三四点,五点多又爬起来了,说要回去陪你吃早饭。我以为他自己想通了呢。"

徐栀这才抬头直视他:"早上?"

朱仰起点点头,叹了口气,一边给自己倒水,一边斟酌着语气。对徐栀说多了,怕陈路周打他;不说,又替他憋屈,所以朱仰起想了又想。其实他不是会深思熟虑的人,但涉及陈路周的事情,他总是考虑得比别人多一点儿。

"徐栀,这话我就跟你说一嘴,你回头也别跟他提,因为我从来没跟他说过自己的这些想法。"

"嗯。"

"其实他一直没什么安全感。有外界的各种原因,加上他自身条件优越,接近他的人都没有那么纯粹吧:长得帅,家里有钱……所以他对自己的要求很高,各方面都强迫自己去做到最好,以此掩盖那些最肤浅的东西。因为他自己没什么安全感,所以他总是给足了身边的人安全感,亲情、爱情、友情都是如此。他当儿子没的挑,我们虽然老开玩笑说他'半个妈宝男',但是他跟我们确实不一样,他没有撒娇的资本。小学的时候,他考班级第一,他妈觉得班级第一有什么稀奇的,小升初他就考了全市第一。

"家里让他转学他就转学,让他出国他就出国。他总是在不断地适应新环境。我转过一次学才知道要适应新环境有多难,但他从来没跟我们抱怨过,他是一个很能自己消化负能量的人。当朋友更没的讲,我从来不担心他认识新的朋友。你俩暧昧这么久,他让你紧张过吗?

"他虽然这几个月跟消失了似的,但是我知道他每一步都在尽力朝着你走。

"我也不知道具体发生了什么,只知道他父母离婚了,他的家没了。他曾经跟我说过,那是他唯一的家。你大概不清楚,在那样一个家庭里,他要走向你有多难。"

朱仰起大约是觉得不够尽兴,吃完饭又要去唱歌。他住的酒店楼下就有家 KTV,他要了个小包厢。在超市选果品的时候,朱仰起接到陈路周的短信,看了眼,把手机丢回篮子里,对徐栀说:"陈路周等会儿过来,他刚打完球赛,这会儿在洗澡了。"

"这会儿才打完?"徐栀正在挑酒,随口问了句。

"说是脚扭了下,刚去医务室了。"

陈路周推开包厢门的时候,徐栀下意识地看了眼他的脚,也没一瘸一拐啊。她半信半疑地看了眼朱仰起,朱仰起正扯着嗓子撕心裂肺地唱阿信的《死了都要爱》,但小眼神那叫一个洞若观火,第一时间就注意到她的视线。然后他小声地在她耳边说:"紧张我兄弟了?我又没说他脚崴了,是他室友的脚扭了。"

"无聊。"徐栀白他一眼。

陈路周走进去,没跟徐栀说话,直接在朱仰起旁边坐下。朱仰起被夹在中间,一脸沉醉地冲着话筒鬼哭狼嚎,一曲歌毕,把话筒递给陈路周:"来,唱一首。"

陈路周抱着胳膊靠在沙发上,大约是刚打完球真的累,看上去有些疲倦,眼神不耐烦地扫了眼话筒:"算了,刚打球嗓子都喊哑了。"他的嗓音确实有点儿沙哑,说完还咳了声清了清嗓子。

"赢了?"

"嗯。"

"有这么废嗓子吗?"

他懒洋洋地叹了口气:"还是打得少,没什么默契。我打手势他们看不懂,只能叫名字啊,啦啦队喊得又大声,我扯着嗓子都喊不过她们。不过对方队伍里有个挺厉害的,被他盖了两次帽,我后半场有点打蒙儿了,回防也没跟上。"

"赢了就行,你要求别那么高。"

"那不行,我有强迫症,下次得盖回来。"

"得了吧,你的强迫症都是强迫别人。"

陈路周勾了下嘴角,两个人没再聊了,包厢里安静下来。朱仰起只好又拿起话筒自己一个人唱,旁边两尊神像一动不动地看着电视机画面。

包厢里灯光昏暗,桌上有赠送的水果和瓜子,整个房间光影晃动,MV画面的光在三个人的脸上跃动着,莫名令人惴惴不安。

朱仰起唱歌着实撕心裂肺,内心大概有个摇滚魂,一把烟嗓,那种金属质感的嗓音好像胸腔里卡着一口陈年老痰,跟陈路周完全是两种风格。陈路周的声音很干净,偶尔的沙哑莫名让人觉得性感。

那两个人不说话。朱仰起夹在中间,被这个气氛夹得坐立难安,感觉自己像被两个便衣警察监视了,动也不敢动,生怕他俩随时掏枪。别人谈个恋爱折磨他。帅哥靓姐谈个恋爱净折磨别人。

朱仰起只好充当起传话筒,就是这个传话筒有点儿费脑子。

徐栀说:"你问问他吃东西没有,没吃这边能点餐。"

朱仰起立马把话递过去:"徐栀问你,她的心肝小宝贝是不是还没吃东西?"

那人靠在沙发上,大咧咧地敞着腿,盯着电视,闻言淡淡地瞥他一眼:"'心肝小宝贝'是你自己加的吧?"

朱仰起无辜地摇摇头:"绝对不是,我没有这种经验的。"

信你才有鬼。陈路周懒洋洋地回答:"不吃。"

结果陈路周就听他转头对徐栀说:"他说让你喂他吃。"

陈路周目不斜视地看着屏幕,一副冷眼旁观的样子,却毫不犹豫地抬脚踹了朱仰起一脚:"我听得见。"

徐栀看了陈路周一眼,到底还是出去点餐了,要了一碗炒饭和一碗馄饨。等她回来,朱仰起已经不知道去哪儿了,沙发上就陈路周一个人。高高大大的身形在那儿靠着,身上那件宽松的黑色卫衣还是他常穿的牌子,款式大同小异,只不过标换了个位置,袖子上有个很没威慑力的小老虎刺绣,整个人清爽干净,手上拿着话筒。

包厢里就他俩,气氛凝固得更厉害,搅都搅不动。看他低头拿着手机点了首歌,徐栀随口问了句:"朱仰起呢?"

他眼皮都没动,一只手拿着手机,一只手拿着话筒在挠耳后的碎发,声音冷淡,语言简短:"厕所。"

话音刚落,音乐前奏开始缓缓流淌,徐栀安静地靠着沙发,想听听他唱什么,也想看看他还会唱什么,听前奏好像还挺欢快。这歌叫《小雨天气》,前奏进得很快,没几秒他的声音就从话筒里传出来,低沉干净的嗓音突然就撞进她的耳朵,听得她莫名心头一热。

"月亮眨眨眼睛,我把你放在手心,那几个字说出去又怕你假装听不清……"

徐栀瞥他一眼,但他的脸上没有多余的表情,看上去只是专注地唱歌而已。

"叮叮咚咚,怎么今晚突然好安静,就等着你,呼吸决定……"

也不知道为什么,听着这个歌词,再看他现在这副怎么哄也哄不好的冷淡表情,徐栀莫名心跳加快,心头像是有一只小鹿在乱拱。

"飘飘洒洒的小雨轻轻落在屋顶,夏夜蝉鸣的节奏竟然也如此熟悉,滴滴答答怎么今晚我又梦见你……"

…………

朱仰起回来的时候,陈路周已经唱完了。朱仰起上完厕所,又在外面接了个电话,这时把门推开,匆匆跟他俩说了句:"陈路周,我先回去了,我美术室的老师没带钥匙,我得赶回去。"

于是,包厢里又只剩他们两个人。谁也没开口说话,陈路周坐在那儿点了一堆歌,也不唱。徐栀就听包厢里的音乐来来回回切换,没一首歌是听完的,听一半他就没耐心听了,又换下一首。他靠着沙发,大腿百无聊赖地敲着,手上漫不经心地转着手机,转一会儿,停下来把歌切了,又拿起手机开始优哉游哉地转,瞧着跟泼皮赖子没什么区别。

而且每次都是徐栀听到副歌部分,或温柔或豪迈或亢奋或悲哀的情绪刚从心头涌出来,流畅悠扬的旋律还在脑海中盘旋的时候,他就突然给切了,播放的歌还都是——

《负心汉》

《花蝴蝶》

《Bad Girl》

《吻得太逼真》

《一场游戏一场梦》

《受了点伤》

《开始懂了》

《我会好好的》

《你怎么舍得不要我》

《狗东西》

……

但徐栀一句话不说,就静静地看他在那儿绵里藏针地耍横。

最后,她淡淡地开口:"楼上朱仰起的房间没退,我去结账的时候,老板说这个点退也是收全款,我就没让他退。"

陈路周瞥她一眼,总觉得她在暗示什么,她就这么想睡他?陈路周说:"留着干吗?谁睡?"

徐栀今天化了淡妆,嘴唇的颜色比往日深一点儿,衬得皮肤越发白皙,一双眼睛也越发直白干净,身上一件米白色的薄毛衫,勾勒出细腻的脖颈,跷着二郎腿,脚上的靴尖轻轻点着地。她不动声色地回了句:"你不睡我睡。"

两个人进电梯的时候,电梯里还有一对小情侣,男生正在逗女生,说:"以后看到流星不要随便许愿,我刚看见有人说那是宇航员的大小便。"女生惊讶地啊了声,贴在电梯壁上笑得前仰后合:"我读书少,你别骗我。"不知道男生趴在女生耳边说了句什么,女生脸红红地捶了他一下:"你好烦哪。"语气娇嗔又甜蜜。这样让人面红耳热的场景,在大学城其实随处可见,学生之间的爱意好像总是大胆奔放一点儿。

陈路周没摁G层,而是按了朱仰起房间所在的那层。徐栀看了他一眼,若无其事地问了句:"你不是回寝室吗?"

陈路周单手插在兜里,看都没看她。身后那对情侣的举止越发亲密,倒是不怕让人看。不过陈路周懒得看,仰头看着电梯上头跳动的红色数字,一副四大皆空的样子,喉结滚动了一下,梗着脖子说:"送你到门口就回寝室。"

徐栀平时跟别人坐电梯也没觉得挤,今天却觉得这电梯逼仄。他明明挺瘦的,就是高,肩背宽阔,一个人却好像占了大半个电梯间。她的呼吸都不顺畅了,心怦怦怦地跳动着。

"在球场说的话是认真的对吗?"

"嗯。"

他冷起来真的很冷,长这么大估计踩碎了不少女孩子的心。

"好,知道了。"

徐栀关上房门,在沙发上坐了二十来分钟,才想起来自己什么东西都没带,卸妆的、洗脸的都没带。她叹了口气,拿上手机,准备下楼去买支洗面奶。门一打开,左侧视线的余光里有一片黑影,她下意识地看过去,见墙上靠着一个人。

陈路周大约是没想到她会突然开门,所以瞥过来的目光里有点儿没来得及收的情绪,眼神茫然又压抑,就好像在思索中被人打断了一样,还有些愕然。但很快,他就冷淡下来,抱着胳膊侧过身,用肩顶着墙壁,低头看她:"我渴了,有水吗?"

徐栀转身进去给他拿水的时候,听见身后的门猝然一响,以为是地锁没锁牢把门给拉回去了。酒店的门都是自动关上的,她以为又把陈路周关在外面了,下意识地转过头去瞧的时候,眼前罩下一个黑影,紧跟着,人就贴到了门口的穿衣镜上。她身上穿着薄毛衫,有孔的那种。所以,她乍然感觉后背一阵冰凉,胸前却是一片火热。

一面是冰川,一面是火焰,血液好像在体内乱窜,她的头皮一阵酥麻,脚趾和神经都蜷着。她忍不住挣扎了一下,但这人真的玩过火了,单手扣着她的双手反剪在身后,低着头在亲她的脖子,徐栀被迫仰着头感受耳边温热酥麻的触感以及他有一下没一下的啄吻。她看着天花板,觉得天地都在转。

屋内还没来得及开灯,静谧无声,除了两个人粗重的呼吸声以及那令人心猿意马的啄吻她脖子的声音。

"陈路周,你也想的是吗?你还装?"徐栀迷蒙间仰着脖子说。

"不想,"他的声音有点儿沙哑,带着一丝平日里少见的性感,头埋在她的颈子里,呼吸急促,带着刚涉及情事的青涩,好像新手司机鸣笛那样短促,"但我刚才在门口想了二十分钟,今天就这么回去我不甘心。我给你两个选择,徐栀,要么今晚咱俩睡了,以后在学校就当陌生人;要么,你让陈路周当你男朋友。"

房间内没有开灯,窗帘也严丝合缝地紧闭着。两个人抵在镜子上。陈路周低头看着她,眼神冷淡,深处却跳动着少年执着的火光,带着一点儿绝薪止火的意思——他想把这段关系彻底推向两个极端。这样好过承受日日夜夜的揣测和折磨。

下午在球场吵完架,徐栀转身就走,陈路周觉得自己拿她是真的没辙了。这女孩子真的是不会服软,他骄傲,她比他更骄傲,骄傲得让人无可奈何,更让人束手无策。他狠话说尽,她却总是一副轻描淡写的样子,他连吵架都不能尽兴。球赛其实很早就打完了,他一个人又在球场打了大概两个小时。拎起外套走的时候,他承认自己菜,也打算就这么跟她断了。然而后来朱仰起给他打电话,他又涎皮赖脸地想,这是最后一次。

窗外有车轮辘辘滚过,四周很静,几乎听不见任何声音,除了他自己紧张到快要窒息的心跳声,直到一辆救护车停在楼下,嘀嘟嘀嘟声持续不断。

屋内光线昏暗,地灯散着微弱的光,像暗火,像萤尾那点奄奄一息的光,几乎要将他的耐心消耗殆尽。

徐栀靠在镜子上,看着他,不动声色地问了句:"如果我选择睡你呢?"

"那就只能睡一次,不会有第二次了。你要是不想跟我做男女朋友,以后在学校咱俩就当不认识……"

话音未落,徐栀不由分说地仰头吻住他。救护车的声音渐渐远去,四周又变得万籁俱寂,一点儿细碎的声响都仿佛踩在两个人的心上,紧张而又刺激。

她一手钩上他的脖子,一手去解他运动裤上的松紧带。陈路周没有拦她,心里满是失落,可又无可奈何,浑身上下都滚烫,心脏也紧得发慌,嗓子里更是又干又涩。他闭上眼,反手狠狠地扣住她的后脑勺,将人揽过来,低着头,舌头滚着一股前所未有的狠劲儿,不再克制地同她接吻。

热火朝天地亲了半天后,陈路周才想起来:"我没套。"

徐栀气喘吁吁地扫了一眼床头:"那边有。"

两个人站在镜子前，陈路周松开她，看了她一眼，用下巴冷淡地冲旁边的单人床一指："床上等我，我去买。"

"谁用酒店的套？"他转身去开门，丢下一句。

"……"

等他再回来的时候，徐栀已经很听话地靠在床头等他。屋内还是没开灯，就亮着一盏若隐若现的昏黄色小地灯，衬得床上那人的身影柔软温和。

徐栀五官偏清纯，又是圆脸圆眼睛，所以看着很单纯，可她的身材偏又是最火辣的那种。此刻，她穿着一件裹着姣好身形的薄毛衫，下身是一条修身的灰色铅笔裤，一双笔直修长的腿搭在床沿，靴子和袜子都被她脱在一旁，脚趾修长白皙，懒洋洋地翘在半空中。人靠在床头玩手机，不知道在给谁发微信，专心致志地在手机上噼里啪啦地打字。平日里，她那双直白锋利的眼睛总透着敷衍，此刻看着还挺严肃、挺诚恳，不知道的还以为是在写论文，脚趾却时不时心猿意马地蜷一下松一下。

见他进来，她下意识地把手机一锁丢到床头，还裹了一把被子。

陈路周锁上门，朝她走过去，一句话没有，把东西随手丢在床头，拽着她的脚把人往下一扯，直接双手撑在她头的两侧，俯身，默不作声地亲她。

徐栀双手钩住他的脖子，去拽他的上衣。陈路周半跪在床上，顺着她的手卷起卫衣下摆从头顶脱掉，那一身白皙干净的肌肉朝气蓬勃，瞧得人心潮澎湃，一颗心扑通扑通个没完，撞得她头昏脑涨。最后徐栀坐起身，去吻他的耳郭、脖颈。

陈路周把衣服随手一丢，也没管掉在哪儿，伸手漫不经心地拿过床头的东西，一边拆，一边半跪在床上任由她没分寸地亲。

昏暗的房间内也就剩下他撕东西的声音，两个人都没说话。他的眼神全程冷淡暗沉，似乎一句话都不想同她说。他随手抽了一片，把余下的扔回床头，才一把揽住她的腰，把人卷进被子里……

陈路周去洗澡之前把地上的衣物捡起来，丢在一旁的沙发上。徐栀不肯洗，趴在床头玩手机，说等他走了再洗。

等他一进去，徐栀就从床头悄悄摸过手机，用被子裹住自己，在床上翻了个身，继续在手机上输入刚才没打完的那段话。她的脑门儿上都是汗，手其实还有点儿抖。陈路周的动作还算克制，也温柔，就是青涩。

徐栀当时整个头皮都是麻的，后背酥麻，血液倒冲，这会儿缓过劲儿来，还有点儿意犹未尽。

陈路周洗完澡出来，只穿了件白色的短袖T恤和一条运动裤。徐栀已经发完微信，整个人蜷着身子裹在被子里。

屋内光线昏暗，窗帘紧闭，地板上仍旧亮着小地灯，衬得屋内两个人的影子暧昧而悠长，除了外面仍旧有车轮粼粼滚过的声音，偶尔传来别的房间开门、关门的声音，整个夜晚平静而祥和。

陈路周收拾干净，站在床头。徐栀则躲在被子里，两个人在房间里静静地凝视着对方。最后，两个人都被这种无声的默契给弄得笑着移开视线看着别处。

陈路周丢下准备穿的卫衣外套，走到床边坐下，两腿懒洋洋地敞着，一只手搁在两腿之间，另一只手伸过去，忍不住报复性地捏了捏徐栀的两颊，口气吊儿郎当："得逞了，高兴了？"

徐栀软绵绵地躺在被子里，只露出一张脸，视线在他的身上来回扫，但没回答他，反过来问了一句："今天打球很累吗？"

能不累吗？他打满全场，四十分钟。但这跟打没打球没太大关系，二十几分钟也还行吧。

陈路周下手更重了，冷淡地瞧着她："你激我也没用，没第二次了。"

徐栀指着床头散落的东西，目光清澈，问："那这些怎么办？"

陈路周缓缓收回手，瞥了一眼，拿过一旁的鞋开始穿，轻飘飘地说："留着当个纪念吧。"

徐栀嗯了声，指着那些东西说："毕竟是陈路周用过的。"

等他穿好衣服，拿起手机塞进裤兜，准备回寝室的时候，徐栀正在里面洗澡，浴室里的水哗哗地落在地上。他面无表情地在厕所门口的墙上靠了好一会儿，心里琢磨了半天，最后也没等她出来就走了。

进电梯的时候，手机在兜里振了下，他没太在意，估算了下时间，以为是微信运动，也没看，抱着胳膊靠在梯壁上，随手摁了G层，其间又碰见那对小情侣。两个人约莫也认出他了，用似曾相识的眼神扫了他一眼。

刚走出酒店门口，手机微信又响了一下，陈路周就掏出来随意地看了眼。微信消息有好几条，都是徐栀发来的。闲着也是闲着，陈路周便耐着性子从头开始看。结果,看到第一条时,他的脚步就停了下来。这个点虽然是深夜,但马路上人不少,偶有车辆驶过,陈路周孤零零地站在路边,低头看着手机,耳边鼓着风声。他估算了一下时间,是他俩刚做完那会儿,他在洗澡的时候收到的。

徐栀:之前答应你,给你花钱就要写八千字小论文,今晚开房的钱是我结的,朱仰起说你给,让我找你报。估计你等会儿做完还是要回去睡,那我算你个钟点房,打个折,我写个儿百字,你将就着看一下,八千字小论文我以后再补行吗?

徐栀:暑假的时候我其实跟你妈见过一面,但是一直没告诉你,是因为那时候你要出国。你放心,她没有对我说什么重话,也没有给我甩支票,也有点遗憾,你妈妈有点抠抠的,不过从言语间我觉得你妈妈很爱你,她每句话都在为你考虑,(具体内容如果你想了解,我可以写进后续的八千字小论文里)。她说你一直都很乖,所有人对你都赞不绝口,说他们领养了一个好儿子,她当时骄傲的口气,让我想起来那句广告词,毕竟不是所有的牛奶都是特仑苏,也不是所有人领养的儿子都跟陈路周一样又跩又"苏"。但是她说你临出国那几天在别墅当着几个亲戚朋友的面跟他们吵了一架,有些亲戚就说了不好听的话。然后你妈妈说我们之间的感情仅仅只是冲动而已。你放心,这点我当场就反驳她了,反驳得她哑口无言,她当场气得喝了两杯咖啡,钱都忘了给。不过后来回去想想,我们之间当时认识也不过是一个月而已,热恋期确实容易冲动,我怕你是一时冲动,所以我从没问过你能不能留下来,也怕我再煽风点火,或许你会因为一时冲动跟家里闹翻,因为我怕你过了这个劲头,发现徐栀也没有你想象中那么好的时候,你可能会后悔,毕竟我知道父母对我们的重要性,因为我很爱我爸爸,哪怕他挺平庸的,有时候也很懦弱,更何况你的父母都那么优秀。所以暑假也不敢给你打电话,也不敢跟你说想你。我不想你为了我去赌,也不想亲戚们说你是白眼狼。

徐栀:陈路周,你可能还不太了解我。但是我越是了解你,我就越不敢开口,因为你身上真的太干净了,没有任何可以让人诟病的东西。不过我觉得你脑子也是真的有点儿问题,我说小狗摇尾巴,你跟我说校董是你妈。

徐栀:用我爸的话来说,咱们的人生才走了四分之一,小时候吃奶的那股劲儿都还没过去,谈爱确实有点早,如果我只是单纯想跟你谈个恋爱，我完全可以把话说得更漂亮一点，我承认那很浪漫，但我想跟你走得更远一点。我始终觉得爱应该是让人变得勇敢，无坚不摧。你暑假去看的那场展览还记得吗，其实后来咱俩分开后，我去看了，那个雕塑师已经把世界上最坚韧的爱意表达得淋漓尽致。

徐栀：我借此抒发一下，世界上如果只有最后一朵玫瑰，我即使已经八十岁了，也会滚着轮椅为你冲在前头。毕竟，我男朋友陈娇娇是个浪漫派小诗人。

朱仰起还在匆匆赶回美术室的路上。一路交通堵塞，夜晚在车尾灯和霓虹灯的交相映照下显得格外寂寞，尤其是他这种北漂学子就更显得寂寞。朱仰起形单影只地坐在出租车上，看着车窗外华灯初上的繁华世界，那种在他乡举目无亲的无助感顿生。他莫名陷入了一种惆怅孤独感之中。

还好，他还有两个同乡朋友。

正巧，这时手机响了下，他一看是陈路周。果然是兄弟，有心灵感应，这个慰藉的电话打得就特别及时。

朱仰起接起来："喂。"

那边是熟悉的声音："哎，救命，我喘不上气了。"

朱仰起一愣："怎么了，是毛衣太紧了吗？"

"不是，是我女朋友抱得太紧了，"那边的声音欠揍得很，"她刚对我表白了。"

朱仰起："狗东西！"

陈路周折回去的时候，房门关着。他没房卡，于是在走廊的墙上默默地靠了会儿，然后掏出手机给朱仰起打了个电话。当时他其实有点儿轻飘飘的，总有一种落不到实处的感觉。直到他欠唧唧地炫耀完，对面急赤白脸的咒骂声才让他稍微有了点儿真实感。他笑着说："要不你再骂两句？"

朱仰起一口精妙绝伦的"国粹"张口就来："要不是我，你能泡到徐栀？赶紧把打车费给我报了，我这会儿还堵在路上！我还以为你多抢手呢，追个人还要老子出手帮你，废物。"

手机里的声音如巨石炸裂，震得人耳朵嗡嗡响。陈路周下意识地把手机往外拉了一下,侧了侧脑袋,笑了下:"行,账单给我。挂了。"

刚把手机揣回兜里,房门把手嘀嗒轻轻转了下,陈路周听见声音下意识地回头,徐栀正巧把门打开了。她披着湿淋淋的头发,已经穿好了衣服,站在灯光昏暗的房间门口,身影被衬得高挑修长,澄净的眼睛亮得跟刚被水浸过似的,静静地看着他:"朱仰起又敲诈你?"

陈路周进门就用脚把门关上,一条腿屈着,脚就踩在门上,后背靠着门板。他低头看着她,在微光里不动声色地打量她,那眼神里好像藏着一场江南要落不落的细雨,瞧着是晴空万里,可云角处总压着几片沉沉的乌云,让人不免有些心悸。

奇怪,已经过去半个小时了,按理说,该冷却的早已冷却,可两个人瞧着对方的眼神里始终带着一丝未尽兴的湿潮气。陈路周若有所思地将后脑勺抵上门板,双手环在胸前,睨着她,眼神吊儿郎当又格外意味深长,说:"我妈没给你钱,你是不是挺失望的?"

徐栀手上还拿着毛巾,在擦头发:"算不上失望,就是觉得,怎么不按套路出牌呢,我都想好怎么说了。"

"怎么说?"他问。

她故意掰着指头说:"我怀了陈路周的孩子,我打算把他生下来,抚养费加上各种精神损失费吧,您给这么点儿肯定是不行的,多少再加点儿,以后孩子长大了,要有剩的,我再退给您。"

陈路周知道她在开玩笑,低头笑了下,自然而然地抽过她手上的毛巾,伸手把人给扯过来。徐栀以为他要帮她擦头发,就乖乖站着,结果看到他靠在门框上,无动于衷地看着她,然后一言不发地将毛巾拧作一股绳,那眼神里有种"严刑拷打"的深意。徐栀顿觉不对,转身要跑,陈路周手疾眼快把人钩回来,也没顾上使毛巾,把人扣在怀里。陈路周从背后抱着她,一手钩着她的腰,一手去捏她的脸,脑袋侧在她的耳边,皮笑肉不笑地捏着她的两颊,咬牙说:"就喜欢玩我是吧?你倒是能忍,因为我妈一句话,三个月不给我打一个电话,真想过我吗?"

被他这么抱着,整个人都烧得慌,心跳不受控制,耳蜗都发烫,她忍不住躲了下:"你老捏我脸干吗啊?而且,你要真想我,就给我打一个电话?"

"你说我菜,我还敢打?"陈路周将头抵在她的肩上,手还在捏她的脸,把人给掰过来,让她看着他说话,"那为什么刚刚不说,非要等现在说?"

徐柢嘴噘着,被他捏的,眼睛看着那张脸——除了清心寡欲还是清心寡欲,眉峰像冷冰冰的剑鞘,眼皮轻撩着。

"我刚刚要说了,你肯定不会答应我了。"

陈路周对她的答案不置可否,慢慢地抬起头,靠回门板上,仍是一副讳莫如深的表情,若有所思地看了她半晌,最后直白又冷冷地问了句——

"你是不是第一次见到我就对我有非分之想?"

"我要说不是,你可能也不信,但真不是。第一次见你那天下午,我比较想认识你妈。其实,当时我抱着一种你妈可能是我妈的想法,对你的感觉更多的是亲切。我怎么可能对亲切的大哥哥产生这种想法呢,对吧?我当时很尊敬你的。"说这话时口气相当诚恳,她从来都擅长敷衍的话诚恳地说。

陈路周无语地看着她,寻思着,哦了声,黑黢黢的眼仁看着不近人情,却颇有撩云拨雨的意思。他顺着她的话,饶有兴趣地往下扯:"那是什么时候对'亲切的大哥哥'产生这种不尊敬的想法的?"

徐柢拿过他手上的毛巾,擦了擦头发,想了半天,如实说:"录节目之后。"

陈路周懒洋洋地靠在门上,抱着胳膊,耐着性子静静地看着她,等下文。

在那之前,徐柢的想法还是很单纯的,碰见这么一个人,泡他或者被他泡,结果无非就是这两个。录节目之前,两个人之间顶多也就是暧昧,然而放烟火的时候,徐柢要亲他,陈路周躲了。徐柢就知道,他估计不会跟她做太出格的事情。

陈路周的冷淡、克制她早就领教过了。包括那晚,看到他们班的女生对他想靠近又不敢靠近,徐柢就知道,这人平时跟女生应该挺注意保持距离的,可这种分寸感偏就挺撩人的。

那天晚上,徐柢没忍住好奇,回去就搜了他的名字,才发现,"陈路周"这个名字早就被人搜了几万次,而且检索出来的相关信息很多,贴吧、论坛上都有人提到他的名字。

"我问了市一中的陈路周,这题只能用代入法,微积分中值定理不能用,如果用了导函数,就得先证明这个函数的存在,等于预设这个题干成立,他说这肯定不行。"——竞赛吧

"在竞赛考场碰见市一中的陈路周了,他真的好帅,就坐在我后面。我们班的男生还过去搭讪了,一帮人围着他问题目。他的脾气挺好的,那道题我们班纠结很久了,去一个问一个,他讲了三遍,最后直接跟一个男

生加了微信，拉了个群，把解法发在群里了。我们班好几个女生都悄悄混进群了，不过都不敢私加他，他好像很少加别的学校的女生，不过我们还是聊了两句。他的眼神真的好干净，看谁都正儿八经的，没有多余的打量。我们问他市一中的竞赛班是不是学微积分了，他笑笑说没有，蒋老师不建议他们这么卷。"——附中吧

这个帖子底下的楼盖了百十来层：

"哈哈，路草是看女生在，不好意思说吧。蒋老师的原话可不是这么说的，老蒋说的是，'我不建议你们高中就壮阳'。当时我们那个竞赛班里的都是男生，老蒋说话很直接的。"

"路草这分寸感真是无人能敌。"

…………

然而，紧跟着，徐栀就刷到一个词条：陈路周说谷妍胸大。徐栀当时其实挺受震撼的，但说到底，陈路周再有分寸感，也是男生，怎么可能没有那方面的想法？可他对徐栀总是发乎情止乎礼，冷冷淡淡的。

所以她总是想在身体上去占领他。

徐栀讲完自己的心路历程，换了条毛巾擦头发，擦完站在镜子前把头发包起来，想了想，冠冕堂皇地说："是出于对您这具年轻而充满活力的身躯的尊敬。"

"……"

陈路周靠在厕所的门框上，百无聊赖地看着她，挺礼貌地回了句："谢您。"

"您不解释下？"徐栀回头看他，仿佛对京腔上瘾了，但此情此景这句话听着莫名阴阳怪气。

陈路周笑了下，腔调倒是跟她一致："解释什么？您不是不吃醋吗？"

徐栀一言不发，自顾自地整理脑袋上的毛巾，把头发包好。

陈路周走到她旁边，靠在洗手池上，低头笑着看她，还是解释了一句："我高中三年都没跟她说过一句话，什么看流星啊，省下早餐钱带人去溜冰啊，这些事我都没干过。要不是朱仰起跟她一个班，我指不定听见这个名字都不知道是谁，你说我说没说过她胸大？"说着说着，他就变得怪腔怪调的。

徐栀瞥他一眼，说："你还记得咱俩第一次见面吗？当时你住在他楼下，你妈在训你，认为你高考考砸了，要送你出国。其实一开始我不太敢接近你，

怕你跟他一样，考砸了就怨天怨地，看别人考得不错心里就不舒服，我那时候觉得十八九岁的男孩子真的没劲透了，除了会做题，其他什么也不会。所以，咱俩那时候聊了那么多，但我很少跟你聊学校和成绩。后来跟你接触久了，我才知道，原来十八九岁的男孩子不是都这么没劲。他来找我，说自己最近复习不进去，想到我们学校来找点儿动力。我没告诉你，是因为之前江余的事你都没在意，更何况是谈宵。谈宵跟江余之间怎么也隔着百八十个朱仰起吧，我以为你不会介意，而且我之前跟你解释过那么多遍了。"

陈路周为他的好兄弟争了一口气，似笑非笑地接了句："我怎么觉得朱仰起比江余帅啊？"

"是吗？你确定你对朱仰起没有滤镜？"

他笑了下，人靠着洗手池，手又去捏她的两颊，干净温热的手掌罩着她的半张脸，竟然拿乔上了："算了，之前没确定关系，我也不想跟你扯了。但现在确定关系了，如果他还来找你，你打算怎么做？"

徐栀想了想说："就说'我男朋友是国家一级醋精，不好哄第一名，要不你先找他聊聊？'"

陈路周松了手，勉强哼了声："有这觉悟就行。"

"……"

"嗯，对你们江部长也这个标准。"醋精出去之前跟天兵天将宣布天条似的补了句。

"……"

屋内仍旧没有开灯，暗沉沉的，就床头亮着一盏昏黄色的阅读灯，堪堪照着刚才被他们折腾得凌乱不堪的床头。床头柜上还散落着几片刚刚没用完的东西。

徐栀头发也没吹干就跟了出去。陈路周已经在沙发上坐下了，嘴里还哼着那首《小雨天气》，转头见她跟出来，就不哼了。这会儿真确定关系了，被搅得一晚上七上八下的那颗心突然落了地，他反倒有点儿不适应，也可能是刚做完，在某些事情落定之后，体内那股浪潮的余波突然涌了出来。陈路周都没怎么看她，一直侧着脸，一言不发地看着窗外，也不哼歌了，似乎就不想让她看出自己被哄好了。

窗帘之间露出一条细缝，窗户没关，有风一阵阵涌进来，两个人隐隐

· 466 ·

还能听见楼下有人在 KTV 唱歌，时而调不成调，如泣如诉；时而鬼哭狼嚎，叫人心惊肉跳。两个人偶尔对视一眼，又不动声色地移开视线，仿佛第一次接吻那晚，只不过再也没有不知疲倦的蝉声能压下这股青涩劲儿，气氛变得格外沉默。

"那个，你舒服吗？"徐栀突然问。

陈路周身上还是那件黑色卫衣和那条嵌了边儿的运动裤，两腿敞着，靠在沙发上，一条胳膊还搭在沙发背上。他慢慢从窗外收回视线，愣了一下，才反应过来她在问什么，咳了声："还行。"一边故作姿态地去开灯，一边又礼尚往来地回了句，"你呢？"

徐栀说："不是这个意思。"她有些犹豫，想了想，还是决定把真相告诉他。她指了指一旁的垃圾桶，说："有个事忘了告诉你，我刚刚仔细研究了一下，男朋友，我发现你套好像戴反了……"

陈路周看她的头发还湿着，刚准备站起来去帮她拿吹风机，听见这话，手还摁在电灯的开关上，突然一愣，顺着她的话，下意识地看了眼垃圾桶——空荡荡的套着塑料袋的垃圾桶里就躺着一个用过的，确实是反着卷儿的。

"……"

房间内静了三秒。

"你等下。"

于是，陈路周把自己锁在厕所里，研究了半个小时那玩意儿的正确戴法，还特意锁上门，锁门之前还不忘把吹风机丢出来，啪的一声丢在桌上，又冷淡又骄傲。

徐栀一边吹头发，一边笑得不行，还在门外看热闹不嫌事大地问了句："陈路周，你研究明白没啊？要不我进去帮帮你？"

陈路周对她的调侃置之不理，人坐在浴缸上，双手无动于衷地环在胸前，旁边丢着一个刚拆开的套。他侧头看了眼，叹了口气，又不可置信地看了眼，随后，又一副生无可恋的表情仰头看着天花板。

"陈娇娇？"门外吹风机的声音停了，她又试探性地叫了声。

陈路周懒洋洋地答："没死啊，你别吵。"

直到吹风机的声音再次响起，陈路周才深深地叹了口气，把旁边滑腻腻的东西捡起来，又无奈地看了一眼。

因为是在被子里戴的，他也没往下看，自己摸索着往上戴。一开始滑掉了好几次，戴上也总觉得不舒服，他还以为是自己买小了，没想到是大力出奇迹，因为网上说反着不好戴上去。

　　陈路周是不打算"重振雄风"了，反了就反了，不发生意外就行了。网上说戴反了也不影响效果，只是比正常使用会多一些概率中招。但陈路周觉得不太可能，因为刚刚的过程很草率……当时他心里有气，敷衍地动了两下就出来了。

　　吹完头发，见他还没出来，徐栀意犹未尽，索性趴在床上回味了一番。刚刚那感觉就好像，她才走了个卒，对方就直接将军，告诉她游戏结束了，单纯只是让她尝个甜头。她不认为陈路周有所保留，觉得陈路周可能真的不太行。

　　两个人当时也没交流，陈路周做的时候，两手撑在她的枕头边，低头看着她，眼神里都是存天理灭人欲的意思，满眼都是：满意了？得逞了？高兴了？

　　但那双眼睛黑得发亮，仿佛带着浸着水的莹亮，青涩克制，却勾魂摄魄。

　　等徐栀的耐心燃烧殆尽，准备去敲门的时候，陈路周正巧开门出来。两个人在门口对视了一眼，陈路周看着她，问了句："你那什么什么时候来？"

　　徐栀愣了一下，反应过来是说例假："快来了。"

　　陈路周嗯了声："如果推迟了，跟我说声。"

　　徐栀哦了声，莫名被他弄得紧张起来："应该不会吧。"

　　陈路周拿着手机准备充电，发现酒店床头送的充电器已经被徐栀插了。两个人都没带充电器，他把手机扔在床头，人坐在床沿上，意味深长地看了她一眼，才淡淡地说："不会，我让你注意一下。"

　　陈路周刚刚就瞥了一眼，徐栀却立刻心领神会，走过去把自己的手机拔下来："你充吧。"

　　陈路周觉得无所谓，也没插。反正她在边上，他也没什么要看手机的。最后检查了一遍，确定没什么要回的微信之后，他把手机扔回去，人靠着床头，用眼神坦然地示意了一下他前面的床沿位置，仰了仰下巴，口气漫不经心又正经："过来，聊聊。"

　　这会儿已是深夜，窗外车声稀疏，人声寥寥无几，楼下的KTV只开放到十二点，这会儿也停了，万籁俱寂。月光透过窗帘的缝隙轻轻洒进来，像轻烟，软绵绵地搭在床角，旖旎如水。

　　徐栀放下手机，坐过去。两个人膝盖抵着膝盖，徐栀往他的腿上蹭了蹭。

"你别蹭我,"陈路周抱着胳膊靠在床头,腿还正儿八经地往外撇了下,似笑非笑地看着她说,"聊天,正经点儿。"

"我不小心碰到的!"

"女朋友,坦诚点儿,"他笑着说,"当我看不出来你想蹭我?"

徐栀无语地看着他,懒得跟他计较,问了句:"你要聊什么?"

其实陈路周刚才在里面大半时间是在想怎么回应她的小作文。徐栀会说这些,确实挺让他意外的。陈路周叹了口气,说:"聊聊咱俩的未来。"

"咱们才大一,聊这个是不是有点儿沉重?"徐栀说。

"咱俩都到这一步了,还不聊点儿沉重的?"他抓了个枕头垫在背后,看着她说,"你对我转专业有没有什么想法,或者你希望我以后做什么?"

"你自己没想法?"徐栀说。

"有,但我想听听你的。"陈路周姿势没变,难得正经地看着她说。

床头阅读灯朦胧的黄光落在他脑袋上,光影勾勒出他挺直的鼻梁。他的眼睫很漂亮,头发软软地贴在床头,整个人瞧着温柔又坚定。窗外的风偶尔吹到他俩身旁,带着他的气息,徐栀丝毫没觉得冷,心里暖暖的。

"其实我觉得你比较适合读书,"他不让她蹭,徐栀只能把脚伸直,侧头看着他说,"什么专业我觉得你都没问题,以后保研留在学校里当教授也不错。"

他嗯了声,侧着脸,思索了片刻,说:"那就得留在北京了。"

徐栀弯着腰,抱着膝盖,侧头看他:"你不想留下来?"

"你呢?你想回家还是想留在这边?"陈路周看了眼窗外,想了想,转回头,看着她说,"我猜你想回家。如果是这样,咱俩以后是不是得异地了?你有没有想过异地这个问题?而且,教授的工资不太多,正教授一年才三十万,何况等我评上正教授,怎么也得三十了。你不想要个会赚钱的男朋友?"

陈路周倒不是觉得当教授不行,只是相比他自己创业来说,赚得可能少一点儿,但徐栀爱钱的态度也是有目共睹的。

这人还挺会诱惑人的。

"你自己怎么想?"

陈路周靠着床头,头微微仰着,垂着眼帘看着她,思索了一会儿,说:"我本来打算转社科实验班,第二学年分流去经济学,但是转社科可能要多读一年，我觉得太麻烦了。如果你觉得以后当教授不错，我就先考虑保研，留不留校到时候再说。"

聊到这儿，徐栀有点儿犯困，眨着一双惺忪的睡眼，趴在他的腿上，诚恳地说："我跟你说，我有个叔叔就是庆大的教授，他是 A 大美院毕业的，他们那年分配工作的时候，学校分配了两个地方，一个是北京的大学，一个就是庆大。庆大这边说可以给他的女朋友在学校安排工作，我叔叔就选择留在庆大了。我去他们家吃饭的时候老听见他俩吵架。我叔叔就说'要不是为了你，我现在已经在北京了'，我婶婶能说什么呢？每次都是沉默，无言以对，毕竟他是为了她妥协的嘛。所以我之前说爱应该是让人勇敢，而不是互相妥协，懂吗？谈恋爱归谈恋爱，学业上或者工作上咱俩都先做对自己最好的决定，我们不要把未来绑在对方身上，柴米油盐这东西谁都需要，咱俩都不是神仙。"

陈路周漫不经心地一寸寸捏着她的耳朵，靠在床头，淡淡地嗯了声。

对他们来说，一切确实都为时尚早。他想让时间慢一点儿，跟她好好享受这几年大学的恋爱时光；可又希望时间能快点儿，让一切早点儿尘埃落定。

但有些东西还真的没法尘埃落定，棺材合上了都能再打开，恋爱真不是随随便便就能谈到九年、十年的，甚至熬过了爱情长跑，到了谈婚论嫁阶段，分手的也很多。

两个人没再说话。他仍旧靠着床头，就着昏暗的光线，低头瞧她。徐栀趴在他的腿上，他的手垫在她的脸下面，有一下没一下地捏着她的耳朵。她的脸上肉嘟嘟、软绵绵的。他没忍住捏了下，引得昏昏欲睡的人闷闷地哼了声，直接把整个脸埋进他的手里，睫毛戳着他干燥的掌心。她不耐烦又无奈地呢喃："陈路周，你老捏我脸干吗啊？"

陈路周低头逗她："睫毛精，这就睡了？"

"那你还要做吗？"

这人满脑子就这事。

"不做，你睡吧。"

"哼。"

没一会儿，睫毛精睡着了。

半夜，大概是房间里的空调温度太高，徐栀被热醒过一次。那时灯全关掉了，屋内黑漆漆的，她蒙蒙眬眬感觉到旁边床头还靠着一个人，转头瞧过去，发现陈路周还靠着床头。她揉了揉眼睛，迷迷糊糊地问了句："你还没睡？"

陈路周靠在床头坐着，也在昏睡，闻言低低地嗯了声："没，刚醒，做了个梦。"

徐栀说："梦见什么了？"

陈路周嗓子沙哑，咳了声，说："梦见又回到高三了。"

徐栀揉着眼睛，懒洋洋地笑了下："吓醒的？我之前也好几次梦见回到高三，都吓醒了，确实恐怖。"

陈路周笑笑，没说话。其实不是，他在梦里找徐栀，发现高三的班级里没有徐栀。他伸手摸了摸她的脸，说："你接着睡吧。"

徐栀含糊地嗯了声。

其实，他没想到他俩的开始会这么仓促。如果不是谈胥，他可能会再等一阵，至少等到期中考试之后，怎么也得按照流程办事。但跟徐栀认识以来，他俩之间的每一步都没有照着流程走过，他又觉得现在这样好像也是他俩的风格。

陈路周靠着床头，接着闭目养神了一会儿，然后睁眼看着窗外。月亮再漂亮，也总得有人一起欣赏；夏日的蝉鸣再动听，也总得有一起听蝉的人。自己想那么多干吗啊，先爱得死去活来再说。以后真要分了，跟他谈过恋爱，她还能找个比他差的？

第二天，两个人退了房回学校食堂吃早餐。陈路周坐在对面，刚剥完鸡蛋放到她的碗里，徐栀困得两眼迷蒙，拿起来就一口塞嘴里，鼓着腮帮子咕咚咕咚地嚼着。他觉得这爱确实有点儿死去活来了。

"谈恋爱第一天你给我表演怎么吓跑男朋友是吧？"陈路周把第二个鸡蛋放到她碗里的时候，下巴朝她点了下，"蘸醋吃。"

徐栀说："我饿，昨天半夜我就饿了，你非要拉着我聊天，我本来想点夜宵的。"

"那你不说？"陈路周夹了个汤包，低头塞到嘴里，瞥她一眼。

"你一本正经地跟我聊专业的事情，我哪儿敢打岔啊？"徐栀说着，余光瞥见一道熟悉的人影，"那不是你室友吗？"

陈路周手上正夹着一个汤包，回头看了眼，又慢悠悠地回过头，是赵天齐和另一个男生。

徐栀好奇地问了句："听刘意丝说，你们男寝晚上关灯以后都在聊女生，你也聊吗？"

陈路周笑了下，用汤包蘸了蘸醋，说："我有时间跟他们聊吗？"

他刚来的时候，李科就跟他说了，大学跟高中不太一样，高中男生相对更单纯一点儿，大学男生之间的利益牵扯多一些。他没打算过来交朋友，更不会跟人聊这些。他跟李科那帮省状元在一起待的时间更多，所以压力也挺大。这帮人只顾着卷，期中考试又马上要来了，立马就要见真章，说实话，他还是有点儿紧张的。

徐栀想想也是，靠在椅子上，往外看了眼。A大校园的周末也生机勃勃，已经有人抱着书，连旁边的湖光秋景都没时间欣赏，目不斜视地快步朝着图书馆走去。她问了句："你等会儿去图书馆吗？"

陈路周的手机正巧振了下，他低头看了眼，说："嗯，前几天光顾着补微积分了，马哲那些还没看。李科又来卷我了，你看看现在才几点。"

徐栀想了想，说："那我今天陪你去图书馆吧。"

"你不是要去拍建筑物吗？"陈路周抬头。

食堂里的人越来越多，帘子总一开一合的，风时不时涌进来。徐栀把袖子往下拉了拉，缩着手，说："不拍了，我拍出来的东西不能看，就很抽象。而且我们摄影协会的几个哥们儿最近在弄球赛的航拍。周三要期中考试了，我还是先看下书吧。不过，你这什么表情？"

陈路周意味深长地看了她一眼，放下筷子，叹了口气，说："那你别蹭我的腿。"

徐栀："……"

两个人回了趟寝室，拿了书就直奔图书馆。几张桌子都坐满了人，他俩一进去，就看见李科那个卷王已经坐在他们的老位子上，还在旁边两个位子上各压了一本书，替他俩占了位置。陈路周刚坐下，李科看了眼他旁边的徐栀，悄悄跟他耳语："你昨晚干吗去了？居然连着两晚都没回寝室。"

徐栀去扔了个垃圾才过来，陈路周坐着给她拉开椅子，这才不咸不淡地回头看了眼李科："你什么时候这么八卦了？我没回寝室连你都知道了，咱俩隔了五层吧。"

"赵天齐说的,估计你们那层都知道了。"李科说。

陈路周靠在椅子上,一只手懒洋洋地搁在徐栀的椅背上,一只手翻开书,无语地勾了下嘴角,低着头,胡诌了句:"朱仰起来了,我陪他睡酒店啊。"

话音刚落,陈路周就感觉腿被人若有似无地蹭了一下。

她又来了。

他还能不能好好看书了?

陈路周没搭理她,若无其事地继续跟李科说:"你们系是不是要学'线代'?你有书吗?借我看下,我打算下学期转经管专业。"

那腿还在不依不饶地蹭他。

陈路周有点儿无奈地转过头去,带着警告性冷淡地看了她一眼:"女朋友,自觉点儿。"徐栀也一脸无语,指了指他的裤兜,拿了本书遮着,小声说:"不是,你的套露出来了。"陈路周:"……"

还真是这样。陈路周把搁在徐栀椅背上的手收回来,若无其事地揣进裤兜,转头再看她,人已经安安静静地开始看书了,也真没有再蹭他。有时候徐栀给他的感觉真的挺像个机器人,就是那种随时随地调戏他两句,自己却能立马冷静下来。他还记得他俩第一次接吻,在他家,她坐在他的腿上亲他,完了还知道电影讲了什么。

现在她还是那副德行,徒乱人意。

李科别的没听见,光听见"女朋友"那三个字,脑子就已经停止运转了。偏偏此刻又在图书馆,他宛如吞下一个闷雷,那雷在心里炸了又炸。他嘴上还只能波澜不惊地问一句:"确……确定关系了?"

陈路周嗯了声,面前摊着课本,漫不经心地翻着,发现前面几章都看过,稍稍松了口气,又把手搭上徐栀的椅背,动作很随性,却莫名有股侵占性,让旁人都不敢靠近。他还装模作样地叹了口气:"嗯,还挺黏人的,非要陪我来图书馆看书。"

徐栀在算微积分的例题,笔尖唰唰不停。不等李科说话,她就头也不抬地小声叫他:"陈路周。"

"嗯?"他回头。

徐栀说:"别吹了,马上期中考试了,你把牛都吹上去,我拿什么给你补脑子?"

陈路周："……"

李科本来都想站起来走人了——跟情侣一起看书本就是一件消磨意志的事情，这会儿听见徐栀这么说，又踏踏实实地坐着了，还在他耳边小声说："小黑马为什么是小黑马？人家就是比你牛。不过，我是第一个知道的吗？"

陈路周意兴阑珊地嗯了声，但是一会儿又想起来什么，纠正道："哦，第二个，昨天确定完关系我就给朱仰起打了个电话。"

李科立马想到另一件事，眼神狡黠地看着他："嗯？朱仰起不是跟你一起睡酒店吗？你打什么电话？"

"我电话费多不行？"陈路周乜他一眼。

李科意味深长地哦了声，知道再说下去，这个大少爷真要急了。而后他想想也挺惆怅，好兄弟脱单了，以后没人跟他卷了，就很失落。于是，他忍不住提醒了一句："不过你可别耽误学业啊，A大好进不好出的，大家都在拼，H省那个状元昨天还问我你高考数学多少分，他知道你拿过数理竞赛国赛一等奖，说以前在获奖名单上看过你的名字。人家可都盯着你呢。"

陈路周叹了口气，然后下巴朝另外一边嘚瑟地点了下——就这么一会儿工夫，草稿本已经被她用微积分公式写得满满当当。

"你没发现我女朋友更卷吗？"

李科当下只有一种想法：徐栀能拿下陈路周是有原因的，这样的女孩子，搁谁谁不迷糊？

周一周二本来课就很满，加上马上要来临的周三期中考，校园里的气氛变得比往日更紧张些，学生们步履匆匆，很少在无谓的风景前停留。A大校园内有个人工湖，平日里在那边散步的学生还挺多，这几日却略显寂寥，只剩几只白白胖胖的大鹅趴在池子边，惬意地晒着太阳。

期中考之后，所有人都紧张兮兮地等着成绩公布，结果一条八卦消息在校园里不胫而走。

"惊天大八卦：禁欲系天花板和建筑系系花好像谈恋爱了啊！"

"哪儿哪儿？"

"图书馆啊，路草又在陪女朋友看书。"

"说反了，徐栀又被路草摁在图书馆陪他看书。"

"我已经淡定了，上王教授课的时候，他俩天天坐在一起，路草早就在追徐栀了。"

"江余咋这么菜,追了这么久都没追上,人家路草来这么一个月,就轻轻松松泡到手了。"

"那不能这么说,毕竟是路草,如果路草要泡我……算了,不做梦了。"

"痛失路草。"

"痛失美女。"

"路草很自恋的。上王教授课的时候,路草给徐栀别了个发夹,上面竟然是一株草——他自己。哈哈。"

"一个最新消息:路草和徐栀吵架了。因为在食堂吃饭的时候,徐栀瞟了眼美院的一个帅哥。"

"他俩能不能行?偌大个校园不够他俩发挥的吗?居然至今都没人看到搂着亲?"

…………

十一月,两个人确定关系没多久,校园里已经传得沸沸扬扬。徐栀知道八卦消息传得快,但也没想到这么快。某天下午,在上专业课的时候,朱仰起给她发了两条微信,其中一条是截图。

朱仰起:啧啧,今天下午第三个了,我们一中好几个女生跑来问我你以前是哪个高中的。

徐栀:啊?

朱仰起:跟他谈恋爱,这种情况很正常。毕竟高中时那么多女孩子暗恋他,他是谁也不搭理,大家都以为他至少会"寡"到大学毕业,没想到高中一毕业就谈上了。这多少有点儿伤我们学校女孩子的心。这阵子肯定会有不少人过来打听你。不过你放心,他是我兄弟,你的信息我不会乱说的,我告诉她们你是仙女高中毕业的,长得贼漂亮。

徐栀:他们班女生好像见过我。

朱仰起:格局小了,你以为陈路周在我们一中就他们班女生知道?就我们艺术校区,哪个女的不知道他?他还没发朋友圈呢,要哪天发朋友圈,我估计我的手机得炸了。

徐栀:那现在她们是怎么知道的?

朱仰起:你们学校不少我们的高中同学啊,好像是有个兄弟找他的时候不小心把消息发到以前的高中竞赛群了,问他人在哪儿,就有人帮他回了句,说陪你在食堂吃饭,紧跟着我就陆陆续续接到各位姐妹的问候了。等放寒假你就知道他以前在我们学校到底有多牛了,到时候估计聚餐是少不了的。

…………

陈路周那会儿在球场打球,手机被丢在篮球架下的垫子上。他下场之后,人坐在地上,两手撑在后面,神情专注地看场上几个人打配合。有人见他的手机亮了好几下,于是把垫子上的手机拿起来给他递过去,就搁在他的肩上:"草,你的电话。"

手机从肩上滑下去。陈路周一身宽松的灰色运动服,拉链严严实实地拉到顶,正好挡住他的半个下巴,人懒洋洋地坐着,伸出一只手接住手机,漫不经心地摁在胸口位置,没急着接,还不急不缓地对场上的人提醒了两句:"读秒了,再不出手你要被盖了。"

可惜为时已晚,话音刚落,啪,球被人从头顶拍飞,直直地冲陈路周飞过来。

他预判精准,反应挺快,轻巧地歪头躲过,借此调整了姿势,盘腿坐直,叹了口气,低头去看手机。

旁边的人又一次刷新了对陈路周预判能力的认知,由衷地感叹:"草,你的预判能力绝了!"

"角度好而已。"陈路周只说了一句,就低头看着手机,头也不抬地问递手机的人:"哪有电话?"

陈路周仔细一看,是微信,看那名字还有点儿陌生,想了好久才想起来,是高二承受不住压力从他们班退出去的那个女生。

张予:你没出国啊?

Cr:嗯。有事?

张予:没,刚看到他们在班群里聊起你,我才想起来,之前听说你出国了,没想到你还是去了 A 大。李科他们也在吧?我在 B 大,有时间一起吃个饭?

Cr:再说吧,最近忙。

张予:行。

下一秒,又一条微信发进来,不是张予,是一条来自备注名为 Rain cats and dogs 的微信。

Rain cats and dogs：在哪儿？

Cr：球场。下课了？

Rain cats and dogs：还没，有点儿……

Cr：饿了？

Rain cats and dogs：想你。

他俩在一起的第一个星期，微信聊天对话还挺正经的——

"在哪儿？"

"图书馆。"

"等会儿一起吃饭？"

"好。下午有课吗？"

"没有，不知道要不要开会。我想吃螃蟹了。"

"嗯，等会儿带你去。"

诸如这种。

后来，两个人渐渐熟了，本性暴露之后，对话才开始略显直白。不过他俩直白也就说一句"想你""想我没"之类的，没多余的。

陈路周刚要回，正巧有人撞枪口上——朱仰起打电话进来。他刚跟室友吵完架，听陈路周又像在喘粗气，心里有一股不祥的预感，先发制人："你这么喘干吗？你又喘不上来气了？女朋友又抱你太紧了？"

陈路周笑了下："我在打球啊，下午没课。"

朱仰起松了口气，刚要说话。

陈路周又补了句："不过，她刚说想我想得不行。"他人往后仰，一只胳膊肘撑着地，不怀好意地问了句，"哎，朱仰起，你有女朋友吗？"

朱仰起一口气差点儿没上来，咬牙切齿地问候他的老祖宗："你有良心吗？"

陈路周收了笑，口气这才正经："找我干吗？"

朱仰起心力交瘁地说："我实在受不了宿舍里两个'二缺'了，天天吵架。我打算下学期自己在外面租个房子住，你要跟我合租吗？"

陈路周人坐直，换了个姿势，一手举着电话，一只胳膊肘随意地搭在屈起的膝盖上，说："咱俩学校隔这么远，怎么合租？"

朱仰起说："大不了我吃点儿亏，租个离你学校近点儿的地方，反正我们课少，一周也就上几节专业课。"

"不太……方便吧。"陈路周仰着脑袋左思右想，喉结轻轻滚动了一下,慢悠悠地说。

朱仰起知道陈路周有女朋友有顾虑,但他刚被室友气得够呛,闷头灌了一瓶雪碧,这时胃里直咕咚,火烧火燎的,烧得他有点儿耐不住性子了,说:"你是考虑徐栀吗?我跟你俩住也没问题……"

"你想多了,"陈路周说,"我们学校大二才让出去住。李科也想到时候搬出去。他打算下学期申请创业基金,住外面方便点儿。我跟他合租,你要想过来,我让他找个离你们学校稍近的地段。下学期你要在寝室待不住,自己先找个地方凑合住吧。"

"徐栀不打算跟你一起搬出去吗?我们学校好些情侣已经在外面租房子了。"

陈路周无奈地叹了口气,看着球场上的人影活跃地晃动——这地方四处漏风,无密封的墙——说:"那到时候,学校里不知道会传成什么样。我俩在学校认真接个吻都得绕大半个教学楼找地方,怕被人撞见。"

徐栀又那么爱接吻。

他俩接吻要是被人撞见还挺麻烦,有的人会拍照,到时候朋友圈、论坛等到处乱发,影响不好。朱仰起很理解,毕竟在双一流高等学府,而陈路周从来又是分寸感十足的人:"也是,毕竟你从小就单纯。"

热恋嘛,总是格外黏腻,但朱仰起这会儿其实还没回过神,思考着他这个从小洁身自好、又单纯又骄傲的兄弟跟女朋友谈恋爱到底是什么样。

陈路周在人前肯定是挺正经的,私底下就不一定那么正经了。

紧跟着,陈路周在电话那边问了句:"这周要不要过来?"

朱仰起心里警惕起来:"干吗?给我喂狗粮啊?"

陈路周笑了下,漫不经心地道:"我生日啊。我跟她确定关系之后还没请你和李科吃过饭,这周请你们顺便把生日过了。"

"生日你俩不单独过一个?"朱仰起说,"要是我,'寡'了这么多年,第一次谈恋爱,过生日不得让女朋友好好准备惊喜啊?"

这事陈路周想过一阵子,最后还是觉得没必要,这时叹了口气说:"不了吧,谁的女朋友谁心疼,准备惊喜很累的,她最近忙。"

朱仰起有点儿震惊:"你少来,你个矫情精不是最重仪式感了吗?"

"徐栀这专业不比别的专业,挺耗脑细胞的,他们系里的学长学姐都自我调侃他们顶多为祖国健康工作五到十年。有时候看她天天熬夜画图,我也挺担心的,我还想让她活久一点儿,"陈路周皱着眉说,"开学才多久,她已经喝了不知道多少咖啡了。"

所以,早在前几天,陈路周就再三叮嘱她:"生日不用准备什么,你陪我过就行了。"

陈路周身份证上的生日是三月,但身边几个熟悉的朋友都知道他的生日在十一月,正好是光棍节。高中的时候,他其实不怎么过生日,要不是朱仰起每年都会叫一帮人出去喝酒唱歌,这天他只会在家蒙头睡大觉。因为这个日子对他来说其实不是什么好日子。

但他没想到,姜成今年还给他寄了生日礼物,包括高中几个可能都说不上熟悉的同学,也给他发了微信,祝他生日快乐。

陈星齐也给他发了一条——

哥,生日快乐啊。

法院把陈星齐判给陈计伸之后,他俩就没再联系过。当晚他和连惠收拾东西搬离别墅的时候,陈星齐扒拉着他的脖子,像个考拉挂件,死活不肯放手,哭着问他:"哥,我能不能跟着你?我不要跟他俩了。"

陈路周那几天状态差得嗓子都哑了,说出来的话几乎都是没声的:"不能,我自己都要半工半读了,怎么养你?"

陈星齐的眼睛都哭肿了,但他还是小声地说了一句:"我很好养的,你让我吃饭就行。"

当时陈路周整个衣服都快被他扯下来了,肩膀半露着。陈路周看了眼连惠,连惠站在车门边不说话。最后还是陈路周把陈星齐抱下来,哄了两句:"在家好好待着吧,哥有空回来看你。"

然而,陈星齐知道这话是骗他的,当场就嘶吼着戳穿他:"骗人!你跟妈妈都不会再回来了!"

陈路周没说话。

最后连惠还是一言不发,走过来把陈星齐拖进屋,把门一锁,也不顾陈星齐在里面号啕大哭,跟一条小狗似的疯狂地拍打着门板。

也是在那一刻,陈路周仿佛看到了当年的自己。

连惠第一次丢下他的时候,走得一定比刚才决绝。

后来上了车,两个人都沉默着。开了一段路后,连惠让司机把车停在路边。她下去抽了支烟，回来之后，从包里摸出把新的钥匙丢给陈路周，沉默地看了窗外片刻，才说："如果我知道他会送你去福利院，当初我根本不会把你交给他。那时候我跟他的感情出了问题，分手之后我才发现自己怀孕了，本来想打掉，但是去医院的前一个晚上我做了一个梦，梦见有个孩子一直叫我妈妈，现在想起来那个孩子跟你小时候长得很像，所以最终我没舍得打。但我跟他已经没感情了。"

她停顿片刻，回忆似乎让她很痛苦。她的眼角都皱着，艰难地说："你没见过他，不知道他是什么样的人。他谎话连篇，身上桃花烂账一堆。跟他在一起的时候，都是他养我，分开之后我没有生计来源，没办法，只能挺着大肚子去上工，就遇见了陈计伸。那时候陈计伸已经有了点儿小钱，他说不介意我肚子里的孩子，生下来他养。后来那个人找到我，大闹了一场，场面很难看，甚至闹到了陈计伸的公司。他说我如果要跟陈计伸结婚，就把孩子给他，不可能让你给别的男人养他的孩子。他虽然是个人渣，但家里多少有点儿家底。"

一辆辆车从他们旁边驶过，橙红色的车灯忽远忽近。说到这儿，连惠无奈地笑了下："我当时想，我嫁给陈计伸，毕竟是弱势的一方，什么都得依靠他，我电视台的工作也是他给我的，你要是跟着我，以后陈计伸有了自己的孩子，你多少要看别人的脸色。但你如果跟着他，无论他以后跟谁结婚，你都是长子，你懂吗？毕竟那是你亲爹，他的东西，你肯定有一份。"

"那他为什么又不要我了？"陈路周当时靠在后座上，面无表情地看着窗外，声音已经听不出任何喜怒，沙哑得只能听见只言片语。

"他以前跟人飙车，年轻又狂，得罪了不少人，后来出了车祸，昏迷了三四年。紧跟着，因为飙车的事情，他父亲的龌龊事被牵扯出来，最后被抓了。他妈有点儿精神分裂，把你送进了福利院。他醒来可能过了好久才想起来他还有个儿子。后来他去找你，但他这人年轻的时候就不顾家，根本记不得你的生辰八字，出车祸之前也是保姆带的你。

"隔了三四年，他压根儿不记得你的长相，走投无路找到我，让我去福利院认人。我当时气疯了，但我不能再把你交给他，后来我骗他说你被人领养走了。回来我跟陈计伸商量把你领回家，他同意了，但是要求等你成年了把你送出国。那时候我才知道他怎么可能那么大度，怎么可能真的不介意。"

嗓子发干，心中像是有什么在拉扯，陈路周已经说不出任何话了。早在前几天，他就已经把嗓子喊哑了，那种极度崩溃和绝望的情绪早已在知道真相的那天消耗干了。现在他就像一个木偶，心里只有一潭死水，眼里也平静得毫无波澜："所以你用八字当借口骗他？"

连惠的嗓子也干，说到最后，喉头哽咽。她吸了口气，勉强撑着一丝力气，但说出的话语依旧支离破碎："没有，陈星齐那阵确实一直发烧，我知道他迷信，就让他找人算了算。有时候命中注定吧，那个算命的说，让陈星齐认个干娘，但我不同意。他说认个哥哥也行，说陈星齐命里还有个哥哥，当时我和陈计伸都心知肚明。去福利院办手续的时候，你已经六岁了，但你丝毫没有芥蒂，乖乖地对着我们叫爸爸妈妈，特别听话。我突然不敢告诉你真相，怕你反而对我有抵触情绪，也怕你接受不了，我想着等以后有了合适的机会再跟你说。"

她低头，自嘲地笑笑。尽管保养得很好，皮肤看着吹弹可破，但她眼角的鱼尾纹还是暴露了她的年纪。

"你一直以来对我们都毫无芥蒂。你十岁那年，我本来想告诉你的，但你跟陈计伸好得跟亲生的一样，甚至比陈星齐跟陈计伸都好。我不敢打破这种平静，也确实没找到合适的机会，就一直没跟你说。但陈计伸骨子里还是个腐朽守旧的人，生意越做越大，之后他不仅开始防备你，也开始防备我了。无论我怎么小心翼翼，他始终觉得，我虽然对陈星齐好，但是私心里总是偏向你，所以那天你半夜给我打电话，我没接，我确实没在台里开会，因为他在旁边。

"前一秒我刚挂了陈星齐的电话。他那几天总嚷嚷要买球鞋，我知道他没正经事就没接，陈计伸说我对陈星齐态度冷淡，结果后脚你就打来了。后来你问我为什么坚持送你出国，因为我的态度越坚定，他才越放心。那时候我总想，无论怎样，陈计伸是我们母子俩唯一可以依仗的人了，只要顺着他就行。"

车厢里静了两秒，陈路周推门要下车。他的心情异常平静，也不知道要跟连惠说什么，有些东西破了就是破了，谁也没办法粉饰太平。知道真相之后，他只觉得自己好像完全不应该存在于这个世界上。

但不知道是不是太累了，最终他还是没动，整个人靠在后座上，先是看着窗外两秒，然后仰着脑袋靠在车座上，喉结冷淡地滚动了两下。嗓子干得冒火，喉结滚动一下都涩涩的，泛着刺疼。整个人充满了倦意，他直直地、冷冷地看着车顶,过了半天才疲乏地张开口,自嘲地说了一句话。因为嗓子几乎出不了声,他这句话像是卡了壳却字正腔圆的磁带录音:"人有时候还真的得爱点儿什么,才能活下去。"

语气还是吊儿郎当,他却像一条快要干死的鱼,心如死灰,已经放弃挣扎了,任由雨打芭蕉,水冲浮萍,比以往都消沉,偏又带着一点儿之死靡它的狠劲儿。

连惠脸色苍白,却笑了笑,说:"爱是最虚无缥缈的东西,很多时候,爱在某种程度上,只是一种廉价的感动和精神错觉。"

陈路周当时只是静静地看着窗外,没回应她。

陈路周给陈星齐回了个电话。

那边的人挂掉了,发了个视频回来,但是陈路周没看到陈星齐的脑袋,只看到一堆堆积如山的卷子和作业本,桌上横七竖八躺着好几个PSP。陈星齐还没到变声期,是他们班发育最晚的一个,声音听起来还是小孩儿音:"哥!"

陈路周在宿舍,舍友听见这声儿还以为才十来岁,一看那桌上草垛一般的作业本,忍不住调侃了一句:"现在小学生的作业还挺多啊。"

"初中生,变声晚。"陈路周回了句。

他靠在椅子上,身上就穿了件短袖,外套搭在椅背上,被他的后背压着。他的身材仍旧宽阔而高瘦,陈星齐一见他哥这熟悉的宽肩阔背,安全感油然而生,顿时想起以前窝在他怀里打游戏的情景,只想往他怀里钻,眼馋地看着他宽宽的胸膛:"哥,你怎么还穿短袖啊,北京应该下雪了吧?我看东北都下大雪了。"

陈路周翘着椅子晃了两下,拿手机对着自己,没回答他,而是问道:"我刚看见个什么奇怪的东西?你把手机对准你自己。"

陈星齐刚点开视频的时候忘记反转镜头,所以第一下露出的其实是他的脸。他哥果然看见了。

"你染头发了?"陈路周看着屏幕,感觉一言难尽,"这什么颜色?"

陈星齐漫不经心地说:"黄绿色。"

"什么路子?"陈路周费解地看着他问。

"气死我爸的路子。"

陈路周无语地摇了下头,懒得跟他讲道理了,语气里带着调侃,问了句：“出过门吗？”

"出过啊，都染了好几天了。"陈星齐一边玩着 PSP，一边抬头看了眼视频说。

"没人拿你当红绿灯吗？"

陈星齐说："你这么一说我想起来了，我爸昨天开车差点儿撞到我，是不是拿我当红绿灯了？"

"他应该真想撞你吧。"

"管他呢，反正他现在就我一个儿子，撞死了没人给他养老送终。"

"陈星齐，"陈路周这才正儿八经地叫了他一声。听见这声，对面的人把 PSP 放下了，一副叛逆少年不听管教的样子看着他哥。当然陈路周也不管他听不听，直接点了两句，"没必要，你过你的，好好读书吧，把头发染回去。"

"那我能去北京找你吗？"

"考上市一中，来北京哥带你玩。"

"市一中，我又不是你。哥，你那么聪明，到底吃什么长大的啊？我们老师昨天还跟我们说，其实一般人努努力都能考上大学，但是要考上名牌大学，一般人还真不行，学习上多少得有点儿天赋。然后我们老师还说，能考上你们 A 大的，都是天赋异禀又极其努力的人。我很难想象你们这样一群人聚在一起都在聊什么，聊火箭发射吗？"

陈路周懒得跟他扯了："什么都聊。天赋异不异禀我不知道，但我知道这里的人确实都挺努力的。你好好学习吧，实在跟不上，我给你找个家教，庆大我们应该有同学。别跟你爸妈说，以后单线联系。"

挂了电话，陈路周把手机丢到桌上，回头问了刚刚那个插嘴的室友一句："期中成绩出来了吗？"

期中只考了几门基础课，微积分、英语这些，专业课都没考。人文实验班考得多一些，因为他们学得杂。

陈路周微积分九十六，英语满分。

"你很牛了，晚来一个月，微积分还能考这个分数。"室友说。

但李科很震惊："你微积分居然没满分？不能啊，你们的微积分不是最简单的吗？刚听说人文院有个英语、微积分全满分，我还以为铁定是你。你是不是谈恋爱受影响了？"两个人当时正往校外走，旁边来往的都是同学，李科四下张望两眼，然后悄悄凑到他耳边，郑重其事地小声说："我听说那什

483

么,破了处之后,智力和精力都会下降,你是不是太不节制了?"

陈路周:"……"

约的吃饭地点在学校对面的大排档,他俩过去的时候,朱仰起早早坐在那儿敲碗等了,见就他俩,往后看了眼,问:"徐栀呢?"

陈路周拉开朱仰起对面的椅子坐下。李科则自动自发地坐到朱仰起旁边。陈路周靠在椅子上,先拿过旁边空位上的塑料包装碗筷拆了,把塑料薄膜在手心揉成一团,说:"在建馆上课呢,等会儿过来。"

"过生日吃大排档啊,你怎么想的?"朱仰起说,心里补了一句:还坐在马路边边。

他看了一圈,四周人不多。不过这也是这个学校的常态,周五学生要么出去玩了,要么就在图书馆。

"搞那么隆重干吗?别吓她了,生日而已。"陈路周无所谓地低垂着眼帘,说得轻描淡写,然后把筷子给她摆好,才去拆自己的。

"行吧,就你会疼人。"朱仰起啧啧。

这家海鲜大排档关了很久,最近才重张开业。陈路周听院里的学长学姐说,这家排档有点儿他们庆宜那边的味道,加上徐栀没吃过,他就定了这家。旁边还有两三桌,看着都是研究生从实验室出来"放风"的。他们显然也注意到陈路周那桌了,忍不住看了两眼,感叹了两句岁月无情,想他们刚来那年也有着星星般干净清澈的眼睛。

大排档的背景音乐是最近很火的一首歌,《茫》。

朱仰起不喜欢这首歌,因为它几乎把孤独诠释到极致了,歌词听着也很扎心,什么"万家灯火,却没盏灯留我"。

李科拿了几罐可乐回来,给陈路周滑了一罐过去,又忍不住提了一嘴:"哎,我刚跟你说的那个事,你好好想想啊。"

"想什么?"朱仰起好奇地问。

"没什么,我俩打算参加数模竞赛,但他最近状态不佳。我觉得他谈恋爱多少受了点儿影响,"李科好奇地问了句,"哎,你知道热恋期一般几个月吗?"

"三个月吧。"朱仰起说,"这得看人,这家伙难说,一年都指不定,他有点儿恋爱脑。"

"那不行，美赛①到时候都结束了。"

陈路周乐了，叹了口气，把可乐拉环拉开，回到刚才的话题，大方承认了："精力总归没高中那么充沛了，肯定会分点儿心的。"

"分什么心？"正说着，他旁边的椅子被人拉开，徐栀一边坐下，一边好奇地问道。

两个人穿得还挺搭。陈路周里面一件灰色线衫和白色T恤叠套，底下露出一点儿白边，外面套着一件黑色的立领外套，下面一条宽松的黑色运动裤，衬得整个人干净利落。徐栀也是一身黑灰，黑色呢大衣，黑色小脚裤，里面一件灰色线衫，线条却柔和。

本来陈路周坐在那儿，单枪匹马，帅得挺孤独，旁人也想象不出谁能坐在他身边，然而徐栀一坐下，画面浑然天成。大排档对面是双一流学府，明亮耀眼的路灯照着陈旧泛黄的街道；旁边马路上，橙红色的车灯泻成一条河，朦胧的画面里，也许是自身硬朗的轮廓、漂亮的线条衬得他俩格外清晰。看上去他俩一个清醒独立，一个温柔坚定。

陈路周靠在椅子上，一条胳膊搭在徐栀的椅背上，另一只手搭在桌上，手腕上还套着一根黑色皮筋，食指有一下没一下地敲打着桌面，侧着身看她，将她从上到下抽丝剥茧一般打量了一遍，最后，目光若有似无地落在她身后的包上，悠悠地扔出意味深长的一句："你男朋友生日，真就空手来？"

马路边是白色的栏杆，他们那桌就在栏杆的边上。北京那会儿已经入冬，又恰巧是双十一，校门口停着好几辆快递车，正在卸货。徐栀心不在焉地往那边看了一眼，笑着回头看他，目光落在他清瘦白皙的手腕上："不是你说不用准备吗？"

"行。"

然后他不说话了。李科和朱仰起愣愣地看着他俩。但那人还是吊儿郎当地靠着椅背，一动不动地看了她好一会儿，拿下巴懒洋洋地指了指她放在背后的包："是不是在包里？快，拿出来。"他一副"你不可能没准备"的样子。

徐栀笑得不行，拿起他的可乐喝了口，但还是说："真没有啊。"

---

① 美赛："美国大学生数学建模竞赛"的简称。

"真没有？"

"没。"

陈路周倒也没生气，就是有点儿失望，但也知道徐栀最近忙，前几天为了交专业课的期中作业一直在熬大夜，建筑系是出了名的没有周末系，交完作业，她回寝室补了一天一夜的觉。

他人靠着椅背，叹了口气，低着头想了想。毕竟现在是热恋期，他能理解，但为了杜绝以后因为这事跟她吵架，他努力说服自己，于是淡淡地仰了仰下巴，视线越过流水一般密密麻麻、忽远忽近的橙红色车灯和几辆正在忙忙碌碌卸货的快递车，他想给自己一个台阶下，但环顾了一圈，发现附近只有一家篮球店，口气却又骄傲又冷淡："你去给我随便买个篮球，不用太贵，别买斯伯丁那些，就当生日礼物了。以后我要是拿这事跟你吵架，你就拿它砸我。"

徐栀低头笑了下。陈娇娇还是陈娇娇。她二话没说，乖乖站起来去了。

等她回来的时候，桌上菜刚齐，几个人在聊期中成绩。陈路周给她拉开椅子，手一伸，徐栀把一个篮球钥匙扣放在他的掌心里，还是斯伯丁定制系列，估计不比普通篮球便宜。他一愣，撂下筷子，狐疑地抬头看她。

徐栀皮肤本就白，被北京干涩的风一吹，整张脸紧绷，轮廓圆润而精致，皮肤细腻得几乎无可挑剔，黑色的长发半鬟不鬟地散在背后。她一坐下，就自然而然地从陈路周的手腕上捋下皮筋，把头发绑上，说："我问老板哪种球砸着不疼，老板说，估计也就钥匙扣砸着不疼了。你那么爱生气，我觉得买这个保险一点儿。这皮筋是不是暑假那根？"

他嗯了声："掉在我卧室门口了。"

"不生气了？"徐栀说，"那我可以提个要求吗？"

陈路周气笑了，一只手懒洋洋地搁在她的椅背上，侧头看她："蹬鼻子上脸了？"

徐栀觉得这话不好当着对面两个人的面跟他说，于是从包里摸出手机，噼里啪啦打完字，发了一条微信给他。

Rain cats and dogs：晚上可以住外面吗？

结果，徐栀这边刚嗖一声，陈路周放在桌上的手机紧跟着便叮咚一声。

朱仰起和李科："……"

你俩还要再明显一点儿吗？

陈路周没搭理。李科还在跟他聊数模竞赛的事情，正说到兴头上，口若悬河、慷慨激昂地给他画大饼，引得一旁倚老卖老的研究生频频打量李科，觉得现在的年轻人真狂，不知天高地厚。但也是这股热血劲儿令人觉得似曾相识，那不就是曾经的他们吗？

李科："我问了，咱们学校就算不参加国赛也能直接参加美赛，数模竞赛拿奖能保研的。高中搞了三年竞赛，这怎么也算我们的老本行了吧？不过跟数学竞赛不太一样，数模我觉得更有意思。"

"我考虑下。"陈路周思忖片刻说。

结果，徐栀说："我报了数学竞赛国赛，微积分。月底初赛。"

李科："你报了啊？那挺好。"

"数学竞赛让你女朋友出战，你跟我去参加数模竞赛。"

"你以前搞过竞赛吗？"最后一句话是对徐栀说的。

徐栀说："没搞过，所以打算跟你们取取经。"

李科笑着说："这你男朋友是行家，他数学竞赛全国第一，进过集训队的，要不是我们省去年赶上教改特殊时期，保送资格全部取消只给加分，他早就保送了。"

旁边的人不知道是得意还是怎么样，还哼上歌了，声音低沉，字正腔圆，很好听。大排档里正放着这首歌——《盐》，他的声音跟着旋律夹杂在里面，格外清晰。

"没有了我的浪漫，他们算什么浪漫，你就只能够抱憾……"

陈路周可能都没意识到自己不小心跟着旋律哼出声了，嘴里啃着螃蟹腿，听他俩聊天。

等聊天没声了，陈路周才意识到一桌几个人都在看他。他剥了条螃蟹腿扔到徐栀碗里，咳了声："看我干吗？唱歌犯法？"

徐栀笑着问他："微信看了吗？"

"嗯。"

"可以吗？我有礼物要送给你。"

陈路周一条胳膊还搭在徐栀的椅子上，手上戴着手套，把剥好的螃蟹腿一条条丢到她的碗里，表情无动于衷，意味深长地瞥她一眼，说："送礼物？"

"你要奖励吧？"他似笑非笑地补了句。

第十五章
别哭了，陈娇娇

　　泛黄的路灯和橙红的车灯将整条马路拉长，车灯、霓虹灯闪烁，一眼望不见尽头。大排档陆陆续续又多了几桌客人，但生意还是冷清，说话声寥寥。
　　徐栀以眼神暗示，无声地问：行不行？陈路周把搭在她椅子上的胳膊收回来，垂在身侧，另一只手拿起桌上的小茶壶给她倒茶水，将她枯苗望雨的眼神忽略了个彻底。徐栀一急，拽住他的手，晃了晃，还没轻没重地捏他的掌心。
　　紧接着，她的手被人反手扣住，温热的触感抵着她，徐栀的心莫名狂跳。他们很少在公众场合做亲昵举动，要么直接去他们的秘密基地接吻，要么就是正儿八经在图书馆看书，加上徐栀没什么时间陪他手牵手逛校园，谈恋爱这么久，他们好像还没认真牵过手。
　　手指在桌子底下隐秘处被人一点点攥住，指缝被人撑开，他的五指慢慢滑进来，将她的手紧扣在手心。手心热，她的脑袋也热。
　　陈路周面上冷淡，不动声色，嘴上还在跟李科聊数模竞赛的事情，问他美赛在几月份。说话间隙，他瞥她一眼，眼神难得地带上一些玩味。
　　徐栀手指在他的手臂上抓了下。眼睛看着他：行不行啊？
　　陈路周回头看她一眼：不行。

徐栀气鼓鼓地在他的掌心掐了一下,陈路周则淡淡地看着她,一副"你能奈我何"的样子。两个人无声地、暗潮汹涌地对峙着。

李科啃完螃蟹,抽了张纸巾擦手,突然问了句:"徐栀,你怎么突然想到去参加数学竞赛?你们专业不是挺忙的吗?"

徐栀回过神,手依然被人牵着:"王教授说让我去试试,我以为他也会去。不过你们好像看不上?"说着,她用眼神示意了一下陈路周。

李科笑笑:"不是看不上,是某人实在精力有限,他说谈恋爱挺分精力的。"

徐栀看了眼陈路周,狐疑地问:"我分你的精力了?"

正好服务员过来上菜,陈路周咳了声,把几个空盘子叠好递过去,把新添的菜放在中间,说:"没有,你别听他胡扯。"

李科也没有多说:"反正你自己看着办,你要想冲奖学金、保研,现在这个状态肯定不行。"

徐栀低头吃着陈路周给她剥的螃蟹,冷不丁冒出来一句:"李科,你别给他压力,他自己有分寸的。"说完,她夹了块碗里的蟹腿肉,蘸了蘸醋,喂到他嘴边:"吃吗?我给你剥。"

两个人的另一只手还在桌子底下十指紧扣着。

你剥不剥呢?剥了要松手。他看着她。

徐栀似乎猜到他的犹豫,言笑晏晏,别提多得意:"用嘴剥,独门绝技。"

对面两个人沉默了。

朱仰起当晚发了一条朋友圈——

有人吃螃蟹偷偷牵着手,有人吃螃蟹戳破舌头。是谁我不说,等以后找到女朋友,我卷死你。

李科也发了一条朋友圈——

热恋期到底是几个月啊?很认真地问。

朱仰起那条朋友圈一发,相当于半官宣了,毕竟他是陈路周最好的兄弟。其实,大家多半都猜到了陈路周的女朋友是谁。这条朋友圈底下的评论顿时激增,多半是女孩子,有着说不清道不明的少女情绪。朱仰起看着都替她们心酸,尤其是那种小心翼翼地打探却又不敢直白地说出"他"的名字的评论——

他真的有女朋友了?

朱仰起回复：嗯。

回完消息，朱仰起坐在出租车上想：徐栀真幸运。

转念他又觉得，陈路周也很幸运。徐栀要身段有身段，要样貌有样貌，人又聪明伶俐，也不矫情，还总是护着他。

最后他深深地叹了口气：他俩真幸运。

不幸的是我。

幸运的人最后还是去了酒店。

徐栀早就开好房间了。从包里拿出房卡刷的时候，陈路周的眼神变得格外意味深长："早就开好了在等我，送礼物？我才是礼物吧。"

嘀嗒，房门打开，徐栀没让他进去，说了句："你在门口等一下。"

陈路周蒙了一下。他又是一身黑，线条利落，身形高大，手插兜站在门口，口气有点儿傲慢："干吗？"

徐栀一双干净直白的眼睛隐在门缝里，笑得暧昧不明，看着他："我准备了一点儿东西。"

门被人关上了。

陈路周的脑子里自然冒出一些不太正经的东西。以他庞大的阅片量来说，男女朋友在谈恋爱初期会迫不及待地以探索身体上的愉悦为主。他跟徐栀自然也会走到这一步，但是他俩毕竟不到二十岁，严格来说，今年才十九周岁。有些成年人的情趣，说实话，他不想过早体验。

所以他不太有耐心，人靠在走廊的墙上，目光扫着四下无人的走廊，用食指指节心不在焉地叩了两下："别闹了，开门。"

大约又过了两分钟，徐栀才来开门。她身上的衣服倒是没换，只把大衣脱了，横着扔在沙发上，脚上换了一双拖鞋。

陈路周进来没地方坐，就在茶几边沿坐了下来，把手机从兜里拿出来扔到一旁，把人拉过来："你在里面干吗呢？"

徐栀低头看着他："在给你准备惊喜呀。"

陈路周顺着她的话环顾一圈："在哪儿呢？"

"在里面呢，你现在看不到。"

陈路周自然想歪了，咳了声："你别乱搞。"

然而，一转眼，不知道她从哪儿掏出来一个蛋糕，放在茶几上，这会儿正跪在地毯上,专心致志地用打火机点蜡烛。屋内没有开顶灯,只开了一盏小壁灯,她的影子被拉长,轻得像一片羽毛落在地毯上,荧荧火光在她的脸上跳跃,原本白皙的皮肤被火光染上了一抹温暖的黄色,温和得很,也漂亮得很。徐栀身上只有一件裹得紧紧的线衫,将她的身形衬托得玲珑有致,瘦肩薄背,匀称紧致的线条引人遐想。她似乎没听清他的话,温柔坚定地跪在那儿,一边点蜡烛,一边笑着抬头问他:"嗯?你说什么?"

陈路周当时抱着胳膊坐在茶几上,低头静静地看着她,心里泛着一阵阵难以压制的波澜。有小鱼儿受不住,跃出水面,他好像松快了些。紧跟着,那些无形的小鱼儿越来越多,频频在他的心里跃上跃下,有些情绪再难压制。但那会儿他心里只有一个想法:还好没走。

徐栀点完蜡烛,把蛋糕推到他面前,两条胳膊交叠着搭在茶几上,小心翼翼地护着摇摇欲坠的小火苗,说:"男朋友,快许愿。"

人家压根儿没听,俯下身,二话不说把蜡烛给吹灭了。

"你不许愿……"

她跪在地毯上,一抬头,黑影蓦然追至跟前。嘴被人堵住,后脑勺也被人扣住。徐栀被迫仰着头,熟悉的气息铺天盖地地涌进来。

屋内静谧,唇舌之间密密的喁吻声渐渐清晰,越发激烈,夏日里的蝉鸣压不住,初冬的飘雪也无法阻止。

灯影憧憧,两个人的影子如同雪片一样纠缠着,轻飘飘地落在地毯上,始终未分开。

"下雪啦!"酒店的住客里或许有南方人,见到雪,格外激动,在楼道里叫嚷着让同伴出去看雪。这是今年的初雪。

屋内,两个人不为所动,闭着眼静静地接着吻。

陈路周不知道什么时候脱了外套,将人抵在沙发边沿,一只手撑在沙发的坐垫上,一言不发地同她深深地接着吻,空气里仿佛被人塞了一个小火球,热得不行。他的另一只手从她的耳郭慢慢地、极具挑逗性地一路摩挲着往下,下巴、脖颈、锁骨……他手指刮过的地方仿佛过了电。徐栀头皮发麻,脊背一阵激灵。

到处都是一点就燃的火星子,空气里都是急促的呼吸声。

荒唐又迷乱,徐栀的意识已经模糊,迷蒙昏沉间,她的腰上被人重重地掐了一记。

"东西呢？"

"电脑桌上。"她下意识地说。

陈路周把人打横抱去床上，低头亲了下，起身去拿东西。

然而，电脑桌上只有一个四四方方的蛋糕盒子，哪有避孕套？

他本来想去买的，徐栀说不用买，他就以为她带了。

"没有。"他找了一圈。

徐栀的下巴懒洋洋地冲桌上的蛋糕盒子一指："打开，在里面。"

陈路周把蛋糕盒子掀开。徐栀下床，直接赤着脚走过来，说："我特意买了个尺寸差不多的蛋糕盒子，不然这个东西放在哪里都好显眼，很容易被你发现。"

陈路周这会儿才明白过来，"这个东西"是送他的礼物。它的大小跟八寸蛋糕差不多，四四方方，是一个小洋房模型，用木头做的，全榫卯结构，没用一枚钉子。榫卯的嵌合很重要，哪怕只有一根木头的锁扣不对，也是搭不成这么大一幢房子的。陈计伸有个朋友就是木匠出身，后来开了个挺大的建筑公司。他说过，房屋这么多结构里，榫卯结构是最烦琐最费工时但也是最牢固的。这个模型总共四层，旁边还附带一个绿草坪的小花园，应该是她自己亲手做的，光设计都得花不少心思，这么大的工程量，一两个月不一定能做出来。

模型旁边还嵌着一张卡片。

陈路周拿起来，娟秀工整的字一下子跃入眼帘——

给六岁的陈路周小朋友：

　　十九岁的陈路周有十九岁的徐栀陪，这个礼物我想送给六岁的陈路周小朋友。

外面是那年北京的初雪，两个人从屋里望出去，一窗子蓬蓬松松的雪白绒花纷纷扬扬地翻滚而下。

有人在耳热眼花地看雪，有人在屋内静静相依。

"生日快乐，陈路周。"徐栀从背后抱着他，脸贴在他的后背上，轻声说。

握着卡片的手指不断收紧，生生将卡片压出一道折痕，他的声音仿佛是从嗓子眼儿里挤出来的："你做了多久？"

其实很早，暑假她就开始做了。徐栀本来要赔他一个镜头，后来发现镜头实在太贵，她买不起，就想着做个东西送给他。傅叔当时给了她一个建议，说他装修完山庄，仓库里还剩下一些材料。徐栀就拿了这些材料，打了个样，但发现做一个完整的模型工程量实在太大，就搁置了一阵。直到开学上了课，她才开始慢慢磨这个模型的设计图，本来以为赶不上他的生日了。

徐栀没回答，只问道："喜欢吗？"

陈路周转过身来，人靠着桌沿，低头看着她。卡片还拿在手上，他两手捧着她的脸，卡片就贴着她的脸侧，他的眼睛带着一丝绵长的执着和温柔："多久？"

徐栀没说。

"你不说我去问你的室友了。"他说。

徐栀手抱在他的腰上，脸贴着他宽阔的胸膛，耳朵听着他剧烈的心跳。听到他的"威胁"，她叹了口气，只好说："一个多月，昨晚在这儿熬了个通宵。"

许久都没听到回应，徐栀不自觉地仰头看他，却见他的眼廓线条深深地凹着，眼角是湿的。她发觉场面有些不好收拾了，忙说："别哭啊。其实还挺简单的。"

陈路周人靠着桌子，仰头平复了下情绪，喉结按捺不住地滚动了好几下，可还是没忍住胸腔里那股翻腾的热意。

他深吸了口气，捧着她的脸，低头在她脑门儿上狠狠地、极尽温柔地亲了下——

"你是傻子吗？"

徐栀的眼睛也亮，她仰头看他："你是不是总觉得我只想跟你接吻、发生关系？可我在很认真地跟你谈恋爱啊。"

想了想，她又说："其实我一直都想跟你说，遇到你之后，我变了很多。你可能想象不到我以前是什么样子。有些事情，跟你认识之后，我一次都没做过，因为我觉得你可能不喜欢，所以不知不觉就戒掉了。我还有一些你这辈子可能都不会接触的朋友，其实人都不错，只是没我那么幸运。那次录节目我发现，你这个人虽然看起来挺骄傲的，但很好说话，身边的圈子都很干净，除了朱仰起这个看起来不太正常的，你的朋友都是一些天之骄子。这么形容对吧？毕竟你们一中的人都这么形容自己。我亲你那次，你躲了，我本来想，跟你就这样断了也挺好……"

"断什么断，这辈子你都别想了。"他把人揉进怀里，声音里像是塞了一团棉花。

"别装了，你明明也这么想过，我都知道好吧。"

"我那是被你吊急了。"

"不是说那次，我说之前，暑假期间，你跟朱仰起说过好几次好吧，'我对她更多的是征服欲'，朱仰起都跟蔡莹莹说了。"从他怀里出来，感觉说得口干，她转身去倒水，倒完水一转身，就看到后面"一堵墙"形影不离地堵着她，走哪儿跟哪儿。

徐栀端着水杯，无奈地推了他的胸口一下，笑了："你干吗？陈路周，你挡着我看雪了。"

他拿过她的水杯，放在一旁，将她抵在桌边，只是站着，膝盖紧紧地贴着她的膝盖，两手揣在兜里，眼神诚恳，说："那时候真没想太多，怕自己跟你纠缠不清让你伤心。你说你想得多，我想得也多。朱仰起还跟你说什么了？"

下面很热，徐栀觉得不太对劲儿，口干舌燥，看着窗外，想了想，说："没了吧。"她忍不住往边上退了点儿，"你别贴着我。"

"躲什么啊？"他把人拉过来，故意又往她的身上贴了贴。徐栀被他抵得浑身发紧，脊背一阵阵发麻，耳热眼花，外面的雪似乎都能直接被她瞧化了。她听到他低声说："你说我对你冷淡，我一碰你就有反应，懂了吗？我又不是性冷淡，我是怕。有些东西真没那么保险，偶尔做一次两次就算了，太频繁总归不好，万一有了怎么办？戴了套怀孕的我不是没见过，朱仰起就是这样被生下来的。我不想你受些不明不白的苦。"

徐栀愣了下，没想到他想得真的很多，笑着说："那朱仰起还挺坚强的。"

"嗯，从小就坚强，我们以前都叫他'朱坚强'。"

徐栀扑哧笑出声，抬头看他。身下的热意越来越明显，几乎要烧到心里，她不太自在地说："那你别贴我这么近啊，不太舒服……"

"哪里不舒服？"陈路周难得轻佻地笑了下，明知故问。

徐栀笑得意味深长，看着他："你别闹啊，'大姨妈'在。"

"……"

屋里瞬间安静下来。

所以她真是给他过生日来了，没有别的心思。

所以他在干什么？两个人的身体此刻还紧紧贴在一起，尤其是某个地方，太明显了。

"喀……"

"喀……喀……"

徐栀快笑岔气了，把他拽回来："陈路周，别装了，我知道你有反应，嗯……"

他吮住她的嘴，舌头毫不客气地、报复似的长驱直入。舌根被人搅得发烫，徐栀也激烈、迫切地回吻他。等在嘴巴上磨够了，陈路周低头往下亲，在她的脖子上咬了一口。热息环绕，心跳怦怦，两个人的耳朵都红得不行，像白色雪地里最孤傲的梅，是显眼、孤注一掷的红。

飞雪在路灯下横冲直撞，染白了整座北京城，灯火烂漫，两颗年轻而热烈的心坦率又真挚。

"不管你以前什么样，我爱都爱了，不会再看别人了。"他突然说。两个人当时坐在沙发上，徐栀坐在他的腿上。有一阵没一阵地亲了个把小时，两个人都是衣衫凌乱。徐栀的线衫被人撩上去一半，人还没回过神，面红耳赤，心如擂鼓，闻言喘着气，坚定地说："我也不看。"

"你确定吗？"陈路周倒是衣着完整，一只胳膊肘搭在沙发背上，一只手去捏她的脸颊，还无法无天地甩了甩，嚣张又有点儿生气，"前几天在食堂看美院帅哥那女的是谁啊？嘴里还吃着我打的饭和奶茶，是你吧，徐栀？"

徐栀笑得不行，但脸上的劲儿没松，她被捏着脸，只能求饶："这你真不能怪我，纯属自然反应。你没觉得他身上那外套有点儿你的风格吗？我对有点儿像你的男生都没抵抗力。"

"没抵抗力？"陈路周眉头一皱，跺了下脚，狠狠地、不悦地问道，"你对谁没抵抗力？再说一遍。"

徐栀一抖，乖乖地改口："对你。"

"长得像我的来追你，扛得住吗？"

"扛得住啊。"徐栀说，"我那次主要是看衣服，碰巧那个人长得帅。"

"编，你接着编。"

"那我改一下：我以后尽量少看。"徐栀累了。

"反了你。"

下一秒就猝不及防地被人翻身摁在沙发上，徐栀躲都来不及躲，被人直接压在身下，腰被人掐着。徐栀怕痒，笑着躲，几乎要扭成一条蛇，但压根儿敌不过他的力气。双手都被他直接用单手扣着高高地压在头顶，她眼波盈盈，连连求饶，节节败退。

窗外已经积了一层薄薄的雪，雪夜静寂，脚踩在路面上，雪霰摩擦着地面，发出轻轻的咯吱咯吱声，冬天已来临。

没一会儿，屋内的气氛就火热难耐，全是她低喘连连的讨饶声和轻笑声。

"陈路周，我爱你。"半开玩笑半讨饶似的，她的眼里也有几分认真。

"说什么都晚了，今晚得收拾你……"

等他反应过来，调笑声戛然而止，房间里静了好一会儿。昏暗的屋内就亮着沙发上方的小壁灯，灯光泛着黄，像陈旧的日记本，有着道不尽的绵绵情意。再也没有其他声响，直到密密的喁吻声又响起。

如风似雨，徐栀耳边的呼吸越来越重，衣衫被人摩挲着，耳郭被人若有似无地亲着，有一下没一下地吮着。

最后，两个人纠缠着倒在沙发上。男人埋在她的颈间，额头抵着她的锁骨，沉默了好一会儿，不知道在想什么，就在徐栀怀疑他是不是睡着了的时候，才听见他哑然笑出声，嗓音低低的，闷闷的，青涩得很："收不了场了，帮个忙？"

帮他弄吗？徐栀的头皮瞬间麻了，心跳猛地又剧烈起来。

"怎么……弄？"

下一秒，她就被带到了浴室。陈路周没开花洒，把人带来单纯是这里比较好发挥。陈路周把上衣脱了，露出平直宽阔的肩背和白皙的皮肤。他作息规律，不抽烟，不喝酒，又常年打球，身上的线条生机勃勃，很流畅，纹理清晰。徐栀能清楚地看到一层薄薄的肌肉。他的腹部像铺着一块块平整圆润的鹅卵石，不是那种夸张的肌理，有一种干净匀称的美，瞧得人心口发热。

两个人贴着浴室的墙壁接吻。陈路周一边亲她，一边抓着她的手放在自己背后，尾骨旁边。

"摸到了吗？"

"抓到了！"徐栀好像从水里捞鱼一样，突然一把抓住他那里。

陈路周没准备，被她抓得整个人一激灵："你叉鱼呢？我让你先摸背后！"

徐栀哪儿知道这么多规矩，不满地啊了声："要求真多。"

结果在他背后摸到一圈小小的、明显与肌肤触感不一样的纹理，她下意识地歪头一看，是一朵栀子花："你文身了？"

他一手撑着墙，低头看她："嗯，你那天想文我的名字吧，车厘子这个借口太假了。我文了，你就别文了，还挺疼的。"说完，他笑了下，捏她的下巴，"抓鱼吧，轻点儿。"

徐栀："……"

浴室里没了声响，除了一些忽高忽低的呼吸声。不透明的玻璃门上泛起一丝雾气，将两个人的身影不着痕迹地抹去，但如果浴室外有人，依稀还能瞧见，女生一只手被人十指紧扣地压在墙上，压着她的那只手重一下、轻一下地捏着她的手，难舍难分。

心跳已经平稳，等回过神来，徐栀发现自己已经回到床上。

等陈路周洗完澡出来，徐栀眯着眼，迷迷蒙蒙，似睡非睡。陈路周一边拿毛巾擦着头发，一边坐在床边，漫不经心地捏她的脸："等我？"

"嗯。"徐栀昏昏欲睡，但还是强撑着问，"寒假你怎么过？听说我们系里期末考完之后还要出去写生两周，估计要去外省，说是去描白族建筑，估计比你们晚放两周。你要先回庆宜吗？"

"我寒假……"陈路周把毛巾扔到一边，低头看她，"可能不回去。我可能要参加数模竞赛，美赛刚好卡在过年那几天，我们得留在学校，有网络监控。"

"那我也不回去了。"徐栀说。

陈路周知道她在开玩笑："你少来，你爸不抽你才怪。"

"那你过年就一个人了。"

"有李科陪着，怕什么？"

"你和李科是双胞胎吧，你俩快成连体婴了。"徐栀盖上被子。

陈路周笑了起来，忍不住逗她："我发现你这人挺有意思啊，正儿八经的醋你不吃，李科的醋你有什么好吃的？"

徐栀嗯了声，顺他的话茬儿往下说："我漂亮还是李科漂亮？"

"你神经病啊。"陈路周笑得不行。

两个人"杀疯了",开始胡言乱语。

"那我跟你爸掉水里,你先救谁?"

徐栀:"……"

…………

直到最后两个人都绷不住笑出声。

说曹操,曹操的电话就打来了,两个人无言地对视一眼。徐栀拿着手机看了眼,对他小声说:"我爸。"

陈路周默默地站起来,去沙发上坐着,不知道为什么,心里有点儿不自在,毕竟刚拉着人家女儿干了点儿混账事。

徐栀靠在床头,看他一言不发地坐在沙发上玩手机,她也心不在焉地跟老徐讲电话。

"这么晚了你怎么还不睡?"老徐问。

"嗯,在赶作业。"

沙发上有人闻言抬头,在昏暗暧昧的屋内,用耐人寻味的眼神瞥着她:脸不红心不跳,说谎不打草稿。

徐光霁哦了一声:"你最近都不怎么给我打电话了。北京下雪了吗?我看天气预报说,今天北京可能会下雪。"

徐栀的心微微一跳。老徐可能真的想她了,从小到大,他俩就没分开过这么长时间。徐栀看了眼窗外,鹅毛大雪几乎淹没了屋檐,窗外白茫茫的一片:"嗯,下了,明天可以堆雪人了。"

徐光霁也没什么重要的事情要说,叮嘱她"第一次在北方过冬,多穿几件衣服",就挂了。

徐栀挂掉电话,叹了口气,掀开被子下床。陈路周心照不宣地把手机一锁丢在一旁,敞开腿,徐栀自然而然地坐进去,双手搭在他的肩上,同他默不作声地先接了一会儿吻。缠绵暧昧的声音渐渐响起,两个人的舌尖难分难舍地抵着对方,不带任何挑逗情绪地慢慢吮着,仿佛纯靠接吻消磨时间而已。偶尔,徐栀睁眼看他,发现他也睁着眼瞧她,目光干净、含情,但也漫不经心。两个人大概都觉得好笑,便分开了。

徐栀:"你看什么呢?"

他也笑着回:"你看什么呢?"

徐栀发现自己在别人的事情上可能不太敏感,但是对陈路周的事情就很敏感——他刚刚明明也分心了,接吻还在想事情。

"你刚刚想什么呢?是在想数模竞赛的事情吗?"徐栀问。

"没。"

他现在哪有心思想这个,今晚都没心思了,那点儿学习上的觉悟已经彻底被人带跑了。

他双手交叠搭在脑后,姿态放松地靠在沙发上,看着窗外静默翩跹的雪花,半开玩笑半认真地说:"我只是在想,照你这个说谎不眨眼的样子,以后你要是找了小三,我多半得被蒙在鼓里。"

"那怎么可能?我要找了小三,"徐栀笑着说,"我肯定不把你蒙在鼓里,我直接把你埋到土里。"

陈路周跐了下脚,直接把人顶过来,压在怀里,手伸到她的衣服里,狠狠地、咬牙切齿地捏她的腰:"你找死是吧?你还想找谁啊?美院那男的我要不去帮你打听打听名字?一三五七我陪你,二四六你换换口味,让他陪你,怎么样?我好不好啊?"

徐栀被他抓到死穴了,天知道她多怕痒。最后她笑倒在他怀里,乐得不行:"陈路周,你真是个醋精。"

他也笑,不闹了,静静地看着她。

两个人有一会儿没说话,屋内又恢复了静谧。窗外,鹅毛大雪悄无声息地下着,徐栀听他又哼起歌,低低的,冷淡的嗓音多少带了点儿调侃的意思。

他靠在那儿笑着看她,转眼又换了首歌,明明看着挺嘚瑟,嘴里唱的却都是乱七八糟的伤心情歌。

他的声音太清澈,唱这种歌听起来就是个不折不扣的情种。

徐栀刚打开手机准备录,他不唱了。

"别停啊,我要录下来发朋友圈,让各位学姐看看,禁欲系天花板平时都是怎么泡妞的。"

他乐了,把她的手机抽掉扔到一边,莫名也爽了:"窝里横。"

已经接近午夜十二点,两个人却都没睡。陈路周穿着裤子懒洋洋地靠在床头,上身就穿了件外套,拉着拉链,里面什么都没穿。徐栀靠在一旁,一边同他说话,一边心不在焉地玩着他胸口的拉链。一不小心把拉链扯了下来,她发现了里头漂亮的胸肌线。他的胸肌平常隐没在衣服里,旁人看上去只觉得他的身材劲瘦,实际上,他穿的衬衫稍微小点儿,扣子估计就会被崩开。徐栀没头没脑地想着,手也没停下来,一边继续往下拉拉链,一边想入非非。

陈路周低头看着她,对她完全放任,只是嘴上得了便宜还卖乖,吊儿郎当地笑着:"喂,干吗呢?对男朋友耍流氓啊?"

徐栀觉得其实他各个方面都挺懂的,刚刚在浴室里,他那动作娴熟的,平时显然没少干。

徐栀有很多话想跟他说,但前一晚没睡,这会儿实在撑不住了,昏沉地闭着眼喊他:"陈娇娇。"

"嗯?"

"我知道,就算李科不找你去参加数模竞赛,你过年其实也没打算回去。"她说,"寒假比完赛回来吧,如果在庆宜你没地方可去,我们就建一个自己的家。"

她没有说"你来我家"。

这是让陈路周最意外的一点。无论谁对他说"来我家吧",他都会有一种自己被收容的感觉,被人像个皮球踢来踢去的这种感觉确实不好受,心情也很糟糕。

所以她说,我们建一个自己的家。

他俯身,在她的耳边低声说:"你一晚上想弄哭我几次?"

徐栀笑了下:"水龙头精。"又懒洋洋地补充了一句,"你知道吗?我们设计老师说我的审美有问题,说我喜欢的东西太完美。她说真正的艺术作品都是有瑕疵的,这个世界上不可能有完美的作品,完美的东西就会显得很假。很多设计师会在自己的作品里增加一些看起来不能被理解,但是能让人记住的东西,因为人都喜欢有缺憾的东西,有缺憾的东西能被人记住,比如雪地里的脚印、白狗身上的黑、窨井盖上的玫瑰,甚至似是而非的爱意。她说我给的东西太直白,作品倒是那么个作品,但是不够有嚼劲儿。你懂吗?"

陈路周是个极具艺术天分的人,当然懂,嗯了声:"懂。"

"那睡了。"徐栀倒下去,脸贴着枕头说。

她刚刚那段话的意思是:那些套路我都懂,我是一个充满灵气的设计师,我靠这点儿感觉吃饭的。尽管这样,她还是想给他明确的爱,爱情不需要这种嚼劲儿,有些东西嚼着嚼着就变味了。

很快，她又抬起头来，语气带着不可思议，不死心地跟陈路周又抱怨了一句："不过好气啊，她居然说我身上没有设计作品的灵气。"

徐栀还没明白过来，她是真的不会，也不是充满灵气的设计师。

这大概是她身上最萌的一点：她至今都不知道自己在这方面没有天赋，还自信满满地觉得"我是一个充满灵气的设计师，我不是不会，我是不屑"。

反倒是陈路周，她在这儿找补半天，他算是彻底把人看透了。她所谓的"直白、明确的爱意"，单纯只是因为她不会钓。她从来都是个直球选手，所以给的东西包括承诺，都很直白。她一直是有什么说什么，包括之前跟他说的"咱俩都先做对自己最好的决定，我们不要把未来绑在对方身上"，以及现在的"我们建一个自己的家"。

陈路周靠在床头，笑得不行，但不敢笑出声，只无声地勾着嘴角。这样的徐栀太可爱，他低头看着她还挺得意的模样，肩膀忍不住都跟着颤了两下，但又不忍心打击她。

徐栀感觉到了，睁眼看他，这会儿可能也回过味来了，不太确定地问："我真的不会吗？"

"说实话吗？"他低头，眼神无奈又满是宠溺，"我以前觉得你挺会的，但现在想想，很多时候应该是我想多了，你是真的不会。"

徐栀眼皮都懒得撩："是吗？我老师说我身上没有这种灵气，还说，'你男朋友看着就很有灵气'，她是夸你会钓吗？"

"你老师怎么会认识我？"

"路上撞见过几次，问我你是哪个系的，还以为你是美院的。"

"我比你会点儿，你这人还挺好猜的。就像之前在我家看电影时，我知道你会亲我，但我还是让你来了，懂了吗？这就是钓。你明知道对方要做什么，却不拒绝，也不直说，就给个钩子。"陈路周从床头直起身，漫不经心地把外套脱了，随手丢到一旁，赤裸着上身直接钻进被子里，枕着枕头，侧身看着她，说："之前就跟你说过，真要跟我玩，你玩不过我，我是舍不得玩你。"

徐栀："……"

陈路周低头，沉默地看了她一会儿，最后忍不住问了句："不过，为什么学建筑？你以前没说实话吧？"

"你还记得吗？你以前跟我说过，你很喜欢庆宜市的地标，你说总觉得很温暖。那是我妈设计的。但我其实很不喜欢那个地标,因为参与那个地标的设计,我妈有好几年没陪我过生日,每年寒暑假我就被送到外婆家。我外婆先天性脊柱炎,照顾自己都很吃力,根本没办法照顾我。有一次我在外婆家吃错药,命悬一线,医生说晚来半个小时可能命都没了,那次我妈也没来。我知道她忙,那时候我俩老吵架,就连我妈死之前,我们俩还大吵了一架,我妈说我不理解她,我说她也没尝试理解过我,她说如果有一天我做她的工作就能理解她了。我想,不就是个破建筑师,我做还不行吗?"她说完,眯眼,突发奇想,"要不明天开始,你钓钓我,我找找灵感。"

陈路周本来情绪一下被她带进去了,结果又被她这一句话逗笑了,想了想,看着她说:"嗯,那我明天去找外语系那个女生吃早餐?"

"我是让你钓,不是让你劈腿。"徐栀醒了大半。

陈路周笑得不行,半张脸都埋进枕头里。他也困得不行,嗓子都哑了:"钓其实就这个意思,让对方觉得你在骑驴找马,懂吗?钩子在我这儿,旁人都以为我会给他。就好像你设计出来的作品,谁看了都觉得有共鸣,那就是你们老师认为的灵气。"

一夜静谧,再无多余的声响。屋内开着空调,窗子上起了一层薄薄的水雾,月色朦胧,却瞧不清此时的夜色。

陈路周中途醒过一次,因为睡着睡着,怀里滚进来一个人。

陈路周把她拨开,结果没一会儿,人又滚进来了。女孩子脸颊酡红,睡得很安稳,大约察觉到被人推开,她闭着眼睛,不满地嘟囔了一句:"干吗不让抱?"

明明这么热,她还往他身上靠,牛皮糖精。

他仰面躺着,束手无策,无奈地拿胳膊肘搭在眼睛上,无声地在心里叫了句:真是要疯了!他的声音闷闷的:"你这样,我怎么睡啊?"

"别吵,陈路周。"她困得要死,对他的状态浑然不觉。

于是他不再动了,后半宿几乎睡一会儿醒一会儿,难熬得要命。

早上一醒,徐栀精神饱满,要跟他继续深入昨晚的话题。陈路周整个脑袋埋在枕头里,一动不动,沙哑的声音从枕头里钻出来,带着一丝无可奈何的笑意:"警告你啊,现在别碰我。"说完,他懒洋洋地补了一句,"帮我抽两张纸。"

徐栀抽了纸巾递给他,见他半天没动,她作势要去掀他的被子:"你别扭什么呢,尿床了?"

他人躲了下,侧头趴着,再次一本正经地告诫:"你要不想'抓鱼',就别碰我。"

徐栀终于后知后觉地明白他在别扭什么:"我看看,是不是升旗了?"

你懂的还真多。

话音刚落,她就被人搂了个满怀,压在身下。他的呼吸急促也重,打在她耳边,直接钻进她的耳朵,搅得她耳热眼花。

心跳瞬间如擂鼓,心脏在胸腔里七上八下地蹿着,她的手蓦然被人抓着压到身下。

"别闹,躺着就行,我自己来。"

看眼神,他显然还没睡醒,惺忪又蒙眬,整个人都倦意满满,偏偏手上动作娴熟,一副游刃有余的姿态。

…………

徐栀乖乖地躺在底下,仰面欣赏着男朋友"自给自足"时的表情和动作,眼神直白、轻松。她还好奇地问了句:"一天一次吗?"

陈路周一手撑在她的枕头边,低头看着她,难得没藏着眼里那点儿燥热,但被她没头没脑的"一闷棍"问得没忍住,扑哧笑出声:"你别问行吗?"

"我好奇行吗?"

"知道你好奇,有些事情保持点儿神秘感行吗?"

"那你快点儿行吗?"

"别催行吗?"

"行吗?"她索性学他说话。

"不行。"少年意气风发,相当有原则。

两个人左一句"行吗",右一句"行吗",试图用阴阳怪气去缓解面对欲望时的手足无措。两个人都不肯服软,咬牙较着劲儿,反而让那股青涩劲儿袒露无遗。两个人的耳朵都泛着红,被雪白的床单映衬得格外明显,宛如山林间穿过树缝隐隐露出的晨曦,比花艳,比树娇,晦涩又美好。

两个人回到学校已经是下午。路上的雪已经被人铲完了,被人压得严严实实堆成一座座小雪山,旁边堆着几个形状各异的小雪人。

徐栀想起以前在高中,有男生上课的时候把雪球塞到女生的衣服里,那女生胆子小,不敢告诉老师,就这样穿着湿衣服上了一节课,第二天就感冒了。

两个人站在寝室楼下,陆陆续续有人出来,从他们身旁走过。听她讲高中的事情讲到一半,他低头,皱眉看着她说:"没人塞到你的衣服里吧?"

"他们不敢,我是班长,塞了也会被我打,我以前很暴力的。"徐栀说。

陈路周笑了下,随手从花坛边上捧起一捧雪,慢条斯理地在掌心里团成球状,说:"看不出来。我就觉得你好像不会生气,我认识你这么久,还没见你生过气,就是那次我不让你亲,我跟你吵架,你也是一声不吭就走了。你好像习惯性把情绪藏起来或者忽略掉。"

徐栀看他在那儿团,心想,男生的手真大。

"你怎么发现的?"

"还用发现吗?"他笑了下,又捧了一捧雪,继续团,"咱俩认识也快半年了,我多少还是了解你的。你还记得咱俩第一次见面那天吗?你跟谈胥站在我楼下,他考砸了,我能听出来,你当时拼命想安慰他,但你共情能力太低,安慰不到点上。后来咱俩分手……"

"就电线杆那儿。"他清了清嗓子,纠正了一下措辞,"你多理智啊,就没看出来你有多舍不得我。那时候我以为你是真会钓。现在想想,很多时候你可能是习惯性地把一些不太好的情绪都忽略掉了。"

寝室楼下,人来来往往,目光自然没少往他俩身上扫,但两个人眼里只有彼此,目不斜视地听着对方说话。徐栀没想到他能发现这点,心里有种说不出的异样。她嗯了声,说:"也不是忽略掉。我妈走之后,家里发生了很多事。虽然我跟我妈老吵架,但她是个很优秀的人,设计奖拿了无数,在外是个风风光光的建筑师,在家里也是我们家的顶梁柱。你知道我爸是个社恐,别说跟人吵架,他连跟人正常沟通都要做好久的心理建设。但我妈不是,她属于有理走遍天下,无理就打遍天下,反正不会让自己憋屈。

"有她在,我真的挺有安全感的。我妈常说一句话:'人活着就是底气,没必要看别人的脸色。'也因为这样的性格得罪了不少人。后来她走了,留下一屁股烂摊子。天天有人上门骚扰我跟我爸,还有人抱着孩子过来让我爸养，说我妈死了，工程项目都停了，她老公拿不到工资，孩子没奶喝了。就因为我妈活着的时候接济过他们几次，拿自己的钱给他们预支工资，他们就缠上我跟我爸了。就那时候，我觉得最没用的就是情绪，你共情他们，他们不一定领情，而且生完气我还得写作业，与其这样还不如直接写作业。"

林秋蝶女士有点儿个人英雄主义，路见不平拔刀相助这种事在她身上时有发生。她也时常被人反插一刀，可她仍旧我行我素，该出手时依旧会出手。她是一个不太在乎回报的人，满腔打不散的热心肠。

陈路周突然理解了她当初为什么那么想接近他，也明白了，为什么见了他妈之后，徐栀就肯定他妈不是她妈了。

林秋蝶和连惠完全是两种人，除了声音像，其他方面完全不同。连惠小心谨慎，温柔如水，但处处利己。就算有人能整成另外一个人，性格上也不可能改变这么大。

陈路周低着头，面色凝重地思忖片刻，反手揉着雪球说："这话可能有点儿难以理解，但是我觉得，你缺少的可能就是情绪。其实，设计师设计作品时很大一部分是在消耗自己的情绪，多愁善感的人可能更能将情绪和作品融会贯通，这就是所谓的灵气。这点，朱仰起很有发言权，他有时候看见两棵树，都会替比较秃的那棵感到难过。"

徐栀瞪着一双直白的眼睛，俨然无法理解。

他笑："以后跟你讲讲他是怎么找灵感的。但是，情绪压抑久了，就跟这个雪球一样，会越滚越大，总有一天要出问题的，你不能一直这么忽略。"

陈路周默默举起手上的雪球——超大。

徐栀震惊了："你整了个地球仪？"

陈路周笑着问她："打雪仗吗？"

"你想打死我？"

"我舍得吗？"

他话是这么说，但那眼神直白的，瞅着就是有点儿不怀好意。徐栀莫名想起早上两个人在床上那幕，瞬间又热了，心怦怦地跳。

那感觉，挺难形容的，徐栀只知道，她的心很涨。

话音刚落，陈路周感觉脖子瞬间一凉，一个不知道从哪儿飞来的雪球直直从他的耳旁刮过去，不偏不倚地冲着徐栀的脑门儿砸过去。好在陈路周下意识地护了下她的头，拿胳膊挡了下，那雪球只有小半碰到了她，随即滚到她的肩上。带着树叶茬儿的雪球在她的身上砰地碎裂，扑簌簌落了她一身白色的雪霰。

陈路周一边替她掸身上的雪，一边不耐烦地回头看了眼。果然看见罪魁祸首李科站在花坛边上，脸上带着歉意，茫然地笑着，生怕陈路周找他算账："偏了……徐栀没事吧？"

陈路周嗯了声，冲他勾勾手："没事，你过来。"

李科走过去，想问问他去不去图书馆，走到半路，蓦然看见陈路周手上那个地球仪一般的雪球，骂了句，转头就跑。

陈路周那家伙还气定神闲地站在那儿悠悠地指挥他女朋友："打他。"

李科："你要不要脸啊？这玩意儿在体积上它就犯规。"

陈路周还"明火执仗"地提了个要求："你跑慢点儿，她追不上。"

李科边跑边回头，两条腿倒腾得贼快："我有病。"

陈路周优哉游哉地靠在一旁的树下，气定神闲地提醒他："科科，慢点儿，后面有雪堆。"

看徐栀追不上他，李科还故意倒退着走了两步："鬼信你……"

砰的一声巨响，一不留神，李科猝不及防地摔进雪堆里："陈路周你……"

旁边有相熟的同学从寝室楼里出来，纷纷忍俊不禁，笑着揶揄："李大状元，别找虐了！路草可是两个人！"

"路草还挺能护的。"

"徐栀要是我女朋友这谁不护着？"

"我也想和女朋友打雪仗。"

"别想了，你能和爱因斯坦打雪仗，都找不到女朋友打雪仗。"

"滚。"

…………

有人起了头，慢慢地，楼下打雪仗的人越来越多。雪花在空中纷纷扬扬，舞作一团，天地间白茫茫一片，已经瞧不清人脸，谁路过都毫不留情地抓两把雪团一团扔出去，四处充斥着追逐、笑闹、推搡声。

外面人声鼎沸，寝室楼里的人也按捺不住，提上裤子就冲下楼。

"干吗呢?"

"陈路周、李科他们在外面打雪仗。走,打雪仗去。"

就几句话,感染力超强。少年之所以为少年,是因为他们身上永远有一股"坐而论道不如起而行之"的行动力和感染力,想到便去做,管什么对错,是理想主义的少年,也是诗酒趁年华的少年。

陈路周是这样的少年,李科也是这样的少年,徐栀更是,在场的所有少年都是。

十八九岁的少年都应当是。

徐栀心想,还好有他在。

陈路周叹了口气,走过去把李科拉起来:"我提醒你了。"

李科这会儿人陷在雪堆里面,看到他主动伸手,放心地把手递给他。

陈路周:"徐栀,打他。"

"……"

李科下意识地要甩开他,但怎么都甩不脱,那家伙力气真大。

"陈路周你是不是人?"

陈路周这人就是这样,自己受点儿委屈没事,但要是身边的人跟着吃了亏,他必定以牙还牙。李科以前见识过他是怎么护他弟的。

但李科预想中的雪球巨无霸攻击没有落下来。

李科茫然地看着一旁抱着大雪球一动不动的徐栀。陈路周牢牢拽着他的手。他忍无可忍,正想说"你们两口子能不能给我个干脆",徐栀却一本正经地看着陈路周说:"你为什么叫他'科科',叫我'徐栀'?"

陈路周:"……"

李科:"……"

自那之后,李科每次找陈路周商量数模竞赛的事情,都会不阴不阳地来一句:"你单独跟我去图书馆,你女朋友会不会不高兴啊?"

陈路周看他的表情十分欠揍,也不阴不阳地回了句:"会啊,要不咱俩各自组队?"

那会儿正是数模竞赛自由组队时间,李科知道很多人找陈路周。因为数模竞赛一般由三个人组队,加一位指导老师,队员可以是不同专业的学生,一般也是找不同专业的人组队,因为分工明确,各司其职。队员并不一定需要具备非常专业的数学知识，虽然数模竞赛涉及各个领域的模型运用，计算量庞大，但只要有一定的高数基础就可以参加。像美赛，后期就得有人负责数据整合、写论文和英文翻译，这块的工作比较繁杂，工作量挺大的。陈路周英语好，高中的时候，班里的竞赛听力题都是他帮老师录的。李科倒不是想偷懒，他的英语也好，主要他和陈路周都是蒋常伟的得意门生，两个人合作的优势在于有这么多年竞赛刷题的默契，不需要再磨合了。

两个人当时正走在通往图书馆的路上，李科抱着书，言归正传："老蒋昨天还给我打电话了。"

"说什么？"陈路周手插兜走着。

"就瞎聊呗。估计又跟师母吵架了，找出气筒呢，"李科叹了口气说，"莫名其妙训了我一通，说山外有山，强中自有强中手，让咱俩悠着点儿，别倒他的牌子，我都没敢告诉他你谈恋爱了。"

"早晚要知道的，"陈路周笑了下，"寒假比完赛回去，估计就知道了。"

李科一愣，脚步不自觉地慢下来："你又决定回去了？不是说不回去了吗？"

"不一样，我现在有家室啊。"

"我没家室？"李科白了他一眼，"我妈一天打八百个电话，说我过年不回去就跟我断绝关系。"

陈路周拿手嘚瑟地钩了下李科的肩，往他耳边一凑，吊儿郎当地说："你一个省状元，懂不懂家室的意思？"

呸。李科拿眼不冷不热地屯他："那你知道你那位家室期中考试微积分几分？"

这他还真没来得及问。

"几分？"

"你都没问？"

陈路周把手拿下来，揣回兜里，叹了口气说："我最近跟她都在聊别的。我才知道她压根儿不是因为喜欢建筑才去学的，而是因为对她妈耿耿于怀，完全就是在赌气。"陈路周把她妈的事情言简意赅地解释了一下。

李科听完，神色也挺凝重，说："你不劝劝她转专业？现在才大一，还来得及。"

"那不行，徐栀这人也挺骄傲的，谁都能劝，就我不能劝，我怕她怀疑自己。"

两个人不紧不慢地走到图书馆门口，宁静致远的氛围瞬间扑面而来，尤其是雪天，蔫了吧唧的草都低着头，安安静静地没在雪地里，两个人的声音也不自觉地低了下去。陈路周摇摇头，说："而且，也不是这个问题。你不要小看她，她能从睿军考出来，身上多少有点儿韧劲儿，只是共情能力比较低。但这种性格也有好处，就是不会被别人影响。"

李科神秘兮兮地笑了下。

"你什么意思？"

李科拍了拍他的肩，意味深长地说："担心她？还是担心担心你自己吧。人家微积分考了满分，建筑系就她一个满分。你说咋回事？是你的吸引力不够？人家谈恋爱一点儿都没受影响。倒是你，精力是不如从前了吧？你有点儿菜啊。"

徐栀那几天难得梦见林秋蝶女士——高三之后，她就再也没梦见过林秋蝶了。梦里似乎在下雨，可徐栀抬头，见天是亮的。

梦境是毫无逻辑的，可梦里林秋蝶女士说的话还是很有逻辑的，铿锵有力，仿佛每个字都在剖徐栀的心。徐栀感觉自己像一只烤鸭，正在被人片肉。

林秋蝶身后白茫茫一片，宛如人间仙境。徐栀瞧不太清楚林秋蝶的脸，但觉得，她在那边应该挺开心的。她说："你从来都不体谅妈妈。"

她身后那个世界祥和得令人神往。徐栀觉得自己是不是打扰到她了，声音不自觉地降低："我在试着体谅你。"

林秋蝶并不领情，声音清晰："是吗？小时候让你画个鸡蛋，你都哭哭啼啼，画不完整。不要浪费时间了，徐栀，你没有这方面的天赋，你也不适合学建筑。我送过你模型，你当时把它摔得稀巴烂。你说你最讨厌的就是房子。"

徐栀说："那次是你爽约，我才说气话。"

林秋蝶："徐栀，你能懂事吗？"

徐栀眼眶一热，可眼泪怎么也下不来："那你要我怎么样？跟你一样去死是吗？"

林秋蝶还笑她："你看你连哭都哭不出来。你想想，你有多久没哭了？你小时候多爱哭啊，月亮不圆你都能哭，花长得不好你也会难过。"

大约因为是梦境，徐栀嘴里没头没尾地蹦出来一句："那是朱仰起吧。"

林秋蝶："那是谁？"

徐栀："我男朋友的好朋友。"

林秋蝶冷着脸呵斥她，宛如小时候发现她偷吃糖果："你才十九岁，交什么男朋友？赶紧给我分手！"

徐栀："你管我呢。"

林秋蝶不再说话，身影越来越模糊，半晌，她又说了一句："往前走，徐栀。"

徐栀："我想见你。"

林秋蝶："大胆往前走。"

后来，林秋蝶变成了"复读机"。"大胆往前走"这句话一直在徐栀耳边嗡嗡作响，她无论怎么绕都绕不开，仿佛真的有人趴在她耳边说话，真实得令她发慌。于是徐栀惊醒了，一睁眼。

原来是许巩祝的手机闹铃叫得地动山摇——

"妹妹你大胆地往前走啊……大胆地往前走啊！"

徐栀："……"

寝室其余三个人都被吵醒了，只有许巩祝丝毫不受影响，酣然大睡。

刘意丝半梦半醒间随手抽了个枕头砸过去，声嘶力竭地喊道："许巩祝！你的闹铃又调错了！"

许巩祝蓦然被砸醒，一脸蒙，听见声响才反应过来，连滚带爬地下床去拿手机："对不起对不起，我午睡前调错了。"

铃声戛然而止，寝室里顿时恢复了寂静，徐栀却睡不着了，摸出枕头下的手机，发现才凌晨两点。

那阵陈路周跟李科在准备数模竞赛。李科还拉了一个计算机系的哥们儿。他俩虽然也会一点儿基础编程，但李科觉得这事还是得找专业的，不知道用什么方法拐骗了一个。那哥们儿话不多，很沉默，半天蹦不出几个字，跟他沟通贼费劲，好在人不错，就是比较腼腆。陈路周和李科这俩话痨在那儿唠半天，他就默默地低着头写程序。因为沟通实在费劲，他们仨时常搞到半夜，团队默契全无。

李科在学术上容易钻牛角尖。陈路周脾气好，一般不会跟他吵，而这个哥们儿虽然话不多,但很执拗,和李科两个人经常讨论着讨论着声音就高了。

"说个简单的模型——森林救火,在限定的时间内,派出多少消防员合适?火灾发生的时间设为t,救火为t_1,灭火时刻为t_2……火势蔓延速度系数β,是线性化……"

"灭火速度得比火势快吧。"

"你这不是废话?"

"那得算面积。"

"我这不是在算吗?你急什么急?这不就是一个函数求极值的问题。你要这么说,咱还得考虑树木分布均匀不均匀,有没有风,树上是不是还有鸟。"

那哥们儿又回了句:"那你这样,还得考虑树林里有没有国家一级保护动物。"

陈路周靠在椅子上,无语地仰了下头。他刚洗完澡,脖子上挂着一条毛巾,这时懒洋洋地叹了口气:"两点了,你俩能不能好好沟通?不做常量变化,就按树木分布均匀,无风,树上没有鸟,树林里也没有国家一级保护动物……算了,拿来,我来算,我都困了。"

李科:"我都算好了。"

正巧,那会儿,陈路周的手机一振。

Rain cats and dogs:有个不情之请。

Cr:还没睡?

Cr:想我?

Rain cats and dogs:睡醒了……陈路周,你能弄哭我吗?

Cr:你做春梦了?

Rain cats and dogs:不是,梦见我妈了,想哭,但哭不出来。

陈路周当即从椅子上站起来:"你们先算。"

李科一愣,抬头瞧他:"干吗?这么严肃干吗?你不困了?"

旁边的哥们儿也是一愣。陈路周的脾气比李科好很多,虽然看着挺傲慢,但打球或者闲聊的时候,他靠在那儿,嘴角都是翘着的,表情不冷寞,旁人也不会觉得他严肃。

"徐栀做噩梦了,我去哄两句,你们先算。"陈路周起身,拿起手机走出去。

陈路周人靠着栏杆，一只手揣在兜里，脖子上还挂着一条灰色毛巾，头发早已被风干，又被深夜里张牙舞爪的刺骨朔风抓乱。他身上就穿了件黑色圆领卫衣，外套都没穿，地白风寒，冷白皮衬得他整个人在清寒的夜风里仿佛没有温度，比那皑皑白雪还苍白。

李科看着都替他冷，正要说"你要不要回寝室把外套穿上"，只见他跟那边的人温柔地低声说了两句，抬头瞥了他俩一眼，然后举着电话直起身，默不作声地过来把阳台的推拉门给拉上。

三个人在计算机系的寝室。这哥们儿住的正好是二人寝，他室友睡得也晚，李科怕打扰自己寝室的人，就借了他的寝室。

李科翻了个白眼，一脸习以为常的表情，怕旁边的哥们儿接受不了这样的狗粮暴击。他劝了一句："没事，他除了太宠他女朋友之外，没什么毛病。"

哥们儿倒是丝毫不介意，看着陈路周靠在栏杆上的清冷身影，说："挺好的，男人中的典范了，我得多多跟他学习，还挺有安全感的。"

李科笑了下："学个屁，单身狗还是好好写程序吧。"

哥们儿："谁说我是单身狗？"

李科的瞳孔瞬间放大，笔都掉了："你不是单身狗？"

哥们儿这么早谈恋爱本来有点儿不太好意思，但这会儿莫名为跟陈路周是同类感到骄傲，如实相告："不是啊，我在老家有个女朋友，高中毕业就在一起了，她在你们那儿的庆大读书。"

李科瞠目结舌地看着他。

"你又没问。"

李科顿时骂了句"我呸！"，还把笔捡起来又狠狠地摔了下。

阳台上。

她的声音闷闷的，窝在被子里，难得带着一点儿刚睡醒的慵懒和低哑。陈路周听得心软，又怕她不方便说话，低声问了句："要不挂了，发微信？我陪你聊会儿。"

徐枙舍不得挂，齆声齆气地说："想听你的声音，感觉电话里你的声音好像和平时不一样。"

"哪里不一样？"

"电话里更有感觉。"

她说不出来是什么感觉，就觉得很有磁性，尤其是他熬夜之后，声音有点儿沙哑，像午夜电台里稳重的男声，让人很有安全感。

他笑了下："要不改网恋？"

徐栀也微微一笑，揉了揉眼睛，说："不要。我妈刚还说让咱俩分手呢。"

陈路周："真的假的？"

"真的。"徐栀说，"我想着要不要烧一张你的照片给她，但是，翻了半天手机，我居然没有你的照片。"

"明天给你拍。"他笑出声，声音干脆，"要不你给我你妈的照片，我争取这几天晚上梦到她。"

"陈路周，你变态啊，哪有人想梦见别人妈妈的？"

他一愣，倚在栏杆上，含冤负屈一般，眼睛无奈地往别处一瞥，觉得自己有泼天冤枉要伸："哪儿变态了？你想什么呢？烧照片更变态好吗？"

两个人最后都没忍住，扑哧笑出声。弯月如钩，少年心里纯粹的爱意比雪还白，比花蜜还甜。

静了一会儿，两个人都没说话。阳台上的风越刮越大，陈路周另一只手从兜里拿出来，捂住了话筒，怕被她听见风声，白皙的手分明都被冻红了。

他仍是安静地陪着她。

"陈路周。"那边的人叫了声。

"嗯？"

"我很想她，"徐栀说，"我们之间有很多误会没有解开。我爸说我妈死之前给我留了一封信，可是，那封信被外婆不小心混在我妈的脏衣服里给烧掉了。很多时候，我跟她其实可以好好说话的，但是我爸说我们两个人的性格太像了，正儿八经说不到三句话就能吵起来，吵着吵着就互相攻击。我还记得小学的时候，老师给我们留了个作业，让我们回家给妈妈洗一次脚，然后我就发现我妈脚后跟上都是老茧。那时候我还不懂事地说她一点儿不会保养，别人妈妈的脚指头上都是漂漂亮亮的美甲。然后我妈就说：'等你以后穿上我的鞋，走我的路，你再跟我说这句话。'"

"你妈妈很爱你啊，不爱你的妈妈会说，'那你从我家滚出去'。"他说。

徐栀："你是不是被你妈这么讽刺过？"

陈路周低头，无奈地笑笑："偶尔，我已经记不太清了。不过，想哭是好事，人有时候得把情绪发泄出来，你不能老这么憋着。"

徐栀："那你帮帮我。"

陈路周低低地嗯了声："好。你先睡，我想想办法。实在不行，我只能打你一顿。"

徐栀沉默半晌。

他以为吓到她了："别怕，陈路周哥哥不家暴。"

他本来以为会被戏谑，却听那边的人齇声齇气地说："想抱抱。"

今晚的徐栀格外黏人，或许是真难过了，一阵阵撒娇让陈路周忍不住心软，心里好像有个鼓鼓的气球，人像踩在云端。

他心里也痒，手忍不住抓了把头发。热恋期真挺磨人，一会儿不见，他就想她了。

陈路周又低低地哄了两句："我等你睡了再挂？"

徐栀迟迟不肯挂，但最后，还是忍着心里那点儿不舍，说："睡了，挂吧，我刚看到李科的朋友圈了，你们今晚估计还得熬大夜。"

风呼呼地刮着，雪纷纷扬扬地下着，陈路周的手指已经冻麻了，回头看了眼屋内，那两个人还在奋笔疾书，嘴里不知道在说什么，估计又吵起来了。陈路周压下心里那点儿负罪感，想着等李科以后谈恋爱了，自己帮他写毕业论文都行。

"再陪你会儿，难得今晚这么黏人。"

这一哄就又哄了半个小时，哄完两个人又低声聊了会儿。

等陈路周进屋时，草稿纸上龙飞凤舞，数学公式写得满满当当。

陈路周把剩下的步骤算完。李科困得目光涣散，凌晨三点时趴在桌上睡着了。计算机系那哥们儿叫王跃，显然是个熬夜高手，目光清明，又跟陈路周探讨了几个关于常量化的问题。两个人也没叫醒李科，自顾自地讨论。其实王跃脾气还行，话也不多，就是有时候喜欢钻牛角尖，正巧李科也喜欢钻牛角尖，两个人在一起就针尖对麦芒。陈路周性格百搭，谁跟他都挺和谐的。

陈路周刚从外面进来时，一身寒霜，嘴里呵着白气，两手冻得通红。王跃还挺细心地把手上的暖手宝递给他。

陈路周接过，说了声"谢谢"。

"你人比较好，要是李科我才不给他呢。"

陈路周笑了下，看了眼睡得正香的李科，拿过他面前算了一半的稿纸，把剩下的步骤补上："他人也挺好的，就是有时候喜欢抬杠，你别搭理他就行了。他以前在我们学校都是考第一，来到这里，发现大家都差不多，就拼命想证明自己，不然也不会拉着我大一就去参加美赛了。"

确实，大一一般都以准备明年九月的国赛为主，甚至有些学校要求组队的学生必须参加过国赛才能参加美赛。虽然他们学校没这个要求，但也有不少人在准备。李科一看竞争对手们都磨刀霍霍，那颗争强好胜的心便蠢蠢欲动，再也坐不住了。

这些陈路周都知道，但他一般看破不说破。其实，以他目前的情况，他本来不打算参加比赛，毕竟下学期还要申请转专业，要忙的事情太多。

王跃一开始对陈路周有印象，是因为他是校草，学校里讨论他的人很多。李科拉王跃进组的时候，他还不太愿，觉得自己跟帅哥有壁，聊不到一块儿去，后来发现，陈路周比李科好说话多了。

王跃问："李科不是说你才是他们学校的第一吗？你俩到底谁第一？"

"你就当我俩商业互吹吧，有时候他第一，有时候我第一。"陈路周正在计算森林火灾造成的损失，一边说，一边时不时抬头扫一眼桌上的手机。

王跃觉得陈路周身上有一种让人很难形容的自信，性格真的挺吸引人的，难怪李科一直跟他说，"陈路周是一个你交了这辈子都不会后悔的朋友"。

王跃看陈路周有点儿心不在焉："担心你女朋友啊？"

陈路周头也不抬，唰唰地算着，嗯了声："有点儿，不知道她睡着没有。"

"那今天就到这儿？其实，还是要考虑一开始的火势问题。现在我们是在相对理想化的森林环境和火势下进行计算的，这种建模其实没多大意义，毕竟森林火灾真正发生时的情形千奇百怪，之前说的那个森林里有保护动物也是问题之一。"

陈路周把最后两项费用算完，放下笔，人往后仰，看着天花板，感觉筋疲力尽，喉结滚动了一下。他翘着凳脚，懒洋洋地晃了晃，把暖手宝还给王跃，一边收拾东西一边同他说："所以得算森林损失和救援费用。我们研究这个主要就是提供个对比数据，要不怎么说实践是检验真理的唯一标准呢？资料给我吧，明天上午没课，我去图书馆把论文结构先弄出来。"

王跃这会儿才觉得自己来对组了,跟着陈路周真的能省不少事:"对了,有个事得跟你说下,美赛得有一个指导老师,毕竟第一次参加比赛,很多流程我们都不太清楚。我问了其他几个组,大部分组都挂靠在那几个教授、讲师名下。"

"哪几个?"陈路周问。

"带比赛就那几个有名的,热门教授底下的队伍肯定很多。有个教授名下已经挂了四十几个组了,少的也有二十几个组。那些组现在到处叫苦,因为教授肯定是指导不过来的,有时候一封邮件发过去,一周都没有回复,大多数就是挂个名字。因为学生获奖,教授、讲师也有奖金拿,所以他们广撒网。我们找过去,他们肯定也收的。"

"其实一般都是教授挑人,有些教授看见有获奖潜力的学生,会直接提前抢人,抢的一般都是自己以前带过的学生。他们大一的学生主动找教授指导,相对来说,就有点儿像瞎猫撞死耗子。"

陈路周把凳子轻轻放平,然后把电脑关上,没说话。

王跃说:"我和李科商量了一下,既然打算参加比赛,我们就是冲着拿奖去的。"

听这话,陈路周知道他们心里已经有人选了。他问:"你们想找谁?"

"物理系一个讲师,他对学生很负责。我们不知道你是不是更愿意挂在教授名下,毕竟跟教授混熟了以后保研的机会也大,所以我们还没去找他。"

"行,你们定。"

相比数模,陈路周觉得弄哭女朋友这件事情更让他头痛。

为此,他还咨询了一下恋爱经验没那么丰富但是弄哭女孩子经验丰富的朱仰起。

朱仰起当即义愤填膺地甩给他一句:"渣男!你这么快就变心了?"

陈路周解释了半天,朱仰起油盐不进:

"渣男!"

"狗东西!"

"大猪蹄子!"

"渣男!渣男!呸!"

陈路周:"……"

陈路周最后决定带她去看电影。他定了个私人包厢，选了一部谁看谁流泪的《忠犬八公》。

但徐栀是铁人，看完默默地瞥他一眼："完了？"

两个人当时坐在电影包厢的沙发上，昏暗的画面光幽幽地照在他的脸上，勾勒出他笔挺的鼻梁、深陷的眼窝。

陈路周没看她，眼睛笔直地盯着屏幕，流畅清晰的下颌线看起来冷漠无情，比屠宰场的屠夫还有手起刀落的无情劲儿。

他的腮帮子微微动了动，看上去浑身都在使劲儿，手下意识地捏着运动裤，拽紧又松开，眉微微皱了下，上面仿佛倔强地刻着一行字——"我没哭""你别看我""我死都不会哭""我很无情"。

直到那幕画面再次出现：下着鹅毛大雪，狗狗孤独执着地等在风雪交加的车站，丝毫没有离去的意思，年复一年……尤其是那段对话："外公是在哪里找到小八的？""其实是小八找到你外公的。"陈路周再也绷不住了，吸了两口气，也没能将胸腔里那阵酸涩给压下去，只能仰起头，喉结压抑不住地上下滑动着，脆弱感让人心疼。

最后，那眼泪便无措地顺着脸颊流下来。他不自觉地抹了一下，眼泪瞬间又涌出来，最后，眼泪越抹越多……

徐栀默默地从包里摸出最后一张纸巾递过去，一边替他擦眼泪，一边心疼又小声地哄着说：

"别哭了，陈娇娇，你哭完我一包纸了。"

徐栀真的不会哄人，一边用纸巾轻轻地在他脸上擦，一边哄小孩儿似的干巴巴地说："都是假的，别哭了，电影而已。"

陈路周仰着脸靠在沙发上，无措又尴尬地看着天花板，任由她为他擦眼泪。静默半晌，他破涕为笑，声音带着浓重的鼻音，厚重又沙哑："你真不会哄人。我知道是假的，但还是很难受。"

徐栀静默了一瞬。

他叹了口气，靠在沙发上，把人搂过来，脑袋就那么仰着，微微侧过脸，湿漉漉的眼睛看着她，又明亮又委屈。他想了半天，说："电影的魅力大概就在于，谁都知道是假的，但谁都愿意相信小八对主人忠诚而坚定的爱是真的。朱仰起以前给我推过好几次这个片子，我都不敢看。因为他说他和冯觐看一次哭一次，两个人抱头痛哭。朱仰起为此养了一条狗，叫七公。为这事，他还被他爹揍了一顿，因为他太姥爷就叫七公。"

徐栀笑了下，把纸往旁边一丢，然后窝到他怀里。两个人都穿着羽绒服，中间蓬蓬松松的，身子骨怎么都贴不到一起。于是，她使劲儿往他身上靠了靠，试图将中间的空气给挤出去，让她能贴上他结实硬朗的胸膛，从而找到那抹熟悉的安全感。

然后她仰头在他的下巴上轻轻吮了下。陈路周不知道在想什么，见她有了动作，也微微一低头，自然而然地凑上去，同她贴了下嘴唇。

徐栀又凑上去亲了一下。

陈路周一手搂住她的肩，指尖若有似无地轻轻捏着她单薄的耳垂，低头看着她，嗓子干涩，眼睛里的红潮散去，仿佛有了别的情绪。那种情绪不由自主地渐渐加深。他低头回亲了她一下。亲完，他意犹未尽地看着她，眉梢微挑，往原本就暗火涌动的空气里又添了一把火。

情绪早已在空气中转变，两个人原本毫无杂念的眼睛里渐渐只剩下对方模糊的影子。视线迷离，他们却一动不动地盯着对方。

气氛彻底静下来，包间内光线昏暗，银幕上还滚动着演员名单，画面幽暗。银幕的光落在两个人的脸上，晦暗，隐秘，衬得他俩像一对偷情的小情侣。

安静的包间里，你一下，我一下，两个人跟玩似的，毫无章法地调情。

亲来亲去，接吻声越来越密，也越来越重，两个人就再分不开了。

画面已经自动跳转到下一部电影，千篇一律的龙标音乐刚响起，就被人戛然掐断。

包厢里再无多余声响，就剩下些荒唐的、令人面红耳热的接吻声和羽绒服面料轻轻摩擦发出的窸窸窣窣的声响。

两个人闭着眼深吻，毫无保留地吞咽着彼此的气息，嘴唇规律地张合着，咬着彼此的舌尖。

陈路周把手上的遥控器一丢，把人抱上来，骨节分明的手从她的背后一路摸上去。徐栀跨坐在他身上，呼吸急促，头皮发紧。

"你摸什么呢？"

"你说摸什么？你还记得暑假最后那个晚上在我的床上跟我说过什么吗？"两个人的声音轻得几乎只剩下气声。

"我说什么了？"徐栀想不起来了。

"你说：'陈路周哥哥，摸摸我。'"他笑得不行，自己都不好意思了，忍不住捏她的脸，"这种话你是怎么说出口的？"

那时候是陈路周太克制了，接吻也是冷冷淡淡的。徐栀不服啊，那时候也无所顾忌，什么话都敢往外蹦，因为知道这段感情不长久，就上网百度了各种套路和法子，说了不少荤话。其实她还说过更荤的，但当时的陈路周都不为所动。

真谈了恋爱，她发现女孩子还是要矜持一点儿。

"说过的话不认？"陈路周在她的腰上捏了下。

"没不认，我忘了。"

"你当时真就是玩我。"

"你不是也玩我？"

"我从头到尾就没玩过你好吗？你问问朱仰起，就暑假那阵，我跟他出去吃饭，有人问我要微信号，我都说我不是单身。"

"漂亮吗？"徐栀又抓住重点了。

陈路周似笑非笑地看着她："比你漂亮点儿吧。"

徐栀哦了声："那你怎么没给啊？"

"你怎么知道我没给啊？"他笑。

"陈路周。"

"不逗你了。"他吊儿郎当地把搭在沙发背上的胳膊收回来，说，"健身房一大哥，问我要不要去办卡，说单身打八折。"

…………

等耳鬓厮磨够了，徐栀一边整理衣服，扣上扣子，一边转头看了他一眼。陈路周靠在那儿，有些失神，不知道在想什么。徐栀摸了摸他的脸，发现脸颊是干的。他早就不哭了。但亲了这么久，他的脸颊还是冷冰冰的，摸着没什么温度。徐栀用手给他焐着，煎蛋似的手心、手背来回翻面地贴，想给他焐热："要不再待一会儿，出去我怕你感冒。"

陈路周抬起她的下巴，低头，攫住她的视线，深深地、牢牢地盯着她："有件事情一直想跟你说。"

"什么事？"徐栀的手还捧着他的脸。

陈路周一只手抓下捧着自己脸的手，放在胸口，毫不客气地捏着。感觉嗓子干涩,他咳了声,才正儿八经地说:"你跟你爸说了我们的事吗?"

徐栀:"还没。"

他嗯了声,靠着沙发,一边玩着她的手,一边说:"我来之前其实见过你爸,在你们小区楼下,陪他喝过几次酒。他是不是没告诉你?"

徐栀略微惊讶地看着他。开学那么久,老徐从没跟她提过这事。

"他没说。"

"我猜到他没说了。"

徐栀一愣,想到什么,问:"不过你怎么会去我小区?等我?陈路周,你大情种啊,还真是招惹不得。"

"你招都招了。"他笑着说,"不过,别想太多,我就是在你们小区附近租了个房子,凑巧而已,真不是故意的。我倒不想跟你住太近,毕竟老碰见你爸也尴尬。"他又不是变态跟踪狂。

"那你还租那儿的房子。"

"我是被房东忽悠了。而且,那时候身上的钱不多,也就够在你们小区附近租个房子的,你又不是不知道庆宜的房价多贵。"看来他是真急了,声音都忍不住提高了。

"然后呢?你跟我爸聊什么了?"

"他挺怕我的。"陈路周将一只手搁在沙发背上,娓娓道来,"我说不上来那个感觉,好像担心我抢了他的女儿,一直跟我说其实不希望你太早谈恋爱,因为他知道男人没一个好东西。我也没办法把我的心掏出来给他看,跟他说我是个好东西。说实话,我那时候挺不理解他的,为什么一个大男人会这么依赖自己的女儿?后来,你跟我说了你妈的事情,我大概能理解他了——他可能真的只有你了。"

徐栀叹了口气:"所以,我一直没跟他说,本来想寒假回去再告诉他的。"

陈路周想了想,另一只手轻一下重一下地捏着她的耳垂,说:"先别说。你走了之后,他的情绪好像不太好,你知道你爸那几天一直在吃药吗?"

"什么药?抗抑郁的药?他断药很久了。"

"有一天我在小区楼下碰见他,看见他手里拿着一袋药,我没看清楚药品名字,但是看见药袋子是二院的。我以为你知道。"

二院是庆宜市著名的精神病院,精神科疾病都在那边看。

晚上十一点,徐栀回到寝室,给老徐拨了个电话过去。前面两个电话老徐没接,徐栀锲而不舍地拨了第三个电话过去,结果是一个女人接的。对方的声音很陌生,有片刻的迟疑和试探,问她:"是徐医生的女儿吗?"

这大半夜的,老徐可是个古板的老实人。徐栀的心微微一沉,心情那叫一个复杂,但还是礼貌地询问了句:"您是……?"

那边的人沉默了片刻,说:"是这样,我是徐医生的护工。他最近身体不太舒服,住院了,刚刚下楼溜达去了。我看你一直打好像有急事,就帮他接了一下。"

徐栀的气刚松一半,又吸回去了,太阳穴剧烈地跳着:"他住院了?哪里不舒服?怎么都没跟我说呢?"

"啊,你别担心,不是什么大事。"对方说,"前几天医院来了个患者闹事,出了点儿小意外,你爸有点儿轻微脑震荡,没什么大碍,蔡院长让他住院观察一下。"

徐栀更急了:"他被人打了?"

"不是,你爸是去劝架的,不过当时阿姨刚拖完地,他太着急,刚出科室的门就滑倒了。你爸有点儿胖,摔在地上后一动不动,闹事的人刚好在边上,还以为是自己情绪太激动不小心捅到人了,立马跑了。蔡院长还给他颁了个见义勇为奖,他现在下楼领奖状去了。"

徐栀:"……"

话是这么说,等徐光霁领到奖状,才看到蔡宾鸿让人写的几个大字——"见义勇为未遂奖"。

徐光霁当即就不高兴了,脑袋上还裹着纱布,手臂上还打着石膏,笨拙地把奖状拍在桌上:"我就一个问题,奖金一样吗?"

蔡宾鸿乐呵呵地喝着茶,闻言,吝啬地把茶叶末子唾回杯子里,一脸的春风得意劲儿:"说什么呢,未遂有什么奖金?发你个奖状以资鼓励。"

徐光霁气得不行,但还是默默地把老蔡给他泡的茶喝了,把奖状收起来。这也算是他碌碌无为的人生里获得的第一张奖状,等徐栀回来给她好好看看。

"抠门儿精,"徐光霁说,"没见过像你这么抠门儿的。我的手都摔骨折了,医药费给我报销。"

"报报报。"蔡宾鸿跷着二郎腿,乐不可支,突然想起来什么,说,"你跟徐栀说了没啊?"

"说什么?"

"你和韦主任的事啊。徐栀现在在外地上学,等寒假回来,总会知道的。你给她透个口风,不然她一时肯定接受不了。"

"我暂时还不考虑,韦主任也是这个意思。至少等徐栀结了婚,有了自己的家庭以后,我再考虑这件事情,不然我怕她心里难受。"

徐光霁主要还是觉得徐栀现在还小,对男女之间的事情可能想得比较纯粹。他这会儿考虑韦主任的事情,徐栀肯定会觉得自己被抛弃了。

等徐光霁回到病房,才知道徐栀给他来过电话。

韦主任坐在病床上,把电话递给他:"她挺急的,打了两三个,我就帮你接了。你女儿挺为你着急的,所以我就没跟她说你骨折的事情。"又补了一句,"我说我是你的护工。"

徐光霁满怀歉意地看着她,心里有些疼,也不知道怎么跟她解释,只好一鞠躬,说:"对不起,韦主任,我可能要辜负你的心意了。"

韦主任大大方方地笑了起来:"徐医生,我发现你这人挺有意思的。你是怕你女儿接受不了,我理解。你们家的事情我也清楚,徐栀是个聪明孩子,我挺喜欢她的。我儿子才上高中,我也没打算这么快就重组家庭,先这么处着吧,算是搭个伴儿,等俩孩子的工作、家庭都稳定了,我们再说我们的事情也来得及。"

徐栀洗完澡,刚躺上床,就给陈路周打了个电话过去,结果是李科接的。

临近熄灯,女生宿舍这边已经一片安静,只有窸窸窣窣的放脸盆和牙刷的声音。电话那边的男寝依旧嘈杂,话筒里充斥着嬉皮笑脸的打闹声,一点儿没女生的自觉,充满了叛逆和野性。

徐栀:"你俩今晚又熬夜?陈路周呢?"

李科不知道在笑什么:"等会儿去弄建模报告。不过怕你吃醋,我跟你说一下,我不随便接他电话的,是陈路周问我'是谁',我说是你打的,他让我接的。他人在厕所。"

徐栀直白地说:"蹲坑吗?"

李科:"不是,他在洗澡,估计这会儿心态崩了,洗了快一个小时了。"

徐栀:"你又欺负他?"

李科连连叫屈:"不是我,是朱仰起。刚朱仰起给他打电话,跟他说,《忠犬八公的故事》是根据真实事件改编的,原型是日本的一条秋田犬,他的心态就崩了。"

唉,陈娇娇。

"朱仰起有病啊,我哄了好久才哄好的。"

徐栀挂了电话,等他洗完澡等得百无聊赖之际,难得去翻了翻他的朋友圈。他朋友圈的背景还是那座冷冰冰的天鹅堡。来A大之后,陈路周好像就没有发过朋友圈,一条都没有。徐栀意兴阑珊,正准备退出的时候,就发现他微信头像下面的简介好像变长了。她记得原来好像是——

An endless road(一条没有止境的路).

现在,这句话下面又多了一行——

Rain cats and dogs, she said she would always love me.

手机微微一振,有微信进来,徐栀从朋友圈退出去。

Cr:给你爸打电话了?

徐栀:嗯,不过是护工接的,我爸住院了。不过没什么事,就轻微脑震荡。

Cr:那你寒假早点儿回去陪陪他。

徐栀:那至少有一个月见不到你了。怎么办?还没走就开始想你了。

Cr:少来,想我想出个微积分满分,现在你嘴里的鬼话我一句都不信。

徐栀笑了下,把他的微信简介截图发给他。

徐栀:这是什么意思?

过了一会儿,陈路周回过来一条,也是一张截图,是他俩的聊天截图。徐栀找了半天没发现猫腻,最后才瞥到最上头她的备注名——

Rain cats and dogs.

Cr:想起钓我的时候说过的鬼话了吗?

第十六章

你可以相信你男朋友

徐栀想起自己当初给他留的那张字条——

希望在未来没有我的日子里,你的世界仍然熠熠生辉,鲜花和掌声源源不断,只要庆宜的雨还在下,小狗还在摇尾巴,就永远还有人爱你。

他翻译成——

Rain cats and dogs, she said she would always love me.

雨有了,狗也有了。

徐栀:怎么理解?

半晌,那边的人回过来一条消息。

Cr:我在大雨中捡到一条淋湿的小狗,它说爱我。

徐栀:那不应该是 a dog in the rain ?

Cr:缺心眼儿,男朋友把你备注成狗有意思?

Cr:那就是句俚语,当时看到你那张字条的时候觉得还挺合适,没想太多。

那会儿耳机里正循环播放陈路周哼过的那首《盐》,徐栀就把他的备注名改成了 Salt。

徐栀:陈路周。

Salt:有事?

徐栀：旁边有人吗？

Salt：没有，不过准备去下李科寝室，怎么了？

徐栀：刚洗澡的时候，发现胸口有点儿红。

Salt：起皮疹了？明天带你上医院看看？

陈路周那会儿正抱着电脑从寝室出去，发完这条就不走了，人靠在走廊的窗口，用手机查了下附近的医院。

徐栀：你抓的。

Salt：我都没用力。

徐栀：但就是红了。

半晌，那边的人才回。

Salt：要不，咱挂个乳腺科？

徐栀：陈路周！

他笑着走进李科的寝室。寝室有两个兄弟这周回家了，剩下一个准备通宵打游戏，所以三个人今晚转移阵地到了李科他们寝室。陈路周进去的时候，李科不在，王跃已经在了，正站在李科室友的椅子后面聚精会神地看他打游戏。

陈路周把电脑放在桌上，单手拎了把椅子坐下，嘴里叼了根长长的手工牛奶棒饼干。刚看电影回来的路上，徐栀看他哭得很伤心，就去便利店买了一堆零食给他，真把他当小孩儿哄。

李科洗完澡回来，寝室已经熄灯了，就几台电脑散着幽幽的光。他目光尖锐，一眼就瞧见桌上的饼干。不过陈路周本来也没打算藏着，就是带给他们充饥用的。李科抽了一根："怎么买这个？这不是小孩儿吃的吗？"

陈路周靠在椅子上，翘着椅脚，懒洋洋地晃着，看着电脑启动画面，眼睛有点儿失神，不知道在想什么，慢悠悠地一口一口咬着饼干，心不在焉地说："徐栀买的。"

"她对你真好。"李科吃人嘴软，但也是由衷地感叹了一句。

陈路周嗯了声，拿起桌上的手机，给徐栀回了一条微信。

Salt：在李科寝室，不扯了，你早点儿睡。下次上手我轻点儿。

那边的人很快回过来：嗯，晚安。

陈路周低着头，正在手机上输入"晚安"，打字的速度却渐渐慢下去。他做苦思冥想状，眉皱着，但是"宝贝"两个字怎么也打不出来。好不容易绷着一张脸打出来,他皮都绷紧了也发不出去,只好又删掉。如此反复几次,他无所适从,只好揉了一把后脖颈,仰头长叹了一口气。

Salt:晚安。

李科没急着去开电脑,一时兴起跟他闲磕牙:"你还记得张予吗?就高二从咱们班退出去的那个女生。"

陈路周放下手机,看了他一眼。

李科自顾自地对他说:"今天约我吃饭来着,说想聚聚,问我你有没有空,我说你和女朋友看电影去了。"

"嗯,她之前问过我,但我那阵忙。"陈路周把手机锁上丢到一旁,输入电脑密码,进入开机界面。

"你俩之前的关系不是还行吗?其实,那会儿我俩私底下讨论过你会喜欢什么样的女生。我能感觉出来,她是有点儿喜欢你的。"

陈路周轻轻地叹了口气。

李科:"怎么个意思?遗憾?"

陈路周叼着牛奶棒,靠着椅背,上下晃着,无语地看着他笑了一会儿,直到笑得肩膀轻颤,才说:"神经病。高一那时候我跟她是同桌,接触难免比跟别人多一点儿。我倒是没觉得她喜欢我,你有没有想过,她可能喜欢你?"

"你别胡扯,那时候明明你俩接触更多。"

"我怎么觉得有人在吃我的醋啊?你不会真以为她喜欢我吧?科科,你这脑子里可能真的只剩下卷子了,你就不用脑子想一想,为什么期末考试那阵你的桌上总有早餐?"

"张予不是说你买的吗?"

"我买个啥啊,我自己都来不及吃。她买的。"陈路周把椅子放下。

李科震惊了两秒,幡然醒悟:"那你不早告诉我?"

陈路周:"你那时候倔得跟头驴似的,一门心思就知道学习,找你打会儿球你都烦得不行。她怕告诉你之后跟你连朋友都没的做了。而且她退班之后,你不是跟那个谁走得挺近的?我怎么说?"

李科张口结舌地看着陈路周,觉得这比他玩狼人杀拿了预言家的查杀牌还刺激:"你别耍我。"

"爱信不信。再说,你一个大学霸,长得也还行,对自己这么没信心?

喜欢你有什么奇怪的？"陈路周懒得跟他扯了，转头对着王跃的背影喊了句："兄弟，开工了。争取早点儿结束，我今天哭疲了，撑不了太久。"

王跃："……"

李科："……"

你还有脸说？说你娇，你还喘上了。

话说回来，李科没想到也正常，高中那会儿陈路周锋芒太盛，有这种大帅哥跟自己做兄弟，谁会想到他同桌喜欢自己？

王跃坐下，把指导老师昨天刚发的资料包发到群里，并附言："我把白老师的联系方式发群里了，你们有什么问题可以直接找他。美赛过一阵就可以报名了，报名费要用境外的VISA卡交，你们有吗？没有的话，白老师让我们通过数模组报。"

"我有，报名我来。校内赛是不是马上也开始了？"陈路周说。

王跃说："对，就半个月后，后面估计有的忙了。白老师手底下的组不多，就三四支队伍，照顾我们的时间相对来说比较充裕。"

听到这儿，李科终于从张予的事情里回过神，略微严肃地盯着王跃说："才三四支队伍？他的能力是不是不太行啊？而且，白蒋五十多岁了吧，还是个讲师？"

视线微微一躲，王跃下意识地看了眼陈路周，见他没什么表情，才嗫嚅着说："我……我跟你说过的啊，他的队伍不多。你说没关系啊。"

李科急了："大哥，不多也不至于只有三四支队伍吧，说明他根本没能力指导学生啊，你搁这儿跟我玩文字游戏？白蒋跟你什么关系，你非得让我们去他组里？"

王跃也急忙解释："大多是老师挑学生，我们哪有资格挑老师啊？我们才大一，有名的教授根本不知道我们的实力，就算在他的组里，他也根本不会认真对待你。而且，说白了，大多数教授就是挂名，压根儿没时间指导学生，要么就是让手底下有经验的学长学姐帮忙指导。"

这几年高校确实存在这么一个情况，学校重科研轻教育，教授们都忙着发论文搞项目，在课堂上秉承着你好我好大家好的态度，不会为难学生，开开玩笑，侃侃大山，一节课就这么过去了。A大相对来说好一点儿，但多少是有这些毛病在的，甚至有个别明星教授的工作重心都在外面的企业上，学校里一个PPT翻来覆去讲三年。

王跃的出发点很简单——老师再没有能力也比几个初出茅庐的学生强，王跃对自己有信心，对李科和陈路周也有信心，只要找一个认真负责的老师就行。

"被你骗死了。"李科愤愤不平地说。

"我当初也是被你骗进来的，你说带我创业，结果就是给你写程序？"王跃反唇相讥。

"我这不是还在申请创业基金吗？我手里没点儿成绩人家怎么批给我？"

两个人你一句我一句，又进入了唇枪舌剑的状态。陈路周倍感头痛，揉揉太阳穴，沉默片刻，拿起手机看了眼时间，最后看着王跃，心平气和、直白地说了一句："行了，别吵了。王跃，你还有别的原因吗？一次性讲出来，不要以后被我们发现，大家心里都不舒服。"

李科一直很认可陈路周的原因就在于他从来都是有话直说，不会藏着掖着，丑话讲在前头，事后就算吃了亏，他也认了，不会再去责怪谁。

王跃看了眼李科，怎么感觉李科跟只青蛙似的，鼓着俩眼睛，直勾勾地盯着他。他犹疑片刻后才说："没什么特别的原因。第一个就是我刚刚说的那个原因。指导我们，他的能力肯定是够的。还有一个原因就是……"

王跃憋了半天，却一个字也没说出来。

"你说啊！"李科急得要冒火。

"他……是我女朋友的爸爸。"

李科："……"

陈路周："……"

王跃着急地说："他真是个挺热爱教书的老师，但是这两年因为专注教书不擅长搞科研发论文给边缘化了，所以有些心灰意冷，打算明年就申请退休。我们系里也有两支队伍找他，就是希望他能留下再教几年。我不是说别的老师不好，就是人兢兢业业教了三十几年书，反而对自己热爱的行业有点儿心灰意冷，但哪怕退休，我也希望他是高高兴兴地走，不管学校喜不喜欢他，我们是喜欢他的……"

李科和陈路周对视一眼。李科嘀咕了一句："早说不就得了。行了知道了，开工吧开工吧。"

"不过白老师不知道我是他女儿的男朋友，你们也别告诉他，我怕他有想法。"王跃面红耳赤地补充了一句。

陈路周人靠着椅背，一条腿屈起，膝盖顶着桌沿。他把电脑放在腿上，打开群里的资料包，手指在触屏区域上划拉着，漫不经心、没个正行地接了句："懂。以后要是喝你俩的喜酒，我跟李科的红包是不是免了？"

"那估计还是你跟你女朋友快，看着你俩明天就能结婚的样子。"王跃把最近的感受如实相告。

陈路周抱着电脑笑了下："我俩这么腻歪？"

"你才知道？"李科翻了个白眼。

陈路周伸手去抽牛奶棒，笑得不行，口气敷衍又嘚瑟："热恋期，再忍忍。"

这一忍，就忍过了大一的秋季。那阵两个人都忙着准备竞赛，徐栀数学竞赛初赛过了，又开始紧锣密鼓地准备明年三月的复赛；陈路周忙着数模竞赛的论文翻译和修改。两个人大半时间都耗在图书馆，偶尔对视一眼，笑笑，或者捏捏对方的手，然后继续埋头看书。

放寒假了，人陆陆续续走得差不多了，校园里空荡荡的，叶子都落光了，树也光秃秃的，徐栀看着都觉得凄凉。两个人那会儿刚从图书馆出来，凛冽的朔风从她的领子钻进去，徐栀忍不住打了个哆嗦。陈路周直接拉开羽绒服拉链把人给裹进怀里，带着她边走边问："机票订了吗？"

徐栀整个脑袋都被他捂着，一点儿风没进，鼻息间都是他身上熟悉的清冽味道。她忍不住蹭了蹭："定了，后天走。我爸一直催。系里本来说要去写生，听说有暴雪，就取消了，不然我还能再待几天。你们过年就在学校过吗？"

"朱仰起今年也不回去。他在外面租了个房子，我跟李科过几天搬过去。"

"他怎么也不回去？"徐栀越听越羡慕。朱仰起多半是因为陈路周在这儿才不走的，那个跟屁虫。

陈路周低头看了她一眼，笑着说："我是不是没跟你说过他家里是干什么的？他爸妈是做手工艺品的，大半生意都在美国，过年那几天都在美国忙生意。以前他基本上每年过年都是在我家过的，今年回去也就他和他家阿姨一起过。"

徐栀叹息了一声："陈路周，我不是说鬼话，是真的现在就很想你了。我不知道为什么，心里总有一种不好的预感，北京可能会下暴雪，你要注意安全。"

陈路周低头,弹了一下她的脑门儿:"咒我?"

徐栀不太放心地说:"如果真的下暴雪,你就不要回来了,路上危险。我等会儿去给你买几箱方便面,雪很大的话,你就别出门了。"

两个人走到寝室楼下,陈路周仍是拿羽绒服裹着她。从外面几乎看不见她的脸,她的脑袋完全埋在他的胸膛前,两手抓着他两边的衣襟。他低头看着怀里的人:"真这么担心我?"

"你每天给我报个平安吧。"

"好。还有别的吗?"

一旁的枯树枝有许多分杈,树枝缝里雪还没化干净,东一簇西一簇地卡着一抹白,像俏丽的老太太抓着生命最后的光华。

徐栀抱着他精瘦的腰,认真地想了想,忍不住扑哧笑了下,然后就停不下来,一直笑,越笑越欢。等笑够了,她仰头看着他说:"吃喝拉撒都发一个吧,我怕你上厕所的时候突然被炸死了。我看到过,国外有个人就是这么被炸死的。"

陈路周觉得又好气又好笑。但是她真的很爱他,他感觉到了。

隔天送机的时候,徐栀一步三回头,依依不舍的劲儿让陈路周都不敢说什么,只能把人先哄上飞机。等那抹影子真进去了,他坐在安检口的椅子上,怅然若失了好一阵。一个月不见,怎么想都煎熬,但他怕说得太多,徐栀一冲动,真就留下来了,所以他什么也没说。

然而,等抵达庆宜机场,裹紧大衣,顺着密集的人流去取行李,耳边都是熟悉、细碎的庆宜方言,尤其在航站楼外看见老徐那张老泪纵横、激动得两颊横肉都在抖的老父亲的脸,看见老徐用一种迎接世界冠军的力度在人群中摇摆着双臂拼命冲她招手的时候,徐栀突然又觉得还是回家好。

于是,坐上车,徐栀给陈路周发了一条微信。

徐栀:陈娇娇,我发现我在北京特别爱你。

Salt:想我了?等下,在白老师这儿改个东西。

徐栀:还好,回到庆宜就发现也没那么想你了。你在北京好好比赛,加油。哈哈哈!我去过寒假啦!

Salt:徐栀?

庆宜冬天很少下雪,但是也冷,而且没有供暖,所以在室外容易手脚冰凉,骨子里都忍不住打战。徐栀在北京待习惯了,冬天穿得少,一般就是大衣一裹,里头顶多一件薄毛衫,因为室内都有暖气,却忘了庆宜的冬天跟北京完全不一样,所以没走两步就打了个冷战,整个人冻得哆哆嗦嗦的。老徐看不过去,把自己的外套脱下来披在她身上,嘴上还不忘数落两句:"我怎么跟你说的?多穿点儿多穿点儿,你就拿我的话当耳旁风。"

徐栀怕他念叨个没完,一边拉开车门上车,一边赶忙转移话题:"老爸,你买车了?"

徐光霁坐上车,搓了搓手,抽了张纸巾,边擦反光镜边说:"二手的。泌尿科那个老张你还记得吧?他儿子今年赚了点儿钱,给他换了辆新车,就把这车便宜卖给我了。"

这是一辆黑色的帕萨特,还算宽敞,就是有些年头了,方向盘都快磨白了,脚垫也坑坑洼洼破了几个洞。不过对老徐来说,这是一个大进步,肯花钱就是好事。以前他一直觉得车是消耗品,加上平时也没什么娱乐活动,基本是家里、医院两点一线跑,小电驴足够应付。

徐栀环顾一圈,赞扬地点点头:"好事。早就想劝您了,钱留着给谁花啊?该花就花,冬天骑小电驴多冷啊。"

车子驶出航站楼,缓缓驶上高架桥,并入如水的车流中。两个人沉默了好一阵。徐栀看着车窗外熟悉的路景。两旁的白杨树高大挺拔,屹立在这座风雨城中,树木并不像春天那样生机勃勃,可她的心里却如沐春风,绵绵的春意占满了她的心头。

因为,今年冬天,是她第一个有陈路周的冬天。

车子驶过市中心时,徐栀忍不住往窗外多看了一眼——旁边就是庆宜市历史最悠久的老街,夷丰巷。徐栀一眼就看见那幢屹立在众多高楼大厦间的高三复习楼。那是幢斑驳破旧的筒子楼,墙壁上爬满碧绿油亮的爬山虎,即使在这样的冬天,那绿植照旧茂盛地生长,耐寒得很,在一众冷冰冰的高楼里显得格外突兀,却又生机勃勃。

夜里,所有的大楼都关了灯,唯独那栋楼灯火通明,甚至三四点都还有灯亮着。那种真金不怕火炼,抓住每一寸光阴去挑战自己极限的拼搏者,是陈路周,也是谈胥,更是这里的每个学子,甚至是这座城市,这也是政府一直不肯开放这块地的原因。

531

曾经有企业家试图将这块地跟旁边的商圈共同开发,却被政府驳回了。尽管那位企业家做了很多商业规划,认为拿下这块地,带来的经济效益绝对是无穷尽的,最后还是被驳回了。徐栀虽然没有亲耳听见相关部门给出的答案,但是蔡院长跟官方打交道比较多,偶尔谈起这件事情的内幕,也会告诉他们一些相关单位负责人私下透出的口风:"领导们认为,我们可以推翻一座楼,可以推翻所有不合理的政策,但还是希望给学生们留一块精神之地。那栋楼在庆宜学生的眼中是信仰,也因为他们心中有信仰,越来越多人在家里也学到凌晨三四点……连我儿子经过那儿的时候,都知道里面都是学霸,出了不少高考状元。一座城市能有这么一座学生心中的标志性建筑,我们不要轻易推翻。"

庆宜大概就是这么一个充满人情味的城市,建设者们默默地建设,学生孜孜不倦地努力。学生试图去点亮灯,就有人试图帮他们守护这盏灯。徐栀的妈妈也是这城市的建设者之一,是守灯人,这也是徐栀最后选择建筑系的原因。灯火持之以恒地亮着,守护灯火的人也应当前仆后继。

徐栀提着行李进门,伸手去按墙上的开关:"老爸,灯又坏了。"

徐光霁解开脖子上的围巾,也去摁了下:"还真是。你去洗个澡,我等会儿去买个灯泡换上,顺便买点儿菜回来,晚上莹莹和老蔡过来吃饭。"

徐栀把行李拎到房间,闻言半个脑袋探出来:"莹莹放假了?"

"没有,复读班哪有这么早?你回来,老蔡不得放她一天假?"徐光霁一边洗手一边说,转头用毛巾擦了擦手,"她的手机被蔡院长没收了,你俩没怎么联系过吧?"

"是啊,我给她发过几次微信,她都没回,我猜也是被蔡院长给收走了。"

蔡莹莹还没进门,人大约还在四楼,徐栀就听见她撼天震地的声音,山崩地裂般一遍遍叫徐栀的名字:"徐栀!徐栀!我来了!我来了!"

徐栀还能听见一旁的蔡院长声音浑厚地训她:"你能不能有点儿女孩子的样子?!"

徐栀老早开了门,抱着胳膊倚在门框上等她。

脚步声咚咚咚,几乎是一口气跑下来,蔡莹莹两三步就蹦到徐栀面前。俩人在楼梯口一打照面,蔡莹莹整个人就绷不住了,气还没喘匀,就尖叫着朝她扑过来:"啊啊啊啊啊啊,呜呜呜呜,徐栀,我好想你,好想你!"

徐栀都没看清她的脸，就感觉一个满是黑黑头楂的脑袋扎到她怀里，简直不敢相信，把人从怀里拔出来："你剪平头了？！"

蔡莹莹有苦难言。

蔡院长从后面踱步过来："她现在可爱学习了，嫌扎头发、洗头麻烦，我就拿了个推子给她推平了。"

徐栀："……"

蔡莹莹的五官不算特别精致，但很耐看，眼睛是细长的凤眼，加上跟徐栀一样是一张小脸，这样看着还挺英气。不过蔡莹莹一向不太珍惜她的头发，几乎没有留过特别长的头发，一般到肩膀她就忍不住去剪了，有几次还剪得很短。

"我现在洗头真的超级省力，你洗个手的工夫，我就把头洗了。"蔡莹莹说。

徐栀笑起来："牛，可以申请吉尼斯纪录了。来，抱抱，真的好久没见了。"

蔡莹莹抱上去，感觉触感好像跟从前不太一样了，咦了声，低头看她的胸部："徐栀，你的胸大了好多。"

徐栀："……"

最后，蔡莹莹被徐栀捂着嘴拖进房间。两个人猫着腰，轻手轻脚地从厨房路过，见老徐和老蔡正专心致志地研究三文鱼的做法。

"三文鱼哪有煎熟了再吃的？"

"生吃有寄生虫！"老徐可不敢吃，但徐栀说想吃。

"深海鱼的寄生虫在人体里很难生存。"

…………

徐栀关上房门，才松了一口气，欲言又止，看着蔡莹莹，好半晌，才说："我有个事告诉你。"

蔡莹莹眼睛一亮："我也有事要告诉你！"

"那一起说。"徐栀抱着个枕头坐在床边。

蔡莹莹坐在一旁，郑重其事地点点头。

"三，二，一。"

蔡莹莹："我二模数学考了120！"

徐栀："我谈恋爱了。"

房间里静了三秒，画面仿佛静止，窗外的树枝上有落叶飘下，顺着风打着旋儿，悄无声息地落在窗台上。

"啊啊啊啊啊啊啊——"蔡莹莹发出第二次声嘶力竭的尖叫，瞬间被徐栀捂住嘴，声音戛然而止，"唔唔……"

"你轻点儿。"徐栀捂着她的嘴，坐立不安地看了眼门外，"我还没打算告诉我爸。"

蔡莹莹扒开她的手，眼神兴奋，但也理解徐栀的谨慎，立刻把嗓门压到最低："哦对，你爸这么依赖你，知道你谈恋爱肯定会觉得自己被抛弃了。不过那男人是谁啊？"

"你是不是手机都没看？跟朱仰起也没联系吗？"

"嗯，被我爸没收了。"蔡莹莹说，"主要也不想用了，拿起手机就想起翟霄那个人。你问朱仰起干吗？我干吗要跟他联系？哎呀，别卖关子了，快说啊，你男朋友到底是谁啊？"

徐栀想起那个人，心里就热乎乎的，低声说："就暑假那个，你见过的。"

暑假？

蔡莹莹绞尽脑汁想了一会儿。她见过的？朱仰起？肯定不是。

她想来想去也没想起个能在北京跟徐栀谈恋爱的人。

蔡莹莹想起个名字，满脑袋疑惑，一点儿都不兴奋了，怏怏不乐地说："冯觐？不会吧，你的品位好特别，他是个'照骗'啊，本人还没朱仰起帅呢。"

徐栀观察着她的表情，说："朱仰起现在是个肌肉猛男。"

"真的吗？"蔡莹莹想象了一下画面。朱仰起那张长得着急了点儿的熟男脸配上一身偾张的肌肉，她不忍直视，嫌弃地咦了声，好油腻，"不是朱仰起吧？"

"莹莹，你忘了陈路周吗？"

这个名字刚刚其实从她的脑海里闪过了，但是很快就被抹掉了，不知道为什么，好像是被掩盖在蒙尘的岁月宝盒里，经过精雕细琢的一个名字，很久远，也让人觉得很遥远。

对大多数女生来说，陈路周这样的人，但凡自己没点儿底气，是不会去招惹的，多半驾驭不住。

见证过那段暧昧关系的人都会替他俩惋惜。别说徐栀没走出来，连蔡莹莹都好久没走出来，所以再次听到这个名字的时候，蔡莹莹顿时心潮澎

534

湃：你看，有人抓住光了。

蔡莹莹莫名替她心酸，小心翼翼地问了句："你男朋友是陈路周，暑假我认识的那个陈路周，对吗？"

徐栀笑着点头。

蔡莹莹的心猛地一震，仿佛吞下一个闷雷。她生怕自己叫出来，自觉地拿两只手捂着自己的嘴，眼睛里盈着激动的亮光，看着徐栀："我的天，他不是出国了吗？怎么又去北京了？我还以为你俩掰了。"

"说来话长，以后告诉你。"徐栀没多解释。

"他在学校是不是很牛啊？"

"还行，Ａ大学霸和学神混战，大家相差不多。"徐栀仰躺在床上，晃悠着腿，叹了口气，说，"努力已经是常态了，周末也都是窝在图书馆看书，晚上也得到两三点，没比我们轻松多少。"

"那我就平衡了。"蔡莹莹看着她说，神色突然变得色眯眯的，"我说你的胸大了不少呢，嗯？嗯？是不是干坏事了？"

徐栀刚要说话，外面突然叫了句："莹莹，徐栀，吃饭了。"

两个人从床上爬起来，蔡莹莹说："我今晚不用去上晚自习，等会儿让他出来请我吃饭。泡走了我的闺密，怎么也得好好补偿我一顿吧。"

徐栀去开门，手刚扶上门把，听了蔡莹莹的话，回头告诉她："他没回来，在北京参加数模竞赛。"

"过年都不回来？那朱仰起呢？"

"嗯，美赛时间刚好在过年那几天，加上北京可能下暴雪，今年不知道能不能回来，朱仰起就留在北京陪他了。"徐栀嘘了声，"别让我爸知道，先瞒一阵吧，我想让陈路周先跟他多接触接触，等他能接受了，再告诉他。"

蔡院长端着菜正打算从厨房出来，还在跟徐光霁挤眉弄眼："你姑娘瞧着又瘦了很多，不会是在北京想你想的吧？"

徐光霁还在跟那条三文鱼较劲儿，非得煎了，闻言瞥他一眼，那眼神里满是骄傲："那可不，别提她多依赖我了，一天三个电话往家打，生怕我一个人在家吃不饱穿不暖。你那件是夹袄，穿着漏风；我这件可是纯羊毛衫，穿着暖和。"

蔡院长啪地放下菜盘子："我呸！莹莹现在别提多乖了，谁叫她出去玩都不去。就二模，数学120，语文110，分数噌噌噌往上涨，我拦都拦不住。这么下去，A大的电话我都摁不住！哎，韦主任最近没联系你？"

"莹莹本来就是个聪明孩子，从小就是让你给耽误了。"徐光霁一狠心，朝着那条三文鱼剁去，小声说，"你等会儿别提韦主任的名字，小孩子敏感，会多想的。她现在在北京肯定是一门心思学习，别影响她的情绪。"

于是，一顿饭，徐光霁前所未有地关怀备至、体贴入微，吃得徐栀诚惶诚恐。

徐光霁扬着筷子，不停地给徐栀夹菜："囡囡，多吃点儿鱼鱼。在北京学习很辛苦吧？我怎么瞧着又瘦了一圈？"

徐光霁到现在哄徐栀还喜欢用叠字，跟小时候一模一样。

徐栀礼尚往来，也盛了一碗鸡汤放在他面前："老爸，喝鸡汤，补补脑子。"

"来，囡囡，红豆汤，暖暖身子。"

"爸，你怎么不吃蔬菜啊？"

蔡宾鸿："……"

蔡莹莹："……"

蔡宾鸿："蔡莹莹。"

蔡莹莹："到。"

蔡宾鸿："给你爹拿个勺子。"

蔡莹莹吃得正欢："你自己没手吗？我刚剥虾了，一手油。"

蔡宾鸿嘀嘀咕咕地走去厨房。漏风？哈哈，我都快让风给刮走了……

吃完饭，蔡莹莹和徐栀又回房间说小话。老蔡和老徐在厨房洗碗，怎么也想不通俩小姑娘怎么有那么多话说。等到九点，蔡院长要把人带走，蔡莹莹一副白娘子被法海收进金钵的表情，手脚并用地扒拉着徐栀的房门，痛苦无边："我不走我不走，我今晚要跟徐栀睡，我们攒了好多话没说呢……宝贝，答应我，下次等我放假，你把故事全部告诉我！我贼想知道男女主角是谁先开口表白的！"

等楼下车子启动，屋内再次安静下来。

徐栀走过去打开电视："爸，我陪你看会儿电视吧？《流星蝴蝶剑》怎么样？"

徐光霁刚看手机有个未接电话，准备进屋去偷偷给韦主任回个电话，听了徐栀的话,只好把电话放回裤兜里,若无其事地走过来:"好。看点儿别的吧,《流星蝴蝶剑》我看两百遍了,看《乡村爱情》吧。"

徐栀:"好。"

约莫两个小时后,徐栀和徐光霁都有点儿撑不住了,都想走,又怕对方起疑,又撑着坐了半个小时。

徐栀最后故意打了个哈欠:"老爸,我困了。"

徐光霁跟着打了个哈欠:"我也是,睡了睡了。"

电视一关,两个人一溜烟跑回房间关上房门。

徐光霁迫不及待地掏出电话:"喂,韦主任……"

徐栀悄悄锁上房门,也迫不及待地给陈路周发了一条微信。

徐栀:汇报一下今日战况,我爸的情绪很稳定。

那边的人很快回过来一条消息。

Salt:现在是你北京的男朋友情绪不太稳定。六个小时没一条消息,我以为你上厕所被炸死了。

徐栀:我爸看到我回消息太频繁会怀疑。等会儿视频好吗?

Salt:不好,想都别想。

徐栀笑了下,回:啊,那我睡了,晚安。

Salt:你最好祈祷北京的暴雪能把你男朋友困住,不然回庆宜掐死你。

徐栀笑了下,回:那我睡了,晚安。

Salt:你最好祈祷北京的暴雪能把你男朋友困住,不然回庆宜掐死你。

徐栀:说到做到啊,陈娇娇。

Salt:劝你这会儿别挑衅你在北京备受冷落的男朋友。

徐栀今天奔波了一天,在飞机上还差点儿被人骚扰,要不是旁边的大姐好心跟她换位置,隔壁那男的能烦死她,这会儿她的眼皮已经开始打架。

徐栀:我先睡了,真的困了,今天真的累,折腾了一天。

那边的人隔了一会儿才回消息过来,显然也是在忙。等他回过来,徐栀早已经睡着了,手机丢在床头,微信还开着,月光从窗外落进来,如轻纱一般柔和,四周格外静谧。

Salt:先好好陪你爸,男朋友退居二线了。

Salt:想我就打电话,几点都行。

…………

其实,寒假也没什么好过的,蔡莹莹还没放假,徐栀那几天跟着老徐一起置办年货,又回乡下陪老太太待了几天。等蔡莹莹放假,她的寒假已经过去了一大半。

跟老徐在家里朝夕相处大半个月,徐栀深深体会到"距离产生美"是个值得人探索的哲学问题。

放假第一天,老徐小心翼翼地敲她的房门:"囡囡,起床吃早饭了,你想吃虾米花生粥吗?"

放假第二天,还没到饭点,老徐就操起了一颗老母亲的心:"囡囡,中午想吃什么?爸爸去买。"

放假第三天,老徐:"今天做法式油焗虾,你之前在北京不是总说想吃吗?"

放假第四天,到了饭点,徐栀一看厨房空空如也:"老爸,还不做饭吗?"

老徐:"今天叫外卖吧,爸爸下午要去门诊坐诊。"

放假第五天,徐栀早上起床,准备下楼跑两圈。老徐窝在沙发上,神清气爽地看着报纸喝着茶:"回来带点儿早餐吧,爸爸想吃凤翔小笼包。"

……

放假第N天,徐栀起床洗完澡,吹完头发,饿得前胸贴后背,随口问了句:"爸,今天吃什么?"

老徐正在看《士兵突击》,幽幽扔出来一句:"一顿不吃饿不死。"

放假第N+1天,晚上,徐栀锲而不舍,刚在沙发上坐下:"老爸,我……"

老徐:"你什么时候开学?"

徐栀:"……"

也是在这会儿,徐栀开始疯狂想念在北京的那个限定男朋友。她回到房间,默默关上门,给人发了一条微信。

徐栀:小男,在吗?

Salt:小你个头男。

徐栀:跟小陈一个意思,就是一个爱称。

Salt:又被你爸刺了?

徐栀：他居然问我什么时候开学！我觉得他最近变得怪怪的，晚上回来得也越来越晚。

Salt：你现在特别像被渣男伤害，找备胎安慰。

徐栀没搭理他，抱着手机靠在床头上笑了会儿，随手扯了个抱枕过来垫在下巴下，一边仔细回忆这阵子跟老徐相处的细节，一边给他回消息。

徐栀：我爸真有问题，昨天晚上还接了个急诊走了，男科有什么急诊？

Salt：也是有的，比如有些年轻气盛、不甘寂寞的单身小伙，好奇心重，玩得比较大，最后把自己弄进医院，我身边就有一个。

徐栀：这么刺激？谁啊？

Salt：别打听这种事，你自己去百度，新闻也很多。

徐栀立马用手机百度了一下，发现还真是。

徐栀好奇心爆棚，于是发了个视频过去。

但视频陈路周没接，过了一会儿，他才不疾不徐地发了一条微信过来。

Salt：在外面吃饭。

徐栀：哦。

Salt：哦？

徐栀：啊？

Salt：你男朋友这个点才吃饭，你不问问为什么？

Salt：不爱了就别勉强。

徐栀笑得不行，本来打算去洗澡了，看见这条微信，想着要不哄哄，某人要憋死了。于是，她靠在床头，又拨了个电话过去。

这回接得很快，嘟了一声那边的人就接了，不过没说话，也不知道是不是负气，默不作声地同她通着电话。徐栀也没急着说话，安安静静地听着他那边充满烟火气的声响。

话筒那边的声音嘈杂细碎，估计还在吃饭。旁边人的说话声裹在冷风声里，听得不太真切，但气氛融洽，欢声笑语一阵阵。

陈路周很少说话，不知道是不是在闹脾气。别人高谈阔论，讲得兴起，哄然大笑，那热闹劲儿隔着话筒都扑面而来。但徐栀听见他只是跟着短促地笑了两下，笑声很敷衍，低得几乎只能听见气声。

徐栀还挺享受这种隔着电话听他一举一动的感觉。听着他平缓而均匀的呼吸声，她莫名安心，于是，也没主动开口，想看看他到底能憋到什么时候。

直到徐栀听见一个女孩子的声音，声音轻细温软，不知道在跟谁说话："再加几个菜吧。陈路周刚刚说这里的海鲜不错，我好久没吃海鲜了，真的怀念庆宜的大螃蟹。"

徐栀这才问了句："同学聚会吗？"

"就李科他们，还有以前的两个同学。"他的声音听不出情绪。然后这个声音不知道对谁说了句："不用算我了，我等会儿就走，王跃还在寝室等我回去改数模的论文。"

他的声音听着很疲倦，嗓子也沙哑，显然这阵子没少熬夜。

"你这就走啊？"一个女孩子问。

他嗯了声。

"这么难得大家才聚一聚，改什么论文，明天再改。"

"让李科陪你们吧，王跃催我好几次了。"

"哎，张予，你的同桌要走，拦着点儿呗。"有人起哄说。

那个女生挺善解人意地接了句："陈路周他们最近搞数模竞赛挺忙的，别拖着他了。"

徐栀听见电话里陈路周扑哧笑出声，直白中透着一丝不爽，丢出一句："别说得我跟张予好像有什么一样，我女朋友的电话还在这儿挂着，等会儿我怎么解释啊？"

起哄那人约莫笑了几声："查岗啊？"

陈路周笑笑，没说话。

徐栀趁势对着电话说了句："陈路周，我生气了。"

那边的人愣了下："你少来。"

徐栀："我吃醋了。"

陈路周："你少倒打一耙，同学聚会你吃啥醋？"

徐栀："真吃醋了。"

不等他说话，徐栀就把电话挂了，想着逗逗他，等会儿再打回去哄他。

砰砰砰！房门被人敲了三下，徐栀过去开门。老徐站在门外，一边急匆匆地穿上外套，一边冲她支支吾吾地说了一句："那个……囡囡，爸爸有个急诊……要去趟医院。"

徐栀看了他半晌，哦了声，点点头，只叮嘱了一句："那你大晚上开车小心点儿。"

老徐又说了句:"我给你下了一碗馄饨,你要饿了就吃点儿。"

徐栀乖乖点头:"好。"

徐栀那会儿还没想太多,就是觉得,最近年轻气盛的小伙有点儿多啊。

徐光霁披上外套,步履匆匆地下楼,一溜烟将车子驶出小区,直奔医院。他到急诊门口时,已经有几辆救护车先后开进急诊通道,几个同事正训练有素地将伤员从救护车上一个个往下抬。

徐光霁和蔡宾鸿几乎是同时到。今晚情况复杂,蔡宾鸿作为神经外科一把手,接到电话就立马往医院赶,一路给徐光霁打了几个电话都没人接。两个人一碰头,顾不上说其他,蔡宾鸿迅速把情况给他捋了一遍。

"迎枳路边的学校宿舍楼发生火灾,伤亡情况目前还不清楚,附近几个医院都开了绿色通道,但现在急诊那边估计床位都爆了。"蔡宾鸿一边说一边推着他往里走,"韦主任的儿子也在里面,你先过去看看。"

急诊走廊上已经全是人,患者还在被源源不断地送过来,家属们哭天抢地,开始胡乱扯人,扯着个穿白大褂的二话不说就要下跪:"求求你,救救我的孩子!"场面一片混乱。

好在护士们训练有素,极力安抚:"不要着急好吗?我们已经开了绿色通道,只要安排过来,都会救治的,给医生们一点儿时间。"

"我孩子已经在里面躺了两个小时了,都没有人过来看啊!"

"9床吗?他只是骨折了,急诊还有几个伤势更重的,大面积烧伤。我们主任的儿子也在里面,都还没有床位,床位都让给别人了,互相体谅一下好吗?"

徐光霁和蔡宾鸿一路走过去,听见叫声一声比一声惨烈,哪怕见惯了这种场面,他们也难免不为之动容。

他俩在急诊办公室换上白大褂,徐光霁问了句:"急诊床位安排不过来吗?韦主任的儿子什么情况?怎么还给别人让床位?"

"她儿子是直接从二楼跳下来,胯骨粉碎性骨折。这小子脾气挺硬的,看家属闹得太厉害,他妈又穿着白大褂,他怕被人说闲话,就让了一个床位出来,说自己还能再忍忍。"

"我去看看。"

韦主任的儿子就躺在急诊病房过道的躺椅上，穿着校服，五官周正，虽然已经疼得一脑门子汗，却咬牙忍着，身上挂着一个镇痛泵。韦主任气得语无伦次："你们学校是不是没进行正规的消防演习，跳楼你是怎么想的？别人都能安安全全地跑出来，用你在那儿逞英雄？"

一道人影走到跟前，韦主任抬头看了眼："徐医生，你也来了？"

徐光霁有点儿腼腆，老手一搓，放进白大褂口袋里："老蔡给我打电话，我过来看看有什么能帮忙的。"

徐栀走进急诊大楼时，刚巧蔡院长上楼开会去。徐栀正要叫他呢，见他神色焦急，步履匆匆，跟几个急诊科医生进了电梯。她便转头奔向护士台："不好意思，打扰一下，徐光霁医生在哪儿？"

徐光霁和蔡宾鸿关系好，护士基本上都认识他。被问到的护士匆匆四下看了眼，说："刚刚好像去急诊病房那边了。"

她扬手一指，徐栀看见急诊病房的通道里有个熟悉的背影，便说了声"谢谢"，直接走过去。

韦主任问："你女儿呢？"

徐光霁说："在家里。"

"你儿子挺勇敢的，我刚听老蔡说了。"

"他就喜欢瞎逞能。"

"我逞什么能了？我舍友睡在里面，我不回去叫醒他，等他被烧死啊？"男孩儿躺在那儿，还有点儿不服。

"对，然后你俩一起跳下去了？"

那男孩儿突然看着老徐说了句："徐医生，我这么做没错吧？"

徐光霁和颜悦色地笑了下："没错，挺好的。"

韦主任对徐光霁说："算了，我们出去说。"

男孩儿："有什么话就当着我的面说，别以为我不知道你俩在处对象。"

徐光霁瞬间面露尴尬之色。

韦主任也是一愣："你怎么知道的？"

"反正我就是知道，处就处呗，我又不会说什么。"

两个人对视一眼，略微尴尬地一笑，片刻后，徐光霁说："等你出院了，我给你买个礼物，奖励你这次救人有功。"

男孩儿超级大方："谢谢徐爸爸！"

"你瞎叫什么啊？"韦主任漫不经心地一转头，看见不远处立着一道清瘦的身影。她不由得拿胳膊肘捅了捅旁边的徐光霁："那是不是你女儿？"

徐光霁回头，彻底愣住。

徐栀想起小时候，她过敏住院那次，老徐也是这么哄她的："等你出院了，爸爸给你买个礼物，奖励我们的小徐栀这么小就住进了这么豪华的大房子！"

这样的画面其实挺温馨的，她已经很久没看见老徐脸上有这种腼腆的笑容，就是那种信念被人碾碎，终于在破碎中找到了一点儿慰藉的温暖笑容。

她努力了这么多年，都无法让他彻底摆脱信念破碎的悲痛。

看着老徐此刻的笑容，徐栀觉得自己有点儿无能，但心里更多的是说不出的高兴，又泛着一股心酸，喉咙里像哽着什么，干涩，可是又吐不出来。

他们真的很像一家人，以后，爸爸也可能不再是她一个人的爸爸了。

徐光霁没反应过来，下意识地问道："徐栀，你怎么跟来了？"

徐栀恍然回神，怕自己的出现给那个女医生带去不好的猜忌。老徐好不容易有了勇气，她不想破坏这份勇气。

她看着女医生，笑得极其自然、友好——跟陈路周在一起这么久，她好歹学会了什么叫自然——把兜里的手机拿出来递给老徐："不是，我没有跟踪你⋯⋯我看您的手机忘带了，蔡院长给您打了好几个电话，怕有什么急事，就给您送过来了。"

"囡囡，爸爸⋯⋯"

徐栀叹了口气，平静地笑笑："爸，你早点儿告诉我就好了，其实没关系的。"

笑容僵在脸上，徐光霁有点儿手足无措："爸爸是想着过段时间再告诉你⋯⋯"

走廊里不断有伤者被送进来，不少医生从四面八方赶过来支援，换上白大褂，健步如飞往急诊室赶，场面令人揪心又惊心动魄。

徐栀怕耽误别人工作，忙说："没事的，我先回去了。下次让阿姨来家里吃饭,可以正式介绍一下。"

韦主任温柔地笑着点点头:"好,谢谢你,徐栀。"

回到家,看见厨房的餐桌上孤零零地放着一碗馄饨,徐栀长长地叹了口气。

静谧空荡的房间里,碗勺乒乒乓乓作响,徐栀一个人坐着,安静地吃着馄饨。她没开灯,屋内昏暗,窗外月光倾洒,落在地上,淡淡地勾勒出她瘦小的身影,像一株盛开在雪里的寒梅,看着凄凉,却又坚韧。

一阵突兀的拍门声突然打破寂静。

砰砰砰!砰砰砰!

"徐栀!徐栀!"

徐栀吓了一跳,忙去开门,看见蔡莹莹跑得上气不接下气地站在门口,身上还穿着睡衣。门一开,蔡莹莹就火急火燎地问:"你在家啊!打你电话干吗不接?"

徐栀啊了声。手机在房间,刚才出门太着急,她没拿。加上这阵跟老徐斗智斗勇,手机都调成了静音,估计老徐的也调成了静音,两个人的手机在家里几乎就没响过。刚刚徐栀准备吃馄饨的时候,看到他的手机在餐桌上一直亮,才发现他的手机落在家里了。

徐栀侧身让蔡莹莹进来,一边低头看她手忙脚乱地换鞋,一边问了句:"怎么了?我刚给我爸去送手机了,有个学校发生火灾,很多人受伤了,你爸也赶过去了。"

蔡莹莹恨不得把她给打一顿,声音都沙哑了:"你知道陈路周找你找疯了吗?!"

徐栀顿时反应过来,连忙冲进房间去拿手机。蔡莹莹一边胡乱套着拖鞋一边跟在后面。她本身有点儿感冒,嗓子里就像塞了一团棉花,这时只能使劲儿扯着嗓子,着急地说:"要不是前几天老蔡把电话还给我了,他也联系不上我。朱仰起说陈路周都在订机票了,你赶紧给他回个电话。"

徐栀本来不慌,想着给他回个电话解释一下就行,但等拿起手机,看到通话界面上赫然躺着——未接电话(45),徐栀的心瞬间仿佛被什么堵住了,那干涸已久的河水又慢慢地、一点点地从心底涌起,满满地堵着她的心门,让她惶惶不安。

手机再次亮起来，徐栀恍了一下神，立马接起来，忙问："你在哪儿？"

那边的人似乎没想到这次她这么快就接了，半晌没说话，呼吸略微急促，听见她的声音，才定了定神，许久，才长长地松了口气，声音冷淡："机场。"

徐栀想也没想就喊："马上就比赛了，你疯了？！"

"我给你打电话为什么不接？！耍脾气有个度行吗？！"他的声音显然是压着怒火，嗓音沙哑，仿佛冒着火星子。徐栀都能想象他那张脸此刻有多冷，比夏天的冰啤还刺骨，听得她心都发抖。

徐栀本来想解释，但被他这么一凶，喉间像是哽着什么。她不敢再说话，怕一张口被他听出一些不必要的情绪。

"我真是服了。"他的声音低沉得不行，像是束手无策地自言自语。

徐栀顺了顺气，感觉喉咙哽得没那么厉害了，才低声问："你几点的飞机？"

"一点半。"

"别折腾了，马上就比赛了，要是天气不好赶不回去，你这段时间的努力就白费了。"

他没说话。

徐栀问："陈路周，你在紧张什么？担心我跟你分手吗？"

他仍是没说话，呼吸声时急时缓，好像一头刚刚被安抚了情绪的小兽。徐栀从话筒里听到广播正在提示乘客们登机。

半晌，他才疲倦地开口："我不知道怎么说，可能是太久没见你了。这段时间，不是我在忙，就是你在忙，我们之间已经很久没好好聊天了，我是真的怕你有什么事。你刚刚不接电话，我一直在想，是不是以前那些人又找上门了。"

"现在是法制社会。"徐栀笑了下。

"杀人犯又不是没有。"

"我刚刚去医院了。"

那边的人一愣："你怎么了？哪里不舒服？"

徐栀说："没事，是我爸接了个急诊，他的手机忘带了，我去给他送手机，正巧碰见……我爸的……女朋友，就耽搁了一会儿才回来。"

"我以为你真吃醋……"那边的人随即反应过来，"你爸的……女朋友？"

徐栀长长地叹了口气："嗯，他找了个女朋友。所以，陈路周，我现在只有你了，只要你不提分手，我们就不会分手。"

那边的人沉默良久，声音恳切又郑重：

"你在家等我，我比完赛就回去。"

徐栀笑着说："我没事，心情还挺好的，我替他高兴。"

"我懂。"

一句他懂，就让徐栀又差点儿哽咽。他们有着同样却又不那么一样的缺口，但是他都懂。

临挂电话，徐栀说了一句："不过我现在有点儿生气——你刚刚凶我。陈娇娇，你以后改名叫'陈凶凶'算了。"

"我真急了。要不这样，等我回来，你打我一顿，怎么都行。我但凡叫一声就不够格做你男朋友，行吗？"

"叫床算叫吗？"徐栀半开玩笑接了句。

陈路周被黄了个措手不及，咳了声："别胡说啊，旁边还坐着喝奶的小孩子。"

徐栀笑得不行："你居然看人喂奶？"

"奶瓶！"

徐栀笑了下，不逗他了："挂了挂了，你快回去，半夜了。"

徐栀挂了电话，手机微信又振了两下，陈路周发了一个定位给她。

Salt：我租的房子，隔两幢楼就是你家，903，密码是我和你的生日。东西我还没收拾，就带了几件衣服走，屋里比较乱，你要看不惯，全扔出去也行，想布置成什么样都随你。以后家里多了个阿姨，你如果待不住，可以去我那边。不过别胡思乱想，相信你爸，他的家里永远会留有你的位置。

徐栀：你就是想找个免费装修工，还说得这么冠冕堂皇。

Salt：给钱，女朋友价，双倍。

徐栀：那我可以在你的床上撒泼打滚吗？

Salt：别撒尿就行。

徐栀：你真当我是狗？

Salt：那不行，狗都不行，但瘫痪的徐栀可以。

徐栀：……

陈路周回到朱仰起租的房子。几个人正在热火朝天地吃自嗨锅,听见开门声,面面相觑:大半夜的,谁啊?见那个熟悉的身影进来,他们瞬间一愣,筷子停在半空中:"你没赶上飞机?"

王跃和李科都在。陈路周把口罩摘掉扔进垃圾桶,脱掉外套,扔在沙发上,进去洗了个手,出来直接去开电脑:"开始吧,先把比赛忙完,等比赛结束我得早点儿回去陪陪她。"

王跃最后摞了块牛肉,放下筷子,也过去开电脑,嘴里意犹未尽地嚼着,含混不清地说:"来,正好我把白老师刚提的几个修改意见都跟你们说一下。虽说是美赛,但是参赛的其实中国学生居多,百分之九十五的报名队伍来自中国各大高校,所以大家的思维模式可能差不多,我们需要对这些固有思维做一些创新。"

陈路周靠在椅子上,想了想,说:"创新很容易出岔子,去年获得 O 奖①的论文其实也中规中矩,我记得是指纹识别那道题。选题我们到时候再碰,先不说这个,先把白老师之前发过来的几个问题改掉。"

王跃嗯了声,一边点击鼠标,一边问陈路周:"对了,刘教授底下的学姐放假前是不是找过你?"

陈路周看着电脑,正在查几个英文论文专业词汇的翻译。美赛的英文翻译量很大,好在可以查阅文献和资料。听到王跃的问题,他懒洋洋地嗯了声。

王跃说:"刘教授不会想挖人吧?我听说,上几届有几个组校内赛结束之后指导老师换了。"

校内赛本来就是选拔赛,有些教授看见成绩不错的学生,会抛出橄榄枝,接不接由学生自己选择,没人会说什么。但被邀请的学生一般都会接,毕竟教授手里的资源多。

陈路周查完单词,把手上的资料给了李科,这才淡淡地瞥了眼王跃,说:"大概是这个意思。我跟她说,我报名都报好了,指导老师的名字已

---

① O奖:美赛最高奖项。

经报上去了。"

"你不是放假后才报名……"王跃很快醒悟过来，也明白这意味着什么——作为学生，在学校有个相熟的大牛教授，很多时候各方面确实会顺利很多。但是陈路周没有选择走这条捷径，王跃心里顿时一热，有些不好意思地说了声"谢谢"。

李科瞥他一眼，笑了下："哎，小朋友真容易感动。"

陈路周正在看2013年的美赛题目，是矩形锅和圆形锅的热量分布问题，心里还在想：美赛的题目真够无聊的。见王跃在那儿羞羞怯怯地自我感动，他不免觉得有些好笑，无所谓地弯了下嘴角："别矫情了。对了，到时候美赛的题目可能要独立翻译。"

之前，王跃就说过担心自己的英文拖后腿，不想参加美赛。李科极力劝说，说他们有个英文贼牛的人，他负责论文翻译，王跃才同意加入。结果前几天他们才了解到题目可能要独立翻译。

"我有点儿担心。"

陈路周把近几年美赛用到的专业词汇做了个汇总，用文档发给他："应该够用，估计问题不大。"

李科突然说："白老师让我们多关注最近的生物预测问题，就是通过建立全球模型改善生态环境。近几年，美赛好像比较关心全球生物、气候这些。时间表出来没有？到时候不管怎么样，我们严格按照时间表执行，不要在任何问题上钻牛角尖。"

王跃："你控制控制自己就行。"

陈路周笑笑，不说话。

…………

那几天，三个人夜以继日，除了睡几个小时的觉，几乎就没离开过那张桌子。有时候朱仰起半夜起来，看见陈路周和王跃还在对着电脑查资料。他幽幽地叹了口气："李科这孩子真的有点儿嗜睡啊，嗜睡的孩子有福气啊，看这俩队友，可真够拼的。"

等李科迷迷瞪瞪地睁眼，天已经亮了。陈路周和王跃都回房睡觉了，他继续干他俩剩下的活。

那年过年是二月八日，过年前几天，庆宜破天荒下了场小雪——地面都积不起雪，就屋顶覆盖了一层白色，好像一层薄薄的小毯子。

从小在南方长大的蔡莹莹，每年过年也就趁着这点儿小雪跟人打个雪仗，当下非要拉着徐栀下楼去打雪仗。

徐栀在北京打过一场酣畅淋漓的雪仗之后，对这种小雪已经提不起兴趣了。也是打完那场雪仗，她才有了一种踏踏实实的感觉：陈路周是真的走进她的生命了，那个充满浪漫细胞、理想主义、诗酒趁年华的少年。

"他们到底什么时候回来呀？"蔡莹莹打个雪仗是满地找雪，最后才从树上扒拉下来一小捧雪。

"不知道呢，听说还没订票，北京下暴雪了，不知道还有没有航班，最晚年初三应该回来了。"

"朱仰起也回来吧？"

"跟屁虫能不回来吗？"徐栀靠在树上，笑着看蔡莹莹，"我怎么觉得你对朱仰起很关心呢？"

蔡莹莹没搭理她，看着那棵树，一抹回忆从她的脑海里涌出来："你说这棵树会不会像陈路周门口那棵树，上面也有金项链啊？哈哈哈哈——"

说完她就用力地摇晃着树干，雪花夹杂着残余的落叶扑簌簌、纷纷扬扬、毫不吝啬地洒下来。

"哎！蔡莹莹！"

蔡莹莹笑得前仰后合，不管不顾，兀自摇着："金项链啊！金项链！"回忆确实美好。

然后两个人顶着一脑袋鸟屎回家了。

蔡院长正在门口贴春联，回头瞧见两个人那一身狼狈不堪的斑驳白点，嫌弃又忍不住靠近闻了闻，闻完瞬间弹开："蔡莹莹，徐栀！你俩又去掏鸟窝了？！你俩都几岁了？！"

蔡莹莹神秘兮兮地说："你不懂，老蔡，鸟窝里有金项链。我偷偷告诉你，以后经过梧桐树都可以伸手掏一下，尤其是小区楼下的。"

"神经病！"蔡院长自顾自贴春联，骂了句，"我怎么生了这么个玩意儿？"

徐光霁也听见声音了，举着锅铲从厨房冲出来，不可置信地看着徐栀："你也去掏了？"

徐栀老实说："真有金项链。"

徐光霁倒是没当回事："没事，傻了爸爸也养你。洗个澡，准备吃饭吧。"

陈路周参赛那几天基本没给徐栀发过信息。听说有网络监控,徐栀也不敢打扰他,一般都是给朱仰起发信息。

徐栀:你们年前回还是年后回?

跟屁虫:不好说,他比赛结束大概就大年三十了,听说比完赛还要分析什么东西,我们还没订机票,等他们从学校出来再说。

徐栀:北京雪大吗?

跟屁虫:目前还行,有个别地方的路可能封了,大部分地方还好。我们现在主要怕航班停了,万一年前赶不回来,年初三肯定回去了。

徐栀:年初三我爸要带我回老家拜年。

跟屁虫:再不济开学也能见到啊,总会见面的啊,这么想他?

徐栀:算了,懒得跟你说。

除夕那天,一如往年,老蔡和蔡莹莹在徐家过年。年夜饭是老徐做的。蔡院长拿出珍藏多年的女儿红,慷慨地说道:"这是莹莹出生那年酿的,本来想等到她结婚那天我再开了喝,就她这德行,也不知道要等到猴年马月,我决定还是不为难自己了,喝喝喝。"

蔡莹莹吃着他俩的下酒菜,意味深长地说:"我明年就找个男朋友给你看看。"

老蔡不屑地看了她一眼,没搭理她,和老徐笑眯眯地捧杯,抿了口,咂咂嘴,说:"也不知道为什么,今年咱们人也没多,也没少,就是好像跟往年有点儿不太一样。"

老徐:"莹莹期末进步这么多,你的心态不一样了。"

老蔡:"也是。"他转头对蔡莹莹说:"爸爸对你要求不高,双一流我都不需要,普通一本就行,学历上至少过得去,以后进医院……"

蔡莹莹:"我不想进医院,我的梦想是……"

老蔡:"你的梦想是改变世界,我知道了。"

蔡莹莹:"我现在换了,我的梦想是当一名美女老师。"

老蔡:"可以,好歹也是个梦想,为祖国教育事业拆屋碎瓦有你一份。"

餐桌上热闹,老蔡和蔡莹莹唇枪舌剑,毫不相让。

徐栀低头看了一眼手机,没消息,也没微信,不知道比赛是不是还没结束。

吃完饭，几个人坐在沙发上，兴味盎然地看着一年一度的大型保留节目，主持人的声音十年如一日或高亢或清脆——

"今年春节北京下了一场暴雪，有不少工人兄弟为了建设祖国，没能回家与亲人团聚，下面这个节目……"

老蔡和老徐看得津津有味，偶尔还会被戳中笑点："真逗。"

徐栀和蔡莹莹全程面无表情地观看，直到快十二点。城市里虽然不让放鞭炮，但总有人会偷偷放，只不过没前几年那么热闹，头几年的鞭炮声直接炸得人完全听不清电视机的声音。

这几年大家收敛了很多，但此时，依稀还是有噼里啪啦的声响在窗外陆陆续续响起。徐栀望向窗外，五彩斑斓的烟火充斥着城市的上空，宛如巨龙在空中腾飞。

蔡院长终于被春晚给催眠了，靠在沙发上呼呼大睡，鼾声被掩盖在充满希望的鞭炮声中。

老徐去医院给人送点儿饭——韦主任的儿子骨折住院，过年都没年夜饭吃。

电视机里，主持人正为迎接崭新的一年激情澎湃地进行倒计时。

蔡莹莹问她："徐栀，要不我们下去放烟花？"

徐栀："小区不让放。"

蔡莹莹说："不是那种冲天炮，最近我们班很多同学在玩那种'钢丝球'，'钢丝球'你知道吧？"她做了个手势，囫囵一抡臂，说，"就那种，一个劲儿甩圈就行，很漂亮的。走走走，你给我拍个视频，我要上传。"

徐栀不放心地看了眼老蔡："他不会打呼噜把自己给憋坏吧，我就没听过这么响的鼾声。"

蔡莹莹："没事，比你爸的电钻声好多了。"

徐栀笑着回了句："你才电钻声呢。"

蔡莹莹拉上徐栀，蹑手蹑脚地下楼。

小区楼下有一块空地，但有几个人在兴致盎然地玩摔炮，玩得不亦乐乎，炮仗被摔得啪啪作响。

徐栀没细看，正要问蔡莹莹"咱俩在哪儿玩呢"，就听见蔡莹莹站在楼梯口来了一句："来，人给你骗下来了，两顿饭。"

徐栀在那一瞬间还以为蔡莹莹把她给卖了，直到耳边响起那道熟悉的漫不经心的声音才回过神。这时那声音正儿八经地跟人谈起了"人口贩卖"生意："她怎么也得值十顿饭啊。"

她这才看见一楼黑漆漆的楼道里倚着个人，旁边丢着个行李箱。

这会儿她才觉得玩摔炮那几个人的身形也眼熟，正看过去，就见那几个人也回过头冲这边挥挥手，一边摔着炮仗，一边嬉皮笑脸地跟她打了声招呼。

"徐栀，想他想疯了吧？我不是故意瞒你的啊！"这是朱仰起，他的脸上有着计谋得逞的笑意。

"把人还给你了啊！这一路赶得我水都没喝一口。"这是李科，他的脸上也是那种轻松的笑意。

"陈路周说过年前回不来就跟他俩绝交。"说话的是姜成，没想到他竟然也在。

每个人脸上都是那种善意的调侃和笑意。蔡莹莹不知道为什么，就觉得这种被所有人都拼命保护的恋情看着莫名眼热。当然，她看着朱仰起，眼睛更热：这哪儿来的大块头，好辣眼睛。

等蔡莹莹过去跟朱仰起打招呼，徐栀才忍不住走进那黑暗里，去瞧他。

陈路周穿着一件白色的运动服，拉链拉到顶，外面套着一件宽松的长款黑色羽绒服，衣摆到膝盖了，此时敞开着，下面是运动裤，一只脚抵在墙上。这一个月，徐栀不知道想他想了多少次。这会儿人真真实实地出现在她面前，要不是耳边响着朱仰起他们噼里啪啦摔炮仗的声音，估计徐栀迟钝的大脑还得反应一会儿。

真奇怪，在看见他之前她觉得一切还好，看见他的那瞬间，那点儿心酸和委屈便不由自主地涌出来，她下意识地伸手去抱他。

她仿佛在大海上漂泊了数日的小船儿，在最无助的时候，有人拽住了那根靠岸的绳。

陈路周几乎是同时伸出手把她紧紧地搂在怀里，似乎也感觉到她的委屈，手在她的后脑勺上轻轻地揉了揉。

"对不起，回来晚了。

"新年快乐，徐栀。

"其实有句话想当面跟你说：'我的家里只有你的位置，不会有别人。'"

楼梯间光线昏暗，静谧无声，耳边的鞭炮声渐渐小了——也许是两个人的心跳和情绪都太过激烈，让他们自动忽略了外界的杂音，只能听到彼此的呼吸声，像濒临绝望的鱼儿被人放回大海里，用尽全力把对方拥在怀里，感受对方那久违的气息和温度。

"新年快乐，陈路周。"徐栀忍不住抱紧他，眼眶一酸，心里有种陌生的情绪涌上来。她一时之间不知道该怎么处理。于是，在他怀里埋得更深，那熟悉的鼠尾草气息钻进鼻子里，她顿时觉得安心又满足。

想说的话太多，但陈路周知道今晚没办法待太久，只能拣重要的话说。于是，他极具安抚性地揉了揉她的头，低声说："我不太擅长说情话，因为我知道我现在什么都没有，说什么好像都是在开空头支票。"他低头，凑到她的耳边，"但以后我们都会有，这点你可以相信你男朋友。"

"懂。"徐栀学他。

他扑哧笑了下："学人精。"

被人嘲笑了，徐栀埋在他怀里，狠狠地掐了下他的腰，以示不满。

陈路周的腰精瘦，肌肉薄而结实，蕴藏着力道，手感很好。徐栀掐着掐着就趁着黑把手从他运动服的下摆里伸进去……

陈路周低头看她，无奈又好笑地"哎"了声，把她不安分的手及时拉住，笑着问："干吗呢？"

某人流氓耍到底，执意要把手伸进去："吃豆腐。"

"别闹，明天让你吃个够。我等会儿还要跟他们去吃点儿东西，你早点儿上去睡觉？"

徐栀这才把下巴抵在他的胸口上，仰头去看他，眼睛里的红潮还没退去，好像一条拧不干的毛巾，可也挤不出任何水，雾气朦胧，就是红。她轻轻地说："想跟你再待一会儿。"

"哭了？眼睛怎么红红的？"他的手指插进她的头发里，拨了拨，"嗯？"

"被你感动的。"她微微踮起脚，凑近了些，让他看，"有眼泪吗？"

陈路周捧起她的脸认真看了眼，大拇指在她的下眼睑温柔地摩挲了一下，"没有，不急，哭不出来也别非得哭，对身体不好。"

徐栀任由他捧着脸，这会儿才仔细打量着他：下颌线又清晰了很多，唇也薄得不近人情，看着莫名有种严肃感，手上的动作却很温柔，锋利的眉梢带着笑，但也掩不住疲倦感。唯独那双眼睛一点儿也没变，依旧黑白分明，好像长在雨天泥潭里却依旧清新干净的草，整个人看上去比刚放假那会儿好像又成熟了点儿。

"你又瘦了，一点儿都不娇了。"徐栀说。

从北京直飞庆宜的班机本来就不多，他转了一趟机，在机场待了好几个小时，一天几乎都在路上，压根儿没时间收拾自己。

"娇个大头，我本来就不娇……"

话音未落，两个人旁边突然炸开一道摔炮。

两个人一愣，转头看过去，那边的声音轻飘飘地传过来："陈路周，我饿死了！"

"等会儿，要饿你们自己先去点。"他低头看着徐栀，头也没回地喊了句。

徐栀叹了口气，松开他："你跟他们去吧。不过大过年的还有地方吃饭吗？"

"嗯，一中附近还有几家小吃店开着，随便吃点儿就行。"陈路周也松开她，想了想，问了句，"你这么晚能出门吗？要不要一起去吃点儿东西？"

"算了，太晚了。"

"嗯，有事打我电话……"

话音未落，又一道摔炮猝不及防地在两个人旁边炸开，显然那边的人等急了。

陈路周不耐烦了，背对着楼洞口，头也不回地吼了句："你们烦不烦？"

结果，那边的人二话不说又是一下，这次还是连环炮，两三个摔炮在地上犹如地雷一般接二连三地炸开，差点儿炸到陈路周的脚。

"你饿死鬼投……"陈路周极度不耐烦地一扭头，话说到半截，整个楼梯间里安静了足足有两三秒。他的声音陡然变了调，徐栀从来没听过他那么乖巧的声音："徐医生。"

徐光霁穿着黑色的皮夹克站在楼洞口，手里拿着不知道从哪儿劫过来的摔炮。陈路周下意识地往徐光霁身后看了眼，发现朱仰起和蔡莹莹几个人拼命在打手势，但已于事无补。老父亲面无表情地接上他的话："你在这里干吗呢？"

陈路周咳了声,老老实实把手揣进自己的裤兜里,自觉地、不着痕迹地往旁边撤了一步。

"那个,我给徐栀送点儿东西。"

徐光霁看他两手空空,镜片底下的眼睛微微眯起:"送什么?"

陈路周脸不红心不跳,目光不避:"就一些书,之前暑假跟她借的。"

"一箱子书?"

陈路周啊了声,不假思索地说:"对,一箱子书。"

徐光霁笑眯眯地说:"行,那把箱子给我吧,我拎上去。"

陈路周:"……"

陈路周看了徐栀一眼,咳了声,见她无动于衷,他只能忍痛把箱子推过去。

徐光霁拎起箱子,掂量了一下:"还挺沉,好孩子,爱读书好啊。"

陈路周的箱子里没什么书,就几件衣服和无人机,还好上了锁。

"那个,徐医生,箱子你得还给我……"陈路周依依不舍地补了句。

"废话。"徐光霁心满意足地拎着箱子准备上楼,转头看了眼徐栀:"你还愣着干吗?"

徐栀憋着笑,看老徐转过身,她准备跟着上楼,用口型跟他说了一句:我走了啊?

陈路周束手无策地看着自己的行李箱被拖走。看她见死不救,还一副看好戏的样子,他的两手忍不住在她的脖子上狠狠又虚虚地掐了下。徐栀笑着刚要躲,老徐又想起什么,回过头,陈路周赶忙把手放下,若无其事地揣回兜里。

徐光霁回头叫蔡莹莹:"蔡莹莹你也上来!"

"等会儿!"

蔡莹莹跟朱仰起几个玩摔炮摔得正兴起呢,看谁摔得远、摔得响,平地摔还不够,还要跳起来摔。几个男孩子都没她摔得野。

"你们会不会玩啊,还没我爸的屁崩得响。"

李科:"……"

朱仰起:"……"

上了楼,好在徐光霁没要求开箱检查,把箱子拎到徐栀的房间放着,只问了一句:"你俩现在是一个学校?"

徐栀嗯了声:"他没出国,填了征集志愿上了我们学校。"

"哦,挺好。"徐光霁没说什么,脱掉外套,"早点儿睡吧,咱们明天得去外婆家拜年。"

徐栀一愣:"不是年初三才回去吗?"

徐光霁说:"年初三我值班,早点儿回去陪外婆待几天。"

…………

陈路周他们几个人就在一中附近的沙县小吃随便吃了点儿。风尘仆仆赶了一路,几个男孩子早已饥肠辘辘,几笼蒸饺下肚,精气神终于回来点儿,他们这才开始闲磕牙。

"徐栀以前是睿军的吧?跟谈胥是不是同学?我老说这名字怎么听着这么耳熟。"姜成囫囵吞着蒸饺说,"你们是不是暑假那会儿就挺暧昧了?"

今天要不是姜成开车来接机,他们一时半会儿都打不上车。姜成这人做兄弟还是可以的。他父母都在外省打工,偶尔过年回来一趟,杭穗要不在,他就一个人过。

朱仰起说:"你那时候天天跟他的情敌一起打球,我们哪儿敢跟你说啊?"

姜成扑哧笑了:"陈路周,你对我这点儿信任都没有?我可能不帮你帮谈胥吗?神经病。"

陈路周笑笑,没说话。

朱仰起:"他主要是不想让你夹在中间为难。"

姜成说:"谈胥高一跟我是同学。他考完来找我说想转回一中的复读班,我那时候也打算复读来着,估计我俩以后还是一个班,就约他打了几次球,关系也就还行。后来高考成绩出来,我也没想到分数竟然还不错,也懒得复读了,之后就没怎么跟他联系过了。"

"谈胥是不是跟你说过徐栀?"陈路周问了句。

姜成想了想:"说过,就那么一两次。所以暑假那个时候我都没反应过来,就谈胥的那个徐栀,听着好像很有手段,但徐栀本人看着又挺单纯的,完全没法联系在一起……"

"谈胥的那个徐栀?"

"你的徐栀。"姜成立马改口,半开玩笑地说,"咱草占有欲还是这么强。哎,你现在在学校打球,不会还在篮球上写十几个自己的名字吧?"

陈路周笑了下:"不是,她不是篮球,不是我随便刻上名字就是我的。她本身就是个独立好强的人,应该也不喜欢听到自己被别人像物品一样归类。"

谁都知道,他的占有欲强到什么东西都要刻上自己的名字。

但没人知道,尽管这样,他依然不舍得让徐栀在身上文他的名字。

更何况,他女朋友本身就很具吸引力,根本不需要借谁的光。

陈路周那会儿已经累得不行很没坐相了,跷着二郎腿靠在那儿,一点儿没注意 A 大高才生的形象,总之是很疲惫的样子,但还是强打着精神,把话给撂那儿了。

"李科和朱仰起都知道,我对她是认真的,不是单纯谈恋爱过过瘾。"

姜成像是愣住了,而后才慢慢反应过来这话是什么意思。

男生之间都有些心照不宣,如果一个男生自己对女朋友不认真,那他的兄弟自然也不会上心。

姜成自然也明白过来陈路周是什么意思,连连点头,以伏低做小的姿态说:"懂了懂了,供着,供着,以后给你供着。"

朱仰起看了眼一旁沉默不语的李科:"你干吗呢?"

李科的眼珠子转得飞快:"我在盘时间线。"

朱仰起忍不住说了句:"这哥们儿卷起来没完了。比完赛给自己好好放个假行不行?"

李科问陈路周:"我刚刚盘了一下,所以,从头到尾,我才是最后一个知道你俩的关系的?"

朱仰起:"……"

陈路周:"……"

等吃得差不多了,姜成问:"你等会儿回哪儿?夷丰巷那边退了吧?"

陈路周的行李箱被没收了,孑然一身,外套挂在椅背上。这会儿酒足饭饱了,他人靠着椅背,把吃剩的几个空蒸饺笼给人家叠在一起,又抽了张纸,把自己面前的桌子擦了擦,说:"新租了个房子。"

朱仰起抹了抹嘴:"你妈不是在江边给你买了一套公寓吗?"

"总得靠自己吧,"他想了想,把纸扔进垃圾桶,自嘲地笑了下,"她要哪天看我不爽又把房子收回去了,我不还得卷铺盖从里面滚出来?这种滋味尝过一次就够了。"

几个人不用想都知道,暑假被人从别墅里赶出来,陈路周心里应该挺不好受的。

几个人吃完饭从小吃店出来就分道扬镳了。

陈路周空着手,一路走回去。街上空荡荡的,偶尔有几辆车从身边疾驰而过。两旁的白玉兰灯柱上挂满了小灯笼,庆宜的年味还是挺浓的。各家各户张灯结彩,窗户上挂着一盏盏象征着团圆喜庆的红灯笼,春联一抹抹,像盛开在黑夜里的串串红。

年味越重,那些无依无靠的人越显得孤独。

陈路周走在路上,还是给连惠女士打了个电话。

"你回来了?"连惠接到电话,声音还是欣喜的。

陈路周一手揣在兜里,一手举着电话慢悠悠地走着,正好看见庆宜市的地标在众多如几何图案一般的高楼间冒出一个尖尖的头。他低声说:"嗯,刚到。"

"妈!是哥的电话吗?"电话那边冒出一道刺耳又熟悉的声音。

连惠忙说:"我把陈星齐接过来过年了,他爸这几天在国外。你要不要过来?我把地址发给你。"

四周安静,路灯把他单薄的影子拉得老长,淡得像是随时会消失。

"不用,我刚下飞机,东西还没收拾。"陈路周顿了一下,说,"新年快乐。"

连惠慢了一拍:"新年快乐,路周。"

和陈计伸离婚后,连惠很少叫他的全名。陈路周走之前,连惠还问他要不要把姓改掉。当时陈路周还讽刺了一句:"改成什么?改姓连吗?"

自那之后,连惠就没再提改姓的事了。

徐栀大年初一刚起床就被老徐毫不留情地拎回老家了。陈路周的行李箱还在她家锁着。她昏昏沉沉地坐上副驾驶座,一边绑安全带,一边给陈路周发了一条微信。

徐栀:男朋友,我被老徐拖回老家了。

那边的人迅速回了一条微信过来。

Salt：那我怎么办？

徐栀：忍忍吧，我后天就回来了。

Salt：忍什么？我说我的行李箱。

徐栀：啊，你难道不是想我？

Salt：也想，但是现在更想我的行李箱。

徐栀：里边有什么东西吗？

那边的人好久才回。

Salt：内裤。

徐栀：你现在……不会挂空挡吧？

Salt：废话，我有的穿吗？

徐栀：你要不出去买两条？

Salt：我怎么出去？嗯？

徐栀：叫外送？

Salt：大年初一谁给你外送？

徐栀：朱仰起呢？

Salt：他会笑死我的。

徐栀：面子重要还是内裤重要？

Salt：面子重要。

徐栀懒得劝了：那你挂着吧，反正你也不是第一次挂了。

Salt：……

Salt：明天能回来吗？顶多再挂一天。

徐栀：看我爸，他要不想回去，我总不能自己跑回去吧。

Salt：看出来了，你爸是故意的。

陈路周回完微信，把手机扔到床头。那会儿还是清晨，窗帘紧紧地拉着，上面浮着一层淡淡的金光，只有墙角缝里漏着些微光，整个房间昏沉沉、黑漆漆的。他大半个身子都陷在被子里，睡眼蒙眬地将脑袋埋回枕头里，沉沉地叹了口气。

床、沙发和茶几都是徐栀新买的。他租的时候房东就跟他说过这边是新装修的，还没人住过，有些软装没买。卧室里就放了一张折叠行军床，他如果就这样租，租金可以便宜点儿。陈路周当时就想先找个落脚的地方，估计自己也不会长住，就先租了一年。

徐栀的动作很快。他昨晚一进来，就发现沙发和床都买齐了，窗边放了几盆新鲜的绿藤，柜子里放了一些小装饰点缀，墙上挂了几幅画，这个房子突然就有了家的感觉，很温馨。

他昨晚睡得特别安稳，比以往任何一天都安稳。

这样的温馨只持续到下午。陈路周难得睡到下午才起，起床洗完脸，实在无聊，就坐在沙发上，开始敲核桃吃。

哪——一锤子下去，木制茶几猝不及防地裂开了，然后不受控制地噼里啪啦开始散架。陈路周想扶没扶住——都不知道从哪儿下手——茶几瞬间坍塌下去，好像被一只恶魔的手劈开，直接四分五裂地躺在了地上。

陈路周简直不敢置信，举着锤子的手呆愣愣地停在半空中。他抬头看了看锤子，又看看地上的茶几"尸体"，半天都没回过神。要不是他的眼睛不知所措地一眨一眨散发着茫然无辜的光芒，画面看起来好像完全静止了。

他的力气太大了？

徐栀要哭了吧。

正巧，沙发上的手机亮起来，他魂不守舍地拿过手机。

徐栀：那个，陈娇娇，我忘了提醒你了，茶几是我自己做的，你用的时候小心点儿，可能还不太牢固。千万别敲啊！

那你为什么在桌上放一袋核桃？

陈路周："……"

正当他愣神之际，脑袋上突然传来一阵闷痛——挂在沙发上方的画仿佛被茶几坍塌的"余震"波及，不偏不倚，直接砸在了他的脑袋上。

陈路周疼弯了腰，头低着，痛得连连嗷了几声。等缓过劲儿来，他手捂着脑袋，一脸茫然无措地看着一地狼藉。

他怎么也想不明白，这家怎么这么容易就散了？

手机又响了。

徐栀：对了，你有时间把墙上的画再钉一下，我不知道房东让不让钉钉子，就随便拿了个东西先贴上了。

陈路周："……"

第十七章
徐栀，我是你的

陈路周四仰八叉地躺在沙发上，两条腿大咧咧地敞着，给徐栀回了一条微信。

Salt：……

几个点包含了千言万语和无尽的叹息，那边的人似乎嗅到了不寻常的气息。

徐栀：你干什么了？

Salt：砸核桃。

徐栀：陈娇娇，你是不是有病，大年初一砸什么核桃？

Salt：我饿，家里没东西吃。

徐栀：冰箱里还有两罐猫粮，先对付两天，乖。

Salt：……不爱了……就……别勉强……

这话已经快成他的口头禅了。

徐栀抱着手机笑。老徐正站在院子里，拎着根水管洗车，拿起一旁的毛巾，面无表情地丢给她："帮爸爸擦车。"

徐栀悻悻地把手机揣回兜里，不情愿地走过去，磨磨蹭蹭地擦着车窗，半晌，问了句："老爸，你是不是故意的？"

徐光霁洗车洗得一头汗，把水一关，一边喷清洁剂，一边凉飕飕地说："那小子不老实。"

徐栀擦车的手一顿，忙说："他是怕您接受不了。"

徐光霁把车门打开，拎出脚垫抖了抖："囡囡，爸爸不反对你谈恋爱，但不管是男朋友还是老公，你们之间的关系一定是建立在互相吸引的基础上，不是无条件的。你能懂爸爸的意思吗？"

徐栀想了想，说："大概懂。"

"你们现在年纪还小，恋爱时间一长，一旦吸引力减弱甚至消失，这个男孩子有责任感还好，就怕那种没责任感的，要么劈腿，要么拖着不肯结婚，消耗女孩子的青春。"徐光霁叹了口气，说，"当然，我不是怀疑他的人品，陈路周那小子各方面都没的说。你去北京之后，他陪我喝过两次酒。那小子谈吐很得体，比你们这个年龄的小孩儿都成熟，在感情方面又很单纯，作为长辈，我很喜欢他。但是作为我女儿的父亲，我会忍不住，也必须挑他的刺。"

庆宜年前下了一场小雪，但是过年那几天天气很好，气温直接回升了十几摄氏度。

徐光霁说完这段话，已经气喘吁吁，豆大的汗珠从他的脸颊两侧滑落下来。他从旁边捡了块抹布，继续弯腰擦着车门。夕阳的光落在他的脸上，皱纹仿佛被镀上了一层金，线条曲折却清晰，两鬓隐隐露出一些白发。

徐栀也是那时候猛然反应过来，小时候她在爸爸的脖子上骑马，爸爸可以带着她玩一下午都不觉得累；而如今的爸爸，帮外婆提个煤气罐就累得直弯腰，甚至一边干活一边说话都会出汗。岁月从来不留人，留下的只有回忆。

徐光霁拧干抹布，完全没意识到女儿盯着他，继续说："他的家庭背景爸爸还不太了解，只听说父母是做生意的。我跟你说，生意人最精明了，咱们的家庭背景相对来说单薄一点儿，爸爸要不在他面前立立威，他以后欺负你怎么办？"

"打出去！"在旁边晒太阳的老太太突然声音高亢地吼了句。

徐栀忍俊不禁，突然想到韦主任，开口问道："老太太知道你和韦阿姨的事情吗？"

"知道，年前就跟她说了。"

村里人都知道，老太太的女儿走了之后，徐光霁这个女婿对她任劳任怨，老太太嘴上虽然总是对徐光霁骂骂咧咧的，但其实，很多时候都是希望徐光霁不要再管她了。徐光霁也知道老太太是嘴硬心软，一直都跟她说："我会给您养老的，就当是给孩子做个榜样。"

徐栀哼了句："那你就瞒着我。"

"你不也瞒着我吗？"

两个人都笑了。徐光霁重新拧开水龙头，拎着水管把车冲了一遍，说："韦主任说年初三咱们一起吃个饭，你把陈路周叫上吧。"

徐栀啊了声："叫上陈路周？"

徐光霁说："以后你们大二、大三学业忙起来，可能一年都回不了一趟家，趁这次大家都在，一起见见，我让韦阿姨也帮着把把关。"

"好，我问问他。"

陈路周正在修复茶几，钉子还没全钉进去，随便支了个框架在那儿。他正准备把钉子钉牢固，手机和门铃几乎是同时响起。他小心翼翼地扶了下茶几，让摇摇晃晃的茶几在那儿站稳，然后拿起手机，一边给徐栀回了个"好"，一边去开门。他走得格外小心，像是怕踩到地雷。

门一打开，看见一张陌生又熟悉的脸，陈路周愣了好久才认出来："傅老板？"

傅玉青站在门口，西装革履，温文尔雅，套着一件同色系的羊毛大衣，脑袋上戴着一顶绅士帽，手上还甩着一串车钥匙，表情鄙夷中又带着同情，递了一袋东西给他，开口一句话直接把陈路周冻住了——

"听说你没内裤穿？"

陈路周："……"

静静地缓了几秒，陈路周让自己尽量心平气和，毕竟对方也是雪中送"裤"。他和傅玉青的气场其实一直都不太合。虽然他后来帮傅玉青拍摄过茶庄，傅玉青也给他介绍过车队的拍摄工作，但傅玉青这个人不知道是不是天生就这样拿鼻孔看人，说话也挺刺人，总是一副所有人都欠他的样子。给别人介绍工作也是一副"我同情你，施舍你"的口气，陈路周看到他就不爽。

"徐栀让你来的？"陈路周接过东西，也没请他进门，问了句。

傅玉青笑着点点头，说："正巧今天下山去他们家拜年，小栀说他们回老家拜年了，让我帮她办个事。没想到这么久没见，你还是这么狼狈。"他顿了下，不知道在思索什么，过了半天，才试探着叫了一声，"陈周？"

"我叫陈路周。"

"太久没联系了，我忘了。你家里破产了？你那个有钱难伺候的弟弟呢？"傅玉青不屑地往屋里扫了眼，啧了声，"不请我进去喝杯茶吗？"

好歹也是徐栀的长辈，陈路周没跟他计较，把门打开，身子微微一侧让人进去，说："家里没茶，冰箱里有矿泉水。"

傅玉青大手一挥："矿泉水就行。"

等陈路周去冰箱里把矿泉水拿出来，傅玉青已经在沙发上坐下了，显然是有话要跟他说。不过看见沙发上开到一半的核桃，傅玉青的强迫症就上来了，刚好旁边又放着一把锤子。他把核桃放在茶几上，顺手拿起锤子就砸了下去。

陈路周都来不及阻止。

哪——一锤子下去，茶几又塌了。

傅玉青："……"

陈路周："……"

我刚搭好的。

为了掩饰尴尬，傅玉青拿起旁边的靠枕，人往沙发靠背上重重地一靠，正准备说什么缓解这窘迫的局面，脑袋顶上突然一阵闷痛——墙上仅剩的最后一幅画再也支撑不住，重重地砸下来。

傅玉青被砸得头晕眼花，帽子也被砸歪了，整个人一副歪帽斜眼、放弃抵抗的样子靠在沙发上，盛气凌人的气势全被砸没了。

傅玉青："……"

陈路周忍不住笑了下，走过来，把他身上的画拿开。

"要给你叫救护车吗？"陈路周出于人道主义问了句。

傅玉青什么也没说，摆摆手。此地不宜久留。

他把帽子戴正，重拾气势，假模假样地咳了声："徐栀都跟我说了，你俩在谈恋爱。"

564

陈路周心里多少品出一点儿味道来，把他怀里的抱枕给夺回来，在旁边的沙发扶手上坐下，把抱枕抱在怀里，一条腿懒洋洋地搭在扶手上，低头瞥了他一眼，冷淡地道："有什么问题吗？"

傅玉青说："大问题没有，有几个小问题。"

"你说。"

"你谈过几个女朋友？"

陈路周已经做好了交代家底的准备，没想到傅玉青首先问了这个，随口说："就徐栀一个。"

"是处男吗？"

你有病吗？

陈路周觉得傅玉青这个人的脑子可能不太好。

他无语地仰头顶在后面的墙上，喉结冷冰冰地滑动了一下："我说了就徐栀一个。你不问问我家里的情况吗？"

傅玉青笑了下："有什么好问的？哎，我听说你大学学的人文科学啊，那应该学过哲学吧？弗洛伊德你肯定知道，阿德勒你听说过吗？"

"听过。"

"那你应该知道阿德勒哲学提倡的是目的论。弗洛伊德崇尚原因论，认为很多人的性格跟原生家庭脱不了关系。但我更喜欢阿德勒的目的论，原生家庭只是你过去的一部分，我更倾向于了解你现在是一个怎么样的人。你说家庭背景，这种东西无非就是你有没有钱。你现在没钱，但我相信你以后肯定会有钱，毕竟你和徐栀都是A大的高才生，你们两个以后的生活肯定不会差。但是男人本性中的东西我比较关心。比如说浪子回头，或许浪子会回头，但我不愿意让我从小看着长大的小姑娘去赌这个浪子回不回头。你懂了吗？"

这点巧了，相比弗洛伊德，陈路周也更喜欢阿德勒哲学，闻言看了他一眼："我看着像浪子？"

"有点儿，毕竟长成你这样，没点儿自制力的话……"傅玉青欲言又止。

陈路周忍不住笑了。

傅玉青站起来："差不多了，就这个意思。"

陈路周把水递给他："水不喝了？"

傅玉青头也不回，摆摆手："算了，我怕你下毒。"

年初三下午，徐光霁做了一桌子菜，前所未有地丰盛。徐栀感觉这大半个月寒假自己真的被怠慢了。

正巧韦主任和陈路周同时进门。徐栀乖乖叫了声"韦阿姨"，然后弯腰从鞋柜里翻出两双拖鞋放在地上。

陈路周往后撤了撤，让韦主任先进门。韦主任笑着把手上的新年礼物递给徐栀："新年快乐，徐栀。"

"谢谢，新年快乐。"

韦主任笑笑，去了厨房帮忙。

陈路周后进门，站着一边换拖鞋，一边看着她，用手捏了捏她的脸，笑着调侃说："怎么不叫人呢？"

"叫什么叫？快换鞋。新年礼物呢？"徐栀摊着一双手。

陈路周把东西递给她——几瓶酒和一个小袋子，嘴上还在慢吞吞地调侃她："你纳贡呢。"

"怎么两份？"

陈路周穿好拖鞋走进来，揉了揉她的头，说："酒给你爸，剩下那份是你的新年礼物，等会儿拆。"

等徐栀放好东西出来，陈路周还站在那儿，显然是看人家在厨房忙，又不好进去插手，也不敢坐在沙发上当甩手掌柜，跟徐光霁打完招呼，只好尴尬地在厨房门口站着，尽管徐光霁说了好几句"你先找个位子坐"。

徐栀拉着他在餐桌的一边坐下。菜已经齐了，老徐和韦主任还在里面榨果汁。老徐胖胖的背影看着憨实又局促。

徐栀转头看陈路周，不怀好意地问了句："紧张吗？"

陈路周脱下外套搭在椅子上，回头看她，大言不惭地说："紧张什么，我什么场面没见过？"

虽然说着不紧张，但徐栀一往他身上靠，他整个人就特别不自在地往边上躲，还低声说："你别闹，你爸要是看见了，以为我多轻浮呢。"

陈路周全程都绷着一股清心寡欲的劲儿，死活不肯靠近她。徐栀靠近一寸，他就悄悄地挪开一尺，最后干脆不吃了，就搛了两筷子，一副正襟危坐的样子靠在椅子上，偶尔抿两口酒。

大概老徐也不知道怎么招呼，全程只响亮地重复两句话——

"陈路周,你吃。"

"哎,好。"陈路周又乖乖拿起筷子。

"陈路周,你喝。"

"哎,好。"陈路周又乖乖抿一口酒。

场面尴尬又好笑。徐栀一边埋头吃饭,一边观察他俩尴尬但又不得不进行的互动,在心里笑得不行。

不知道的还以为他们俩是社恐。

最后还是韦主任救场,从容不迫地打开话题:"你以前高中是哪个学校的?"

陈路周自然而然地放下筷子,看向她:"我是一中的。"

韦主任讶异了一下,笑着说:"一中都是实打实的学霸,难怪能考上A大。"

不知道徐光霁是不是喝多了,开始坦露心迹,抿着老酒,插了一句:"他在一中都是第一名。"

陈路周下意识地看了眼徐栀,眉梢一挑:又吹我?

徐栀一副游刃有余的表情笑笑:没吹没吹,正常发挥。

等一顿饭吃完,徐光霁真有点儿喝高了,两颊红彤彤的,连眼睛都红了,话也多,说着说着就突然莫名嘿嘿一笑,表情高深莫测得好像把所有人都耍了,但其实是大家看着他一个人在耍猴。

"其实我早就知道了。"

徐栀和陈路周互看一眼。

"那段时间你手机在家里就没响过,也不敢当着我的面玩手机,有时候躲在房间里打电话一说就是大半天。我还跟韦主任说你多半是谈恋爱了。

"其实,你真不用担心爸爸,我知道早晚有这么一天,早就做好心理准备了。本来想着等你跟我说了你的事,我就告诉你我跟韦主任的事情。没想到,还是被你先发现了。嘿嘿!"

韦主任:"……"

陈路周:"……"

徐栀:"……"

韦主任忍不住出声提醒:"老徐,你好像喝多了。"

徐光霁是第一次喝高，完全控制不了自己的行为，神经已经被酒精麻痹，不依不饶地说要继续喝，絮絮叨叨地说着徐栀小时候的事情。好不容易把他劝下酒桌，几个人把他抬进屋去，刚放下，老徐回光返照一般一个鲤鱼打挺从床上跳起来，一只手死死地撑着墙。

所有人一愣，齐齐地看着他，都不敢动，屏着呼吸等着他的下一个动作。

"陈路周！"

"在。"

另外两个人看向他。

徐光霁："你会扎马尾吗？"

"不会。"

"那你过来，我传授你给徐栀扎马尾的秘诀。来，徐栀，你过来。"

徐光霁随手抓了一个"徐栀"。

陈路周一脸蒙地被他牢牢摁在床边。徐光霁伸手去摸他的头发："有点儿短。没关系，老爸技术高超。"

徐栀和韦主任想拦着：

"爸！"

"老徐！"

陈路周也没反抗："算了，你爸不折腾痛快了是不会睡觉的。"

徐栀这才发现徐光霁的床头有一把橡皮筋。他手法娴熟地抽了一根又一根，嘴里还在碎碎念："哎，就一定是这个高度，再高她会觉得勒着疼，再低她觉得不好看。"

说完，哐当，徐光霁躺下睡着了。

徐栀和韦主任已经快笑岔气了——陈路周脑袋上被徐光霁扎了十几个小鬏鬏，看着活像一颗仙人球。

陈路周一副生无可恋的表情看了徐栀一眼："你爸喝醉都这样吗？"

下一秒，徐光霁人又猛地从床上弹起来。

"我又想到一种新的手法！"

陈路周："……"

陈路周和徐栀洗完碗，韦主任从徐光霁的房间走出来，看见他乱糟糟的头发，还是忍俊不禁："你要不要回去洗个头？老徐刚刚做饭，一手油，我看你的头发都发亮了。"

主要是老徐还嫌他的头发太干不好抓,时不时娴熟地往掌心里吐两口唾沫,"呸呸",两手搓匀,再上手抓。

"我马上就走了。"陈路周跟韦主任说,然后看了眼徐栀,说:"你今天早点儿睡。"

徐栀打了个哈欠:"我倒头就睡。"

然而,韦主任前脚一走,徐栀后脚就去了对面楼。

他家的大门都没关,就那么开着。徐栀从柜子里拿出自己的拖鞋换上,看见他刚刚穿的外套被丢在沙发上,厕所里传来哗啦啦的水声,他应该在洗头。

茶几钉好了,徐栀晃了晃,纹丝不动,好牢固,墙上的画也四平八稳地挂着。

厕所里的水声停了,徐栀忙在沙发上坐好,准备等他出来表扬他几句,结果又响起吹风机的声音。茶几上丢着一本书——《如何打造一座牢固的堡垒》,已经翻一半了。徐栀顺着翻开的那一页往下瞄了两眼,本来以为是什么心理学的书,结果真的是讲装修的。

"沙发对小夫妻来说,基本上是情趣之地,所以检测沙发的软硬度,最好是站上去蹦两下。当然,大多数商家是不同意你们这么做的……"

徐栀果断站上去,蹦了几下,还挺软,主要是这沙发还不贵。

她心说:徐栀你真牛,真会买,改行吧,你是个天才装修工……

"干吗呢?拆家啊?"

见他靠着厕所门旁的墙,一副欣赏世界名画的悠闲表情,徐栀立马乖乖地坐下来:"我试试沙发。"

后面没声音了,徐栀一转头,他又不在了。

徐栀耐不住性子,追过去:"陈路周!你好忙啊!"

她刚走到卧室门口,猝不及防被人直接扯进去,贴到门板上。

陈路周正在换衣服,还没穿好,里面有件白色打底衫,他正把脑袋从卫衣的领子里钻出来,腰腹以下露着,隐隐能看见漂亮的人鱼线。他低头,似笑非笑地看着她说:"着急了?刚陪你爸喝酒,一身酒味,我换身衣服。"

他今晚也喝了不少白酒,耳朵都红了,嗓音被酒精浸过,好像更迷人了。

徐栀觉得自己醉了。这会儿两个人单独这么待着，明明人在眼前，她却莫名很想他，心脏激烈地撞击着胸口，情绪收不住。

"你比赛什么时候出结果？"

"四月中旬吧。"

"那我们什么时候回去？"

"你想几号回去？"

"没想好。本来担心我爸呢，想晚点儿走，现在觉得早点儿走也没事。"

两个人倚在门边有一搭没一搭地聊着。徐栀靠在门上，手搭在他的胳膊上，玩着他的耳垂，另一只手也没闲着，在他的小腹上轻轻刮着，占尽了便宜。她的手指微微颤着，一是没经验，二是太想他了，太久没见，肢体轻轻一碰就好像着了火，心情极为矛盾，想要灭火，又忍不住想要那火烧得更旺一些，干脆将她烧成灰，才能解这渴。

陈路周低头看着她的手滑入的位置，没说什么，任她自顾自地摸索，一只手还把裤兜里的手机拿出来，转头随手往床上一扔，给她更多发挥空间。

"你下学期是不是要申请转专业了？我看你的箱子里有线代的书。经管专业要学线代吗？"

"嗯。翻我的箱子了？"

"我是想把你的外套先挂到我的衣柜里，压在里面时间长了都压皱了。"

"怎么知道密码的？"

"随便试了下，就开了。"

"不得了啊，开锁小能手。"

"专开陈路周的锁。"

徐栀去扯他运动裤的带子。陈路周的运动裤腰带从来都不是扎的蝴蝶结，是从两边各打一个结，然后用一头的绳子从这两个结的孔里面穿过去的活结。所以，徐栀一开始怎么扯都扯不开，扯着其中一根带子，越扯，腰带绑得越紧。

"你的裤带好难解，绑那么紧干吗呀？"

徐栀被这根腰带分了心，正要低下头去看看他到底是怎么绑的，唇猝不及防地被人吮住。

陈路周吮了很长一阵，几乎没有其他动作，也没深入，就那么轻轻地吮着她。

徐栀的心怦怦跳着,几乎要失控,眼睛不自觉地闭上了,脊背被压在门板上,胸前是一堵滚烫坚硬的墙。心跳前所未有地疯狂,她总觉得他这次的停顿像是某种狂风暴雨前的宁静。

陈路周一手撑在门板上,侧头亲着她,下颌线紧紧地绷着,像蓄势待发的弓。停顿了好一会儿,他慢慢地、微微地动了动下巴,嘴唇开始张合,喉结慢条斯理地一下下滚动着。他闭着眼,一点点吞咽着她的气息,这才去解自己的运动裤带子。

徐栀的心疯狂地跳着,顾不得想他为什么调情调得这么游刃有余,只觉得脊骨一阵阵发麻,腿脚发软,压根儿站不住。

屋内再无其他声音,只余两个人的嘴唇厮磨声,交换着最亲密、最直接的温度和湿度。整个屋子瞬间气温升腾,好像平白被人添了一把柴火,那原本幽幽暗暗的光火一瞬间就燃到最旺。

陈路周最后把她腾空抱起来,压在床上,密密地同她接了一会儿吻,扣着她的双手压在头顶,目光仔细地将她扫了一遍。情欲难以抑制,他却还是声音沙哑地在她的耳边询问她的意见。

"可以吗?"

直到获得女孩儿的许可,他才笑着坐起来,一边脱掉上衣,一边去床头翻东西。

陈路周翻出东西之后顺手把灯关了,只留着一盏床头灯,黄色的微光在四下无人的夜里显得格外暧昧和引人遐想。

屋内再无多余的声响,连光都彻底暗下来,唯独墙上偶有浓郁的光影晃动,好像成熟的蚕蛹,已经在破茧的边缘,茧顺利地破开一个小洞,新生命得以窥见这个物欲横流的成人世界。

半夜,被窝里潮乎乎的,好像梅雨季节怎么也晾不干的衣服,很潮。

徐栀浑身都被裹着,热烘烘的,脸颊已经滚烫。

"热?"

徐栀没吭声。

他又低声问了句:"还是难受?"

"嗯。"

他抵着她的肩膀,无声地笑了下,笑得格外张扬,但是又无可奈何,那股灼人的热气喷在她的耳边。他像是骂了句脏话，但只是用口型，几乎没说出声。徐栀那会儿意乱情迷，头晕目眩，看他的轮廓都模糊，更别说看口型了。

"你说什么？"她低哼。

"我，说，"他一字一字低声重复，带着少年的青涩和无赖，"我，都，没，用，力。"

徐栀被他一句话抓回意识，涣散的目光慢慢聚拢，去看他。

汗水肆意流淌，顺着他干净的眉眼滑下来，全是为她流的汗，毫无保留。那眉眼之间比高三时少了青涩和克制，多了几分嚣张的恶劣劲儿和情动，比身经百战的男人生涩一些，但又比初入情场的男孩儿带劲儿。

他的脊背像山峰，这时弓着，被窝里汗如雨下，宛如泥石流滑下。

"那你别管我。"

"那怎么行？一次就废了，我以后怎么办？"

徐栀想抬脚踹他："你才废了。"

"别动，先适应一下。"

陈路周一边说，一边将她鬓角汗湿的碎发轻轻拨到耳后。

…………

"你老大爷骑车呢！"

他扑哧笑出来，越发得意忘形，一手支起身体，一手撑着床头，彻底没辙了："那你要我怎么办？"

徐栀不知道怎么说，耳边越来越热，心里也越来越躁，好像有一把刀架在脖子上，慢慢地磨着，生不如死，还不如一刀给她个痛快。

仿佛接收到信号，陈路周伸出手去，把台灯关了，屋子里瞬间暗下去。

"别关灯……"徐栀忍不住出声，一边撑起身想要阻拦他，话音未落，脑袋眼看就要撞上床头板。

陈路周伸手护住她的头，另一只手撑在床头，低头看着她。昏暗的房间里，两个人依稀还能瞧见对方的轮廓和难分难舍的视线。他的眼神更幽暗，直勾勾的，仿佛带着钩子。

徐栀时不时低低地叫他的名字，但他傲娇又欠扁，徐栀叫"陈娇娇"，他不应；只有徐栀叫"陈路周"，他才嗯一声，然后微微低头，闭上眼，英俊的眉眼皱着，表情隐忍，气息憋在胸腔里，简直要沸腾。

谁也没想到，去年暑假那场偶遇，门缝里那匆匆一瞥，会发展到如今这个地步。

他们在四下无人的夜里接吻，木头床那吱呀吱呀的声响比庆宜任何一个夏天的蝉鸣声都要绵长。

…………

两个人收拾完，在床上腻了会儿，说了些乍一听没头没脑的话。

"你真的很用力。"

"说实话，我还真没用力，真用力，你得哭着回家。"

"你以后别打球了。"

陈路周靠在床头笑，手拨弄着她的头发，低声说："这跟我打不打球没关系，你不找找自己的原因？"

徐栀若有所思，然后恍然大悟地看着他。

"懂了？"他懒洋洋地靠着床头板，拿过床头的手机，心不在焉地看了眼时间，丢给她，"不舒服我以后少碰你。帮我充下电。"

"那不行。"徐栀接过他的手机，心血来潮问了句，"哎，能看你的手机吗？"

"想查男朋友的手机啊？"他笑了下，"查吧。"

徐栀试着输入他之前的密码——四个一，转头看他："会哭着出来吗？"

"应该不会，但不太敢保证。"他靠在床头，微闭着眼，似乎有点儿累了，懒洋洋地说。

密码错误。

"改密码了？"

"嗯，你的生日。"

唉，陈路周这人还真是无懈可击。徐栀把手机放到床头插上电源："算了，拿女朋友生日当密码的男朋友应该没什么秘密。"

他闭着眼笑了下："徐栀，真不用担心，你想查随便查。我所有的密码都是你的生日。"而后，他想起来一件事，"哦，银行卡密码不是。"

"可我只关心银行卡密码。"

陈路周睁开眼，轻飘飘地瞥她一眼，笑着说了句："小财迷。"说完，他叹了口气，头都没低下去看，直接伸手拉开旁边床头柜的抽屉，把钱包摸出来，丢给她。

"就两张银行卡，一张是信用卡，之前我妈给我办的，参加美赛临时用了一下；还有一张就是刚去学校时办的卡，我所有的钱都转进去了。银行卡我一般都不用生日做密码。"

"那你用什么？"

"738733。"

徐栀打开他的钱包，里面果然只有两张银行卡，再就是一张身份证和一张 A 大的校园卡。证件照上的人跟现在的陈路周其实不太像了，但那个劲儿一眼就能认出是他。那时候的眉眼更青葱，像一棵刚发芽的白杨树，朝气蓬勃的眉眼间透着一股冷淡的锐气。

"这么难记啊。"徐栀一心研究他的钱包。

陈路周笑笑不说话。徐栀很快反应过来："咱俩的高考分？"

他裸分 713，加上他的竞赛加分，正好 733。

"嗯，当时脑子里就这两个数字，就顺手输了，用生日当银行卡的密码总归不安全。"陈路周说到这儿，低头瞥了眼自己的钱包，蓦然发现不对劲儿，下意识地要夺回来，"哎！"

徐栀已经看见了，是夹在侧面的一张照片，照片上是一个女孩子。这张照片好像是在学校大礼堂拍的，她确定那个女孩子不是自己，因为陈路周没在学校给她拍过照片。

他好像从没跟她说过，他曾经是否喜欢过别人。没谈过恋爱，不代表没有暗恋的人啊。虽然"暗恋"这个词真的很不适合他。

徐栀那颗心莫名就沉了下去。心里涌出来的这股酸劲儿还挺新鲜，她从没有过这种情绪。这股酸劲儿仿佛打通了任督二脉，咄咄逼人地在她浑身上下游走了一圈。

她想打他一顿，又舍不得。

陈路周刚要伸手夺回来。徐栀已经把钱包甩给他了，然后掀开被子，翻身下床，面无表情地说："太晚了，我先回去了。"

陈路周愣了一下，如梦初醒，瞬间反应过来，立马跟着下床："徐栀！"

陈路周从没见她动作这么快。她连拖鞋都没顾上穿，直接光着脚就走出去了。

陈路周追到门口，把人拽住，手握在门把上，不让她碰。他一手牢牢地拉着门把，一手把人拎开，隔在她和门中间，知道她要是开了这个门出去，肯定溜得比耗子都快："跑什么？生气就跑？那以后呢？吵架你就跑？又让我跟上回那样疯了一样找你？"

徐栀像个木头一样立在那儿，心里还在回味那股陌生又新鲜的情绪。那股情绪好像残暴的恶魔闻见新鲜的血液，残忍地啃着她的肢体，而她放弃抵抗，任由它一点点蚕食自己，心不在焉地站在那儿听人训话。

陈路周急着追出来，也没顾上穿拖鞋，但好歹他的脚上还有一双袜子。徐栀直接赤脚站在冰凉的地砖上，他从鞋柜里抽出一双拖鞋放到她面前。

"先把鞋穿上。"

徐栀叹了口气，听他的话，慢慢穿上拖鞋。她坦诚地说："我不是跑，我也不想跟你吵架，也不想知道你到底喜欢过谁。要不，你把门打开，让我回去睡一觉，明天起来我应该就没事了。"

她习惯用时间消磨情绪，天大的事，只要睡一觉起来，她都能消化。

陈路周手插兜靠着门，觉得好笑，目光从她穿拖鞋的脚上移到她的眼睛上，用一种"你跟我玩呢"的挑衅眼神看着她，说："睡一觉起来，即使看到那照片也没事了？问题就不在了？"

"反正你现在都跟我在一起了。"

"不怕我心里想着别人？"

"你能同时喜欢两个人？"

"不能。"

"那你现在喜欢我就行了。可以把照片扔了吗？"她还小心地征求他的意见。

唉，她又把自己说服了。

陈路周没接话，好像还挺舍不得，靠在门上静静地打量她，纠结地皱着眉。略一沉思，他仿佛痛定思痛，吊儿郎当地给了一个让她更解恨的建议："要不，一了百了，干脆烧了吧。"

徐栀非常友好且迅速地从兜里掏出打火机："借给你。"

陈路周一愣："你还抽烟？"

"No，"徐栀晃了晃食指，"真戒了。刚不是给韦主任开红酒吗？用打火机开的，开完就顺手放兜里了。"

"行。"

陈路周转身去房间拿钱包，又假模假式地从厨房拿了个碗出来，两个人坐在沙发上，碗放在茶几上。

徐栀以不变应万变，靠着沙发，眼角冷冷地垂着。

陈路周几乎是毫不留情地啪一下摁亮打火机，那小火苗咻地蹿起，在空气中带起一抹烟油味。陈路周看都没看，直接对准照片的一角，作势要点上去，瞧着可真是个寡情的渣男。

徐栀这会儿眼睛微微眯着，发现了一点儿不对劲儿。照片拍得模糊，大礼堂讲台上的女孩子几乎看不清脸。但她刚刚隐隐瞄到照片边角位置有个被拍到半截的红色横幅——车中学开学典礼。

虽然只拍到半个"车"字，但徐栀依稀能认出来，车？军？

她蓦然想起一些事情来："是睿军？"

见某人不为所动，徐栀急了，去抢照片："陈路周，是睿军高三的开学典礼？"

那时候老曲让她回去演讲，她磨了一个暑假的演讲稿还需要陈路周逐字逐句帮她改，改到最后徐栀都懒得改了，稿子都是他写的。

"是吗？"现在换他靠在沙发上，一条胳膊搭在她身后的沙发背上，开始拿乔了，"不记得了。"

徐栀立马夺回照片。因为大半个身子都被演讲台遮住了，加上她当时上身穿了一件最普通的白衬衫，那件衣服穿过一次就压箱底了，主要是不太舒服，扣子也容易崩开，所以她一时没认出照片中的人就是她自己。

"所以是我？"

"不然呢？"他无语。

"那会儿你不是跟你妈在国外吗？我记得我回去演讲是在枪击案之前？"

那时候枪击案频频上热搜。

"回来过一趟。"

"回来"两个字，陈路周轻描淡写一笔带过。但徐栀不知道的是，那时候他身上连订机票的钱都不够，暑期又是票价最贵的时候，他找了几个地方没日没夜地给人打工。那边管控比较严，大多数时候他都在中国城那边干活，偶尔给人当翻译，累得像头耕地的牛，喘口气都觉得累，可坐上飞机的那刻又精神抖擞。上飞机前怕航班误点，怕天气不好，又怕飞机上突发状况，怕这怕那，草木皆兵。

那时候他就知道自己栽了。

可这些事情他不想告诉她，觉得丢人，也觉得没什么好说的。刚刚发现徐栀看到那张照片的时候，他知道这些事情会被抖出来，所以才想抢回去。

没想到，她还真以为是别人。

"你们门卫大爷真的挺不认人的，我说我的班主任是你们老曲，他就放我进去了。"

徐栀不知道其中的曲折，便把照片放回茶几上。她已被愉悦的情绪淹没，心情舒畅，这会儿得意忘形了，手撑着沙发，侧身去看他，笑着调侃他："陈路周，你还真是个大情种啊。"

她的五官都要扬到天上去了。

"爽了？"

"嗯。"

他突然就不太爽了，靠在沙发上，若有所思。

下一秒，他扬手去拿茶几上的照片和打火机，开始胡搅蛮缠："不行，还是烧了吧。"

徐栀知道他是在逗她，便笑眯眯地说："陈路周，小心我以后在你的坟头蹦迪。"

"放心，咱俩以后一个坟。"他笑。

徐栀："……"

陈路周不逗她了，放下照片和打火机，把人揽过来，摁在腿上，丝毫不手软地捏她的脸："傻不傻，我钱包里的照片能是谁的？"

徐栀一回家就直奔房间把陈路周送给她的新年礼物拆了。本来以为只是个普通的手机挂件，后来等挂到手机上，仔细一摸，徐栀才知道是羊毛毡，估计是他自己做的，造型很精巧，是一只小狗，比熊犬。羊毛毡的特点就是看着很逼真，那个挂件真的好像一只缩小版的狗狗，栩栩如生。

那晚，徐栀异常兴奋，深夜还在手机上缠着陈路周聊些有的没的，直到某人被调侃得抓狂。

Salt：睡觉？OK？

徐栀不搭理他，洗完澡，一溜烟爬上自己的小床，还在自顾自地调侃他。

徐栀：暑假很想我吗？

那边的人嘴很硬。

Salt：别想太多，主要还是想听听自己写的稿子。

徐栀：别装了你。

那边的人实在撑不住了。

Salt：行吧，情种真困了。

徐栀：才一次就这么累吗？

Salt：酒，你爸的酒后劲儿还挺足的。

他今晚其实也喝了不少。徐光霁左一句你喝，又一句你喝，他真没少喝，但又没醉，只是头昏脑涨，这会儿后劲儿上来更是难以抵挡。这种感觉其实比彻底喝醉还难受。

徐栀这才放他去睡觉。陈路周又打了个电话过来。他人已经躺上床，听那均匀而平缓的喘息声，似乎已经神游太虚了，但半梦半醒间还惦记着一件事，因为闷在被子里声音显得有些低沉："还疼吗？"

徐栀的心忽然有点儿软，被这样一个人爱着，自己好像时时刻刻都在心动，即使这会儿还有点儿疼，她也说"不疼，你快睡吧"。

那边的声音顿了一下，气息平稳，均匀地喘着，听着莫名有点儿性感。徐栀以为他睡着了，半晌，他突然叫她："徐栀。"

"嗯？"

"这酒的后劲儿真大，"他漫不经心地笑了下，似乎理智全无，"大到我想给我妈磕个头，谢谢她让你找上我。"

"那你还得给谈胥磕一个。"

要不是他，他俩也不会遇见了。

"别给我添堵行吗？"

"开玩笑的。"徐栀又哄了句，"陈娇娇，我爱你。"

"嗯，我跟一个。"他说。

徐栀笑：这人真喝多了。

第二天徐光霁醒来后，心情相当不错，在厨房哼着小曲兴致勃勃地做早餐。

徐栀打着哈欠从房间出来，表情揶揄地看着她老爸憨厚敦实的背影，倚着门框，笑眯眯地正准备问一句："老爸，你昨晚……"

徐光霁头也不回，一边点火一边说："陈路周是不是就住在附近？你要不要叫他过来一起吃早餐？"

"估计他还没起来。"

徐栀醒来给他发微信，他到现在还没回，估计还睡着。

"A大高才生睡到这么晚吗？"徐光霁戏谑了一句，"那以后怎么挣钱啊？"

"也不是每天都这么晚，他在学校很努力的。爸，你真忘了你昨天干什么了？"

徐光霁这才不耐烦地回头："韦阿姨都跟我说了，我给陈路周扎小辫了。"他转回头，挥挥手，"喝多了喝多了。"说着，他又蓦然回头，"那小子没生气吧？"

"不会，陈路周的脾气很好的。"

徐光霁热好牛奶，从厨房端出来，这才放心地笑笑，说："确实，今天韦主任也跟我说了，说那孩子的脾气、性格都不错，也懂礼貌。韦主任跟他说话，他都会放下筷子认真听。韦主任还观察得挺细致的，我都没注意这些。"

徐栀从桌上拿了根油条，咬了口，笑得意味深长："您是夸陈路周呢，还是夸韦主任呢？"

徐光霁莫名在女儿面前有点儿害臊："你觉得韦主任怎么样？"

徐栀喝了口牛奶："挺好的，很温柔，感觉她很会照顾人。"

徐光霁点点头，礼尚往来："陈路周也不错，感觉这小子以后会有出息。"

两个人都笑了。父女俩交换完意见，徐光霁准备去上班了。徐栀扎着头发，也准备出门。两个人心照不宣，老徐也没说什么，只叮嘱了一句："早点儿回家，别玩太晚。"

陈路周还没醒。徐栀进去的时候，屋内一片宁静，还是她昨晚离开时的样子，除了厕所的垃圾桶里丢着个打了结的套。

手法娴熟啊，陈娇娇。

那会儿已经快十点了，陈路周难得睡到这么晚。徐栀走进卧室，看见床上一道身影正蒙头大睡。她又把门关上了，百无聊赖地在客厅里一边玩手机上的毛毡小狗，一边心不在焉地看了会儿电视，忍不住抱怨了一句，她男朋友好能睡啊。

等卧室传来响动时，徐栀早已耐不住，猛地从沙发上蹿起来，冲进去："醒了？"

陈路周刚掀开被子下床，站在床边穿拖鞋，身上就穿了条内裤，露出一身紧绷的肌肉和高耸如山的某处，被吓得直接弹回床上去。被子裹在身上，人靠着床头醒了会儿神，他极其无奈又无语地笑着仰天长叹一声："我女朋友是只猴子吗？为什么精力这么充沛？"

徐栀笑着走到他床边，低头，不怀好意地看着被子底下："今天出去逛逛？"

陈路周直接抬起她的下巴，让她的眼睛正儿八经地对着他的眼睛："好，我换个衣服。"

"中午我爸不回来，我们随便吃点儿就出门。"

"嗯，你先出去，我穿个裤子。"

"陈路周！看看怎么了？"

陈路周笑了下，索性掀开被子给她看："这很尴尬好吗？"

徐栀评价了一句："你这鱼死得透透的。"

"找打？"

"不然怎么硬邦邦的，一动不动？"

陈路周笑着别开头，没辙了："我服了。"

徐栀不逗他了："你快去刷牙，我给你带早餐了。"

吃完早餐，两个人又在沙发上磨蹭了会儿。有些东西压根儿控制不住，热恋期，又是对对方的身体极度有探索欲的情侣，很难控制不把两个人的身体贴在一起。于是，原本说好的下午出门逛逛变成了手牵手出去买套。

两个人去便利店，徐栀拿了一大袋零食掩人耳目，想着把套混进去，就不会被人注意。结果陈路周单刀直入，明目张胆地直接把两盒东西放在收银台上，徐栀拦都来不及拦。

徐栀："……"

收银员若有所思地看着这俩登对又极其养眼的人："一起的？"

"不不不，我不认识他。"

陈路周看着她笑，心说"又想干坏事，又放不开胆子"，于是对收银员说："嗯，不认识，分开吧。"

两个人一前一后走出便利店。等走到人烟稀少的巷子里，徐栀悄无声息地蹭到他身边，想牵他的手。陈路周抬了下胳膊，把人拎开，低头笑着，刚要调侃一句"你谁啊"，转头在小区门口看见一个熟悉的人影，便愣了一下。

徐栀顺势牵住他的手。见他没挣扎，眼睛直愣愣地往另一边看，徐栀好奇地顺着他的视线看过去："咦，那不是你妈吗？她来找你吗？我要不要先回避一下？"

陈路周一手牵着她，一手揣在裤兜里，目不斜视地看着连惠的背影："应该不是来找我的，她不知道我住这里。"

徐栀哦了声。

下一秒，两个人看见一个更熟悉的身影急匆匆地从楼栋里走出来。

老徐！

"你爸下班了？"陈路周低头问了句。

徐栀："嗯，这个点差不多。"

说完，她忙不迭地把手上的东西交给陈路周，火急火燎地要过去。陈路周把她拉住："我去。"

徐栀说："别，你过去铁定吵架，你妈找我爸肯定是说咱俩的事情。"

陈路周自然不会放她一个人过去。徐栀被他拽着手，压根儿动弹不得，也不"负隅顽抗"了，说："那就一起过去。不过你别跟你妈吵架，咱们有话好好说，不然吓到我爸，他要也不同意，咱俩就更惨了。"

陈路周嗯了声，眼睛直直地看着那边。

但等两个人快走到的时候，依稀听见那边传来的声音，才发现事情好像并不是他们想象的那样。

连惠明显不是来找老徐说他俩的事情，两个人交谈的口气熟稔也陌生，甚至隐隐透着一点儿说不清道不明的尴尬。两个人的脚步几乎同时停住，不约而同地对视一眼，立马躲到旁边那棵蔡莹莹将自己和徐栀摇了一脑袋鸟屎的树后面。

那边的交谈还在继续，两个人背靠着树在听——

"你能联系我，我真挺意外的。"徐光霁说。

"主要是现在确实遇到了一点儿问题，除了联系你，我想不到其他办法了。"

"好像快二十年了，"徐光霁说，"我没想到你今天会联系我。我也刚下班。你现在在哪儿工作？"

连惠声音温和："原先在电视台，去年辞职了，现在自己开了个广告公司，帮人做宣传。"

徐光霁："要不要上去坐坐？你突然联系我，家里也没有准备什么东西，上去喝点儿茶水？"

连惠说："不用，我等会儿还有事。我就是来跟你说下孩子的事情。他现在长大了，有些事情早晚都会知道的，明天到我公司详细说吧，尽量把对孩子的伤害降到最低，这是我唯一的要求。"

说完，连惠就走了，高跟鞋踩在空旷的小区门口噔噔噔直响。她走得坚定，又仿佛孤注一掷。

徐栀："……"

陈路周："……"

画面仿佛静止了，树叶无精打采地打着旋儿，悄无声息地在他俩身后飘落，画面惨烈又直接。

陈路周静静地看着连惠离开的背影："你有没有想过，我妈可能不是你妈，但是你爸有可能是我爸？"

徐栀："……"

屋内窗帘拉着，电视机响着，正在播放经济新闻，主持人字正腔圆，给屋内的气氛平添了几分正经。灯开着，空调外机也在不知疲倦地嗡嗡作响，什么东西都在响。

唯独坐在沙发上的两个人一声不响，中间仿佛隔着一条楚河汉界。两个人还没从刚才的震惊中走出来，大脑已经转不动了。他们各自占据着"阵地"，目不斜视、面无表情地盯着电视机，简直像两个活化石。

等经济新闻播完，徐栀叹了口气，开玩笑说："要不，先分手？"

陈路周的脸色尤为冷淡，仿佛从大情种一下子变成了大渣男。他老神在在地靠在那儿玩手机，头也不抬，淡淡地回应了句："嗯，分吧。"

徐栀大为震惊，转头看了他一眼，拿腔拿调地说："唉，情种也就这样，没劲。"

陈路周还在看手机，不知道看到什么好东西，还仰起头来靠在沙发背上，把手机拿得极近，放大看，喉结上下滚动，嘴里轻描淡写地说着："放心，分吧，分了我肯定不找，我昭告全世界，我是个畜生，我爱自己的妹妹。"

徐栀扑哧笑了，嘴里还在说："好，那先分了，我回去了。"

刚站起来，徐栀就听见身后啪的一声响——手机被扔到茶几上，下一秒，她被一股大力给拽回去，跌进他的怀里。陈路周人靠在沙发上，两腿大咧咧地敞着，两手搭在她的腰上，把人圈在中间，往自己怀里摁。他笑得不行，发了狠地掐她的腰："看我不让你笑死。这有什么好分的？我们分手的理由只有一个。"

"什么？"徐栀在他怀里躲，因为那手掐着掐着又摸上了，徐栀怕痒，四处躲，跟条蛇似的在他的怀里扭动，"陈路周，别摸——痒死了。"

他不摸了，骨节分明的手搭在她的腰上，随即冷淡地垂下去，人仰靠在沙发上，眼睛定定地看着她："你不爱我了，就这一个理由。"

徐栀也停下来："那万一真这么狗血怎么办？"

"就这么熬着呗。"他把手搁在沙发背上，表情惬意，真就丝毫不受影响，"你想结婚，我就带你出国，不结婚我给你当情人？"

徐栀笑死了："不过，我觉得应该不是，"徐栀坐在他身上，捧着他的脸观察着他英气逼人的眉眼，"我寻思你跟我爸长得也不像啊。"

陈路周笑了下："性格像？"

"性格也不像，我爸这性格，跟你完全是两个样子，你俩哪儿哪儿都不像。"徐栀站起来，搂着他的脖子，"要不我先回去，旁敲侧击地问下我爸？"

"也行。"

徐栀临走时，两个人又在门口磨蹭了一会儿。徐栀穿好鞋，拿起手机，要出去。陈路周那大高个儿靠在门框上，几乎将整个门堵住，一动不动，没让开。

"干吗呢？"

他斜斜地倚着门框，居高临下地看着她，一脸"你怎么这么不懂事"的表情："不亲一下？就这么走？昨天晚上走之前非要亲半个小时，不停撒娇的那个是谁？"

徐栀凑近了些，又停下来，为难地看着他："陈路周……"

"嗯？"

"我现在有点儿下不去嘴……"说完，她瞬间从他的胳膊底下钻了出去。

陈路周："……"

徐栀一溜小跑冲回家里。老徐正在做饭，没听见门响，也就没回头，兀自在厨房里忙得团团转。

徐栀回到房间放下包，然后蹑手蹑脚地走到厨房门口。徐光霁正要转身洗锅，余光瞥见有人影，回头瞧了她一眼，神色如常："你回来了？正好，马上可以吃饭了。"

徐栀靠在门框上，手里剥着个橘子，用来掩人耳目，状似无意地说了句："对了，老爸。"

"啊？"徐光霁开着水龙头，洗锅洗得砰砰作响，"等会儿，我在洗锅。"

徐栀靠在那里想了半天，还是不知道该怎样打开话题，突然想起小时候常用的那个话题。她决定试一试，于是悄然走进去，在他的耳边轻声问了一句，一字一顿："爸，爸，你，说，我，有，没，有，可，能，是，你，捡，来，的，啊？"

没想到，徐光霁也凑到她的耳边，用同样的口气回了她一句——很轻，很直白，也一字一顿："是，啊，你，怎，么，知，道，的？"

徐栀愣了半响，才干巴巴地挤出一句："您别开玩笑。"

徐光霁也不耐烦了："你到底想说什么？"

徐栀咳了声，随口胡编："我今天看到一个新闻，说有个人在外面有个私生子，家里人都不知道，结果那个人死了之后，私生子冒出来争遗产……"

徐光霁头也不回，把锅重新放上去："你放心。"

徐栀松了口气。老头的领悟力还是强啊。

徐光霁："爸爸没有遗产，爸爸只有房贷。"

徐栀："……"

半个小时后，徐栀给陈路周发了一条微信。

徐栀：今天才知道，我爸挺能忽悠人的，压根儿问不出来。

陈路周这会儿也冷静了点儿，靠在沙发上拼命回忆连惠曾经跟他说的关于他父亲的一些信息，跟徐光霁扯不上一点儿关系。连惠口中那男的就是个渣男，怎么可能是徐光霁这个社恐？于是，他立马回了一条消息。

Cr：不是你爸。那个男的挺花的，玩车玩女人，听说出过车祸昏迷过几年。你爸没昏迷过吧？

徐栀立马回过来。

Rain cats and dogs：每一天都很清醒，活蹦乱跳的。

Rain cats and dogs：你这么说，我倒是想起一个人。你还记得傅老板吗？你之前不是问我他是做什么的吗？他以前是赛车手，出过一次车祸，昏迷过三四年——我爸说的。那时候我还很小，没什么印象。

朦胧的夜色笼罩着整座城市，霓虹灯的光勾勒出棱角分明的楼宇，却模糊了城市的轮廓。

连惠把车拐进地下车库时，在后视镜里瞥见一个高挺清冷的身影靠着小区门口的白玉兰灯柱。冷风张牙舞爪地割在他的脸上，柔软的头发被风鼓动着，却让他脸上本就干净流畅的线条越发显得利落冰冷，一身及膝的黑色羽绒服让他几乎完全隐匿在黑夜里，唯独里面拉链拉到顶的白色运动服露出一点儿白。

连惠也是因为那点儿白才注意到他。太阳穴莫名一跳，她立马踩下刹车，把车停到路边的停车位上。

连惠走过去，高跟鞋在空荡无人的街道上踩得嗒嗒作响。她脚步优雅，不急不缓，走近了才问了一句："怎么找到我这里的？"

陈路周没回答，低着头，脚尖似乎漫不经心地磨着什么。想了半天，他抬头，开门见山地问了一句，话语没什么情绪："是傅玉青，对吧？"

连惠当时脑子里嗡地震了下，愣愣地看着他。

这边，徐光霁做好饭，端着最后一盘香菇炒青菜从厨房里出来，顺手关上厨房的推拉门，把菜放在徐栀面前，笑眯眯地丢出来一句："是陈路周让你来问的吗？"

徐栀的筷子刚伸出去，被他一句话钉在半空中。她突然发现，老徐这个人有时候可能真不是笨，是大智若愚。

"你都知道？"

徐光霁笑着拉开椅子坐下，不紧不慢地从裤兜里掏出眼镜布，摘下眼镜，一边擦，一边说："你肚子里吧，几根肠子，几条蛔虫，爸爸都知道。你以前不喜欢穿爸爸给你搭配的衣服，又怕伤我的心，出了门就脱掉，换上书包里藏的衣服，回家进门前又换上，你真当我都不知道？"

"这我真没想到，我以为我藏得挺好的。"徐栀叹了口气，放下筷子，"所以，陈路周的爸爸是傅叔吗？"

徐光霁跟着叹了口气，心里惆怅，也感慨："事情过去也有点儿久了，这事其实你妈更清楚。你妈以前跟傅叔关系特别好，我跟傅叔也是因为你妈才认识的。最早我也不太喜欢他。他这个人吧，年轻的时候长得很帅，又喜欢玩车，喜欢他的小姑娘很多，女朋友换得也很快。"

"傅叔跟我妈是怎么认识的？"

"你傅叔家里背景比较复杂，具体我也不太清楚。我跟你妈刚谈恋爱那会儿，认识他的时候，他家里就做些偏门生意。你妈那时候是个大学生，你也知道你外婆的身体一直不太好，先天性脊柱炎，身上大小毛病很多，你妈半工半读，赚了钱不光交自己的学费，偶尔还要寄回去给外婆。"

屋内很静，只有父女俩唉声叹气的谈话声。

徐光霁继续说："你外婆这个人刀子嘴豆腐心，说实话，我是打心眼儿里佩服这个老太太。那会儿和这会儿不一样，你们这个年代，遍地都是大学生，但我们那个年代，吃不饱穿不暖，就算有人考上大学，家里也不当一回事。你妈考上大学后，村子里的人对你外婆冷嘲热讽，说些读书无用的风凉话。不管别人说什么，你外婆都铆着一股劲儿让你妈去上大学。"

徐栀一直都知道外婆这个人就是说话不好听，情绪表达很直接。

徐光霁："你妈上学的时候在一家音像店打工，你傅叔是那里的常客。

那时候他就是一家电影译制厂的导演还是大老板来着,具体的我不太清楚。他说你妈的声音条件不错,问她愿不愿意去配音,工资肯定比这儿高。你妈就答应了,去了之后还在那儿认识了你傅叔在传媒大学的女朋友,也就是陈路周的妈妈。"

"她跟我的声音很像,后来又跟着同一个配音老师,渐渐地,我们连说话方式和气息都变得越来越像,但我们两个的性格合不来。她是学建筑的,性格很直爽,有时候碰见一些不入流的大老板,译制厂的其他女孩子敢怒不敢言,但她会直接把水泼到人家脸上,也因此让傅玉青得罪了不少人。我羡慕她,但是也讨厌她。"

两个人像两根木桩,一动不动地站在仿佛能割裂皮肤的冷风中,路灯下,头发迎风乱舞,表情是如出一辙地麻木。

兜里的手机一直在振,陈路周掏出来看了眼,是朱仰起打的,他直接摁了旁边的静音键,把手机揣回兜里。

连惠娓娓道来:"但傅玉青很欣赏她,我一度以为他们两个私底下有些说不清道不明的关系,所以跟傅玉青分分合合很多次,直到秋蝶找了男朋友,就是徐医生。那时候,我们四个的关系不错。傅玉青没什么真正的朋友,身边都是一些狐朋狗友,唯一一个好朋友就是林秋蝶。秋蝶大约是觉得我闹了太多次,后来跟傅玉青也不怎么联系了,直到我和傅玉青彻底分手。"

"理由呢?他劈腿了?"

连惠:"那时候我想结婚,他说他没打算结婚。"

"不结婚干吗找女朋友啊?没想到傅叔以前是个渣男啊!我看他这几年清心寡欲的,还以为他对女人不感兴趣呢,"徐栀放下筷子,心湖宛如被投入一块巨石,震荡不已。她不假思索地脱口而出,"本来还以为傅叔在这个物欲横流的世界里是块朴实无华的璞玉。"

徐光霁笑笑。说得口干舌燥,他就抿了口酒,润了润嗓子,继续开口:"'朴实无华'这几个字跟你傅叔真的没关系。"

"后来呢?"徐栀好奇地问。

徐光霁抓耳挠腮后说:"后来,具体的我也不太清楚,大学毕业我跟你妈就分手了,再到我俩结婚,中间过了一年多时间。我俩结婚时,连惠已经消失了很久,而你傅叔没多久就出事了。他以前在译制厂得罪了不少人,跟人玩车的时候出了车祸。他在医院的时候,他父亲被抓。那时候你妈因为连惠的事情,已经不怎么跟他联系了,我们当时也不知道连惠生了个孩子。"

徐栀听到这儿,明白过来,陈路周是连惠亲生的。其实,从暑假连惠跟她的谈话中,她多少感觉到了,连惠对陈路周的感情很特殊。只是那时候她没有多想,觉得虽然只是养母,但毕竟有十几年的感情,连惠这么爱护陈路周也很正常。后来仔细回想,连惠对陈路周那种压抑的期盼和不敢声张的母爱中,总像是藏着一些不为人知的秘密。

作为旁观者,听到这样的秘密或许会觉得唏嘘。但徐栀是一个不怎么有共情能力的人,听到这个秘密的时候只是觉得心寒。偏偏这个秘密的当事人是那个共情能力极强,连看个电影都能哭上好半天,哄都哄不好的陈娇娇。

徐光霁抿了口酒压压惊,继续说:"你傅叔把孩子领回来不到一个月就出事了,他妈的精神状态不太好,就把孩子送进了福利院。等你傅叔在医院醒过来再去找孩子的时候,孩子的模样已经变了,他压根儿认不出来。他去找连惠,连惠气得打了他几巴掌,说再也不想看见他了。之后的事情,我就不太清楚了,你傅叔从那时候开始性格就变了。"

徐栀仔细想了想,蓦然觉得不太对:"爸,陈路周的生日是11月11号啊,我是7月8号,我比他早出生几个月,可如果连惠女士生下孩子才消失,他出生不是在你们结婚之前吗?那应该比我大啊。"

"这得问你连惠阿姨,我不知道。"

"不是,那傅叔这么多年就没找过他儿子?弄丢了就不管了?"

"他巴不得你消失!他知道我怀孕的时候,我永远都记得他那副嘴脸,他连你的生日都记不清楚!"哪怕过了这么多年,提起这个人连惠还是无法平静,恨得咬牙切齿。冷风呼啸着,脸已经冻僵了,也无法让她冷静下来,心里的怒火仍旧熊熊烧着,怎么也烧不尽,"你身份证上那个日期才是你的生日,福利院的档案都是院长随便填的。他妈把你送进去的时候,连话都说不清楚,更别提说清楚你的生辰八字了。"

连惠当时骗他说是为了早上学才改成三月——那几年政策还没那么规范，有很多家长为了提早入学，把孩子身份证上的出生日期改在前半年。

道路两旁静悄悄的，偶尔有车驶过，车灯从他俩身上一闪而过，两个人脸上的表情都晦暗不明。他们头顶的路灯似乎也快到生命的尽头了，忽闪忽闪的，一副行将就木的样子。

"所以呢？"陈路周人靠在灯柱上，两手环在胸前，忽然麻木地笑了下，眼神如同死水一般，毫无波澜地看着她，"他现在想把我认回去是吗？"

"不是，是我找他的。"连惠心里多少有些不平衡。暑假那段日子陈路周瞒着她到处打工挣钱——学费、生活费。她其实是知道的，却束手无策——她之前给的钱，陈路周一分都没用。这个决定她在心里犹豫了很久，就如同毒蛇的獠牙，时不时在她鲜血淋漓的躯体上将她咬得皮开肉绽。直到过年那天，陈路周给她打电话，祝她新年快乐，电话里的那种孤独，让她终于下定决心。

情况还能比这更差吗？

"所以他从来没找过我，一次都没有。"

"别折腾了行吗？"

一个二十岁本该锋芒毕露的男孩子，眉眼间却是掩不住的疲惫和无奈，所有的棱角好像都被生活磨平了。连惠的心仿佛被人捅了个大洞。她知道，同样，她儿子的心里也有那么一个洞，他心里的那个洞，或许再也补不上，永远填不满。

她也终于明白，他为什么会那么喜欢那个女孩子。

徐栀和林秋蝶的性格很像，有时候直白得令人招架不住。就像第一次见面，连惠委婉地表示他们还太小，这种喜欢只是一时冲动。她却很直接地告诉连惠——

"连阿姨，我和陈路周不是冲动，我是真的喜欢他。"

她当时心头大恸，原来，光明正大的喜欢会衬得不敢声张的爱心虚又渺小。

"陈路周——"

徐栀推开门，找了一圈，发现屋内灯亮着，窗户也开着，却没人。估计他走的时候有点儿急。

徐栀坐在沙发上给他打电话,他没接。转头徐栀又打了一个,他还是没接。

"朱仰起,你知道陈路周在哪儿吗?"

"不知道,我刚也打他电话了,他没接。"

"李科,陈路周在你那儿吗?"

那边的声音显然一顿,诚惶诚恐地说:"可别,我跟陈路周又不熟,你男朋友不见了,干吗老问我啊?"

徐栀火急火燎地说道:"别闹了,我真找他。家里也没人,不知道他跑哪儿去了。"

李科这才正经起来:"啊,那真不在我这儿,我在老家呢。"

徐栀又跟朱仰起要来了姜成的号码。

"姜成,陈路周在你那儿吗?"

姜成先是一愣,然后斩钉截铁地说:"在,在我这儿。"

心猛地一跳,徐栀欣喜若狂,两眼冒金光:"那你让他接电话,我有事找他。"

徐栀说完,听见那边的人拿开话筒,隔空毫无演技地喊了两句:"陈路周!陈路周!啊,他上厕所呢。"

徐栀:"……"

徐栀面无表情地把手机往茶几上一丢。经过这次事件,徐栀发现,跟陈路周最"铁"的还是姜成,打起掩护来简直驾轻就熟。

徐栀先是在沙发上一边看电影,一边等,但心里揣着个天大的事,这样的等待略显煎熬。她竟然连电影都没看进去,按捺不住,直接去门口等。一听见电梯运行的声音或者楼梯间有脚步声,她的心跳就莫名加快,两只耳朵瞬间竖起来,屏气凝神地死死盯着前方,奈何每次希望都落空。

等到最后,她靠着墙,已经有点儿昏昏欲睡了,听见电梯叮咚一响,也没抱多大希望,下意识地抬头瞥了一眼,蓦然瞧见那个熟悉的高大身影,人瞬间清醒过来。等待的焦虑已经耗干她的耐心,不等他说话,她就目光冒火想说他两句。但是看见他那么坚定、充满希望的一个人,此刻轻飘飘地站在那儿,好像一场盛大灿烂的烟火过后散落在地上无人问津的灰烬,徐栀就知道,他大概是去找他妈了。

徐栀心疼地走过去,伸手抱住他,原先那句"你的手机呢"也被她艰难地吞回肚子里。她在他怀里长长地叹了口气。

陈路周反手将她揉进怀里,心里早已被爱的潮水彻底淹没,毫无反抗的能力。如果她是另一个深渊,他可能会葬身于此。

屋内灯开着,窗帘也没拉,空调扇叶在外头嗡嗡作响,电视机里,主持人正在字正腔圆地播报新闻。

两个人几乎是一边暴风骤雨般急切地啃咬着对方,一边推开卧室的门,衣物毫无顾忌地散落一路。陈路周一手扶着她脸颊的一侧,干净修长的手指插在她乌黑的头发里,一手搂着她的腰,一路深吻着将她推进卧室,唇舌在她的嘴里一通翻天覆地地搅动。

两个人贴着门亲了会儿,气息混浊紊乱,心跳如擂鼓,屋内的温度骤然升高。最后,两个人双双倒在床上。电视机的声音隔着厚厚一堵墙,不再清晰,但徐栀依稀还能听见主持人严肃冷静的声音从墙那边传来,与她的心跳声混为一体,擂鼓一般在她的耳边敲打着。陈路周亲完她的耳郭,在锁骨处停了下来,气息前所未有的粗重,脑袋埋在她的颈项间,手指已经娴熟地解她牛仔裤的扣子,询问似的、似笑非笑地、低低地在她耳边哼了声:"嗯?"

徐栀比了个"一"。

于是,那堵墙轰然倒塌,空气里都是尘埃,混浊不堪。

徐栀还记得以前去看海时差点儿溺水的经历。庆宜就在海边,逢年过节,庆宜人一般都会去观海。这几年海滩上几乎没什么人玩水了,但徐栀小时候,每个周末海滩上都是人头攒动,在那儿看潮涨潮落。有人玩上瘾了,激烈地用手掌击打着水面,激起一层比一层高的浪花,任凭那海浪一个个朝着她冲撞过来,就是不救她,也不肯放过她,那波浪涌来的声音直叫人发慌。

"陈路周,你的生日到底是几号?"

"她说是身份证上那个,3月17日。"他专心致志地回答。

中途,两个人有一搭没一搭地聊着,徐栀还在玩他的头发。

"那你不是又要过生日了?"徐栀有些震惊。

他笑出声,抬头,嚣张地看了她一眼,喘着粗气说:"是啊,你要不再做个带花园的别墅?这次我想要个停车场。"

"你滚吧。"徐栀忍无可忍,踹了他一脚,没踹到,又推了他汗涔涔的脑袋一下。

"我昨天也是昏了头了,看到你妈和我爸见面,我都没细想。"

"当时的重点在你爸,其实跟我妈是谁没关系。"他难得放纵一回,眼底是少见的熊熊火光,眼神不安分,动作自然也没分寸,往日的克制和青涩荡然无存。

徐栀想想也是,在巨大的冲击力下,人很容易忽略重点。她小声问:"你暑假就知道你妈的事情了?所以,你晚来一个月,是因为你妈的事情吗?"

"嗯,那时候家里挺乱的,陈计伸不肯离婚,我妈……"他顿了下,"用自杀威胁他,陈计伸被吓傻了。他这个人迷信,见不了血光,给我打电话的时候,我妈的手腕上好几道口子,人已经倒在血泊中。我当时特别害怕,如果我妈真的死了,我这辈子可能就完了。毕竟,她多少是为了我才变成现在这个样。"

徐栀原本是惊讶,听到这里才啊了声,但以两个人目前的状态,她的声音自然变了调。

他恶劣地、有恃无恐地笑着学她:"啊?"

这个人嚣张又欠揍,而且越发没分寸。刚才那股子心疼劲儿瞬间消失,徐栀只想踹死他。

徐栀说:"那一个月你都在医院照顾她?"

陈路周嗯了声:"住院半个多月。我那时候不敢联系你,你刚去北京,要适应新环境。我这边一团乱麻,怕你担心,想着等处理完了再过去找你。其实不见你,不听见你的声音,真还好,反而那天给你打了个电话,听见你的声音,我更想你了,每天晚上都很难熬。"他两手撑在她的身体两侧,低头往两个人下面看了眼,难忍自嘲地笑了下,"我那时候真觉得自己快疯了。有次晚上做梦,梦见你在北京找了个男朋友,醒来气得要死,又打不到你,那次特别想打电话骂你。"

"陈路周,你有病。"徐栀忍不住笑了,"那后来怎么不把你妈的事情告诉我?"

他眼底是无尽的意气:"刚开学那阵,咱俩还没确定关系,我如果告诉你这些事,显得我像在卖惨博取你的同情,让你跟我在一起。我不想这样，这些事都跟你没关系。在一起之后，你又送了我那么个礼物，我觉得我更不能说了，我女朋友那么会疼人，我还说得出口？"

徐栀戳他的太阳穴，狠狠地点着他的脑袋，一字一顿地问道："什么叫'那么个'？"

脑袋被她点得一晃一晃的，他任由她戳着，笑得意味深长："毕竟是第一次有女孩子为我建房子。"

"是吗？以前还有别的女孩子给你送过什么礼物吗？"

"那记不清了。"

"哦。"

陈路周捏她的脸，说："开玩笑的，没收过别人的礼物。"

徐栀不为所动，不搭理他。

"哎——"他哭笑不得，一手撑着床，一手忍不住戳她的脸颊，"哎——醋精啊你？"

徐栀仰面躺着，想了想，说："以前有个男生追我，送了我一辆摩托车。唉，现在想想还挺可惜的。"

他笑了，不以为意，低头看了眼，身下缓缓地动着，漫不经心地说："你有劲没劲？"

徐栀去找他的眼睛，故意说："真的很帅。"

"挑衅是吧？"陈路周不耐烦了，直接单手扣着她的手压在头顶，另一只手在她的腰上没轻没重地掐了几下，还俯下身去咬了一口。

"我说摩托车，摩托车，那摩托车真的帅。"徐栀怕痒，笑着躲，无奈手被牢牢地钉在一处，像一条被人钉在砧板上的鱼，毫无反抗能力，只能任人鱼肉。

小腹平坦，没有丝毫赘肉，她一笑，马甲线就出来了，一道漂亮的曲线拱着，腰两侧也深深地凹出精致的弧度。

陈路周顺着她的小腹往下亲，停下来抬头瞧她的时候，徐栀意识到他要干吗，一颗心七上八下地扑腾着，被刺激得险些停摆。

那天他很疯狂，那游刃有余、恰到好处的放浪形骸，勾得她也快疯了，这次没有人玩水，没有激情四射的拍水声，浪花照旧毫不留情地把她打进海里。

"陈路周，你怎么连这个也会？"

"早跟你说了，陈路周什么不会？"

两个人不约而同地笑了起来。夜色绵长，情意更绵长。有人高山流水觅知音，有人泥潭洼地迎天意。

这是天意吧。

应该是。

徐光霁被撞倒的时候，心里也是这么想的：这就是天意啊！老天啊！我刚买的老酒！都没喝上一口！

徐栀接到电话的时候，正和陈路周在家里看书，马上开学了，两个人准备收收心。

徐栀一挂电话，便拉着陈路周火急火燎地往医院跑。等赶到医院的时候，她看到徐光霁和韦主任的儿子，一人吊着一条硬邦邦的石膏腿躺在那儿，韦主任正坐在中间给他俩剥橘子。

老徐转头瞧见徐栀和陈路周，还春光满面地招呼道："你俩来了，刚好，过来吃橘子，蔡院长买的，听说从越南买来的。"他悠闲自在得仿佛只是进来度假。

徐栀和陈路周面面相觑，跟韦主任打了声招呼才走进去。徐栀拎着老徐的胳膊肘儿把人掀了掀，除了脚踝骨，身上没别的伤口了。她开口说："爸，你怎么又摔了？你要不要去检查一下脑子？经常摔跤可能是脑子有问题。"

徐光霁塞了一瓣橘子在嘴里，刚要说话，被韦主任打断："他不是脑子有问题，他是耳朵有问题。别人摁喇叭，他愣是没听见，被电瓶车撞了。"

徐栀环顾了一圈，忙问："人呢？"

韦主任下巴一仰："让人家走了。就一外卖小哥，你爸不想为难人家，让他赔了点儿钱就走了。"

徐光霁很放心。他说："反正蔡院长能给报销，我这是上下班路上受的伤，算工伤。"

下午，老蔡在楼下的神经外科查房，韦主任去值班了。徐栀和陈路周在医院陪着老徐。

韦林捧着一本漫画书一上午才看了二十页，看了上页忘了下页，来来回回翻，还时常百思不得其解地嘀咕着："咦，这人是谁？前面出现过吗？"

陈路周和徐栀就坐在两张病床中间的过道上。徐栀坐在老徐的床上，跟老徐聊闲天。陈路周高高大大的身子懒洋洋地靠在椅子上，有时候见韦林看书看得入迷，杯子里的水喝完了，就顺手给他倒上。

韦林一开始还没回过味来，等漫画书不知不觉翻过四五十页，才后知后觉地反应过来：自己杯子里的水怎么一直都喝不完？他狐疑地举起杯子，看了眼底下，想说"这是切了自来水管"，下一秒，余光瞥见陈路周靠在椅子上和徐光霁他们聊天的背影，瞬间明白过来，咳了声，不咸不淡地说了声"谢谢"。

陈路周回头，瞥了他一眼，笑了下，口气也不咸不淡，只是声音比韦林更成熟，更有磁性："客气。"

青春期的小孩儿就是爱跟比自己大那么两三岁的哥哥比较，尤其对方还是个帅哥。

韦林一开始觉得这男的太帅了，看着就像个渣男，没想到人还挺好，而且这么看着，胸肌不薄不厚，脱了衣服应该有点儿料，毕竟肩宽背直。这人长得这么帅，身材这么棒，重点还高，看着就很有安全感，果然大高个儿就是能吸引漂亮女人！他下意识地看了眼自己的胸膛，用力挺了挺，也还行，但还是得健身，还得长高，至少得长到一米八二吧。

"哥哥，你多高？"韦林忍不住问了句。

"脱了鞋一米八五。"陈路周也是从韦林这个年龄段过来的，心里多少有点儿数，"你不挺高的吗？"

"我勉强能达到一米八一，一米八五是我的理想身高。哥，你对长身高有什么建议吗？"韦林已经亲昵地叫单字哥了，比陈星齐还自来熟。

陈路周想了想，敞着腿靠在椅子上，认真地给出建议："多打球吧。我高一、高二天天打，高三复习比较忙，一周大概打三次。我高一的时候也才一米八二，高三毕业就一米八五了。"

韦林立马掏出手机："来，加个微信，以后寒暑假你和徐栀姐姐回来，找我打球啊。"

陈路周看了徐栀一眼，笑着去裤兜里摸手机："好。"

老蔡这会儿正好查完房，风风火火地从门口进来，把工伤鉴定表拍在老徐的床头柜上，紧跟着响起平地一声雷："报不了。"

徐光霁一愣："哎，你早上不是说能报吗？"

老蔡扶额，无奈地说："我哪儿知道你今天从松柏路绕啊。松柏路又不是你上下班的必经路段，我的老哥，你绕一圈去那边干吗？工伤得是在上下班的必经路段。"

韦林有点儿无辜地晃了晃手里的漫画书，说："徐叔叔好像是帮我买漫画书去了。"

徐栀下意识地看了眼陈路周。其实，这样的事以后还会发生，但是在家庭重组初期，家庭成员都需要一个适应期。她的爸爸会为了帮另一个孩子买书，上下班宁可绕一大圈，而不再单单只为了她。

这样的情绪说不上复杂，徐栀觉得自己只是需要一段时间适应这种认知。

徐光霁："松柏路怎么就不是必经路段了？"

老蔡："绕天河区去了，我的老兄弟。"

两个人还在据理力争，下一秒，蓦然听见有人四平八稳地敲了敲病房门，然后慢悠悠地晃进来。

"这么热闹啊，吵什么呢？"

蔡院长听见声儿回头，面露喜色。两个老男人道貌岸然地握了握手，一阵寒暄之后，蔡院长才问："老傅，你怎么也来了？"

老徐意外地没搭腔，看了眼一旁的陈路周。

所幸陈路周只是表情冷淡，向来带着一丝弧度的嘴角此刻紧绷着。

傅玉青把一袋子水果和营养品放在门口的茶几上，说："正准备下来办点儿事，老徐说他摔了，我过来看看。"

傅玉青个儿高，又温文尔雅，站在一众大腹便便、儿女成群的中年老男人之间，确实是鹤立鸡群，连蔡院长都不如他容光焕发。

徐栀牵着陈路周的手，轻轻捏了捏，小声说："没事，咱以后不理他。"

这里除了毫不知情的蔡院长和韦林之外，其他几个人的神色都异常严肃、尴尬，连徐光霁的脸色都有些不自然，气氛莫名怪异起来。

傅玉青看了看那俩小年轻，又看看老徐，有所察觉："这是怎么了？徐栀，你看见傅叔怎么都不打招呼呢？'新年好'都不说了？还想不想拿红包？"

你倒是在这儿新年好了，我们这群人被你搅得这个新年就没好过。

徐光霁知道他这个闺女护短得很，从来都是帮亲不帮理的，更何况连理都在陈路周那边。徐栀显然是想替陈路周出口气,可傅玉青从小就对她疼爱有加,估计她心里也矛盾,夹在中间左右为难。但显然,这会儿是男朋友更胜一筹。她的嘴巴紧紧闭着,一句话都不肯跟傅玉青说。

徐光霁叹了口气,刚想说点儿什么缓解一下尴尬的气氛,转头看见陈路周靠在椅子上,一副满不在乎的样子笑了笑,逗徐栀:"干吗呢?红包不要了?"

傅玉青察觉出一点儿不对劲儿,但还未意识到自己此刻已是四面楚歌,从西装内袋里掏出红包,双手环在胸前,脸上始终带着笑意:"怎么个意思?徐栀现在被男朋友管得这么严,叫个人都得男朋友同意?来,说说,是对我有意见,还是怎么了?"

傅玉青一直以来都不太喜欢陈路周这小子。在山庄里第一次见面,傅玉青就觉得,陈路周比他那个难伺候的弟弟还难伺候。他那个弟弟是蠢,陈路周则完完全全是假正经真浑球儿。

陈路周没搭理他,直接收起刚才那懒散随意的坐姿,冷淡地从椅子上站起来,对徐光霁说了句:"徐叔,我先回去了。"

徐光霁点点头,心情复杂地看了他一眼,只说了一句:"好,徐栀,你跟他一起走吧。"

等人出去了,傅玉青看着陈路周的背影,莫名来气:"这小子的家教是不是不行?懂不懂礼貌啊?"

徐光霁一条腿吊着,神情复杂地看着他,犹豫半晌,才缓缓开口:"老傅,他叫陈路周。"

傅玉青嘴角勾着一丝笑意,扭过头:"然后呢?"

徐光霁叹了一口前所未有的绵长、纠结、无奈的气。从昨天连惠联系他的口气里,徐光霁就知道这事迟早瞒不住,只不过从谁的嘴里说出而已。如果真让连惠带着陈路周去找老傅,从她的嘴里说出真相,以他俩的性格,或许还会当着陈路周的面,恶狠狠地、不顾一切地大吵一架,那对陈路周真是剖腹剜心般的伤害。还不如他告诉老傅,或许这样老傅还好接受一点儿。

徐光霁看着窗外,设身处地地想,如果当初自己和秋蝶知道这件事,把孩子带过来养,一切可能就会不一样了。

徐光霁摘掉眼镜,无比疲惫地搓了搓眼角,说:"老傅,他是连惠的亲生儿子。"

傅玉青嘴角仅存的笑意彻底消失,眼神像是被冰浸过一样,倏忽间冻住了。原本温文尔雅、始终挂着笑意的那张脸,顷刻间好像一张被暴尸荒野好几天的死人脸,惨白灰败,面目狰狞,整个人便僵在那儿了。

两个人走出医院,徐栀去拉他,说:"陈路周,你不要想太多,他知道以后,肠子肯定都悔青了。"

陈路周所有的情绪都在那天晚上被徐栀安抚好了,现在心里只有平静。那对他来说只不过是一个陌生人,以后也不可能有交集。他不想在那个人身上浪费情绪——这点他还是从徐栀身上学到的。他淡淡地弯了下嘴角,说:"你才不要想太多,我真没事。我一直都当他死了,只不过最近诈尸了,有点儿不习惯。"

徐栀松了口气,伸手去牵他:"那就好,我还怕你不知道怎么面对他呢。"

"一个陌生人而已。"

两个人一路牵着手走回去。那几天已经临近开学,上学的、打工的陆陆续续走了不少,沿路的店铺基本上都已经开张,还有老手艺人支了个摊子在路旁做糖画。徐栀很多年都没见了,二话不说拽着陈路周过去,要了两支糖画。

那位年过古稀的老手艺人提着个小圆勺,从铜桶里舀起一勺子香香浓浓、稠度适中的糖稀,手法娴熟地在石板上勾勾画画,每一下停顿都颇具艺术气息。徐栀看得如痴如醉,忍不住咽了下口水。

徐栀小时候特别爱吃糖画。老徐知道她爱吃,有时候下班会特意绕好几条街去给她买各种图样的糖画,然后神秘兮兮地从家门口蹦进来——

"囡囡!今天是龙凤呈祥!"

为了不让林秋蝶发现徐栀又吃糖,徐光霁会提早十分钟下班回来,让她赶紧吃完去刷牙。

"囡囡!今天是小孔雀!"徐光霁会凑到她耳边低声炫耀,说,"特意让老师傅给你做了只开屏的!别人的都没开!"

"囡囡!今天小孔雀没有了,是大鹏展翅的雄鹰!"他有时候还会做一个滑稽的展翅高飞的动作。

"囡囡!今天那个老师傅没出摊,爸爸去松柏路给你买的!"

"爸爸，松柏路的好吃，我以后要吃松柏路的！"

"好！"

"爸爸，松柏路的酥饼也好好吃啊！"

那是具有庆宜当地特色的一种酥饼，馅儿是肉干，酥酥脆脆，可以当零食吃，算是当地特产，松柏路那家酥饼的味道最独特也最正宗。徐栀小时候除了糖画，最喜欢吃的就是酥饼，所以，松柏路是她小时候记忆里最美味的一条路。

但那个时候，徐栀不知道，从松柏路去徐光霁上班的医院，大约要绕半个庆宜市。

....

拿到糖画，徐栀舔了口，发现好腻，随手递给陈路周，怅然若失地说："唉，原来小时候喜欢吃的东西，长大以后就不喜欢了。"

陈路周一手牵着她，一手拿着她的糖画，也没吃，稳稳地拿在手里，低头看了她一眼，知道她想说什么，笑了笑。他的嘴角始终扬着一抹弧度，只要看她一眼，那弧度就更深一点儿，嘴里有一搭没一搭地陪她聊着："不舒服了？"

徐栀摇摇头，同他慢悠悠地走着，路灯在头顶，昏一盏，亮一盏。

徐栀边走边晃他的手，用力晃着，闻言苦笑了一下，仰头，自我疏解地叹了口气，说："也不是，就是还需要一段时间适应吧，毕竟一下子进来两个陌生人，生活习惯和方式都改变了。以前我爸去松柏路，只是为了给我买酥饼和糖画；现在他去松柏路，是为了给韦林买漫画书。我的心情确实有点儿复杂。但是后来想想，我爸一个人在这边，如果发烧可能喝水都没人给他倒，住个院还要请护工，我还有这种情绪真的太自私了。"

整条街道繁华如故，车辆见缝插针地停着，巷子里的风依旧带着腥潮味。沿路行人匆匆，有人遛狗，有人推着婴儿车，还有几个大爷热火朝天地在公园门口下着象棋，草木峥嵘，万象更新，新人胜雪，旧人如梦，年复一年。

....

卧室里没开灯，两个人还在聊。

"回去就不能这么……"

"嗯？"他的眼神混乱又迷离。

徐栀随手拿起床边的枕头，一边喘着气，一边砸在他的脑袋上："我说，回北京以后，咱俩要好好学习！"

他伸手去床头柜里摸东西，然后跪伏在她身旁，低头拆包装，那一本正经仿若正人君子的神情，跟此刻做的事情截然相反，完全是金玉其外败絮其中的典型。

"别回北京了，就明天开始，你也别天天来找我了，咱俩稍微冷静冷静。"

"陈路周！"

"我刚刚进门前怎么说的？说了今晚好好看会儿书，不亲的。"

"亲一下怎么了？"

陈路周笑得不行，两手撑在她的头两旁，眼睛深处藏着一抹从未有过的别有深意的调侃之意，明知故问，在她耳边低声使坏："你说怎么……嗯？今天要不换个……？"

换个什么换个！徐栀白了他一眼。

下一秒，徐栀惊呼一声，被人腾空抱起，伏在他的身上。陈路周靠在床头，两手扶在她的腰上，浪花浅浅地打过来。

屋内瞬间安静下来，那浪花时急时缓地拍打着海面，烈日灼灼，似乎要把人体内的水分蒸干。她像条缺水的鱼，仰着头，小口小口地呼吸着。

两个人没再说话，一直目不转睛地盯着对方。

她发现陈路周浪过一次之后，就彻底没正行了。

徐栀险些哭出来："陈路周！"

他抬头，顿时有些慌，立马停下来，把她抱进怀里，摸着她的头，哄着："对不起，对不起，疼了？"

徐栀实在不知道怎么形容这感受，欲哭无泪："也不是，就说不出来。"

"到了？"

少年吊儿郎当地靠在床头笑，眼神直白又混账。

徐栀莫名耳热，心跳剧烈，手忍不住掐他："你呢？"

"没，"陈路周抬手摁了下床头的手机，侧过头看了眼时间，又拿起给她看，神情倨傲又带着一丝笑意，"才几点啊。"

徐栀叹了口气，去摸他的头发，极尽温柔地顺了顺，手法跟摸小狗如出一辙。

某人不满地啧了声，靠在床头，笑着躲了下："你摸狗呢。"

"陈路周，你怎么这么好看？"徐栀捏着他的下巴颏儿左右端详，干净，线条流畅。

"没你好看。"他的下巴意气风发地往下一点，没个正行地说，"你要不往下看看？"

"浑球儿啊你！"

"我让你看腿。"

"看腿干吗？"

他靠着床头，重新把她抱起来，扶着她的腰，缓缓地、温柔地说道："你男朋友有一双看起来还算健全的腿，不出意外，应该还能用六十年。"

"然后呢？"

徐栀低头看着他，前几天刚剪的头发更衬得他的眉眼英俊利落。浪从四面八方打过来，她惊叫了一声，那激烈的海浪声里夹杂着男人低沉隐忍的喘息——

"以后不管是松柏路，还是柏松路，我去就行了。"

"徐栀，我是你的。"

…………

那几天，徐栀和陈路周都是白天去医院，晚上从医院慢慢悠悠地散步回来，在门口磨磨蹭蹭，犹豫好久，四目相对，然后眼观鼻鼻观心，深深地叹一口气，痛定思痛，再三声明，严厉警告。

"说好了啊，今天真的只看书。"

"谁不看谁是小狗！"

"谁先动嘴谁是小狗！"

"好！一言为定！"

然而，结果证明，两个人根本就是死不悔改。

徐栀："啊！"

陈路周："轻点儿叫！"

…………

第十八章

夷丰巷的少年，永远占上风

　　那时候陈路周终于明白，有些事情真不能随便开头。
　　更荒唐的一次，两个人当时在沙发上看电影。那会儿已经开春，气温回升，大地复苏，树枝上冒出嫩芽。徐栀身上就一件白色麻花毛衣和一条毛线半身裙，一双匀称笔直的长腿裸着。陈路周就一身宽松的灰色薄套头卫衣和运动裤，棒球衫和外套凌乱地丢在一旁。
　　两个人衣服都没脱，徐栀跨在他身上，裙子被撩上去，两个人单刀直入就把事办了。
　　虽然是白天，但窗帘严丝合缝地拉着，一点儿光都透不进来。屋内的人也看不见窗外绽放的俏丽火红的迎春花。屋内，电视机和空调嗡嗡作响，夹杂着两个人或轻或重、放纵又压抑的低喘声。
　　当时两个人看的还是恐怖片。陈路周看片子不挑，枯燥无味的纪录片也能看上三个小时，唯独不看恐怖片。他不是胆小，主要是禁不住吓。恐怖片里太多故弄玄虚的镜头，也很无厘头，毫无预兆地就冒出一个鲜血淋漓、横眉歪眼的人头，弄得人一惊一乍的。徐栀还得拿手给他遮着眼睛："你真怕啊？"
　　陈路周仰靠在沙发上，身下动作不停，哭笑不得："你能把电视关了吗？你不怕把我给吓废了？"

徐栀知道他那几天很不舒服,虽然嘴上轻描淡写地说着"不过一个陌生人而已",但有时候两个人看书看到一半,他会突然头也不抬、自嘲地问一句:"徐栀,我是不是真挺菜的?"

这话要换作其他任何一个人听见,估计都会说他虚伪又做作。毕竟他高中就拿过数学、物理竞赛国奖,在市一中赫赫有名,被省状元视为神一样的对手,跟对手都能混成朋友,喜欢他的女孩儿无数。如果是以前,徐栀想象不出来,到底是什么样的处境能让他问出这种话?可这会儿,她只觉得心疼。

"陈路周,虽然我说这话听起来说服力不是那么强,但还是希望你能听进去。老徐很爱我,但不是世界上所有的爸爸都是老徐。对于那些没有责任心的父母,你就把他们当作一扇门,一扇送你来这个世界的门。当你穿过那扇门的时候,身后的世界就跟你无关了,你要做的,只有往前走。"

陈路周当时愣了一会儿,而后哑然失笑——甘拜下风的笑意,一下下欣慰又满意地点着头:"不得了,我女朋友现在都会安慰人了。"

徐栀也笑笑:"只会安慰你,换作别人,那就是真菜。我男朋友怎么可能菜,花样多得很。"

陈路周不动声色地把书挪开,感今怀昔,悠悠地叹了口气,说:"我突然挺怀念刚认识你的那段时光,咱俩现在正经不过三句。"

"那明天开始重新认识一下好了。"

…………

两个人收拾干净之后坐在沙发上,陈路周一边娴熟地打结,一边正儿八经、郑重其事地问她:"你没觉得我最近瘦了吗?"

徐栀笑得不行,趴在他怀里,在他的下巴上亲了下:"陈路周,你怎么这么可爱啊?"

陈路周最后一次痛定思痛,打完结,随手扔进一旁的垃圾桶,把人抱过来,两手松松地搭在她的腰上,低头在她的脑门儿上蹭了下,意味深长地叹了口气,一副看着愧天怍人、负罪感满满,实际上得了便宜还卖乖的样子,假眉三道地深刻反省了一会儿,低头看着她,认真地说:"真不行,这么下去,你男朋友真得废了。"

徐栀窝在他怀里,下巴抵着他的胸口,手指戳着他胸口的衣服标签,下意识地喃喃地说:"废了也是你,不会有别人了。"

陈路周一愣,低头看她玩胸口的标签:"这么爱我?那不结婚好像收不了场了。"

"嗯,收不了场了。"她懒洋洋地表示肯定。

少年笑得越发嚣张,眉眼好像染了一抹春光,青涩又张扬,把得了便宜还卖乖的臭德行发挥得淋漓尽致,低声在她耳边得寸进尺地说:"那你跟我求个婚,我一冲动,说不定就答应了。"

恐怖片还在一帧帧播放着,两个人窝在沙发上说着小话调情,惊悚的画面配上屋内的柔情蜜意,显得那七窍流血的惨白鬼面毫无威慑力,高潮迭起的剧情也无人在意。

徐栀趴在他胸口笑出声,手指铆着劲儿一下下戳着他的胸口:"陈路周,你要脸吗?"

他笑得肩都在抖,而后看着她,沉默片刻,答非所问:"我给你的那个羊毛毡别弄丢了。"

"在手机上挂着呢。"

然后,默契地安静了一会儿,两个人几乎是同时舒服地叹了口气,又同时一愣,抬头一对视,又不由自主地同时笑出声。两个人都笑得前仰后合,默契似乎已经刻进他们的灵魂。

下一秒,陈路周仰头靠在沙发上,喉结像冰刀的尖,一下下滚动着,看上去锐利无比。他一副生无可恋的表情看着天花板:"我完了。"

"什么?"

他别有深意地往下一瞟。

徐栀立马从他的身上弹起来,手脚麻利地整理好裙摆,一边穿拖鞋,一边把垃圾桶里的袋子拎起来:"我回去了,你看书吧。"收拾完东西,她把手一伸,递给他:"走吧,送我下楼。"

陈路周笑了下,深吸一口气,牵着她的手站起来,一边牵着她往外走,一边拿过她手上的垃圾袋,嘴上还在吊儿郎当地说:"哎,女朋友,明天穿条裤子吧。"

徐栀白了他一眼,挣脱他的手:"怪我?陈路周,你这思想不行啊,难道大街上的女孩子就不能穿裙子了?"

"不是,"他笑了下,把人又牵回来,"你想什么呢?没别的意思,就是担心你冷。这才几月,你好歹穿条袜子吧,我怕你八十岁真要坐轮椅,你的膝盖不是一直都不好吗?"

"立春都过了。"

"那也还是冷,你看屋子里有蚊子吗?蚊子还在冬眠呢。"陈路周把门打开。

话音刚落,他的眼前突然掠过一道小黑影,一只饿得干瘪瘪的小蚊子从屋外嗡嗡嗡地飞进来,好像对他刚才的话十分不满,耀武扬威地绕着他的太阳穴作乱。

陈路周:"……"

徐栀发现陈路周这个人的运气可能真的不太好,反正说什么什么不灵。

她笑得不行,一巴掌把蚊子拍飞,笑眯眯地哄他说:"是蜜蜂,是蜜蜂。"

"蜜蜂你用手拍?"

"什么不能拍?我还徒手拍过蟑螂呢。"

"什么时候?"

"昨天啊,在家里的时候,老徐买了几个蟑螂诱捕器都没用。"

"消毒了吗?"

"洗手了。"

陈路周想暴打女朋友。

"咱能讲点儿卫生吗?你昨天还摸我了!传染病毒怎么办?"

徐栀无所谓地笑了下:"不会吧,洗手了啊,实在不行,让我爸再给你看看。"

陈路周笑不出来了:"尴尬吗?我问你。"

徐栀快笑岔气了,不逗他了:"骗你的,那是小时候的事情了,后来我爸看见了,给我科普了蟑螂身上有一百多种病毒,我就再也不用手去拍了。"

陈路周这会儿已经被逼出洁癖,一时收不回去了:"以后进门前先消毒吧。"

"那我还是换个不用消毒的男朋友吧。"徐栀说完要走。

陈路周靠在门框上,把垃圾袋递给她,理直气壮地说着无比欠揍的话:"行,那就先帮你这个男朋友把垃圾带下去。"

徐栀:"……"

傅玉青和连惠见面那天,庆宜下了立春以来的第一场暴雨,几乎是毫无预兆,打得行人脚步匆匆,四散奔走。

连惠从公司出来,看见外面铁网一般的雨幕。准备折回去拿伞的时候,听见旁边打火机响,她下意识地转头看了眼,才看见傅玉青站在她的公司门口抽烟,一身黑色西装,手上拿着一柄黑伞。

年轻时候的傅玉青是个绅士,虽然有点儿花心,但对女人确实体贴,照顾得也很周到,无论什么时候出门,车上都会放一把伞备用。他俩第一次见面,也是因为一场从天而降的暴雨。当时连惠要去图书馆还书,瞬间被淋成了一只落汤鸡。傅玉青的车刚巧停在路边,似乎是和几个朋友约了去吃饭,看见连惠的狼狈模样,顺手从车上拿了一把伞递给她。

那时候没留下联系方式,连惠以为自己再也见不着他了。后来老师介绍她去电影译制厂配音,她又遇见了傅玉青。他是那家译制厂的挂名导演。自然而然,傅玉青开始约她吃饭。那时候其实她隐隐约约听译制厂的几个女孩儿说过,傅玉青很花心,译制厂好几个女孩子他都追过。连惠当时明知道他不是值得托付终身的人,但还是沦陷了。

两个人在一起没多久,译制厂来了个女孩儿,就是林秋蝶。林秋蝶的声音跟连惠的很像,加上之前那些传闻,她一度以为傅玉青和林秋蝶之间关系暧昧,直到她发现林秋蝶一门心思只想赚钱,对傅玉青别说青眼,连正眼都没有一个,给的都是白眼。后来林秋蝶找了个男朋友,跟傅玉青完全是相反的性子,一个老实巴交的医学生,连惠才确定他俩没私情。尽管这样,对傅玉青青眼有加的女孩儿并不少。直到有一次,一个女孩儿找上门来,连惠才知道他死性不改。

傅玉青解释说他只是喝多了,多聊了两句,什么都没干。那时候他的事业如日中天,又年轻气盛,连惠甚至觉得他当时那个口气就是:我能跟你解释这两句已经耐心够足了,你还想怎么样?

虽然傅玉青没这么说,可她觉得他当时就是这么想的。

如此闹了几次之后,傅玉青也彻底不耐烦了,冷着脸对她说了句:"行,你要分手就分吧,分了就不要再回来找我。"

连惠之前也闹过几次分手,但最后都被傅玉青三言两语哄回去了,后来甚至因此被傅玉青嘲讽过几次:"每次都拿分手威胁我有意思吗?想证明什么?证明你跟别人不一样是吗?"所以那次分手,连惠下了决心:自己死都不会回去找他。

结果没几天，连惠发现自己怀孕了。拿到孕检报告的时候，她想过把孩子打掉。直到去医院前那晚，她夜里做梦，梦里的孩子就是陈路周小时候的样子，对着她叫妈妈，连惠心里不舍，摒弃前嫌，心里抱着一丝希冀去找傅玉青。

傅玉青知道她怀孕的时候，在电话里沉默了很久，问她是什么意思。

连惠的心瞬间就凉了半截，但还是厚着脸皮把最真实的想法说了出来："我要跟你结婚。"虽然他这个人不怎么样，但这个孩子她想生下来。

这一次，傅玉青沉默更久，最后才说："连惠，我从没打算结婚。"

也是在那刻，连惠终于知道自己在傅玉青那里到底扮演着什么角色，也终于明白，浪子就是浪子，永远不可能回头。

如今二十年过去，徐光霁说傅玉青一直没结婚，连惠并不关心，听了也只想笑。她找傅玉青不为其他，只想让陈路周过得好一点儿，所以她懒得跟他寒暄，开门见山地说："我知道你现在肚子里有一大串问题要问我，但我觉得没必要告诉你，我只想知道，你打算怎么对待陈路周。"

傅玉青抽着烟，眼睛微微眯着，看着外面的重重雨幕，好像在欣赏一幅跟自己无关的壁画："他是我儿子，我能怎么对待他？"

连惠点点头，有这句话就够了。随即她补了一句："你要不放心，去做个亲子鉴定。他认不认你是他的事情，但你想认他，就得拿出诚意来。"

傅玉青没接话，面色凝重地沉默了一会儿，不知道在想什么。

过了一会儿，他说："所以，当年你去福利院找他的时候，他还在，是吗？"

"谁让你连自己的儿子都认不出来呢？"

"我那时候在 ICU 躺了三四年，连我妈都快认不出来了，怎么认一个几岁的小孩儿？"

连惠笑了："你但凡上点儿心，怎么会认不出来？陈路周比同龄的小孩儿长得好看多少你不知道？从我这儿把他抱回去之后，你压根儿就没仔细看过他。"

确实，那时傅玉青年轻气盛，凭空多出一个儿子来，家里多了一大堆琐事。那阵他又到处去比赛，公司里的事情都让别人管了，等他比完赛回来，译制厂都快倒闭了，他为此忙得焦头烂额，孩子都是丢给他妈和保姆带。

连惠冷笑着说："如果真的上心，你后来为什么不找他？你们家的人脉关系网这么强大，你真的一点儿消息都查不到？你不可能不知道我后来从福利院领养了一个小孩儿。你用脚指头想想，那个小孩儿是谁？我甚至怀疑你当时跟我说是你妈把小孩儿送进去根本就是在撒谎，其实是你自己送进去的。你巴不得他丢了，没了孩子，你又是黄金单身汉。傅玉青，别说你做不出来，你这种人，什么事情做不出来？"

傅玉青慢条斯理地掸了掸烟灰，表情带着嘲讽："那你真是太看得起我了。连惠，我这个人再没底线，也做不出扔小孩儿的事情。你当初说要跟那个男的结婚的时候，我有没有跟你说过让你等我一阵，等我处理完事情再跟你说？你当时怎么跟我说的？你说你已经爱上他了。算了，现在跟你扯这些也没意义，只是有一点你可能真想错了。"

他吐了口烟圈，淡淡地说："我出事之后，很快就是扫黑严打。我爸首当其冲。有些事情说出来你可能不信，老梁你还记得吗？"

"我和林秋蝶的配音老师？"

傅玉青说："嗯，家里被人查出有几盒黄色录像带，直接被抓走了。"

连惠一愣。那几年确实动荡，做捞偏门生意的一个个望风而逃，老梁以前也是跟傅玉青他爸混的，总归有些黑背景，也是重点调查对象。

傅玉青把烟头捻灭在垃圾桶的岩石上，说："关于我们家的举报信堆起来比我人都高，连我妈都被拉进去盘问，我当时在医院，躲过一劫。当天晚上，我们家所有人都逃到国外去了。我醒来的时候，译制厂已经倒闭了，家里所有能挣钱的生意都被封了。而且那时候严打还没停，我身边不少人都进去了。我妈劝我去国外避避风头，那时候我连自己能不能活下去都不知道。你告诉我他被人领养了，说实话，我心里其实松了一口气——能收养孤儿的家庭，条件肯定不会差，至少比跟着我好。"

连惠："所以你现在没钱是吗？"

傅玉青："……"

雨渐渐小了，雨点砸在水坑里，泛起一圈圈涟漪。傅玉青叹了口气："不多，但多少有点儿。等情势好了点儿，跟人赛车挣了点儿，我让林秋蝶把之前的一个赌场给我改成了度假山庄，炒炒茶什么的，总算有了点儿积蓄。等我缓过来，已经过去好几年了，我让人帮我打听过几次，但都是石沉大海。时间一长，我就不敢找了。"

连惠："说这些也没意义了，你多挣点儿钱吧，别等老徐要聘礼的时候,你一分钱都拿不出来。"

距离开学还有一周的时候,陈路周和徐栀在病房订回北京的机票。老徐靠着床头,悠闲地嗑着瓜子,说:"你们几号走?"

"等你出了院吧。"徐栀低着头在手机上查票。

陈路周给老徐倒了杯水,放在床头。老徐说了声"谢谢",把水杯放到一边,说:"我明天就出院了。你们走之前,我给你们做顿饭吧,估计再回来就是暑假了。我听说你们A大有什么小学期,暑假还有一个月的课?"

"也就三周吧。"徐栀看了眼陈路周,说,"不过,爸,我们暑假不一定回来。"

老徐扫了他俩一眼:"干吗?私奔啊?"

陈路周暑假接了个航拍活儿,昨晚两个人还在商量这事时拌了几句嘴。

"不是,我暑假要去帮别人拍点儿东西,估计回不来,徐栀应该能回来。"陈路周手插着兜说。

徐栀不情愿地看了眼陈路周,两个人眉来眼去——

昨晚不是说好了吗?暑假我留下来陪你。

我又没答应。

你是不是在外面养狗了?

我养得起两条吗?

老徐算是看明白了,有人不想回来。他叹了口气,把瓜子壳捏开,随口叮嘱了两句:"得,爸爸知道了。你们两个在北京注意安全,没钱就给爸爸打电话,在学校还是要好好读书。"说完,老徐从抽屉里拿出三个红包递给陈路周:"今年是徐栀第一次带男朋友回来,这是我和老蔡的见面礼,你先收着。"

陈路周一愣,手还在兜里插着:"不用。"

徐光霁把红包往前一送:"拿着吧。徐栀以后见家长,不也得拿吗?你要不拿,徐栀就没的拿了。"

"拿着吧,拿着吧。"徐栀可怜巴巴地蹭着他。

陈路周从兜里抽出手,揉揉她的脑袋,叹了口气,说:"那还有一个是……?"

老徐挤眉弄眼地说:"就那个那个那个……"

几个人心照不宣。

陈路周低头看着红包,眼皮冷淡地垂着,目光像是被绣在了几个红包上,嘴角仿佛也被针缝住了,紧紧地绷成一条掰都掰不弯的直线。

光这么瞧着,徐光霁就知道这孩子的骨头有多硬,有多傲气。

半响,陈路周才开口:"您和蔡叔的我拿着,您把他的还回去吧。"

老徐咳了声:"他那个不是钱。"

"那是什么?"

"你自己看看不就知道了?"

屋内,电视机开着,正在播综艺节目。

两个人坐在沙发上,一前一后,陈路周敞着腿,将她圈在自己怀里,下巴搁在她的肩上,看她在那儿兴致勃勃、有条不紊地拆红包。

屋内开着空调,两个人都脱了外套,只穿着同色系的薄线衫,一个黑色紧身牛仔裤,一个宽松运动裤,像个俄罗斯套娃一样规规矩矩地坐在那儿。

徐栀从红包里抽出一沓"毛爷爷",手法娴熟地点钞,点完,一脸拈酸吃醋的表情侧头看着靠在自己肩上的陈路周:"这么多啊,我爸和蔡叔从来都没给我这么多呢,陈路周,爽了吧?"

陈路周下巴颏儿搁在她的肩上,懒洋洋地扯了下嘴角,懂事地表示:"我有什么爽的,这钱你打算过我的手了?"

徐栀心满意足地把钱塞回红包里,爽快地说:"上道,你这个男朋友我交定了。"

"好说。"他心不在焉地笑了下。

徐栀回头看了他一眼,见他眼神冷淡地盯着茶几上最后一个红包。

这个徐栀没打算拆,毕竟是他爹给他的。她准备站起来去喝口水,陈路周动也没动,显然没打算让她走。他两腿敞着,胳膊肘搁在大腿上,两手虚虚地环在她的腰间,修长干净的手指松松地搭在一起,两根食指微微相碰,下巴颏儿一扬:"拆吧,知道你想看。"

徐栀拿过桌上的红包,虽然好奇,但还是又跟陈路周确认了一遍:"可以吗?"

陈路周笑了下:"有什么不可以的,咱俩之间还有秘密?"

徐栀笑了起来,人往后靠,脑袋抵在他的脖颈间,转头在他的脸上亲了下,然后仰头,把那个薄薄的红包举高,用手指弹了下:"那我拆了啊,我男朋友让我拆的。"

陈路周也低头在她的耳边亲了口,笑着说:"拆吧,男朋友都被你拆得差不多了,男朋友的红包有什么不能拆的?"

徐栀把红包封盖打开,莫名有些心惊肉跳,实在好奇傅叔会给什么。等把那两张东西抽出来,她一脸莫名其妙地看着陈路周:"这什么?为什么送你这个?"

两张拳击馆的票?

"不然你以为是什么?"陈路周倒是波澜不惊,视线从票上移到她的脸上,看她拆红包那小心翼翼、生怕给撕碎了的架势就知道她脑子里想什么。他贴着她的耳侧,明知故问地揶揄她,"支票啊?小财迷。"

徐栀叹了口气,把红包放回去,侧身捧着他的脸捏了捏:"那不得拿出点儿诚意来?冷落你这么多年,给点儿钱都便宜他了。"

"他对你好吗?"

"挺好的,傅叔对我还不错,我小时候很喜欢跟他玩,因为他说话很风趣。所以我爸跟我说的时候,我压根儿不敢相信傅叔以前那么渣。"

"浪子回头?反正我不信。"陈路周冷笑了下,把红包收起来扔进旁边的抽屉柜。

"你是不是早就拆了?"

陈路周嗯了声,人往后靠,后背压上沙发背。他把人往自己怀里带,一只手搂着她的腰,顺手在她的后背上轻轻抚着:"在医院就拆了他的。"

徐栀顺势坐在他的腿上,两只手钩着他的脖颈,后背被他摸得一阵酥麻。她忍不住发笑,低头埋在他的肩上,痒得哼了声:"陈路周,你现在耍流氓耍得越来越心应手了。"

他不说话,若无其事,手更没分寸,索性伸进她背后的衣衫里,贴着她光滑的后背,漫不经心地来回摩挲着,甚至有样学样,两根手指交叉,顺着她的脊柱线一点点、若有似无地往上走,动作挑逗又荒唐,可嘴里还一本正经的,跟手上的动作截然相反,仿佛不是一个身体系统在操控,声音清晰而又冷静地同她分析傅玉青的动机:"你说他为什么送两张呢?"

徐栀被他撩得心猿意马。可"始作俑者"宛如老僧入定,除了那手指不安分之外,眼皮和嘴角都呈清心寡欲的弧度。徐栀觉得陈路周这个家伙也就剩下一张像模像样的人皮了。

徐栀心痒难耐地低头咬住他，吮他的唇，声音含混："不知道。"

陈路周靠在靠背上任由她亲着，一只手搂在她的腰上摩挲着，偶尔舌尖回应一下，大多数时候都让她自己毫无章法地发挥，脑子里还在想事情。

完了，一心二用的本事被他学到了。

徐栀在心里默默地叹了口气。

"陈路周，你能不能专心点儿？"徐栀说。

他笑出声，手在她的腰上报复性地掐了下："你还急了？忘了你第一次亲我的时候在干吗？在一心二用这个项目上，你能申请吉尼斯世界纪录了。不扯了，早点儿回去，明天还得接你爸出院，把车钥匙给我。"

徐栀一摊烂泥似的粘在他身上，撕都撕不下来，一只手搂着他的脖子，一只手慢吞吞地从兜里摸出车钥匙，甩到他手上："我说刚才走的时候我爸怎么把车钥匙给我了，他让你去接吗？"

"嗯，我七点去给他办手续。韦主任今天估计得值夜班，韦林马上又要开学了，你爸不想麻烦她。"

"我爸怎么没跟我说呢？我还以为他下午出院。"

徐光霁住院这段时间，一日三餐都是他俩送。早餐基本上是陈路周送。送了几回，老徐也明白了，问他徐栀是不是还在睡？陈路周说："嗯，在学校挺辛苦的，好不容易把生物钟调整过来，就没叫她。"老徐也就随口问了几句徐栀在学校里的事情，陈路周都如实相告。老徐听了直叹气，说这孩子随她妈，性格要强。但老徐又很欣慰，至少有个这么疼她的男朋友。一想这个优秀的孩子是老傅生的，老徐更觉得喜上加喜——他惦记老傅那个山庄也很久了。两个人对对方、对徐栀的那点儿宠也都心照不宣。所以，老徐完全拿陈路周当准女婿使唤，早上有什么事一般会直接打电话给陈路周。当然，这种情况很少，老徐也不舍得老使唤人家。

这些事情，两个男人都不会告诉她。

"估计是忘了。"陈路周说，"他东西不多，我过去接就行。"

徐栀心里多少察觉了一点儿，她爸和陈路周似乎在某方面已经达成统一战线。她搂紧他的脖子，得了便宜还卖乖，说："我男朋友真是，被我迷得神魂颠倒啊。"

陈路周想了想，笑着戳她的脑门儿："你有没有想过一种可能，我是被你爸迷得神魂颠倒？"

徐栀扑哧笑出声："陈路周，你是变态吗？"

"说真的，我真挺喜欢老徐的。"他把手搁在沙发背上，笑得仿佛一身桃花，莫名有股风流劲儿，小人、君子全他一个人做了，"要不这样，我摊牌了，以后你爱我，我爱老徐，老徐爱你，咱保持能量守恒。"

徐栀捶他："你是不是傻子？"

"没你傻。"

"你傻。"

"你最傻。"

徐栀啧了声："没完了是不是？"

陈路周笑着站起来："不闹了，送你回家。你这几天在我这儿，你爸都知道。"

徐栀瞬间弹起来，震惊了下，忙整理衣服："他怎么会知道？"

陈路周弯腰捡起茶几上的遥控器，关掉电视，往沙发上一丢，钩着她的脖子往自己怀里带，然后往外走，边走边说："说你傻你还不承认，你爸每天晚上都往你家里的座机打电话，看你回没回家，几点回家。你是不是从来没接到过？"

徐栀："……"

完了！她怎么忘了这个？！

徐栀惴惴不安地回到家，心里仿佛揣着一个地雷，也不知道那个地雷什么时候会炸。她想着要不主动给老徐打个电话，报备一下自己已经到家，绝对没有留在陈路周家里过夜。

她心里正纠结呢，座机的电话铃声大作，简直跟报警器一样，响得她太阳穴突突直跳。徐栀忙跑过去坐在沙发上，一副"生死有命富贵在天"的样子仰头祷告了一声，然后清了清嗓子，端端正正地接起电话——

"爸爸！我刚刚在写作业。"

那边的人沉默了好久，徐栀才听见一声熟悉的低笑声。

她瞬间明白过来："陈路周，你个大坏蛋！"

那边人的笑意怎么也压不住，人估计还站在楼下。徐栀都能想象到他此刻笑得抖肩的样子，显然连身上仅剩的一张人皮都不要了。

"我还是喜欢你叫我'哥哥'，'爸爸'受不起。还有，你是真傻。挂了。"

徐栀:"……"

我什么时候叫过"哥哥"?

哦,我想起来了,在床上。

与此同时,医院。

"你给他拳击票干吗啊?"老徐剥了个橘子,掰了一瓣塞到嘴里,不解地说。

傅玉青坐在病床前,难得露出一副抓耳挠腮的样子,想从他的手里掰一瓣橘子,被老徐一掌打开。傅玉青悻悻地收回手,说:"没别的意思,我觉得他应该也没什么要对我说的,打我两拳说不定能消气。"

徐光霁哼了一声,说:"那你可不要小瞧那小子,他的力气大得很。徐栀说他天天打球的,身体真不错。"

傅玉青叹了口气:"所以我给了两张嘛,让徐栀一起去,他多少会收着点儿。我现在年纪大了,经不起几下打的。"

徐光霁又塞了一瓣到嘴里,悠悠地说:"我赌他都懒得理你。"

傅玉青笃定地说:"不,他一定会带着徐栀去。"

但两个人都没猜对——陈路周是一个人去的。

傅玉青当时抽烟的手忍不住一抖,难以置信地往陈路周的身后看了一眼,别说徐栀,连个鬼影都没看见。半口烟呛在喉咙里,他剧烈地咳嗽了两声:"徐栀呢?"

陈路周当时看也没看他,径直去更衣室换衣服。他脱掉外套,直接撩起卫衣的下摆往上一提,露出漂亮的肌肉线条。这小子竟然还有腹肌,一块块饱满坚硬得仿佛铺着一层浅浅的鹅卵石。

虽然他姓傅,但他年轻的时候真的没有腹肌。

这一身看着就有力又利落的薄薄的肌肉让傅玉青看得目不转睛,还不由自主地低头瞄了一眼自己一身略显松弛的肉。

傅玉青:"……"

"徐栀跟蔡莹莹去逛街了。"陈路周一边脱衣服一边头也不转地冷声说。

傅玉青又咳了一声,仿佛已经听见自己骨头碎裂的声音。

陈路周换完鞋,上身裸着,宽肩阔背,一身白皮,肩背线条干净流畅，腰腹的人鱼线完整清晰，隐隐还有几根青筋像大树的根一样在皮肤上性感地突起，没入裤中。他比傅玉青高，也比傅玉青更瘦、更结实。傅玉青现在属于横肉滋生的年纪，皮肤松弛。这么一个比自己当年的相貌、身材都更卓越的少年，却能沉下心来认真跟一个女孩子谈恋爱，没混成一个浪子。自己站在他面前，怎么都觉得矮一截，哪怕自己是他爹。

傅玉青想起老徐跟他说过一段话，评价陈路周的。老徐说："陈路周这个男孩子吧，说孩子气也孩子气，人也活泼开朗，但他比同龄的小孩儿多了一样东西——度。他嬉笑有度，顽劣也有度，从不卖弄。他和徐栀在一起，我特别放心。徐栀做事太没分寸，陈路周就把分寸拿捏得刚刚好。度这个东西很难掌握好，连我们这个年纪的人，有时候都不一定能做到刚刚好。"

但傅玉青从小就觉得，度这个东西，都是掌握在别人手里，自己很难拿捏。不过，兔子急了还有咬人的时候，他不信这个小兔崽子没有想撒野的时候。

傅玉青："要不，咱们还是换个地方聊？"

陈路周肩侧顶在更衣室的衣柜上，冷笑了下："怵了？我以为你给票的时候，已经做好进医院的准备了呢。要不我现在叫个救护车先备着？"

傅玉青干笑两声。

陈路周没搭理他，换好衣服就走出去了。

拳击馆里，沙包晃晃荡荡，像个摇晃的钟摆，显见击打的人没怎么用力，还在找感觉。

这里是庆宜市最大的拳击馆，算是正规的营业场所，以健身娱乐为主，但要是有人愿意切磋技艺，老板也是非常欢迎的。地下三层还有个地下擂台，场面比这上面残暴血腥很多，尤其最早那几年，规矩没那么多，生死不忌，拳手都是用命在换钱。

傅玉青那几年就是这个地下拳场的老板。

此时此刻，拳击馆的四方擂台上正有人在切磋技艺，底下围着一圈人，喝彩声，尖叫声，起哄声，不绝于耳，久久回荡在拳击馆上空，泼天的热闹屋顶都快盖不住了。

台上两个人表情严肃，看着不像朋友，击向对方的拳风狠戾，毫不犹豫。其中一个人猛一个过肩摔，对手被狠狠地砸在地面上，发出一声沉闷的钝响,仿佛干裂的冬天里,一根树枝被人折断发出脆响。

那人不服输,咬着牙,利落地滚了一圈,爬起身,人撞上旁边的软绳。他迅速调整呼吸,额上的汗珠密如雨点,一层层滚下来。

台下的人还在起哄,热浪滚滚。

"干他!起来干他!"

"小幺!是男人就起来干他!"

擂台上的人再次出击。躲避,过肩摔……两个人瞬间在地上扭作一团,互相锁着对方的手脚,像两条毒蛇,眼里喷着凶暴的火,调动全身的力气,试图将对方锁在地上。两个人混战成一团,这种男人间最纯粹的宣泄荷尔蒙的方式确实让看的人眼皮直跳,直呼刺激,打的人也酣畅淋漓,大呼过瘾。

一开始,两个拳手或许抱着点到为止的切磋心思,打到后面,围观的人越来越多,两个人的好胜心似乎都被彻底激发出来,完全变成了一场拳脚相向的真架,连基本的拳击规则都不遵守了,往对方的裆下一阵乱掏。教练一看不对劲儿,赶紧冲上来拦,把手脚相缠、混战成一团的两个人分开:"行了行了,等会儿别把警察招来了,你们这俩小孩儿也太没分寸了。散了散了,你们也别看了。"

围观人群意兴阑珊,悻悻作鸟兽散:还没分出胜负呢。

然而,傅玉青旁边的沙包的震荡幅度却随着旁边喧嚣声的逐渐消散越来越大,拳风也越来越猛烈,不仅是出拳的角度和力度,连躲避都很有技巧,显然不是第一次来拳击馆。

刚刚打架那俩小孩儿跟陈路周差不多大。在傅玉青的回忆中,他在他们这个年纪,何尝不是和刚才那两个小孩儿一样,热血、冲动,身上也就二两肉,赤手空拳,脑袋空空,两眼一睁,才窥见万千世界的一角,就狂妄自大,以为自己是这个世界的征服者,想要去改变这个庞大又复杂的世界。然而,他们最后都变成了自己曾经最看不上的人,成了沧海里最不起眼的一粟。

但陈路周没有傅玉青过去那些愚蠢无知的想法,更没有二十出头这个年纪的男孩子对什么都跃跃欲试的冲动,所以他能沉下心来跟徐栀恋爱,甚至打算结婚。

傅玉青没想到,自己五十岁了,还要被儿子教做人。

沙包被人扶住，陈路周裸着上身，那一身薄而结实的肌肉难得紧绷，线条更清晰明朗，肩背瘦削却精悍，一身干净的冷白皮，汗水在他的身上似乎都挂不住，一会儿就沥干了。他调整呼吸，低沉地喘着，低着头，冷淡地调整着拳击手套，看也没看傅玉青，声音说不上冷漠，更多的是不带任何感情，冷冰冰的："没话说我就走了，我要去接徐柜了。"

傅玉青闻声终于回过神。思维从擂台上那两个小孩儿发散到自己，他发现，人老了，真的容易感怀从前。

傅玉青那张僵硬的脸终于有了点儿动静，脸颊微微抽搐，仿佛神经刚被人装回去，混沌间刚刚恢复了一点儿意识。他有很多话想说，但一时之间不知道该从哪儿开口，就好像过去五十几年的生活都变成了空白，脑袋里丝毫没有可用的情绪和对话，想不出能让他打开这种局面的开场白。

他年轻时脾气不太好，到了中年，脾气开始"分门别类"：想对人好，就对人好；想对人刻薄，就对人刻薄。他对陈路周一开始是刻薄尖酸的，等发现这小子有点儿才华，就从不屑变成了有点儿欣赏。后来逐渐发现陈路周其实并不喜欢他，他又不是那种热脸去贴别人冷屁股的人，就又把陈路周归为刻薄对待的那类。

现在，他压根儿不知道该把陈路周往哪儿放。儿子？儿子该怎么对待？自己该怎么对待他才能弥补过去那二十年对他的亏欠？

焦虑的情绪几乎要将他淹没，傅玉青在心里骂了无数句脏话问候过去那个傅玉青。

最后，他深吸两口气，从旁边的教练椅子上站起来，无所适从地踱了两步，最后一只手叉着腰，推开陈路周面前的沙包，对上那双无动于衷、冷淡疏离的眼睛，两颊绷紧，脸颊上的肌肉抽搐着。他痛下决心，咬紧牙关，狠狠地将脸颊一侧凑过去："来，你冲这儿打！"

"有劲吗？"陈路周冷眼旁观，仿佛在看一个情绪失控的陌生中年人，"有些东西，不是给你几拳就过去了。我们之间最好的相处方式，就是你不要出现在我面前，我也尽量不出现在你面前。"

傅玉青眼球充血，压低声音，却还是忍不住声嘶力竭地喊道："我找过你！"

"那又怎么样？！"陈路周突然怒吼了一句。他试图将火压回去，但压不住，这把火一股脑儿烧光了他所有的理智。他重重地喘着，目光冷得

· 617 ·

吓人，额头的青筋突起："我要感谢你吗？啊？"

拳击馆里隐隐有人将目光投过来。

傅玉青愣住，手脚完全僵住，慌张之间一时接不上话："不是……"

"傅玉青，因为你，我妈对我充满了偏见，但凡我跟女孩儿说一句话，她就觉得我满肚子花花肠子。

"傅玉青，也是因为你，我在福利院被人挑三拣四。你一定没听过别人在背后是怎么说我的。"

有些不懂教育的家长，从小就喜欢恐吓孩子，比如"你要是不听话，就让警察叔叔把你抓走"，再比如——

"宝贝，你要是不听话，爸爸妈妈就把你送进福利院，跟那个哥哥一样。"

"那个哥哥为什么在福利院啊？长得那么好看，爸爸妈妈为什么不要他啊？"

"傻孩子，在福利院的小孩儿，要么是手脚不健全，要么就是一身病，那个哥哥肯定也有毛病。"

诸如此类的偏见深深地刻在他的骨子里，无论走到哪儿，他都会听见这样的话语。对他的挑剔和偏见，那几年只多不少。

陈路周闭了闭眼，睫毛轻轻颤着，眼角似乎有晶莹的光，但很快便散去，那低垂的薄眼皮里只剩下一抹柔和。他低头摘掉拳击手套，丢在一旁的教练座椅上，侧头看着别处，喉结艰难地滚动了一下。沉默片刻，他才说出一句完全出乎傅玉青意料的话。

他说："但是，我原谅你了。"

傅玉青后背一震，动弹不得，脚仿佛被钉在地上，呆呆地站在那里，嘴张了张，却说不出来话，喉咙像被一捧沙子堵住了，那沙子还不住地往里灌。

陈路周低头看着他，眼中再无多余的情绪："在医院的时候，徐叔跟我说，你对徐栀不错，她被人欺负，你永远冲在第一个，他们家最困难那几年，也是你替他们收拾那些上门要债的人。"他别开眼，"徐栀很喜欢你，我不想让她夹在我们之间左右为难。因为她，我可以原谅你，但你不用想着去修补我们的关系。我跟你的关系，也就是徐栀而已，你只是徐栀的叔叔，跟我没关系。"

徐光霁这边的气氛一派火热,比过年还热闹,烧了一桌子菜。关键是,这么大一张桌子,人还坐不下——老徐和韦林都是一个人就占了两张凳子,一张用来坐,另一张用来搁腿。一伙人说说笑笑,时间很快就过去了。

"陈路周哥哥怎么没来?"韦林一边剥虾一边问徐栀。

徐栀跟老徐酒瘾都上来了,笑眯眯地一碰杯,酌了一口。听了这话,徐栀不满地侧头瞥了韦林一眼:"你老关心我男朋友干吗?"

"你男朋友的魅力比你大呗。"韦林笑嘻嘻地说。

韦主任从厨房端出几个菜,也乜了韦林一眼,对徐栀说:"你别搭理他。"

一旁的蔡莹莹也好奇地问了句:"对啊,陈路周怎么没来啊?"

徐栀叹了口气,说:"他去见傅叔了。"

"真想不到啊。"蔡莹莹跟着悠悠地叹了口气,这会儿眉毛还诧异地挑着,压根儿没从这事带来的震惊中缓过劲儿来。

"我也想不到,不然咱俩跟陈路周说不定就能青梅竹马了。"

"得了吧,你俩'青梅竹'了,我给你俩当'马'吧。"蔡莹莹反应很快,反正没她什么事。

桌上人们一阵哄笑。

紧跟着,蔡莹莹补了句。

"不过,我是想不到傅叔年轻的时候这么渣。"蔡莹莹咬了一口螃蟹腿,八卦地问老蔡和老徐:"哎,爸爸们,傅叔后来又交过女朋友吗?"

徐光霁和蔡宾鸿正在碰杯,被她这么一问,对视一眼。

"小孩子管什么大人的事情?"蔡宾鸿把她给堵回去。

蔡莹莹不服气地说:"我都快二十了。"

蔡宾鸿不咸不淡地瞥她一眼:"对,你都快二十了,还在上高中。"

蔡莹莹:"……"

韦林:"莹莹姐姐二十了啊?"

蔡莹莹瞪着他说:"你能别管谁都叫姐姐哥哥吗?我就比你大一岁。"

韦林无辜地看着她:"大一岁不叫姐姐叫什么?小姐姐?多难听啊。不知道的人还以为我对你有什么想法呢。"

韦主任变魔术一样又端了一个菜出来，突然出现在韦林背后，重重地拍了他的脑门儿一下："吃你的饭吧，哪儿那么多话？两句话就把两个姐姐得罪光了。"

徐光霁和蔡院长笑笑："没事，小孩子嘛，斗斗嘴容易增进感情。"

小孩子们的嘴就没停下过。

"哎，蔡莹莹！别把螃蟹吃完了，给陈路周留点儿。"徐栀突然说。

"徐栀，你现在有了男朋友就不要我了？"

徐栀拔了一条蟹腿给她："那再给你一条。"

"就一条腿？"

韦林："满足吧莹莹姐，她刚刚给了我一个螃蟹壳。"

"……"

老徐催了一句："韦主任，你也先出来吃饭吧，别弄了。"

韦主任一边转身进厨房，一边应声："马上马上，还剩一个菜。陈路周什么时候回来？徐栀说他喜欢吃蟹黄豆腐，要不我先给他放锅里热着。"

徐光霁看了眼徐栀："得了吧，哪儿是陈路周喜欢吃，是徐栀自己想吃。"

韦主任啊了声，好奇地探出身子来："那陈路周喜欢吃什么？明天买点儿他喜欢吃的吧。他们马上要回去了，估计在学校也吃不着什么好菜。"

老徐："对，你说说陈路周喜欢吃什么，别老说你自己想吃的。陈路周这孩子自己是肯定不会说的。"

徐栀想了半天，才说："还真不知道，他吃东西真不挑，用东西比较挑。"

衣服、裤子他都只穿那个牌子，徐栀很少见他衣服上的 logo 是别的牌子；内裤他也只穿那个贵得要死的牌子；还有避孕套，他也只买那一种牌子。

…………

陈路周那会儿正巧站在门外。

大门没关，给他留了一条缝，透出微弱的光。在一丛苍白惨淡的月光里，那光很温馨，好像可以抵御一切黑夜里的荆棘。

他把手伸出去，在光影里轻轻抓了下。

是光吧，徐栀是光，老徐是光，韦主任是光，蔡莹莹是光，蔡院长是光，韦林也是光。

这样的一家子多吸引人，温暖又可爱。

陈路周刚打算进去，推开那扇春光灿烂的大门，就听见里面的交谈声还在继续。

韦林："徐叔，不都说老丈人看女婿都特别挑剔吗，我看你对路周哥都快比对徐栀姐姐好了。"

徐光霁喝多了，话比平时多，笑眯眯的，知无不言言无不尽："也没有，第一次见他的时候，我特别不喜欢他，觉得这孩子劲儿劲儿的，挂我的门诊，话还多，后来……"

咦？

徐栀在桌子底下踹了他一脚。

老徐的话音戛然而止。

韦主任还没反应过来："嗯，来我门诊看病的小孩儿都这样……"突然一顿，"挂……挂……挂你的门诊？"

蔡莹莹人都傻了："挂……挂……挂……你的门诊？陈路周，挂你的门诊？"

只有韦林一副若有所思的表情。

原来一米八五的大帅哥也有这种困扰啊？他早就想去看看了。

陈路周："……"

他半只脚都踏进去了，踩在门缝里，此刻正尝试着一点点地、不引人注意地、慢慢地挪出来。

救命。

要命啊。

某人一回家就趴在床上，整张脸都埋进枕头里，疲沓又绝望的样子，浑身散发着生无可恋的气息。无论徐栀怎么哄，他都不肯把脑袋伸出来。

徐栀坐在床边憋着笑——这会儿可不敢笑，只能拿手去摸他枕头底下的脸，一下一下捏着，好声好气地低声哄他："爸爸都跟他们解释了，说你是打球受的伤，身体很健康的。"

"是吗？"他的声音闷在枕头里，"那为什么韦林还来问我？"

徐栀啊了声，明知故问，逗他："韦林问你什么啊？"

刚刚吃完饭，等人都走了，韦林悄悄凑过去问了陈路周一句："哥，你是不是'快男'？"

陈路周当时还在吃饭——其他人都吃得差不多了，他在扫尾——一下子没反应过来："什么快男？没参加过。"

韦林就直白地给了一句："就是……比较快。"

陈路周当时差点儿把饭都喷出来。

…………

他侧过头，从枕头里露出半张线条流畅干净的脸，眼皮懒洋洋地耷拉着。他没精打采地瞥了眼徐栀，问："我快吗？"

你夸夸我，快夸夸我。

徐栀愣了一下，立马反应过来，说："不快，你一点儿都不快。"

某人很难哄，放刁撒泼地冲她挑了一下眉："认真想想，你男朋友有没有掉过一次链子？"

徐栀还真故作深沉地想了想，而后想起来，试探着说："除了第一次？"

他自然死不认账，又鸵鸟似的把脑袋埋回枕头里，闷闷不乐地说："那不算，那时不是男朋友。"

徐栀笑得不行，掀开被子钻进去，手从他的腰腹间伸进去。男人一动不动，像一条死鱼直挺挺地贴着床，不肯看她，整张脸牢牢地埋在枕头里，正儿八经地警告她："别闹，窝着火呢。"

徐栀亲他的耳垂，顺着他的肩颈一路亲下去："马上开学了，陈路周，嗯？"

陈路周生生把那半截火压回去，无奈地翻身，把人搂过来，把头埋进她的肩颈，深吸了一口气，筋疲力尽，是真没心情，声音都沙哑了："困，想睡会儿。"

看来他今天在拳击馆确实挺难受的。

徐栀没舍得再逗他，手指插进他的发间，轻轻摸着，低低地哄了句："好吧，那你睡会儿，我回去了，估计老徐等会儿要上厕所，今晚喝了不少酒。"

"憋着。"某人开始"挟私报复"了。

· 622 ·

徐栀拿手指戳他的脑门儿，逗他说："陈路周，说好的你爱老徐呢？"

"爱不起了，"他的声音闷闷的，看起来彻底哄不好了，想想他还是很无语，"服了。"

徐栀发现陈路周这劲儿估计一时半会儿是过不去了。

"要不，开学咱俩也分开回北京吧，不然看到我你也烦，影响咱俩的感情。"徐栀说。

"你敢。"他头埋着，撩起困乏的眼皮，瞥了她一眼，有气无力地说，"咱俩这个家，你自己看看，最坚固的也就剩下咱俩的感情了。"

徐栀啊了声，用手拍了一下床板："是吗？这床不是还挺坚固的吗？"

他俨然没脾气了："你的耳朵是不是不太好使？嗯？"眼睛都没睁，他提脚随便踹了一下，一副生无可恋的表情，"听见了吗？嘎吱嘎吱还不够响？"

"做的时候我怎么没听见？"

"因为那时候你叫得比它响。"

"胡说！陈路周！"

他笑出声，涎皮赖脸地说："说真的，这床真经不住咱俩几下折腾。"

"反正马上回去了。"

"嗯。"

徐栀瞥他一眼："那你别生气了。"

"没生气，就无语，无语，无语。"

徐栀忍俊不禁，也没再拱火，好一阵，两个人都没说话，屋内安静，直到徐栀的耳边传来平稳的呼吸声。

唉，可算哄睡着了。徐栀刚准备下床回家，旁边又传来动静——

某人又万念俱灰地把头整个埋进枕头里，锐挫望绝，恨不得找个地洞钻进去。

"睡不着……无语……"

徐栀笑疯了。

那几天不光陈路周不敢见徐光霁，连老徐看见陈路周都觉得尴尬，想热情，又怕格外热情让人觉得他是在心虚。好在马上要开学了，徐光霁已经迫不及待地想把他俩打包扔回北京了。

徐栀收拾行李时还依依不舍:"爸,你没有一点儿舍不得我吗?我暑假不回来哦。"

徐光霁脚崴了之后还在恢复期,这阵子还没去上班。父女俩朝夕相对,也有点儿腻了,这时他靠在沙发上看电视,拐杖丢在一旁。他一边剥着橘子,一边用匪夷所思的语气说:"我也挺佩服陈路周的,你俩这个寒假天天待在一起,回北京还要天天待在一起,他就一点儿都没跟你待腻?我都腻了。"

徐栀把一年的衣服都塞进了行李箱,这会儿行李箱鼓鼓囊囊的,有点儿合不上。她索性坐在箱子上,一边拉拉链,一边头也不抬地说:"怎么可能?"

只能说陈路周太会谈恋爱了,反正她跟他待在一起是怎么都待不腻的。哪怕什么也不做,陪他安安静静看会儿书,她都觉得特别有趣。两个人现在也就剩下看书那几个小时还算正经,其他时间都在说闲话。

徐光霁突然想起来什么,拄着拐杖进卧室去,拿了两包东西出来扔到她的行李箱上:"给你带回北京吃。"

徐栀看看那两包熟悉的零食包装酥饼,顿时反应过来,头皮一跳,嗓子眼儿发涩,仿佛被堵住了。老半晌,她才哽咽着说了句:"爸,你别告诉我,那天去松柏路是为了给我买酥饼。"

徐光霁自然不知道女儿这些小心思,有些不明所以,不知道徐栀在那儿婆婆妈妈什么:"对啊,你之前不是打电话说想吃家里的酥饼吗?老爸那天想到你马上要回去了,下班就过去给你买了。"

晚上,两个人和朱仰起、李科吃完饭,一路往家走,徐栀忍不住把这事告诉了陈路周。

陈路周捏捏她的脸:"高兴了?"

徐栀笑了下:"也不是,就是觉得有些东西需要时间去慢慢接受吧,知道我爸没那么快投入另一个家庭,心里当然舒服很多。"

其实,陈路周也一样,有些东西需要时间去慢慢接受。

时间是最好的刽子手,也是最好的良药。

徐栀突然说:"我爸今天还问我们俩是不是腻了?"

两个人当时走在回家的路上,陈路周牵起她的手,揣在自己的兜里,低头看了她一眼:"腻了?"

"没有,我爸觉得我俩应该腻了。"

"看来老徐同志对我还是有意见啊。"他笑了下。

徐栀跟着笑笑,在兜里把手指插进他的指缝间,跟他十指紧扣,说:"老徐对你真没意见,不过我妈好像对你有意见。"

"又梦见你妈了?"陈路周停下来,看着她说。

徐栀叹了口气,低头看着自己的脚尖,齆声齆气地说:"嗯,在梦里骂我呢。"

"骂你什么了?"

"骂我不好好学习呗,天天跟你厮混,说我不适合学建筑,让我别浪费时间,来来回回都是那几句车轱辘话。"

不知道是不是最近家里太热闹,惊动了林秋蝶女士。那几天,徐栀几乎每天晚上都能梦见她,梦里两个人永远在挑唇料嘴,最后徐栀都会惊醒,然后再也睡不着了。她偶尔会给陈路周发消息,他永远都秒回。

这点让徐栀很震惊,哪怕是半夜三四点,他都会回,有时候甚至直接打电话过来哄她。徐栀后来才知道,有过在北京的那次前车之鉴,晚上,他把其他人都屏蔽了,只有她的消息有提示音,手机就放在枕头下面。

那阵桃花都快开了,花苞迎风俏立在枝头,路边萦绕着阵阵清香,偶有车辆从身边经过。两个人慢悠悠地走着,路灯昏一盏,亮一盏,整条街昏暗不明。

徐栀握了握他的手:"我外婆说家里变化太大,得跟妈妈告知一声。我过两天去给她上个香,你要不要跟我一起去?"

这事徐栀前几天就已经跟他提过。陈路周点点头,说"好",正要安慰两句。徐栀笑着把脑袋靠在他的肩上,仰头,指着头顶几盏或明或暗的路灯,说:"没事,我想通了,人生嘛,你看总有亮的时候,也总有暗的时候,亮的时候我们就大胆往前走,暗的时候呢,我们就抓紧对方的手。"

两个人难得没斗嘴,陈路周也忍不住笑了下。

徐栀还在锲而不舍地抒发感情:"我以前觉得这话很矫情,但是跟你谈恋爱之后,我就希望世界和平,然后特别希望这世上的爱都圆满,恨都消散……"

他慢悠悠地停下来。

"徐栀,你知道人生最幸福的是什么吗?"

"什么?"

"就是满大街都是单身狗,只有咱俩在谈恋爱。你说爽不爽?"

陈路周指了下沿路形单影只的路人。他不说徐栀都没注意,这条街上竟然只有他们这一对情侣。

徐栀笑了下:"陈路周,你做个人吧,不怕被人打吗?你少说两句。"

他表情慵懒,补了一句:"那你知道人生最惨的是什么吗?"

"什么?"

"就是他们都有伞,就咱俩没有。"说着,陈路周两手揣在兜里,还倒着走了两步,一边走一边打趣她,笑得不行,"下雨了,还在那儿世界和平呢,傻不傻?"

徐栀收住笑,一抬头,额头瞬间沾上几滴湿意。

下一秒,一声闷响炸开天地,春雷轰隆隆震在天边。庆宜的春天来得好像特别早,徐栀甚至隐隐听见去年夏天的蝉鸣声在她耳边响起。

临回北京前一天,他们一伙人去庆宜的一个海中小岛上玩。

陈路周带着徐栀,李科带着张予,姜成带着杭穗,剩下朱仰起和蔡莹莹大眼瞪小眼。

庆宜那几天春回大地,气温和天气都不错,但海风依旧冷得刺骨,下海是万万不行的,顶多在海边踩几脚水。

几个女生脱了鞋,跑去浅滩兴致勃勃地踩水了。

张予第一次见徐栀,确实没想到徐栀这么漂亮。虽然知道陈路周的眼光不会差,但是乍一瞧见,觉得这姑娘真是美得让人移不开视线:巴掌大的小脸圆润又紧致,看着还有点婴儿肥,却恰到好处,完全不显得胖,反而显得很单纯。五官很精致,皮肤也白,在阳光下连毛孔都看不见,细嫩得好像刚剥壳的荔枝。苹果肌饱满,化着淡妆,眉眼又很清冷。瞧着特别干净漂亮的一个女孩儿,然而身材又很火辣。

杭穗和张予都是一中的,自然有话题聊。杭穗提着鞋子,划开水走到张予身边,说:"听说陈路周追她追了很久,看不出来是不是。高中那时候他多骄傲一个人,我们都以为他只对学习、打球有兴趣。我还跟姜成说,陈路周多半是没开窍。姜成斩钉截铁地跟我说,他老早就开窍了,就是没遇上喜欢的。"

张予笑了下："我跟他做同桌的时候就知道他开窍了，什么都懂得，多半是没看上我们学校的女生。"

杭穗："你怎么看出来的？"

张予说："那时候我喜欢李科，全班都不知道，就他看出来了。"

杭穗也笑了下："难怪。"

蔡莹莹喊了声："你俩干吗呢？这边有海螺，要不要听听大海的故事啊？"

杭穗划开水过去："来了来了！张予，快点儿。"

张予："哎，来了。"

几个女生满岸找海螺，把找到的每个都敲一敲，然后放在耳边听，也不知道在听什么，玩得不亦乐乎。

杭穗："这个好听，这个声儿大。"

徐栀也捡了一个，放在耳边："这不就是玻璃杯放在耳边的声音吗？"

张予："准确地说，就是这个原理。海螺听涛就是个骗局。"

蔡莹莹的风格很不一样，一个人一边狐疑地敲着海螺，一边喃喃自语："我怎么听着像我爸的肠鸣声呢？"

徐栀："……"

张予："……"

杭穗："……"

陈路周和姜成几个人坐在旁边的沙滩椅上，点了几杯饮料，打牌加闲聊，时不时往女生那边瞧一眼，确定人还在自己的视线范围内。眼看徐栀把裤脚越撩越高，越玩越来劲儿，海水已经没过她的膝盖。陈路周弓着背，俩胳膊肘撑在膝盖上，手上还在漫不经心地插扑克牌，蹙着眉，扬声叫了句："徐栀，走那么远干吗？"

徐栀没回应，不过也没往前走了。

朱仰起啧了声，扔出两张牌："把你俩捆一起得了，这么一会儿工夫也不让走开？"

陈路周喝了口椰子汁。他们打的是"红五"，还是庆宜本地的红五，玩法比较复杂，有些费脑子。他低头看着手里的牌，慢悠悠地把牌算了一圈，扔出两张牌，说："打你的牌吧，现在就你一个单身狗。"

627

李科咳了声，难得露出一丝不好意思的表情："严格来说，哥现在也没脱单，还处于互相了解的阶段。"
　　朱仰起痛心疾首地说："你俩回去就从我的房子里搬出去。"
　　陈路周："稀罕。"
　　李科："就是，谁稀罕？"话音刚落，他一查看桌面上的牌型，瞬间大喊，"朱仰起，你能不能看着点儿打？我这边让你堵死了，大哥。"
　　朱仰起："你那一手烂牌，堵死算了。"
　　李科迷惑地看着他："咱俩是一家，朱哥。"
　　朱仰起："下把换家，我要跟陈路周一边，他打牌没那么多废话。"
　　李科看了陈路周一眼："他脑子里这会儿全是算计，你还跟他一边。要论红五，我跟他水平不相上下，但你跟姜成水平有点儿差距。我们这个组合有点儿吃亏。"说完，他扔出一串梅花牌型。
　　陈路周笑了下。李科顿觉不对劲儿，见他不紧不慢地抽出几张牌扔在桌上，刚好跟上。李科咂舌："你梅花断张了？吊主？"
　　"我早就吊了好吧。"
　　"你算计我，刚朱仰起扔梅花，你那副表情，我还以为你手里还有。"
　　"打牌靠表情吗？"陈路周笑得不行，轻松又自在，一边同他说着，一边习惯性地往徐栀那边看了眼，"你不算牌啊？我以为你算到了。"
　　李科："刚被朱仰起分心了。"
　　朱仰起立马择清自己："别赖在我身上，你自己技不如人。陈路周的红五水平我爸那个老赌鬼都不是他的对手，每年过年都得给他两份压岁钱。"
　　李科数了数他们捡的分，面无人色："死了，这把直接下台了。"
　　一连几把，李科和朱仰起再没上过台。陈路周和姜成翻身农奴做地主，直接从小二打到老K，把牌做清了。
　　徐栀几个人回来的时候，他们正好一局结束。朱仰起嚷嚷着再来一局。
　　"你们在玩什么？"徐栀问。
　　"红五。来吗？"陈路周回了句，把人拉过来。
　　"算了，不太会。"
　　徐栀说完，自然地坐进他怀里。陈路周两腿敞着，人往后坐，在中间腾了个位置给她,下巴抵着她的肩,把桌上的饮料拧开递给她。

"嗯?"

徐栀接过,喝了口,把饮料递回去,一副被人伺候惯了的样子,舒服地往后一靠。整个人惬意地靠在陈路周怀里,脑袋顶着他的肩,仰着头,有一搭没一搭地同他说话,内容没什么意义,诸如:

"踩水好好玩,而且一点儿都不冷。"

"我刚刚在沙滩上写你和老徐的名字,你猜谁先被冲走了?"

陈路周低头认真地听着,时不时笑笑,拨拨她的头发,偶尔回应两句:"你无聊不无聊?"

朱仰起:"服了服了,这俩人的热恋期比我的青春期都长。哎,李科,李科。"

没回应,朱仰起茫然地一回头,看见李科对他视若无睹,举着一罐旺仔牛奶,殷勤地问一旁刚踩水回来的张予:

"要不要喝点儿饮料?"

朱仰起:"……"

傍晚,几个人靠在沙滩椅上看日落,欣赏着绯红色的霞光落在海面上,将整个庆宜市照得温馨又热烈。眼前的景象好像五颜六色的调色盘被打翻,混出一种奇异的光芒和色彩,将海天染得浑然一色。那奇景着实瞧得人心潮澎湃。

一群意气风发的少年在浮光跃金的海边肆意说笑,声音穿梭在无拘无束的风里,被风带着飘向云间。笑声在一次次潮涨潮落中渐渐退去,沙滩上那一排排深浅不一的脚印也渐渐淹没在奔腾不息的潮汐里。

"下雨啦!"

"快跑。"

旁边人群四散,有往酒店跑的,有往马路上跑的,有提着鞋子往车里跑的,还有几个傻乎乎往海里跑的。

陈路周的下巴还搁在徐栀的肩上,看着海面上渐渐泛起一圈圈涟漪,水花激荡。他低声在她的耳侧询问了句:"跑吗?"

两个人坐在海滩椅上。头顶是遮阳篷,徐栀往后仰,后脑勺擦过他的脸蹭在他的肩上:"不跑,反正你在,爱下不下,不是有遮阳篷吗?又淋不着。"

顷刻间，暴雨如注，噼里啪啦地打在遮阳篷上。

遮阳篷下再无其他声音，两个人没再说话，忘情地接吻。

淋了一身雨，徐栀洗完澡，百无聊赖地躺在床上玩了会儿手机。陈路周还在洗，浴室里，水哗哗地砸在地上。徐栀从床上爬起来，在他的房间里转了会儿。地上摊了个收拾了一半的行李箱，里面就几件衣服和几个相机镜头。他刚穿过的黑色棒球服扔在最上面，似乎要带回北京。

衣服和相机镜头底下还压着一本翻开的书，徐栀好奇地抽出来看了眼——《市一中优秀作文集锦》。

这种东西还留着啊，不愧是陈大诗人。

徐栀笑了下，漫不经心地往下翻了一页。

一句话猝不及防地跃入眼帘，徐栀嘴角的笑意微微一收，心中恍然。这句话太眼熟了，那字眼好像跳动的火苗映在她的眼底。徐栀一直觉得这句话曾在某种程度上指引了她人生的方向。她也因为这句话一度对谈胥产生了好感，觉得他太成熟了，不同于一般十八九岁的男孩儿。

然而，她没想到这句话会出现在这儿——

河流和山川都困不住我们，只要我们不做思想的囚徒。

她的眼睛再往下一瞥——宗山一班，陈路周。

还没等徐栀反应过来，书页里缓缓掉下一张纸。她以为是书签之类的，也没在意。等捡起来，才发现是一张薄薄的信纸，字迹熟悉，但比他平时写题时更端正，一笔一画都苍劲有力，力透纸背，笔墨也新，应该是刚写不久。

以为是他刚写的读书笔记或者论文，徐栀匆匆瞄了一眼，就打算给他塞回去。

然而，起头三个字就把她钉住了，眼睛仿佛生了锈的发条，无法移动，只能一动不动地牢牢盯着那张纸，一字一顿地往下看去。

只看了第一行，徐栀的鼻尖就开始泛酸，心像是被人揪着狠狠地抓了一把，那干涸已久的眼泪瞬间从眼眶里涌出来。起初，她自己都没察觉，直到那薄薄的纸张被眼泪渗透。徐栀不由得攥紧手指，嘴唇紧紧地抿着，想把眼泪憋回去。可越憋，她越忍不住，视线里的字迹已经全部模糊，可每个字都诚恳得让人心里发酸。

林女士：

您好。

我叫陈路周，是徐栀的男朋友。

徐栀曾说您在梦里让她跟我分手。嗯，我有点儿担心，就擅自做主写了这份信，希望不会打扰到您。

跟她在一起的这段时间，她曾多次跟我提及您的事，我能从只言片语中感觉到，徐栀从小对您很钦佩，您走后，对她打击很大。首先，我很感谢，您能培养出这么优秀的女儿，也很遗憾，您没能陪她走到人生的最后。

其次，徐叔说您和徐栀经常拌嘴，但您其实很爱她，只是习惯性对她严厉。她也一直很想得到您的认可。她以前或许成绩不太好，但您可能不知道，她高考738分，以全校第一的成绩考上了A大，现在是A大建筑系的学生，成绩非常优异。

写这封信的目的是想告诉您，其实徐栀很优秀，也非常爱您。她说自己很少能梦见您，可每次梦见您，您总说一些不好的话，我想您可能是对我不满意，或许因为我没有正式跟您打过招呼。

最后，我很爱她，不想她夜里总是因梦见您而惊醒。

她也很想您，如果下次再梦见您，您可以说一句爱她吗？

——陈路周

看完最后一行字，酸意从她的胸口破腔而出，眼角的泪水瞬间决堤，她失声痛哭。

林秋蝶和老徐表达爱意的方式不太一样。人都说"父爱如山"，他们家相反，林秋蝶女士的母爱更沉重一点儿。老徐虽然也经常讽刺徐栀，可该表扬她的时候毫不吝啬，永远都是高举着父爱的大山，为她呐喊助威。

"囡囡，你是最棒的！"

"囡囡，爸爸爱你！"

"我们家囡囡简直是仙女下凡！爸爸怎么这么幸福啊，生了这么个宝贝！"

林秋蝶这座山从来都是岿然不动的，对徐栀表扬得很少。徐栀的记忆里都是她的不满和批评。

"徐栀,你到底懂不懂事?"

"徐栀,考这点儿分数谁去给你开家长会?"

"徐栀,你能不能让妈妈省省心?"

讽刺的是,林秋蝶女士在世的时候,徐栀一次次想证明自己,却都叫她失望至极。偏她死后不久,徐栀化身黑马,考上了国内最高学府。

然而,这件事林女士永远都不会知道。林女士到死,记忆里那个女儿都是不成器的。

这种遗憾是永远无法弥补的,徐栀曾无数次后悔自己为什么不早一点儿努力。然而这种遗憾怎么也无法释怀,她只能假装什么都不在乎,以致后来都缺乏情绪反应了。她从来不曾想过,有一天,有人敏锐地察觉到她的遗憾,甚至认真地写了这样一封幼稚的信去驱散她心里的不甘。

陈路周洗完出来的时候,徐栀坐在地上,腿上正摊着他的信,已经哭得鼻涕眼泪直流。他叹了口气,过去把人抱起来,放到床上。他脖子上还挂着毛巾,人站在床边,转手去抽床头的纸巾,一边弯腰给她擦鼻涕,一边对着她的眼睛轻声笑道:"你哭成这样,我有点儿高兴,这是怎么回事?"

徐栀也莫名地笑了起来,擦完脸,把脸埋在他的腰腹间。陈路周上身裸着,腹肌坚硬而分布均匀,人鱼线附近的青筋性感地突起。她用额头抵着他的腹部,脸朝下,看着自己的脚尖,深吸了一口气,说:"陈路周,我其实就是不甘心。"

"我知道,"他低头看着她,用手摸着她的发顶,"哭出来就好了。"

"高考成绩出来那天,我其实挺难受的,全世界我就想让她知道,偏偏只有她不知道。"

"徐栀,有时候命运就是这样,你越想做什么,它越不让你如意;你四两拨千斤,反而很可能给你拨成功了。"

眼角还挂着泪痕,徐栀想想,觉得这话挺有道理。

陈路周:"你想什么呢?"

徐栀恍然大悟,点着头:"很有道理,我泡你好像就是这么泡的。"

陈路周一口气差点儿上不来,一边摸她的头发,一边垂着眼皮,低头睨她:"你信不信,我现在把你扔出去?"

徐栀眨巴眼睛:"我还在哭呢。"

跹王的谱又摆起来了："哭完了再扔。"

扔了一晚上也没扔出去，徐栀看他在那儿收拾行李。他的行李比她的少多了。明明这家伙在学校衣服也是一套套换的，怎么行李箱里好像也没几件衣服？收拾完，陈路周把行李箱的拉链拉好，再把行李箱竖起来推到墙边，人坐在行李箱上。大概是无聊，两个人默不作声地就那么看了对方好一会儿。一个坐在行李箱上，脖子上还挂着黑色毛巾；一个盘腿坐在床上，视线就跟糍粑似的粘在对方身上，撕都撕不下来。两个人看一会儿，笑一会儿，又看一会儿，又笑一会儿，压根儿不知道在乐什么。其实，他俩就是津津有味地研究着对方的眉眼，怎么也看不厌，好像在无人问津的角落建造了属于自己的城堡和玫瑰园，已经不需要多余的风景，光这么瞧着城堡和玫瑰园就能到天荒地老。

陈路周懒洋洋地靠在墙上，脚下的行李箱还在悠悠地滚动着。他突然玩性大发，脚尖抵着地板，抬起手，食指和拇指比成枪状，隔空冲她随意地打了一枪。

"砰！"他还配音，完全一副少年样。

徐栀笑岔气了："幼稚。"

"你爱上陈路周了。"

"砰！"他又开了一枪，还眯起一只眼睛，"你好爱他。你爱不够他。砰砰砰！你爱死他了。"

徐栀笑疯了："神经病，陈路周，你幼稚不幼稚？"

"没你幼稚，小狗摇尾巴。"

徐栀二话不说掏出手机："哎，陈娇娇，我下载了一部电影，《七号房的礼物》，谁看谁流泪。"

他坐在行李箱上，抵着墙，啧了声："哎，你这就没意思了。"

然而那刻，徐栀是真的希望，这个世界上爱都圆满，恨都消散，无论是波涛暗流还是雾霭流岚都不要靠近他，群山万峰都不能阻拦他。

春回大地，草长莺飞，花谢花开又一年。

庆宜夏天的蝉鸣一如既往地聒噪，夷丰巷的那个少年永远占上风。

（正文完）

番 外

01（谷妍视角）

谷妍高中毕业之后还是选择出国，去了利物浦。她把微信和手机号码都换了，微博也注销了，只留了几个高中好友的微信。那段时间，她基本上刷不到那个人的消息，也不会刻意去打听。

直到，新春过后，她收到一条消息。

那会儿她刚从舞蹈室出来。利物浦刚刚下了一场小雪，古朴典雅的英式建筑外是纷纷扬扬的雪霰，透过窗子还能看见建筑对面古老的时钟，好像已经停摆，一如她的心跳也在那刻停顿了一下。

她犹记得那时的时刻，时针和分针组成了一个冷冰冰的直角。

晚上九点。

说不上有多意外，目睹了毕业那晚他看徐栀那种不舍又隐忍的眼神，谷妍就知道，他俩在一起是早晚的事情，只是她没想到会这么快。她以为，他不会那么急。她也知道，男孩子的占有欲都很强，一旦出现新情况，或者有危机感的时候，他们立马就想把这段关系确定下来。她以前好几个追求者平日里也都挺高冷的，一旦遇上让他们有危机感的情敌，就会迫不及待地想把关系定下来。

可谷妍不觉得陈路周会对谁产生危机感这种东西。她高中时就清楚陈路周这个人有多骄傲，他的骄傲并不是对谁都爱搭不理的，而是和女孩子相处特别有分寸感。偏偏这种分寸感还叫人觉得，他会谈恋爱，甚至什么都懂，只是不喜欢你，所以不会对你释放暧昧的信号。

他越这样，越叫人心痒。她想跟他谈恋爱，想看他低声下气哄她的样子。

她记忆里的那个少年好像从来不会这样。他永远清冷干净，不好糊弄；永远阳光开朗，揣着明白也从来不装糊涂。

所以，他得多喜欢一个人，才会在这个躁动的年纪跟那个人谈恋爱，还发了那样一条朋友圈。

Cr：Flipped，嗯，服了。

Flipped 是一部电影，以前陈路周在朋友圈分享过，中文名字叫《怦然心动》。

那张截图是高中好友发给她的。陈路周的朋友圈背景仍旧是熟悉的天鹅堡，头像也没换，微信名也还是那两个字母。谷妍甚至都不敢想，这样一个人如果成为她的男朋友，她会在朋友圈疯成什么样。

可后来，她无意间在别人的手机上看见徐栀的朋友圈，却发现一点儿秀男友的痕迹都找不到，分享最多的内容就是她的设计稿以及一些建筑学文章。

谷妍记得有一次徐栀发朋友圈说：终于被老师夸了一句有灵气，哈哈，我觉得我还能再为祖国工作五百年！

那条朋友圈底下，几个朋友各回复了一条。

朱仰起：别五百年了，我哥们儿都愁死了。他说你再这么熬夜熬下去吧，他可能得守活寡五十年。

李科：保重身体啊。徐栀啊，咱有个温馨提示，你有没有感觉自己最近头发有点儿少？

陈路周没回，只点了个赞。

徐栀倒是回了一条给李科：真的假的，陈路周说的？

之后他们就没回复了，不知道是不是私下解决去了。

谷妍能想象他们的生活有多热闹。

也是在那一刻，谷妍突然觉得，或许也就徐栀这样的女孩儿才能让陈路周觉得自己不亏，他需要的不是一个崇拜者女朋友，而是一个能跟他并肩而立、永远对他有吸引力的女朋友。

或许这样的形容不太恰当，但在那个尚未成熟的年纪，谷妍想到两性关系，也只能用亏和不亏来衡量。

陈路周不能亏，不然和谁在一起她都会觉得不甘心，或许还会忍不住给他发消息。

偏偏面对徐栀，她只会把自己这些卑微而心酸的情绪压下去。因为她永远都忘不了，毕业那个晚上，徐栀在烧烤店对她说的那句话——

"那就希望咱们中国的女孩子心气更高一点儿。毕竟脚下是辽阔坚实的土地，我们还有那么多地方没去过。"

还有那么多人没见过。

她知道徐栀没说出的下半句话就是这个意思。甚至，她能想到，就算没有陈路周，徐栀的男朋友也会非常优秀，甚至可能不逊于陈路周。只是，她对陈路周有滤镜，所以那时候，她对徐栀充满了敌意。可徐栀对她没有。

徐栀甚至明知道她喜欢陈路周，也知道她喜欢那么久的男孩儿对自己有好感，自己在陈路周的心里占上风。谷妍曾经设身处地地想过，如果她和徐栀角色对换，那个晚上，她一定会让徐栀难堪。

但徐栀什么都没有做，甚至明知道她在微信上给陈路周写了一篇可以说是很丢脸的小作文，也没有故意宣示主权让她难堪。

听徐栀说完那句话，谷妍不知道为什么，脑海里瞬间又响起陈路周拒绝她时说的那段话——

"谷妍，你每天早上五点起来练功多辛苦啊，全身上下的关节都没一处是好的，没名没分地跟着我多吃亏啊。你好好拍戏吧，能为国家争光拿个奖，我会更欣赏你。不用在我这儿释放这种没用的信号。"

他是真的觉得她没劲。她要是再写那篇小作文，就更没劲了。

她心里当即涌起一股不服输的傲气：对啊，世界那么大，难道我就遇不上更好的？她立马把小作文删了，觉得自己太冲动了。那时候她还觉得徐栀有点儿清高，说的那句话也很装，然而后来，她无数次回想那天晚上的场景，渐渐开始感谢徐栀。

至少，在他们这个喜欢胡思乱想又冲动的年纪里，徐栀没有让她难堪。或许她没有能力让陈路周喜欢上她，但也许在未来某一天，她真获奖了，站在那个灯光绚丽的舞台上时，那个男孩儿可能也会觉得骄傲。

虽然她知道陈路周大概不会这么想，但至少，在最后结束这场青春和明恋的时候，她是体面的。

第二年寒假，谷妍回庆宜过年，在学校附近的小吃街碰见过他们一次。她先注意到的是朱仰起，因为他身上总是挂着一串"鸡零狗碎"，丁零当啷地响。陈路周以前来她们班找朱仰起都不用眼睛看，听声儿就知道朱仰起在不在教室。当时朱仰起旁边跟着一个短发女孩儿，样子很帅气，个子高挑，不是一中的，后来谷妍才知道那女孩子是徐栀的朋友，叫蔡莹莹。

他俩当时正站在如潮的人流里买车轮饼，关系说不上多融洽，嘴里还你一言我一语地互相损着。

"朱仰起你是不是有病，谁吃车轮饼蘸香菜？"

"你连香菜蛋糕都吃，还有什么不能吃的？"朱仰起站在隔壁的臭豆腐摊位前，跟老板要了两碗香菜，怨气深重，"我真是信了你的邪，我过生日你送的什么玩意儿，那蛋糕是人吃的吗？"

"你不是吃了吗？"

"猪吃的。"

"你本来就是猪。"

"那挺好，你姓蔡，我姓朱，咱俩凑合凑合得了。"朱仰起咬着车轮饼，趁热打铁。

"不是跟你说了吗？不好，别人会说一棵好白菜让猪拱了，多难听。"

"这事我跟我爸严肃探讨过，我可以改个姓，跟我妈姓。"

"你爸能同意？"

"同意啊。"

"你怎么说的啊？"女孩儿接过老板手上的车轮饼，不太相信地问了句。

"我就说：'爸，我喜欢的女孩子说我这个姓不好，我想改个姓。'我爸说：'改你妈啊。'"朱仰起说，"我一想，对啊，改成我妈的呗。你看，我爸反应多快。"

女孩儿："……"

谷妍都忍不住撇了下嘴角。下一秒,她便看见一个熟悉的身影从旁边的小吃店里走出来。那优越的身形在拥挤的人流里格外惹眼,好像又高了点儿,一身衣服依旧是那熟悉的牌子。他身上永远只有那几种颜色,黑、蓝、灰、白自由组合,宽松,自在。很长一段时间,谷妍在街上看到穿类似风格的男生,都会忍不住抬头多看一眼。但从没碰见过跟他差不多的,不说长相,单那性子,谷妍知道自己就很难遇到了。

"好了没?"他问。

"快了快了,还有两个。"朱仰起回头说,"你怎么出来了?徐栀呢?"

"还在吃,给她买两个红豆的吧。"

朱仰起:"刚不是还说想吃香芋的吗?怎么口味这么多变啊?不会是那什么了吧。"

陈路周直接踹了他一脚:"有病你?"说完他也懒得搭理朱仰起,低头对旁那女孩儿说:"蔡莹莹,你们先进去,我给她拿两个红豆的。"

那女孩儿拿着车轮饼,转头,跟着踹了朱仰起的屁股一脚,拔腿就跑:"学学陈路周吧,大傻子!"

朱仰起紧跟着追了上去,追着去揪那女孩儿的头发:"蔡莹莹,我对你还不好啊?陈路周那个家伙有什么好学的?他坑徐栀的时候你是没见过,别被他那点儿长得还行的外表给骗了。我跟你说,那家伙私底下很不老实的。"

"陈路周要只能是长得还行,朱仰起,你就真的是头长得还行的猪!"

"胡说,我比他帅多了,小时候长辈们都说我长得比他帅,比他喜庆,好吧!"

"你真的认为这是夸奖?猪脑子。"

…………

谷妍当时站在路边,目不转睛地看着他逆着人流过去给徐栀买车轮饼,甚至都没察觉自己眼角泛着热意,心里的酸意无法遏制。她知道这个男人永远对她具有吸引力,可也知道,她只能是一个看客。在这条充满年少及青春回忆的大街上,重温属于她一个人的旧梦,遥遥地看着这段故事的结局。

无人察觉人海中的她。

等陈路周帮徐栀买完最后两个车轮饼,进了那家店,谷妍才恍然回过神,继续走着,正好经过他们聚餐的那家店。其实她没想过跟他们打招呼或者刷存在感,只是下意识地往里面看了眼。

他们一伙人坐在门口,原来不止朱仰起和那个女生,李科、姜成、杭穗、大壮和大竣都在,甚至还有张予。

陈路周正巧坐在面对马路的椅子上,徐栀就坐在他旁边。陈路周靠着椅子,一只手搁在徐栀的椅背上,低头侧耳,在正儿八经地听徐栀说话。间或他仰头靠在椅子上笑得不行,眼神无奈,似乎被她气到了,却完全拿她没办法,想拎起来暴打一顿,但显然是下不去手的。紧跟着,他一抬头,猝不及防地对上了谷妍的视线。

谷妍以为他会避开,会视而不见。但是没想到,陈路周冲她微微一颔首,算是打了个招呼。

那一瞬间,谷妍又忍不住在心里嘲笑自己。

他怎么会避开?

他从来都坦荡。

对面的朱仰起察觉了他的视线,啃着鸡爪,头也不回地问了句:"谁啊?"

陈路周下巴一点,表情如常,大大方方地回答:"谷妍。"

谷妍也是在那一瞬间突然热泪盈眶。她喜欢的那个人,并没有因为她那段极其可耻的暗恋日记被曝光而看轻她,自始至终都尊重她。

那一刻,她是真的羡慕徐栀。

02

徐栀和陈路周原本以为大一是大学生活里最忙碌的一年,没想到,大二、大三他们也丝毫没办法松懈下来。尤其还有李科这个"卷王"在,两个人约会都只能见缝插针地约。陈路周转完专业就开始忙保研的事情。美赛陈路周他们队伍获得了 F 奖。那年 A 大的参赛队伍多达百十来支,获奖队伍达半数以上。但获得 F 奖的屈指可数,准确来说,那年就他们一支队伍获得了 F 奖,而全球获得 F 奖的一共也就十支队伍。虽然是件挺让人热血沸腾的事情,但李科和陈路周没表现得多兴奋。他俩对于获奖这件事似乎已经麻木了。

拿到获奖证书当晚,几个人聚餐庆祝。吃完饭,陈路周走在回寝室的路上,想了想,还是给白老师发了一封感谢信,很短,但很真诚。

等发出去,把手机揣回兜里,一抬头,看见徐栀正盯着他。他笑了下:"盯着我干吗?"

徐栀叹了口气,牵着他的手往寝室楼下走:"就觉得你这个人吧,活得很累。对白老师来说,这可能就是分内的事情,换作其他教授,说不定都不会打开你的邮件。"

国内大多数高校老师忙得脚不沾地,有几个老师会一封一封阅读学生的邮件?有时候教授上课放PPT,打开邮件,里头一大片未读邮件。徐栀觉得自己的男朋友这么认真地给人写了一封感谢信,结果信很可能孤零零地躺在信箱里,无人问津,就好像陈路周的真心被辜负了。她想想就觉得心疼。

陈路周一直没有收到任何回复。徐栀也一直以为陈路周那封感谢信躺在白老师的未读邮箱里。直到很多年后,她和陈路周逛书店的时候,无意间看见一本书,作者署名白蒋。因为那是陈路周曾经的数模竞赛指导老师,所以她下意识地抽出那本书看了眼,是白蒋的个人自传。

书名叫《盖棺论定》。

她觉得名字还挺有意思。趁着陈路周在经济专区闲逛,她匆匆翻开序章看了眼,见是很普通的自传书,刚想合上,却在最后看见两段话——

我一度最害怕的就是"盖棺论定"四个字。因为曾经有领导不认同我的教学理念,认为我在学校不搞科研,不发表论文,不参与评奖,不符合现在教育体制的要求,迟早会被边缘化。当然,那位领导也是善意地提醒。他语重心长地劝了我好几次,说:"老白啊,你都快六十岁了,说难听的,你半只脚都踏进棺材里了,就是该被盖棺论定了,临退休还是个讲师,人家只会认为你教书不行。"也因为这样,我一度想提早退休,直到前几年,我指导几个学生参加美赛。这段经历对他们来说或许没什么特别的,但是对我来说,还挺特别的。

其实,也不是第一次指导学生了,但那几个孩子让我觉得,哪怕到了六十岁,他们也不会在乎自己是否被人盖棺论定,他们身上有一种有知而无畏的拼劲儿,不是初生牛犊不怕虎的瞎拼,是在慢慢拓展自己认知的世界里去寻找最优解。比赛结束之后,其中一个学生给我发了一封邮件。这个学生很优秀,任何时候跟人提起这个学生,我都会很骄傲地说,我曾经是他的老师。他在邮件里对我表达了感谢,还说了一句话,我至今都记得。他说,白老师,无论从哪个角度看,您都帅得发光。嗯,为师很感动,毕竟六十年了,没人夸过我帅,行了,就这么盖棺论定吧。

白蒋写这段序的意思,徐栀懂。陈路周写那封邮件的意思,徐栀想白蒋应该也懂,不然序里不会出现他的影子。在这种教育环境中逆大流而行,白蒋的坚持和不忘初心确实让人敬佩,也确实担得上一个"帅"字。

徐栀心满意足地合上书,转身去经济区找人,找了一圈没找到,转头看见陈路周在童话区。他正蹲在地上,一只手搁在膝盖上,神情专注地在帮人找书,旁边蹲着个半大的小女孩儿。小女孩儿扎着两个马尾,摇头晃脑,散发着无邪的童真。只见陈路周抽出一本花花绿绿的绘本递给小女孩儿。她摇摇头:"不是这本,封面上有只猪的。"

陈路周又抽出一本。

小女孩儿摇头,不是。

陈路周又给她抽出来一本:"这本?"

她再次摇头,咬着字一字一顿地说:"不是啦,哥哥,是猪!猪啊!"

陈路周哎了声,人蹲着,手还搁在大腿上,笑着回头,半开玩笑地说:"你怎么骂人呢?"

"不是骂你啦。"

陈路周接着给她找,耐心颇足:"真不记得书名了?"

"不记得。"

"你还没认几个字吧?"陈路周站起来,往上层的书架看了几眼。

"不认字不能看书吗?我看插画不行吗?"

"牛。"

"是猪,不是牛。"小女孩儿很执着。

陈路周:"……"

徐栀站在他俩身后,突然觉得时间过得很快,一眨眼,五六年就过去了。

那年她刚毕业,陈路周读研二。

但她好像还在跟这个男人热恋。只要一想到他,她的那颗心就滚烫。哪怕他此刻就站在她面前,拿着一本让他看起来智商不太高的《小猪佩奇》,还非要跟人说:

"吹风机改名字了?"

小女孩儿眼里从一开始对大哥哥赤裸裸的、毫不遮掩的仰慕,到后来逐渐变成嫌弃。最后,她二话不说,抱着《小猪佩奇》跑了。

等回到家,开门进去,两个人站在门口换鞋,陈路周还一脸无辜地说:"那小屁孩儿想泡我。"

徐梔憋着笑,把车钥匙甩到他身上:"你要不说吹风机,她还能再泡一会儿。"

陈路周也笑了,转身进卧室去换衣服,刚撩起衣服下摆,一双纤细的手从背后抱过来,绕在他的腰上。他低头,意味深长地看了眼,压低嗓音,明知故问:"想干吗?嗯?"

徐梔的手在他的小腹上没分寸地摸着,沿着腹肌的线条慢条斯理地蹭着:"你说呢?"

陈路周没再脱衣服,转过身来,一手钩着她的腰,一手捧着她的脸颊,手指插在她的发间,一边安抚意味十足地来回摸着,一边低头,顺着她的额头,熟门熟路地一路亲下去。气氛瞬间热烈起来,但屋内依旧安静,只有几声若有似无的啄吻声轻轻地响起。

到现在,徐梔跟他做这件事,心跳还是会控制不住地加快,血液甚至在身体里横冲直撞,一跟他接吻就腿软,跟没骨头似的,怎么也站不住。

但只要陈路周在她旁边,她就忍不住往他的身上靠,好几次陈路周都笑她:"骨头呢?干吗老往我身上靠?"

徐梔知道他这人就喜欢明知故问,得了便宜还卖乖,在床上尤其荒唐。两个人早已摸清对方的性子了。徐梔知道,陈路周想听她说情话,便会问个不停。早几年,徐梔说情话张嘴就来。后来在一起久了,她反而不好意思了,总觉得再说就成了形式化。

于是,更多时候她都是讽刺他。

"陈路周,你珍惜吧,再过几年,说不定让我靠我都懒得靠,好好珍惜你的八块腹肌吧。"

"我身上值得珍惜的就只有八块腹肌了是吗？不爱了……就别勉强。"

那时候，他俩的手机微信聊天记录里出现频率最高的一句话就是这句"不爱了，就别勉强"，已经快成陈路周的口头禅了。发展到后来，陈路周一句话都懒得给她打完。随着她讽刺次数的增加，字数逐渐减少——

"你已经三天没回家了，女朋友，不爱了……就别勉……"

"不爱了……就别……"

"不爱了……就……"

最后索性就简短有力但通俗易懂的两个字。

徐栀：陈娇娇……

陈路周：不，别。

那时候相对来说课比较少，陈路周已经在校外租了房子，徐栀周末会过去。李科也在外面租了间工作室，恰巧就在陈路周楼下。有年国庆，蔡莹莹来北京待了整整七天。蔡莹莹难得过来一趟，那几天又和朱仰起吵架了。徐栀就把所有的时间都腾出来给她，陪她逛景点，等她的心情好了点儿，才想起自己也有好几天没见男朋友了，刚发了条微信想哄哄他，才叫了个名字，那边的人就秒回两个字——

不，别。

一想到陈路周不太爽的表情，徐栀越看他俩的聊天记录越觉得好笑，但有时候真的忍不住逗他。

不过她的身体还是很诚实的，陈路周好几次都调侃她说："也就在床上这会儿，感觉你还爱我。"

…………

被迫仰着头，脖颈被人密密地吮着，徐栀忍不住低哼出声。屋内的气氛越来越暧昧，等被剥得差不多一干二净，露出葱段一样白净的身躯，下一秒，徐栀却发觉自己被人推进厕所。陈路周给她打开花洒，试了下水温，才靠着浴室门笑着说："你先洗个澡？我去给刘教授回个邮件，刚在开车，看了眼，还没来得及回。"

"快点儿啊。"

"别催啊。"门外传来他懒洋洋的声音。

"陈路周！"

"哎，知道了。"难得没得了便宜还卖乖，声音从空荡荡的客厅里传来，很懒散，却又莫名显得很听话，显然是进入回邮件的状态了。

这么乖的男朋友，自己不能老气他啊。

徐栀叹了口气，关掉花洒。

等会儿自己还是哄哄他吧。

03

在"探索身体"这件事上，两个人心照不宣。其实他俩还算克制，除了刚开始那阵有点儿没分寸，大一下学期刚回北京，两个人就冷静下来了。约莫是寒假那几天太疯，陈路周开学跟人打球，发现自己远投的准头大不如从前，好几次连篮框都没沾到，被李科等人大肆嘲笑了一番。从球场回来，他给徐栀发了个欲哭无泪的表情。

徐栀当即回了个问号。

Cr：真废了。

徐栀顿时反应过来，笑得不行，当即回他：赖我？

自然也怪不到她头上。真要怪，只能怪他自己自制力太差。陈路周在别的方面再不做人，再混账，在这点上也从不卖乖。

Cr：哪儿敢，得了便宜还卖这种乖，我还是人吗？

徐栀笑笑，回了个"乖"，就继续上课了。

她本来以为这事就这么过去了。万万没想到，陈路周愣是大半个学期都没碰她。无论徐栀怎么撩，他自清风拂山岗，明月照大江，岿然不动，以至微信上的对话一天比一天直白。

直到有一天徐栀真忍不住了，给他发一条：快被你耗干了，男朋友。

那人才回了一条不痛不痒的信息。

Cr：我也有点儿，不过还能再忍忍。

徐栀：忍你个大头啊！

那边的人估计笑了半天，才解释说：不闹了，真不是故意的，等忙完这阵就陪你。

那阵陈路周确实挺忙的，一边申请转经管专业，一边还在见缝插针地跟李科弄创业的事情。那会儿李科那个沙盘计划的创业基金刚申请下来。陈路周要写的策划书一箩筐，一天也睡不上几个小时，确实有点儿顾不上徐栀。他真不是故意的，加上时不时接点儿航拍的活儿，总归还是在养家糊口。

后来等他忙完，正巧建筑系一年一度的写生又开始了。那年A大去了云南采风，徐栀一走就是两周。等她回来，学校已经放暑假了，人陆陆续续走得差不多了。暑假陈路周接了个航拍的活儿没回庆宜，本来打算直接搬去李科和朱仰起那边，后来想想还是不太方便，就自己单独在附近租了个房子。

徐栀拖着行李箱风尘仆仆地回到学校时，陈路周刚把房子收拾好，给了她一个地址。徐栀从校车上下来，二话不说直奔他那边，一刻都没耽搁。

那天陈路周陪李科去见了几家小企业的负责人，也是刚从外面回来，身上难得正儿八经地穿着衬衫和西裤。徐栀进门的时候，他坐在沙发上，在改李科的策划书，正准备上厕所。没承想，徐栀来得这么快，一进门就不管不顾地把行李箱往门口一丢，直接扑进他怀里，不由分说地紧紧抱了会儿，身体使劲儿蹭他。陈路周的身体绷得紧紧的，又是穿着熨帖的修身衬衫，线条前所未有地紧致和硬朗，一身有力干净的肌肉看着好像一张蓄势待发的弓。

于是，徐栀笑眯眯地在他的胸口抬头说："看出来了，你也很想我。"

陈路周靠在沙发上笑得不行，一副事不关己高高挂起的表情："从哪儿看出来的？"

徐栀一副"你还有什么要狡辩的吗"的表情。

陈路周明白过来，然后拿腔拿调地啊了声，嘴角带着意味深长的笑，若有所思地看着她，表情犹豫，似乎有些不忍心把真相告诉她。

徐栀有所察觉："什么意思？你不想我？"

结果那家伙说："想的，不过我现在想上厕所。"他终于忍不住笑出声。

"你滚吧。"徐栀说。

后来，徐栀终于知道陈路周不太喜欢穿西装裤的原因了。

那晚，徐栀时不时盯着他。两个人点了外卖还在吃饭时，她终于忍无可忍地问道："陈路周，你是不是有点儿尿频？"

陈路周:"……"

那人靠在椅子上,眼睛紧紧地盯着她,嘴角也像被绣针缝着,绷得紧紧的。他一言不发,开始解衬衫扣,似乎对她刚才说的话不屑一顾,表情挺冷淡,但手指灵活又娴熟,慢条斯理地一颗颗解扣子。衬衫下摆刚刚被她抽了一半出来,就那样搭在裤腰上。他懒洋洋地靠在那儿,像个游戏人间的浪子,但嘴里还是风度十足地问了句:"吃完了吗?"

徐栀猛然反应过来,默不作声地喝着汤,却心不在焉,眼睛不住地往他的胸膛瞟,心怦怦直跳,险些蹦出来。

…………

吃完饭,桌上一片狼藉,没人收拾。

屋内有人被收拾得一句完整的话都说不出来。

陈路周的衬衫扣坦荡荡地散开,露出胸口一大片纹理分明、光滑细腻的肌肤。

他去堵她的嘴,亲了一会儿,发现堵不住,忍不住将头埋在她的肩上笑:"李科在隔壁。"

徐栀人都傻了,瞬间被吓得清醒了一半,但很快反应过来,估计陈路周是逗她的。

"陈路周,你就骗人吧。你这房子总共就两室一厅,你把李科养在厕所啊?"

"对门,他租了间工作室,在我对面。"

徐栀顿时心惊肉跳,直接爬到床头,反身,随手拿起旁边的枕头往他身上砸,气得面红耳热:"陈路周!你不早说?!"

陈路周倒也没躲,仍是神态自若、直挺挺地半跪着,手都没挡,随她怎么砸,笑得不行:"厌了?你菜不菜啊?我锁门了,外面听不见的。而且,他跟张予出去吃饭了,这会儿不在。我提醒下你而已。"

徐栀停下来,靠着床头,看着他,不满地嘟囔了一句:"他怎么也这么黏你?俩跟屁虫烦不烦?"

陈路周抽出她手中的枕头丢到一旁,拽着她的脚踝把她扯过来,压在身下,两手撑在她的身体两边,额上汗水涔涔,发梢贴着额角,目光清朗却又纵着情,看着莫名很够劲儿。他平复了一会儿呼吸,才低头笑着说:

"你不是想跟着李科创业吗？我给你留条后路。他要欺负你，你转头就敲我的门告状，男朋友还能及时帮你出个气。"

"那也不用住对门啊。"

徐栀说着把手钩上他的脖子，在他的喉结上咬了口。

他仰头，闷声不响。这种时候，陈路周很少出声。

徐栀不服，但仍是一声不吭，挺横。陈路周转而眼神隐忍地低头亲她，说："那不行，离得再远点儿，我怕你的气消了。你这人生气也生不了多久，想着李科是我朋友，估计还没到我这儿，就已经把自己哄好了，那多亏啊徐栀。你有没有听过一句话，'春江水暖鸭先知'？"

什么跟什么？

"小朋友告状要及时。"他说。

徐栀笑得不行："神经病。"

"笑什么？这是我弟的至理名言。"

陈星齐从小到大确实都挺没心没肺的。也就是他，要换作任何一个人，陈路周被收养的日子或许都不会那么好过。他那个金贵弟弟虽然是个少爷脾气，但不长记性，也不记仇。陈路周也知道，被他用篮球坑一回是傻，回回都被他坑，陈星齐多半是真黏他。

而且，陈星齐属于记吃不记打类型。他把人惹急了，随便哄两句，陈星齐立马又屁颠儿屁颠儿地跟在他屁股后面哥哥长哥哥短。不过，有时候陈星齐真急了也不太好哄，比如一旦提到他的班花茜茜，陈星齐就要跟他哥拼命。偏偏陈路周老拿这个逗他。真要说情种，陈星齐才是真的小情种，从五岁就开始喜欢茜茜，一直到现在嘴里还是茜茜长茜茜短。茜茜要是生气，他的天都要塌了。其实茜茜一直有喜欢的男生。但陈星齐一直傻乎乎地表示："等茜茜长大了，才会知道什么样的男生适合她。"陈路周笑得不行，但又不忍心打击他。

陈路周回北京之前，陈星齐给他打了无数个电话。陈路周去陈星齐读的国际初中见过他一面。陈星齐还是那样没心没肺、龇牙咧嘴地笑着叫"哥"。

其实，陈路周不知道自己哪儿值得他这么念念不忘的，从小到大，似乎也没怎么对他好过。

一个徐栀，一个陈星齐。

他好像也值了。

· 647 ·

…………

　　陈路周俯下身去。徐栀缓缓地说:"你弟从小到大应该都挺快乐的。"

　　他嗯了声:"所以他大半夜离家出走都没人信,走到门口的时候,门卫大爷还顺手给了他一袋垃圾,让他帮忙扔一下。"

　　"少来,门卫大爷才不会干这种事,是你吧。"

　　徐栀顿觉脖子被人咬了一口,心猝不及防地一抖,一阵麻。那人把头埋在她颈间,无奈地笑着:"这么了解我啊。"

　　"难怪你弟老被你气得要死。"

　　后来,徐栀好胜心作祟,非要他出声,几乎铆着一股劲儿。两个人不再说话,屋内再也没有别的声响,呼吸已经热得无以复加。到最后,两个人的衣服也没脱干净,陈路周的衬衫还穿着,中途想脱下来,徐栀没让。

　　他的皮带被人抽掉,随手丢在地上,裤的扣子随即被解开。

　　最后,陈路周靠在床头,徐栀伏在他身上。陈路周看她表情生涩地做着这一切,偶尔抬头,眼睛直勾勾地瞧着他,眼中春情荡漾。

　　陈路周靠着床头,一条腿屈着,在笑,胸膛剧烈起伏着,最后脑袋都笑歪了,斜斜地、懒洋洋地倚着床头,后脑勺顶着床头后的白墙,头微微仰着,眼皮垂着,眼睛睨着她,喉结无声地、慢悠悠地滚动着。

　　徐栀觉得有些莫名其妙,伸手探了一下他的额头:"陈路周,你笑什么呢?疯了?"

　　他笑着把她的手拿下来:"没,够了,我知道你想干吗,真是一点儿不让着你都不行。"

　　确实,她就想听他出声。

　　徐栀也笑了下,忍不住戏谑他:"陈路周,你当初怎么说的?但凡叫一声,你都不够格当我男朋友。"

　　他在心里骂了句:服了,这还能让她找补回来。

　　"得了吧,我要这都不叫,也不够格当你男朋友。"

　　"……"

04

　　也就那晚,小别胜新婚,两个人年少轻狂,"战绩"斐然,东西撕了一个又一个，一直到徐栀大学毕业，这个战绩都没被打破过。那天，他俩几乎是从傍晚没羞没臊地折腾到后半夜。但也就那晚两个人都疯。疯完给徐栀洗完澡，等她睡着了，陈路周坐在床边给她盖被子，然后靠着床头，也不睡，仰头看着天花板，脑子里不着边际地想着事情。

他倒也不是担心别的，就怕真这么倒霉"惹出人命"来。要真这样，挨老徐多少打他都没什么好说的，但那也抵消不了这事对女孩子的伤害。然而，这种事情，做都做了，事后弥补都是亡羊补牢，于事无补，所以他每次都严防死守，哪怕是前戏，也会先乖乖把东西戴上，从没让徐栀吃过药。

但这种事，本来就没有哪个措施能保证万无一失，戴套避孕，成功率也才百分之九十八，谁也不知道自己女朋友是不是剩下那百分之二。

所以，在这件事上，陈路周一直还算克制，尽管大二就在学校外租了房子，徐栀大多数时候还是住在学校里，偶尔周末才过去，平均下来，一个月也就一两次——一次都不做也不现实。

要不是担心徐栀乱想，他真打算禁欲禁到结婚前。

好在，一直到毕业，徐栀都平平安安的。在她毕业那一刻，陈路周从没有像那一刻那样觉得老天爷对他还算不错。

他从来不觉得自己是个幸运的人。从小到大，运气也就这样，在遇上徐栀以前，他身上的光环都是别人给他的。因为小时候被抛弃，他总想证明自己是个还算不错的人，所以各方面都要求自己做到最好。图的也不过是，或许有一天，他功成名就后，遇见了曾经抛弃他的亲生父母，他们后悔了，后悔曾经抛弃了这么好的他。然后，他会毫不犹豫地告诉他们："别想了，我不会原谅你们，永远不会。"

然而，老天爷对他还是不太友好，关于他身世的每一次重要转折都在他的意料之外，包括傅玉青的出现。

因为徐栀，他不想跟傅玉青扯皮让她左右为难。

他更恨不了连惠。连惠为了他，连命都不要了。被陈家收养的这些年里，连惠对他的关心都不是假的。

所以，知道真相的那刻，陈路周其实有点儿崩溃——他预设的那些场景和开场白都派不上用场，就好像一记重拳打在棉花上。他藏在心里这么多年的唯一执念也只能自己消化。

从小到大，老天爷从没有一次让他彻彻底底爽过，直到高三那年暑假遇见徐栀。

不管是第一次见面吃烧烤那晚毫不犹豫地拿出手机跟他说我不会让你被冤枉的徐栀，还是在电影院对他说陈路周你玩不起的徐栀，抑或是给他过生日时说这个礼物送给六岁的陈路周小朋友的徐栀，都是那个完完全全、处处都能踩在他爽点上的女孩儿。

陈路周认为自己并不缺爱，无论是小时候在福利院，还是后来被陈计伸收养，他得到的爱都足够多。他缺少的是回馈。

没有回馈的爱，是白狗身上的黑，是窨井盖上的玫瑰，对别人来说，只是一种多余突兀的浪漫。

是徐栀，让他彻底爽了一把。

终于有人能理解他那些蹩脚的浪漫。

有回馈的、事无巨细的爱，真的很让人上瘾。

他真的很上瘾。

陈路周头痛地想。

上瘾到哪怕徐栀梦里叫着别人的名字，他都觉得贼带劲儿。

后来，徐栀还真叫过——

很含糊，好几次。陈路周都听见了，简直想一巴掌把她拍醒。在一起这么久，他从来没听见她在梦里叫过他的名字。

徐栀说完梦话，慢慢清醒，多少察觉了，解释说："我最近好像压力太大了，老说梦话，是不是吵着你了？"

陈路周当时一只胳膊搭在眼睛上，仰面躺在床上，听着她没什么底气、颤巍巍的解释声，扑哧笑了声："别怕，哥不打人，马上考试了，让你再苟延残喘几天。"

徐栀顿时一个激灵，战战兢兢地瞄了他一眼："我说什么了？"

他的胳膊依旧懒洋洋地挡在眼睛上，表情颓唐地唔叹一声，不太想搭理她。

"你，叫了一个男人的名字。"

"不可能吧，"徐栀瞬间清醒大半，胳膊撑在枕头上，低头想去亲他，"叫的是你吧？"

陈路周不太爽地别了下头，没让她碰着："不是。别亲我，在生气。"

"那不可能。"

"下次录音给你听，你自己好好反省反省，咱俩这感情是不是到头了。"

第二天，徐栀听见自己喋喋不休的呓语，顿时前仰后合地笑倒在陈路周的怀里："吓死我了，贝聿铭啊，我还以为是谁呢。"

贝聿铭的大名学建筑的应该都耳熟能详。陈路周哪怕不学建筑也知道，北京香山饭店就是他设计的。

陈路周把录音关掉，手机随手往茶几上一丢，气急败坏地把人摁在怀里，手上的青筋都让她气出来了，清晰地暴起，好像一条条苍青色的山脉没入清澈的河流，有种凛冽的暴力美感。

"谁啊，你还有谁啊？"

徐栀笑着躲："真没有，陈路周，我只爱你啊……好好好，我错了，别闹了，我要画图了。"

"画个头啊。"

徐栀捏捏他的脸，笑得嘴角都抽了："我怎么这么爱你呢？"

"爱你个大头鬼。"

"你有完没完？"

他终于笑了起来，捏着她的脸，低声说："你知不知道，睡你旁边真挺累的。不光说梦话，还磨牙。你怎么回事，二十几岁了还磨牙？"

"谁磨牙？"

"你啊。"

"不可能，陈路周，不爱了，别勉强……"徐栀仰靠在他怀里，理直气壮地把这句话甩回去。

"勉强再爱一下吧。"他低头看着她，笑着说。

"滚。"徐栀气急败坏地踹了他一脚，站起来，"真不闹了，我要赶图去了，项目学姐刚微信上催了我好几遍。对了，我在网上订的花今天应该到了，你等会儿查下快递，以后每周都会送一次。"

陈路周笑着在沙发上靠了一会儿，然后把茶几上的电脑合上，也准备出门，下巴漫不经心地朝着阳台上一点，说："养着呢。"

"你也出门啊？下午不是没课吗？打球去啊？"

"去趟刘教授的沙盘实验室，交个课题。我先开车送你。"

"好。"

大四的时候，陈路周买了辆车。徐栀跟着几个学长学姐在校外接了几个设计项目。当时正好是2020年初，新冠疫情忽然暴发，工人停工，各大高校提早放假。北京有疫情，庆宜那会儿还是零病例，陈路周、徐栀他们几个那年都没回去，就地过年。

那个时候，大家都没想到这次疫情这么严重，直到四五月，很多高校仍旧没有开学，其间上了几个月的网课。徐栀的建筑专业要读五年，而陈路周那时候正好临近毕业，不过他大三结束就已经保研，跟着刘教授进了实验室。他们那届的毕业典礼也取消了，中途他就没有再回过学校。

两个人在那房子里待了小半年。起初还能瞒着老徐，后来视频电话打多了，老徐渐渐也发现了猫腻，一开始还总在电话里疾言厉色地警告陈路周："你给我有点儿分寸。"陈路周自然是有的，对他的警告也照单全收，没辩驳。日子一长，老徐也发现，没分寸的不是陈路周。于是，他晚上隔三岔五地拉着他俩视频。那阵，他俩看书，桌子中间都摆着一部手机——连着微信视频。

画面中是老徐那张大脸，严肃得仿佛监考老师，时不时发出几声中气十足的暴喝："干吗呢？徐栀，好好看你的书，你老看陈路周干吗？"说着，还意犹未尽地掰一瓣橘子塞到嘴里，"你看陈路周，人家多认真。"

徐栀："……"

某人憋着笑，装模作样地翻过一页《银行货币论》，不痛不痒地给她补上一刀："对啊，你老看我干吗？"

徐栀小声说："你欠不欠，在家看书穿什么西裤？"

他一脸无辜地哎了声，一副"你还恶人先告状"的样子，笑着说："少来啊，昨天让你不要把我的运动裤都扔洗衣机里，我要有的穿也不会穿这条。"

徐栀："狗。"

等后来疫情虽然控制住复工复学了，但还没完全消除，世界已经变了样，出行的人都规规矩矩地戴着口罩。那阵徐栀跟着几个学长学姐到处跑工地，每天早上挤公交、地铁。老徐时不时给陈路周发一些北京公交、地铁的路线感染信息。他第二个月就拿出所有的积蓄，又跟连惠借了一笔钱，买了辆车，没敢再让徐栀去挤公交。

"等下，我换件衣服。"陈路周拿上车钥匙，往卧室走。
两个人一如往常往门外走，嘴里还有一搭没一搭地聊着。
"我们要不养条狗吧，陈娇娇。"
"你有时间遛？"
"你没时间遛？"
陈路周："……"
阳光静静地洒在房间里，天光大好，春意勃发，房门被人轻轻阖上，说话声越来越小，细碎却充满笑意，未来的美好光景似乎都写在这只言片语里。
"哎，哥帮你养花，还得养狗，我要不要再去考个饲养证？正好还能养头猪。"
这人影射谁呢？女孩儿拧他："陈路周，不爱了就别勉强。"
他呲了一下，笑了声："哪种？秋田犬不行啊，看到秋田犬我老想到小八。"他顿了一下，又说，"泰迪也不行，老抱人腿，出去遛狗尴尬。"
女孩儿笑起来："比熊！你不是送了我一个羊毛毡吗？好可爱，我想养一条活的。"
"行吧，回来路上我看看能不能捡一条。"
徐栀："……"

05

李科和张予大三才正式确定关系。刚确定关系那阵，两个人去哪儿约会都要捎上陈路周和徐栀。李科太"卷"，谈个恋爱也要跟他"卷"。陈路周都懒得搭理他。但李科认为，陈路周这几年对徐栀怎么样大家都看在眼里，女生都拿他当男朋友标杆了。李科好不容易有了新身份，自然也想跟他一较高下，卷一卷。

"张予给我发微信说，李科晚上约我们去看电影。"
徐栀看完张予的微信，叹了口气，对一旁正在电脑上模拟股票量化的陈路周说。

他那会儿刚进刘教授的实验室，跟着几个师哥师姐在给几个公司做股票量化，挺忙。

"看什么？"陈路周敲着键盘，百忙之中随口问了句。

"《一条狗的使命》。"

陈路周骂了句脏话："不看。"

鬼知道李科安的什么心。

见他态度坚决，徐栀笑得不行，一脸"你个小尿包"的表情，放下手机，明知故问："怕了？"

"你站哪头啊？"陈路周靠在椅子上，扔下鼠标，不太爽地瞥她一眼。

"好好好，不看。"徐栀哄了句，立马向他表忠心，二话不说拿起手机把人给拒绝了，"回了，回了。"

李科哪儿肯就这么放过他，几乎无孔不入，抓住时机就狂卷。不过徐栀大多数时候三言两语就能把人给打发了。在这件事上，陈路周和徐栀有个默契——坚决不让对方成为李科的攀比工具。

而且李科卷来卷去就这些个招数和套路，什么"张予昨晚跟我打了三个小时的电话""张予周末给我做了小饼干"，诸如此类，都是他和徐栀当年玩剩下的。陈路周要真在意，跟李科正儿八经地卷，估计李科整个人都要被掏空。

陈路周觉得他说的那些都是小儿科，属于刚谈恋爱，荷尔蒙一阵阵的，纯闲得慌。

真要吹，光徐栀当初送给他那个"大房子"就够他吹好几年的。

陈路周没那闲工夫。

但徐栀的闲工夫还挺多。她就跟李科聊了两句。

李科：咱俩打个赌？

徐栀别提多坚决了，"忠心耿耿"地坚决不拿陈路周打赌。

徐栀：No。

其实，他俩之前赌过一次。那次几个人去游乐园玩，进园之前，李科信誓旦旦地说陈路周绝对不会坐过山车，他一向不喜欢这种刺激的游戏。就像当初冯觐问他飙车吗，陈路周很惜命地表示：不玩，太危险。陈路周倒也不是怕，是单纯不喜欢。徐栀问他去游乐园想玩什么，陈路周冲旁边豪华儿童套餐区的旋转木马区下巴一点："玩那个。"

李科挑眉:"我说他不会玩过山车的。"

徐栀想了想,对李科说:"赌五百块钱,我带他上跳楼机。"

李科当即痛快地答应了,仿佛天上掉钱:"不是我说你,徐栀啊,你男朋友任何时候都可以是条龙,唯独在这种地方,他宁可当虫。你不知道吧,哈哈,他恐高,过山车都够呛,还跳楼机。你这是要他的命啊……"

徐栀看着不远处尖叫声四起的跳楼机,不为所动,一副冷酷到底的模样:"你赌不赌啊?废话这么多。"

李科还想劝两句。

徐栀:"一赔五。他要不上,我给你两千五。"

"赌!"

话音刚落,徐栀二话不说拉着陈路周去买票了。

李科一愣,忙拉着张予追上去,给陈路周洗脑,亲切地叫他的绰号:"哎,草,你不是恐高吗?咱不带为了五百块钱玩命的。"

陈路周被徐栀拽着,虽然看着不怎么情愿,但还是跟着走,抽空还懒洋洋地瞥他一眼:"谁说我恐高?"

李科绞尽脑汁地回忆:"上次咱们班级活动不就在游乐场吗?班长说的啊,说找你坐过山车,你说你恐高……"

一顿长久的沉默之后,李科后知后觉地反应过来,破口大骂:"你个狗东西,嘴里没句真话是吧!"

陈路周不为所动。徐栀已经去跳楼机的售票口排队了。他看着忽上忽下、尖叫声连连的跳楼机,实在没有兴趣,但也懒得替自己辩解,只在李科耳边说了一句:"投降打对折,二百五?"

李科在心里大骂。

那次陈路周连跳楼机都没上去,就坑了他二百五。

所以他又来了,势必要把那二百五坑回来。

李科:《一条狗的使命》,他哭,我给你一千。

徐栀态度很坚决:不赌啊,弄哭了又要哄,烦。

李科:我截图了啊,发给陈路周,说你现在哄他哄烦了。

徐栀更不耐烦:再加点儿。

李科:一千五,不能再多了。他的眼泪又不是珍珠。

徐栀:成交。

刚把这两个字发出去，她转头看见陈路周端着给她热好的牛奶，冷冷地盯着她："又卖我？"

徐栀把手机往桌上一丢，靠在椅子上毫无诚意地反省了片刻，叹了口气，翻开书，继续说："没办法，我也不想赌，可是他给了一千五。"

陈路周："……"

当然，徐栀还是不能理解李科的行为："你说他老跟你较什么劲儿？"

能干吗，李科那点儿小心思陈路周摸得透透的——他就是想让张予看看，全世界最有安全感的男人到底是谁。

陈路周这人从来都有成人之美的习惯，当然也只能含泪赚这一千五。

然而，李科没想到，他赔了夫人又折兵。看完电影后，张予发了一条朋友圈。

张予：如果我有罪，希望用法律来惩罚我，而不是在看《一条狗的使命》的时候，整个电影院都哭得稀里哗啦。我男朋友却问我："一条狗三生三世都记得主人公的味道，你说他得多久不洗澡？"

徐栀：……

陈路周：……

朱仰起：这样的人为什么有女朋友？

这边已经情侣约会了好几轮，那边朱仰起还是个光杆司令，还愣头愣脑地给陈路周发微信，问蔡莹莹是不是在钓他。

第二年蔡莹莹考上了四川师范大学。那几年朱仰起得空就往四川跑，偶尔假期蔡莹莹会来北京，两个人打打闹闹，但闭口不提感情的事情。日子一长，连跟他们相处没那么久的张予都知道蔡莹莹到底在顾忌什么。但朱仰起神经大条，仍然无知无觉，隔三岔五就骚扰陈路周。

他从学校食堂出来，朱仰起打电话。

他从实验室出来，朱仰起打电话。

他跟刘教授去企业调研，朱仰起打电话。

他跟徐栀接个吻调个情，朱仰起打电话。

两个人只能停下来，徐栀被子一卷乖乖滚到边上，眼睛一瞥，示意他接电话。陈路周哪儿还停得下来，直接拿过手机关机，啪一声没好气地扔在床头柜上，打算继续埋头苦干。

"你不怕他等会儿找上门来？"

话音刚落，门铃就不急不徐地响了。

徐栀一脸无辜地卷着被子看着他："……"

陈路周觉得又好气又好笑，不情愿地下床拿过裤子套上："你这张嘴，我真服了。"随手又从旁边拿过她的衣服，丢到床上，"穿上再出来，我去开门。"然后，他起身，手插着兜，正儿八经地低头看着躺在床上的人，脚上还钩着散落在床脚的拖鞋。他笑了下，挺没正行地说："答应我个事，下次咱买房子，地址别告诉他，行吗？"

徐栀望眼欲穿，诚恳地道："你先买行吗？"

"别那么财迷行吗？"

"赶紧挣钱行吗？"

"这不是在挣吗？当初是谁大义凛然地把咱俩准备结婚的钱借给李科创业去了？"

提起这事陈路周就来气，坐在床边捏着她的鼻子半天没撒手。

徐栀也很硬气，死都不用鼻子呼吸，齆声齆气地说："我是入股。"

"哟，你还气呢。"陈路周捏她的脸。

徐栀自然不敢。两个人为这事吵过一次架。那阵陈路周微信最多只回她两个字：哦、嗯、了解。徐栀知道他多半在气她毫不犹豫就把钱投进去了，那笔钱里有陈路周这几年的奖学金和航拍收入，也有徐栀的奖学金和项目分成，但总归还是陈路周的钱多点儿。徐栀知道他在存结婚基金，也想出一分力，二话不说把自己的钱也存进去了。2019年末，新冠肺炎开始扩散，不少合作商跑路，李科的项目受阻，甚至被迫停滞。徐栀知道这个项目早期都是陈路周在写策划，不忍心看着他的心血这么白搭了，就提出要不先把准备结婚的钱借给李科救个急。

徐栀当时是算过一笔账的。陈路周那时候刚读研，后面不知道还要不要读博。他们一时半会儿也结不了婚，这笔钱如果存在银行，几年利息也没多少钱，还不如直接投资。李科的能力他俩是信得过的，只是没想到临了碰上这么一场天灾，把少年的热血消磨殆尽。别说李科，徐栀只是有阵在李科的工作室为了项目的前期筹备忙前忙后，这一下都挺受打击的。

陈路周当时也不是不肯借，项目筹备初期，李科还差一笔钱，最后还是他给填上的。他那会儿还算有钱，连惠有一年突然往他的账户上打了一百万。他猜到是谁给的，那笔钱他没动，也没还回去，本来想着如果李科真需要,他可以从那笔钱里拿出一些来借给李科。

他只是没想到徐栀会提出先动结婚基金。

他那次没忍住,不冷不热地问了句:"这次是李科,下次呢?我跟你结婚就这么不重要?但凡谁碰上点儿事,我是不是就得先靠边站?"

这两件事怎么能扯上关系呢?如果他俩准备明天就结婚,这钱她肯定是不会借的。但是他俩那会儿经济还没稳定,他还在读书,她还在实习,结婚压根儿还是没影儿的事,这钱存着也是存着。

徐栀沉默了一会儿,心想,陈路周的思维跟别人还真不太一样,真是敏感又可爱。

她想了想,觉得他说的也没错,于是从善如流地改口:"那不借了?"

"我说不借了吗?"他又不高兴了。

徐栀笑了起来:"那你想怎么样?"

"你就不能哄我两句?!"

徐栀最后直接笑倒在他怀里:"陈娇娇,你真是——可爱死了。"

"我又不是不会算账,我知道那笔钱现在用不着,但是结婚基金,你随随便便借出去,我不爽也是应该的吧?"

"我知道,所以我说,如果这钱咱俩急用,我肯定不借;但是现在咱俩用不上,借给他救个急,就当存在李科那里了呗。我跟他说,结婚之前一定要还。他斩钉截铁地跟我保证,不还把头割下来。"

"对,到时候我提着他的头去跟你结婚。"

"……"

话是这么说,但那几年受疫情影响,行业普遍不太景气。陈路周那时候天天在实验室和刘教授给各个公司做沙盘模拟和风险预算。跟刘教授交好的几家公司委托他们做的风险评估结果其实都不太乐观,裁员的裁员,停工的停工。更何况初具雏形的工作室,前景确实不如徐栀想的那么美好。

徐栀的仗义感动了李科,但是感动不了天地。李科那项目现在仍旧不死不活地运营着,随时都有可能血本无归。

但徐栀认为,李科或许在谈恋爱上有点儿小儿科,在做生意上绝对是个合格的"奸商",给他投资不会亏的。她也坚持认为,李科是只潜力股。

陈路周没搭理她,这姑娘想赚钱想疯了。

"潜力股不潜力股另说,我当初警告你来着,离会做生意的省状元远一点儿,还记得吗?你还老跟他打赌,小心哪一天把本都赔进去。"

徐栀拥着被子笑起来,踹了他一脚:"开门去吧!怎么听起来,你有点儿吃我跟李科的醋呢,陈娇娇?"

陈大少爷表示:"没吃过,不太懂。"

徐栀笑得不行。

吃大醋的是朱仰起。他一进门就吭哧吭哧灌了一桶水,也压不下心里涌起的一阵阵酸劲儿,气急败坏地跟他俩吐苦水,口气说得上凶神恶煞,逮着徐栀就凶巴巴地问:"徐栀,你老实告诉我,蔡莹莹是不是有情况了?!"

徐栀那会儿刚收拾干净出去,到了客厅,看见他俩坐在沙发上,表情挺严肃。她闻言,一脸茫然,看了眼陈路周,又转头去看朱仰起,刚要说话,被陈路周打断。

只见那哥一脸不太想奉陪的冷淡表情靠在沙发上,一把夺过朱仰起手里的水杯,不肯给他喝了,放在茶几边上,口气也不善:"蔡莹莹有情况,你对她凶什么?不会好好说话?拿我女朋友撒气?信不信我把你踹出去?"

要换作平时,估计朱仰起立马就堆上惯常的笑脸,但这会儿急火攻心,也喝了不少酒,肿着一张猪肝脸,怎么也拉不下脸来说好话,只能默不作声地憋着气。

徐栀走过去,对陈路周摇摇头,才坐在旁边的沙发扶手上问朱仰起:"莹莹怎么了?"

陈路周眼睛盯着朱仰起。朱仰起缓和了口气,说:"我前几天跟她挑明了,她说考虑一下,这几天给她打电话她都不接,微信也不回。你说她什么意思?我真的服了,反正对她来说,我就是个备胎。"

这事其实徐栀说不上话,莹莹一直以来都是个挺有主见的姑娘。但是经过翟霄和某次网恋事件之后,她对男人有些恐惧。哪怕身边的人都谈恋爱了,她也没有谈恋爱的欲望,虽然嘴上总是喊着"我要找个男朋友",实际上压根儿不敢找。朱仰起这几年对她明里暗里有过一些暗示,也知道蔡莹莹还没走出来,所以一直没逼她,想着等她想清楚之后,自己再表白。

谁知道,他这一等,就是四五年。

中途两个人吵过一次架,都对对方都说了狠话。后来蔡莹莹来北京找徐栀,回去后跟朱仰起就断了联系,差不多有两年。即便如此,因为徐栀和陈路周,两个人免不了要见面。而朱仰起一碰见蔡莹莹就阴阳怪气,专拣些她不爱听的话刺激她。她对朱仰起仅剩的那点儿好感便被他自己给彻底作没了。

不知不觉,这么多年,两个人就这么打打闹闹地过来了。对蔡莹莹来说,他俩可能当朋友更合适。

"我跟她挑明了,要么好,要么就彻底别联系了。"

陈路周和徐栀对视一眼。陈路周仰靠在沙发上,看着天花板,想了想说:"那我俩结婚,我给你发个喜帖,你送个红包算了,人就别来了。"

朱仰起:"你是人吗?"

陈路周仍旧看着天花板,漫不经心地笑笑,没说话。

徐栀这才说:"所以你还没明白吗?有我跟陈路周的关系,你俩就不可能彻底断掉,总归要见面的,除非陈路周先跟你彻底断了关系。"

陈路周诧异地看了她一眼。

朱仰起:"你看,我兄弟第一个不同意……"

陈路周却看着徐栀,不咸不淡地说:"哎,你怎么跟我想到一块儿去了?"

朱仰起:"……"

陈路周:"没办法,我女朋友就这么一个闺密。我朋友多,没了你,我还有科科、姜成,再不济,王跃也算一个。另外,我最近跟刘教授去调研的时候还认识了一个人,论年纪,我能叫他一声'叔',但他人真挺有意思的。这么一想,李科我也不想要了。"

朱仰起:"你真的不是人。"这是肯定句。

陈路周乜他一眼,毫无人性地扑哧笑了声:"你不是早知道了?"

然而,朱仰起絮絮叨叨发了一晚上牢骚,"毫无人性"的那个人还是披着一身人皮坐在沙发上听他说完了。徐栀困得不行,回房睡觉,隐隐还能听见他俩在客厅的说话声。

"我当初看你和徐栀,都觉得我兄弟好惨,没想到,我比你更惨。"

"你是很惨,但我不惨。"

"……"

"徐栀对我很好。"

"……"

"有人给你做房子吗?"

"……"

"你一年过几个生日啊?徐栀一年给我过两个生日。哦,对不起,忘了,你四年过一次生日。"

"你能闭嘴吗?"

"你的声音能轻点儿吗?"

"不能,那是我心碎的声音。"

"……"

徐栀叹了口气。何必呢,都知道他说话难听,一个个怎么还上赶着去找他安慰?

"你刚问我是不是认真的,到底是什么意思?"朱仰起问。

"字面意思。"

"那你觉得怎么算认真?像你对徐栀那样?那我真的做不到。你这人从小想得就多,做事也谨慎,我在这方面肯定是不如你的。蔡莹莹要拿你对徐栀的标准考核我,那我觉得她有点儿拎不清。朱仰起就是朱仰起,我也有自己的优点好吧。"

陈路周笑了下,声音一如他俩在高三楼初见那天下午,冷淡又自在,对,是自在。徐栀一直说不出他现在是什么状态,这时突然想到了,就是自在,像无拘无束的风,拂开了波澜不惊的水面:"你想什么呢,扯上我跟徐栀干吗?我的意思是,你如果没有想清楚,就不要追蔡莹莹。她顾忌的是我跟徐栀之间的关系,如果没有我们,或许她早就答应你了。蔡莹莹跟徐栀不太一样。徐栀一直以来目标明确,她对我就是一见钟情,她自己还不承认……"

"你给我打住,她是对你妈'一见钟情'!"

陈路周喷了声:"你烦不烦?"

"明明是你对她一见钟情。那天晚上,你就是打坏主意了,别以为我不知道,那个充电宝明明是你故意没拿走,你还想让她再找你,对吧?"

"……"

"我跟你学的,后来跟蔡莹莹一起吃饭的时候,我也故意把钱包落下。"

"然后呢?"

"然后钱包就真的丢了。"

"……"

06

那时候是 2021 年 10 月,疫情还在,甚至反复无常,但经济复苏,人们出行已经习惯性戴口罩。世界好像变了,但又似乎什么都没变,人们依旧对生活充满热情。

李科的项目总算有了些起色。他挣了第一桶金就立马给徐栀打过去第一笔分红,远远大于她当初借给他的数目。当然,这是工作,他俩依旧时不时打一些无伤大雅的小赌,比如——

"你猜朱仰起那么讨厌香菜,他如果有钱了,会不会把陈路周抓去种香菜?"

"一斤米线能打几个中国结?"

"动感超人洗完澡还能不能释放出动感光波?"

诸如此类。

李科吃了秤砣铁了心,势必要把那二百五给赢回来。

只是数目与日俱增,已经与二百五相去甚远。

朱仰起是学舞美设计的,毕业之后野心颇大,不自量力地给国内某位大导的邮箱发了几份简历,结果石沉大海,又被一个自称是有过很多爆火作品的名导骗去当了几天脚模。之后,他终于老老实实地用他爹给的钱在北京开了一家美术工作室,还是在一个黄金地段,就在马路边,人流量非常大。朱仰起对他爹很无语:"哪有人把美术工作室开在马路边的,人家都是开在写字楼里好吗?"

朱老板轻描淡写地回复了一句:"我怕你没生意。"

好,生意是不错。第一个客人是个八十岁的老太太。

朱仰起耐心地说:"奶奶,我这是美术工作室,不做美甲。"

"哎,不会画指甲。"

"不是不会画,我不做这个。"

"那你会画,帮我画一个也行。"老太太随便得很,操控着电动轮椅慢悠悠地滚到朱仰起面前,"我还有个朋友,你给我俩都画一个。我看你门口贴的这个照片就是美甲嘛。"

"那是人体艺术!"

"随便。"老太太转头叫身后的人,"美澜!这个小伙会做美甲!"

朱仰起:"……"

紧跟着进来一个瘦高英俊的男人,连朱仰起看了都是一愣。这个人一身黑——黑衬衫和黑西裤,长得人模狗样,声音又有磁性,乍一眼不觉得有多惊艳,但朱仰起越看越觉得这人帅,好像跟陈路周差不多帅,尤其那双眼睛,干干净净,声音也清澈,说话还挺有礼貌:"不好意思,打扰了。"

说完,他把老太太推了出去。

老太太不情愿地说:"李靳屿,我要做美甲!"

"人家不做美甲。"

"那做什么?"

"画画的。叶濛刚才给你打电话没听见?"

"没有啊,我的手机没电了。"

"真行,手机没电了,轮椅也没电了,还跑出来做美甲,能不能少看直播?"

"你就敢这么跟我说,美澜每天捧着个手机,你怎么不说她?"

"行,等会儿你俩回去一起挨叶濛的批,我懒得管。我先送你上车,再去隔壁给叶濛买点儿螃蟹,吃饱了才有力气训人是不是?"

"李靳屿!"

虽然嘴里在骂,但老太太眼中洋溢着笑意。

朱仰起不知道他们是谁,却隐隐能感觉到他们身上有故事。因为那个男人手腕上有个疤——他的皮肤太白了,手腕又清瘦,那突起的表皮很显眼。

这个人自杀过吗?

也许是他想多了，但这或许是他作为美术人的共情力。

当然，作为吃货，他的共情力也很强。

是啊，又到了吃螃蟹的季节。

朱仰起舔了舔嘴角，有点儿想念庆宜的螃蟹了。

朱仰起当即在群里吼了一声。

朱仰起：回去吃螃蟹吗？

李科立马回复：可以，但我赌陈路周回不去。

张予：你看徐栀搭理你吗？

徐栀：赌多少？

李科：你上回从我这里赢走的所有。

朱仰起：上回是哪回？

张予：就动感超人洗完澡进了水，还能不能释放出动感光波，以及樱桃小丸子的爷爷到底能喝几斤白酒。

朱仰起：这有答案？

张予：有，他俩把这两部动画片全部看完了，抠完细节，排除了所有可能性后，徐栀赢了。

朱仰起：……

徐栀：行，赌，我赌陈路周肯定回不去。

李科：……

那个月确实回不去，陈路周忙得连微信都没时间回，实验室的科研课题做不完，时不时还要跟刘教授出差去调研，免不了要应酬。刘教授对他的期望很高。他读不读博刘教授觉得都无所谓，因为现在他研究生还没读完，就已经有不少知名企业跟刘教授要人了，给出的待遇非常优渥。他抢手得很。

陈路周算是一个大四毕业后，本部还能时不时听见他名字的人。

徐栀又何尝不是这么觉得。陈路周无论长相上还是性子上，处处都踩在她的爽点上。

尽管朱仰起和李科几个人都说他百分百恋爱脑，但人家奖学金、保研、各种竞赛奖状从没落下——

大一就获得了美赛F奖。

大二参加数学竞赛丘成桐竞赛，他好像是目前唯一一个获得五项全奖的学生。

……………

即使在 A 大，他仍旧风头无两。

他那张嘴虽然有点儿损，但永远对她心软，也坦荡。

高三的时候，谈胥帮她复习，徐栀很感激，也一度理所应当地承受着他突如其来的脾气和抱怨。

"徐栀，是我帮你复习的，没有我，你能考出这个分数？"

"是我！是我在帮你！"

"我考不好是因为谁啊？你半夜给我打什么电话？！做不出来的题目不会白天再问？！"

"徐栀，我牺牲了那么多时间给你复习，你现在就这个态度？"

"老师对差生就是有偏见啊。徐栀，你幸好跟我同桌，不然这会儿你准跟蔡莹莹一样被拎出去训话。"

有时候徐栀都说不清这人是自卑过度，还是极其自负，才一点儿不肯让人占便宜。他最风光的两年就是刚转学来睿军的那两年，一中学霸，随便考考就是第一，竞赛奖状糊满橱窗。

但谈胥很讨厌被别人沾光，谁都别想沾他的光，谁要沾了他的光，他会记一辈子。

谈胥一直认为徐栀很没尊严，甚至可以说是没脸没皮地沾了他的光。

徐栀也因为这点儿光，一直麻木地承受着他所有的言语暴力和攻击。

那会儿，说实话她都没开窍，什么都不懂，甚至相当迷茫，误以为自己对他的那点儿感激就是好感，直到被他消磨殆尽。

直到遇上陈路周，是夷丰巷那少年让她知道，什么叫感觉，什么叫喜欢。

原来真正喜欢一个人并不丢脸。

原来真正喜欢一个人也可以很有尊严。

就算你愿意放下尊严，他也会帮你捡起来，笑着问你："干吗呢？"

这是陈路周，是夷丰巷那个永远占尽上风的少年。

07

他们再回到庆宜，已经是 2021 年 12 月。

刘教授提前给陈路周放了一个小长假。徐栀兴奋得一蹦三尺高："那明天买票回去？"

陈路周把车钥匙扔在茶几上，人坐在茶几边沿，仰头看着她，说："别高兴太早，我过年可能回不去了，刘教授打算让我过年留在这边。你设计院那边不用上班了？"

"我老师这周去外地监工了，"徐栀把电脑一关，拿过一旁的手机开始查机票，叹了口气，说，"结果工地上查出一个密接，他现在被隔离了。老师说，我和几个学姐这段时间不用去设计院那边，有事他会找我们。我把电脑带回去就行。"

于是，一伙人第二天就飞回庆宜了。

朱仰起睡过头了，没赶上这次集体飞行。陈路周和徐栀下飞机之后，手机几乎被他打爆。没开扩音，徐栀都能清晰地听见他歇斯底里的微信语音："你们大半夜在群里商量买机票，老子早就睡了好吧！现在在哪儿呢？速速给老子回电！"

陈路周牵着徐栀的手，带她穿过拥挤的人流去取行李，另一只手摁着微信的语音收录条，给朱仰起回了一条："到机场了，你自己买票回来吧。"

说完，他把手机揣回大衣兜里，低头看了她一眼："你爸来接？"

徐栀点头。

张予和李科直接叫车走了。

老徐依旧站在航站接机楼外，以迎接世界冠军的气势，用力地挥舞着手臂和脸上的横肉，只不过这次，嘴里不再只喊她一个人的名字。

"徐栀！陈路周！"声如洪钟，看得出来，老徐最近身体养得不错。

老徐曾跟韦主任说过一句悄悄话，被徐栀听见了。他说："有了陈路周，我好像又多了一个儿子，一点儿没觉得他抢走了我的女儿。陈路周好像比徐栀更爱我。"

想到这儿，在潮水一般的人流中，徐栀忍不住拽紧了陈路周的手。

他察觉了，低头看她："怎么了？"

徐栀笑笑："没什么，就突然感觉很爱你。"

他笑了起来："是吗？那我真是受宠若惊。"

"你得了吧。"

"你还记得大一寒假吗？"

"啊？"徐栀还真忘了。

"陈路周，我好像在北京更爱你，回到庆宜我就没那么想你了。"他钩着徐栀的脖子，低头在她耳边说着，一副春风得意的模样，还模仿她的声音，"'你好好准备比赛吧，我去过寒假了！'是谁？是哪个负心汉？"

徐栀踹他一脚："你烦不烦？"

他也笑得不行："烦，你不也喜欢了这么多年了？"

"得寸进尺是吧？"

徐栀跟在他后面，怨念深重地又踹了他一脚，结果被老徐看见了。陈路周还一副人畜无害的样子恶人先告状："徐叔，看见了吧，徐栀这是不是有家暴的倾向？"

徐光霁笑呵呵地一手满满地搂一个，陈路周太高，还要配合他的身高往下蹲。

"走走走，回家，给你们做好吃的！"

"韦主任呢？"

"韦主任奋战在前线啊，她还能在哪儿？最近咱们市里有几个密接在隔离，还没确诊，你俩这几天出门记得戴口罩。"

"韦林真去当兵了啊？"

"可不吗？那小子大二就走了，这几年估计是见不着了。对了，路周，你妈妈前几天来过。"

"嗯，我等会儿回去看她。"

"不急。咱们家附近开了个星周商场，等会儿你们俩吃完饭可以去逛逛，顺便让徐栀买点儿新年礼物带过去。"

陈路周说："好。"

徐栀问："星周商场，什么时候开的啊？"

"就年初啊。你们今年没回来，有个模范企业家叫什么我忘记了，反正在咱们市里大兴土木，又是建商场，又是建福利院的。"

徐栀下意识地看了眼陈路周。

"姓陈吗？"

"好像是。管那么多干什么？对了，车上有你蔡叔买的苹果，让你们平安夜吃一个。"

"离平安夜不是还有一周吗？再说，爸，你少上网，网上的苹果都是毒苹果。"

"你才要少听那些专家瞎讲。"

徐栀："这么久没见了，说话能不能客气点儿？"

徐光霁："你爱吃不吃。"

"回北京了。"

"出门左转。陈路周，上车。"

"……"

陈路周把她拽回来，笑着把她推到副驾驶座上："怎么跟个小孩儿似的？你爸逗逗你。"

这大概就是徐栀很爱他的一点。

他永远知道怎么在长辈面前保持分寸和礼貌。哪怕已经到了这份上，陈路周也不会不管不顾地拉着她坐后座，而是让徐栀坐在副驾驶座上陪老徐。

徐栀坐在车里，和徐光霁对视一眼——

你看，老徐，他有多尊重你，就是有多尊重我。

囡囡，你赢了。他根本不需要爸爸挑刺。他早就把自己的刺拔光了。

唉，这孩子到底经历过什么啊？老徐发动车子的时候，心不在焉地想。

08

隔日，海鲜骨头烧烤。

店里热气腾腾，觥筹交错间，杯影在落地窗上晃动。这几年陈路周和徐栀都忙，李科也忙着创业和谈恋爱，蔡莹莹在四川乐不思蜀，姜成和杭穗已经领了证，杭穗已经怀孕八个月。唯一的大闲人朱仰起偶尔回来想聚个餐，人怎么都凑不齐，今天倒是难得这么齐，几个人一见面就叽叽喳喳说个不停。

"所以，朱仰起你不打算把美术工作室开回庆宜吗？在北京，这种小工作室比较难混吧。而且莹莹不是在庆宜当老师吗？"

"别，可别把我跟他扯上关系。他爱去哪儿去哪儿，免得以后挣不着钱赖我。"

朱仰起放下酒杯："蔡莹莹，你到底有没有心？"

蔡莹莹："就你有心。"

朱仰起："我还就在北京混吃等死，不回来了！"

蔡莹莹笑了声："你就是看陈路周在北京，不舍得回来了呗。朱仰起，你真是个跟屁虫。"

"陈路周打算留在北京了吗？"姜成问，"他现在还在读书吧？"

杭穗闻言抬头扫了眼，发现陈路周和徐栀不见了。

桌上一片狼藉，还放着一个切了一半的蛋糕，菜已经吃得差不多了，几个人也都饱了，都去聊天了。

李科晃了晃酒瓶子，里头还在响，不知道还剩多少。他一边晃一边说："他的导师捡到宝了，怎么可能会放他走，想让他留在学校。陈路周估计想出去上班，但多半是留在北京了。导师对他期望高，陈路周的压力其实挺大的，别人用四五年时间完成的事情，老刘要求他只用两年。"

"那徐栀呢？"杭穗好奇地问了句。

"在设计院哪，估计也留在北京了。她爸不是再婚了吗？年初领了证。她没了后顾之忧，估计两个人都留在北京了。"

朱仰起还在跟蔡莹莹扯皮。

"你到底行不行？"

"……"

"保不齐我再改个姓，我妈姓牛，牛仰起，怎么样？"

"……"

另一边，烧烤店门外。

庆宜市也就这条街还有点儿人味，市区大部分街区这两年鸟枪换炮，商业街一环套一环，老百姓走到哪儿都跳不出这些精明的企业家的掌心。

卷帘门在两个人的身后咔咔作响。冬夜，大部分店家关门早，除了几家烧烤店仍旧生意兴隆，这是庆宜市独一份的寂静和热闹交错。

常年阑风伏雨，巷子里的青苔仍旧斑驳，石板缝里飘出掩不住的腥气，不过冬夜本身就透着一股涩腥味，冷风也挺刺骨。

音乐喷泉依旧高亢激昂，水跟不要钱似的刺刺往上冒，大冬天的还有几个小孩儿蹲在一旁玩水。旁边就是夜市街，来往的行人摩肩接踵，电话柱上依然贴满小广告。那条叫 Lucy 的狗已经被主人找到，这会儿换了一条叫 Tomy 的，至今毫无下落。

"之前那条 Lucy 狗找到家了哦。"徐栀绕着电话柱找了一圈,最后说道。

"我怎么听着你在拐着弯骂我呢?"

两个人靠在电话柱上,有一搭没一搭地闲聊着。

"真没有,就是突然想起暑假那晚。哎,陈路周,你在游戏里的名字真的是'宇宙第一帅'和'世界第一情人'吗?"

陈路周懒洋洋地靠着柱子,手上拿着徐栀没吃完的蛋糕。他慢条斯理地一点点吃着她剩下的蛋糕,闻言低头笑了下,说:"不是。"

"那是什么?"

"用户 1576382002,这种吧。"

"……"

路边不少夜宵摊,从清晨到日暮,一如既往地热闹和充满生活气息,每个人的脸上都洋溢着热情和知足的笑容,只不过卖煎饼的大叔换成了一个年轻人。一对情侣在夜宵摊前吵架,吵得热火朝天。徐栀羡慕地冒出一句——

"好久没吵架了。"

"别找事啊。"

"真想吵一架。"

"要不用嘴真枪实弹地打一架?"陈路周把徐栀剩下的蛋糕吃完,把纸盘和勺子扔进一旁的垃圾桶,靠在电话柱上,笑着给出一个不太像样的建议。

徐栀:"……"

结果,下一秒,另一根贴满小广告的电话柱上真有人用嘴"打架"。

"那是朱仰起和蔡莹莹吗?"

"是吧。"

两个人悠闲自在地靠在电话柱上,一副欣赏世界名画的表情。

"哎,对了,你知道你妈前几天来找我爸干吗吗?"徐栀突然想起来,问了句。

陈路周没回答她,而是突然问了句:"看日出吗?"

徐栀那会儿看着他幽深又正儿八经的眼神,不知道哪儿来的灵感和直觉,觉得他可能会做点儿什么,一颗平静的心瞬间怦怦直跳,激动又期待:他会说什么呢?

她有这么个灵感来源,主要是昨天晚上陈路周走后,徐光霁把她拉进房间，说了好一会儿的话。大致意思就是陈路周的妈妈提出让他们俩先订婚，当然，直接结婚也可以。但是老徐想的是，徐栀刚毕业，陈路周也还在读书，目前这个阶段结婚不是太好的时机。他的建议是先订婚。

所以，连惠应该也把这些话告诉陈路周了。

他会说什么呢？

09

日出那天，徐栀做好了百分之八十的准备——陈路周铁定是要求婚了。她还给蔡莹莹发了微信，说：陈路周是不是让你瞒着我？

蔡莹莹：没有啊。

徐栀：哎呀，别装了，我都知道了。

蔡莹莹：真没有。

徐栀：呵呵，你的演技好差。

蔡莹莹：……

然而，真没有，陈路周真的是单纯来看日出的。

"然后呢？"徐栀耐着性子问。

陈路周一脸茫然："嗯？什么然后？"

徐栀："……"

刚刚陈路周拍照时叫她的名字，徐栀差点儿以为他要跪下了。她的手都伸出去了，那是她第一次猜错。

第二次是他俩去庆宜海边。冬天去看海，要不是以为他要求婚，神经病才跟他去海边。结果，他真的只是去海边看海。

徐栀：……

就是那几天，他像一座火山，半年不爆发，一爆发就得活动半年，活动特别多。

但徐栀回回猜错。

一直到回北京前一天，徐栀记得那天是圣诞节。

两个人在外面吃完饭，陈路周靠在椅子上，看着她慢条斯理地扒饭，然后看了眼门外路过的一个中学生。这个时间点下课的基本上都是高三的学生。于是，他随口问了句："要不要回高三楼看看？"

徐栀没想到，那房子他竟然还有密码，还能进去。

打开门之前，陈路周摁着密码锁，迟迟没去拉门，反而意味深长地低头看了她一眼。徐栀那会儿才后知后觉地意识到什么。可没等她反应过来，那人直接打开房门。屋内的灯火瞬间映入她的眼帘，四周，炮筒声接二连三地响起，漫天炫目的彩条打着旋儿，纷纷扬扬地飘落到地面上。

满屋子熟悉的人脸，漫天的彩色碎片，徐栀确实没想到，陈路周最后又回到了这个地方。

他们初见的地方。

其实，整个求婚流程从徐栀进门那刻起就崩盘了——本来陈路周进门后，一说话，朱仰起就要放歌带一下气氛，但陈路周没说话。

他一句话都没说。

因为徐栀先进门，而后陈路周才慢慢关上门，抢先走进来。等徐栀听见身后的关门声，意识到这屋内即将发生什么，回过头去看他的时候，陈路周静静地靠着餐桌的桌沿，默不作声地对上她的视线。

他一直没说话。

他俩之间那种谁也插不进的眼神很让人动容，一瞬间便让屋子里的人沉默下来。蔡莹莹热泪盈眶地捂着嘴。她也说不出来为什么，一看见他们两个独独只坚定地盯着对方，她就没忍住，大颗大颗眼泪啪嗒啪嗒地从眼眶里掉落下来。

后来，蔡莹莹想到了。

他们当时那种眼神，是庆幸又后怕。

庆幸，你爱我。

后怕，如果我们没遇上。

…………

陈路周慢慢走过去，最后那一步尤其慢，但走得格外稳，最后站在她面前，一点儿没有邀功的得意。他在她面前，从来都不会邀功。任何事，他做了就做了，很少跟人计较得失，所以以前他总是失去的多。

徐栀是第一个他不想计较，却处处给他回馈的人。

他站在那儿，低头看着她，把她头顶的彩色碎片一一拨掉，一边拨，一边没头没脑地问了句："冷吗？"

徐栀说："开着空调呢。"

· 672 ·

"哦。圣诞快乐。"

徐栀笑出声。她的心怦怦直跳,耳边如同有响鼓在敲,面对这样的场景,谁也做不到心平气和吧,更何况对面这个男人是陈路周。

"陈路周,你是不是很紧张?"

"嗯,心跳一百八。"

"要不要给你打 120 先备着?"

他替她拨完脑袋上的碎片,把人拨正,下巴朝旁边的摄像机点了下:"要去厕所照一下镜子吗?那边有相机。"

"我漂亮吗?"

"问我没用,我对你有滤镜,有时候你觉得自己不漂亮,我都觉得很漂亮。"

他真的难得嘴这么甜,今晚是个好日子。徐栀开心地笑着,催他:"你还不跪下?"

"等会儿,你先把手机给我。"

她摸出手机,递给他。

陈路周接过,把羊毛毡从手机孔上取下来,手一伸,旁边的人就递给他一把剪子。

屋子里一片静寂,所有人齐刷刷地、好奇地看着陈路周剪一只羊毛毡小狗。

"陈路周!"徐栀叫了声。

陈路周头也不抬,说:"再给你做一个。"

等陈路周把那东西取出来,蔡莹莹的眼泪再次夺眶而出,连向来温柔文静的张予都忍不住猛捶李科的背:"你看看人家!"

徐栀:"你怎么放在这儿?"

陈路周:"你这人做事不按常理出牌,我不得防着点儿?"

…………

那天是 2021 年的圣诞节。

徐栀,陈路周,新婚快乐。

时间先停在这儿,我们继续往前走。

后　记

其实生活中，有人一生暗淡，借着别人的光才得以生存；有人一生风光无两，无所谓别人沾他的光。

前者或许在平凡的生活里默默走过了漫漫长路；而后者，也许只活了一瞬间。

我们都很渺小，也都很伟大。

因为我们有着钢铁一般的心，太阳一晒就滚烫。

行止由我，快意恩仇自当由我。

我们也许屡战屡败，但又屡败屡战，永不服输，哪怕永远渺小，也永远热爱脚下的土地。

人生还是很美好的！

大家加油！

番外之小剧场彩蛋

陈路周工作后几乎很少发朋友圈，因为一发朋友圈，朱仰起和李科甚至姜成就会闻着味儿赶来，把他的老底给揭光。他和徐栀在一起那么久，其实很少秀恩爱，尤其是很少在朋友圈里秀恩爱。徐栀的朋友圈里都是一些转载的文章，几乎没有什么废话，相当高冷。头几年陈路周也是，偶尔晒晒照片，不过照片都是一些建筑物的航拍图，多半是给徐栀存的。起初朱仰起和李科还挺爱评论他的朋友圈，陈路周发一条朋友圈他俩就在底下阴阳怪气地回复。

拥有一棵白菜的朱："又给老婆攒素材呢？"

渴雨（李科）回复拥有一棵白菜的朱："不知道了吧？咱路草攒了一手机相册，一万多张照片，全是建筑物的航拍图，就咱们几个上次在珠穆朗玛峰上那张合照还是我求着他别删的。"

拥有一棵白菜的朱回复渴雨（李科）："狗东西！"

诸如此类，这俩人爱脑补，看啥都觉得复杂。事实上，陈路周很多时候发朋友圈只是用来存档，怕照片太多徐栀不好找，真要用的时候在他的手机相册里翻半天也没找到一张有用的。就比如前阵子徐栀的导师要她写一篇关于徽派建筑的论文，徐栀忙得焦头烂额，最终还是在朋友圈里找到了当时他们几个出去玩时留下的航拍照片。

有一年陈路周过生日，徐栀给他做了个升级版的别墅，这次真的带了一个超级大的停车场还有小花园。但陈路周没发朋友圈，发了徐栀在路边随手给他买的玩具——那种几岁小孩儿玩的溜溜球和一把配色看起来极具有年代感、材料非常劣质的"中二"塑料宝剑，就是那种四五岁小男孩儿人手一个、爱不释手的玩具。

就因为这俩破玩意儿，陈路周发了好几条朋友圈，溜溜球还会闪光，五颜六色的，他给玩出了花儿来，乐此不疲地发了好几个视频。也许被勾起了儿时的回忆，那阵子朱仰起他们好些童心未泯的高中同学，也莫名其妙地开始拿出看家本领秀起溜溜球，其中有几个还是粉丝过百万的"网红"，结果那阵子溜溜球各种炫酷的玩法风靡起来。

然而，当越来越多的人开始怀旧的时候，徐栀却发现自己的心情越来越复杂。

这明明是一代人的回忆，对陈路周来说，却成了新鲜的玩具，难怪他明明傲立于山巅，却总说自己"菜"。

因为六岁之前那段经历，他缺失了太多的东西，就像她的导师经常说的那样，地基是建筑的起点，也是根本，当一个人不知道自己的根在哪儿时，他所有的光鲜外表，最终都会化为虚无。所以他才会那么没有安全感。

…………

陈路周不知道徐栀想象出了多少故事。

只是，当有一天他打开家门，看见满屋子的玩具时，第一反应就是——

糟糕，出人命了！

出版番外一

徐梔有一阵子特别迷恋香薰,大大小小买了一箩筐,不过那阵工作太忙,很多没来得及拆,连同外面的快递包装盒一起被扔在角落里。那时候他俩在北京的房子还没装修好,不过租的房子面积还算大,陈路周便专门腾了个地方给她放快递。有些快递放的时间一久,徐梔自己都忘记了,她曾经买的是什么。等到闲下来再去拆的时候,她自己都很意外,边拆边不可思议地和陈路周吐槽——

"我的喜欢过期这么快吗?为什么现在看这堆东西就觉得普普通通呢?"

也不知道哪个字戳到他的心窝了,陈路周停下写论文的手,若有所思地将电脑合上,人往后一靠,后背抵着沙发,眼神沉下来,静静地看着她,却始终没搭腔。

"陈路周,这是你买的?不对,收件人'陈娇娇',这是我的昵称。"

"我说我每个月的信用卡账单怎么都成千上万元的,原来钱都花在这儿了,你怎么不提醒我?"

他终于忍不住笑了,把人揽过来,抱在怀里:"你这成语跟谁学的?"

"跟你学的。"徐梔坐在他的腿上,掐他的脸,发觉手感意外地好,忍不住捧着他的脸颊,像搓擀面杖那样用力地搓了一下。

陈路周下意识地躲了一下,躲不过,只能乖乖地被搓,嘴上故作冷淡地号个不停:"干吗?干吗?"

徐栀玩上瘾了:"你是不是偷偷用我的面膜了?脸怎么这么滑?"

徐栀的手劲儿不小,疼得他忍不住倒抽一口气,不过人还是任由她搓着,嘴都被挤变形了,也只是不痛不痒、含混不清地警告了一句:"别得寸进尺啊,玩两下得了,天天跟逗狗似的!"

"我说正经的,陈路周。"

"什么?"他的声音一如既往地清脆、干净。

"你最近好像回春了。"

他笑了起来,显然很受用,但嘴硬得很:"谢谢,一直都春色满园。"

徐栀问道:"然后呢?"

"什么然后?"

"不礼尚往来一下,维系感情吗?"

陈路周道:"不好意思,我这边一直都系得紧紧的。"

"……"

徐栀作势要揍他:"蹬鼻子上脸了是吧?"

陈路周靠在沙发上,笑得前仰后合。大概是看徐栀的脸色越来越不好,他才收起笑,咳了一声,说:"说正经的。"

"什么?"

"晚上想吃什么?"

"喂。"

和谁在一起都要解决老生常谈的一日三餐问题,徐栀那一阵压力其实挺大,改图改得筋疲力尽,喝咖啡喝得完全没有胃口再吃饭,也就和陈路周扯皮的时候感觉到细胞还有那么点儿活力,一到饭点就没精打采。

他已经去开冰箱门,看看还有什么能吃的。徐栀坐在沙发上晃着腿,调侃他说:"原来和陈大校草在一起还要考虑一日三餐啊。"

陈路周计划着给她煎个牛排。正好前几天朱仰起做雕塑的时候买喷火枪买错了,就让他拿去给徐栀煎牛排。他把喷火枪找出来,又从冰箱里拿出牛排,合上冰箱门,随手把牛排扔在桌上,听见这话后,抬头,不太爽地瞥了她一眼。

"对,陈路周不吃饭,"他在厨房里折腾着,有问有答,阴阳怪气,"吃饭多掉价啊。"

徐栀笑倒在沙发上。

…………

她身后的音箱里缓缓流淌出仿佛在人灵魂深处游走的蓝调音乐。

两个人各自忙碌着,徐栀偶然抬头看看陈路周,那高大清瘦的身影淡然地在厨房里走来走去,洗洗涮涮。

她数不清两个人已经一起度过了多少个日夜,这样的情景并不少见。

毕业后,在时间的催促下,所有人的生活逐渐步入了正轨:蔡莹莹师范专业毕业后回到睿军当了语文老师;朱仰起最终还是回到庆宜继承家业;姜成和杭穗一毕业就回庆宜领了结婚证,生了孩子;就连韦林都已经在部队里当了六年兵;而徐栀和陈路周在北京的生活就成了两点一线,在单位和家之间来回穿梭。徐栀如今仍然在设计院,陈路周毕业后留校任教,除了周末偶尔和同样北漂的李科夫妇聚个餐,其余用来填满时间缝隙的,都是毫无逻辑彼此却能心领神会的碎语、呼吸以及那眼神深处的暗影。

奇怪,他们从来没觉得腻。

其实,这已经是他们在一起的第十年。

这十年里,朱仰起欠揍得很,经常趁着蔡莹莹半夜"网抑云"时间发微信骚扰陈路周——

"告诉兄弟,热恋期过了没?"

"要是没过,我明年再问问。"

"五千元,说你俩过热恋期了,支付宝一秒到账。"

…………

"现在总过了吧?"

陈路周一开始都懒得搭理他。

这种微信,陈路周向来不回,直到他们恋爱十周年纪念日那天。

徐栀原本提前请好了假,结果遇上个贼难沟通的甲方,老板临时把所有人都叫回去加班。她一忙完就火急火燎地往家赶,想赶在十二点前回去好好陪陪他,哄哄他,可北京拥堵的交通总是让人力不从心。那会儿徐栀在红灯路口停车,路上闪烁的车尾灯将整条街映成一片红海,她靠在驾驶座上,开始没心没肺地盘算自己今年的分还够不够闯个红灯的?正当她拿起手机准备查一下 APP 看看自己还有多少分,便看见了蔡莹莹发来的聊天截图——

  朱仰起:"十周年纪念日老婆不在家,热恋期过了,证据确凿。"
  陈路周:"你无聊不无聊?"
  朱仰起:"我无聊?我听说某人今天被放鸽子,好心来安慰你,好不好?"
  陈路周:"是吗?哦。"

  光看这句,徐栀就能感觉出陈路周的心情是有点儿不爽的。他俩其实不怎么吵架,而且大多数时候吵架就是逗个乐,平时也经常说话不着边际,但当他正儿八经地回复的时候,他多半是生气了。这个"哦"字在徐栀看来就有生气的意思,但朱仰起不死心,非要在这个时候去惹他。

  朱仰起:"看得出来,你很伤心,但没关系,兄弟情,大过天,只要你说一句你俩的热恋期过了,支付宝立马到账一万元,我和李科今晚只陪你,老婆算什么?"
  陈路周:"不需要,谢谢。兄弟算什么?我老婆会介绍新朋友给我。"
  朱仰起:"烦不烦?"后面紧接着又发了个[血淋淋的刀]的表情包。
  陈路周:"你烦不烦?"
  朱仰起:"好好好,不闹你了,徐栀还没回来?"

  陈路周回了一张截图,蔡莹莹怕徐栀看不清图中的内容,单独把图转发给她。徐栀点开这张地图的截图,才看见地图上的红点,那是她现在所在的位置,显然陈路周一直关注着她的行车路线。
  下一秒,她的手机就跳出一条那人的微信。
  那会儿陈路周的微信备注已经被徐栀改过无数次,从一开始的"陈陆周",到后来的"裸男713",再到"Salt""陈娇娇"以及热恋时期的"honey baby""盐汽水",所有的爱称都随着时代价值观的不断打磨,最终变成一个金光闪闪又不失情趣的"娇教授"。尽管陈路周现在和白蒋一样还只是个讲师,尽管他每回看见这个名字就忍不住狠狠地掐她的脸,咬牙切齿地在她的耳边骂:"你有完没完了?"

娇教授:"路口拐弯,左边车道的第二棵树下,你会看见一个大帅哥。"

徐栀回道:"有多帅?"

娇教授:"跟你老公一样帅。开车别玩手机,注意安全,对家人负责,谢谢。"

徐栀:"不玩手机,怎么看到你的信息?"

娇教授:"正确的开车看手机的方式应该是,带着仿佛抱着定时炸弹的心情,做贼心虚地看一眼手机,然后火速地把手机扔回去。"

徐栀笑得不行,笑完了才把车往前挪了两米,停在出租车上下客的车道上,直接拨了电话过去,看着远处那个站在树下的清瘦高大的身影,发出"做贼心虚"的邀请:"去我家吗,炸弹哥?"

陈路周:"……"

她总能出其不意地给他取各种各样的外号,而他好像总是能从这些莫名其妙的外号里感受到星星点点的爱意,碎是碎了点儿,但也是爱。

北京街道上的广告牌不断推陈出新,除了逐渐陈旧的霓虹灯,世界上的每样事物似乎都在发生巨变。

那几年行情不算好,美术工作室直接开不下去,朱仰起只好回了老家继承家业;李科差点儿直接宣布破产。经济形势不好,人心就容易冷漠,滋生的黑暗情绪总在无人知道的角落里肆意蔓延。

其实那阵子,陈路周和徐栀的心情都算不上好。李科公司的一个合伙人,也是他们A大的校友,因抑郁在出租屋里烧炭自杀。因为这次的自杀事件,李科深陷舆论风波中,自媒体为了博眼球和热度,移花接木,一直把李科往风口浪尖上推,什么"某省理科状元因创业失败烧炭自杀"之类的话题频频上热搜。

这世道,说可笑也可笑,人人手中都有一柄剑、一杆枪、一面盾,偏把剑指向比自己弱的人,对着无畏无惧的天地放空枪,又把盾挡在铜墙铁壁前;说不可笑也不可笑,看起来藏污纳垢的尘俗里,人人还有一枝花、一场梦、一两风,好像也还能容下一颗琉璃心。

陈路周当时看着车窗外，忍不住说："徐栀，十年了。"

徐栀的理财经理当时在微信上给她推送了一只新基金，想起之前买的几只基金，她兴冲冲地点进去，然而看着绿油油的一片，心情如同坐过山车，有点儿没滋没味的，下意识地"喃喃"重复道："是啊，十年了。"

两个人几乎异口同声地说——

"怎么办？我好像，还是很爱你。"

"我买个十年定期也回本了啊。"

"……"

"……"

那天晚上，徐栀是不太好过的，因为他总问："回本了吗？回本了吗？"

徐栀觉得自己整个人都被撞得支离破碎的："回了，回了，血都回了！"

"风雨飘摇"的夜晚，树丛里鸟鸣声不断。

爱是什么？爱是当你意兴阑珊时，看见身边这个人，自此你敢回头看，也敢斩断脚下的荆棘，更敢在风雨飘摇的当下憧憬未来。

爱是什么？爱是白云苍狗，我有浪自翻涌。

出版番外二

陈路周的备注名是"honey baby""盐汽水"的那段时期,陈路周做了个金融模拟交易系统,卖了六千万元,徐栀第二天就给他改微信备注名了。

看来经济基础不仅能决定上层建筑,也能决定老婆的微信备注。

但不管哪个备注,都比后来这个"娇教授"好。陈路周那时候无数次软硬兼施让徐栀给他把备注改回去——哪怕是他曾经最不屑的备注,果然好都是对比出来的。

陈路周语气强硬地道:"改回去,不然我晚上就去睡沙发!"

徐栀:"……"

陈路周语气温柔地道:"八千元,不能再多了,这个月工资还没发。"

徐栀笑得不行,在床上来回打滚:"'娇教授'就值八千元?"

陈路周严肃地道:"现在还是'娇讲师',严谨点儿,谢谢。"

徐栀从床上坐起来,抱着枕头看看对面那个八风不动、讨价还价也一副讨债架势的人说:"我是认真的。陈娇娇,你今年是不是可以评副教授职称了?副教授是不是能有偿分配小公寓?"

"是吧,但我没打算申请。"

其实他的年龄和工作时间都不够评副教授职称,但去年那个交易系统确实让学校赚了一大笔,校领导和他曾经的导师找过他几次,说他今年可以破格申请，但他没明确回复，只说考虑一下。

他慢悠悠地说着，人站在床前，一手插着兜，瞥了一眼被徐栀丢在床上的手机，然后趁她不备，一把夺过，将手机高高举起，居高临下地看着她说："我也说正经的，这名字要是被朱仰起看到，他能嘲笑我一辈子。"

徐栀一下子从床上弹起来，整个人直接蹦到他的身上，双腿夹着他的腰，一只手搂着他的脖子，像只树袋熊一样骑着他，另一只手拼命去够他手上的东西。

陈路周本来也就是逗逗徐栀，没想真动徐栀的手机，两个人在一起十年，陈路周向来很尊重徐栀的隐私，从没查过徐栀的手机，但这次，看到徐栀这么着急，他顿时有点儿不淡定了。

"手机都不让碰？"陈路周人往后仰，气定神闲地靠在身后的衣橱上，一只手又把手机往上举了举，口气冷淡，阴阳怪气地说道，"徐栀，你这反应不太对啊——"

徐栀把脑门埋在他的肩上，一副做贼心虚的样子，不知道是演的，还是真的——徐栀偶尔也会突然开始表演，两个人闲着没事也不是没有在家里玩过角色扮演。

陈路周另一只手抱着徐栀的腰，青筋凸起的手臂将人牢牢地箍在自己的怀里，耐心不太足地掐了一下徐栀的腰，惹得怀里的人轻轻地颤了一下。

不过他的声音还是很有耐心的，他低声哄她说话："你说不说？老实交代啊，不然……嗯？"

徐栀小声说："先把手机还我。"

陈路周不为所动："你先说。"

徐栀拿眼睛心虚地瞥了瞥他，只好一口气说了，连一个字都不带停顿的："《狗狗死的第三年》上映了，朱仰起和李科打赌谁能把你骗去电影院就给对方洗一年的袜子，我想这活儿要是我干就可以让他俩互相洗袜子，就当为保护环境做贡献了。当然你要是不愿意我可以转做污点证人，我说完了。"

"互相洗一年袜子？"陈路周还是敏锐地从她火箭似的企图吞下所有字的语速里抓住了重点。

朱仰起穿的内衣裤和袜子都是一次性的，陈路周和他从小一块儿长大,就没见他洗过内衣裤和袜子。

"你也不信是不是?我也觉得好离谱哟!"徐栀夸张地干笑两声。

陈路周面无表情地看着她。

"好吧,他俩说一人给我五千元。"

"……"千防万防,家贼难防。

陈路周把人从身上拎下来:"行,我明天就申请评职称去。"

徐栀也是开玩笑的,知道他其实不会去申请,还是哄他说:"好,我错了。"

陈路周道:"我不告诉你地址。"

徐栀笑:"我会自己打听。实在不行,我去你们系随便逮个小弟弟问问呗,教师公寓我一间间地找过去……"

陈路周突然想起不太美好的回忆,一把将人重新揽回怀里,用力掐着:"气我,就气我!"这回他是真强硬,把徐栀箍在怀里动也不让动,自己则乘虚而入,威逼利诱。

"把备注改回来,honey baby、盐汽水、陈娇娇、老……咯……公,都……都行。"

他自己都磕巴了。

"老公"这么腻歪的称呼,徐栀从来没叫过。

她暗想:还"都行",美的你。

徐栀在他的怀里乱拱,像只无所遁形的猫,一边拱着身子躲避他游走的手,一边"咯咯"地笑个不停:"名字、绰号都只是一个代称。陈娇娇,我爱的是你的灵魂。"

陈路周这几年已经被徐栀的甜言蜜语锻炼成铜墙铁壁:"我信你才有鬼。"

"难道你不爱我的灵魂?"

"爱!改!"他答得毫不留情,油盐不进。

徐栀始终不解:"你干吗介意这个啊?"

徐栀不知道,这一切的源头只是他和朱仰起的一场对话——

朱仰起:"我特好奇,你和徐栀私底下都叫对方什么啊?"

那阵朱仰起和李科没事就喜欢逗陈路周玩,陈路周和徐栀做什么,他俩就跟着模仿,陈路周烦了,搬家都没告诉他俩地址。陈路周当时在给学生上课,没打算回复这条无聊的微信,但朱仰起的烦人劲儿他是了解的,怕手机振个不停,言简意赅地回了一条。

陈路周:"别……烦……哥……在……上……课。"

朱仰起:"哦。"

但朱仰起是不可能忍住不烦他的,又发了一条过去。

朱仰起:"你还是注意一下,因为我发现蔡莹莹最近开始叫我'彦祖'。你别被她们忽悠了,这已经不是爱一个人的表现,这是想爱两个人的表现!徐栀给你取那么多外号,说不定心里有一支足球队!"

陈路周:"滚啊!有足球队叫'honey baby''盐汽水'?"

很好,"盐汽水"立马成为那阵子他们聚餐的常驻嘉宾。

那晚,徐栀窝在他的怀里看书,正巧看到书上的一句话,便举着书念给他听。

"陈路周。"

"嗯?"

"史铁生先生说,'且视他人之疑目如盏盏鬼火,大胆地去走你的夜路'。"

他靠在床头上,一言不发地塞了一颗车厘子到她的嘴里,不知道听没听见?

"反正我就不改。"徐栀窝在他的怀里又强调了一遍,嚼着车厘子,又把核儿吐回他的手里,"这是我对你未来的美好期待。"

他接过核儿,看破也毫不留情地说破——

"是对我退休工资的美好期待吧?"

徐栀把书掀了:"看破不说破,你懂不懂?"

"真急了?"陈路周低头,戳戳她的脸颊。

"你干吗这么介意这个备注?"

"你还记得白蒋吗?"

"嗯?"徐栀一愣,想起《盖棺论定》的序,还有陈路周的那句"无论从哪个角度看,您都帅得发光"。

白蒋退休时,仍旧是个讲师,一生兢兢业业,深受学生的喜爱,可在体制内始终被排挤、被边缘化。

徐栀突然明白他想做什么，也明白他可能会做什么。

她想：他会接过这根棒，可能会幼稚地想要尝试着跟这个世界抗争一下。

只要朝阳未尽，你我总有未来。

那些淋过雨的日子，我们把衣服上的水拧干还是能过，至于该怎么过——开心地过，伤心地过，满怀憧憬地过，不抱期待地过，总归都是过。

始终是我们选择了这个世界，不是世界选择了我们。

自由才是这个世界的第一要义，哪怕去摘天堂的花，哪怕要奈河边的枯枝发芽，哪怕让人间风雪交加。

陈路周，回头看我。

我会永远在你身边。

故事原来还没结束。

我们一起走到未来的未来里。

（全文完）

出版后记

　　《陷入我们的热恋》（以下简称《热恋》）和《暗格里的秘密》虽然都是校园文，但是在人物设定和框架上其实有一定的区别，《热恋》写起来相对痛苦一些。因为在《热恋》的创作期当中，有一段时间我几乎丧失了表达欲，每天都强迫自己兴奋起来，然而兴奋的时间点总是在晚上，导致我在写完《热恋》后很长的一段时间里，都没办法把作息调整回来，甚至现在还保持着《热恋》连载期的作息。但好在，这个故事我终于写完了，收获了很多。

　　其实我写校园文时会有一些纠结要不要写小孩儿，后来想来想去，还是没把小孩儿写进去。这确实是我对《热恋》的一个执念：我希望他们之间的羁绊和情感就目前来说能更纯粹一些。

　　其实写这本书时设定的第一个人物是朱仰起，因为有了他，我才确定了整个故事的基调和氛围，后来写着写着就发现，每个人物其实都挺重要。

　　我写完每个故事后都会有很长的脱离期，然后才能开始构思下一段故事。然而，离别又一直都是我在这个世界上特别害怕的事情。

　　无论怎么样，我希望大家能从这个故事里获得一些力量，强大的、微不足道的、莫名其妙的，都行，哪怕是现在立马从床上起来去吃顿烧烤的力量。

　　好啦，这次要彻底跟这本书告别了——
　　希望我们都能努力过好当下！再见！

2023 年 1 月